Diana Beate Hellmann
Zwei Frauen

BASTEI-LÜBBE-TASCHENBUCH
Band 25 205

Alle Rechte über: © 1988 Literatur-Agentur
Axel Poldner, Rauheckstraße 11, 8000 München 21
Lizenzausgabe: Gustav Lübbe Verlag GmbH,
Bergisch Gladbach
Textbearbeitung:
Literatur-Agentur Axel Poldner, München
Der Film »ZWEI FRAUEN« ist eine Produktion der
Bavaria Film, Lisa Film, Roxy Film und BR (1989).
Regie: Carl Schenkel
Hauptdarsteller: Jamie Gertz, Marsha Plimpton
Einbandgestaltung: K. K. K.
Titelbild: Classic Media
Satz: Kremerdruck GmbH, Lindlar
Druck und Bindung: Ebner Ulm
Printed in Germany, Januar 1993
ISBN 3-404-25205-5

Der Preis dieses Bandes versteht sich einschließlich
der gesetzlichen Mehrwertsteuer

Für meinen Vater

1

Es war im Frühjahr 1962 an der italienischen Riviera. Der Ort war klein, er lag irgendwo zwischen Finale Ligure und Alassio. Hier gab es noch keinen Touristenrummel, hier regierten noch die Fischer. Abends fuhren sie mit ihren Booten aufs Meer hinaus, morgens kehrten sie zurück und legten am Strand ihre Netze aus, und den Tag verbrachten sie im Schatten der Palmen auf der Strandpromenade. Dort schliefen sie, dort aßen sie, dort debattierten sie lautstark über Politik. Währenddessen standen ihre Frauen auf dem Markt. Sie verkauften den nächtlichen Fang, aber auch den selbstgemachten Käse, das im eigenen Gärtchen gezogene Obst und Gemüse, die handgestrickten Pullover und Tischdecken, und nicht selten boten sie alles zusammen an einem einzigen Stand feil. Der Lärm, den sie dabei machten, klang in meinen Ohren wie Musik. Ich liebte diese Frauen, die mich »bella bimba« nannten, und ich liebte ihre Männer, die mich »bella bionda« riefen, wie ich diesen ganzen Ort liebte, seine malerische Altstadt, seinen langgestreckten weißen Strand, die sich majestätisch erhebenden Gebirgszüge im Hinterland. Noch nie hatte ich etwas ähnlich Schönes gesehen.

Damals war ich gerade vier Jahre alt. Zum ersten Mal in meinem Leben hatte ich meine Eltern in die Ferien begleiten dürfen. Wir bewohnten ein Haus in den Bergen. Von der Terrasse aus hatte man einen wundervollen Blick aufs Mittelmeer, und an klaren Tagen konnte man am Horizont sogar die großen Frachter erkennen, die den Hafen von Genua ansteuerten. Auf dieser Terrasse frühstückten wir morgens, und anschließend fuhren wir dann mit dem Wagen zum Meer hinaus. Dort saß ich oft stundenlang im warmen Sand und baute Burgen, die ich mit grobem Kies und großen Steinen verzierte. Manchmal lief ich mit meiner Mutter zum Jachthafen, um die ankernden Segelschiffe zu bestaunen, oder ich tobte mit meinem Vater im Wasser. Meist spielte ich jedoch mit italienischen Kindern: Legte ich beide Hände vor die Augen, wußten sie, daß sie sich verstecken sollten, streckte ich die Zunge heraus, hieß das, daß der Eismann gleich Kundschaft bekommen würde – so konnten wir uns über alle Sprachbarrieren hinweg mühelos verständigen. Dann kam der 28. April.

Es war ein ganz besonders klarer, aber auch stürmischer Tag. Die Fischer waren am Vorabend gar nicht erst hinausgefahren, und deshalb standen ihre Frauen auch nicht wie sonst auf dem Markt. Überhaupt schien das ganze Dorf ausgestorben zu sein, denn als ich morgens mit meinen Eltern an den Strand kam, waren wir trotz des strahlenden Sonnenscheins die einzigen Gäste. Mit uns war nur noch die rote Fahne, das Zeichen für Gefahr. Sie flatterte im Wind, und zu ihren Füßen gingen krachend mannshohe Wellen nieder. Ich fand das großartig, es war so gewaltig. »Es ist aber auch gefährlich«, behauptete meine Mutter, um mir alsdann ausdrücklich zu verbieten, mich dem Wasser auch nur zu nähern. »Spiel im Sand!«

Das paßte mir zwar gar nicht, doch nickte ich artig, wie es meine Art war, und dann ließ ich mich nieder, um mich meinem Schüppchen, meinem Eimer und meinen Förmchen zu widmen.

Wie lange ich so dasaß, wußte später niemand mehr zu sagen, und ich selbst erinnere mich nur, daß mich das Spiel mit den Förmchen irgendwann fürchterlich langweilte. Deshalb fing ich an, meine Eltern mit den üblichen Forderungen zu bestürmen: »Ich habe Durst! Ich habe Hunger! Ich will mit dem Ball spielen! Ich möchte ein Eis!«

Gerade wollte ich aufstehen, als mein Vater trotz der roten Fahne in die tosenden Fluten stürzte und weit hinausschwamm. Dort draußen legte er sich flach auf den Rücken, so daß ich nur noch seinen Kopf und seine Zehenspitzen sehen konnte. Er ließ sich von den Wogen schaukeln. Wut und Enttäuschung machten sich in mir breit. Sonst nahm Papa mich immer mit, mich und Helmut, mein Schwimmtier, ein sonnengelbes, luftgefülltes Seehundungetüm aus Plastik, das ich über alles liebte. Das lag jetzt einsam und verlassen neben meiner Mutter, die im Windschatten der Strandbar saß, und als ich zu ihr lief, um mich zu beschweren, mußte ich zu allem auch noch feststellen, daß sie schlief.

Man hatte mich also abgehängt! Da kam mir eine Idee: Ich pirschte mich mit vorgeschobenem Unterkiefer – dem deutlichsten Anzeichen meiner kindlichen Entschlossenheit – heran an mein geliebtes Schwimmtier, schnappte es mir unbemerkt und rannte zum Ufer zurück. Dort wurde es schwierig. Helmut war mir zwar lieb, doch war er auch sperrig und schwer umzuschnallen. Die Haken waren groß, viel zu groß für meine kleinen Hände. Nach einigen Fehlversuchen hatte ich es endlich geschafft. Ich holte tief Luft, rannte los, kniff Nase, Mund und Augen zu, und dann, dann sprang ich durch den schäumenden Wellenkamm.

Es klappte gleich beim ersten Mal. Mein Seehund fing mich ab, so daß ich die Wucht der Brandung kaum spürte, und dahinter war die See dann längst nicht mehr so stürmisch und bedrohlich. Es war wie auf einer Kirmes. Die hohen Wogen warfen mich und Helmut auf und nieder, und das machte mir Mordsspaß. Ich genoß meinen Triumph. Mein Vater hatte dieses unvergleichliche Vergnügen für sich allein haben wollen, aber so leicht ließ ich mich nicht abschütteln. Ich winkte ihm zu. »Papa, Papa, guck mal!«

Erst da entdeckte er mich, doch reagierte er ganz anders, als ich erwartet hatte.

»Eva!« schrie er entsetzt. »Zurück!«

Ich lachte nur. »Ich komme, Papa! Guck mal!«

»Zurück, verdammt noch mal! Zurück, Eva!!!«

»Ich komme! Ganz schnell!«

Jauchzend strampelte ich mit den Beinen, und meine Arme schlang ich fest um Helmuts sonnengelbes Plastikköpfchen. Ich war so fröhlich in diesem Moment, so ausgelassen, es war herrlich – da spürte ich auf einmal diesen Ruck an meiner Brust, und noch bevor ich begreifen konnte, was geschah, waren meine Arme auch schon leer, und ich wurde unter Wasser gedrückt. Es rauschte in meinen Ohren, es brannte in meinen Augen, ich bekam keine Luft mehr. Endlich tauchte ich wieder auf, aber ich konnte nur husten, ich schlug verzweifelt um mich, fand aber nirgends einen Halt ...

»Der Schwimmreifen!« rief mein Vater mir zu. »Er ist ab, Eva, macht nichts, schwimm allein, Eva, schwimm!«

»Ich kann nicht!!!«

»Doch, Eva, du kannst! Schwimm!!!«

Die Stimme meines Vaters klang anders als sonst, aber es schwang keine Angst in ihr mit. Ich sah, wie er mir entgegenzuschwimmen versuchte, ich sah, daß er sich umsonst anstrengte, weil ihn das Meer immer wieder hinaustrug. Dennoch schien er keine Angst zu haben.

»Schwimm, Eva, schwimm!« rief er nur immer wieder.

Ich konnte aber nicht schwimmen. Nur ein einziges Mal, und das war schon lange her, hatte mir mein Vater in seichtem Wasser gezeigt, wie man Arme und Beine bewegt, um nicht unterzugehen. Ich wußte es, aber jetzt, da ich es versuchen mußte, waren die Bedingungen denkbar schlecht, denn das Wasser drang mir in Nase und Mund. Ich hustete, bekam keine Luft, und meine Augen brannten wie Feuer.

»Schwimm!!!« hörte ich meinen Vater wieder rufen. Dieses Mal war es ein zorniger Aufschrei und keine ermutigende Aufforderung.

Mir wurde schwarz vor Augen. Ich wußte genau, daß dies hier das Ende war oder ein neuer Anfang, aber ich wußte nicht, wovor ich mich mehr fürchtete. Es tat weh, hilflos zu sein und unterzugehen, aber es war auch bequem, es war einfach, nur noch ein paar Sekunden, dann würde ich es hinter mir haben, ... und doch ... etwas in mir lehnte sich auf, und dieses Etwas sorgte dafür, daß ich plötzlich ganz von allein Arme und Beine spannte, sie kräftig durchstreckte und nach vorn stob ... ganz eng winkelte ich Arme und Beine an meinen Körper, spannte sie wieder, stieß sie weit auseinander, streckte sie durch ... ich schwamm.

»Ja, Kind, ja!« hörte ich die Stimme meines Vaters. »Komm, Eva, schwimm her zu mir!«

Mit brennenden Augen blickte ich zu ihm hinüber. Er lachte. Er lachte über das ganze Gesicht – seine Tränen sah ich nicht –, und so schwamm ich auf ihn zu ... geradewegs ins Leben ... zum ersten Mal ...

Diese Geschichte erzähle ich immer, wenn man mich nach meiner Kindheit fragt. Der Tag, an dem ich schwimmen lernte, und der Tag, an dem ich leben lernte, hatten vieles miteinander gemein. Schwieriger wird es, wenn ich erzählen soll, wie »es« damals begann. »Es« hatte keinen erkennbaren Anfang, da war nichts, von dem man im nachhinein hätte sagen können, daß es der Auslöser gewesen wäre, da geschah nichts plötzlich und unerwartet, um mit einem Schlag ein bislang sorglos verlaufenes Leben zu verändern. Denn mein Leben war niemals sorglos verlaufen. Vielmehr hatte es von Anfang an aus Herausforderungen bestanden, vom ersten Augenblick an ...

Ich kam am Spätvormittag des 2. Oktober 1957 zur Welt. Der Professor, der meine Mutter entband, war ein enger Freund meines Vaters, und deshalb gab er sich ganz besonders viel Mühe. Dennoch hatte meine Mutter nach mehreren Stunden Kreissaal plötzlich keine Wehen mehr; meine Herztöne wurden immer schwächer, und schließlich waren sie gar nicht mehr zu hören. Da sah der gute Herr Professor keine andere Möglichkeit mehr, als seine Patientin zu anästhesieren und alles für einen Kaiserschnitt vorzubereiten. Er wollte sie von dem »toten« Kind befreien.

Ich selbst spürte genau, daß da etwas nicht stimmte. Man

ließ mich einfach in dem fruchtwasserlosen Dunkel zurück, man gab mich auf. Damit konnte und wollte ich mich nicht abfinden, und so machte ich mich ganz schmal und preßte meinen kleinen Körper mit Gewalt aus der Enge. Ich sah, wie grelles Licht in meine Augen blitzte, ich sah die großen Hände, die sich mir plötzlich entgegenstreckten und mich aus dem Gefängnis in die Freiheit hoben, und ich sah dieses entsetzte Männergesicht ... *er* war entsetzt, *er* ... vor lauter Empörung schrie ich erst mal laut auf!

»Die ist zäh«, sagte der Professor später zu meinem Vater, »die bringt es im Leben zu was!« Warum er so dachte, behielt er für sich, und das, obwohl er bei uns ein und aus ging und ich ihn später liebevoll Onkel Hans nannte. Wenn wir auf meine Geburt zu sprechen kamen, wiederholte er immer nur den einen Satz: »Dein Vater und ich, Eva, wir haben damals jeder einen Kasten Bier darauf getrunken!« Der Rest blieb sein Geheimnis, zwanzig Jahre lang.

Nachdem ich mich in der ersten Schlacht meines Lebens so erfolgreich behauptet hatte, wurde ich dafür nachhaltig belohnt. Als Kronprinzessin der Familie Martin wurde ich auf den klingenden Namen Eva Katharina getauft. Mein Zuhause war eine Zwanzig-Zimmer-Villa mit Hausangestellten, Kindermädchen, Chauffeur und Gärtner.

Mein Vater war damals schon fünfzig Jahre alt. Er stammte aus einer wohlhabenden Familie und hatte es im Verlauf seines Lebens durch harte Arbeit zu wahrem Reichtum gebracht. Er war ein unkonventioneller Mann. Die Ehe mit meiner Mutter war seine vierte, und die Zahl seiner Verlobungen war nicht einmal aktenkundig. Sein Herz trug er auf der Zunge. Er nahm nie ein Blatt vor den Mund, und seine Schimpfkanonaden waren berühmt und berüchtigt. Wenn er befürchtete, mit Worten allein nicht zum Ziel zu kommen, drohte er auch schon mal mit seinen Fäusten, und ohne die dämpfende Sanftmut seiner Frau hätte er sicherlich einen Großteil seines Lebens hinter schwedischen Gardinen verbracht.

Meine Mutter war zwanzig Jahre jünger als er und stammte aus einer äußerst vornehmen Familie. »Aber Ernst!« und »Das ziemt sich nicht!« waren ihre bevorzugten Äußerungen. Das meinte sie aber niemals böse oder gar abfällig. Sie liebte meinen Vater über alles, und auch nach meiner Geburt spielte er die »erste Geige« in ihrem Leben.

»Als ich Mutter wurde, hatte ich schließlich nicht die Absicht, meine Stellung als Ehefrau aufzukündigen«, erklärte sie mir einmal. »Dein Vater war vor dir da, Eva, merk dir das!«

So lernte ich früh, daß ich, das Kind, ein Ergebnis der Liebe meiner Eltern war, nicht mehr, aber auch niemals weniger.

»In ihrem Miteinander liegen deine Wurzeln, Eva!« pflegte Oma »Tati« zu sagen. Die Mutter meiner Mutter lebte mit uns im Haus. Eigentlich hieß sie Henriette, aber da ich diesen Namen als Kleinkind nicht hatte aussprechen können, blieb es bei der Koseform.

Oma Tati war eine Bilderbuch-Großmutter. Ihr Körper war weich und rund, ihr Haar lang und weiß, ihr Herz war groß und warm. Oft saß ich stundenlang auf ihrem Schoß und schmuste mit ihr, während sie die schönsten Märchen erzählte. Vor allem aber besorgte sie meine religiöse Erziehung. Das begann mit der Geschichte vom Jesuskind und endete mit dem Abfragen von Luthers Lebensweg. Mit ihr ging ich sonntags in die Kirche, sie lehrte mich lange vor der Konfirmation den Katechismus, sie verlangte, daß ich sämtliche Strophen von *Befiehl Du meine Wege* auswendig aufsagen konnte.

»Religiosität ist das Fundament eines Menschenlebens«, erklärte sie mir. »Nur ein Mensch, der einen festen Glauben hat, Eva, hat auch eine Zukunft.«

Da ich sie nur anzusehen brauchte, um zu wissen, daß sie die Wahrheit sprach, machte ich mich frohen Mutes auf den Weg durch meine Kindheit.

Ich war ein fröhliches Kind, das gern lachte und munter drauflosplapperte. Ließ man mich unbeobachtet, war ich mir selbst genug. Dann saß ich allein und in mich versunken in meinem Zimmer und spielte mit Legosteinen, malte Bilder, zog stundenlang meine Puppe Monika an und wieder aus.

Über ein derart pflegeleichtes Kind hätten meine Eltern nun eigentlich froh sein müssen. Sie waren es aber nur bedingt, und das machte meine an sich aufregende Kindheit so anstrengend. »Siehst du nicht, Eva, daß dein Lego-Häuschen schief ist? Mach das doch mal anständig! – Aber Eva, das Männchen, das du da gemalt hast, hat ja gar keine Haare, und die Sonne ist ja größer als der Teich. Mach das doch mal richtig! – Guck mal, Eva, du kannst der Monika doch kein gelbes Pullöverchen anziehen und ein rotes Höschen und grüne Schühchen. Hast du denn kein Farbempfinden? Nun mach das aber mal schön!« Von früh bis spät ging das so, und es wurde »Perfektionismus« genannt. Ich hielt es eher für Schinderei, hatte aber nicht die geringste Lust, mich dagegen zu wehren. Ich dachte mir, wenn ich den Ansprüchen meiner Eltern erst einmal genügen würde, fände ihre erzieherische Allmacht unwillkürlich ein Ende, und so zeigte ich mich unermüdlich, wenn es galt, etwas schöner, richtiger oder anständiger zu machen. Vielleicht ahnte ich, daß ich diese strenge Erziehung brauchen würde, um mein weiteres Leben überhaupt leben zu können, und vielleicht ahnte ich auch, daß mir nicht viel Zeit blieb, mich erziehen zu lassen, weil mich das Schicksal sehr früh auf den mir bestimmten Weg schicken würde. An einem Sommernachmittag des Jahres 1962 war es nämlich schon soweit.

Es fing ganz harmlos an. Ein Junge aus der Nachbarschaft hatte mich im Garten spielen sehen und gefragt, ob ich nicht Lust hätte, mit ihm Fahrrad zu fahren. Ich hatte keine Lust. Dieser kleine Racker pflegte zu kratzen, zu beißen und zu schlagen. Daß ich dennoch seine Einladung annahm, war wohl die reine Vorsehung. Es kam, wie es kommen mußte! Das gemeinsame Fahrradfahren ging nur eine knappe halbe Stunde gut, dann schubste mich mein Kavalier – aus purer Lust am Schubsen –, und ich flog in hohem Bogen mitten auf die Straße. Im nächsten Moment sah ich den Tod. Er rollte auf mich zu in Gestalt eines Sattelschleppers. Meine ahnungslosen Kinderaugen starrten gebannt auf die riesigen Räder, und in meinen Ohren dröhnte das verzweifelte Quietschen der Bremsen ... Nur wenige Zentimeter von meinem Kopf entfernt kam das Ungeheuer zum Stehen ... Ich war noch einmal davon gekommen.

Was mir blieb, war eine lebenslange Abneigung gegen Fahrräder und kleine Jungen, vor allem aber ein gebrochenes Schienbein, und das wurde zu meinem eigentlichen Schicksal. Der Heilungsprozeß erwies sich nämlich als äußerst langwierig. Jedesmal, wenn es endlich geschafft zu sein schien, wuchs ich ein wenig, so daß der lädierte Knochen wieder riß und ich einen neuen Gipsverband bekam. Dieser reichte mir immer bis zur Hüfte und war so schwer, daß er mich dirigierte, statt umgekehrt. Er zwang mein Bein in eine völlig abnorme Stellung, und als er nach fast drei Monaten endlich abgenommen wurde, stand mein rechter Fuß auswärts, der linke geradeaus. Außerdem hatte das lange Krankenlager mich völlig verändert. Die ehemals zart besaitete, sanfte, kleine Eva war zu einer leicht erregbaren und unberechenbaren Person geworden, die man überall das »Rumpelstilzchen« nannte.

»Die hat zuviel Kraft!« lautete das allgemeine Urteil. »Die hat so lange gelegen, daß sie jetzt fast platzt vor Tatendrang!«

So beschlossen meine Eltern, zwei Fliegen mit einer Klappe zu schlagen. Zwecks Abbau überschüssiger Energie einerseits und zwecks Neuausrichtung meiner Gehwerkzeuge andererseits wurde ich zum Gymnastikunterricht geschickt.

»Eva ist sehr musikalisch«, hieß es da bereits nach kurzer Zeit. »Es wäre schön, wenn Sie das fördern würden. Schikken Sie sie doch zum Ballett!«

Das Ballett wurde zum Inbegriff meines Lebens. Gleich in der ersten Unterrichtsstunde spürte ich, daß ich eine Tänzerin war und auch gar nichts anderes sein wollte. Es war ein innerer Zwang, dem ich einfach nachgeben mußte, und daß ich ihm auch nachgeben konnte, verdankte ich nicht nur meiner angeborenen, körperlichen Konstitution, sondern auch der Erziehung meiner Eltern. Ihr Streben nach Perfektionismus zahlte sich jetzt aus, denn ich war disziplinierter und zielbewußter als andere Kinder, wenn es darum ging, im Ballettsaal die eine oder andere Bewegung schöner, besser oder schneller zu versuchen. Was ich auf Anhieb nicht schaffte, übte ich am heimischen Küchenstuhl bis zum Umfallen – die Legohäuschen hatten mich nichts so sehr gelehrt wie Ausdauer.

Darüber neigte sich meine eigentliche Kindheit schon ihrem Ende zu: Ich wurde nämlich schulpflichtig.

»Mit dem heutigen Tag beginnt der Ernst des Lebens!« sagte Papa. »Bildung ist von enormer Wichtigkeit, Eva! Und Fleiß! Nur wer fleißig ist, kann es im Leben zu etwas bringen, und was du hast, das mußt du dir erst mal selbständig erhalten können. Tu deine Pflicht, Eva! Denn nur wer seine Pflicht tut, hat auch Erfolg! Und Erfolg, Eva, Erfolg ist das Allerwichtigste!« »Außerdem ...«, fügte Mama hinzu, »... Lernen ist schön!«

All diese Dinge hörte ich in den folgenden Jahren so oft, daß ich sie bald selbst glaubte und mich auch daran hielt. Ich war fleißig wie ein Bienchen, pflichtbewußt wie ein preußischer Offizier und erfolgreich wie eine Martin. Reibungslos überstand ich die Umschulung aufs anspruchsvollste Gymnasium der Stadt, nahtlos ging es weiter mit Einsern und Zweiern, und dafür wurde ich daheim weder gelobt noch belohnt. Gute Noten waren selbstverständlich. Ebenso selbstverständlich war, daß ich nach dem Unterricht so überaus wichtige Dinge wie Reiten, Tennisspielen und Segeln lernte. Deshalb mußte ich samstags immer aufs Pferd, mittwochs und freitags auf den Aschenplatz und sonntags mit Papa ins Boot. Ich nahm das alles auf mich, aber mehr aus Berechnung als aus Leidenschaft. Reiten war meines Erachtens nur für die Figur des Pferdes von Vorteil, der Unterschied zwischen Steuerbord und Backbord war mir nur gleichgültig, und der Sinn, der darin bestehen sollte, mit der Vor- oder mit der Rückhand auf einen wehrlosen Filzball einzuschlagen, wollte mir auch nicht einleuchten. Dennoch tat ich, was man von mir verlangte, denn sonst hätte man mir womöglich nicht mehr meine Sternstunden finanziert: die Montage, die Dienstage und die Donnerstage, an denen ich zum Ballettunterricht ging. Diesen Stunden fieberte ich entgegen, und wenn es soweit war, wenn ich endlich an der Stange stand, zu sanfter Klaviermusik meine Übungen machte und meinen Körper von den Zehen- bis zu den Haarspitzen spürte, dann, nur dann erfüllte mich endlich das Gefühl, das mir sonst immer fehlte, das Gefühl, wirklich auf der Welt zu sein.

Die einzige in meiner Familie, die dafür Verständnis zeigte, war Oma Tati. Sie ließ sich so manches Mal etwas von mir vortanzen, und wenn ich ihr dann gestand, daß ich eine berühmte Primaballerina werden wollte, lächelte sie immer und meinte: »Dann mußt du viel üben, Eva!«

Als sie starb, war ich gerade elf, und ihr Tod war das schmerzlichste Ereignis meiner Kindheit. Von einem Tag auf den anderen war Oma Tati nicht mehr da, und es hieß, daß sie auch nie zurückkehren würde. Das konnte und wollte ich mir gar nicht vorstellen, auch wenn man behauptete, es ginge ihr da, wo sie jetzt wäre, besser als auf Erden. Während der Trauerfeier weinte ich so laut, daß mich der Herr Pfarrer mehrmals strafend ansah, und nach der Beisetzung lief ich sofort nach Hause und verkroch mich in mein Zimmer. Dort blätterte ich in Oma Tatis Bibel, denn die hatte sie mir hinterlassen – das einzige, was mir von ihr geblieben war. Sie selbst hatte diese Bibel an dem Tag ihrer Hochzeit bekommen, und unter ihrem Namen und dem meines Großvaters stand mit der Hand geschrieben:

»Möge Gott mir die Kraft geben, die Dinge anzunehmen, die ich nicht ändern kann; den Mut, die Dinge zu ändern, die ich ändern kann; und die Weisheit, zu unterscheiden.«
Ich ahnte nicht, was diese Worte einmal für mich bedeuten sollten. An jenem Tag, dem traurigsten meines bisherigen Lebens, las ich sie zum ersten Mal, und sofort hörte ich auf zu weinen – denn ich fühlte mich plötzlich erleichtert ...

Dieses Gefühl hielt allerdings nicht lange vor. Der Tod von Oma Tati traf mich nämlich doppelt hart. Er beraubte mich nicht nur eines Menschen, der mich geliebt hatte, sondern er lieferte mich zudem einer Person aus, die mich nicht liebte: Großmutter Martin.
»Oh, wie entsetzlich!« hatte sie nach meiner Geburt erklärt. »*Nur* ein Mädchen!«
Sie selbst war zwar auch nichts Besseres gewesen, aber genau das war wohl der Punkt. Als eine Frau, die *nur* eine Frau war, hatte man es ihr im Leben nicht gerade leichtgemacht, und dafür rächte sie sich im Alter: Nichts fand ihre Zustimmung, niemand machte es ihr recht, natürlich auch ich nicht.
»Ich habe so gehofft, daß Henriette dich mit ihrem Gebetbuch dazu bringt, ins Kloster zu gehen, Eva! Aber nein, sie zog es vor zu sterben! Mir bleibt also nichts erspart!«
Damit deutete sie an, daß sie sich gezwungen sah, von ihrer ursprünglichen Absicht, ihr gesamtes Vermögen einem Tierheim zu vererben, nunmehr abzurücken und statt dessen mich, ihr einziges Enkelkind, trotz meines Geschlechts auf die Rolle der Universalerbin vorzubereiten.
»Auch das noch!« stöhnte sie, und ich nickte mitfühlend, denn das gleiche dachte ich: »Auch das noch!«
Trotzdem gelang es uns beiden im Laufe der Zeit, aus der heiklen Situation das Beste zu machen. Meine Großmutter beklagte bald nicht mehr hundertmal, sondern nur noch zehnmal am Tage, daß ich *nur* ein Mädchen und dazu auch noch ein schreckliches Mädchen wäre, und ich ließ mich

zähneknirschend »formen«, wie sie es nannte. Sie brachte mir bei, wie man sich in der sogenannten Gesellschaft zu benehmen und zu bewegen hatte, bei Konzerten, in der Oper oder auf Wohltätigkeitsveranstaltungen. Ich lernte, daß man stets freundlich, verbindlich und trotzdem kühl bleiben mußte, daß man nie zornig werden oder gar fluchen durfte, und daß »Haltung« das Wichtigste war; das alles übte ich bei sogenannten »Proben«, zu denen meine Großmutter mal ihren Rechtsanwalt, mal ihre Putzfrau lud.

»Damit du lernst, wie weit du dich herablassen mußt, Eva, und wie weit du dich herablassen darfst. Das will nämlich gekonnt sein, weil man sich nur auf intelligente Menschen wirklich einlassen sollte. Dummheit ist gefährlich, Eva, und die meisten Menschen sind dumm, mehr noch, sie sind keine Menschen, sondern Karikaturen unserer Rasse!« Tagein, tagaus hörte ich mir diese Maximen artig an, war mit meinen Gedanken aber zumeist ganz woanders. Schließlich wollte ich keine Dame der Gesellschaft werden, sondern eine Tänzerin. Dieser Entschluß stand für mich fest, seit ich meine ersten Spitzenschuhe bekommen hatte. In jeder freien Minute trug ich diese Träume aus roséfarbenem Satin, und manchmal behielt ich sie sogar zum Schlafengehen an. Ich hegte und pflegte sie wie Wesen aus Fleisch und Blut, indem ich regelmäßig die seidigen Bänder bügelte, jede abgenutzte Stelle sofort ausbesserte und Lederflecken auf die Kappen klebte, damit sie sich nicht so schnell durchtanzten. Diese Schuhe betrachtete ich als das Symbol meines Lebens, und jedesmal, wenn mir das neuerlich klar wurde, nahm ich mir vor, noch am gleichen Tag meinen Eltern zu sagen, daß ich nicht das Abitur machen und Medizin studieren, sondern eine berühmte Primaballerina werden wollte.

Monatelang sagte ich mir das jeden Morgen, aber ich riskierte es erst wenige Tage nach meinem zwölften Geburtstag. Ich ahnte wohl, daß da mehr auf mich zukommen würde, als ich mir in meinem Kinderverstand ausmalen konnte, ich ahnte wohl, daß wieder einmal eine Herausforderung auf mich wartete ...

Ich beichtete meinen Eltern meine Zukunftspläne, aber sie lachten nur lauthals.

»So ein Firlefanz, Eva!«
»Das ist kein Firlefanz, Mama!«
»Aber Hupfdohle ist doch kein Beruf!«
»Für mich ist es sogar mehr als das, ich –«
»Für dich ist es eine Berufung, wie?«
»Ja, Papa!«
»Das kann ich verstehen!«
»Wirklich?« fragte ich hoffnungsvoll.
»Ja ...«
»Aber Ernst!« rief meine Mutter erschrocken.
»... ich wollte als Kind auch Indianerhäuptling werden!«
Damit war das Thema für meine Eltern erledigt.

In meiner Not wandte ich mich an meine Ballettmeisterin, und die reagierte ganz anders auf meine Eröffnung. Sie lächelte. »Ich hatte gehofft, daß es so wäre«, sagte sie dann, »aber jetzt, wo ich es weiß ...«

Wenige Wochen später veranstaltete sie eine Weihnachtsfeier. Zu diesem Anlaß präsentierte ich voller Stolz die »Welturaufführung« eines von mir selbst choreographierten Tänzchens. Ich war noch dabei, die Ovationen meiner Mitschülerinnen entgegenzunehmen, als plötzlich eine fremde Frau auf mich zukam. Sie war klein und extrem zierlich, fast sah sie aus wie ein Junge. In ihrem hageren Gesicht prangten zwei klitzekleine Augen, eine überwältigend große Nase und ein harter Mund, der nicht einmal über den Hauch einer Venusfalte verfügte, aber sie hatte wunderschönes Haar. Es reichte ihr bis weit über die Schultern, war leicht gewellt und von einer ungewöhnlichen Farbe: nicht braun, nicht schwarz, nicht rot und doch von allem etwas. Fasziniert blickte ich auf diese Haarpracht, ängstlich auf die übrige Erscheinung dieser Dame. Ich versuchte zu lächeln. Die Frau reagierte nicht einmal darauf.

»Die will ich haben!« sagte sie zu meiner Lehrerin. »Ist sie das?«

»Ja.«

»Wie heißt du?«

Ich erschrak über den harschen Tonfall, wollte mich aber nicht einschüchtern lassen. »Eva Martin«, antwortete ich.

Die fremde Frau zog die Augenbrauen hoch. »Klingt ganz ordentlich«, meinte sie, »kann so bleiben. – Komm her!«

Damit war der Handel perfekt. Da meine Eltern meinen Berufswunsch nach wie vor für einen Scherz hielten, hatten sie nichts dagegen, daß ich die Ballettschule wechselte, und so wurde Natascha Gruber meine neue Ballettmeisterin. Das machte mich überglücklich. Ich stellte zwar schon sehr früh fest, daß diese Frau nicht gerade der Mensch war, mit dem man im Katastrophenfall auf einer einsamen Insel hätte leben mögen, doch stellte ich ebenfalls fest, daß sie mich Dinge lehrte, die meine ehemalige Ballettmeisterin mir nicht hatte beibringen können. Unter ihrem Training bewegte sich mein Körper immer geschmeidiger und präziser. Da mir das für den Augenblick wichtiger erschien als alles andere, ließ ich mich wie im Fieberwahn von ihr malträtieren und tat alles, was in meiner Macht stand, um Schule und Ballettschule miteinander zu verbinden.

Mein Tagesablauf sah nun so aus: Kurz vor sieben in der Frühe kletterte ich aus dem Bett und raste zur Schule. Um zwei kam ich nach Hause zurück, schlang hastig das Mittagessen herunter, nahm statt der Schultasche die mit dem Trainingszeug und raste weiter zur Ballettschule. Dort begann das Training um drei, und meist war ich gegen halb neun abends wieder daheim. Dann machte ich meine Hausaufgaben, fiel gegen Mitternacht todmüde ins Bett und stand am nächsten Morgen um kurz vor sieben wieder auf.

»Solange du gute Noten schreibst, haben wir nichts dagegen«, erklärten meine Eltern. »Obwohl uns der Sinn der Strapaze nicht einleuchtet.«

Drei Jahre lang hörte ich das mindestens zweimal in der

Woche, drei Jahre lang führte das mindestens zweimal in der Woche zu Streitgesprächen.

»Ich will eben Tänzerin werden!« erklärte ich dann und bekam zur Antwort: »Tänzerin? Das ist doch ein Witz!«

»Du wirst dein Abitur machen, Eva!«

»Und Medizin studieren!«

»Nein!!!«

»Was dann, Eva, Germanistik ...?«

»... Architektur ...?«

»Ich will Tänzerin –«

»Kein gescheiter Mensch geht zum Theater, Kind! Das ist ein Sumpf für verkrachte Existenzen, das ist ...«

»... indiskutabel!«

»Jawohl!«

So oder ähnlich ging es immer aus, mit dem Erfolg, daß ich mich drei Jahre lang mindestens zweimal in der Woche in den Schlaf weinte. Dann gab ich auf. Ich war es einfach leid: Ich verließ das Gymnasium nach der mittleren Reife, ohne meine Eltern um Erlaubnis zu bitten. Sie hätten mir ja doch nicht zugehört.

Das ließen sie als Entschuldigung jedoch nicht gelten. Sie straften mich hart für meine Eigenmächtigkeit. Am Abend des 22. Juni 1973 fiel das Urteil. Ich wurde offiziell ins Wohnzimmer gebeten, wo mir offiziell mitgeteilt wurde, daß ich das Haus umgehend zu verlassen hätte.

»Wir werden zwar weiterhin dein Training und deinen Unterhalt finanzieren«, hieß es, »aber hier leben wirst du nicht mehr. Wir können unter diesen Umständen nämlich nicht mehr mit dir leben, Eva. Also ... du hast es nicht anders gewollt ... pack bitte deine Sachen!«

Das ließ ich mir nicht zweimal sagen. Ich machte auf dem Absatz kehrt, fing sofort an zu packen und ging noch in der gleichen Nacht fort – mit zwei Koffern, einem schweren Herzen und einem Bauch voller Wut. Nur einmal sollte man mich wie einen räudigen Hund aus dem Haus gejagt haben, das schwor ich mir. Wiedersehen sollten mich meine Eltern erst, wenn ich eine berühmte Primaballerina wäre und an der Pariser Oper die »Giselle« tanzte. Jawohl! Dennoch blieb ich am Tor noch einmal stehen und blickte zurück auf dieses Haus, in dem ich groß geworden war.

Es lag völlig im Dunkeln, nirgends brannte mehr ein Licht, meine Kindheit und meine Jugend schienen also endgültig vorbei zu sein. Ich weinte bitterlich, aus Wut, aus Schmerz ... vor allem aber aus Angst. Ich hatte Angst vor der Zukunft, vor dem Morgen, das so ungewiß war. Diese Herausforderung schien mir einfach zu groß zu sein. Ich war schließlich erst fünfzehn und doch schon ganz allein, das machte mir Angst ...

Diese Angst verflüchtigte sich zunächst einmal, denn Frau Gruber nahm mich noch in der gleichen Nacht bei sich auf. Als ich um drei Uhr in der Frühe mit meinen beiden Koffern vor ihrer Haustür stand, war sie weder erstaunt noch verärgert. Statt dessen flog etwas wie ein Lächeln über ihr Gesicht. Sie bat mich herein, kochte mir eine Tasse Tee und richtete das Gästezimmer her.

»Siehst du, Eva, das ist fortan *dein* Zimmer! Und jetzt schlaf dich erst einmal aus!«

Als ich am nächsten Mittag aufwachte, sah die Welt nicht mehr so trübe aus wie in der Nacht zuvor. Gewiß, ich hatte meine Eltern verloren, aber zum Ausgleich hatte ich etwas anderes gewonnen, etwas, was ich mir schon immer gewünscht hatte: Endlich konnte ich regelmäßig trainieren, ohne mich jedesmal rechtfertigen zu müssen, endlich konnte ich für das Ballett leben, für diesen Traum, den ich seit meiner Kindheit träumte. Ich beschloß, das, was als Strafe gemeint gewesen war, anzunehmen wie ein Geschenk. Alles wollte ich tun, damit mein großer Traum Wirklichkeit würde.

Frau Gruber half mir dabei, wo sie nur konnte. Mehrere Stunden pro Tag arbeitete sie mit mir. In der Freizeit hetzte sie gegen meine Eltern, was eine ihrer Lieblingsbeschäftigungen wurde. Sie nannte »diese Leute« borniert und dekadent. »Schau dich doch bloß an, Eva! Du bist viel zu dick, und das kommt von den Soßen und Torten und von den vielen Kartoffeln!«

»Aber ich esse doch gar keine –«

»Ungeschälten Reis mußt du essen, Eva, der ist gesund, und Salat und kurzgebratenes Fleisch!«

»Aber –«

»Und dann guck dir mal dein Gesicht an, Kind! Wenn man so ein Gesicht hat, darf man keine so breiten Augenbrauen tragen, das geht einfach nicht. Die mußt du dir zupfen, Eva, ganz schmal mußt du dir die zupfen, komm mal her, ich mach' dir das! Und überhaupt solltest du dich schminken, damit du nach was aussiehst, das werde ich dir auch gleich mal zeigen, Eva! Komm!«

Ich kam jedesmal und ließ alles mit mir machen, ließ mir da etwas wegrasieren, dort etwas hinmalen, sogar meine Haare ließ ich nach Frau Grubers Wunsch und Willen bearbeiten, denn die hatte sie von Anfang an nicht gemocht. Sie reichten mir bis zur Taille und waren mittelblond, mit einem leicht rötlichen Stich. Frau Gruber befand jedoch, mit einer solchen Farbe liefe jeder Straßenköter herum, und nachdem ich mich zwei Jahre lang zur Wehr gesetzt hatte, gab ich schließlich nach: Meine Haare wurden gefärbt.

Im ersten Anlauf wurde aus einer mittelblonden Eva eine feurige Rothaarige. »Es sähe gut aus«, äußerte Frau Gruber, »wenn du nicht die erotische Ausstrahlung eines gutgewachsenen Stangenspargels hättest.«

Also wurde ich umgefärbt: schwarz. Doch auch das war nicht des Rätsels Lösung, denn das paßte allenfalls zu meinem Temperament. So wurde die Farbe herausgezogen, und ich erblondete wieder, immer mehr, immer heller. Als meine Haare endlich den Farbton einer Marilyn Monroe angenommen hatten, grunzte meine Ballettmeisterin zufrieden: »Das ist es!«

2

Obwohl Frau Gruber sehr viel für mich tat, wurde ich das Gefühl nicht los, als täte sie mir damit auch sehr vieles an. Wie eine Kunstfigur kam ich mir vor, wie eine Puppe, die Frau Gruber selbst erschaffen hatte und der sie jetzt nur noch zu befehlen brauchte, und prompt tat das Püppchen, was sie wollte. Ich trat an auf Kommando; ich stand stramm auf Kommando; ich erledigte, was man mir auftrug; ich lächelte auf Kommando; ich sagte immer nur, was ich sagen sollte, und – was das Schlimmste war – ich dachte sogar zu Frau Grubers Wohlgefallen, denn da sie behauptete, meine Gedanken lesen zu können, hütete ich mich, etwas zu denken, was ihr vielleicht nicht genehm wäre. Ich stand also ganz unter ihrem Einfluß. Ich war *ihr* Geschöpf, und dafür, daß sie das aus mir gemacht hatte, konnte ich ihr unmöglich auch noch dankbar sein. Genau das erwartete sie aber von mir. Meine Ballettmeisterin verlangte Dank und Bewunderung von mir. Verweigerte ich ihr die demütige Anbetung, wurde ich sofort bestraft. Dann mußte ich spülen oder putzen, Einkäufe oder anfallende Büroarbeiten erledigen.

»Damit du begreifst, wer hier das Sagen hat, Eva!«

Ich begriff es, schneller, als Frau Gruber lieb war, mit dem Ergebnis, daß ich mich fortan ständig bemühte, ihr etwas vorzuspielen. Bei jeder Gelegenheit erklärte ich ihr, wie unvergleichlich schön sie doch sei. Sobald ich ein paar Mark Taschengeld erübrigen konnte, kaufte ich ihr Blumen. Manchmal spülte und putzte ich sogar freiwillig.

Frau Gruber war eine höchst erfolgreiche Geschäftsfrau. Ihr gehörte eine der renommiertesten Ballettschulen weit und breit, mit sechshundert Klienten; das Unterrichtsspektrum reichte von Ausbildungs-, Kinder- und Erwachsenenklassen über Damengymnastik, Jazz-Dance und Steptanz bis hin zum Yoga, Frau Grubers Steckenpferd. Nichts liebte sie mehr, als Menschen zu erklären, wie verspannt sie doch wären, als ihnen zu zeigen, wie sie mittels Bauchatmung, Lotussitz und Kopfstand diese Verkrampfungen lösen könnten, als sie mit Phrasen zu bombardieren: »Wir sind vollkommen locker, vollkommen entspannt! – Wir sind frei von jeder Bindung! – Wir sind frisch und gesund!«

Von all den vielen Rollen, die Frau Gruber im Alltag spielte, war die des Gurus mit Abstand ihre beste. Sie war sich zwar selbst nicht ganz schlüssig, was sie denn da lehrte, ob Buddhismus, Hinduismus oder Zen, aber sie wußte zumindest, daß es sich um eine fernöstliche Religionsrichtung handelte. Ihre Unwissenheit glich sie mit Fanatismus aus: Sie befahl ihren Anhängern, nur ja gute Gedanken zu haben, weil ihnen nur dann der Weg zur Selbsterlösung offenstünde. Hatte doch mal einer gefehlt – was häufig vorkam –, so tröstete sie ihn damit, daß er Fehler, die er in diesem Leben beginge, im nächsten leicht wiedergutmachen könnte – als Präsident der Vereinigten Staaten oder als Regenwurm.

Natürlich blieben auch mir diese Sprüche nicht erspart. Daß ich eine entschiedene Christin war, hatte Frau Gruber nämlich von Anfang an nicht gepaßt. Deshalb sprach sie mich jetzt schon morgens beim Frühstück auf mein »Karma« an, und nach dem Mittagessen versorgte sie mich mit Literatur, die mich einweihen und der »Erleuchtung« näherbringen sollte. War ich abends noch immer nicht bereit zur Reise ins Nirwana, wurde ich lautstark gerügt.

»Das zeigt mir, Eva, daß du nicht im Einklang bist mit dir selbst, und ein Mensch, der nicht im Einklang ist mit sich selbst, *ist* zum Scheitern verurteilt und deshalb ...«

Deshalb wurde ich schließlich dazu verurteilt, regelmäßig am Yoga-Unterricht teilzunehmen.

Ich fügte mich. Ich hatte keinen Grund, es nicht zu tun. Mein Glaube war fest, und er war das einzige, was ich mir von Frau Gruber nicht nehmen ließ, das sollte sie Jahre später dann auch begreifen. So lag ich fortan dreimal in der Woche abends zwischen acht und neun auf dem harten, kalten Holzboden in der Ballettschule und hörte mir an, wie Guru Gruber mir weismachen wollte, ich läge in Wahrheit auf einer weichen und warmen Wiese. Packte mich darüber der Zorn, wurde mir aufgetragen, meine Seele vom Körper zu lösen; gelang mir das nicht, war ich selbst schuld: Alle anderen waren frisch und gesund, nur ich fühlte mich müde und krank – kein Wunder!

»Mach nicht so ein Gesicht, Eva, und zieh dich an! Wir gehen in fünf Minuten!«

Das sagte Frau Gruber nach jeder Stunde laut und deutlich, denn nur das garantierte ihr, daß jeder der Anwesenden noch mindestens eine brennende Frage hatte, die er in diesen kurzen fünf Minuten nun unbedingt noch stellen mußte. So wurden aus den fünf Minuten jedesmal zwei geschlagene Stunden. Guru Grubers Märchenstunden! Man konnte richtig sehen, wie sie dabei aufblühte. Bei gedämpftem Licht saß sie in einem hautengen Ganzanzug aus unschuldig weißer Baumwolle im Schneidersitz vor ihren Anhängern und hielt mit zum Licht passender Stimme lange Vorträge. Daß man viele, viele Opfer bringen müßte, um ihren Entwicklungsstand zu erreichen, behauptete sie, und dann erzählte sie aus ihrem Leben;

»Ich gehe jeden Abend früh zu Bett, um zu meditieren. Dem Sex habe ich schon mit Dreißig abgeschworen, denn der verbraucht Kräfte, die man anderweitig viel sinnvoller einsetzen kann. Ich trinke keinen Alkohol, ich rauche nicht, und Vegetarierin bin ich auch ...«

Nun, Vegetarierin war sie wirklich, die Frau Gruber, und wenn sie Zigaretten rauchte, dann nur solche mit Menthol. Ansonsten waren ihre Behauptungen nichts als Lügen. Den zumeist treusorgenden Ehefrauen, die zu ihrem Yoga-Unterricht kamen, spannte sie gern die Männer aus, und was den Alkohol anging, so bestellte sie Wein und Cognac immer gleich kistenweise. Mit glasigen Augen saß sie nachts in ihrem feudal eingerichteten Wohnzimmer und ließ sich von ihren sogenannten Freunden bewundern. Das waren allesamt merkwürdige Gestalten, und die merkwürdigste von allen war ein Mittvierziger, der sein Haar zartgrau färbte und ondulierte, und der sich vorzugsweise in violette oder fliederfarbene Seide hüllte. Wenn er lief, wogte sein Gesäß wie eine Nußschale auf dem Ozean, wenn er sprach, glich seine Stimme einem leidenden Koloratursopran, und wenn er ein Wesen in der Ferne erblickte, das ebenso »männlich« wirkte wie er selbst, spreizte er die beringten Fingerchen und eilte mit tänzelnden Schrittchen auf sein Opfer zu, so daß man befürchten mußte, er würde im nächsten Moment zu Boden sinken und vor Begeisterung mit dem Schwänzelein wedeln. Leider hatte ich nie das Glück, diese Apotheose zu erleben. Dafür hörte ich, wie er eines Abends versehentlich rülpste und dazu meinte: »›Hubs‹ sprach der Lachs, da bin ich!«

All das entsetzte mich anfangs maßlos. Solche Leute und solche Lebensgewohnheiten hatte es in meinem Elternhaus nicht gegeben. Im Laufe der Zeit lernte ich aber, über all das hinwegzusehen: Frau Gruber war nun mal so! Womit sie sich so gern umgab, war ebenso falsch wie sie selbst. Sie war gar kein Mensch, sondern nur eine Imitation. Sie plapperte Dinge vor sich hin, die sie irgendwo gehört, aber nie verstanden hatte, und das war nicht nur brutal und skrupellos, sondern vor allem dumm. Ich verlor alle Achtung vor ihr, und das entging ihr wiederum nicht.

»Am besten, du gehst zurück zu deinen Eltern!« pflegte sie häufig zu sagen. »Du kannst ja behaupten, du hättest es dir anders überlegt und würdest nun doch lieber Ärztin werden.«

»Ich will aber immer noch Tänzerin werden, Frau Gruber!«

»*So?*«

Dieses »*So?*« war in aller Regel der Beginn einer Strafpredigt, im Verlauf derer Frau Gruber mir klarmachte, daß alles, was ich sagte, falsch war. Was ich war, war nie genug: Ich war nicht hübsch, nicht charmant, nicht begabt genug … Sie versuchte mit allen Mitteln, mich kleinzumachen, und ich ließ mir das widerspruchslos gefallen, denn ich wollte nun mal eine berühmte Primaballerina werden – unbedingt!

Meine Rechnung schien aufzugehen. Knapp sechzehnjährig, mitten in der Spielzeit, bekam ich schon mein erstes Engagement, im Theater meiner Heimatstadt. Es war kein besonderes Theater. Architektonisch war das Gebäude zwar hypermodern und mit allem Komfort ausgestattet, den es damals gab, aber was die künstlerische Klasse anging, so rangierte diese Bühne irgendwo zwischen der Hamburgischen Staatsoper und den Gummersbacher Bühnen. Aber es war *mein* Theater. Von hier aus wollte ich den Rest der Welt erobern, und dafür war mir keine Qual zu groß. Frau Gruber sah diese Kompromißlosigkeit gern und zwang mir einen bestimmten Lebensrhythmus auf.

Morgens rappelte mein Wecker. Noch im Halbschlaf vollführte ich die so sehr geschätzten und ach so anregenden Yoga-Atemübungen, dann sprach ich mein Morgengebet, nahm ein Bad, und anschließend gab es ein gemeinsames Frühstück. Das bestand aus Tee und Toast. Ich haßte beides, denn ich liebte Kaffee und frische Brötchen. Was ich liebte, interessierte Frau Gruber jedoch wenig, und so sah sie mir allmorgendlich dabei zu, wie ich den Tee mit verzerrtem Gesicht herunterwürgte und den Toast von einem Tellerende zum anderen schob.

Sie behielt ihre Prinzipien, und ich einen knurrenden Magen.

Um halb zehn traf ich, streng nach Plan, im Theater ein, grüßte den Pförtner und huschte durch dunkle Gänge hinauf in die dritte Etage, wo ich die Garderobe mit fünfzehn anderen Mädchen teilte. Eines davon war Hilary Johnson. Sie war zwei Jahre älter als ich, und ihr eigentlicher Name war erschütternd provinziell. Deshalb habe sie sich einfach einen neuen gesucht. »In diesem Land«, erklärte sie mir, »mußt du entweder Neger oder DDR-Flüchtling sein, wenn du Karriere machen willst. Bist du beides nicht, hilft nur noch ein amerikanischer Name, das muß man realistisch sehen.«

Hilarys Realitätssinn faszinierte mich. Sie stammte aus erbärmlichen Verhältnissen. Der Vater war Alkoholiker und hatte sie und ihre drei Geschwister regelmäßig verprügelt, die Mutter hatte als Putzfrau das Geld für die Ausbildung der Tochter zusammengespart.

»Dahin will ich nie wieder zurück!« schwor Hilary mehrmals täglich. »Ich tue alles, um Karriere zu machen. Alles!«

Was Hilary unter »alles« verstand, eröffnete mir eine völlig neue Welt. Es gab im Umkreis von vielen, vielen Kilometern kaum einen Mann, den sie nicht »näher« kannte, und all diese Männerbekanntschaften brachten ihr im Verlauf weniger Monate eine komplette Wohnungseinrichtung ein und jede Menge Interviews in den Zeitungen.

»Beziehungen zur Presse muß man pflegen«, erklärte sie mir. »Wenn man oft genug in der Zeitung steht, wird man ganz von allein berühmt.«

Ich wußte nicht so recht, ob ich ihr das glauben sollte, aber da für meine Werbung ohnehin Frau Gruber zuständig war, interessierte es mich auch nicht sonderlich. Für mich war Hilary als Persönlichkeit von Bedeutung. Ich bewunderte sie einfach, weil sie, obwohl nur wenig älter als ich, längst eine Frau, ich aber immer noch ein Kind war. Sie war hübsch, und sie hatte so etwas an sich, was alle betörte. Sie konnte hervorragend mit Menschen umgehen, insbesondere mit Männern. Deshalb war es nicht verwunderlich, daß ich jeden Morgen ab halb zehn einiges mit ihr zu besprechen hatte.

Eine halbe Stunde später stand ich dann im Ballettsaal an der Stange und absolvierte mein erstes Exercice – Pliés, Tendus, Jetés, Frappés, Ronds de Jambe par Terre usw. Nach diesem Stangentraining kam das Adagio, und auf das Adagio folgten die Pirouetten, die kleinen und großen Sprünge.

Zwischen halb zwölf und zwölf saß ich dann mit den anderen Tänzern in der Kantine und gönnte mir einen kleinen Imbiß. Die Proben für die jeweiligen Vorstellungen dauerten bis zwei, danach gab es einen weiteren Imbiß, und alsdann marschierte ich quer durch die Innenstadt zu Frau Grubers Ballettschule.

Das war mein eigentliches Zuhause. Ich fand nirgends auf der Welt jemals wieder ein ähnliches Gefühl von Heimat. Jeder Winkel dieses Gebäudes war mir vertraut, ich kannte die Geräusche jeder einzelnen Bodenplatte, ich hätte jede der Photographien, die an den Wänden hingen, mit geschlossenen Augen malen können.

Ab halb vier stand ich dort neben zehn- bis vierzehnjährigen Mädchen an der Stange und absolvierte mein zweites Exercice. Frau Gruber hielt dabei einen Bambusstock in der Hand, mit dem sie den Takt der Musik unterstrich. Wenn man nicht gehorchte, schlug sie damit auch schon mal zu. Also gehorchte man: »Höher die Beine! – Die Knie strecken! – Den Bauch rein! – Die Brust vor! – Die Schulter runter! – Den Po anspannen! – *Nicht* verkrampfen!!!«

Während die Kinder zu meiner Rechten und Linken zumeist unter diesem Tonfall litten, weil sie nichts mehr haßten als Ballett, genoß ich sogar die Befehle. Mehr noch als sonst brannte in jenen Augenblicken die Seligkeit in mir, eine Tänzerin zu sein, einen Körper voller Musik zu haben. In diesem Bewußtsein brachte ich dann unter Acht- bis Zehnjährigen auch noch eine weitere Kinderklasse hinter mich. Dann gab es eine kurze Pause, und ab sechs Uhr probten Peter und ich unser Pas-de-deux-Repertoire.

Dieser Peter Iwanow, seines Zeichens ein aufstrebender Solotänzer, war neben Frau Gruber der zweite Nagel zu meinem Sarg. Ich war gerade erst zwölf Jahre alt gewesen, als er mich bei einem offiziellen Vortanzen aus Scharen junger Mädchen zu seiner zukünftigen Partnerin auserkoren hatte. Seitdem wurde ich allerorten beneidet, denn Peter war schön und groß und blond, und daß er homosexuell war, sah man ihm nicht an.

»Sei dankbar!« mahnte man mich immer wieder. »Du darfst die gleiche Luft atmen wie er.«

Wie schnell man von dieser Luft die Nase voll hatte, ahnte indes keiner dieser Neider. Peter verlangte nämlich Kadavergehorsam. Ich hatte zu funktionieren und ansonsten zu schweigen, mit anderen Worten: Peter und Frau Gruber verband eine Art von Seelenverwandtschaft. Sie waren im gleichen Alter und vom gleichen Schlage, und sie gefielen sich in den Rollen meiner Kerkermeister und holten das Letzte aus mir heraus. So beherrschte ich mit sechzehn Jahren den Pas de deux aus dem *Don Quijote*, mit siebzehn den *Schwarzen Schwan* und mit achtzehn schließlich die Spitze des Eisbergs, *Le Corsaire*. Um das alles zu lernen, mußte man schon täglich üben. Also übte ich täglich, und anschließend lief ich, sofern ich Vorstellung hatte, wieder zum Theater zurück. Das war meist gegen acht Uhr, und der Pförtner hatte in der Zwischenzeit schon gewechselt, nur ich war immer noch die gleiche.

Oben in der Garderobe ließ ich mich schminken, schlüpfte in mein Kostüm und verschwand zu einem weiteren kurzen Aufwärmtraining im Ballettsaal.

Irgendwann stand ich dann auf der Bühne und machte meine Mätzchen. Mit Kunst hatte das nur selten etwas zu tun, denn das Gros der Regisseure liebte es zu »abstrahieren«. Da nahm man dann einfach eine Tschaikowsky-Symphonie und ließ dazu eine Ballettensemble dreiviertelnackt in einer Schlammdekoration herumstampfen, oder man bediente sich einer Puccini-Oper und verlegte die Handlung ins 23. Jahrhundert, wo die Sopranistin alsdann, von Synthesizer-Klängen begleitet, mit einem Astronautenhelm auf dem Kopf um ihr Leben schrie. All das wurde Kunst genannt, und ich hatte mich längst damit abgefunden.

Zwischen zehn und elf Uhr abends war mein Tagewerk dann in der Regel vollbracht. Ich schleppte mich heimwärts, wo Frau Gruber und das Abendessen auf mich warteten, ein zweihundert Gramm schweres Rinderfilet, medium gebraten – jeden Abend gleich –, eine Riesenschüssel grüner Salat – jeden Abend gleich sauer – und eine (!) Praline. Hatte ich das intus, setzte ich zum sogenannten Endspurt an. Ich wusch mir die Haare, nahm ein Bad, bearbeitete meinen geschundenen Körper mit Arnikaöl und brachte die Yoga-Atemübungen hinter mich. Dann fiel ich todmüde ins Bett, sprach mein Nachtgebet und löschte das Licht.

Wie hart und wie eintönig dieser Alltag war, kam mir anderthalb Jahre lang gar nicht zu Bewußtsein.

»Stars werden nun mal nicht geboren«, erklärte Frau Gruber mir immer wieder, »Stars werden gemacht!«

So trainierte ich tagaus, tagein, trotz Fieber und trotz Zerrung, und stand noch artig auf meinen Spitzenschuhen, wenn das Blut bereits durch den Satin sickerte.

»Lächeln!« schrie Frau Gruber dann. »Was weh tut, tut auch gut!«

Wenn ich einmal wagte, Zweifel an dieser Weisheit zu äußern, sagte Frau Gruber: »Paß auf, Eva! Wenn du nicht spurst, bilde ich dich einfach nicht weiter aus. Verstanden?«

Schon als Kind hatte ich das verstanden, und so hatte Frau Gruber mit dieser Drohung auch immer Erfolg. Mit einer einzigen Ausnahme hielt sie mich damit bei der Stange. Zu dieser Ausnahme kam es im Sommer 1975.

Damals war ich siebzehn, und ich tanzte mein erstes Solo, einen Csárdás, im *Zigeunerbaron*. Das war nichts Überwältigendes, aber es war immerhin ein Anfang, und zu verdanken hatte ich diesen Anfang unserem neuen Choreographen, einem hübschen, kleinen, zarten Amerikaner namens Jimmy Porter. Er mochte mich, und so gab er mir diese Chance – eine Chance, die ungeahnte Konsequenzen hatte. Ich, die ich bisher niemals ausgegangen war oder sonst irgendwie über die Stränge geschlagen hatte, ich veränderte mich plötzlich so sehr, daß Frau Gruber befürchtete, mir wäre »der Ruhm« zu Kopfe gestiegen. Denn von einem Tag auf den anderen sagte ich ade zu Söckchen und Faltenröcken und stieg um auf Seidenstrümpfe und enganliegende Kleider. Auch die flachen Sandaletten meiner Mädchenzeit landeten auf dem Müll. Statt dessen zwängte ich mich in hochhackige Pumps. Ich ging in meiner Freizeit aus, ohne zu sagen wohin, und was für meine Ballettmeisterin das Ärgste war: ich gab auf einmal Widerworte. So kam es zunehmend zu Streitigkeiten zwischen uns. Wenn ich mich nach einer Vorstellung noch mal für ein Stündchen vor den Fernsehapparat setzte, hieß es gleich: »Nur Bardamen sind derart vergnügungssüchtig, Eva!«

Weigerte ich mich, meine Haare wie früher zusammenzubinden, hieß es, ich sähe aus wie eine Lagerhure. »Aber das scheint dir ja nichts auszumachen, Eva, das gefällt dir vermutlich noch, wie dir dieser Krach gefällt ...«

Mit dem »Krach« meinte meine Ballettmeisterin die Musik der Rolling Stones, die ich jetzt öfters hörte.

»Musik nennst du das, Eva! Das ist keine Musik, sondern Körperverletzung. Nur ein pubertäres Monstrum kann seinen Ohren so etwas antun!«

Die gute Frau Gruber war so verzweifelt, daß sie mich beschatten ließ. »Hubs! sprach der Lachs, da bin ich!« eignete sich prächtig dazu, weil er äußerlich sehr unauffällig war. Auf Meilen sah man seine ondulierten Haare und seine wallenden, violetten Gewänder, aber nichtsdestotrotz kam er zum Ziel. Davon war er zumindest überzeugt, und Frau Gruber war es auch, denn sie teilte mir eines Tages hocherhobenen Hauptes mit, daß sie nunmehr alles durchschaut hätte.

Das war an einem Samstag. In der Nacht zuvor hatte ich schlecht geschlafen. Deshalb hatte ich am Morgen im Ballettsaal wohl auch eine ausgesprochen schwache Leistung gezeigt. Frau Gruber behauptete das zumindest. So hatten wir, als wir endlich am Mittagstisch saßen, mehrere handfeste Auseinandersetzungen hinter uns. Es sollte aber noch schlimmer kommen. Während ich mit der Gabel in sogenanntem Lauchgemüse herumstocherte – das nichts anderes war als in Wasser abgekochter und nicht gewürzter

Porree –, trank meine Ballettmeisterin ein Glas Rotwein nach dem anderen und ließ mich dabei nicht aus den Augen. »Du schläfst in letzter Zeit häufig schlecht ...«, zischte sie nach etwa zehn Minuten eisigen Schweigens. »Aber ich weiß jetzt, woher das kommt – du bist verhext!«

Da ich mir derartigen Schwachsinn häufig anhören mußte, erschütterte es mich nicht allzusehr, aber es veranlaßte mich immerhin, den Blick von dem faden Porree abzuwenden. Ich schaute Frau Gruber an, die mich fast verschlang mit ihren Augen.

»Ich spüre es ganz deutlich«, knurrte sie, »diese negativen Schwingungen kann ich körperlich spüren ...«

Ich atmete schwer.

»Ja, ja, Eva, ich weiß genau, daß du das nicht hören willst. Niemand will die Wahrheit hören, auch du nicht.«

Ich legte die Gabel aus der Hand und machte es mir bequem auf meinem Stuhl. »Die Wahrheit, Frau Gruber?«

»Oh ja!!«

»Was für eine Wahrheit?«

Meine Ballettmeisterin griff noch mal rasch zu ihrem Weinglas und leerte es in einem Zug, dann beugte sie sich vor und hob den Zeigefinger:

»Hilary ist an allem schuld, mein liebes Kind, das weißt du genau! Sie hat dich verhext! Dieses Mädchen ist ein ganz billiges Flittchen, aber das fällt dir ja nicht auf, weil sie dich beherrscht, weil sie –«

»Sie ist meine Freundin, Frau Gruber!« Meiner Ballettmeisterin derart schnöde ins Wort zu fallen wäre mir früher nicht in den Sinn gekommen, aber dieses Mal konnte ich nicht anders. Unbedingt wollte ich Frau Gruber verständlich machen, was Hilary mir bedeutete, seit meiner Schulzeit hatte ich keine Freundin mehr gehabt, und ich brauchte jemanden, mit dem ich reden konnte.

»Reden?« schrie Frau Gruber. »Du kannst mit mir reden!«

Dabei sprach sie nie mit mir, sie belehrte mich nur. Meine Probleme fand sie immer von vornherein absolut »lächerlich«.

»Das sind sie ja auch!« schimpfte sie, als ich das jetzt endlich zu sagen wagte. »Du bist ein Kind von siebzehn Jahren! Was für Probleme willst du haben?«

»Ich bin schon lange kein Kind mehr, ich –«

»Ach, so ist das!« Meine Ballettmeisterin sprang auf, als wäre ihr der Stuhl zu heiß geworden. »Da steckt ein Kerl dahinter! Wer, Eva? Ich verlange, daß du mir auf der Stelle seinen Namen nennst, Eva! Sofort! *Eva???*«

Dieser Verdacht nötigte mir nur einen müden Blick ab. Ein Kerl! Als meine Schulfreundinnen bereits mit einem Jungen »gingen«, wie das genannt wurde, trainierte ich noch artig, ohne nach rechts oder links zu schauen. Ich war nicht einmal richtig aufgeklärt, das einzige, was man mir mit auf den Weg gegeben hatte, war eine Warnung im Hinblick auf meine Jungfräulichkeit: »Laß da bloß keine Stümper ran!« hatte mir mein Vater eingeschärft. »Denk immer dran, Eva: Was steht vor dem Bett und zittert? – Ein Anfänger!« Und da sprach Frau Gruber von einem Kerl!? Dafür konnte ich wirklich nur einen müden Blick erübrigen.

Diesen Blick wertete sie jedoch als deutliches Anzeichen zunehmender Renitenz. »Nimm dich in acht!« fuhr sie mich an. »Du bist nun mal nicht wie andere Mädchen. *Du* bist eine Tänzerin. Ich habe es dir immer schon gesagt: Karriere *oder* Liebe. Ein *Und* gibt es nicht. Solltest du irgendwann vor mir stehen und heiraten wollen, bringe ich dich um!«

Die letzten Worte schrie sie, statt sie zu sprechen. Ihr Gesicht lief feuerrot an, und ihre ohnehin kleinen Augen waren plötzlich nur noch Schlitze. Sie meinte ernst, was sie da sagte, und diese Erkenntnis ließ eine Sehnsucht in mir erwachen: ich bekam Sehnsucht, mich zu übergeben.

Also erhob ich mich von meinem Stuhl und lief zur Treppe, die in die erste Etage führte, wo mein Zimmer und das Bad waren. Da packte Frau Gruber mich am Arm.

»So kommst du mir nicht davon!« keifte sie. »Ich weiß nämlich Bescheid, Eva. Hilary hat dich eingeladen. Sie gibt heute abend eine Party, und du hast zugesagt, zu kommen. Aber genau das wirst du nicht tun, Eva! Du wirst heute abend nach der Vorstellung brav nach Hause kommen, und wenn du das nicht tust ...«

Den Nachsatz »... dann bilde ich dich einfach nicht weiter aus!« konnte sie sich getrost ersparen, den kannte ich zur Genüge.

An diesem Samstag hatte meine Ballettmeisterin eine Verabredung mit ihren »Freunden«. Diese Verabredungen endeten meist erst in den frühen Morgenstunden und verliefen sehr alkoholreich. Ich selbst tanzte an diesem Abend im *Zigeunerbaron*. Da Peter, mein allgegenwärtiger Partner, ausnahmsweise mit Grippe im Bett lag, waren meine Gedanken, zum ersten Mal in meinem Leben nicht kontrolliert zu werden und eine aufregende Nacht zu verleben, einfach zu gut, als daß ich sie ungenutzt hätte lassen können. Ich mußte zu Hilarys Party gehen, das war ich mir schuldig.

Ich tat es mit voller Überzeugung. Deshalb war ich auf dem Weg zum Theater auch bester Laune. Mein schönstes Kleid hatte ich an, einen zweiteiligen, schwarzgrundigen, mit dezenten Blütenmotiven bedruckten Traum aus Musselin. Der Rock war plissiert und reichte eine Handbreit übers Knie, was damals sehr modern war. Die Bluse war eng tailliert und hatte sogenannte Fledermausärmel. Wunderschön kam ich mir darin vor, und ich fühlte mich so wohl, das Leben war herrlich, so herrlich ...

An dieser Stelle endete später mein Erinnerungsvermögen. Plötzlich war da ein Loch in meinem Kopf, ein dunkles, schwarzes Loch, das Zeit und Raum verschlang. Ich kam erst wieder zu mir, als ich bereits auf Hilarys Party war, aber ich wußte weder, wie ich dorthingekommen war, noch, wie lange ich zu diesem Zeitpunkt bereits dort weilte. Ich stand da, eine brennende Zigarette in der linken, einen Martini in der rechten Hand, und fühlte mich unendlich müde, unendlich erschöpft.

»Etwas nicht in Ordnung?« sprach mich jemand an, und ich drehte mich um.

Vor mir stand ein Mann, der mich angrinste, und neben ihm stand noch ein Mann, der mich angrinste, und überhaupt waren da überall Männer, die mich angrinsten ... Ich ließ das Glas mit dem Martini fallen und schrie. Ich hatte Angst, und ich bemerkte erst jetzt, daß mein Kopf fürchterlich schmerzte.

Da war eine Beule. Sie war riesig, aber ich wußte nicht, woher ich sie hatte. Diese vielen, fremden Männer standen immer noch da und grinsten mich an, und als mich einer von ihnen bei den Schultern faßte, war es ganz um mich geschehen: Ich attackierte ihn mit der brennenden Zigarette und ergriff die Flucht.

Draußen herrschte finsterste Nacht. Niemand war mehr auf der Straße, und ich rannte nach Hause, völlig verstört, mit dröhnendem, schmerzendem und leerem Kopf.

Frau Gruber erwartete mich bereits. »Das war dein erster und letzter Ausflug ins Nachtleben!« empfing sie mich. »Wo kommst du her? Weißt du, wie spät es ist? Wo hast du dich herumgetrieben?«

Ich hätte viel darum gegeben, wenn ich ihr eine dieser Fragen hätte beantworten können, aber ich wußte gar nichts mehr und konnte nur noch heulen und schluchzen.

Frau Gruber nahm das zur Kenntnis, auf ihre Art.

»Bist du betrunken, Eva?«

»Nein ...«

»Hast du Drogen genommen, Eva?«

»Nein.«

»Was dann, Eva?«

Ich schaute sie an und schluckte. Eh ich mich versah, versprach ich meiner Ballettmeisterin mit kindlicher Stimme, von nun an ein artiges Mädchen zu sein.

»Was?« vergewisserte sie sich.

»Nie mehr ... nie mehr was Böses tun ...«, wimmerte ich, »... nie mehr ...«

»Du bist doch betrunken, Eva!«

»Nein!«
»Du hast Haschisch geraucht?«
»Nein!«
»Dann geh jetzt zu Bett!«

Damit war diese Angelegenheit für Frau Gruber erledigt, was mir im nachhinein bewies, daß sie noch wesentlich brutaler und skrupelloser war, als ich es mir in meinem Kinderverstand jemals hatte vorstellen können. Was mir widerfahren war an diesem Samstagabend, war so schrecklich gewesen, daß ich es sofort vergaß. Am nächsten Morgen konnte ich mich an überhaupt nichts mehr erinnern, ich wußte nicht einmal mehr, daß es diese vergangene Nacht gegeben hatte, und die mysteriöse Beule an meinem Kopf war mir völlig gleichgültig. Sie war nun mal da, mehr nicht.

Frau Gruber wußte indes genau Bescheid. Sie wußte zwar auch nicht, was sich zugetragen hatte, zumindest aber, daß sich da etwas zugetragen hatte, doch hütete sie sich, mich darauf anzusprechen. Für ihre Begriffe war nämlich ein Wunder geschehen. In einer einzigen Nacht hatte ich mich ganz von allein zu dem entwickelt, was sie jahrelang vergeblich aus mir hatte machen wollen. Endlich war ich ein formvollendetes Püppchen, ein Püppchen aus Überzeugung. Hatte ich früher zu dem geschwiegen, was mir nicht paßte, so paßte mir jetzt plötzlich alles, so daß sich das Schweigen erübrigte. Früher hatte ich nur widerwillig getan, was sie verlangte, jetzt tat ich es gern. Jetzt gehörte ich endgültig ihr, und da fragte sie natürlich nicht, warum das wohl so war.

Ich selbst fragte mich das auch nicht, obwohl meine sogenannten Veränderungen alles andere als unauffällig waren. Ich legte mir nämlich von einem Tag auf den anderen jede Menge exklusiver Ticks zu. Ich ging zu den teuersten Friseuren, ich kleidete mich nur noch in Haute Couture und pflegte mein Äußeres wie einen Augapfel. Mein besonderes Faible galt kostbarster Nachtwäsche, die ich mir bald schon in allen Variationen zulegte. Geld hatte ich schließlich genug. Neben meiner Theatergage verdiente ich an Werbeveranstaltungen, die Frau Gruber organisierte. So war mein Konto schon bald fünfstellig, und ich träumte von einem italienischem Super-Luxus-Sport-Kabriolett.

Meine Kollegen sprachen mich nacheinander auf meine plötzliche Wandlung an, doch ich ging jeder Nachfrage aus dem Weg. Mehr noch, ich entwickelte binnen kürzester Zeit rhetorische Fähigkeiten, die ich mir selbst nicht zugetraut hätte. Beißender Zynismus brodelte in mir, auf alles fiel mir eine bösartige Antwort ein. Einer gab diesem Kind einen Namen, indem er es »Klapperschlangen-Charme« nannte, und dieser eine war der einzige, der davon verschont blieb: Jimmy, unser Choreograph. Zu ihm knüpfte ich bald seltsame Bande, sie waren wohl auch nur »Ticks«, denn daß er wie die meisten Männer in unserer Kompanie homosexuell war, hatte ich von Anfang an gewußt. Dennoch war ich plötzlich in ihn verliebt, oder besser, ich glaubte, in ihn verliebt zu sein. Es war ein merkwürdiges Gefühl, das frei war von Leidenschaft und Zärtlichkeit, das nur wenige Wochen dauerte und mich trotzdem erfüllte. Jimmy spürte, was ich für ihn empfand. Zwar lag ein Hauch von Mitleid in seinem Blick, wenn er mich ansah, doch er konnte es nicht lassen, mich anzusehen und jedes Lächeln zu erwidern. Fortan schenkte er mir und meiner Arbeit besondere Beachtung.

Dann inszenierte er seinen ersten Ballettabend.

Es war ein Gershwin-Ballettabend, und er bestand aus der *Rhapsody in Blue,* dem *Amerikaner in Paris* und dem *Konzert für Klavier und Orchester in F-Dur.* Als die Proben im Herbst 1975 begannen, tanzten unsere Solistinnen erwartungsgemäß die Hauptrollen. Doch hatte Jimmy ursprünglich Artist werden wollen, und nachdem ein schwerer Unfall diesen Traum zerstört hatte, wollte er seine Zirkus-Phantasien auf choreographischer Ebene ausleben. Das ließen sich die Damen jedoch nicht bieten.

»Nicht mit uns!« kreischten sie und warfen das berühmte Handtuch. »Such dir andere Idiotinnen, die vom Schnürboden springen und auf wackeligem Podest doppelte Fouettés drehen! Wir sind uns dafür zu schade.«

Eine knappe halbe Stunde später stand Jimmy vor mir in der Garderobe. »Wie ist es, Eva? Ich gebe dir die Hauptrolle in der *Rhapsody* und im *Konzert*, zusammen mit Peter Iwanow. Nimmst du an?«

Das war ja überhaupt keine Frage. Ich war außer mir vor Glück, und dieses Glück vermochte nichts zu trüben, nicht einmal die Tatsache, daß Hilary im *Amerikaner* die Hauptrolle tanzte.

»Es führen eben viele Wege nach Rom!« erklärte sie mir. »Die eine schafft es mit Fleiß, und die andere …« Sie lachte, und ich stimmte zögernd mit ein. Seit jenem Samstag hatte ich kaum noch Kontakt zu ihr, sie war schließlich ein billiges Flittchen. Trotzdem raffte ich mich auf, wenigstens mit ihr zu lachen, anschließend zogen wir in trauter Eintracht und mit hoch in die Luft gestreckten Näschen in eine Sologarderobe und bekamen sogar eine eigene Garderobiere. Sie hieß Frau Schmidt, sie war eine liebe Frau von fünfzig Jahren, klein, dick und mit einem unserer Pförtner verheiratet. Da sie keine eigenen Kinder hatte, ließ sie ihre Mütterlichkeit an uns aus – und das ließ mich meine wirkliche Mutter nur noch mehr vermissen.

Von Anfang an hatte ich unter der Trennung von meinen Eltern gelitten. Mehr als einmal war ich drauf und dran, einfach nach Hause zu fahren. Doch mein Stolz verbot mir, eine solche Schwäche zu zeigen. Ich hielt durch und fraß den Jammer in mich hinein. Nur mein Herrgott wußte, wie es da drinnen mittlerweile aussah. Deshalb ließ Er wohl schließlich Gnade walten. Wenige Tage vor meinem achtzehnten Geburtstag bekam ich einen Brief von meinen Eltern, das erste Lebenszeichen nach zweieinhalb Jahren. Sie schrieben, daß sie in letzter Zeit viel über mich in der Zeitung gelesen hätten.

»Nicht nur deshalb würden wir uns freuen, wenn Du an Deinem Ehrentag nach Hause kämest.«

Das war durchaus herzlich gemeint, auch wenn es nicht so klang. Denn meine Eltern waren stolz. Sie hatten mich damals aus dem Haus gejagt, um meinen Willen zu brechen, und sie hatten fest damit gerechnet, daß ich nach drei oder vier Wochen reumütig wieder heimkehren würde. Daß das nicht geschehen war, hatten sie wohl nie verstehen können.

Nachdem ich mein Elternhaus am 22. Juni 1973 verlassen hatte, kehrte ich am 2. Oktober 1975 dorthin zurück. Vor der Tür stand das italienische Super-Luxus-Sport-Kabriolett, von dem ich seit langem geträumt hatte; neben dem Auto standen meine Eltern, sie wirkten verlegen.

»Weißt du«, sagten sie, »du hast getan, was du wolltest, Eva, aber der Erfolg gibt dir recht. Laß uns den Ärger begraben!«

Diese Versöhnung machte mein Glück vorerst vollkommen. Ich zog zwar nicht wieder zu meinen Eltern – das hätte ich Frau Gruber einfach nicht antun können –, aber sie holten auch so in wenigen Wochen nach, was sie in zweieinhalb langen Jahren versäumt zu haben glaubten. Ich wurde verwöhnt, geliebt und getröstet. Den Trost brauchte ich bald nötiger als das tägliche Brot. Von nun an ging alles ganz schnell. Das Schicksal erwartete mich zum Hauptkampf, im Ring war schon alles bereit. Das Einläuten übernahm Frau Gruber, indem sie befand, Jimmy hätte die ihr so sehr verhaßte Hilary bei der Rollenvergabe für den Ballettabend bevorzugt. »Sie kann im *Amerikaner* darstellerisch einfach mehr bringen, als du«, sagte sie. »Und das mußt du wettmachen, Eva. Du mußt technisch perfekt sein, brillant ... ich werde das schon regeln.«

Fortan war Frau Gruber bei jeder Probe anwesend und mischte sich in alles ein. Choreographierte Jimmy eine doppelte Pirouette, wollte sie eine dreifache, verlangte er eine Serie Pas de quatre, bestand sie auf einer Pas de six. Herr Porter wollte sich von Frau Gruber natürlich nicht ins

Handwerk pfuschen lassen. So keiften sie einander an, daß die Fetzen nur so flogen, und dieser Streit wurde auf meinem Rücken ausgetragen, denn letzten Endes bekam meine Ballettmeisterin doch immer, was sie wollte. Jimmy bemerkte nicht einmal im nachhinein, wie er ihr ins Netz gegangen war. Arglos lieferte er die Ideen, Frau Gruber arbeitete sie aus, und ich hatte sie umzusetzen. Da es sich dabei oftmals um wahre Kabinettstückchen handelte, mußte ich noch viel mehr arbeiten als zuvor. Manchmal hing ich dem Zusammenbruch nahe über einer der Trainingsstangen und brach in Tränen aus. Aber selbst dafür gab es dann noch Schelte.

»Hör auf zu flennen!« fuhr Frau Gruber mich dann an.
»Aber ich kann nicht mehr.«
»Wer noch sagen kann, daß er nicht mehr kann, der kann noch. Wer wirklich nicht mehr kann, bricht wortlos zusammen. Weiter, Eva!!!«

Hatte Frau Gruber bisher gesagt: »Wenn du nicht spurst, bilde ich dich nicht weiter aus!«, so sagte sie jetzt: »Wenn du nicht spurst, lasse ich dich fallen wie eine heiße Kartoffel!« Das klang in meinen Ohren noch gefährlicher. Sie interessierte sich eben nicht für den Menschen in mir, für sie war ich nur die Tänzerin Eva. Das wurde mir einmal mehr klar, als ich binnen kurzer Zeit fünf Kilo Gewicht verlor und darüber erschrak. Frau Gruber zischte mich nur an:

»Du warst eh zu fett. Eine Ballerina darf schließlich nicht aussehen wie das Reklamegirl auf einer Haferflockenpakkung.«

Kurze Zeit später entdeckte ich in meinen Leistenbeugen teils sichtbare, teils nur fühlbare Knoten und Knötchen. Die kleinsten hatten das Ausmaß einer Erbse, die größten das eines Pfirsichkerns. Einige waren gerötet, druckempfindlich und beweglich, andere waren hart abgegrenzt und bereiteten nicht die geringsten Beschwerden.

Auch dafür hatte Frau Gruber sofort eine Erklärung. »Das kommt von deinen engen Helanca-Trikots«, schimpfte sie.

Also stieg ich um auf weite Baumwolltrikots, aber die

Knubben, wie Frau Gruber sie nannte, rührten sich trotzdem nicht von der Stelle. Statt dessen begannen sie zu schmerzen, und diese Schmerzen wurden zunehmend unerträglich. Sie fielen plötzlich über mich her, so daß mir der Atem stockte, sie lähmten für den Bruchteil einer Sekunde meine Beine und umspannten meinen Unterleib wie ein stählernes Korsett, dann war es wieder vorüber.

»Sprich da bloß nicht drüber!« sagte Frau Gruber. »Wenn das im Theater jemand erfährt, wirst du sofort umbesetzt.«

»Aber sollte ich denn nicht zum Arzt gehen?«

»Was?« Frau Gruber war über alle Maßen empört. »Was von allein gekommen ist«, brüllte sie, »wird wohl auch von allein wieder verschwinden. Man kann doch nicht wegen jeder Lächerlichkeit gleich zum Arzt rennen!«

Ich beschloß, ein letztes Mal auf sie zu hören. Lächerlich machen wollte ich mich schließlich nicht. Auch meinen Eltern sagte ich nichts, um ihnen unnötige Sorgen zu ersparen.

Da ich die Schmerzen nicht ertragen konnte, besorgte ich mir Tabletten aus der Apotheke. Die halfen jedoch nicht. Da bekam ich einen »Tip«: Ich ging zum Bahnhof, kam ins Gespräch mit Herrschaften, die in verschlissenen Mänteln in düsteren, muffigen Ecken hockten, Schnapsflaschen und Zigarettenkippen in der Hand hielten und sämtliche Wohlgerüche des Orients verströmten. Sie halfen mir weiter, und so fand ich mich eines Morgens im verdreckten Kloraum eines abgestellten Eisenbahnwaggons wieder. Es war bitterkalt darin, und es roch nach Kot und abgestandenem Urin. Durch das halboffene Milchglasfenster drang zudem der Gestank von feuchtem Metall. Das kleine Waschbecken war vom Schmutz verschmiert, der Spiegel war blind, auf dem Fußboden lagen gebrauchte Papierhandtücher, und die klebrige Klobrille war gerissen. Gerade wollte ich entsetzt davonlaufen, als ein Mann hereinkam. Es war ein finsterer Geselle, aber gegen harte Währung gab er mir ein Päckchen Tabletten, die halfen. Sie fielen zwar unter das

Betäubungsmittelgesetz und hatten derart starke Nebenwirkungen, daß ich gleichzeitig auch Aufputschpräparate schlucken mußte, aber sie halfen.

So zehrten sich die eigentlich für den Sportwagen gedachten Ersparnisse zusehends auf. Die Premiere des Ballettabends rückte immer näher und beschäftigte mich so sehr, daß ich kaum bemerkte, wie rasant mein Pillenbedarf stieg. Täglich brauchte ich mehr, um leistungsfähig zu sein, und je mehr Pillen ich schluckte, desto nervöser wurde ich. Unter meinen Launen litten besonders Hilary und Frau Schmidt. An sie gab ich den Druck weiter, den Frau Gruber, Jimmy und Peter auf mich ausübten. Meist nahmen sie es kommentarlos hin, manchmal beschwerten sie sich darüber, aber niemals versuchten sie, sich in meine Lage zu versetzen. Der Ballettabend war nun mal das einzige, woran ich denken konnte, er war meine große Chance, er sollte der Beginn meiner Karriere werden. Deshalb ignorierte ich auch, daß ich immer weiter abnahm und einen nahezu unerträglichen Ekel gegenüber Fleisch, Wurst und Süßigkeiten verspürte. Ich hatte lediglich Angst, die anderen könnten etwas bemerken. Diese Angst steigerte sich mit jeder Tablette, und als ich kaum mehr mit ihr leben konnte, brachte ich meine gesamte Garderobe in die Änderungsschneiderei und fertigte mir eine Art von Korsage, die von oben bis unten mit Bleiband ausstaffiert war. Dann fühlte ich mich sicher.

»Du irrst dich«, erklärte ich jedem, der mich fragte. »Ich habe nicht abgenommen, sonst würden meine Sachen ja nicht passen. Ich kann mich auch gern auf die Waage stellen.«

Diese gelungenen Betrügereien steigerten meine Euphorie nur noch. Ich redete mir ein, stark zu sein, und kämpfte mich wie in Trance zum Ziel.

3

Der 1. März 1976 war ein bitterkalter Wintertag. Seit Wochen lag die Stadt unter einer dichten Schneedecke, und der ständig verhangene Himmel ließ es kaum mehr richtig hell werden.

Den Tag hatte ich im Bett verbracht, mit der Hoffnung, so etwas wie Ruhe zu finden.

Gegen Mittag wurden die Lider schwer, mein Atem floß gleichmäßig, und das Ticken des Weckers klang wie ein Schlaflied. Eh ich mich versah, machten meine nervösen Gedanken aber alles wieder zunichte, und ich riß, von Visionen gepeinigt, die Augen auf: Der Atem begann zu rasen, die Zeitbombe auf meinem Nachttisch rüstete zum Countdown. Ich war hellwach.

Erst als der Wecker um halb vier klingelte, machte sich eine bleierne Müdigkeit in mir breit. Jetzt hätte ich schlafen können ... nur war es leider zu spät.

»Premierenfieber!« erklärte meine Ballettmeisterin. »Nichts Besonderes, das hat jeder.«

Daß es jeder hatte, beruhigte mich zwar nicht, aber dafür zeigte Frau Gruber keinerlei Verständnis. Sie hatte andere Dinge im Kopf.

Durch meinen Gewichtsverlust hatte Peter zusehends das Verhältnis zu meinem Körper verloren. Einige Hebungen, insbesondere die eingesprungenen, waren dadurch völlig aus den Fugen geraten. Aus diesem Grund hatte Frau Gruber trotz der bevorstehenden Premiere eine letzte Probe anberaumt. Ich selbst fühlte mich überanstrengt. Sogar an diesem 1. März hatte ich trotz Bettruhe sechs Tabletten gebraucht, um die Schmerzen überhaupt ertragen zu können. Jetzt schluckte ich zwei weitere und jagte zwei Aufputschpillen hinterdrein.

Gegen halb fünf verließ ich das Haus. Draußen war es schon dunkel. Ich stapfte vorsichtig die schlechtbeleuchtete Straße entlang. Die Luft war eisig. Ich bemühte mich, den Mund geschlossen zu halten, aber die Augen begannen zu tränen, und ich konnte kaum mehr erkennen, wohin ich überhaupt trat.

Nach etwa zehn Minuten Fußweg erreichte ich die Innenstadt. Sie war sonntäglich leergefegt, wirkte aber bunter als sonst. Ihre Lichter glitzerten in tausend verschiedenen Farben, und inmitten all dieses Glanzes brillierte ein Stern: mein Theater.

Der Pförtner grinste, als ich verfroren eintrat und meine Schuhe abklopfte.

Mein Hals war plötzlich so trocken, daß ich kein verständliches Wort hervorbrachte.

Oben in der Garderobe drehte ich hastig die Heizkörper auf, zog die Vorhänge zu, schaltete das Licht ein und zog mich um. Darüber kam Peter herein.

»Im ersten Teil vom Pas de deux etwas mehr verzögern«, begrüßte er mich. »Dafür am Ende vom zweiten Teil schneller, Eva. Und nicht soviel Schwung! Mach es mit Gefühl, kapiert!«

»Ja.«

»Dann beweg deinen Arsch!!!«

Er hatte es noch nicht ganz ausgesprochen, als er auch schon wieder fort war.

Nach einem kurzen Aufwärmtraining stand ich pünktlich um fünf Uhr im Ballettsaal. Peter gönnte mir wie gewöhnlich keinen Blick. Frau Gruber machte sich am Tonbandgerät zu schaffen.

»Von wo an?« fragte ich sie.

»Hör hin!«

Die Hebungen klappten eine wie die andere. Blieb nur die Schlußhebung, unser ganz spezielles Sorgenkind.

Ich mußte aus einem tiefen Plié abspringen, und Peter ergriff am höchsten Punkt des Sprunges meinen Oberschenkel, warf mich mit einer halben Drehung über seinen Kopf, um mich in einer Haltung aufzufangen, die gemeinhin »Fisch« genannt wurde.

Ich beherrschte jede einzelne Phases des Bewegungsablaufes im Schlaf und stellte mich auch dieses Mal präzise in Position, machte eine Glissade, sprang ab – und schlug unmittelbar danach auf dem harten Holzboden auf.

Das war am Vortag auch schon passiert und wurde von den anderen gelassen hingenommen.

»Gleich noch einmal!« tönte meine Ballettmeisterin voller Mitgefühl. »Ohne Musik!« Peter knurrte indes vor sich hin.

»Wieviel wiegst du, du Kuh? Verrat mir das!«

»Neunzig Pfund.«

»Mit Bett oder ohne?«

Ich wog in Wahrheit zwar nur mehr zweiundachtzig Pfund, aber das wollte ich auf keinen Fall zugeben. Statt dessen stellte ich mich wiederum in Position, machte meine Glissade, sprang ab – und stürzte erneut.

Frau Gruber seufzte.

»Entweder Peter hat recht«, sagte sie, »und du bist tatsächlich viel leichter als vor Monaten ...«

»Oder?« hechelte ich hastig.

»Oder du nimmst zu viel Schwung. – Nimm noch mehr Schwung. Mach keine halbe Drehung, sondern eine anderthalbe!«

»Aber –«

»Red nicht, Eva, tu es!«

Ich tat es, aber ohne Erfolg. Ich stürzte und stürzte, und schließlich brach ich in Tränen aus.

»Wie oft soll ich dir noch sagen, daß du nicht immer gleich flennen sollst, Eva!«

»Es ist aber doch mein Blut, was hier fließt!« schluchzte ich.

»Na und?« gab Frau Gruber zurück. »Was willst du denn? Sieg oder Niederlage?«

»Sieg ...!« wimmerte ich.

»Dann tu was dafür! Ein Sieg hat seinen Preis. Weiter, Eva!« Ich ließ mich überreden; nach elf weiteren Stürzen und einer Schürfwunde am rechten Knie war es schließlich vollbracht: Ich knallte nicht auf den Boden, sondern wurde vorschriftsmäßig aufgefangen.

»Siehst du?« frohlockte Frau Gruber, »man darf niemals aufgeben. Gleich noch einmal!« Wieder klappte es. »Und noch einmal, Eva! Und ein letztes Mal, Eva! Und ein allerletztes Mal! Jawohl!«

Ich konnte es kaum fassen, meine Ballettmeisterin gab sich ganz offensichtlich zufrieden. Peter aber hob drohend die Hand und sagte:

»Wenn du die Hebung in der Vorstellung vergeigst, Eva, wenn das passiert, ich schwöre dir, wenn das passiert –«

»Es wird nicht passieren!«

Frau Grubers Stimme klang scharf wie nie zuvor. Ich flüchtete in die Garderobe. Inzwischen war Hilary eingetroffen. Demonstrativ ausgeruht saß sie an ihrem Schminktisch, trank Kaffee und rauchte eine Zigarette.

»Na«, begrüßte sie mich, »wieder mal fleißiger gewesen als die anderen?«

»Es genügt, wenn eine schlampt!« gab ich zickig zurück.

Die Garderobe war voller Blumen und Päckchen, und auf meinem Schminktisch häuften sich die Karten, auf denen toi, toi, toi stand. Unwirsch schob ich alles beiseite und wechselte das durchnäßte Trikot. Darüber kam Frau Schmidt herein.

»Ach, da sind Sie ja endlich, Eva-Kind, ich hab' schon so auf Sie gewartet!«

Das hatte mir gerade noch gefehlt.

»Unten in der Kantine sitzt nämlich so ein Pressefritze«, schnatterte sie los, »und der wollte vor der Vorstellung unbedingt noch mal eben mit Ihnen reden. Aber dem habe ich ja vielleicht Bescheid gesagt! Vor der Premiere, habe ich gesagt, da hat die Eva ganz andere Dinge im Kopf.«

»Was für ein Journalist ist das denn?« mischte Hilary sich ein.

»Ari ... Ari ... irgend so ein Ari Dingsbums.«

»Ari Penkert? Mein Gott, Schmidtchen, das ist ja Ari Penkert?«

Hilary war völlig aus dem Häuschen.

»Wo sitzt er denn?« wollte sie wissen.

»Ja, unten in der Kantine!«

»Und was hat er an?«

»Oh ... ich ...«

»Macht nichts, Schmidtchen, ich find' ihn schon. Wenn Sie nur mal schnell Sigrid rufen, daß sie mich schminkt, damit ich vor dem Training ...»

»*Nein!!!*«

Mein Schrei gellte durch den Raum, und die beiden sahen mich erschüttert an. »Schluß mit dem Gequatsche!« keifte ich. »Ruhe jetzt, ich will meine Ruhe.«

Hilary stöhnte laut auf. »Merken Sie es, Schmidtchen? Unser Star ist gereizt.«

Dieser Säuselton gab mir endgültig den Rest. »Und wenn schon!« tobte ich. »Ist ja kein Wunder!«

»Da hast du recht«, erwiderte Hilary. »Schau dich mal an, Eva! Du bist so dürr, daß du eine sibirische Bergziege zwischen die Hörner küssen kannst.«

»Da hat die Hilary recht«, gab Frau Schmidt nun auch noch ihren Senf dazu. »So dünn sind Sie, Eva-Kind, sooooo dünn ...!«

Da war es um mich geschehen.

»Raus!« rief ich. »Raus!!! Alle beide!!! *Raus!!!*« Es war ein einziger verzweifelter Aufschrei. Während Frau Schmidt flugs das Weite suchte, tänzelte Hilary betont langsam zur Tür und warf mir im Hinausgehen ein maliziöses Lächeln zu.

»Übrigens«, raunte sie, »auf Dauer soll Morphium ungesund sein.«

Dieser Satz traf mich bis ins Mark. Nachdem Hilary fort war, setzte ich mich an meinen Schminktisch und weinte hemmungslos. Ich wußte ja selbst, daß meine Tabletten mich in eine Abhängigkeit brachten, aus der ich so schnell nicht herausfinden würde. Um das zu erkennen, brauchte ich ja bloß in den Spiegel zu sehen. Das Mädchen, das mir entgegenblickte, war eine Fremde. Unter ihren Augen lagen tiefe, dunkle Ringe, ihre Wangen waren ausgehöhlt, und der Mund zitterte. Er wollte etwas sagen, aber ich wollte nichts hören. So unmittelbar vor dem Ziel durfte ich einfach nicht aufgeben.

Um Punkt sieben stand ich im Ballettsaal inmitten der gesamten Kompanie an der Stange. Keiner sprach ein Wort, die Mienen jedes einzelnen waren vereist, mit starrem Blick absolvierte man das Exercice, das Jimmy zur Feier des Tages persönlich gab. Auch er wirkte verkrampft und bemühte sich vergeblich, Hilary und mir ein aufmunterndes Lächeln zu schenken. Das Premierenfieber hatte uns alle gepackt. Nach dem Training rannten wir hastig in die Garderobe zurück. Ich schlüpfte in mein Kostüm, ließ mich frisieren und schluckte zwei weitere Tabletten. Die Schmerzen waren unerträglich geworden.

»Achtung!« dröhnte es schließlich aus dem Lautsprecher. »Es ist jetzt genau neunzehn Uhr fünfundvierzig. Noch fünfzehn Minuten bis zum Beginn der Premiere Ballettabend I im großen Haus. Frau Martin und Herr Iwanow bitte zur Bühne!

Ich wiederhole ...«

Meine Nerven waren zum Zerreißen gespannt.

Das war er also, der Augenblick, auf den ich vierzehn Jahre lang gewartet und für den ich soviel geopfert hatte. Jetzt war er da, aber statt mich zu freuen, fühlte ich nur nackte Angst.

Die Schmerzen wollten einfach nicht verschwinden. Hartnäckig wie nie zuvor geißelten sie meine Leistenbeugen und machten jede Bewegung zur Qual. Eine mir bislang unbekannte Panik befiel mich, ich hatte Angst zu versagen. So steckte ich meine Pillen vorsichtshalber in die Tasche meines Bademantels, ließ mir von allen Seiten »toi, toi, toi« wünschen und machte mich auf den Weg.

Hinter der Bühne ging es äußerst geschäftig zu. Unmittelbar nach mir erschien Frau Gruber, flankiert von Jimmy und Peter.

»So!« tönte sie und installierte sich neben dem Inspizientenpult.

»Wollen Sie da etwa die ganze Zeit stehenbleiben?« fragte ich.

»Natürlich! Ich will genau sehen, was für einen Mist du verzapfst!«

»Aber, aber«, fiel Jimmy ihr ins Wort. »Eva ist hervorragend. Gestern hat sie –«

»Sagen wir, sie hat Talent.«

»Sie tanzt wie eine Göttin!«

»Sie tut ja auch seit fünfzehn Jahren nichts anderes.«

»Vierzehn!« wandte ich zaghaft ein und erntete dafür einen bitterbösen Blick meiner Ballettmeisterin.

»Du halt den Mund und die Glieder warm!« fauchte sie mich an.

Das ließ sogar Peter in Mitleid verfallen.

»Ich verlaß mich auf dich!« flüsterte er und umarmte mich. Mir kamen fast die Tränen.

Dann lief die Zeit, die letzten fünf Minuten rasten nur noch so dahin. Verzweifelt versuchte ich, ein inniges Vaterunser zu beten, wurde aber immer wieder von Frau Gruber unterbrochen.

»Laß diesen Unsinn!« zischte sie. »Mach lieber ein paar Yoga-Übungen!«

Ich hörte sehr wohl, ließ mich aber nicht beirren. Unter Mühen führte ich mein Gebet zu Ende, und ich hatte noch nicht ganz »Amen!« gesagt, als mir der Inspizient auch schon auf die Schulter klopfte.

»Es ist soweit!« sagte er.

Ich schluckte.

»Schschsch ...«, klang es von allen Seiten, »... wir fangen an!«

Im gleichen Moment verlöschte das Licht im Zuschauerraum, und das Orchester beendete das disharmonische Einstimmen der Instrumente, fand sich zusammen im Kammerton a – er bohrte sich wie ein Dolch in mein Innerstes. Dann trat Stille ein, der Vorhang öffnete sich, jemand hustete, das Spiel begann ...

... ich fühlte mich elend. Meine Beine zitterten, meine Zähne klapperten, meine Haare kräuselten sich, doch außer mir schien das niemand zu bemerken. In den Augen der Zuschauer stand ich unerschütterlich fest auf meinen Fußspitzen, drehte und sprang, wie die Choreographie es verlangte. Dabei fühlte ich mich wirklich elend, elender denn je. Mit jedem Schritt, den ich tat, wurden meine Schmerzen bewußter, und ich kämpfte mich mit dem Mut der Verzweiflung durch eine namenlose Hölle – aber ich kämpfte.

Als sich die *Rhapsody in Blue* dem Ende zuneigte, rann mein Schweiß in Strömen. Es war kalter Angstschweiß. Das Haar klebte mir am Kopf, und meine rechte Wimper war in Auflösung begriffen, aber dann gab es Applaus, und einer der Bühnenarbeiter schrie »Umbau!« Jimmy strahlte. »Phantastisch!« Frau Gruber und Peter brummelten im Chor »Weiter so!«

Es hatte also niemand etwas bemerkt.

Mit letzter Kraft schleppte ich mich in die Garderobe zurück. Dort mußte ich mich erst einmal übergeben.

»Was ist?« fragte Frau Schmidt. »Um Gottes willen!«

»Nichts!« antwortete ich rasch. »Es ist alles in bester Ordnung.«

Dann ließ ich mich umschminken und wechselte das Kostüm. Während Hilary im *Amerikaner in Paris* das Publikum von den Stühlen riß, saß ich in der Garderobe und traf eine folgenschwere Entscheidung: Der Beipackzettel meiner Medikamente nannte als Höchstdosis acht Tabletten pro Tag. Zehn hatte ich bereits intus, spürte jedoch keine Linderung. Ich mußte diese Schmerzen aber loswerden, ich mußte gut sein.

So schüttete ich in einem Anflug von Wahnsinn vier weitere Tabletten in mich hinein, schluckte drei Aufputscher und ließ mir von Frau Schmidt eine Flasche Sekt aus der Kantine bringen.

»Was?« entsetzte sich die. »Alkohol und Tabletten?«

»Bitte!«

Sie sah wohl meinen Augen an, wie dringlich es war, und so tat sie mir den Gefallen.

Etwa eine Viertelstunde später setzte die Wirkung ein. Die Schmerzen vergingen, das Lampenfieber schwand. Als ich eine weitere Viertelstunde später auf die Bühne trat, wußte ich, daß Gershwins *Konzert für Klavier und Orchester in F-Dur* für mich zu einem Tanz auf dem Vulkan werden sollte. Es war wie ein Traum. Ich entglitt meiner Körperlichkeit und glaubte, mir selbst zusehen zu können. Ich fiel in eine Art von Ekstase, in der alles wie von selbst ging. Meine Pirouetten waren schneller und sicherer als sonst. Meine kleinen Sprünge waren hart wie Schläge, und die großen glichen dem Flug eines Vogels, der nur deshalb zur Erde zurückkehrte, weil die Choreographie es so verlangte. Im Adagio wogte mein Körper gedehnt und schmerzlich, und die Musik wurde zu einem Strang, an dem ich mich emporzog, um den großen Augenblick der Vollendung zu erleben.

Ich war in einer anderen Welt. Es war die Welt des Einsseins mit der Sphäre, die Welt des Morphins.

Peter ließ sich von mir mitreißen, und so tanzten wir plötzlich wie der Prinz und die Prinzessin aus dem Märchen meiner Kindheit. Der erste Satz des *Konzerts* küßte uns, der zweite umarmte uns, im dritten trug uns die Musik empor in schwindelnde Höhen, und wir glaubten schon, auf den Flügeln unserer Phantasie in das Reich meiner Träume entfliehen zu können. Aber die Wirklichkeit holte uns ein:

Schlußhebung! Um Haaresbreite hätte ich in meinem Rausch die einfache Variante gemacht. Dann aber sah ich die Leute um mich her, sie hielten den Atem an. Ich sah

Peters Augen, die starr in die meinen blickten, ich sah Frau Grubers Gesicht, und ich hörte, wie sie rief: »… Und …!« Wie auf Kommando sprang ich ab, spürte die Rotation in meinem Körper: halb, ganz, anderthalb, Fisch!

»Na bitte!« tönte meine Ballettmeisterin.

Noch während des Schlußakkords brach das Publikum in frenetischen Jubel aus. Es drang von fern bis zu mir vor und ließ alles in einem anderen Licht erscheinen. Mein Schweiß, meine Tränen und meine Einsamkeit, die verlorene Kindheit und die verschenkte Jugend, ja, sogar meine Schmerzen und all die vielen Tabletten, sie schienen sich plötzlich gelohnt zu haben, für diesen einen Augenblick.

Während das Corps begann, die Huldigungen des Publikums entgegenzunehmen, lehnte ich in der Gasse. Frau Gruber trat zu mir.

»Eva!«

Ich sah sie an, aber ihr Gesicht verschwamm vor meinen Augen. »War ich gut?« hauchte ich.

»Man konnte hinsehen.«

Ich hörte das, begriff es aber nicht. Von fremder Glückseligkeit erfaßt, strahlte ich sie an. »Ich werde niemals aufhören zu tanzen, Frau Gruber. Niemals! Man wird mich auf der Bühne erschießen müssen, um mich loszuwerden.«

»Eva! Was ist mit deinen Augen?«

»Was?«

»Deine Pupillen, … die …«

Im selben Moment kam Jimmy. »Du warst … so was habe ich noch nie … Applausordnung.«

Er stammelte wie ein Kind.

Liebevoll schob er mich auf die Bühne, wo Peter die stehenden Ovationen der Menge bereits entgegengenommen hatte, den Arm ausstreckte … das war mein Zeichen.

So trippelte ich auf ihn zu, ergriff seine Hand, verbeugte mich tief und fühlte plötzlich, wie weit ich von alldem weg war, was so nahe schien. Die Welt, in der ich mich bewegte, war nicht die, in der ich lebte, nicht in diesem Augenblick.

Die Euphorie, die mich während der Vorstellung erfaßt hatte, war dahin. Übelkeit erfaßte mich, mir wurde schwarz vor Augen. Dennoch gelang es mir irgendwie, meine Pflicht zu tun. Ich »holte« Jimmy, der gemäß Applausordnung von mir zu »holen« war, weil er angeblich nicht allein gehen konnte. Das gleiche galt für den Herrn Generalmusikdirektor, der sich wie gewöhnlich zierte wie eine Jungfrau, verlegen mit den Frackschwänzen schlackerte und mir schmachtend die Hände küßte. Das Publikum fand das auch noch großartig.

Dann folgten die Vorhänge, zehn, fünfzehn, vielleicht sogar noch mehr. Nach jedem Mal fühlte ich mich schlechter, und Frau Grubers Schimpfen dröhnte mir in den Ohren.

»Ich will, daß du lächelst!« keifte sie mich an. »Wie du dich fühlst, interessiert da unten keinen Menschen. *Lächeln!*«

Sie machte es mir vor, und ich erschrak, denn ihr Gesicht glich plötzlich einer Fratze. Zugleich begann der Boden unter mir zu schwanken, die Luft wurde dicker und dicker, kalter Schweiß umhüllte meinen Körper.

Der letzte Vorhang war gefallen.

Ich fühlte mich, als steuerte ich in einem führerlosen Boot auf einen reißenden Abgrund zu. Ich sank zu Boden, und dabei spürte ich jede einzelne Phase dieses Sinkens, ich dachte an die Tabletten in meiner Handtasche und an meine Großmutter, die gestorben war, als ich noch ein kleines Mädchen war, und an saure Gurken und an meine ersten Pliés und an meine Eltern, die jetzt sicher schon in der Garderobe auf mich warteten, und an rote Rosen dachte ich, an den Tod.

»Schnell!« hörte ich jemanden rufen. »Einen Arzt, schnell!«

Dann schloß ich die Augen.

4

Doktor Laser führte eine luxuriöse Praxis mit dicken Velours-Teppichböden, schweren Ledergarnituren und geschmackvollen Gemälden an den Wänden. Das gefiel mir. Es nahm mir etwas von der Angst, den Händen eines Mediziners ausgeliefert zu sein. Laser selbst war groß, schlank und drahtig, seine braungebrannte Haut war zweifellos dem zweiten Wohnsitz in Monte Carlo zuzuschreiben, und die Armbanduhr an seinem Handgelenk verriet, wie einträglich das Geschäft mit den Privatpatienten doch war.

»Fräulein Martin!« begrüßte er mich freudestrahlend. »Geht es Ihnen besser?«

»Ja, danke!« log ich.

Dann erkundigte sich Herr Doktor Laser eingehend nach meinen Lebensumständen.

»Es könnte natürlich sein, daß Ihr Körper derartigen Kraftanstrengungen auf Dauer nicht gewachsen ist«, meinte er dazu.

Sofort verneinte ich auf das Heftigste und verwies auf die Knoten in meinen Leistenbeugen. Ich war sicher, er hätte sie längst entdeckt.

»Was für Knoten?« fragte er statt dessen.

»Was das ist, weiß ich ja auch nicht.«

»Dann würde ich mir das gern einmal ansehen.«

Er führte mich in seinen Behandlungsraum. Dort stand ein gigantischer Schreibtisch, der von Bücherregalen umringt war. Eine Sitzgruppe bildete den Abschluß dieses Privatbereichs, der nahtlos überging in eine medizinische Folterkammer. Da gab es Medikamentenschränke und Rollwagen mit blinkenden Instrumenten. Neben dem Waschbecken stand eine weißbezogene Untersuchungsliege.

Seufzend ließ ich mich darauf nieder, und dann drückte Herr Doktor Laser voller Brutalität auf meine knotigen Leisten.

Im Anschluß daran nahm er mir Unmengen Blut ab,

drückte neuerlich auf meinen Knoten herum, nahm mir weiteres Blut ab.

»Tja«, stöhnte er nur, »... das ist ja was.«

»Was!« erkundigte ich mich.

»Wie bitte?«

»Was ist das?«

»Oh ... da müssen wir die Befunde abwarten. Sie brauchen jetzt erst mal absolute Ruhe. Ich werde Sie krankschreiben, und Sie versprechen mir, daß Sie sich fest ins Bett legen, ja? Kommen Sie dann bitte nächsten Montag wieder.«

Damit verabschiedete er mich, und ich schleppte mich heimwärts.

Frau Gruber war nicht gerade begeistert.

»Ins Bett willst du dich legen?« fragte sie mich.

»Ja.«

»Bis Montag?«

»Ja.«

»Wegen so ein paar lächerlicher Knubben?«

»Ja.«

Zähneknirschend versorgte sie mich mit Tee und Toast, während ich mit meinen besorgten Eltern telefonierte.

»Kein junger Mensch bricht grundlos zusammen«, jammerte meine Mutter. »Du hättest dich mal sehen sollen, Eva, jede Leiche sieht gesünder aus.«

»Bleib bloß im Bett, bis die Ärzte wissen, was mit dir los ist«, sagte mein Vater. »Am besten kommst du nach Hause, denn die Gruber wird dich ja wohl kaum in Ruhe lassen.«

»Aber nein«, erwiderte ich, »sie ist ganz lieb.«

»Das wäre das erste Mal.«

»Sie versorgt mich mit Tee und Toast und –«

»Fragt sich bloß, wie lange!«

Das war eine durchaus berechtigte Frage, denn schon zwei Tage später kündigte meine Ballettmeisterin die Pflegestelle. Sie warf mir die Tageszeitungen auf den Nachttisch und meinte:

»Lies endlich die Kritiken! Und wenn du dann immer noch liegenbleiben und faulenzen willst ...!« Mit einem lauten Knall flog die Tür hinter ihr zu.

Ich haßte Kritiken! Nie las ich sie unmittelbar nach einer Premiere, und ich wußte, warum ich das nie tat. Aber in diesem Fall ließ ich mich überreden, schlug die Zeitung auf und brach fast zusammen.

Die Presse lobte zwar die technische Brillanz unserer Aufführung, kritisierte aber den künstlerischen Geschmack: »Insbesondere die erst achtzehnjährige Eva Martin läßt in Gestik und Mimik die notwendige Reife vermissen!« Wütend schlug ich die Zeitungen wieder zu. Mein Selbstbewußtsein war empfindlich erschüttert. Ich beschloß, weiter an mir zu arbeiten und meine kritikwürdigen Mängel auszumerzen. Also entstieg ich meiner Lagerstatt.

Frau Gruber zeigte sich darüber hocherfreut. Als ich im Bad verschwand, rief sie mir nach, nun könnten wir den Nachmittag ganz dem Solo der Aurora aus Tschaikowskys *Dornröschen* widmen. Wenige Minuten später stand sie dann mit mißmutigem Gesicht in der Badezimmertür.

»Wird wohl nichts mit Aurora!« knurrte sie. »Dieser Doktor Laser hat gerade angerufen, du sollst in der Praxis vorbeikommen.«

»Wann?«

»Jetzt gleich. Wenn du allerdings darauf verzichten könntest, Eva, dann wäre es möglich, das Aurora-Solo ...«

Ich wollte aber auf gar keinen Fall verzichten. Ich brauchte diesen Doktor Laser dringender als jede Aurora, denn ich mußte endlich diese Knoten loswerden. Also machte ich mich auf den Weg.

Draußen taute es schon, und die Temperaturen lagen plötzlich weit über Null. Was eben noch weißer Schnee gewesen war, wurde zu einer grauen, porösen Masse und schließlich ganz zu Wasser, das durch schwadende Gullys in der Versenkung verschwand.

Als ich die Praxis betrat, drangen mir vertraute Klänge

ans Ohr. Doktor Lasers Sprechstundenhilfe, eine aufgetakelte Blondine mittleren Alters, hing schmachtend am Telefon. Das hatte sie bei meinem ersten Besuch auch getan.

Ich räusperte mich so laut, daß es nicht zu überhören war, und die Dame zuckte merklich zusammen. Endlich erblickte sie mich.

Dann legte sie den Hörer auf, fuhr sich mit einer geübten Geste durchs Haar und blickte gelangweilt zu mir auf. »Ja?«

»Meine Name ist Martin«, sagte ich kühl, »ich sollte –«

»Ja, ich weiß!«

Sie wirkte plötzlich sehr hektisch; von ihrer eben noch so demonstrativ gezeigten Langeweile war nichts mehr übrig. Statt dessen lächelte sie mich nunmehr ununterbrochen an, und dieses Lächeln wirkte mehr als unsicher. Außerdem schien mir, als würde sie mich mit ihren Blicken durchbohren, keine Sekunde ließ sie mich aus den Augen.

Der Doktor verhielt sich nicht anders. Auch er war wesentlich nervöser als bei meinem ersten Besuch und erging sich in fast peinlicher Betriebsamkeit. Mir wurde aus dem Mantel geholfen, ein Täßchen Kaffee angeboten, das Wetter fand Erwähnung, es war schlichtweg grotesk.

Im Sprechzimmer saß dann ein alter Herr. Er war etwa siebzig Jahre alt, und als ich hereinkam, erhob er sich sofort von seinem Stuhl.

»Darf ich bekanntmachen«, sagte der Doktor, »mein Vater, Professor Doktor Laser – Fräulein Martin.«

Zögernd reichte ich dem alten Herrn die Hand.

Der Doktor holte derweil tief Luft. »Tja, Fräulein Martin«, sagte er, »ich habe extra meinen Vater hergebeten, damit er Sie auch noch mal untersuchen kann.«

»Warum?«

»Vier Augen sehen mehr als zwei.«

»Ist irgend etwas nicht in Ordnung?«

Die beiden tauschten einen ernsten Blick, dann strahlte der Professor mich an.

»Kein Grund zur Besorgnis!« sagte er mit warmer Stimme. »Das ist lediglich eine Vorsichtsmaßnahme.«

Ich glaubte ihm. Ich glaubte ihm, weil ich ihm glauben wollte, und überdies hatte sich sein Herr Sohn für meine Begriffe bei seiner Untersuchung derart dumm angestellt, daß ein weiteres Paar Augen nicht schaden konnte.

Also zog ich mich hinter dem Paravent aus und legte mich auf die Untersuchungsliege.

Der Professor setzte sich zu mir, und während ihm sein Sohn interessiert über die Schulter schaute, untersuchte er meine schmerzenden Leistenbeugen.

»Tut das weh?« erkundigte er sich, als er sah, wie fest ich die Zähne zusammenbiß.

»Nein!«

Er lächelte. »Indianerherz kennt keinen Schmerz, wie?«

»Nein!«

»Tut es denn wirklich nicht weh?«

»... Doch!« gab ich nach einigem Zögern weinerlich zu.

»Und seit wann haben Sie das?«

»Ich weiß nicht.«

»Ungefähr?«

»Seit drei oder vier Monaten.«

Der Junior stöhnte laut auf. »Und kommt erst jetzt!« sagte er mißbilligend.

Sein Vater begnügte sich indes mit einem Seufzer. »Was haben Sie denn gegen die Schmerzen unternommen?« wollte er wissen.

Ich wurde rot vor Scham und Angst, aber ich schwieg geflissentlich.

»Tabletten?« hakte der Professor nach.

Ich nickte flüchtig.

»Was für Mittelchen waren es denn?«

»Och«, wich ich aus, »alles mögliche.«

»Aha!«

Im Anschluß an diesen vielsagenden Kommentar tastete er meine Achselhöhlen und die gesamte Halspartie ab.

»Hmh!« meinte er dazu und blickte zu seinem Sohn. Der nickte.

»Da habe ich auch nichts feststellen können«, sagte er.

»Aber da ist noch eine Druckempfindlichkeit im Abdominalbereich.«

»Ah ja?«

Mir war schleierhaft, wovon die beiden sprachen, bis der Professor eingehend meinen Unterbauch untersuchte. Da wurde selbst mir klar, daß das offenbar jener geheimnisvolle Bereich war. Immer fester preßte der Professor auf meine Eingeweide und meinte: »Wenn es weh tut, müssen Sie es sagen!«

Das ließ ich mir nicht zweimal sagen, und so schrie ich bei der nächstbesten Gelegenheit laut auf.

»Interessant!« meinte der Professor daraufhin. »Sie können sich wieder anziehen.«

Ich stand auf und trat hinter den Paravent. Derweil tuschelten die beiden Männer angestrengt miteinander.

»Haben Sie in der letzten Zeit Gewicht verloren?« wollte der Professor wissen.

»Ein bißchen!« log ich.

»Wieviel?«

»Och, ... etwa zehn Pfund.«

Dieses Mal war es ein tiefer Seufzer, der den Raum durchdrang.

»Also zwanzig«, meinte der alte Mann. »Wenn Menschen Ihrer Art zehn sagen, meinen sie immer zwanzig. Das ist wie mit den Tabletten. Sie sagen Schmerzmittel und meinen Morphium. – Sehen Sie, jetzt sagen Sie gar nichts mehr.«

Ich schämte mich so sehr, daß ich am liebsten im Erdboden versunken wäre, und trat mit tief gesenktem Kopf hinter dem Paravent hervor, wie ein armes Sünderlein.

»Ist ja nicht so schlimm«, sagte der Professor leise. »Nehmen Sie wieder Platz.«

»Sehen Sie«, hob der Professor an, »wir wollen Ihnen da nichts vormachen. Ihr körperlicher Zustand ist besorgniserregend, aber ich nehme an, daß Sie das selbst wissen, nicht wahr?«

Wieder senkte ich verschämt den Kopf, worauf sich der

Doktor einmischte, dessen Taktik schonungslose Härte war.

»Ihre Laborwerte sind katastrophal«, ließ er mich wissen, »nach Ihrer Blutsenkung zu urteilen, müßten Sie sogar schon tot sein.«

»Was?« Das Entsetzen stach mir aus allen Poren, und der Vater sandte dem Sohn einen strafenden Blick.

»Ganz so tragisch ist es nun auch wieder nicht«, sagte er, »nur ... wie es ist, kann es natürlich nicht bleiben, und deshalb sind wir der Ansicht –«

»Daß Sie ins Krankenhaus gehören!« beendete der Doktor den Satz.

Zunächst war ich sprachlos, doch dann faßte ich mich. »Das geht nicht!« erklärte ich im Brustton der Überzeugung. »Ich habe fast jeden Abend Vorstellung – da kann ich mich unmöglich wegen so ein paar lächerlichen Knoten ins Krankenhaus legen.«

Der Doktor schlug fest mit der Hand auf den Tisch. »Ob diese Knoten lächerlich sind«, fuhr er mich an, »das sollten Sie schon den Fachleuten überlassen.«

Ich schluckte. Bisher hatte ich meinen »Knubben« nie eine größere Bedeutung beigemessen als die, daß sie mich bei der Arbeit behinderten. Daß es damit auch etwas ganz anderes auf sich haben konnte, kam mir erst jetzt in den Sinn.

»Sie sind vermutlich nur ein Symptom«, erklärte mir der Professor.

»Und für was?«

»Es kann eine harmlose Stoffwechselstörung sein.«

»Und dann?«

Er lächelte. »Das muß halt herausgefunden werden«, sagte er, »gehen Sie in die Uniklinik und lassen Sie sich von Kopf bis Fuß untersuchen. Es dauert ja nur ein paar Tage.«

»Wie lange genau?«

»Zehn Tage, länger bestimmt nicht!«

Ich stellte mir vor, nach diesen zehn Tagen Krankenhaus wieder voll einsatzfähig zu sein. Ich durchforstete meinen

Terminkalender. Bis zum Monatsende hatte ich nur zwei Vorstellungen, die ließen sich mit Jimmys Hilfe bestimmt verlegen.

»Nun«, erklärte ich daraufhin, »dann möchte ich am liebsten gleich morgen hin, dann habe ich es hinter mir.«

»Gar kein Problem!« freute sich der Professor. »Soviel ich weiß, haben wir sogar schon ein Bett für Sie.«

»So ist es!« bekräftigte der Doktor. »Alle Augen warten auf Sie!«

Das machte mich wieder mißtrauisch. Steif verabschiedete ich mich bei Laser junior und lechzte dem herzlichen Augenausdruck des Seniors entgegen. Ich wurde nicht enttäuscht.

»Alles Gute!« wünschte er mir. »Und wenn alles vorbei ist, Fräulein Martin, dann bekomme ich doch sicher mal eine Freikarte von Ihnen. Oder?«

Ich lächelte gequält. Wer immer meinen Weg kreuzte, beanspruchte für sich das Recht auf kostenlosen Theatereintritt.

An diesem Abend wurde ich jedoch entschädigt. Ich bekam nämlich selbst eine Gratisvorstellung, und zwar eine Tragödie mit Frau Gruber in der Hauptrolle.

»Was fällt dir ein?« brüllte sie mich an. »Wie kannst du es wagen, dich wegen so einer Kleinigkeit ins Bett zu legen?«

»Meine Eltern sind aber dafür«, schrie ich, »und Jimmy hat auch gesagt –«

»Jimmy, deine Eltern – was heißt das schon?«

Sie beschimpfte mich nach Strich und Faden, und als ich ihr erklären wollte, es wären doch nun wirklich nur ein paar Tage, lachte sie laut und böse auf.

»Ein paar Tage! Wenn dich diese Ärzte erst mal in den Klauen haben, lassen sie dich so schnell nicht wieder los. Gegen die kommst du nicht an, Eva.«

»Doch!«

Sie war entsetzt, mich so selbstbewußt zu sehen, und schlug vor lauter Wut mit allen verfügbaren Körperteilen auf Tische, Stühle und Sofas. Dann hob sie drohend den Zeigefinger. »Wenn du in diese Klinik gehst, Eva Martin, dann brauchst du nie wiederzukommen ...«

Da begann ich zu weinen, blieb aber trotzdem bei meinem Entschluß. Damit hatte sie nicht gerechnet.

»Ich schäme mich für dich!« teilte sie mir zum Abschied mit. »Ich will dich nicht mehr sehen!«

5

Die Klinik lag am anderen Ende der Stadt, und so saß ich am Morgen des 6. März 1976 in aller Herrgottsfrühe im Fond eines Taxis. In der Nacht hatte ich äußerst schlecht geschlafen. Der Streit mit Frau Gruber hatte mir dermaßen zugesetzt, daß ich auch jetzt noch Zorn verspürte und mit zusammengekniffenem Mund in die Dunkelheit starrte.

Wenig später stand ich vor dem gläsernen Hauptportal der Klinik, in der rechten Hand meine Reisetasche, in der linken meinen Kosmetikkoffer. Draußen wurde es langsam hell, und das Licht der überdimensional großen Lettern *Universitätsklinikum* begann zu flackern. Ich atmete tief ein und sprach mir Mut zu.

Frau Grubers Warnungen hatten mich verunsichert, und die abweisende Architektur tat nun das ihre dazu.

Das Gelände der Klinik war ein verwirrender Gebäudekomplex. Die einzelnen Fachbereiche waren in mehr oder minder imposanten Hochhäusern untergebracht und durch asphaltierte Wege und Grünzonen miteinander verbunden. Damit sich Menschen meiner Art darin zurechtfanden und die zeitungslesenden Pförtner nicht belästigt wurden, hatte die Klinikverwaltung an strategisch wichtigen Stellen genial ausgetüftelte Hinweisschilder angebracht. Auf so ein Schild ging ich geradewegs zu – und erschrak.

Chirurgische Klinik stand da geschrieben, und ein Pfeil

zeigte nach links, *Hals–Nasen–Ohrenklinik:* rechts, *Augenklinik:* halblinks, *Frauenklinik:* halbrechts, und so weiter. Die Medizinische Klinik war gemäß dem Hinweisschild über mir in den Wolken zu finden, denn der Pfeil zeigte nach oben. Er zeigte aber nicht gerade nach oben, nein, der Aufwärtstrend verlief genau in der Mitte zwischen links und halblinks, unterhalb der Gastroenterologischen Klinik, die neben dem Hörsaal und der Bibliothek schräg gegenüber der Mensa zu finden war. Es war also ganz einfach, so einfach, daß ich es gar nicht erst versuchte und mich gleich an einen vorübereilenden weißen Kittel wandte.

»Entschuldigen Sie«, sprach ich ihn höflich an, »können Sie mir sagen, wie ich zur Medizinischen Poliklinik komme?«

Er blieb nicht einmal stehen. »Gucken Sie am besten da auf den Wegweiser!« rief er mir im Vorübergehen zu. Dann war er auch schon fort.

Mein Zorn war unbeschreiblich, wenn auch sinnlos. Fauchend wie eine Raubkatze, warf ich einen letzten Blick auf das verwirrende Hinweisschild und machte mich alsdann mürrisch auf den Weg nach »oben«. Der führte vorbei an Blumenrabatten, an großen Wiesen und laubenartigen Sitzecken, an lehmverdreckten Baustellen, denn fast jeder zweite Fachbereich wurde um- oder ausgebaut. Der Zugang zur Medizinischen Poliklinik, der mir mehrmals zum Greifen nahe schien, wurde mir versperrt durch metertiefe Baggerlöcher. Das Labyrinth gab mich nicht frei, und erst im dritten Versuch, nach etwa vierzig Minuten Fußweg mit schwerem Gepäck, erreichte ich die Aufnahme, wo man mich bereits erwartete.

»Sind Sie mit dem Bus gekommen?« fragte mich die junge Schwester, die meine Personalien aufnahm. Sie war kaum älter als ich, ein frischgewaschener und gestärkter Typ, der nach Hygiene und Menschlichkeit roch. Nach allem, was ich hinter mir hatte, stank mir das auf Anhieb.

»Sehe ich nach Bus aus?« gab ich schroff zur Antwort.

Das Mädchen lächelte verlegen, ließ aber nicht davon ab, mir eine Erklärung für mein Zuspätkommen abzuringen.

»Hatten Sie Schwierigkeiten, uns zu finden?« fragte sie nach kurzer Atempause.

»Kaum!« erwiderte ich schnippisch. »Beim nächsten Mal werde ich allerdings ein Zelt mitnehmen.«

»Wieso?«

»Falls ich unterwegs rasten muß!«

Die Kleine konnte mit meinem Humor offenbar nichts anfangen, denn sie wechselte die Farbe und sorgte dafür, daß mir mein schlechter Ruf mit orkanartiger Geschwindigkeit vorauseilte. Das gefiel mir. Bewußt kehrte ich meinen Klapperschlangen-Charme hervor, um sowohl mir als auch Frau Gruber zu beweisen, daß ich sehr wohl in der Lage war, mich in dieser Mediziner-Welt zu behaupten. So spielte ich beim EKG gelangweilt mit meinen Brillantringen, sandte den Schwestern, die meine Haute-Couture-Jacke bewunderten, ein hybrides Lächeln, und als der Aufnahmearzt mich schließlich völlig verunsichert fragte, ob ich etwas mit dem US-Konzern Martin zu tun hätte, zog ich gar im Stil von Frau Gruber die Augenbrauen hoch. Das wirkte. Knapp fünf Minuten später war ich in der Obhut des diensthabenden Oberarztes, und der entschuldigte sich tausendfach, nicht der Chefarzt persönlich zu sein. Stotternd und wild gestikulierend, führte er mich in ein wenig komfortables Zweibettzimmer und meinte verlegen: »Wir ... wir sind ein ... klassenloses Krankenhaus ...!«

Ich nickte majestätisch mit dem Haupte und ließ mich auf der Bettkante nieder. Derweil trat er ungeduldig von einem Bein aufs andere. »Wir ... wir werden Sie über das Wochenende auf die einzelnen Untersuchungen vorbereiten, Frau Martin, und –«

»Auf was für Untersuchungen?« wollte ich wissen.

»Oh ...!« der Herr Doktor griff hastig in seine Kitteltasche und zog einen Spickzettel hervor, dann räusperte er sich.

»Montag früh Rektoskopie, Dienstag KE, Mittwoch MDP,

gegebenenfalls Donnerstag oder Freitag Endoskopie, vielleicht noch eine Lymphographie.«

Ich war so verwirrt, daß ich ihm mein gewinnendes Bühnenlächeln schenkte, worauf er den Ansatz eines Dieners machte und entschwand. Im gleichen Moment vernahm ich schallendes Gelächter und erblickte eine Frau im Nachtgewand, die im Rahmen der Badezimmertür lehnte.

»Sie haben kein einziges Wort verstanden«, lachte sie, »oder?«

»Kein einziges!« erwiderte ich wahrheitsgetreu.

»Das ist immer so!«

Noch immer lachend, kam sie auf mich zu und reichte mir die Hand. »Ich bin Frau Klein«, stellte sie sich vor.

»Eva Martin.«

»Na, dann bin ich ja endlich nicht mehr allein in diesem Affenstall.«

Margarethe Klein war zweiundfünfzig Jahre alt, verheiratet, Mutter eines erwachsenen Sohnes und so klug und wortgewandt, wie ich es noch nie zuvor bei einem Menschen erlebt hatte.

Ihr Gehirn arbeitete präzise wie ein Uhrwerk, ihre Zunge war ungemein spitz und schnell. Obwohl sie bereits seit sechs Wochen in dieser Klinik lag, war ihr Humor ungebrochen. »Was?« fragte ich entsetzt. »Sechs Wochen?«

»Ja. Sie waren wohl noch nie in einem Krankenhaus.«

»Nein. Warum?«

Sie schmunzelte nur. »Haben Sie Angst?«

Es fiel mir schwer, darauf zu antworten, denn bislang hatten Krankenhäuser höchst widersprüchliche Gefühle in mir ausgelöst. Dachte ich an die Geburt eines Kindes, erfüllte mich ihr Anblick mit Freude. Dachte ich aber an eine Operation oder gar an einen Knochenbruch, so geriet ich in Panik.

Frau Klein schmunzelte nur noch mehr, als ich das sagte.

»Also eines kann ich Ihnen versichern«, sagte sie, »auf dieser Station wird weder geboren noch geschnitten oder gestorben, hier wird gesucht!«

»Auch gefunden?« fragte ich ängstlich.

»Och«, meinte sie, »das will ich nicht sagen. Nehmen Sie meinen Fall! Als ich herkam, haben die geglaubt, ich hätte einen Darmverschluß. War aber nicht. Dann haben sie behauptet, meine Leber wäre nicht in Ordnung, und wollten ein paar entsprechende Tests machen, aber so weit kam es nicht, weil sie meine Krampfadern entdeckt haben. Ich meine, die Verdauungsstörungen habe ich immer noch, aber dafür weiß ich jetzt, daß ich Hämorrhoiden habe, und Senk- und Spreizfüße, und mit der Wirbelsäule stimmt auch was nicht. Ich will sagen ...«

Es war herrlich, Frau Klein zu lauschen.

Ich lachte wie seit langem nicht mehr.

»Das wird mit jedem Tag, den Sie hier sind, schlimmer werden«, sagte sie. »Warten Sie erst mal ab, hier jagt ein Witz den anderen.«

Am frühen Nachmittag besuchten mich meine Eltern. Sie waren erleichtert über meinen Entschluß und schimpften auf Frau Gruber.

»Eine Stoffwechselstörung ist eine Kleinigkeit, aber auch Kleinigkeiten müssen behoben werden«, sagte meine Mutter.

»Sonst mußt du in der Dusche nämlich bald hin- und herspringen, um einen Strahl abzubekommen!«

»Aber Ernst!!!«

Wie gewöhnlich traf der Humor meines Vaters nicht den Geschmack meiner Mutter.

»Das geht hier schneller vorbei, als du denkst«, sagten sie zum Abschied. »Nutz die Zeit! Ruh dich endlich mal aus und betrachte die Tage hier als eine Art von Urlaub auf Kassenkosten.«

Diesem Ratschlag folgte ich gern. Ich kuschelte mich in die Kissen und stellte mir vor, im Bett eines Hotelzimmers zu liegen, mit Blick auf den Ozean und immergrüne Palmen. Diese Träume wurden jedoch jäh zerstört.

»Schwester Berta!!!« donnerte es durch den Raum. Mein »Angenehm!« verkümmerte zu einem schüchternen »A ...«, denn was sich da Berta nannte, hatte den Hintern eines Brauereigauls und die Angriffslust eines Nashorns. »Keine Faxen!« ermahnte sie mich vorab und hielt mir ein Gefäß mit einer übelriechenden Flüssigkeit unter die Nase.

»In einem Zug!«

Eineinhalb Stunden nach Verabreichung des zuckersüßen Trankes bekam ich unerträgliche Bauchkrämpfe. Mein Darm gab her, was er hatte, mehr noch, er schien sich selbst preisgeben zu wollen. Nach zwei Stunden, in denen ich kaum wagte, mich weiter als zwei Meter vom Toilettentopf zu entfernen, legte ich mich völlig erschöpft und wahrhaft »leer« in mein Bett.

»Also, ich weiß nicht«, jammerte ich, »wenn das Urlaub sein soll!«

Frau Klein grinste. »Sogenannte Ferien für Aktive sind jetzt sehr gefragt«, meinte sie, »man lechzt nach den letzten großen Abenteuern, Exotik ist in!«

»Aber hier ist doch nichts exotisch.«

Diesen Einwurf bereute ich schon bald, denn gegen sechs Uhr erschien ein Exote, anders konnte man den nicht bezeichnen. Er war Pfleger, und er hielt es nicht einmal für nötig, sich vorzustellen. Dieses winzige Männchen mit dem Wisperstimmchen hatte eine Angewohnheit, die den Krankenpflegern in jeder Klamaukkomödie nachgesagt wird, und von der man allein schon deshalb glauben möchte, es gäbe sie gar nicht mehr.

»*Wir* wollen jetzt schlafen!« sagte er. »*Wir* nehmen nun *unsere* Tablette, denn *wir* sind müde!« Um sechs Uhr!!!

Es war kaum zu glauben, und so beschwerte ich mich denn trotz meiner toilettenbedingten Entkräftung sofort bei Frau Klein.

Die lachte nur. »Gucken Sie sich das Bürschchen doch an! Der spricht wie ein Eunuche, der sieht aus wie ein Eunuche, das ist ein Eunuche. Vielleicht ist im Harem ja immer um sechs Feierabend.«

Das konnte mich nicht trösten.

Am Wochenende ließ sich kein Arzt blicken. Ich langweilte mich, hing meinen Gedanken nach, erfreute mich an den Besuchen meiner Eltern und des netten Herrn Klein und bemühte mich, den Unmengen Wackelpudding, die man mir servierte, etwas abzugewinnen. Etwas anderes durfte ich bis Sonntag abend nicht zu mir nehmen.

»Dieses viele Wasser im Bauch!« beklagte ich mich bei Frau Klein.

Aber auch auf dieses Wasser hatte man es abgesehen, denn kurz vor Einläuten der offiziellen Nachtruhe fiel Schwester Berta neuerlich über mich her. Dieses Mal war sie bewaffnet mit einem riesigen metallenen Behälter, an dessen Unterteil ein wenig vertrauenserweckender roter Schlauch baumelte. Meine übelsten Vorahnungen bestätigten sich:

Ich wurde auf die Seite gedreht, Berta steckte mir den Schlauch in den Po, und alsdann kippte sie mir Unmengen destilliertes Wasser in die Gedärme. Ich jaulte, aber Berta kannte kein Erbarmen.

»So!« frohlockte sie lediglich, als es vollbracht war, »jetzt sind Sie porentief rein!«

Mein Vertrauen in die Medizin stärkte das nicht mehr, vielmehr wuchs mein Mißtrauen. Wo so gründlich vorgegangen wurde, war Vorsicht geboten. Ich beschloß, auf der Hut zu sein.

Der Montag kam und mit ihm die Rektoskopie, die erste einer Vielzahl von Qualen. Man führte ein Rohr in meinen Mastdarm ein, den man mittels leichter Luftzufuhr so erweiterte, daß die Darmwände mit dem Rektoskop, einem Spezialspiegel, untersucht werden konnten. Ich jammerte laut vor Schmerz, und als es vorüber war, beschwerte ich mich ausgiebig bei Frau Klein.

»So eine Unverschämtheit!« ereiferte ich mich. »Pumpt der Mensch mir Luft in die Gedärme, daß ich fast abhebe. Soll ich hier fliegen lernen, oder was?«

Frau Klein lachte. »Keine Rose ohne Dornen!« sagte sie.

»Wenn ich an Ihrer Stelle wäre, würde ich es mit Gelassenheit sehen, es fängt ja erst an.«

Das mochte ich mir kaum vorstellen. Mich hielt nur der Gedanke aufrecht, daß in wenigen Tagen alles vorüber wäre. Die wahnwitzige Idee, diesen Klinikaufenthalt als Urlaub zu betrachten, hatte ich verworfen.

»*Aufstehen!!!*« – Meine von Schlafmitteln benebelten Sinne mochten es kaum fassen. Inmitten undurchdringlicher Dunkelheit stand Schwester Berta, richtete eine Hundert-Watt-Taschenlampe auf mein Gesicht und brüllte: »*Aufstehen!!!*« So begann der Dienstagmorgen. Sie gewährte mir zehn Minuten für meine »Hygiene«, wie sie es nannte.

Ich brauchte aber nun mal meine Zeit. So wusch ich mich in Seelenruhe, schminkte mein Gesicht, frisierte mein Haar, zog mich an, und als ich nach genau neunundzwanzig Minuten und vierunddreißig Sekunden wieder zum Vorschein kam, wechselte Schwester Berta die Farbe.

»So was habe ich mir gedacht!« stieß sie atemlos hervor. »Wie sehen Sie denn aus?«

Erstaunt sah ich an mir längs. Ich trug eine wollweiße Hose und einen tiefausgeschnittenen Angorapullover. Um meinen Hals wand sich ein zartes Goldkettchen, und auf das Make-up hatte ich einige Mühe verwandt.

»Wie ... wie sehe ich denn aus?« fragte ich arglos.

Schwester Berta blähte sich auf, und ihr Hals schwoll an, als würde sie jeden Moment platzen.

»Das fragen Sie noch?« tobte sie. »So können Sie hier einfach nicht herumlaufen, das ist schließlich kein Puff!«

Solche Töne kannte ich von Frau Gruber, und entsprechend waren sie mir verhaßt.

»Daß das hier kein Puff ist«, sagte ich schnippisch, »ist mir klar, Schwester Berta, denn wenn es einer wäre, hätte man wohl kaum Verwendung für Sie, es sei denn, zum Abgewöhnen!«

Eine solche Antwort hatte sie nicht erwartet. Es schien, als hätten ihr meine Worte allen Saft aus den Adern gesaugt. Was blieb, war ein zur Unkenntlichkeit verkniffener Mund, der da meinte:

»Gehen Sie! Zur Chirurgie! Immer geradeaus!«

Der Behandlungsraum in der Chirurgie unterschied sich nur insofern von denen, die ich bereits gesehen hatte, als daß er düsterer, unordentlicher und übelriechender war. Eine mürrische Krankenschwester brummelte mir zu, ich möchte meinen linken Arm freimachen, auf der Liege Platz nehmen und warten.

Nach etwa zehn Minuten stürzte ein Arzt herein. Er war noch sehr jung und ausgesprochen attraktiv.

»Morgen!« keuchte er, hechtete zu einem hoffnungslos überladenen Schreibtisch und grabschte scheinbar wahllos nach einer Krankenakte.

»Sind Sie das?« fragte er mich dann.

»Wer?«

»Eva Martin?«

»Ja.«

»Prima!«

Sein Name war so schwierig, daß ich allenfalls hätte versuchen können, ihn auf dem Klavier zu spielen. Da er mich aber mit kaum noch zu überbietender Ausdauer zur Ader ließ, fand ich bald einen Künstlernamen für ihn: der Blutsauger!

Nach dem zehnten Röhrchen stöhnte ich laut auf. »Wozu brauchen Sie denn das ganze Blut?«

»Das schicken wir in die Dritte Welt!«

Soviel Ehrlichkeit frappierte mich, doch schon im nächsten Moment winkte er lachend ab. »Das war natürlich ein Scherz!« meinte er.

»Natürlich. Und wozu brauchen Sie das Blut dann wirklich?«

»Oh«, seufzte er, »für den Hämoglobinwert, für die Erythrozyten, die Leukozyten, den MCH, das MCV, die MCHC, die Thrombozyten, die Retikulozyten und so weiter.«

Er hatte sehr schnell und so beiläufig gesprochen, daß ich mir in meiner medizinischen Unbelecktheit regelrecht dämlich vorkam. Ich sagte rasch »Ach so!« und hoffte inständig, das möchte einen einigermaßen intelligenten Eindruck machen. Ich hatte Glück. Mein Blutsauger war dermaßen beeindruckt, daß er sich trotz seiner Promotion herabließ, mich in ein Gespräch zu verwickeln.

»Sind Sie schon lange hier?« wollte er wissen.
»Seit Freitag!« antwortete ich.
»Was fehlt Ihnen denn?«
»Ich habe Knoten in den Leistenbeugen und die –«
»Dürfte ich mir das mal ansehen?«
»Sicher!«

Nach den beiden Lasers und dem Aufnahmearzt konnte mich nichts mehr schrecken. So zog ich bereitwillig meine Hose ein Stück herunter, damit der Herr Blutsauger in Ruhe werkeln konnte. Er ging dabei auch nicht zartfühlender vor als seine Kollegen, wohl aber wesentlich weniger routiniert, und als er fertig war, wirkte er gar unwissender als zuvor.

»Na«, fragte ich, »was meinen Sie?«
»Schwer zu sagen!« murmelte er. »Vielleicht eine Hyperplasie. Oder eine Lymphadenitis. Es könnten aber auch Lymphosarkome sein. Oder eine Lymphogranulomatose. Oder Retikulosen. Schwer zu sagen.«

Davon war ich überzeugt, denn es war offenbar nicht nur schwer zu sagen, sondern darüber hinaus auch sehr schwer auszusprechen.

Dennoch wollte ich mich so schnell nicht entmutigen lassen, bildete ich mir doch ein, auch aus dem finstersten Fachlatein müßte ein Weg ins umgangssprachliche Licht führen.

»Was ist das denn?« fragte ich deshalb.
»Retikulosen?« vergewisserte er sich. »Das sind irreversible Proliferationen von Zellen des retikulo-endothelialen Systems.«

Er verheimlichte mir nichts, und ich zeigte mich dankbar und vor allem gelehrig! »Ach so!« Mehr fiel mir nicht ein, und ich zog meine Hose wieder hoch, hockte mich auf die

Liege und harrte der Dinge, die da kommen sollten – aber es kam nichts. Die Krankenschwester klapperte nach wie vor mit den Reagenzgläsern, und mein Blutsauger war vollauf damit beschäftigt, die Ausbeute meiner Venen mit Etiketten zu versehen. Mich beachtete man gar nicht mehr. Ostentativ räusperte ich mich, worauf er mich verständnislos ansah. Erst nach mehrmaligem Nachfragen schickte er mich zum »KE«, zum Röntgen ins Erdgeschoß.

Draußen auf dem Gang war es wie in einem Taubenschlag. Die umherschwirrenden Ärzte, Schwestern und Patienten schienen über persönliche Einflugschneisen zu verfügen, und wenn man nicht achtgab, konnte das leicht zu unangenehmen Kollisionen führen. Das war aber nicht der einzige Gefahrenherd. Das Treppenhaus nämlich stammte eindeutig aus der Vorkriegszeit, die Stufen waren ungleichmäßig hoch und ausgetreten, an den Wänden fehlte der Putz, und streckenweise war das Holzgeländer brüchig.

Soviel architektonische Morbosität ließ auf einen sorgfältig erdachten Plan der Klinikverwaltung schließen, die diesen Ort offenbar zum Zulieferbetrieb für die Orthopädie erklärt hatte. Entsprechend vorsichtig wagte ich den Abstieg ins Erdgeschoß.

Plötzlich trat mir ein junger Mann in den Weg. Er war noch sehr jung, fast noch ein Kind, und recht hübsch. Seine dunklen Locken fielen ihm tief in die Stirn, und seine schwarzen Augen glänzten wie im Fieber. Er trug einen gestreiften Bademantel und Pantoffeln und ... ich schrie laut auf. Unterhalb seines Adamsapfels war ein Loch, und in diesem Loch steckte ein Plastikröhrchen, das er jetzt, wo ich es bemerkt hatte, mit fast wollüstiger Bedächtigkeit entfernte. Im gleichen Moment stieß er einen schrillen Pfeifton aus, der just aus diesem Loch zu dringen schien, und dabei lachte er über das ganze Gesicht, daß mir ein eisiger Schauer über den Rücken lief. »Nein!« kreischte ich nur noch. Dann rannte ich wie von Sinnen den Rest der lebensbedrohlichen Treppe hinunter, denn mir war, als hätte ich den Teufel persönlich gesehen ... auf Pantoffeln.

Dieser Schreck saß mir noch in allen Gliedern, als ich die Röntgendiagnostik erreichte, wo mich bereits der nächste erwartete.

Kabine drei war etwa einen Quadratmeter groß. Ich zog mich aus und wartete etwa eine Viertelstunde, dann wurde die Tür aufgerissen. Im Rahmen stand ein Bulle von Kerl mit den geschätzten Sichtmaßen von zwei Metern und zwei Zentnern und mit einer grünen Plastikschürze vor dem gewaltigen Bauch, wie man sie sonst nur auf Schlachthöfen sieht.

»Eva Martin!!!« brüllte er. Seine Stimme klang wie das Dröhnen eines Preßlufthammers.

»Ja.«

Ich sprang auf die Füße, und dabei fühlte ich mich wie ein bedrohtes Vögelein, doch selbst das erregte in meinem Gegenüber kein Mitleid. Wie eine deutsche Eiche stand er vor mir und konstatierte im Brustton der Überzeugung:

»Sie sind schwanger!«

»Ich?« fragte ich höflich nach.

»Ja!«

»Aber nein!«

»*Doch!*«

»Sie müssen sich irren, ich –«

Der Schlächter brach in diabolisches Gelächter aus. »Ich irre mich nie«, grölte er. Dabei riß er mir das Formular aus der Hand und forderte mich auf, ihm zu folgen.

Der Raum, in den er mich führte, war abgedunkelt. In der Mitte stand ein riesiger, metallen glänzender, hydraulischer Tisch. Um ihn herum waren unheimlich brummende Apparate installiert, deren Signallämpchen in den abenteuerlichsten Farben blinkten und strahlten. Ich fühlte mich völlig ausgeliefert.

»Stellen Sie sich dahin!« kommandierte der Schlächter und wies auf das Fußende besagten Tisches.

»Für Sie brauche ich ja nur einen Schmalfilm!« lachte er.

Der Eva im Paradies muß es seinerzeit wohl ebenso ergangen sein. Plötzlich wurde mir klar, daß ich nackt war, und plötzlich schämte ich mich. Es war mir vorher gar nicht bewußt gewesen. Ich hatte in diesem Mann einen Arzt gesehen, und Ärzte sahen ihrerseits immer nur die Patienten und nie die Frau Patient. So hieß es zumindest. Daß es zu Unrecht so hieß, hatte mir dieses grobschlächtige Ungeheuer jedoch soeben bewiesen, und der Erfolg war meine Scham und ohnmächtige Wut.

Ihm fiel das nicht einmal auf. Er durchforstete mein Formular zur Person und schrie aufgebracht nach einer Schwester. Die war auch sogleich zur Stelle.

»Was wird denn hier überhaupt gemacht?« brüllte er sie an. »Keine Ahnung!« gab die junge Frau gelangweilt zurück. »Wer ist denn die Patientin?«

»Martina ...«

»Eva Martin!« korrigierte ich erbost.

»Ach ja, 'schuldigung!«

Dann wandte er sich mit ungebrochener Vehemenz wieder der Schwester zu. »MDP?« brüllte er sie an.

»Nein«, stöhnte die, nachdem sie in eine Liste geschaut hatte, »KE!«

»Mmh!« meinte der Schlächter. »KE, so, so ... na, dann stehen Sie mir hier falsch!«

Sofort fühlte ich mich schuldig, und all meine Wut war dahin. Ich glitt zurück in grenzenlose Scham und Schüchternheit.

Ich mußte mich auf einen Tisch legen.

»Auf die Seite!« lautete die Order. »Und die Beine anziehen! Und vor allem anders herum, Mädchen, ich will nicht Ihre Vorderseite, ich will Ihre Rückseite!«

Schmerzliche Erinnerungen an Schwester Berta wurden in mir wach. Als ich den riesigen Kübel sah, den der Schlächter hervorzerrte, als ich die breiige Flüssigkeit sah, die dieser Kübel enthielt, da ... da schloß ich die Augen und bat Gott um ein Wunder. Aber das Wunder geschah nicht, und mir blieb nichts erspart.

6

Was das KE noch nicht ganz schaffte, gelang der MDP, die am nächsten Tag durchgeführt wurde, dann auf Anhieb: Ich verlor die Nerven.

Wie ein zorniges Kind hockte ich auf der Bettkante und heulte ohne Unterlaß, Frau Klein konnte es kaum mit ansehen.

»Das lasse ich mir nicht bieten!« schluchzte ich sie an. »Ich werde mich wehren. Wirft mir dieser Schlächter gestern zwei geheimnisvolle Buchstaben an den Kopf, und ich bin blöd genug, mich darauf einzulassen. KE!

Kaum liege ich da, pumpt er mir literweise Kreide in den Hintern, daß ich fast platze. Heute morgen liege ich wieder da, da schreit er MDP und läßt mich die gleiche Kreide schlucken.«

»Was?« fragte Frau Klein. »Glauben Sie wirklich, daß das die gleiche war?«

Meine Tränen versiegten abrupt.

»Ach«, knurrte ich dann, »denen traue ich mittlerweile alles zu.«

»Ja, ja!«

Frau Klein war ganz meiner Meinung. Sie hatte gerade eine Leberspiegelung hinter sich, mit dem Ergebnis, daß es angeblich kein Ergebnis gab. Sie war nicht minder erregt als ich, verstand es aber, diese Erregung geschickt zu verbergen.

Auf mich kam bald eine weitere Untersuchung zu, und zwar die Endoskopie.

Man wollte mit einem Spezialspiegel, dem Endoskop, meinen gesamten Darm ausleuchten und gegebenenfalls Gewebeproben entnehmen. Da es sich dabei um einen größeren Eingriff handelte, als es der Kontrast-Einlauf und die Magen-Darm-Passage gewesen waren, dauerten auch die Vorbereitungen länger.

Früh am Freitag morgen hockte ich in einem kleinen, muffigen Büro. Hinter dem Schreibtisch saß eine Krankenschwester, die unbesehen eine Anverwandte Schwester Bertas hätte sein können. Sie spannte ein Formular in ihre Schreibmaschine und fragte in barschem Ton Name, Geburt und Familienstand ab.

»Konfession?«
»Evangelisch.«
»Kasse?«
»Privat.«
»Wir sind hier ein klassenloses Krankenhaus.«
»Ich weiß, aber –«
»Wann war Ihre letzte Periode?«
Mit einer solchen Frage hatte ich nun wirklich nicht gerechnet.

»Denken Sie darüber nach!« schimpfte sie sogleich. »Ich habe nicht ewig Zeit, der Arzt wird Sie gleich noch mal fragen.«

Augenblicke später trat ein junger Arzt aus dem Hinterzimmer.

»Guten Morgen!« sagte er freundlich und lächelte mich an.

»Morgen!« erwiderte ich und lächelte zaghaft zurück.
Dieser Austausch von Sympathien paßte Berta II. natürlich gar nicht.

»Endoskopie!« rief sie, der Arzt wurde schlagartig nervös.

»Endoskopie?« wiederholte er.
»Ja!«
»Was soll ich denn da spritzen?«
»Was weiß ich?« knurrte der Berta-Verschnitt, »vermutlich wie immer.«

»Gut ... – kommen Sie dann bitte mit mir?« Während er wieder lächelte, stapfte die schwergewichtige Krankenschwester zur Tür, riß selbige auf und brüllte: »Der Nächste!« – was einwandfrei bewies, daß es auch in klassenlosen Krankenhäusern nicht an individueller Behandlung mangelte.

Dafür mangelte es hie und da an individueller Dosierung. Bereits am Morgen hatte ich eine starke Beruhigungsspritze bekommen, und jetzt führte mich mein jugendlicher Held im weißen Kittel in ein Hinterzimmer, wo er mir »Wie immer!« verabreichte. Unmittelbar danach war ich völlig bewegungsunfähig. Ich lag da, und ich wußte, daß ich dalag, aber ich hätte nichts an diesem Zustand ändern können. Ich sah, aber was ich sah, war nichts, was Menschen mit klarem Verstand sehen. Die Gesichter der Leute um mich her wirkten wie Grimassen aus einem Horrorfilm von Walt Disney: Die langgestreckten, verzerrten Köpfe erschreckten mich nicht, wohl aber erheiterten sie mich maßlos, und ich lachte wie eine Vollidiotin. Ich wußte, daß ich das tat, und ich war sogar in der Lage, mich über mein Verhalten zu ärgern, nur ändern konnte ich es nicht. Ein seltsamer Klang umgab mich. Er hatte etwas von winterlichem Schellengeläut und dem betörend klingenden Klirren kostbaren Bleikristalls. Gebannt lauschte ich und war so damit beschäftigt, daß ich nur beiläufig mitbekam, wie man meinen willenlosen Körper von einem Raum in den anderen trug, von einer harten Liege auf die andere harte Liege legte.

Drei Männer kamen, ihre Schritte hallten in meine Ohren, daß es fast schmerzte. Sie beugten sich über mich, und einer von ihnen fragte mich nach meinem Namen. Ich überlegte angestrengt, aber er wollte mir nicht einfallen. Ansonsten ging es mir blendend.

Den Männern war mein Zustand jedoch gerade recht. In trauter Eintracht machten sie sich an meinem Gesäß zu schaffen und schoben Gegenstände in meine Gedärme, die da nun wirklich nicht hingehörten. Es schmerzte, und ich wußte genau, daß das, was ich empfand, Schmerz war. Aber ich spürte ihn nicht. Die Gewißheit des Schmerzes pochte nur in meinem Kopf, meine Eingeweide ahnten ihn nicht einmal. Auch das trug zu meiner Erheiterung bei. Ich lallte wie ein Kleinkind, und wenn ich zu meinen Peinigern hinüberblickte, fragte ich mich, was erwachsene Männer bloß dazu bringen mochte, im Innenleben junger Mädchen herumzuschnüffeln. Jedesmal, wenn ich das dachte, lachte ich mich halbtot, und die Erschütterungen, die das in meinem Körper verursachte, irritierten die Männer.

»Können Sie uns hören?« fragten sie. Ich lachte nur noch lauter.

»Liegen Sie bitte still, Frau Martin!« – Ich streckte die Zunge weit heraus und versuchte, über meine Nasenspitze zu lecken.

Als es vorüber war, trug man mich in den angrenzenden Raum und legte mich auf einen weichen Untergrund. Ich wurde mit Daunen bedeckt, und jemand erklärte, ich sollte erst einmal ausschlafen. Dann ließ man mich allein. Der Raum war winzig. Mein Bett stand an der Wand, und unmittelbar daneben stand ein Stuhl. Auf dem Stuhl lagen meine Schuhe, schwarze Pumps mit zarten Riemchen und hohem Absatz. Als ich sie erblickte, schwand meine Müdigkeit. Ich wollte sie anziehen und hinausgehen und frische Luft atmen. So hangelte ich mich langsam aus dem Bett. Meine Glieder waren schlaff. Nur mühsam gelang es mir, die Schuhe anzuziehen, an der Wand entlang zur Tür zu gleiten, sie zu öffnen.

Der Korridor, der sich vor mir auftat, war endlos lang und von überstrahlender Helligkeit. Weit und breit war keine Menschenseele zu sehen, und so glitt ich die Wand entlang, fasziniert vom Klicken meiner Absätze und dem rhythmischen Wogen des Bodens zu meinen Füßen. Die Luft, die mich umgab, war schwer wie Blei, und mit jedem Atemzug mußte ich sie durchbrechen, als wäre sie die Schallgrenze meiner Kraft.

Endlich erblickte ich ganz in meiner Nähe einen Raum, der direkt ins Freie führte. Zwei Männer in Bademänteln rauchten Zigaretten, und als sie mich sahen, erstarrten sie förmlich. Ich lächelte.

»Kann ich eine Zigarette haben?« fragte ich, und meine Worte klangen wohl fremd, weil ich auch die Bewegungen meiner Zunge nicht mehr beherrschen konnte. Die Männer blieben weiterhin starr. Erst nach einem atemlosen Augenblick reichte mir einer der beiden das Paket mit seinen Zigaretten und Feuer.

»Danke!« hauchte ich. Dann strich ich mir im Zeitlupentempo die Haare aus dem Gesicht, inhalierte voller Inbrunst Nikotin und Kondensat und blickte mit noch größerer Inbrunst hinaus in die Natur.

»Aber ...«

»Aber Sie können doch da nicht ...«

»Sie können da doch nicht rausgehen ...!«

Meine Gönner schnatterten aufgeregt um die Wette. »Das geht doch nicht!«

Ich ignorierte ihre Einwände. Draußen war es warm. Die Sonne schien, und die Vögel zwitscherten in den saftig grünen Zweigen der Bäume. Auf weichen Knien bahnte ich mir meinen Weg durch den Park, ließ mich entspannt auf einer Bank nieder und schloß selig die Augen.

Dort fing man mich eine knappe Viertelstunde später wieder ein. Meine Zigarettenfreunde hatten die gesamte Belegschaft alarmiert, und man war sofort ausgeschwärmt, um mich zu suchen. Es war nämlich keineswegs warm. Vielmehr lag die Temperatur in unmittelbarer Nähe des Gefrierpunktes. Es schien auch keine Sonne, nein, es goß in Strömen. Ich saß auch nicht auf einer Bank, sondern mitten auf einer Wiese, die stellenweise noch von hartnäckigen Schneeresten bedeckt war. Was jedoch das Schlimmste war: Ich hatte nichts an. Ich war splitterfasernackt, trug lediglich meine Schuhe, ansonsten nicht einmal Watte im Ohr.

Schwester Berta fand das empörend. Wie die Vorsitzende eines Vereins zum Schutze der Moral stand sie vor meinem Bett und lamentierte dem eher erheiterten Oberarzt die Ohren voll.

»So etwas ist noch nie vorgekommen, Herr Doktor.«

»Hauptsache, Frau Martin hat sich keine Lungenentzündung geholt.«

»Ja, aber der Skandal, Herr Doktor!«

»Das Präparat war überdosiert, wie wir festgestellt haben, das ist ein Skandal, da haben Sie –«

»Herr Oberarzt!!!«

Der dicken Berta standen Empörung und Enttäuschung im Gesicht geschrieben. Mir wollte sie die Schuld an dem Vorfall geben, mir und meiner lasterhaften Lebensart, die ja ihres Erachtens bereits an dem ausgeschnittenen Angorapullover und dem Make-up zu erkennen gewesen war.

Daß der Oberarzt anderer Ansicht war, ließ sie fast verzweifeln.

Frau Klein und ich erheiterten uns nicht wenig über die Art, wie Schwester Berta getadelt worden war. Als wir erfuhren, daß die Chefvisite auf den Montag verschoben wurde, sank unser beider Laune auf den Nullpunkt.

»Ihnen kann es ja gleichgültig sein«, sagte Frau Klein zu mir, »Sie haben sich auf zehn Tage eingerichtet, und die sind sowieso erst am Montag um. Aber ich! Ich will endlich wissen, was mit meinen Leberwerten ist.«

Sie tat mir leid. Ich hätte mich zwar auch gefreut, wenn ich noch vor dem Wochenende hätte nach Hause gehen können, aber auf zwei Tage mehr oder weniger kam es jetzt nicht mehr an. Die Untersuchungen waren abgeschlossen, die Befunde lagen dem Herrn Chefarzt vor. Er würde sie auswerten, mir am Montag das Ergebnis mitteilen, mir ein paar passende Pillen verschreiben und mich entlassen. Da war ich mir ganz sicher.

Entsprechend gelassen vertrieb ich mir die Zeit, die ich zumeist im Bad verbrachte.

An diesem Wochenende machte mir Frau Gruber ihre zweifelhafte Aufwartung. Eine ganze Woche hatte sie nichts von sich hören lassen, um eindrucksvoll zu unterstreichen, wie sehr sie mir zürnte.

Ihrem Auftritt fehlten nur die Trommeln und die Fanfaren, sie schritt auf mein Bett zu wie ein kriegswütiger Zinnsoldat, eingehüllt in ein violettes, knöchellanges, wallendes Samtcape, abgedeckt mit einer voluminösen Russenkappe aus Blaufuchs.

»Wie kannst du das nur hier aushalten?« tönte sie. »Habe ich dir nicht beigebracht, Eva, daß man sich ausschließlich mit schönen Dingen beschäftigen darf? So etwas wie das hier färbt doch ab. Die Umgebung ist häßlich, die Leute sind häßlich – wie willst du Schönheit verkörpern, wenn du solche Dinge an dich heranläßt?«

Sie seufzte dramatisch und ließ sich auf der Bettkante nieder.

»So schrecklich ist das alles gar nicht«, sagte ich. »Es ist sogar recht lustig hier, das hatte ich gar nicht erwartet.«

Frau Gruber war sichtlich empört. »Seit wann bist du auf der Welt, Eva, um lustig zu sein?«

Ich mochte darauf nicht antworten. Statt dessen erklärte ich ihr zu ihrer Beruhigung, daß ich nach der Chefvisite am Montag vermutlich nach Hause gehen könnte.

»So lange kann ich nicht warten!« gab sie mir zur Antwort.

»Aber –«

»Kein Aber! Jimmy hat dich bis zum Monatsende freigestellt, ich nicht. Du wirst dich jetzt sofort anziehen und mitkommen!«

Mir wurde heiß und kalt zugleich. »Ich kann nicht«, stammelte ich.

»Wieso nicht?«

»Weil ich erst wissen muß, was es mit diesen Knoten –«

»Diese Knoten!« kreischte Frau Gruber. »Ich kann es nicht mehr hören. Vergiß die Dinger, was soll das schon sein?!«

»Das will ich ja eben wissen.«

»Eva!«

Ich konnte damals nicht ahnen, daß Frau Gruber nur aus Angst so reagierte. Solange sie mich kannte, hatte ich mich nie ins Bett gelegt. Mit aller Macht versuchte sie, mir und vor allem sich selbst klarzumachen, daß es nur ein plötzlicher Anflug von Faulheit war, der mich niederwarf. Als ihr das nicht gelang, hüllte sie sich wieder in ihre winterliche Verkleidung und rauschte davon.

Kaum daß Frau Gruber gegangen war, trat die nächste Besucherin ein: Hilary, die gute.
Nachdem sie mir im Detail über ihre neueste Matratzen-Eroberung berichtet hatte, jenen stadtbekannten Klatschkolumnisten namens Ari Penkert, ging sie zum Angriff über.
»Du«, säuselte sie, »da ist etwas, Eva ... ich will dir nur eigentlich die gute Laune nicht verderben.«
Da ich dieses Spielchen kannte, ließ ich sie gewähren, was sie dankbar zur Kenntnis nahm. »Das ist nämlich so«, fing sie an, »die Sigrid hat gesagt, die Frau Schmidt hätte erzählt, daß sie ein Gespräch zwischen Jimmy und Peter gehört hat, und der hat behauptet –«
»Wer?«
»Na, der Jimmy!« stieß Hilary aus, erstaunt, daß ich eine solche Frage überhaupt stellen konnte.
»Also, der Jimmy hat gesagt«, fuhr sie fort, »und ich finde das so gemein, aber er hat gesagt, du seiest technisch zwar eine großartige Tänzerin, aber Gefühl hättest du nicht. Da wäre einfach keine Seele, wie ein Automat würdest du arbeiten, hat er gesagt.«
»Und wann hat er das gesagt?«
»Wann? Also, die Frau Schmidt hatte mir so unter vier Augen –«
»Aber ich denke, Sigrid hat dir das alles erzählt.«
»Sigrid? – Ja, sicher, die auch ...!«
Ich stöhnte laut auf, denn genau das, was Hilary mir soeben geboten hatte, war es, was ich an diesen Stadttheater-Künstlern so abgrundtief haßte. X hatte gehört, daß Y über Z gesagt hatte, daß ...

»Nie habe ich das gesagt!« empörte sich Jimmy, als ich ihn kurz darauf am Telefon auf das Gerücht ansprach. »*Nie,* Eva, das schwöre ich dir. Wie kann die Hilary nur so was behaupten, wo sie doch selbst erst vor kurzem –«

»Danke, Jimmy!« würgte ich ihn ab. »Ich glaube dir!«

»Und was sich diese Sigrid einbildet, die soll bloß aufpassen, daß ich nicht –«

»Nein, Jimmy, bitte nicht!«

»Wo du doch genau weißt, wieviel ich von dir halte, Eva!«

Es wäre sinnlos gewesen, weiter in ihn zu dringen. Wie die meisten Künstler log Jimmy aus Überzeugung.

Da ich aber früher mal so unendlich in ihn verliebt gewesen war, und da ich ihn immer noch sehr, sehr gern hatte, verzieh ich ihm.

Wir legten das unglückselige Thema bei und sprachen über alles und nichts.

»Und du, laß dich kurieren, ja?« sagte Jimmy zum Schluß.

»Ja.«

»Und mach dir vor allem keine Sorgen!«

»Mach dir keine Sorgen!« Diese Worte klangen mir noch lange, nachdem ich aufgelegt hatte, in den Ohren. Bisher hatte ich mir keine Sorgen gemacht. Verärgert hatte ich all die widerlichen Prozeduren über mich ergehen lassen. Aber gesorgt hatte ich mich nicht. Das tat ich erst jetzt, da es ausgesprochen war.

Plötzlich machte ich mir Sorgen. Das strengte mich dermaßen an, daß mir schon bald die Schweißperlen auf der Stirn standen. Ich zitterte am ganzen Körper, mein Atem flatterte, mein Herz raste, und ich fühlte mich elend wie nach einem mehrstündigen Konditionstraining.

7

Die normale Visite in der Medizinischen Klinik war eine Farce. Sie fand täglich zur gleichen Zeit statt und zeichnete sich dadurch aus, daß der Stationsarzt, sein Assistent und Schwester Berta hastig durch die einzelnen Zimmer rasten und hofften, keiner der Patienten möge etwas von ihnen wollen.

Folglich versprach man sich von der Chefvisite in jeder Hinsicht etwas ganz Besonderes.

Professor Doktor Doktor Lenk war der Prototyp eines modernen Chefarztes. Er kannte seine Oberärzte, seine Stationsärzte, seine Assistenzärzte und seine Krankenschwestern, nur seine Patienten, die kannte er nicht. Er war auch so schon überlastet, mußte er doch mit den Herren Verwaltungsdirektoren lunchen und mit den Herrn Kollegen von der Ärztekammer dinnieren, um nur einige seiner gesellschaftlichen Verpflichtungen zu nennen. Für solche Lappalien wie Patienten blieb da keine Zeit. Er hatte es aufgegeben, Arzt zu sein, er war Medizinalingenieur geworden, das war einträglicher.

Äußerlich war Lenk trotz seiner vielen Titel ein unauffälliges Kerlchen. Wenn ich ihm auf der Straße begegnet wäre, hätte ich ihn bestenfalls für einen kleinen Angestellten des städtischen Tiefbauamts gehalten, aber der weiße Kittel hob natürlich gewaltig. Gefolgt von einem nicht enden wollenden Geschwader weiterer weißer Kittel, stürmte er am späten Vormittag des 16. März 1976 unser Zimmer und rief mit nahezu grotesker Fröhlichkeit:

»Guten Morgen!«

Mir blieb vor Schreck der Gruß im Halse stecken, aber Frau Klein rettete die Situation.

»Guten Morgen, Herr Professor!« hauchte sie mit überzeugend gespieltem Devotismus.

Lenks Augen glitten sogleich über die Krankenakte, die sein Oberarzt in Händen hielt. »Frau Klein!« freute er sich dann. Er hatte ihren Namen auf der Akte entdeckt und strahlte nun wie Columbus nach der Entdeckung Amerikas. »Wie geht es Ihnen?«

Frau Klein ersparte sich die Antwort, denn Lenk hätte sich nie die Zeit genommen, ihr zuzuhören. Statt dessen sah sie ihm lächelnd dabei zu, wie er verbissen in ihrer Krankenakte blätterte und dabei so tiefschürfende Dinge äußerte wie »Mmh, mmh … mmh, mmh … mmh, mmh.«

Frau Klein reagierte entsprechend. »Mmh?« erkundigte sie sich.

Lenk lächelte. »Tja«, meinte er, »wie das aussieht, Frau Klein, können wir Sie gegen Ende der Woche entlassen.«

Frau Klein erstarrte. »Was?« fragte sie ungläubig nach.

»Ja, Sie können Ende der Woche –«

»Und meine Leberwerte?«

»Was sollte denn sein mit Ihren Leberwerten?«

Der Herr Professor stellte sich dumm.

»Die waren doch angeblich so schlecht.«

»Wann?«

»Letzte Woche! Da hat mir der Oberarzt extra –«

»Sehen Sie«, unterbrach sie der Chef, »letzte Woche, Frau Klein, letzte Woche waren die Werte schlecht, jetzt sind sie … wie soll man das nennen … ich würde mal sagen …«

»Heißt das, daß ich gesund bin?«

Nun war es Lenk, der erstarrte. Sichtlich aus der Fassung gebracht, suchte er nach einer passenden Antwort. Schließlich räusperte er sich und machte ein wichtiges Gesicht.

»So möchte ich es nicht nennen«, erklärte er gedehnt. »Unter uns gesagt: Wer ist schon gesund? – Wäre ja auch furchtbar für uns Mediziner?«

Ein Blick zum Oberarzt genügte, und der begann auf Kommando zu lachen, hatte der Chef doch ganz offensichtlich einen »Witz« gemacht. Das Geschwader stimmte demokratisch ein, man zollte dem Professorenhumor Respekt. »Ja«, beendete Lenk diese Einlage, »wie gesagt, Ende der Woche, Frau Klein!«

Er reichte ihr feierlich die Hand, und obwohl sie alles andere als zufrieden und erleichtert schien, tat sie, was man in derartigen Fällen immer tut: sie bedankte sich. Aber Lenk winkte sofort jovial ab.

»Ist ja unsere Pflicht!«

Dann wandte er sich mir zu.

»Eva Martin«, flüsterte ihm sein Oberarzt ins Ohr, »das ist Frau Eva Martin.«

»So?«

»Ja.«

»Aha!«

Ohne eine Regung und ohne ein Wort begutachtete er mich, und sein Gevatter »Mann im Ohr«, dieser promovierte Souffleur, grinste mich unschuldig an. Das ärgerte mich, vor allem aber machte es mich nervös. So stieß ich schließlich einen unüberhörbaren Seufzer aus, worauf der Herr Professor wie aus einem Tiefschlaf erwachte.

»Wie geht es Ihnen?« fragte er hastig.

»Danke, gut!«

Er rümpfte die Nase und kräuselte die Stirn. »*Gut* dürfte ja wohl übertrieben sein«, tönte er, »Ihre Laborwerte sind zumindest ... haben wir mal gerade die Laborwerte?«

Umgehend wurde er um selbige bereichert und überflog sie. »Ja, Ihre Laborwerte sind alles andere als gut. Aber Sie fühlen sich gut, ja?«

Seine herablassende Art ärgerte mich maßlos.

»Ich fühle mich sogar ganz hervorragend!« erwiderte ich gereizt.

»Wahrscheinlich, weil Sie sich endlich mal ausschlafen können!« parierte Lenk.

Sofort fing das Geschwader wieder an zu lachen, aber dieses Mal war es dem Herrn Professor nicht recht, und er warf einen derart bösen Blick in die Runde, daß die Fröhlichkeit augenblicklich verstummte. »Nun«, ließ er mich dann wissen, »die Untersuchungen sind jetzt erst einmal abgeschlossen, und wir müßten nun ... das heißt, wir werden ... Sie, Frau Martin, Sie werden ... sagen wir es mal so ...«

Seine Stotterei trieb meinen Ärger nur noch weiter in die Höhe.

»Kann ich nach Hause?« unterbrach ich ihn.

Das verstörte ihn förmlich. »Wie bitte?«

»Mein Hausarzt hat mir gesagt, daß ich nach Abschluß sämtlicher Untersuchungen nach Hause gehen kann.«

»Hat er das gesagt?«

»Ja.«

»Hat er Ihnen sonst noch etwas gesagt?«

»Nein.«

Lenk warf seinem Oberarzt einen vielsagenden Blick zu.

»Was sollte er denn sonst noch gesagt haben?« fragte ich.

»Oh ...«

»Was ist mit den Knoten?«

»Tja ...«

»Können Sie nichts dagegen tun?«

Lenk sah mich ernst an. »Nun«, meinte er, »Ihre Knoten sind vermutlich nicht das eigentliche Problem ... ich meine ...«

»Was?«

»Das werde ich Ihnen später erklären ... nach der Visite ... in aller Ruhe ... jetzt wird Ihnen die Schwester erst mal beim Packen helfen.«

Da verstand ich überhaupt nichts mehr.

»Wieso das denn?« giftete ich Lenk an. »Soll ich verreisen?«

Er lächelte. »Das nicht gerade, Sie werden lediglich verlegt.«

Für den Herrn Chefarzt war die Angelegenheit damit erledigt. Er reichte dem Oberarzt mein Krankenblatt und bahnte sich durch die Scharen der Stations- und Assistenzärzte seinen Fluchtweg. Er war schon fast an der Tür, als ich das begriff.

»Aber ich muß doch nach Hause«, rief ich ihm nach. »Ich habe Proben und Vorstellungen, ich muß arbeiten, ich kann doch nicht –«

»Das geht jetzt nicht, Frau Martin!«

»Aber wohin werde ich denn verlegt?«

»Das wird Ihnen die Schwester erklären.«

»*Nein!!!*«

Meine Stimme klang schrill wie eine Kreissäge. Ich kletterte mit einer blitzschnellen Bewegung unter meiner Bettdecke hervor, kniete mich mitten auf die Matratze, wie eine Katze, die zum Sprung ansetzen will.

»Ich lasse mich von niemandem auf den Arm nehmen«, brüllte ich, »auch nicht von Ihnen, Herr Professor! Sagen Sie mir gefälligst, was man hier mit mir vorhat?«

Lenk blieb ganz kühl; als er mich ansprach, klang seine Stimme wesentlich leiser als zuvor, das sollte mich offenbar beruhigen.

»Sie werden verlegt«, sagte er, »und das ist kein Grund, sich hier so aufzuführen.«

Der sanfte Tonfall gab mir den Rest. »Und wohin werde ich *verlegt?*« kreischte ich.

Lenk blickte mir fest in die Augen. Es war totenstill im Raum, nur mein Herz schlug so laut, daß es in meinen Ohren dröhnte.

»Wohin?« wiederholte ich leise.

»In die Strahlenklinik!«

So schnell er das ausstieß, so schnell war er auch verschwunden. Es dauerte nur Sekunden, und wir waren allein, Frau Klein und ich und ein Wort: Strahlenklinik!

»Was soll ich denn da?« flüsterte ich fassungslos. »Was wird da überhaupt gemacht?«

»Ich weiß nicht«, antwortete Frau Klein.

»Ich ...«

»Was ist das für ein fürchterlicher Mensch?«

»Er hat mich entlassen.«

»Seien Sie doch froh!«

»Ich habe aber Angst ...«

Wir sahen einander an und versuchten zu verstehen, aber es gelang uns nicht. Das war gut so. Hätten wir geahnt, was vor uns lag, wäre vielleicht vieles anders gekommen. Die Zeiten, da wir über Kontrasteinläufe, Endoskopien und

Stations-Eunuchen gelacht hatten, waren endgültig vorüber.

Frau Klein verließ die Klinik. Sie starb wenige Monate später im Kreis ihrer Familie an Leberkrebs. Ihr war nicht mehr zu helfen gewesen. Ich hingegen wurde verlegt, und damit ging ich den ersten Schritt eines Weges, der zum längsten und beschwerlichsten meines ganzen Lebens werden sollte.

8

Die Strahlenklinik war ein unübersehbares Bollwerk moderner Medizin. Ihre sieben Etagen ragten dräuend in den Himmel. Obwohl der Architekt versucht hatte, seinen anthrazitfarbenen Alptraum mittels karminroter Balken ein wenig aufzulockern, mußte ich unwillkürlich an ein mittelalterliches Verlies denken.

Dieser Eindruck verstärkte sich mit jedem Schritt, den ich dem Gebäude näher kam: Die Pforte wurde rund um die Uhr bewacht, die Türen funktionierten nur auf Knopfdruck.

S1 war auf den ersten Blick eine Station wie jede andere: Schwingtür mit Milchglasscheiben, langer Gang, gebohnerter Linoleumboden, das kalte Licht starker Neonröhren und der Geruch von Desinfektionsmitteln. Nur die Türen waren dicker als anderswo. Das fiel mir sofort auf, auch wenn es die junge Krankenschwester, die mich abgeholt hatte, nicht zugeben wollte.

Sie hieß Gertrud, war Ende Zwanzig und schön wie ein Bild, mit langen schwarzen Haaren, tiefbraunen, mandelförmigen Augen und einem beneidenswert proportionierten Körper.

Sie nannte mich Eva und erklärte mir, diese Anrede wäre bei ihnen so üblich, weil alles andere so förmlich klänge. Unentwegt wollte sie mir mein Gepäck abnehmen.

»Nein«, sagte ich, »das will ich nicht, sonst komme ich mir so krank vor.«

Sie lächelte nur. Dann gingen wir Seite an Seite den langen Gang von S 1 entlang und blieben schließlich vor einer Tür mit der Nummer 103 stehen.

»Da sind wir«, sagte die schöne Gertrud.

Automatisch wich ich einen Schritt zurück. Aus dem Zimmer drang ohrenbetäubender Lärm. Udo Jürgens sang »Sag ihr, ich laß sie grüßen«, in einer Lautstärke, die selbst den hinterletzten Einwohner Neuguineas veranlassen mußte, eine entsprechende Flaschenpost loszuschicken.

»Wer hört denn so was?« fragte ich entsetzt. Gertrud schmunzelte. »Möchten Sie vorgehen?«

Der Korridor war winzig, und da die Türen des eingebauten Wandschranks offenstanden, mußte ich ausweichen und stand damit vor dem Klotopf des angrenzenden Raums. Zum Ausgleich war das Zimmer selbst groß und hell. Es hatte jedoch eine eigentümliche Atmosphäre, denn abgesehen von den beiden rechts und links an der Wand stehenden Betten mit den typischen Nachttischen erinnerte nichts in dem Raum an ein Krankenzimmer. Da waren meterlange Bücherregale, Bilder, eine Uhr, ein Kalender, da standen ein Clubtisch mit vier Stühlen, ein Fernsehapparat, ein Radio ... und jene Stereoanlage, aus der Udo Jürgens seinen Grußwunsch schmetterte. Und dann war da die Hörerin.

Sie saß aufrecht in ihrem Bett, war klapperdürr, und um den ausgezehrten Schädel war ein Schal aus frottiertem Stoff gewunden. Die Gesichtshaut war aschfahl und schlaff, riesengroße, graue Augen lagen in tiefen, braunen Höhlen, die Lippen und das Zahnfleisch waren aufgeplatzt und dunkelrot verfärbt. Sie war von unschätzbarem Alter, vielleicht zehn, vielleicht hundert Jahre alt. Als sie Gertrud und mich hereinkommen sah, warf sie hastig ihre Zigarette in ein mit Wasser gefülltes Glas und ließ es im Nachttisch verschwinden. Dann fächerte sie mit den spindeldürren Ärmchen Frischluft und tat so, als hätte niemand etwas bemerkt – nicht einmal sie selbst.

»Claudia!« stöhnte Schwester Gertrud, während sie Herrn Jürgens zum Schweigen brachte. »Hab' ich Sie schon wieder erwischt. Sie wissen doch, daß Sie im Zimmer nicht rauchen sollen!«

Das Gerippe namens Claudia klimperte unschuldig mit den Wimpern. »Ich werd schon nix ankokeln«, krächzte sie und zeigte mit dem Finger auf mich. »Wer is dat dann?«

Während Gertrud mich vorstellte, machte ich mir klar, daß es sich hier um eine unheimliche Begegnung der dritten Art handelte. Dieses ausgezehrte Ungeheuer war nicht nur das häßlichste Menschenkind, das ich je gesehen hatte, es sprach auch finsterstes Kohlenpott-Deutsch, frei nach dem Motto: Komms über allem, auch überm Dativ. Mein Entsetzen verstärkte sich noch, als sie mir das zu ihrem spindeldürren Ärmchen gehörige spindeldürre Händchen entgegenstreckte und mit krächzender Stimme erklärte: »Tach, ich bin Claudia Jacoby, chronische lymphatische Leukämie.«

Dabei strahlte sie über das ganze Gesicht. Ich schluckte und reichte ihr widerwillig die Hand.

Das amüsierte sie.

»Du siehs ja noch richtig appetitlich aus«, meinte sie höhnisch, »sind die Haare echt?«

So eine Frage hatte man mir noch nie gestellt, und entsprechend hilfesuchend blickte ich zu Schwester Gertrud, die mein Gepäck mittlerweile aufs Bett gestellt hatte.

»Claudia«, säuselte die daraufhin, »ich bitte Sie!«

»Wat denn? Werd doch wo noch fragen dürfen?«

»Claudia!«

»Wieso spricht die nich?«

»Claudia!!!«

Da reichte es dem Gerippe. »Claudia! Claudia!« äffte sie Gertrud nach. »Sie kotzen mich an!«

»Aber das weiß ich doch.«

Gertrud sagte das mit einer solchen Freundlichkeit, daß ich mich fassungslos auf der Bettkante niederließ.

»Nehmen Sie es Claudia bitte nicht übel, Eva, sie ist

manchmal ein bißchen direkt. Soll ich Ihnen nicht beim Auspacken helfen?«

Ich schüttelte den Kopf.

»Gut, dann gehe ich jetzt. Wenn Sie etwas brauchen, Sie wissen ja, wo Sie mich finden. Sie können auch schellen.«

Dann ließ sie mich mit dem Ungeheuer allein.

Zuerst wagte ich gar nicht, sie anzusehen. Ich spürte ganz deutlich, wie mich die Blicke dieser Claudia Jacoby durchbohrten, und ich hatte Angst vor diesen Blicken, wie ich Angst vor ihrem Anblick hatte. So stand ich erst einmal auf und trat ans Fenster. Gegenüber war die Kinderklinik, ein weißgetünchter Flachbau mit buntbemalten Fensterscheiben. Da waren Clowns, die nach den Sternen griffen, Blumen, die in den Himmel wuchsen, Schmetterlinge, die diese Welt umkreisten, Kinderträume auf trübem Glas.

Unmittelbar vor dem Fenster stand eine Linde, deren kahles Geäst zum Greifen nahe schien. Auf einem der Zweige saß ein kleiner Vogel und schimpfte, was Claudia offenbar inspirierte.

»Bisse stumm?« krächzte sie aufgebracht. »Oder hasse en Gelübde abgelecht?«

Langsam drehte ich mich zu ihr um und wagte endlich, sie anzusehen. Dabei spürte ich, wie der Anblick in meinen Augen schmerzte. Dieses Gesicht! Dieser Körper! Dieser bunt bedruckte Fummel, der ein Nachthemd sein sollte!

»Gefall ich dir?« zischte sie.

Ich wagte nicht zu antworten.

»Du sprichs wo nich mit jeden, wie?« Ihre Finger trommelten nervös auf die Nachttischplatte. »Dat gibt et doch nicht!«

Dann hatte sie einen Geistesblitz. »Hier, ich zeich dir wat!«

Ich ahnte nichts Böses und sah ihr dabei zu, wie sie mit flinken Bewegungen den Schal von ihrem Kopf abwickelte, Schicht für Schicht. Er bestand aus einer meterlangen Stoffbahn, und ich fürchtete schon, es würde am Ende nichts übrigbleiben, was an einen Schädel erinnerte, aber es kam noch schlimmer. Als ich sah, was ich sehen sollte, schwankte der Boden unter meinen Füßen. Claudia saß da, die Stoffberge in der Hand, und ihr Kopf war kahl, kein einziges Haar, eine spiegelblanke Glatze.

»Na?« griente sie. »Is dat en Geck?«

Da faßte ich mich. Ich setzte mich wieder aufs Bett und holte tief Luft. »Du hast Leukämie?« erkundigte ich mich feierlich. Claudia klatschte begeistert in die Hände.

»Die kann ja reden«, jubelte sie, »en Wunder! – Klar hab ich Leukämie. Wieso?«

Ich war verlegen und stotterte wie ein Kind. »Ich ... ich dachte immer, ... daß man ... daran stirbt!«

»Tut man auch! Ich tu seit vierzehn Monate nix anderet. Ich sterb und sterb und sterb. Aber so flott wie int Kino geht dat inne Wirklichkeit nu ma nich.«

Ich war erschüttert. Krankheit und Tod waren für mich immer etwas gewesen, was mit dem Alter zu tun hatte. Diese Claudia war aber noch nicht alt. Daß sie trotzdem so unbefangen über ihr Sterben sprach, rührte mich fast zu Tränen. Sie verstand das nicht. »Wat machse denn son Gesicht?« fragte sie. »Vielleicht heitert dich dat hier ja auf!«

Dann hob sie die Bettdecke und ihr Nachthemd und zeigte mir mit fast masochistischem Stolz ihren Bauch. Der war völlig ausgemergelt und von Narben übersät. Auf seiner linken Seite war ein Loch, und vor diesem Loch klemmte ein Beutel, der eine braune Flüssigkeit enthielt.

»Was ist das denn?«

»Mein Arschloch!« gab Claudia erstaunt zur Antwort. »Sach bloß, so wat kennse nich?«

»Nein!«

»Nennt man Anus praeter.«

»Ja?«

»Paß auf!«

Sie erklärte mir die Installation, als handelte es sich um eine wertvolle Antiquitätensammlung, und die Worte, die sie dabei benutzte, waren so gewählt, daß sie sich tief in meine Erinnerung gruben:

»Dat hier is Kacke, und die läuft hier in den Beutel. Und wenn ich furzen muß, dann knallt dat wegen den Plastik.«

»Und warum hast du das?«

»Ach, dat is sonne Story!«

Dann erzählte sie mir, daß man vor gut zwei Jahren an ihrem linken Eierstock eine Geschwulst entdeckt hatte. Die war bösartig und wurde nebst sämtlichen Unterleibsorganen entfernt. Bei der Operation verletzte man jedoch den Darm. Ob es sich dabei um einen ärztlichen Kunstfehler gehandelt hatte, wußte sie nicht. Sie war aber auch nicht daran interessiert, es in Erfahrung zu bringen. Sie hatte nun mal diesen künstlichen Darmausgang, und damit hatte es sich für sie.

»Ekelse dich etwa?«

»Nein!« log ich. »Aber ... aber kann man denn daran ... ich meine ... kann man das denn nicht ...?«

»Wechmachen?« unterbrach sie mein Gestammel.

»... Ja!«

Claudia winkte heftig ab. »Dat ham se allet scho ma probiert!« erklärte sie mir dann. »Nur geschafft ham se dat nich, die Ochsen hier! Ham allet aufgeschlitzt und wieder proper zurückgelecht, und dann, dann ham se mir dat Arschloch nich wieder aufgetrennt. Dat ham se zugenäht gelassen, und dann gab dat ne Vergiftung ... naja, und dann hatt ich ebent wieder den Kackbeutel.«

Ich glaubte ihr kein Wort. Später mußte ich dann erfahren, daß sie die reine Wahrheit gesagt hatte. Jetzt aber saß ich nur da und sah ihr kopfschüttelnd dabei zu, wie sie kontrollierte, »wie voll der Beutel wa.«

»Ekelse dich wirklich nicht?« fragte sie mich noch einmal.

»Nein!« log ich erneut, worauf sie nur so strahlte.

»Man nennt mich nämlich auch dat stinkende Känguruh!«

Da mußte ich laut lachen. Es war kein natürliches Lachen, aber es war laut, und es befreite mich von meinem Abscheu. Noch nie zuvor war ich einem ähnlichen Ungetüm wie dieser Claudia Jacoby begegnet, und wenn ich an meinem Entsetzen nicht ersticken wollte, mußte ich es mir von der Seele lachen.

Claudia selbst ahnte nichts von meinen Beweggründen, deshalb lobte sie meinen Humor.

»So wat brauchse hier«, sagte sie, »wenn de nämlich de anderen hier kennenlerns, komme aus dat Lachen ga nich mehr raus.«

»Wieso?«

»Na, wat meinse, wie die ers ma aussehn!«

»Was haben die denn?«

Claudia stutzte. »Auf diese Station liegen Krebskranke«, sagte sie dann, »ausschließlich!«

Mir wurde schwarz vor Augen. – Krebs! – Auf dieser Station! – Und ich! – Auf dieser Station!

»Ach was«, hörte ich mich abfällig sagen, »erzähl mir doch nicht so was!«

»Wieso nicht?«

»Weil das nicht stimmen kann!«

»Wieso nicht?«

»Weil ich ...« Ich stockte.

Claudia lächelte. »Wat hasse denn?« fragte sie.

»Knoten ... in den Leistenbeugen ...«

Das Ungetüm spitzte die aufgeplatzten Lippen und machte ein ungemein intelligentes Gesicht. »Is wahrscheinlich en Hodgkin ...«, krächzte sie, »... oder, na ... et könnten auch Sarkome sein.«

Von diesen Fremdworten hatte ich genug. »Und was soll das sein?« fragte ich wütend.

»Krebs!«

Wieder dieses Wort! Es hämmerte in meinem Schädel und ließ meinen ganzen Körper erbeben.

»Das ist doch absurd!« tobte ich. »Der Arzt, der mich hergeschickt hat, meinte, es wäre eine Stoffwechselstörung und ich ...«

Claudia brach in schallendes Gelächter aus. »Wat fürn Stoff is denn gestört?«

Mein Entsetzen war grenzenlos. Ich spürte ganz deutlich, wie mir dieses häßliche Ding mit jedem seiner Worte die Kraft aus den Adern sog.

»Dat mit die gestörten Stoffe sagen die doch immer«, meinte sie dann auch noch.

»Und was soll das heißen?«

»Dattu Krebs has, sons lächse nich hier!«

»Das ist nicht wahr!!!«

»Frach doch den Arzt!«

»Darauf kannst du dich verlassen!«

Außer mir vor Zorn und Panik rannte ich auf den Gang hinaus. Das alles war zuviel für einen einzigen Menschen an einem einzigen Tag. »Schwester!« kreischte ich immer wieder, »Schwester!«

Schließlich hatte ich Erfolg, und Gertrud steckte ihr schönes Haupt durch einen Türrahmen.

»Oh, Eva ... ist irgend etwas?«

»Allerdings!« fauchte ich. »Ich will den Arzt sprechen, und zwar sofort!«

Sie wagte sich vor und wollte mich beruhigen, aber ich ließ sie erst gar nicht so weit kommen.

»Was ist das hier für eine Station?« regte ich mich auf. »Was ist das für ein halbtotes, ausgezehrtes Ungeheuer da in meinem Zimmer? Warum spricht hier niemand mit mir wie mit einem mündigen Bürger? Wenn Sie mir nicht umgehend einen Arzt herschaffen, der mir das ganze Theater hier erklärt, dann nehme ich meine Klamotten und gehe nach Hause!« Ich bildete mir ein, Gertrud eingeschüchtert zu haben. Die stand aber nur da und lächelte.

»Sind Sie fertig?« fragte sie.

Das brachte mich völlig aus dem Konzept. »Wie?«

»Ich habe gefragt, ob Sie fertig sind!«

»... Ja!«

»Gut. Ausbrüche dieser Art stehen hier nämlich auf der

Tagesordnung, Eva. Glauben Sie also bitte nicht, daß mich das beeindruckt. Herr Doktor Behringer wird heute nachmittag zu Ihnen kommen, und bis dahin müssen Sie sich gedulden. Gehen Sie jetzt bitte in Ihr Zimmer, ziehen Sie sich aus und legen Sie sich ins Bett!«

So knapp und präzise hatte mich bisher nur Frau Gruber in meine Schranken gewiesen. Ich fühlte mich zutiefst gedemütigt, und am liebsten wäre ich der schönen Gertrud an die Kehle gesprungen. Meine gute Erziehung bewahrte mich jedoch davor, und so begnügte ich mich damit, ihr einen dramatischen Abgang zu liefern. Dabei knallte ich die Zimmertür, daß sie fast aus dem Rahmen fiel – Vorhang!

Die folgenden Stunden verbrachte ich im Bett. Durch das Fenster drangen die Strahlen der Märzsonne. Es war ein trügerisches Licht, das nicht zu wärmen vermochte, und ebenso trügerisch war meine Ruhe. Immer und immer wieder schminkte ich mein Gesicht, und da das Ungetüm Claudia so etwas offenbar noch nie gesehen hatte, benutzte sie meinen Anblick als willkommene Alternative zum Kinderprogramm im Fernsehen.

»Mensch!« meinte sie schließlich. »Gegen dich wa Rubens ja en Stümper!«

»Du weißt, daß es einen Rubens gegeben hat?« fragte ich gereizt.

»Wieso nich?«

»Deine Fäkalsprache läßt kaum auf Bildung schließen!«

Claudia grinste. »Gefällt dir nich, wie?«

»Nein.«

»Mir auch nich! Aber ich bin nu ma am Verrecken, und da is nix Schönet dran. Brauch sich also auch nich schön anhörn!«

Im ersten Moment war ich so perplex, daß ich gar nicht reagieren konnte. Erst ganz allmählich wurde mir klar, daß dieses Etwas da im Bett seine Sprache seiner körperlichen Verfassung angepaßt hatte.

»Heißt das, du sprichst absichtlich so?« vergewisserte ich mich.

»Jawoll! Wat meinse, wat ich geübt hab ... wa aber auch ne Menge Talent da, dat muß ich zugeben.«

»Ah ja?«

Alsdann lieferte sie mir eine Kostprobe grammatikalischer Vergewaltigungen und einen kurzen Querschnitt durch ihr umfangreiches Schimpfwort-Repertoire.

»Das ertrage ich nicht!« war mein einziger Kommentar.

»Wieso nicht?«

»Frag das bitte nicht immer!« rief ich aufgebracht. »Wieso nicht! Ich ertrage es einfach nicht. Ich ertrage deinen Umgangston nicht und dich ... ich meine ... du ...«

»Machse mich etwa nich leiden?«

Mit ihren großen, grauen Kulleraugen blickte Claudia mich an. Ich sah plötzlich, was für eine tiefe Traurigkeit in diesem Blick lag. Trotzdem wollte ich ehrlich sein.

»Nein!« antwortete ich.

»Und wieso nicht? – weil ich so schäbbig bin? Weil ich ›Kacke‹ und ›Arschloch‹ sach? – Oder weil ich dir wat verklickert hab, watte nich wahrham wills?«

Ich schluckte. Alle drei Gründe trafen zu, aber der letztgenannte war der eigentlich ausschlaggebende. Verzweifelt versuchte ich, eine passende Antwort zu formulieren, ihr irgendeine spitzfindige Bosheit an den Kopf zu werfen. Aber mir fiel nichts ein.

»Aha!« meinte Claudia dazu. »Dann is ja allet klar.«

»Was?« kreischte ich. »Was ist klar?«

»Rech dich ab.«

Dann drehte sie mir den Rücken zu und tat so, als würde sie schlafen. Das machte mich erst recht nervös. Immer wieder schaute ich auf meine Armbanduhr, aber dieser Herr Doktor Behringer ließ weiterhin auf sich warten.

Statt dessen kamen meine Eltern. Sie wirkten völlig verändert, aber ich redete mir ein, das würde ich mir nur einreden.

Meine Mutter war von hektischer Betriebsamkeit und

sprach ununterbrochen vom Wetter. Dabei förderte sie mit zitternden Händen aus einem Lederbeutel die unterschiedlichsten Dinge zutage: eine Azalee, eine Dose Kekse, ein paar frischgewaschene Unterhosen, eine Flasche Fruchtsaft, einen Stapel Modezeitschriften und so weiter. Dann setzte sie sich zu mir und gab vor, interessiert meinem Klagelied über Schwester Gertruds Betragen zu lauschen. In Wahrheit war sie ausschließlich mit dem beschäftigt, was mein Vater im Hintergrund trieb.

Der inspizierte nämlich lautstark das Zimmer, und das Ergebnis dieser Inspektion war in jeder Hinsicht niederschmetternd.

»Und dafür zahlt man Beiträge!« fluchte er. »Das sieh sich bloß mal einer an! Und das hier! So was wäre nicht mal vor dem Krieg möglich gewesen.«

Nach zehn Minuten war meine Mutter endgültig mit ihren Nerven am Ende, und sie verlor die Fassung. »Hör auf!« schrie sie ihn an. »Für die paar Tage braucht Eva weder echte Teppiche noch seidene Bettwäsche.«

»Wohl aber Nachthemden!« fuhr ich dazwischen.

»Wie?« Die beiden sahen mich erschüttert an. »Ja«, sagte ich, »ich brauche noch ein paar Nachthemden. Wenn man das da sieht …!«

Ich wies auf Claudia und konnte überhaupt nicht verstehen, warum mein Vater die Farbe wechselte. So schlimm war es nun ja auch wieder nicht.

»Nachthemden!« wiederholte meine Mutter ungläubig. »Was für welche?«

Der blütenweiße Traum, den ich anhatte, diente mir als Beispiel. »So in Türkis, und in Rosa, und in Gelb …!«

»Natürlich mein Schatz!«

Ich blickte zu meinem Vater, der sich offenbar wieder erholt hatte, denn er rollte die Augen.

»Natürlich, mein Schatz!« knurrte er hörbar enerviert.

Nach diesem Besuch ging es mir vorübergehend etwas besser. Ich hatte zwar gespürt, daß irgend etwas anders gewesen war als sonst, schob das aber auf die veränderte Umgebung, die mir ja selbst zusetzte.

Mittlerweile war es dunkel geworden. Die Laterne vor dem Eingang der Kinderklinik ging an, und ihr Licht warf einen gespenstischen Schatten in unser Zimmer. Claudia schlief jetzt tatsächlich. Sie atmete im Takt mit dem Ticken der Uhr und regte sich nicht. Ein lähmender Friede lag über mir, der mich mit jeder Minute mehr und mehr verängstigte.

Immer lauter dröhnte dieses eine Wort in meinen Ohren: Krebs! Eine meiner Tanten war an Krebs gestorben, ebenso meine Sportlehrerin; einer Freundin meiner Mutter hatte man beide Brüste abgenommen, weil sie Krebs hatte. Krebs! Das Wort tat mir körperlich weh und machte mir Angst. Mit jedem Augenblick, da meine Unsicherheit wuchs, steigerte sich auch meine Wut auf diesen Herrn Doktor Behringer. Er war schuld. Er ließ mich warten. Je länger ich mir das einredete, desto zorniger wurde ich, und als er schließlich zu vorgerückter Stunde kam, war ich darauf aus, meinen sprichwörtlichen Klapperschlangen-Charme gleich pfundweise zu versprühen. Dabei war Herr Doktor Behringer eigentlich ein netter Mann. Er war groß, schlank und etwa fünfunddreißig Jahre alt. Sein dunkles Haar war kurzgeschnitten, seine Gesichtszüge wirkten intelligent und sachlich, und seine warmen, gütigen Augen waren hinter Brillengläsern verborgen.

Als er das Zimmer betrat, strahlte er über das ganze Gesicht.

»Sie müssen Eva Martin sein«, sagte er und reichte mir die Hand, »ich bin Doktor Behringer, der Stationsarzt.«

»*Angenehm* wäre eine Lüge!«

Er lachte. »Sie haben eine spitze Zunge.«

»Hat sich das schon bis zu Ihnen herumgesprochen?«
»Allerdings!«

Er strahlte unbeirrt weiter, nahm auf meiner Bettkante Platz, taxierte mich grammweise und wollte wohl gerade etwas sagen, als Claudia aufwachte.

»Ah, Doktor Behringer«, gähnte sie mit weitaufgerissenem Maul, »is jemand gestorben?«

Diese pietätlose Frage verschlug mir den Atem. Ich blickte zu Behringer, von dem ich ein Machtwort erwartete.

Aber der amüsierte sich darüber und meinte mit gespielt strafendem Unterton: »Claudia Jacoby! Jederzeit ein erfrischendes Wort!«

»Nich wahr?«

Erst dann sah er mein empörtes Gesicht.

»Hat Claudia Ihnen noch nichts erzählt?« fragte er.

»Sie redet viel!«

»Sie ist unser Enfant terrible.«

»Was Sie nicht sagen!«

»Hat sie Ihnen noch nichts von ihrer Überlebensliste erzählt?«

»Wie bitte???«

Claudia kicherte, und als ich entsetzt zu ihr hinübersah, kicherte sie nur noch mehr.

»Paß auf«, krächzte sie, »wenn dat Volk hier ankommt, dann frach ich, wat Sache is, und schreib dat auf. Wie alt se sind, wat für ne Seuche se ham und wie lange se die schon ham. Und wenn se abkratzen, dann rechen ich dat hoch, wie bein Allensbacher Institut.«

»*Was???*«

»Ja, brauchs dich gar nich so aufzumotzen! Nach meiner Liste bin ich hier nämlich dat längste, ob dir dat nu paßt oder nich!«

Ich war so erschüttert, daß ich nichts mehr herausbrachte. Doktor Behringer lachte derweil, als hätte man ihm ein liebreizendes Histörchen erzählt.

»Sie finden das witzig?« fragte ich ihn nach einer Weile.

»Ja, es ist so …«

»Das darf ja wohl nicht wahr sein! Wo bin ich denn hingeraten? Ich werde –«

In meiner Empörung wollte ich aus dem Bett klettern, aber Behringer hielt mich zurück.

»Alles im Leben ist eine Frage der Relationen«, sagte er ernst, »auch der Humor.«

»Aber –«

»Legen Sie sich wieder hin, Eva. Bitte!«

Er grinste. »Ich fürchte«, sagte er dann, »ich fürchte, ich fürchte ...«

»Was?«

»Da haben wir in Unkenntnis der Sachlage die beiden richtigen Pappenheimer zusammengelegt ...«

»Wir können ja en Verein gründen«, krächzte Claudia.

Der Humor war mir endgültig vergangen, und ich fragte Doktor Behringer, wie es mit mir weitergehen würde.

»Tja«, sagte er gedehnt. »Unser Chefarzt, Professor Mennert, wird übermorgen eine Lymphknotenpunktion bei Ihnen vornehmen ...«

»Und dann?«

»Sehen wir hoffentlich weiter.«

»Das wäre wünschenswert.«

Behringer sah mich ruhig an, und auf seinen Lippen spielte ein seltsames Lächeln. Es hatte etwas von Mitleid, und das verunsicherte mich.

Trotzdem versuchte ich, einen eher gelassenen Eindruck zu erwecken.

»Haben Sie noch irgendwelche Fragen?« erkundigte er sich.

»Ja. – Warum liege ich auf dieser Station?«

»Weil du ne Stoffwechselstörung has!« lachte Claudia.

»Nein«, erwiderte Behringer, »wir hatten nur gerade ein freies Bett und –«

»Dat is ja noch besser!«

Zuerst mochte ich nicht glauben, was ich sah: Claudia lachte, wie ich noch nie einen Menschen hatte lachen sehen. Ihr ausgezehrter Körper wurde von den Erschütterungen des Zwerchfells auf und nieder geworfen, und um dem entgegenzuwirken, hob sie die dürren Beine, die alsdann haltlos in der Luft strampelten. Die Geräusche, die sie dabei machte, reichten von dumpfem Grunzen über sonoren Sirenenklang bis hin zum schrillen Kreischen von Kreide auf einer Schiefertafel.

»Was ist das?« fragte ich Behringer.

»Claudia brüllt.«

Da dieses »Brüllen« auf ihn offenbar ansteckend wirkte, war er unfähig, mich weiter zu informieren. Ich hingegen blieb ernst und erklärte laut und ohne eine Regung: »Ich lach' mich tot.« Claudia verstummte augenblicklich. »Dat mach ma bloß nich«, sagte sie dann. »Dat würd dir die Forschung nämlich nie verzeihn, die wolln an dir noch wat lernen.«

»Was?«

Meine hilflosen Blicke klammerten sich an Doktor Behringer, der langsam aufstand und zur Tür ging.

»Was soll das heißen?« rief ich ihm nach. »Wer will hier an mir lernen?«

Behringer reagierte nicht, aber Claudia stöhnte laut auf.

»Meine Güte«, tönte sie, »warum sagen Se der nich, dat se Krebs hat?«

Da schlug mein Herz plötzlich so laut, daß ich glaubte, jeder im Raum müßte es hören. Ich wagte nicht zu atmen, ich wartete auf die Antwort und starrte Behringer an, der mich seinerseits anstarrte und sich nicht rührte. Erst nach einer Ewigkeit befreite er mich.

»Weil das nicht stimmt«, sagte er. »Weil das nicht stimmt!«

Eigentlich hatte ich diese Antwort nicht nur erwartet, sondern verlangt. Das spürte ich ganz deutlich, als der Doktor wieder fort war. Eine andere Wahrheit hätte ich gar nicht ertragen, und deshalb machte sich bei aller Selbstbestätigung auch so etwas wie Erleichterung in mir breit.

Claudia sah das voller Mißgunst. »Ich find gesunde Leute zum Kotzen!« schnauzte sie mich an, knipste das Licht aus und fluchte sich mit haarsträubenden Formulierungen in den Schlaf. Ich selbst brauchte lange, bis ich zur Ruhe kam. Ich fragte mich unaufhörlich, wie ich es mit diesem Monstrum Claudia aushalten sollte. Wir hatten wirklich keine

Gemeinsamkeiten, überhaupt keine. So beschloß ich, gleich am nächsten Morgen um ein anderes Zimmer zu bitten.

Ich schlief erst ein, als es draußen schon hell wurde, und als ich wieder aufwachte, stand ein nichtssagendes Dickerchen in Schwesterntracht vor meinem Bett.

»Guten Morgen«, kreischte sie mit schrillem Organ. »Ich bin Schwester Helma, die Stationsschwester!«

Sie grabschte nach meiner Hand und schüttelte sie auf das kräftigste. Daß ich mich im Halbschlaf befand, störte sie überhaupt nicht.

»Haben Sie gut geschlafen?« erkundigte sie sich.

»Danke!«

»Ärgert die Claudia Sie auch nicht?«

»Nein!«

»Haben Sie abgeführt?«

»... Ja ...!«

Die Frage irritierte mich kolossal, und erstmals war mir Claudias Lachen willkommen.

»Dat fracht unser Helma jeden Morgen«, kicherte sie, »und wenn et Scheiße rechnet, die fracht nach en Verbleib vonne Exkremente.« Dabei kroch sie mit kohlenpöttischer Eleganz aus ihrem Bettwerk, und das sah aus, als hätte sie die Nacht im Inneren der Matratze zugebracht. Helma machte derweil ein beleidigtes Gesicht. »Das ist eben Vorschrift!« belehrte sie Claudia.

»Jau, jau«, grunzte die, »Hauptsache Vorschrift, und wenn de auf de Augenbraun latschs!«

»Ich verbitte mir diesen Ton!«

»Dat versuch!«

Zwischen Claudia und Schwester Helma entbrannte ein Wortgefecht, das mir überdeutlich machte, wie verfeindet die beiden Damen waren.

Das machte mir das Monstrum vorübergehend richtig sympathisch, denn mit Menschen wie Helma konnte man meines Erachtens nur verfeindet sein. Sie war eine typische deutsche Durchschnittsfrau, achtundzwanzig Jahre alt, einen Hauch zu klein für ihr Gewicht, mit naturblondem, borstenkurzem Haar, kernseifenreinem Gesicht und blauen Augen. Solche Frauen taten nur, was man ihnen ausdrücklich auftrug, und solche Frauen gingen einmal pro Woche zum Kegeln und fuhren einmal im Jahr für drei Wochen nach Mallorca, mit denen, die es »möglich machten«.

»Genau!« ließ Claudia mich später wissen. »Genau sonne Schnepfe is unser Helma. Frach die nach de Uhrzeit, da musse ers Mennert fragen, ob se dat verraten darf. Da flippse manchma aus, echt!«

So wurde die gute Schwester Helma für Claudia und mich zum Lieblingsthema. Sie erzählte mir, was sie mit dieser Frau schon alles erlebt hatte, und ich mußte an manchen Stellen trotz der haarigen Ausdrucksweise herzhaft lachen. Claudia nahm das beglückt zur Kenntnis.

»Machse mich nu doch en bißken leiden?« fragte sie leise.

Ich wurde rot. »Du hast doch gesagt, daß du gesunde Leute zum K ....., daß du nicht ....«

Claudia lachte. »Kannse so wat echt nich sagen? Scheiße und so? Kannse dat nich?«

»Ich will nicht«, erwiderte ich.

»Na, wenn de nich wills!«

Sie gähnte und legte eine Schallplatte auf.

»Dann kommt der große Abschied von der Zeit,
Es gibt kein Wiedersehn,
War sie auch noch so schön,
Dann kommt der große Abschied, sei bereit,
Denn alles wird vergehn,
Die Welt, die muß sich drehn.«

Udo Jürgens! Claudia lauschte so gebannt, daß es mich rührte.

»Hörst du so was gern?« fragte ich sie.

»Wat? Den Udo?«
»Ja.«

Sie strahlte mich an, und stellte die Musik leiser. »Ich hab all den seine Lieder«, sagte sie und wies stolz auf ihre Plattensammlung. »Und ich kenn jeden Text auswendig.«

»Ah ja?«

Sie nickte. »Und du?«

»Och ... ich höre lieber Klassik, Tschaikowski, Beethoven, Schubert.«

Claudia brach fast zusammen. »Aber die sind doch alle schon tot! – Nee, ich steh mehr auf dat Leben. Wat der Udo so singt, is allet weise.«

»Sicher«, gab ich zu, »Lebensweisheit im Schmalspur-Format!«

Ihre Züge verfinsterten sich. »Machse den Udo etwa nich leiden?«

»Schon ...«, wich ich aus, »... nur, was er singt, klingt immer so schmalzig.«

»Ach wat«, wischte Claudia diesen Einwand weg, »de Wirklichkeit is viel schmalziger, da musse dich hier bloß ma umgucken. Wenn se dat int Fernsehn bringen täten, würdese abdrehn und schrein, dat dat Kitsch war.«

Dann erzählte sie mir von ihrer Leukämie. Sie war sechzehn gewesen, als sie die bekam; seitdem waren zehn Jahre vergangen, und sie hatte gerade ihre vierte Remission erreicht.

»Dat is, wenn de Seuche ma vorübergehend zu en Stillstand kommt.«

Mehrere Therapien lagen hinter ihr, zahlreiche Operationen, unendliche Qualen, die vielen Lumbalpunktionen.

»Daß man so was aushalten kann!« sagte ich.

»Ich kann. Mein Vater konnt bloß nich. Der konnt dat nich mehr mitansehen. Da is er annen Herzinfarkt eingegangen, vor drei Jahren.«

»Das tut mir leid.«

»Wieso? Kanntese ihm?«

Sie war ganz ernst, als sie mich das fragte, und ich schämte mich, so eine Floskel benutzt zu haben. Als ich mich dafür entschuldigte, lächelte Claudia.

»Macht ja nix!« sagte sie. »Wirs et schon noch lernen.«

Dabei sah sie mir tief in die Augen. Ich spürte plötzlich, daß dieses Mädchen etwas ganz Besonderes und Einmaliges war. Sie war voller Geheimnisse; ihr Gesicht war gar nicht die häßliche, ausgemergelte Fratze, die ich zuerst darin gesehen hatte. Vielmehr war es das Gesicht eines Menschen, der wußte, daß er bald sterben würde, und dieses Wissen hatte sich tief in die Züge eingegraben.

»Is wat?« fragte Claudia, weil ich sie so eindringlich ansah.

»Nein.«

»Oder hasse Angst vor die Operation?«

»Ich weiß nicht.«

»Muß nämlich keine Angst vor ham, is nix Schlimmet.«

Sie sagte das so liebevoll, daß sich alles in mir zusammenkrampfte, und wenn ich damals schon gewußt hätte, daß diese Claudia Jacoby der wichtigste Mensch in meinem Leben werden sollte, so wäre ich just in diesem Augenblick aufgestanden und hätte sie umarmt.

9

Die Vorbereitungen zu meiner Operation begannen schon am Vorabend. Man verpaßte mir ein todsicheres Schlafmittel, damit meine Nerven nicht an denen des Personals zerrten. Es wirkte wie die Chemische Keule und war noch lange nicht aus dem Körper, als Helma in aller Herrgottsfrühe das Zimmer stürmte, als wäre es das Feld von Waterloo.

Sie weckte uns mit der ihr eigenen Sensibilität, fragte, ob wir »abgeführt« hätten, was wir mit lautstarkem Gelächter bejahten. Dann führte sie mich ins Bad, wo sie mir zu meinem Schrecken die Schamhaare wegrasierte. Sie gab mir eine Beruhigungsspritze und bandagierte meine Unterschenkel, damit ich keine Thrombose bekäme.

»Und dann ziehen Sie auch mal gleich Ihr Nachthemd aus, und probieren Sie dieses Modell!« forderte Schwester Helma.

Das »Modell« war ein leinenes, sperriges Ungetüm. Es reichte mir nur bis zu den Knien und war im Rücken völlig offen. Damit es nicht ganz zur Attrappe wurde, knotete man es im Genick mit einem Band zu. Somit erweckte es zumindest von vorn den Anschein, ein Bekleidungsstück zu sein. Was hinten an Stoff fehlte, war dann an den Ärmeln zuviel.

»Dat trächt man dies Jahr in Paris!« kommentierte Claudia meine Fassungslosigkeit und schränkte gleich ein: »Na ja, aufem Friedhof!«

Helma stöhnte laut auf.

Im gleichen Moment erschien Schwester Gertrud. Sie hatte ihr ohnehin so makellos schönes Gesicht mit Makeup versehen und sah aus wie ein Filmstar aus Hollywoods Traumfabrik.

»Der OP hat angerufen!« sagte sie zu ihrer Kollegin. Dann lächelte sie mich an. »Guten Morgen, Eva, wie geht es Ihnen?«

Eigentlich hatte ich nicht die Absicht gehabt, Gertrud jemals zu verzeihen. Da sie selbst aber so tat, als hätte unser Streitgespräch nie stattgefunden, beschloß ich, es ebenfalls zu vergessen.

»Danke«, antwortete ich, »es geht!«

»Kann ich mir denken«, lachte sie. »Aber Sie werden das schon schaffen.«

Helma löste die Bremse meines Bettes und schob es Richtung Tür.

»Laß dich von die Zimtzicke bloß nich totfahrn!« rief Claudia mir zum Abschied zu.

Da lachte ich zwar noch darüber, aber schon wenige Sekunden später verging mir der Humor. Helma war nicht in der Lage, dieses Bett ohne Komplikationen über die Gänge zu fahren. Sie stieß an jeder Ecke an, sie startete an jeder Türschwelle Hauruck-Aktionen, sie begrub um Haaresbreite Passanten unter den Rädern, harmlose Leute, die im Angesicht der Gefahr stehenblieben und ihre Körper gegen die rettende Wand preßten.

Schließlich fand ich mich vor einer riesigen Glastür wieder: OPERATIONSABTEILUNG – KEIN ZUTRITT. Helma betätigte die Klingel. Kurz darauf öffnete eine grüngewandete Krankenschwester die Pforten.

»Schwester Helma von S 1. Ich bringe Ihnen Frau Martin.«

»Die Punktion für den Chef?« fragte die Dame in Grün und nahm vorsichtshalber die Krankenakte an sich.

Helma nickte, und der Handel war perfekt.

»Bis später!« rief sie mir nur noch zu. Dann verschwand sie.

Jenseits der gläsernen Pforte war dann alles grün: die Menschen, die Liegen, die Requisiten. Man transportierte mich in einen Vorbereitungsraum, wo die Schwester mir eine viel zu dicke Kanüle in die viel zu dünne Handvene jagte. Anschließend wurde ich zum Operationssaal gebracht, wo ich mich ausziehen und auf eine unbequeme Liege umsteigen mußte, mit der ich dann zum Operationstisch gefahren wurde, den ich unter großen Mühen erkletterte. Der Narkosearzt trug das mit Fassung und hielt mir die Einverständniserklärung unter die Nase.

»Unterschreiben Sie mir das bitte!«

»Bißchen spät«, hörte ich mich lallen, brach aber gleich danach in frenetischen Jubel aus. Es gelang mir nämlich, den Kugelschreiber zu stemmen und meine Namenszüge auf das Papier zu kritzeln. Die Schrift erinnerte zwar stark an die von Frankensteins Braut, aber so benahm ich mich ja auch.

Dann installierte der Narkosearzt kleine Saugnäpfe auf meiner Brust.

»EKG«, erklärte er in Anbetracht der Urwald-Laute, die ich dabei von mir gab. »Damit wir hören können, was Ihr Herz zu der ganzen Sache sagt.«

Da ging meine Intelligenz endgültig mit mir durch.

»Bumm-Bumm«, gluckste ich und fand das ungemein originell.

Das Schlimme war, daß ich mir all dieser Idiotien durchaus bewußt war. Ich war nicht wirklich weggetreten, ich war hellwach und voller Angst. Ich hatte Angst vor dieser Sterilität, vor dieser allgegenwärtigen grünen Farbe, vor diesen grün vermummten Gestalten. Diese Angst zu bewältigen lag jedoch nicht mehr in meiner Macht. Die Spritze hatte mir diese Möglichkeit genommen. Sie ließ mich nur mehr spüren, daß ich Angst hatte, Einfluß hatte ich nicht mehr darauf.

Plötzlich tätschelte jemand meinen Oberschenkel, und ich erschrak. Ein weiteres grünes Männchen hatte sich vor mir aufgebaut, und seine Augen lächelten mich an.

»Guten Morgen!« sagte er mit warmer Stimme. »Ich bin Professor Mennert.«

Der Mann flößte mir auf Anhieb Vertrauen ein, wenngleich ich nur wenig von ihm sah. Er mußte etwa Mitte Fünfzig sein, nicht besonders groß, ziemlich beleibt. Seine Augen waren hinter einer dicken Hornbrille verborgen, aber ich sah, daß es kluge Augen waren, kluge himmelblaue Augen.

»Ich wäre soweit!« erklärte der Narkosearzt im gleichen Moment.

Wieder tätschelte Mennert meinen Oberschenkel.

»Sind Sie auch soweit?« fragte er mich. »Darf ich anfangen?«

Ich nickte, es mußte ja schließlich sein.

Die wässrige Flüssigkeit, die man mir in die Vene injizierte, brannte wie Feuer. Zuerst erfaßte der Schmerz nur die Hand, doch dann kroch er empor, ergriff den Arm, die Schulter, meine Lider wurden bleischwer, und ich quälte mich, sie offenzuhalten.

»Schließen Sie die Augen!« sagte eine Stimme, aber ich wehrte mich. Ich wollte nicht einschlafen.

Ein fremder Laut durchflutete den Raum. Es war ein Dröhnen, vielleicht war es aber auch der Klang jener Sirenen, die schon Odysseus an den Rand des Wahnsinns getrieben hatten. Entsetzt wollte ich mich aufrichten, aber fremde Hände umfaßten mein Gesicht, so daß ich jeden einzelnen Finger spürte. Gewaltsam öffneten sie meinen Mund, bogen meinen Kopf nach hinten, und ich wollte etwas sagen, schreien, aber es wurde dunkel ...

Als ich zum ersten Mal aufwachte, lag ich wieder in meinem Zimmer, und die schwachen Strahlen der Nachmittagssonne fielen auf mein Bett.

Schmerzen hatte ich nicht. Meine Leistenbeugen waren fest verklebt, und neben meinem Bett stand ein Infusionsständer. Eine glasklare Flüssigkeit tröpfelte in meine Venen. Wie durch einen Schleier sah ich, daß Doktor Behringer da war. Er sprach mit Claudia, aber was sie redeten, konnte ich nicht verstehen. Ich fühlte mich ausgeschlossen, alles um mich her war dumpf und leblos. Dann schlief ich wieder ein.

Am Abend konnte ich zwar immer noch keinen klaren Gedanken fassen, aber zumindest konnte ich wieder richtig hören, klar sehen, sprechen, wenn auch mit schwerer Zunge.

»Dat is bei jeden so«, sagte Claudia. »Dat Zeuch muß ers wieder ganz aus den Kadaver. Morgen früh bisse wieder paletti!«

Sie behielt recht. Nach einer traumlosen Nacht kam ich endgültig zu mir und verspürte Hunger, Durst, Appetit auf eine Zigarette, Lust auf einen Spaziergang – alles auf einmal.

Ich wartete auf die Ergebnisse der Untersuchung, doch Mennert glänzte mit Abwesenheit.

»Der Herr Professor ist auf einem Kongreß«, ließ Behringer mich bei der Visite wissen.

»Dann sagen Sie mir, was los ist.«

Er lachte nur. »Ich habe ja nicht punktiert, Eva. Und die Befunde aus der Pathologie liegen noch nicht vor.«

Das erregte mich maßlos, und wenn Claudia nicht gewesen wäre, hätte ich die gesamte Einrichtung demoliert.

»In den nächsten Tagen!« tobte ich immer wieder. »Ich will Fakten!«

»Die musse aus die Kerlkes hier rausprügeln!« erklärte sie mir.

»Aber Behringer hat dir doch bestimmt etwas gesagt.«

Sie sah mich unschuldig an. »Wann?«

»Nach der Punktion, Claudia!«

»Nee!«

»Ich habe doch ganz genau gesehen –«

»Ach so!« rief sie aus. »Nee, Eva, gefracht hab ich ihm, wat Sache is, aber gesacht hat er nix. Kannse mir glauben.«

Obwohl ich ihr glaubte, plagte mich zusehends die Vorstellung, man würde mir etwas verheimlichen.

Dieser Verdacht verdichtete sich, als ich zum ersten Mal nach der Punktion Besuch von meinen Eltern bekam. Sie wirkten völlig verändert. Papa war von aufgesetzt wirkender Fröhlichkeit und machte einen Scherz nach dem anderen. Mama sah aus, als hätte sie tage- und nächtelang geheult.

»Was ist los?« fragte ich.

»Nichts!«

»Aber ich spüre doch ganz genau –«

»Was?«

»Daß irgend etwas nicht stimmt.«

»Rede dir nichts ein, Eva. Es ist alles in bester Ordnung.«

»Verstehst du das?« fragte ich Claudia.

»Nee!«

»Was mach' ich denn da nur?«

Täglich telefonierte ich mit Frau Gruber und Jimmy, und täglich wurden diese Gespräche kürzer und deprimierender. Nach einer Woche nahmen die beiden schon gar nicht mehr den Hörer ab. Dann lief ich wie ein Tiger im Käfig über den Gang von S1 und suchte nach einer Antwort, nach einem Ausweg. Eines Abends erschrak ich über mich selbst.

Draußen wurde es gerade dunkel, und die Häuser und Bäume, die ich gerade noch deutlich hatte sehen können, wurden immer schemenhafter. Vielleicht irrte ich mich auch, und es gab sie gar nicht.

Mit den Geräuschen war es ähnlich. Aus den Krankenzimmern drangen Musik und Stimmengewirr. Gertrud saß im Schwesternzimmer und blätterte in einer Illustrierten. Ich hörte genau, wenn sie die Seiten umschlug. Ich hörte alles, sogar das Ticken meiner Armbanduhr. Und trotzdem war es totenstill.

Die Realität, die mich umgab, war eine andere als die, die ich mit meinen Sinnen erfassen konnte. Da wurde mir plötzlich klar, daß es mit mir vielleicht das gleiche auf sich hatte. Vielleicht war ich ja gar nicht die, für die ich mich hielt. Vielleicht war ich ja gar nicht wirklich hier, sondern längst woanders.

»Jetzt werde ich verrückt«, sagte ich zu Claudia, »ich verliere den Verstand, ich …«

»Psss, Evken, psss …!«

»Ich habe Angst.«

»Vor wat?«

»Ich weiß nicht.«

Ich fror unsäglich und wickelte mich in mein Oberbett. Claudia sah mich derweil lächelnd an. »Früher hab ich auch immer Angst gehabt«, sagte sie, »da wußt ich auch nie, vor wat ich da eigentlich sonne Angst hatte.«

»Und heute?«

Sie schüttelte den Kopf. »Heut haut mich nix mehr um. Ich hab, wat ich hab, und wat ich verlorn hab, dat weiß ich.«

»Hast du denn viel verloren?«

Sie seufzte herzzerreißend, und dann erzählte sie mir in einer langen Nacht von Willi, ihrem Bräutigam. Sein Photo stand auf ihrem Nachttisch. Es zeigte einen Mann von Mitte Dreißig mit schmalem Gesicht und hellen Augen.

Über dem Mund prangte einer jener Allerweltsschnauzbärte, den er selbst bestimmt für etwas ganz Individuelles hielt. Auf mich wirkte Willi verklemmt, und was Claudia mir von ihm erzählte, bestärkte mich nur noch in meiner Ansicht. Seit sie nämlich auf S 1 lag, hatte er sie kein einziges Mal mehr besucht.

»Er hat vermutlich Angst«, sagte ich.

»Sons noch wat? Er schreibt doch Briefkes, da könnt er doch auch ma –«

»Das ist etwas anderes«, wollte ich sie belehren, »Männer sind nun mal sensibler als Frauen.«

»Echt?«

Ihre Stimme klang höhnisch und ließ nichts Gutes ahnen. Ich tat aber so, als hätte ich das nicht gehört.

»Ja, wenn meine Eltern streiten, dann will mein Vater immer schon nach fünf Minuten wieder Frieden schließen. Meine Mutter kann tagelang brummen, er hält das nicht aus.«

»Weil er anne Dose will!«

»Weil er was???«

»Hasse scho ma?«

»Was?«

»Bisse etwa noch Jungfrau?«

»Natürlich!«

»Allet klar!«

Ich verstand zwar nicht, was sie damit sagen wollte, aber es ärgerte mich. »Du hast eine Art!« schimpfte ich.

»Immerhin«, gab sie lakonisch zurück, »andre ham nich ma dat!«

Da hatte sie nun auch wieder recht, und so verzieh ich ihr.

»Willse ma sehn, wie ich früher ausgesehn hab?« fragte sie mich.

»Ja!«

Sie lächelte verschämt und öffnete den Rahmen mit Willis Konterfei. Dahinter steckte ihr offizielles Verlobungsphoto. Es war fünf Jahre alt und zeigte ein hübsches Mädchen mit kinnlangen, braunen Haaren, einem wohlgeformten Gesicht und großen, grauen Kulleraugen, die von seidigen Wimpern umrahmt wurden. Die waren ihr inzwischen auch ausgegangen.

»Tja«, seufzte sie, »so war dat ma. Wat ich heute bin, dat is de Nachgeburt von mein eigenen Kadaver.«
»Claudia!!!«
»Ja?«

Ihre Ausdrucksweise zog mir manchmal die Schuhe aus. Sie hatte vor nichts und vor niemandem Respekt und nahm auf nichts und auf niemanden Rücksicht, nicht einmal auf ihre Mutter. Das merkte ich, als ich Frau Jacoby kennenlernte, eine einfache Frau von Mitte Fünfzig mit früh ergrautem Haar und schlanker Figur. Als sie zur Tür hereinkam, rollte Claudia sich umgehend auf die Seite und drehte ihr charmant den Rücken zu.

Frau Jacoby schien daran gewöhnt zu sein, denn sie zeigte keine Reaktion. Sie zog lediglich einen Stuhl heran und nahm neben ihrer schweigenden Tochter Platz. Nach etwa zwanzigminütiger Stille räusperte sie sich dann.

»Hast du vielleicht Hunger, Claudi?«
Antwort: »Leck mich am Arsch!«
Die Mama zuckte kaum merklich zusammen und blinzelte errötend zu mir herüber. Ich tat so, als hätte ich es gar nicht bemerkt.

»Karin hat nach dir gefragt«, fuhr sie dann fort.
»Leck mich am Arsch!« erklang es wiederum.
»Soll ich ihr etwas ausrichten, Kind?«
»Ja.« Blitzschnell richtete Claudia sich auf und blickte in die erwartungsvollen Augen ihrer Mutter.
»Die soll mich auch am Arsch lecken!« sagte sie dann und rollte sich sogleich wieder zusammen.

In diesem so wenig erquicklichen Stil dauerte das »Gespräch« etwa eine halbe Stunde, und dann tat Mutter Jacoby das einzige Gescheite: sie floh.

Kaum war sie draußen, als meine große Stunde schlug.
»Wie kannst du es wagen?!« fuhr ich Claudia an. »Ich finde das ungeheuerlich. Sie ist deine Mutter, und du behandelst sie wie ein Stück Dreck.«

Claudia sah mich ruhig an. »Und?« fragte sie dann.

»Ja ...«

Ich wußte gar nicht, was ich dazu sagen sollte, meine Empörung war grenzenlos.

»Paß auf«, sagte Claudia dann plötzlich, »ich weiß nich, ob du dat schnalls, aber ... ich will nich, dat die Mutter heult, wenn ich tot bin. Ich will, dat die heult, solang ich noch leb. Weil ich noch leb. Dann isse nämlich froh, wenn se mich los is.«

Von diesem Augenblick an fühlte ich mich völlig hilflos und allein. Ich hatte es hier mit einem Menschen zu tun, der ganz anders war als die, die ich bisher kannte. Claudia sprach Dinge aus, die ich nie ausgesprochen hätte, und sie verschwieg, was ich nie hätte für mich behalten können. Das machte mich einsam, und ich wollte nur noch weg von diesem Ort, an dem mir alles so fremd und unwirklich erschien. Aber die Befunde der Pathologie trafen nicht ein, Professor Mennert kehrte nicht von seinem Kongreß zurück, und deshalb mußte ich warten, warten, warten ...

Eines Morgens stand dann plötzlich eine junge Frau vor meinem Bett. Sie war dreißig Jahre alt, sehr groß und sehr schlank. Sie trug viel zu enge Jeans, einen viel zu weiten Pullover, und ihr taillenlanges, glattes, hellblondes Haar hing offen, so daß sie ununterbrochen damit beschäftigt war, es aus dem Gesicht zu schaffen.

Für mich zählte sie damit zu jenen Typen, die ich »lost sixties« nannte. Sie hatte noch nicht begriffen, daß die Studentenunruhen längst vorüber und Rockmusik gesellschaftsfähig war.

»Ich heiße Daniela«, sagte sie mit sanfter Stimme, »und wie heißt du?«

Die Plumpheit dieses Annäherungsversuchs bestätigte mir meine Theorie endgültig. Ich hatte es mit dem »letzten Blumenmädchen« zu tun.

»Eva Martin!« brummte ich. Zu mehr ließ ich mich nicht herab.

Daniela trug mein Verhalten erwartungsgemäß mit Fassung und zog sich einen Stuhl heran. »Ich habe gehört, daß du Probleme hast«, sagte sie und nahm Platz.

Ich kochte fast vor Wut. Da lag ich seit über vierzehn Tagen in diesem grauenhaften Krankenhaus, wurde von oben bis unten untersucht, durchleuchtet, gepiekst und beschnitten, wartete vergeblich auf die Befunde all dieser Schändungen, und dann kam diese Frau und konstatierte mit dem Tonfall einer Kassandra, ich hätte wohl »Probleme«. Ich beschloß, die Aussage zu verweigern, und schwieg.

Aber auch das trug Daniela mit Fassung. Sie tat es mir einfach gleich. So schwiegen wir einander an, fünf Minuten, zehn Minuten. Es war eine gewichtige Stille, und ich fürchtete, unter ihrer Last zusammenzubrechen. Die Frau ließ mich nicht aus den Augen. Wann immer ich wagte, zu ihr hinüberzulugen, sah sie mich an, ruhig und fest, erwartungsvoll und dennoch nicht fordernd. Schließlich konnte ich das nicht mehr ertragen und ging zum Angriff über.

»Was kann ich für Sie tun?« zischte ich.

Sie lächelte milde. »Ich bin Psychologin. Ich arbeite hier in der Klinik und würde mich gern mal mit dir unterhalten.«

»Ich wüßte nicht, worüber ich mit Ihnen reden sollte.«

Daniela ließ sich nicht entmutigen. »Du bist achtzehn?« fragte sie.

Ich nickte.

»Einzelkind?«

Ich nickte erneut.

»Erzähl mir ein bißchen von dir! Wo bist du aufgewachsen? Was sind deine Eltern für Menschen?«

»Wieso interessiert Sie das?« Ich fuhr endgültig aus der Haut. »Das geht Sie doch überhaupt nichts an!«

Wieder lächelte sie. »Du interessierst mich, Eva. Ich möchte dich kennenlernen.«

Böse sah ich sie an. Noch nie hatte sich jemand für mich interessiert oder mich gar kennenlernen wollen, der nicht von mir eine Gegenleistung erwartet hätte. Schon von daher war mir die Dame suspekt. Daniela nahm meinen schweigenden Trotz jedoch gelassen hin, und nach einer Weile trat sie den Rückzug an.

»Mein Büro ist oben in der fünften Etage«, sagte sie, »direkt hier drüber.« Ich reagierte nicht darauf, aber sie lächelte trotzdem voller Zuversicht. »Du kannst jederzeit vorbeikommen, Eva, ... wann du willst ...«

10

Schon am nächsten Morgen stand ich bei Daniela auf der Matte. Und das, obwohl Claudia gesagt hatte, diese Psychologin wühle »inne Seele wie son Penner inner Tonne«.

Ihr Büro war ein schmaler Schlauch. Vor dem Fenster stand ein hypermoderner Schreibtisch aus Plexiglas, davor und dahinter jeweils ein weißbezogener Lederstuhl mit Chromgestänge. Die Bücherregale reichten vom Fußboden bis unter die Decke, gefüllt mit sämtlichen Werken von Bruder Sigmund und seinen Nachfahren.

In allen vier Zimmerecken lagen geometrische, weiße Holzklötze. Auf einem quadratischen Block stand ein Tonbandgerät. Direkt neben der Tür auf der Erde gab es dann noch eine Art »Sitzlandschaft« aus mehreren weißbezogenen Matratzen, die übersät waren von bunten Patchwork-Kissen. Sie waren die einzigen Farbkleckse in dem Raum, ansonsten war alles einheitlich weiß.

Diese Einrichtung vermittelte mir ein Gefühl von Geradlinigkeit. Hier arbeitete ein Mensch, der frei war von Kringeln und Schnörkeln. Ich selbst war zwar ganz anders, aber es gefiel mir.

Daniela gab sich wesentlich geschäftiger und nicht so abwartend wie tags zuvor.

»Mach es dir gemütlich!« forderte sie mich auf. Der Klang ihrer Stimme verriet mir, wie sehr sie sich über meinen Besuch freute. Sofort wurde ich mißtrauisch. Nach einigem

Zögern setzte ich mich steif auf den Stuhl vor ihrem Schreibtisch. Sie wollte, daß ich sie duzte, aber ich lehnte ab.

Schließlich ließ sie mich einige Tests machen. Zuerst mußte ich kleine, bunte Klötzchen in kleine, bunte Löcher stecken. Daniela stoppte sogar die Zeit, die ich für diesen Schwachsinn benötigte.

Anschließend mußte ich mit Buntstiften ein Bild malen: mit einem Haus, mit einem Baum, mit einem See, mit einer Brücke.

»Das hast du im Kindergarten doch sicher auch schon mal gemacht«, sagte sie, als sie mein mürrisches Gesicht sah.

»Ich war nie im Kindergarten.«

»Nein?«

»Die Krupp-Kinder gehen schließlich auch nicht hin.«

Sie notierte diese Bemerkung, und als das Gemälde fertig war, bekam ich zur Belohnung eine Zigarette und Kaffee.

»Ich würde mich jetzt gern ein bißchen mit dir unterhalten«, schlug sie vor. »Würde es dich stören, wenn ich dabei ein Tonband laufen lasse?«

»Ja!« gab ich schroff zurück.

»... gut, ... dann nicht!«

Daß sie meine Ablehnung so ohne weiteres hinnahm, erschütterte mich zutiefst. Noch mehr erschütterte mich jedoch das Schweigen, das diesem Wortwechsel folgte. Ich versuchte ihm auszuweichen und konzentrierte mich krampfhaft auf die Aufdrucke der Buchrücken im Regal. Vorwärts und rückwärts las ich sie, knabberte dabei an meinen Fingernägeln, bis es blutete.

Schließlich konnte ich es nicht mehr ertragen und gab auf.

»Wenn ... ich meine ... wenn Sie wollen ...«

Meine Stimme zitterte, und der Speichel in meinem Mund war wie ein Strom, der nicht zu bändigen, geschweige denn zu verschlingen war.

»Ja?«

»Stellen Sie das Band ruhig an«, flüsterte ich, » – wenn Sie wollen.«

»Willst du es denn?«

»Ja.«

Daniela tat es, und ich spürte, wie mein Körper sich entspannte. Meine Nerven hatten unter Hochspannung gestanden, dem Zerreißen nahe. Jetzt ließ es nach, und ich sackte merklich in mich zusammen. Erleichterung machte sich breit.

»Wie hat deine Mutter dich gestraft, wenn du als Kind nicht so warst, wie sie es erwartete?«

Diese Frage traf mich so unvorbereitet, daß ich zu Daniela aufblickte, als hätte sie mich aus tiefem Schlaf geweckt.

»Hat sie dich geschlagen?«

»Nein!«

»Hat sie geschwiegen?«

»... Ja ...« Ich war erstaunt, daß sie das besser wußte als ich. »Wie kommen Sie darauf?«

Daniela lächelte und hockte sich auf den Schreibtisch, ganz in meine Nähe.

»Welches andere Wort fällt dir ein, wenn du an Schweigen denkst?«

»Glas!« antwortete ich spontan.

»Durchsichtig ...?«

»Und zerbrechlich!« fügte ich mit Nachdruck hinzu.

Sie sah mich ernst an. »Sag mir, Eva, was ist schlimmer als Glas?«

»Tod!«

Die Antworten sprudelten nur so aus mir heraus, hastig, unüberlegt. Als es geschehen war, schämte ich mich dafür und gab mir Mühe, das zu verbergen. Daniela spürte es trotzdem und warf mir eine Art Rettungsring zu.

»Erzähl mir von deiner Kindheit!« sagte sie. »Von deiner Jugend!«

Das schien unverfänglich, und so ging ich freimütig darauf ein. Arglos und unverdrossen plapperte ich vor mich hin. Ich dachte mir nichts dabei. Meine Erinnerungen gehörten schließlich mir allein, und ich bildete mir ein, Daniela könnte sie mir weder wegnehmen noch sonst irgend etwas damit anfangen.

Daniela hörte mir zu, reagierte nur selten, unterbrach mich nie, aber nach etwa zwei Stunden glaubte sie, dennoch zu wissen, daß ich total verkorkst war. Und daran war meine Mutter schuld.

Mama hatte einfach alles verkehrt gemacht. Sie hatte mich vernachlässigt, gedemütigt, überfordert, unterfordert, unberechtigterweise gestraft oder gerügt – es gab nichts, was sie hätte entlasten können. Aber es gab ja gottlob die Gummimatte. Auf die sollte ich nun hemmungslos einschlagen und mir vorstellen, es wäre Mama. Daß ich mich dagegen sperrte, stimmte Daniela regelrecht verdrießlich. »Bei deinem Vater liegt natürlich auch so manche Verantwortung«, gab sie zu, »und vor allem bei deiner Ballettmeisterin. Ich finde aber trotzdem, um erst einmal anzufangen –«

»Nein!«

Meine Weigerung war eindeutig, und Daniela tat so, als gäbe sie sich geschlagen. Das war ein Trick. Ich wurde nämlich größenwahnsinnig. Wie manch legendärer Feldherr überschätzte ich den Wert einer gewonnenen Schlacht und ließ mich ein auf einen Krieg, dessen Ausmaße meine Vorstellungskraft übersteigen sollten.

»Bist du wenigstens bereit zu einer Gesprächstherapie?« fragte Daniela voller List und Tücke.

»Natürlich!«

Für diese Überheblichkeit mußte ich in den nachfolgenden Sitzungen büßen. Diese sogenannte »Gesprächstherapie" war nämlich alles andere als harmlos. Daniela provozierte mich, wann immer es möglich war. Sie erging sich in Unterstellungen über meine Persönlichkeit, schleuderte mir diese als angebliche Erkenntnisse an den Kopf und wartete dann auf meine Reaktion. Die kam so sicher wie das Amen in der Kirche.

»Du läßt die Menschen nicht an dich heran, Eva!«

»Wer sich nicht auf andere einläßt, kann auch nicht enttäuscht werden!«

»Richtig! ... Er kann aber auch nie etwas empfangen. Du bist verklemmt, Eva!«

»Das ist nicht wahr, ich gelte sogar als extrovertiert.«

»Du redest nur viel, ohne etwas zu sagen. Gefühle zeigst du nie.«

»Wer Gefühle zeigt, macht sich verletzbar.«

»Wer sagt das?«

»Meine Ballettmeisterin!«

»Und ich sage dir: Wer sich ehrlichen Herzens öffnet, kann nicht verletzt werden. – Du kannst ja nicht einmal richtig lächeln, Eva. Bei dir hat das immer so etwas von *Licht aus – Spot an.*«

»Das habe ich so gelernt, Fräulein Römer. Das habe ich jahrelang vor dem Spiegel geübt. Mein linker Schneidezahn steht nämlich etwas vor, und deshalb darf ich die Lippen nicht zu weit öffnen, sonst –«

»Vergiß dein Gebiß! Lächle doch mal von innen, aus dem Bauch heraus!«

»So ein Schwachsinn! Wenn es Ihnen gelingt, mit dem Bauch den Mund zu bewegen, klatsche ich Beifall. Mit den Nieren.«

»Weinst du manchmal?«

»Wenn es keiner sieht!«

»Warum nur dann! Was geschieht mit einem Kind, das weint?«

»Es wird getötet.«

»Du meinst: Getröstet?«

Ich war völlig konfus. Freudsche Versprecher unterliefen ja jedem mal, aber in dieser Größenordnung ...?! Ich hatte Daniela damit schier unerschöpfliches Arbeitsmaterial geliefert, und sie begann, mein Leben aus ihrer Perspektive wie ein offenes Buch vor mir auszubreiten.

Das war mir unangenehm, und ich versuchte, mich zu wehren. Aber als ich gerade anfing, damit Erfolg zu haben, änderte sie ihren Kurs und wandte sich einem neuen Thema zu:

Meinem Sexus!

»Warum hast du noch nie mit einem Mann geschlafen?« wollte sie wissen.

»Ich bin erst achtzehn.«

»Hast du Angst vor Männern?«

Ich biß mir auf die Lippen und riß mit den Zähnen eine so große Hautschicht herunter, daß es blutete und teuflisch brannte.

»Ich habe Angst vor großen Männern«, stotterte ich.

»Aber du bist selber groß!«

Ich senkte verschämt den Blick und knibbelte die Säume meines Morgenmantels.

»Du hast Angst, die Unterlegene zu sein«, stellte Daniela indessen fest, »unterdrückt zu werden. – Bist du deshalb noch Jungfrau?«

Ich schwieg und wagte nicht aufzublicken. Mir war, als würden mir ihre tiefblauen Augen die Seele aus dem Leib reißen, wenn ich es riskierte.

»Onanierst du manchmal?«

Eine solche Frage hatte man mir noch nie gestellt, und es kräuselten sich mir vor Entsetzen die Haare – am ganzen Körper.

»*Nein!*« schrie ich wie von Sinnen.

Sie blieb ganz ruhig. »Warum nicht?«

»Weil ich täglich mindestens zehn Stunden körperliche Schwerstarbeit leiste. Da ist man zu müde für derartige Schweinereien.«

»Schweinereien?«

Nun blickte ich doch auf, denn ich fürchtete, sie würde hinter diesem Ausspruch mehr vermuten, als mir lieb war. Daß ich damit richtig lag, verriet mir ihr Gesicht.

»Als Kind habe ich es getan«, gab ich deshalb kleinlaut zu. »Da war ich vier. Ich habe mich abends im Bett auf meine Ferse gesetzt und bin hin- und hergerutscht.«

»Wußten deine Eltern davon?«

»Ich habe es meiner Mutter erzählt. Sie hat mich gefragt, ob ich danach besser schlafen könnte, und da es so war, haben wir nie wieder darüber gesprochen.«

Ich hoffte, es damit hinter mir zu haben, mußte aber bald feststellen, daß es erst der Anfang gewesen war.

»Was empfindest du, wenn du deine Periode bekommst?« fragte Daniela.

»Ich bekomme sie selten, das geht vielen Tänzerinnen so.«

»Hast du Schmerzen dabei?«

»Ja!«

»Ekelst du dich vor dem Blut?«

Ich fand die Frage ebenso widerlich wie die Sache selbst und antwortete:

»Natürlich! Wer ekelt sich denn nicht, wenn es zwischen den Beinen sabbert und stinkt?«

»Bist du denn nicht gern eine Frau?«

Mit so einer Auslegung hatte ich nicht gerechnet.

»Gern eine Frau...?« wiederholte ich stotternd.

»Ja, du solltest...«

Ich wollte nicht hören, was ich ihrer Ansicht nach tun oder lassen sollte, und raffte all mein Selbstbewußtsein zusammen, um sie zum Schweigen zu bringen.

»Soll ich kleine Kerzen anzünden und ein Jubelfest feiern?« giftete ich sie an. »Oder soll ich mich etwa nackt vor den Spiegel stellen und mich aus dem Bauch heraus anlächeln?«

Daniela reagierte anders, als ich es erwartet hatte. Sie grinste nur und machte sich eine entsprechende Notiz. Der erhoffte Zweikampf blieb aus. Statt dessen versetzte sie mir mit einer neuen Frage einen neuen Schlag.

»Hast du lesbische Neigungen?«

Mir stockte der Atem. Ich fühlte, wie sich meine Kehle zusammenschnürte. Sie sah, was da auf sie zukam. »Reg dich doch nicht gleich so auf!« lullte sie mich ein. »Die meisten Mädchen sind bisexuell veranlagt. Das ist normal.«

»Ich habe für meine Sportlehrerin geschwärmt«, ließ ich sie wissen. »Und für meine Ballettmeisterin.«

»Hat es zwischen dir und diesen Frauen körperlich Kontakt gegeben?«

»Nein!«

»Tut dir das leid?«

»Ja!«

Meine spontane Ehrlichkeit ärgerte mich maßlos, und ich redete mir gut zu, fortan ein bißchen vorsichtiger zu sein. Dennoch berichtete ich Daniela von meinem ersten sexuellen Erlebnis, das mittlerweile eineinhalb Jahre zurücklag.

Ich war damals gerade siebzehn und machte durch Zufall die Bekanntschaft einer Freundin von Hilary. Sie war wesentlich älter als ich und durchaus sympathisch. Eines Abends nach der Vorstellung lud sie mich in ihre Wohnung ein, füllte mich mit Glühwein ab und katapultierte mich ins Bett. Als ich bemerkte, was die Dame von mir wollte, ergriff ich die Flucht. Es war Dezember. Und ich hatte nur mein Nachthemd an.

»Was hat dich denn an der Frau gestört?« fragte Daniela.

»Daß sie eine Frau war!« gab ich pampig zurück. »Wenn schon, denn schon: Ich will einen Mann. Er soll aussehen wie ein Mann, riechen wie ein Mann, er soll mich anfassen wie ein Mann ...«

»Soll er sein wie dein Vater?«

»Zum Beispiel!«

»Möchtest du manchmal mit deinem Vater schlafen?«

Das war zuviel. All die Zutraulichkeit, die ich im Verlauf dieser für mich so peinlichen Gesprächsrunde entwickelt hatte, war mit einem Schlag dahin. Ich war bedient.

»Nein!« antwortete ich laut und deutlich.

»Warum nicht?«

»Weil ich lieber mal mit meiner Mutter schlafen würde!«

Daniela bemerkte natürlich sofort, daß ich sie auf den Arm nahm, ging aber darüber hinweg.

»Ach ja?« meinte sie. »Was empfindest du denn, wenn deine Mutter –«

»Ich muß dann immer sofort an eine Reitpeitsche denken«, unterbrach ich sie, »und an einen schwarzen Lederdress mit blanken Nieten.«

Sie grinste über das ganze Gesicht. »Du bist eine Verbalakrobatin«, sagte sie, »weißt du das eigentlich! Du suchst nach Worten und Formulierungen, wie andere nach Gold und Diamanten. Und je bösartiger der Fund ist, desto glücklicher bist du. Habe ich recht?«

Sie hatte recht, und das gab ich sogar zu.

»Ich könnte mir applaudieren, wenn ich eine gelungene Gemeinheit über die Lippen bringe.«

»Denkst du dabei auch mal an die anderen?«

Danielas Frage löste nicht etwa einen Gewissenskonflikt in mir aus. Wäre es ihr Wunsch gewesen, so hätte ich mit wenigen Worten antworten können: Ich dachte nie an andere Menschen. Ich nahm auch keine Rücksicht auf andere Menschen. Aber ich hatte mich ein einziges Mal auf die Worte anderer Menschen verlassen. Daß selbst das ein Fehler gewesen war, mußte ich am nächsten Morgen erfahren.

Es war noch sehr früh, und ich kam von einem Blutzuckertest auf die Station zurück. Als ich aus dem Fahrstuhl stieg, vernahm ich am Ende des Ganges eine vertraute Stimme. Es war Doktor Behringer. Er sprach mit ...

»Natürlich, Herr Professor, das ist mir klar. Wir haben aber nun mal das Problem –«

»Probleme sind dazu da, gelöst zu werden. Das Mädchen braucht dringend eine Behandlung, und Sie müssen jetzt einen Weg finden ...« Es war Mennerts Stimme. Daran bestand nicht der geringste Zweifel. Ich wollte gerade auf die beiden zustürmen und eine große Szene machen, als Schwester Gertrud um die Ecke kam. Sie erfaßte die Situation blitzartig.

»Was machen Sie denn hier, Eva? Das ist doch viel zu kühl!«

Sie packte mich am Arm, und ihr Griff war der einer eisernen Hand. Ich konnte mich nicht befreien.

»Professor Mennert ist ja doch im Haus!« zeterte ich.

»Aber nein!«

»Ich habe ihn doch gesehen!«

»Kennen Sie ihn denn?«

»Sein Gesicht habe ich damals nicht gesehen, aber –«

»Sehen Sie!«

»Ich habe seine Stimme wiedererkannt.«

»Herr Professor Mennert ist auf einem Kongreß!«

Auf meinen Verdacht ließ Gertrud sich gar nicht erst ein. Auch Claudia wollte von meiner »Mennertschen Vision« nichts wissen.

»Es war keine Vision!« schimpfte ich.

»Aber wenn er doch auf en Kongreß is!«

»Ist er eben nicht!«

»Ach wat, Evken! So wat bringt nur diesen Dalai Sowieso aus en Himalaya. Der is mit den einen Körper hier und mit den andern, den geistigen da. Dat unsern Mennert so nen Ersatzkadaver hat ... nee, dat glaub ich nich!«

Ich sah sie scharf an. »Ihr steckt alle unter einer Decke, gib es zu!«

»Du has ne Macke!«

Ich zerrte mein Schminkzeug hervor und begann, mich kunstvoll anzupinseln.

»Eine Erklärung will ich«, keifte ich dabei. »Die schnibbeln an mir herum und lassen mich dann ganz einfach hier liegen, belügen mich vorsätzlich. Nein, das lasse ich mir nicht bieten. Jetzt ist Schluß!«

Claudia war begeistert, mich derart aufgebracht zu sehen. Sie klatschte Beifall und verlangte sogar eine Zugabe.

»Mach dich bloß nicht lustig über mich!« warnte ich sie.

»Wie werd ich denn!«

»Dann ist es ja gut!«

»Wofür malse dich denn so an, Evken? Willse unser Helma erschrecken?«

»Ich male mich nicht an, ich mache mich schön, weil das mein Selbstbewußtsein stärkt!«

»Keif doch nich so!«

Das war ein verhängnisvoller Vergriff im Ausdruck. Ich keifte nämlich schon lange nicht mehr, mittlerweile tobte ich, ich war außer mir, ich raste. Ich griff nach meinem Wasserglas und schmetterte es gegen die Zimmertür. Es zerbrach in tausend Stücke, und danach war es erst einmal mucksmäuschenstill im Raum.

»Zwei Wurf hasse noch!« meinte Claudia lakonisch.

Dann flog die Tür auf, und Schwester Helma stand im Raum. Sie glaubte, Claudia hätte das Glas zertrümmert, verwickelte sich in ein langes Gespräch mit ihr, in deren Verlauf sich beide immer heftigere Beleidigungen an den Kopf warfen. Schließlich beorderte Schwester Helma Claudia ins Bad und mich zu Daniela Römer, die schon wartete.

Daniela trug einen wadenlangen Tweed-Rock und eine weiße Bluse. Ihre Füße steckten in schwarzen Pumps, das lange Haar hatte sie zu einem Zopf geflochten.

Aber nicht nur äußerlich war sie wie umgewandelt. Sie wirkte auch nervös, sie rauchte eine Zigarette nach der anderen und lief im Zimmer auf und ab. Das gab mir den Rest. Verunsichert sank ich in die weichen Matratzen der Sitzlandschaft – zum ersten Mal in all der Zeit.

»Was ist?« fragte Daniela sofort.

»Nichts!«

»Nichts, Eva?«

Ich sah zu ihr auf. »Ich will hier raus!«

»Warum?«

»Warum?« wiederholte ich ungläubig. »Weil ich arbeiten will, tanzen, leben –«

»Hier lebst du doch auch, Eva!«

»Das ist aber doch nicht das gleiche.«

»Was wäre es dir denn wert, hier herauszukommen?«

Ich verstand diese Frage zuerst nicht, glaubte dann aber ein verklausuliertes Angebot darin zu entdecken.

»Alles!« antwortete ich.
»Aha! Hat dein Leben einen so großen Wert, Eva?«
»Ja.«
»Hast du selbst auch einen Wert?«
»Ja...«, gab ich zögernd zurück, »... ja!«
»Dann verrat mir deinen Preis, Eva. Wieviel bist du wert? Fünfzig, hundert, tausend Mark? Und wieviel ist so ein Mädchen wie Claudia wert? Nichts?«

Unaufhaltsam schossen mir die Tränen in die Augen. »Ich versteh' nicht«, preßte ich nur noch hervor, »ich ... ich habe Angst!«

»Wovor hast du Angst, Eva?«
»Ich weiß nicht!«

Daniela hatte sehr schnell und sehr laut gesprochen. Jetzt setzte sie sich zu mir und strich mir das Haar aus der Stirn.

»Deine Angst kann ich dir nicht nehmen«, sagte sie, »aber sie ist nur ein Gefühl, Eva, glaub mir das. Halt dich an mir fest! Halt dich ganz fest!«

Sie reichte mir ihre Hand, aber ich brach nur noch in Tränen aus. Wie ein Embryo rollte ich mich zusammen und schluchzte, daß es mich schüttelte. Daniela blieb in meiner Nähe, ich fühlte ihre Wärme. Sie sagte kein Wort, aber sie rührte sich auch nicht von der Stelle. So etwas hatte ich zuvor noch nie erlebt. Als ich noch ein Kind war, hatte meine Mutter in derartigen Fällen immer Kommandos gegeben. Entweder sie hatte gesagt: »Nun wein doch nicht!«, oder sie hatte gesagt: »Wein dich aus!«

Ich hatte mich also nie wirklich frei entscheiden können. Es galt, dem Kommando zu gehorchen oder genau das Gegenteil zu tun. Beschwerte ich mich darüber, ließ man mich allein. Angeblich wurde ich dann mit meinem Kummer besser fertig.

»Weinst du deshalb nicht, wenn andere da sind?« fragte Daniela.

»Ich weiß nicht.«
»Weißt du es wirklich nicht?«

»Ich weiß überhaupt nichts mehr!«

Daß ich die Wahrheit sprach, war wohl meinem Gesicht anzusehen. Daniela lächelte. Dann stand sie langsam auf, und auch ich erhob mich.

»Ich werde dir jetzt ein Gedicht vorlesen«, sagte sie und griff zu einem Buch, das schon die ganze Zeit auf dem Schreibtisch gelegen hatte.

Während sie die richtige Seite suchte, ging ich zum Fenster und blickte hinaus. Der Himmel über dem Stadtpark war wolkenlos, nichts trübte das strahlende Blau. Der Wind spielte mit den kahlen Baumkronen, und auf der Wiese neben dem Teich tollten ein paar Kinder. Das alles schien zum Greifen nahe, und dennoch wurde mir plötzlich klar, daß es für mich unerreichbar war. Es war eine andere Welt.

»Ich bin, ich weiß nicht wer.
Ich komme, ich weiß nicht woher.
Ich gehe, ich weiß nicht wohin.
Mich wundert, daß ich so fröhlich bin.«

Die Worte drangen nicht nur an mein Ohr, sie durchfluteten meinen ganzen Körper, meine Seele. Binnen weniger Sekunden war ich voll von ihnen, drohte überzulaufen.

»Ich bin nicht fröhlich!« rief ich.

Daniela klappte das Buch zu. Ich hörte deutlich, wie die beiden Teile zusammenklatschten, wie die Seiten zusammengepreßt wurden. Es war das Ende eines Kapitels, das spürte ich.

»Weißt du«, sagte sie leise, »ich glaube, daß all jene Menschen nicht fröhlich sind, die wissen. – Du glaubst zu wissen, wer du bist und woher du kommst, ... und du fürchtest zu wissen, wohin du gehst ...!«

Die letzten Worte hatte sie sehr sanft gesprochen, so sanft, daß es mich ängstigte. Ich wollte schreien, aber ich konnte nicht. Ich wollte davonlaufen, aber es gelang mir nicht. Da war etwas, was mich zurückhielt. Es lähmte mich, es war stärker als ich.

»Sag mir, an welches Wort du gerade denkst!« hörte ich Daniela sagen.

»Wahrheit!« Es sprudelte nur so aus mir heraus. Nicht ich hatte gesprochen, *es* war gesprochen worden. Von mir. Daniela sah mich ruhig und liebevoll an. »Lauter, Eva!«

»Wahrheit!!!«

»Lauter!!!«

»Wahrheit!«

»Lauter!«

»WAHRHEIT!!!«

Das Wort wurde zu einem einzigen Aufschrei.

Es schwoll magisch an, erfüllte mich, den Raum, die ganze Welt – meine Welt.

Ich spürte, daß ich zu Boden glitt und mit den Händen verzweifelt nach einem Halt suchte. Ich fand ihn nicht. Wie ein Tier kroch ich über den Teppich, und dabei rannen mir die Tränen in Sturzbächen über das Gesicht. Ich stemmte meinen Körper gegen die Wand, krallte meine Fingernägel in die Tapete, riß sie in großen Fetzen herunter. Es hörte nicht auf. Der Schmerz ließ nicht nach. Er war überall, er beherrschte mich. Und so schrie ich ihn heraus, schrie ununterbrochen immer die gleichen Worte:

»Wahrheit! Ich will es wissen!«

11

Was es mit der sogenannten Wahrheit auf sich hat, wußte ich damals noch nicht.

Ich wußte nicht, daß sie ein Urgedanke ist, den jeder Mensch in sich trägt, unbewußt kennt und bewußt verdrängt. Das sollte ich erst an jenem 30. März 1976 begreifen.

Es war ein schöner Tag. Draußen schien die Sonne, und es sah ganz so aus, als wäre es nun endgültig Frühling geworden. An den Zweigen meiner Linde sproß das erste

Grün, die Vögel hatten aufgehört zu frieren und schimpften nicht mehr. Sie sangen. Der Winter war vorüber.

Professor Mennert schloß leise die Zimmertür hinter sich und kam auf mich zu. Ohne die OP-Kostümierung sah er anders aus, aber er entsprach dem Bild, das ich mir von ihm gemacht hatte. Er war ein väterlicher Typ, sechsundfünfzig Jahre alt, nicht gerade schlank, mit schlohweißem Haar, dicker Hornbrille und einem klugen Lächeln. Er flößte mir Vertrauen ein, und ich übersah sogar den weißen Kittel, dieses Markenzeichen medizinischer Herrlichkeit.

»Guten Morgen, Eva!«
»Guten Morgen, Herr Professor!«
Er wußte, daß ich seit zwei Wochen auf diesen Augenblick gewartet, daß ich ihn förmlich herbeigesehnt hatte. Mehr als zwei Stunden hatte ich für mein Make-up gebraucht, mein teuerstes und schönstes Nachthemd hatte ich an, und nervös war ich, nervös wie nie zuvor in meinem Leben.

Mennert spürte das. »Ein wundervoller Tag heute«, meinte er betont beiläufig, »nicht wahr?«

Das machte mich nur noch nervöser. Solche Sätze erinnerten mich an schwachsinniges Party-Geplänkel.

»Ich war noch nicht draußen«, erwiderte ich und blitzte ihn so wütend an, daß es selbst einem Blinden hätte auffallen müssen. Aber Mennert ging darüber hinweg. Er blieb ganz ruhig und lächelte. »Sie haben sich ja so hübsch gemacht«, sagte er.

»Ich bin hübsch!«
»Das wollte ich damit ja auch gar nicht in Abrede stellen.«
»Das können Sie auch gar nicht!«
Nun gab ihm sichtlich meine giftige Tonart zu denken. Er sah mich fest an und nahm auf der Bettkante Platz.

»Sie haben großes Selbstbewußtsein«, sagte er nach einer Weile, und das klang, als wäre diese Feststellung für ihn von größerer Wichtigkeit als für mich.

»Sie nicht?« konterte ich.
»Doch!«

»Das sieht aber nicht so aus.«
»Wieso?«
»Weil Sie hier hereinkommen und über das Wetter und mein Make-up reden.«
Er schmunzelte über soviel Frechheit, sah aber wohl ein, daß meinem Nervenkostüm weitere Verzögerungen nicht zuzumuten waren. Es stand kurz vor dem Zusammenbruch. Also räusperte er sich. »Wissen Sie, Eva, es ist für einen Arzt immer sehr schwer, einem jungen Menschen sagen zu müssen ...«
Er stockte, und dieses Stocken bereitete mir körperliche Schmerzen. Ich hing an seinen Lippen wie eine Ertrinkende an einem Rettungsring. Er bemerkte es nicht. In aller Gemütsruhe suchte er nach den »rechten« Worten und quälte mich damit. Es war eine Tortur.
»Ja?« stieß ich schließlich mit letzter Kraft aus. Es sollte ihn auffordern weiterzusprechen. Es sollte ihn daran erinnern, daß es mich noch gab, daß ich vor ihm saß und litt.
Aber er atmete nur schwer, so schwer, daß es schien, der einzige, der hier wirklich litt, wäre er.
»Sie sind doch ein intelligentes Mädchen«, fuhr er dann endlich fort. »Sie wissen doch, auf was für einer Station Sie hier liegen. – Ihnen muß ich doch nicht erklären, daß es im Leben nur selten so kommt, wie man es sich wünscht. – Oder?«
Ich hörte seine Worte, sie schlugen auf mich ein, aber sie drangen nicht zu mir vor.
Mennert seufzte und ergriff liebevoll meine Hand.
»Eva«, sagte er leise, »ich weiß aus eigener Erfahrung, daß man in Ihrem Alter noch nicht ans Sterben denkt. Man glaubt, das ganze Leben läge noch vor einem wie ein aufregendes Abenteuer. Das sagen die Älteren ja auch immer. Gerade war man noch ein Kind und für alles zu klein. Endlich ist man groß genug und will die Welt aus den Angeln heben, alles verändern ... ist es nicht so?«
Es war so, genauso war es. Aber ich verstand nicht, was das mit mir zu tun haben sollte. Ich konnte es mir nicht

vorstellen, ich wollte es mir nicht zusammenreimen. Ich saß nur da, einfach so.

»Machen Sie es mir doch nicht so schwer«, bat Mennert, und dabei umfaßte seine große, warme Hand meine dürren, kalten Fingerchen noch fester als zuvor. »Sie sind doch ein intelligentes Mädchen, im Grunde wissen Sie doch genau, was ich Ihnen zu sagen habe.«

Das war eine haltlose Unterstellung. Ich wußte es nämlich nicht, ich wußte es wirklich nicht, da war nur so ein Gedanke, ganz tief in meinem Hinterkopf, weit weg, unerreichbar.

Mennert atmete tief. »Also gut, Eva ... Sie haben Krebs! Genauer ... Lymphosarkome. Das bedeutet ... die Prognose ist ungünstig, Sie ...«

»Ja?« Mit großen Augen sah ich ihn an und spürte, wie ich glühte. Da war plötzlich eine Hitze in mir, die mich fast verbrannte, mein ganzer Körper schien unter ihr zu versengen.

»Es tut mir leid«, flüsterte Mennert, »es tut mir leid.«

Meine Gedanken rasten. Wie Torpedos schossen sie durch mein Hirn, fanden nirgends einen Ausgang, stießen schmerzend gegen verschlossene Türen. Ich fürchtete schon, mein Kopf würde auseinanderbersten. Wegen ein paar lächerlicher Knoten war ich in diese Klinik gegangen, hatte mich piesacken und belügen lassen. Alle hatten gelogen. Vielleicht waren auch Mennerts Worte nichts als dramatisch verpackte Lügen.

»Leid tut es Ihnen?« hörte ich mich plötzlich fragen, und dabei kam mir meine eigene Stimme fremd vor. Sie klang so kalt, so bitter, so böse.

Mennert war entsprechend ratlos. »Sie haben es gewußt«, sagte er, »nicht wahr?«

Ich lachte laut auf. »Weil ich nicht heule? Nicht herumschreie?«

»Ich werde die Schwester bitten, Ihnen ein Beruhigungsmittel zu geben!«

»*Nein!*«

Er hatte aufstehen und fliehen wollen, aber ich hielt ihn im letzten Moment am Ärmel seines Kittels zurück. Ein Knopf sprang ab, flog gegen die Wand und fiel dann zu Boden, trudelte, blieb liegen. Ich hätte ihn am liebsten zertrampelt, diesen elenden Knopf, alles hätte ich am liebsten zertrampelt, alles.

Warum ich so empfand, verstand ich selbst nicht. Da war kein Schmerz in mir, keine Angst; dieses Wort Krebs vermochte derartige Regungen einfach nicht mehr in mir auszulösen, zu oft hatte ich es in den vergangenen Wochen gehört. Es war für mich kein Schicksal und kein Urteil mehr, nur noch ein Wort mit fünf Buchstaben. Dieses Wort hatte Mennert ausgesprochen, mehr noch, er hatte es mir an den Kopf geworfen und geglaubt, das würde reichen, weil ich seines Erachtens ja ein intelligentes Mädchen war. Damit hielt er seine gottverdammte Medizinerpflicht für getan.

»*Nein!!!* – Was bilden Sie sich eigentlich ein?« fuhr ich ihn an. »Sie kommen hier herein und halten lange Reden. Sie faseln über die Träume junger Menschen und erklären mir, ich sei doch ein intelligentes Mädchen. Wissen Sie, wie mir das vorkommt? Das ist wie früher in der Schule im Mathematikunterricht. Da haben die Lehrer auch immer gesagt:

›Aber Eva-Kind, wenn a plus b in Klammern zum Quadrat gleich x ist, dann ist doch völlig logisch, was y ist, du bist doch ein intelligentes Mädchen!‹ – Bedaure! Diese hochgeschraubten Erwartungen habe ich nie erfüllen können.«

Ich schrie mehr, als daß ich sprach, und Mennerts Gesicht war anzusehen, wie sehr mein Verhalten ihn erschreckte. Ich verstand es ja selbst nicht. Mein Kopf war klar, meine Zunge war spitzer denn je, ich fühlte mich *da* wie nie zuvor in meinem Leben.

»Eva«, hob er zaghaft an und wollte schon wieder nach meiner Hand greifen. Ich ließ weder das zu noch ließ ich ihn zu Worte kommen.

»Ich habe also Krebs«, erklärte ich statt dessen. »Oder Lympho-Dingsda, – gut! Aber was geschieht denn jetzt mit mir? Sagen Sie mir das endlich, ich habe ein Recht darauf zu –«

»Wir werden Sie therapieren!« fiel Mennert ruhig ein.

»Wie?«

»Mit Medikamenten. Vorerst.«

»Und dann?«

»Werden wir weitersehen.«

Ich stöhnte laut auf. Ganz abgesehen davon, daß man diesem Professor offenbar jede Information einzeln aus der Nase ziehen mußte, hatten mich Worte wie »vorerst« und »weitersehen« schon immer an den Rand des Wahnsinns getrieben.

Trotzdem beruhigte ich mich ein wenig.

»Hören Sie«, sagte ich schließlich, »ich bin Tänzerin. Wenn ich vier Wochen nicht trainiere, brauche ich acht Wochen, um wieder so gut zu werden, wie ich vorher war. Verstehen Sie, wie ich das meine?«

»Sicher!«

»Dann sagen Sie mir, wie lange Sie mich mit Ihrer Therapie hier festhalten wollen.«

»Das kann ich nicht sagen.«

»Zwei Monate?«

»Eva, Sie ... –«

»Vier Monate?«

»Eva, es ist unmöglich –«

»Ein halbes Jahr?«

»Ich sage Ihnen doch –«

»Werde ich jemals wieder tanzen können?«

– »Nein!«

Dieses Nein traf mich unvorbereitet wie ein Keulenschlag. Ich konnte es einfach nicht fassen. Ich hoffte, mich verhört zu haben, das durfte ja nicht wahr sein.

»Nein?« fragte ich leise, und meine Stimme zitterte vor Angst.

»Nein!« antwortete Mennert.

In diesem Augenblick wurden all die Träume meiner Kinderzeit ein letztes Mal in mir wach, um dann wie eine Seifenblase zu zerplatzen. Ich sah mich auf der Bühne stehen, den Arm voller Rosen und ein seliges Lächeln auf dem Gesicht. Ich sah mich das *Dornröschen* tanzen, das »Rosen-Adagio«, ich und Peter Breuer und Paolo Bortoluzzi und Rudolf Nurejew und Mikhail Baryschnikow. Ich sah mich schwitzen, kämpfen, leben ... da fiel es mir plötzlich wie Schuppen von den Augen.

»Aber Krebs ist doch heilbar«, hauchte ich kaum hörbar.
Mennert blieb ganz ruhig. »Nicht jeder.«
»Und meiner?«
In seinen Augen lag ein Schmerz, den ich nie vergessen sollte. Trotzdem antwortete er ganz sachlich, so, als würde er es ablesen aus einem Handbuch für apokalyptische Propheten.

»Es mag Fälle geben, die überlebt haben«, sagte er, »rein statistisch gesehen handelt es sich dabei aber um eine verschwindende Minderheit. Sie müssen bedenken, Eva, daß Sie noch sehr jung sind. Ihr Zellwachstum ist rasant, und das bedeutet –«
»Hören Sie auf! Aufhören! *Aufhören!!*«

Ich schrie so laut, daß sich meine Stimme überschlug, und am liebsten wäre ich davongelaufen, weit weg von diesem Grauen. Aber ich wich nur zurück in die hinterste Ecke meines Bettes, ich verkroch mich, mit angezogenen Beinen, die Arme über den Schienbeinen verkreuzt, den Kopf auf den Knien. Solange es mich noch gab, war ich meine letzte Zuflucht. Das fühlte ich. Binnen weniger Minuten hatte man mir alles genommen, ein Wort hatte meine Träume zerstört. Das Luftschloß meiner Phantasien war eingestürzt und hatte mich unter seinen Trümmern begraben. Ich begann zu zittern. Ich spürte, daß es an den Zehenspitzen anfing und an mir emporkroch. Mir war kalt, ich wollte weinen, aber da war auch noch etwas anderes in mir, etwas Stärkeres. Als Mennert mich berührte, wußte ich plötzlich, was es war. Es war Empörung. Wie eine Wilde schlug ich um mich.

»Ich scheiß' auf Ihre Statistik«, brüllte ich ihn an. »Wissen Sie überhaupt, was Sie mir da sagen? Ich bin achtzehn Jahre alt. Achtzehn Jahre! Ich habe noch nie mit einem Mann geschlafen, da kann ich doch noch nicht sterben!«

So spontan ich das herausschrie, so erschüttert war ich, als es heraus war. Mennert lächelte nur, und da schämte ich mich erst recht. Ich wickelte mich in mein Oberbett und sah ihn trotzig an.

»Warum grinsen Sie? Finden Sie mich so lächerlich?«

»Ganz im Gegenteil. Es ist nur ... wenn man einer Frau sagen muß, daß sie ihr Leben lang querschnittgelähmt sein wird, sagt sie meist, daß sie das nicht erträgt, weil sie keine hohen Absätze mehr tragen kann.«

Ich versuchte zwar, einen Zusammenhang zu finden, aber es gelang mir nicht. Mein Kopf war zu voll und zu schwer, für Gleichnisse und Parabeln war da kein Platz mehr. Mennert sah das ein.

»Möchten Sie jetzt ein Beruhigungsmittel?« fragte er.

»Nein.«

»Wirklich nicht?«

»Ich möchte, daß Sie mir etwas versprechen.«

»Was soll ich Ihnen denn versprechen, Eva?«

Meine Stimme zitterte, und ich bemühte mich um jene aufrechte Haltung, die Filmschauspielern in ähnlich dramatischen Szenen auf der Leinwand eigen sind. Nach mehreren vergeblichen Anläufen schaffte ich es schließlich.

»Sie haben mich hier ziemlich hinters Licht geführt«, sagte ich. »Sie haben mich belogen. Versprechen Sie mir, daß Sie das nie wieder tun werden. Versprechen Sie mir, daß Sie immer ehrlich sein werden, auch wenn ...«

Ich hielt inne, denn ich spürte die Tränen. Unaufhaltsam stiegen sie auf, sie wollten heraus.

»Ich verspreche es Ihnen«, sagte Mennert.

»Tun Sie mir dann gleich noch einen Gefallen?« fügte ich hastig hinzu.

»Wenn ich kann.«

»Gehen Sie, bitte! Bitte!!!«

Er sah, was mit mir los war, und er wußte wohl auch, daß ich in seiner Gegenwart niemals in die erlösenden Tränen ausgebrochen wäre.

»Natürlich!« sagte er leise.

Dann stand er auf und ging. Und ich war allein. Mit weitaufgerissenen Augen starrte ich auf die geschlossene Zimmertür und fing an zu weinen, wie auf Kommando, lautlos, ohne ein einziges Aufschluchzen, ohne Gefühl. Diese Tränen, die mir da über das Gesicht rannen, schmeckten nicht einmal salzig.

Als es vorüber war, kletterte ich aus dem Bett und trat ans Fenster. Drüben in der Kinderklinik wurde gerade das Mittagessen ausgeteilt, und zwei kleine Mädchen stritten um einen Teller ... das Leben ging weiter. Ich sah, daß die Sonne immer noch schien, ich hörte, daß die Vögel immer noch sangen ... die Welt hörte nicht auf, sich zu drehen.

Das wollte mir nicht in den Sinn. Ich war hier drinnen eingesperrt, vor mir lag eine Zukunft, die ich statistisch gesehen eigentlich gar nicht mehr hatte, und diese Welt da draußen machte weiter, als wäre nichts geschehen, als ginge sie das überhaupt nichts an. Sie nutzte die Zeit, die mir nun nicht mehr blieb.

Da fiel mir plötzlich auf, daß ich ja nie Zeit gehabt hatte. Immer war ich in Eile gewesen, in pflichtbeflissener Hektik. Ich hatte keine Zeit, meine Eltern zu besuchen, mich mit Freunden zu treffen, zu telefonieren, einen Brief zu schreiben ... keine Zeit! Ich hatte auf die Uhr gesehen und geglaubt zu wissen, wie spät es war, und ich hatte dabei verkannt, daß ich selbst die Zeit war. Ich war verronnen, mit jeder Stunde, mit jedem Augenblick. Jetzt war es zu spät. War es wirklich schon zu spät?

Mein Blick glitt über das frische Grün der Lindenzweige hinab auf die ersten Blumen im Park. Ich schaute hinauf in den wolkenlosen Himmel, in die Sonne. Ich hatte mich immer für einen Teil des Ganzen gehalten, für ein Rädchen, das gebraucht wurde, ohne das der Mechanismus nicht funktionierte. Plötzlich wußte ich es besser. Ich war ein Teil des Ganzen, aber in all meiner Winzigkeit war ich gebaut wie das große Ganze. Ich war ein Mikrokosmos. Ich lebte, aber Gott hatte nicht mich persönlich, sondern das Leben schlechthin geschaffen. Ich war mein Leben, nicht zufällig, nein, von göttlicher Hand so gelenkt. Anfang und Ende lagen in mir, nicht außerhalb. Ich war alles und nichts.

Die Zweige der Linde wogten im Wind, die Knospen der Blumen brachen auf im Sonnenlicht, die Natur erblühte und verging im steten Wechsel der Jahreszeiten, nichts verlor sich, alles war eingebunden in einen Kreislauf ewiger Schöpfung. Wenn etwas endete, begann zugleich etwas Neues. Aber galt das auch für mich? Wo würde ich sein, wenn ich nicht mehr hier wäre?

Wenn ein Bein ab war, war es ab und wuchs nicht nach. Das war mir klar. Trotzdem keimte so etwas wie Hoffnung in mir. Vielleicht war ich ja wie ein Baum, der im Herbst seine Blätter verlor, um in einem neuen Frühling neu zu ergrünen. Vielleicht war ich aber auch nur ein Blatt am Baum der Ewigkeit, das in eine trübe Regenpfütze stürzte und zerfiel.

Diese Gedanken halfen mir nicht weiter. Sie waren ein Labyrinth, aus dem es kein Entrinnen mehr gab, wenn man erst einmal tief genug vorgedrungen war. Das wollte ich aber nicht riskieren. Ich wollte einen klaren Kopf behalten. Ich wollte mich mit meinem Schicksal einfach nicht abfinden.

Schicksal war für mich schon immer das gewesen, was man aus seinem Leben machte. Das Schicksal war vielleicht eine Macht, das gab ich gern zu. Dieser Macht hatte ich aber meinen Willen entgegenzusetzen, die Hoffnung auf Gottes Unterstützung.

»Möge Gott mir die Kraft geben, die Dinge anzunehmen, die ich nicht ändern kann; den Mut, die Dinge zu ändern, die ich ändern kann; und die Weisheit, zu unterscheiden.«

Dieser Satz, der in der Bibel meiner Oma Tati geschrieben stand, war im Laufe der Jahre zu meinem elften Gebot geworden. Er war der Grund für meine mangelnde Demut gegenüber dem Schicksal. Demütig konnte ich ja immer noch sein.

Vorher mußte ich aber erst versuchen, das Unmögliche doch noch zu schaffen. Ich mußte ... mußte ...

Diese Gedanken waren schon wesentlich fruchtbarer. Ich zwang mich, sie in eine Reihenfolge zu bringen, einen Kreis zu schließen, an dem ich mich festhalten und hochziehen konnte. Das war gar nicht so einfach.

Ich wollte leben! – Aber was war schon das Leben? Mit Worten war es nicht zu beschreiben, Bilder spiegelten es nur mangelhaft wider, es wollte halt gelebt sein.

Ich wollte gesund werden! – Aber was war Gesundheit? Sie war eine jener Gäste der menschlichen Natur, die man erst dann bemerkt, wenn sie einen verlassen. Sehnsucht verspürte ich lediglich nach ihren Begleiterscheinungen. Als ich noch gesund gewesen war, konnte ich tanzen ... tanzen ...

Ich wollte tanzen! – Das war der Punkt. Das Ballett hatte Farben und Formen, man konnte es anfassen, sich einfühlen, darin eintauchen. Ich schloß die Augen und sah die Schweißperlen auf meinem Gesicht, spürte das durchnäßte Trikot auf meiner dampfenden Haut. Ich hörte Tschaikowskys Geigen, und meine Sehnsucht wurde zu einem Feuerball, der alles erhellte.

Das war vielleicht verrückt, aber es war greifbar. Es war der Anfang, mein Kreis erwachte zum Leben und barg mich fortan fest in seiner Mitte. Ich wollte tanzen, und deshalb mußte ich gesund werden und leben. Was ich wollte, hatte ich noch immer erreicht. Mein Wille war bergeversetzend, mein Selbstvertrauen gigantisch. Ich konnte es schaffen, das fühlte ich, vor allem aber wollte ich es schaffen ... unbedingt!

12

Meine Eltern trauten sich erst einige Tage nach Mennerts Eröffnung wieder her, und waren sichtlich überrascht, daß ich trotz Mennerts Diagnose noch lange nicht aufgegeben hatte. Vor allem meine Mutter versuchte, mir jeden Wunsch von den Lippen abzulesen.

Ich ließ mir Musikkassetten, Lippenstifte, Zeitschriften bringen – und alles, was an Büchern über Krebs auf dem Markt war.

Claudia war über mein Verhalten nicht weniger überrascht als meine Eltern.

»Dat hätt ich dir echt nich zugetraut«, sagte sie anerkennend, »ich hab gedacht, du bis eine von die Tussis, die dat Handtuch schmeißen, wenn se hören, dat de Kacke am Dempen is.«

»Daß was?«

»Dat se schlechte Katen ham!«

Ich seufzte vernehmlich, denn Claudias Ausdrucksweise war mir nach wie vor eine Qual. Nicht nur die Fäkalsprache an sich machte mir zu schaffen, es war auch die verbalhornte Grammatik, die krächzende Stimme. Manchmal hätte ich mir am liebsten Watte in die Ohren gestopft.

Was die gewünschte Krebsliteratur anging, so scheuten meine Eltern weder Kosten noch Mühe. Eine wahre Bücherflut brach über mich herein, ein Wust von Papier und Fremdworten. Claudia grinste nur. »Hier!« rief sie und warf mir einen Wälzer zu, der noch dicker war als die anderen.

»Was ist das?«

»En Fachlexikon. Pschyrembel. Dat brauchse.«

Ich arbeitete mich mühsam durch die wissenschaftliche Krebsliteratur, mußte aber feststellen, daß die Fachwelt über meine Krankheit nichts Genaues zu wissen schien: »Das Gebiet der malignen Lymphome ist nach wie vor unzureichend erforscht. Die Nomenklatur ist daher vielschichtig«, las ich in einem Standardwerk. Trotzdem gab ich nicht auf und wandte mich an Professor Mennert.

Er bestand darauf, daß sich der Patient mit der Krankheit beschäftigte, daß man sie nie verdrängte.

»Das ist dann nämlich genau der Moment, auf den die Zellen warten«, sagte er. »Der Körper ist entspannt, der Geist ist mit anderen Dingen beschäftigt, und prompt platzt die Bombe: Aus tausend Killern werden zweitausend!«

Das leuchtete mir ein, aber es bereitete mir auch Kopfzerbrechen. »Wie kann ich mich dagegen denn schützen?« fragte ich.

»Sie müssen kämpfen, Eva!«

Ich nahm seinen Vorschlag ernst, verzichtete auf Schlaftabletten und nahm die Konzentrationsübungen wieder auf, die ich im Yoga-Unterricht unter Frau Gruber widerspenstig gelernt hatte.

Ich legte mich flach in mein Bett und dachte mich in den Stirnpunkt zwischen meinen Augen. Dann atmete ich tief in den Bauch, in die Brust und in die Schultern, und beim Ausatmen stieß ich all die freiwerdende Kraft in diesen einen Punkt. Wenn ich glaubte, nur noch aus diesem einen Punkt zu bestehen, begann ich, in die einzelnen Glieder zu atmen. Das war ganz einfach. Bauch, Brust, Schultern, Luft anhalten – ausatmen und hinein in den rechten Fuß! Den hielt ich danach für keimfrei, der hatte nun Kraft und würde die bösen, bösen Krebszellen vernichten wie Tarzan die bösen, bösen Elefantenjäger. Schichtweise arbeitete ich mich so durch den ganzen Körper, und wenn ich an den Haarwurzeln angelangt war, begann ich wieder von vorn.

Claudia fand das äußerst erheiternd. »Wate ma ab, bisse mit die Chemotherapie anfängs«, spottete sie, »dann biss froh, wenn de überhaupt noch Luft kriss, dann schickse die nich mehr so durch et Gelände.«

Ich sandte ihr einen strafenden Blick und schwor mir, auch bei dieser Chemotherapie die Nerven zu behalten. Von Anfang an hatte man mich damit verrückt gemacht. Die wenigsten würden sie überleben, hatte es geheißen, und die Nebenwirkungen wären so grauenhaft, daß man besser gleich stürbe.

Um so erstaunter war ich, als es endlich soweit war. Diese schauerliche Chemotherapie, um die so viele Worte gemacht wurden, bestand lediglich aus einigen wenig furchterregenden Pillen und einer Infusion, die aus mehreren Flüssigkeiten hergestellt wurde. Dieses Gebräu brodelte nicht, es stank nicht, und es schwammen auch keine warzenbedeckten Kröten darin.

Dennoch betrieb die S 1 einen gewaltigen Aufwand, er glich dem beim Start einer bemannten Raumfähre auf Kap Canaveral üblichen. Der gesamte Stab war anwesend, als Mennert die erste Infusion in meine Vene jagte. Er hielt den Schlauch, Helma den Ständer, Gertrud den weiteren Therapieplan und Behringer mein Händchen.

»Vor allem dürfen Sie sich nicht verkrampfen«, sagte er, »auch nicht, wenn es zu Nebenwirkungen kommt. Das Präparat kann zu starker Übelkeit führen, zu organischen Störungen, vielleicht gehen Ihnen die Haare aus.«

»Quatsch!« entgegnete ich selbstbewußt. »Sie reden wie der Beipackzettel einer Kopfschmerztablette. Ich bin nicht so empfindlich. Was da so draufsteht, bekomme ich auch nie, bei mir gehen immer nur die Kopfschmerzen weg.«

Mit dieser Einstellung hatte ich zunächst auch großes Glück. Ich vertrug die Medikamente ausgezeichnet, die vielzitierten Nebenwirkungen blieben allesamt aus. Ich fühlte mich großartig, so großartig, daß ich bisweilen sogar grundsätzliche Zweifel an der Richtigkeit meiner Diagnose hegte. Diese verstärkten sich noch, als ich mich eines Morgens von Claudia dazu überreden ließ, doch mal die anderen Patientinnen von S 1 in Augenschein zu nehmen.

Diese Frauen waren zwischen achtzehn und dreißig Jahren alt. Leukämie, Unterleibskrebs, Lymphogranulomatose, Brustkrebs, Lymphosarkomatose ... jede wußte von einer anderen Qual zu berichten. Einige waren kahlköpfig wie Claudia, andere waren übersät von roten Flecken oder von eitrigen Geschwüren entstellt, alle waren sie ausgemergelt bis aufs Mark. Sie lagen in ihren Betten, plauderten, sahen fern, hörten Musik, lachten, strickten, starben.

Ihr Anblick war grauenhaft, ein Eindruck, der haften blieb. Ich war nun endgültig sicher, die einzig Gesunde auf S 1 zu sein.

Eine dieser todkranken Patientinnen hieß Ina Peters. Sie war wie ich achtzehn Jahre alt und litt an akuter Leukämie. Sie war ein bildhübsches, zierliches Mädchen mit dunklen Haaren, dunklen Augen, einem zarten Näschen und einem spitzen Kinn. Sie lag mit Alexandra in einem Zimmer und betrachtete die meiste Zeit geheimnisvolle Photographien. Die wurden wie Heiligtümer gehütet. Niemand durfte einen Blick darauf werfen, und schon bald kursierte das Gerücht, es handelte sich bei dem Material um pornographische Studien.

Claudia nutzte jede nur denkbare Gelegenheit, um sich der mysteriösen Ina zu nähern und »wat rauszukriegen«. Mit der Spürnase eines Sherlock Holmes sammelte sie Indizien, und nach knapp einer Woche gab es ein erstes Zwischenergebnis:

»De Ina hat Probleme!«

Claudia liebte nichts mehr als die Probleme anderer Leute, darin ging sie auf. Das mußte Ina bald am eigenen Leib erfahren. Stundenlang redete Claudia auf sie ein, versuchte, ihr Vertrauen zu gewinnen, die Hintergründe zu erfahren. Aber Ina blieb standhaft. Da kam das Schicksal zu Hilfe: Alexandra starb.

»Is dat fein!« jubelte Claudia. »Dat dat so wacker gegangen is! Is dat fein!«

Voller Pietät griff sie zu ihrer Überlebensliste und strich den Namen der verblichenen Leidensgefährtin aus. Dann stellte sie befriedigt fest, daß sie nach wie vor die Spitzenposition innehatte.

»Siehse, Evken, mich kriegen die hier nich kaputt!«

Ich war empört, daß sie über den Tod eines Menschen in einen Freudentaumel verfiel.

»Rech dich bloß ab!« fuhr sie mir sofort in die Parade. »De

Alexandra hat so Schmerzen gehabt, dat dat so besser is. Nu hat set hinter sich. Und außerdem ...«

Ihre Äuglein strahlten, und ihre dürren Händchen zitterten vor freudiger Erregung.

»Was?« fragte ich eisig.

»Na ja, ... de Ina is ja nu alleine ...!«

Die Einsamkeit in dem halbleeren Zimmer quälte Ina in der Tat so sehr, daß sie meist von morgens bis abends draußen auf dem Gang hockte und dort ihre geheimnisvollen Photos betrachtete.

Claudia wich kaum mehr von Inas Seite und redete ununterbrochen auf sie ein. Binnen kurzem flüchtete Ina freiwillig in Claudias Fänge und berichtete mit gesenktem Haupt und bebender Stimme über ihre Leiden.

Ina Peters hatte in ihren letzten Ferien am Strand von Djerba einen Studenten aus Tübingen kennengelernt: Bertram Schuster. Die beiden gingen miteinander aus, sie gingen miteinander ins Bett, und nach den Ferien gingen sie wieder getrennte Wege. Eigentlich also nichts Besonderes – wenn Ina nicht so krank geworden wäre. Sie wußte nun, daß sie nicht mehr lange zu leben hatte, und deshalb wußte sie auch, daß die unbeschwerten Sommertage mit Bertram die schönsten ihres Lebens gewesen waren. Nur ein paar Photos waren von dieser Liebe geblieben.

»Ich möchte Bertram noch einmal sehen«, flüsterte Ina, »noch ein einziges Mal, nur ...«

Aber sie wußte nicht, wie sie dieses Wiedersehen arrangieren sollte, sie hatte nie mehr von Bertram gehört.

»Na und?« befand Claudia. »Is doch ganz einfach! Da setzte dich hin und schreibs ihn en Brief und sachs ihn, wat Sache is. Und dann kommt er her und nimmt dich inne Arme, und allet is palletti, wie inne *Love Story*.«

Ina kamen sofort die Tränen. »Das kann ich nicht«, winselte sie, »da schäm' ich mich.«

»Na, dann mach ich dat ebent für dich«, erwiderte Claudia. »Ich schreib dir wat vor, und du pinns ab. Okay?«

Ina senkte den Blick wie ein scheues Reh und nickte zaghaft.

Nach drei Tagen und drei Nächten präsentierte Claudia der traurigen Ina schließlich mit stolzgeschwellter Brust den Brief.

»Findest du nicht, daß das zu schwülstig klingt?« wandte Ina nach der Lektüre zaghaft ein.

Claudia war stocksauer. »Willse ihn nu wiedersehen oder nich?«

»Schon, aber ...«

Zornig riß sie Ina das Papier aus der Hand und warf es mir zu. »Hier, Evken, lies du dat ma und dann sach, ob *dat* schwülstig is!«

Es paßte mir gar nicht, als Zünglein an der Waage zu fungieren, aber mir blieb keine andere Wahl. Bereits nach den ersten paar Zeilen sträubten sich mir die Haare. Claudias Œuvre begann mit einem Spruch, den sie aus einem meiner Gedichtbände geklaut hatte:

»O lieb, solang du lieben kannst ...
O lieb, solang du lieben magst ...
Die Stunde kommt, die Stunde kommt ...
Wo du an Gräbern stehst und klagst ...«

Ich brach in schallendes Gelächter aus und las gar nicht erst weiter. Claudia nahm mir das verständlicherweise übel. Sie nahm mir den Brief aus der Hand, faltete ihn sorgsam zusammen und legte ihn unter ihr Kopfkissen.

»Dann macht eure Scheiße doch alleine!« keifte sie, legte sich hin und sprach kein Wort mehr.

Ina sah mich derweil an und hoffte auf ein Patentrezept aus meinem Mund.

»Ruf den Bertram doch einfach mal an!« schlug ich ihr vor. »Sei locker und frag ihn, ob er nicht Lust hätte, dich wiederzusehen.«

»Glaubst du denn, daß das klappt?« fragte Ina ängstlich.

»Wenn du nicht sentimental wirst, bestimmt!«

»Ach wat!« sprach Claudia von hinten ihr Wort zum Sonntag. »Der scheißt euch en dicken Haufen auf de Treppe.«

»Versuch es!« ging ich über diesen Fäkaleinwand hinweg.

»Dat brauchse nich versuchen, dat klappt nich. Der hat die gebumst und abgehakt, dat nimmt er die übel, wenn se ihn so kommt.«

»Sie kann es doch wenigstens versuchen!«

Während Claudia und ich einander anbrüllten, brach Ina in Tränen aus. »Der Bertram hat mich nicht gebumst«, flennte sie, »er war der erste und einzige Mann, den ich je geliebt habe.«

Claudia stöhnte. »Und der letzte!«

Ina blieben die Tränen im Hals stecken. »Ich weiß«, stieß sie tonlos aus. »Deshalb würde ich ja auch alles geben, um ihn ein letztes Mal –«

»Wat willse denn noch geben, Schätzken, has ja nix mehr!«

Claudia hatte nie gelernt, gewisse Wahrheiten für sich zu behalten. Ihre Offenheit war grenzenlos, und die tiefe Betroffenheit, die ihre Bemerkungen auslöste, wurde ihr gar nicht bewußt.

»Schreib ihn den Brief« feuerte sie Ina gleich wieder an.

»Nein!« rief ich aufgebracht. »Ruf ihn an, Ina!«

»Schreib ihn!«

»Ruf ihn an!«

Ina tat das einzig Gescheite: sie floh.

»Ich überleg' mir das«, ließ sie uns zum Abschied wissen. Dann bekamen wir sie zwei Tage nicht zu Gesicht.

Für mich wurde diese Bedenkzeit zur Qual, denn Claudia beschimpfte mich nach Strich und Faden.

»Du setzt die da so Flausen in den Kopp«, motzte sie. »Wenn die dat nu wahrmacht, geht dat schief, und dann bis du schuld. In sonne Lage dürftes du dich gar nich einmischen. Bis ja Jungfrau, has ja keine Ahnung. Ich kenn die Kerle, ich weiß Bescheid.«

Nach achtundvierzig Stunden hatte ich von diesem Gerede dermaßen die Nase voll, daß ich mir Klein-Ina schnappte, ihr Telefonbüchlein und Portemonnaie in die Hand drückte und sie Richtung Telefon bugsierte.

Ina blieb unsicher. »Was soll ich dem Bertram denn sagen?«

»Auf keinen Fall die Wahrheit!« parierte ich. »Tu so, als ob nichts wäre.«

»Ja, aber ...«

»Er darf keine Angst bekommen, Ina. Wenn er Angst hat, kann er sich nicht frei entscheiden, und er soll sich doch frei entscheiden. Oder?«

Ina hielt sich strikt an meine Anweisungen, und der Erfolg war unausbleiblich. Bertram entschied sich völlig frei und ungezwungen: Er erklärte, er hätte keine Lust, Ina zu besuchen, denn ihm läge überhaupt nichts daran, sie wiederzusehen.

»Das ist doch schon so lange her«, meinte er.

»Ich habe aber Sehnsucht nach dir«, erwiderte Ina.

»Nun hör aber auf, Frauen, die so klammern, kann ich nicht leiden.«

Claudia flippte fast aus, als sie das erfuhr.

»Dat hab ich dir gleich gesacht«, schrie sie mich an, »aber du wolltes ja nich hören. Hier has du dat nich mit Menschen zu tun, Eva, hier geht et um Kerle, und dat sind allet feige Schweine, und weil eine wie du zu bescheuert is, dat zu kapieren, muß eine wie de Ina leiden!«

Ina verging nahezu vor Schmerz. Nach dem Anruf bei Bertram lag sie nur noch in ihrem Bett und weinte. Ihr Gesicht verquoll, ihre Augen bekamen einen fiebrigen Glanz, und ihre knochigen, blutleeren Hände streichelten verzweifelt die Urlaubsphotos.

Ich wußte genau, daß ich für diesen Jammer verantwortlich war.

Claudia versuchte sich als literarischer Rächer verschmähter Weiblichkeit und sandte Bertram Schuster eine bearbeitete Fassung ihres ersten Briefentwurfs. Ich war des Erstaunens voll, als Bertram antwortete. Er wäre froh, zu wissen, was los sei, wüßte aber nicht, was er jetzt tun sollte.

Claudia fand, dieser Schwächling wollte sich mit einer solchen Antwort clever aus der Affäre ziehen. Das gab sie ihm auch sogleich schriftlich.

»Sie sollten herkommen und unsere Ina zum letzten Mal die große Liebe schwören«, schrieb sie, »damit sie dann in Frieden abkratzen kann.«

Bertram antwortete:

»Das kann ich nicht tun, weil es unehrlich wäre, und dazu kann ich mich nicht durchringen.«

»Sonne feige Sau!« fluchte Claudia. »Als wenn et um fünfe vor zwölf auf eine Lüge mehr oder weniger noch drauf ankäm! Na, den mach ich den Arsch warm.«

In der Folge kam es zwischen Bertram und Claudia zu einem gut florierenden Briefwechsel. Streckenweise sah es ganz so aus, als stünde das Happy-End für Ina unmittelbar vor der Tür. Die hatte von alledem keine Ahnung, und das war vermutlich auch gut so.

Bertram Schuster stammte aus einer wohlhabenden Familie und erfreute sich eines Studentendaseins, das frei von finanziellen Sorgen war. Er zählte fünfundzwanzig Lenze und lebte seit langem mit seiner gleichaltrigen Jugendfreundin Sylvia zusammen. Diese Sylvia war äußerst hübsch und selbstbewußt, äußerst klug und eigenständig und äußerst eifersüchtig.

Sie wußte von Bertrams Urlaubsaffäre mit Ina und nahm ihm diesen Fehltritt bitter übel. Da es aber zum Standesdünkel kluger Frauen gehört, niedere Gefühle wie Eifersucht zu verbergen, mußte sie sich etwas anderes ausdenken.

»Weißt du«, stachelte sie Bertram gespielt lässig auf, »diese Claudia Jacoby ist eine wildfremde Person. Warum sollte sie sich so für Ina einsetzen?«

Bertram hielt diese Frage durchaus für berechtigt. Schließlich hatte er Sylvia vor Augen, und die setzte sich für niemanden ein, nur für Sylvia.

»Ina schreibt diese Briefe bestimmt selbst«, bohrte sie weiter. »Sie ist gar nicht krank, sie will nur, daß du zu ihr kommst.«

Bertram schwoll der Kamm. Seine weitsichtige Freundin hatte zugegeben, daß sie verstehen konnte, wenn sich auch andere Frauen nach ihm sehnten.

»Glaub nicht, Bertram, daß ich dich zurückhalten will«, endete sie, »du kennst mich. Wir sind beide freie Menschen, und wenn du –«

Daß sie weitersprach, erübrigte sich.

Welcher Mann gibt schon eine so großzügige Frau zugunsten eines Mädchens auf, das »klammert«? Außerdem glaubte Bertram schon bald, all diese Vermutungen wären auf seinem eigenen Mist gewachsen. In diesem Wahn schrieb er Claudia einen letzten Brief.

»Ich lasse mich nicht zum Narren halten«, hieß es. »Ich weiß jetzt, daß alles ein abgekartetes Spiel ist.«

Claudia verstand die Welt nicht mehr. Nach anfänglicher Sprachlosigkeit geriet sie außer Rand und Band und war einem Nervenzusammenbruch nahe. Ihre Wut war grenzenlos, aber es war auch sehr viel Enttäuschung in ihr, Verzweiflung, Angst. Diese Gefühle steigerten sich noch, als sich Inas Gesundheitszustand über Nacht so verschlechterte, daß sie in Zimmer 107 verlegt wurde.

»Jetz is et aus!« sagte Claudia. Zum ersten Mal in all der Zeit sah ich Tränen in ihren Augen.

Zimmer 107 war das Sterbezimmer von S 1. Der Raum war wesentlich größer als die anderen und bot Platz für ein Krankenbett und zwei Liegen, so daß Angehörige auch über Nacht bleiben konnten. Trotz seines traurigen Zwecks hatte das Zimmer eine heimelige Atmosphäre. Nichts Fremdes oder Kaltes ging von diesem Ort aus, eher etwas Vertrauenswürdiges.

Ich sah diesen Ort erstmals aus der Nähe, als Claudia und ich Ina besuchen durften. Ihr Zustand hatte sich binnen weniger Stunden bedrohlich verschlechtert. Was ich erblickte, jagte mir einen eisigen Schauer über den Rücken. Da waren Schläuche, Kanülen, Katheter, tickende und rauschende Apparate, Infusionen, Transfusionen und ein ganz kleines bißchen Ina. Ihr ohnehin so schmales Gesichtchen war bis auf die Knochen eingefallen, und unter ihren glasig dreinblickenden Augen lagen pechschwarze Ringe. Sie wirkten wie Fremdkörper auf der durchsichtigen Haut.

Ina erkannte uns sofort und fing an zu weinen. Sie zitterte am ganzen Körper, rang nach Luft, schluchzte, ... und immer nur das eine Wort: Bertram.

Ich war so erschüttert über dieses Bild des Elends, daß ich furchtsam zurückwich und mich in der Nähe der Tür niederließ. Claudia hatte solche Beklemmungen nicht. Sie setzte sich direkt neben Inas Bett, ergriff die Hand, die nicht von medizinischen Folterinstrumenten zerstochen war, und versuchte, das sterbende Mädchen zu beruhigen. Je sanfter Claudias Bemühungen wurden, desto mehr bäumte Ina sich gegen den Trost auf. Das mitanzusehen war eine Qual, und so war es kein Wunder, daß Claudia schließlich außer sich vor Wut und Verzweiflung aufsprang und auf den Gang hinausrannte. Dort krallte sie sich Doktor Behringer und erzählte ihm, was sich in den letzten Wochen zugetragen hatte. Behringer reagierte wie ein blutrünstiger Tiger. »Und der Junge weiß wirklich, wie es um Ina steht?« vergewisserte er sich.

»Klar!«

»Ich brauche Namen und Adresse, sofort!!« Mit diesen Worten stürzte er ans Telefon und ging als personifiziertes Damoklesschwert auf Bertram Schuster nieder. Das war offenbar die einzige Sprache, die der verstand. Es geschah nämlich ein Wunder: er machte sich auf den Weg.

Von da an versuchten wir mit vereinten Kräften, Ina auf das große Ereignis vorzubereiten. Bertram würde kommen und sie in die Arme nehmen. Er würde ihr sagen, wie sehr er sie geliebt hatte und wie wunderschön die gemeinsame Zeit gewesen war. Ina selbst konnte es gar nicht glauben. »Wirklich?« fragte sie immer wieder.

»Wirklich!«

»Ich hab' so lange gewartet ...«

»Jetzt ist es bald soweit!«

»... so lange ...!«

Kurz darauf erlitt sie einen schweren Blutsturz. Während Claudia an ihrem Bett Wache hielt, patrouillierte ich über die Gänge. In jeder Gestalt, die ich in der Ferne vorüberhuschen sah, glaubte ich, Bertram zu erkennen.

Es war Nacht geworden. Nur die Notbeleuchtung brannte noch. Sie warf ein gespenstisches Licht auf die Stühle und Tische.

Meine Schritte hallten dumpf auf dem gebohnerten Linoleum, und ihr Nachklang ließ mich ständig an einen finsteren Verfolger denken, so daß ich mir immer wieder ängstlich über die Schulter blickte. Ich ging in die Eingangshalle hinunter und beobachtete den Pförtner.

Auf dem Rückweg zur Station kam ich an Mennerts Büro vorbei. Ich hörte schon von weitem seine Stimme. Da blieb ich stehen und lauschte. »Ich kann das nicht länger verantworten«, hörte ich ihn schreien. »Wir pumpen dem Mädchen das Blut in die Venen, damit es an irgendeiner Stelle wieder herausläuft, das ist doch Quälerei!«

Dann sprach Behringer. »Ich weiß«, gab er kleinlaut zu, »aber Ina sehnt sich doch so sehr nach dem Jungen. Er ist vor drei Stunden losgefahren und müßte eigentlich längst hier sein –«

»Ist er aber nicht«, schnitt Mennert ihm aufgebracht das Wort im Munde ab. »Mensch, Behringer, haben Sie es denn immer noch nicht kapiert? Da draußen wird gelebt, und hier drinnen wird gestorben. Und die da draußen wollen mit denen hier drinnen nichts zu tun haben. Aber auch gar nichts. Die kommen immer erst hinterher, wenn es zu spät ist. Mit Kränzen und Blumen und mit frommen Sprüchen und langen Gesichtern. Und je schlechter das Gewissen, desto aufwendiger das Begräbnis!«

Mir stockte der Atem, denn eine solch entschiedene Meinung hatte ich meinem distinguierten Herrn Professor nicht zugetraut.

Im nächsten Moment stürzte Behringer aus dem Büro, rannte den Gang entlang und verschwand im Schwesternzimmer. Ich folgte ihm. Helma und Gertrud waren beide noch da, obwohl ihr Dienst bereits vor Stunden geendet hatte.

Helma strickte an einem unförmigen Lappen, Gertrud kochte Kaffee. Sie wirkte im Gegensatz zu Helma nervös und fahrig. Das lag an Behringer. Der hatte sich nämlich polternd an den Tisch gesetzt und schlug nun unentwegt mit geballten Fäusten auf die schwere Holzplatte.

»Ich bring' den um«, schrie er, »wenn ich den zwischen die Finger kriege, bringe ich ihn um!«

Gertrud reichte ihm zitternd eine Tasse Kaffee.

»Hier trinken Sie das«, säuselte sie, »wird Ihnen bestimmt guttun.«

»Lassen Sie mich mit Ihrer verdammten Plörre in Ruhe!« brüllte Behringer. Dabei schlug er ihr die Tasse aus der Hand, die krachend zu Boden ging. »Die Brühe kann doch sowieso kein Mensch saufen!«

Dann war es für den Bruchteil einer Sekunde totenstill, bis Gertrud in Tränen ausbrach.

»Ich werde mich auch nie dran gewöhnen«, schluchzte sie, »niemals. Es fängt an in einem Waschraum, es endet in einem Waschraum, und das bißchen dazwischen ist so furchtbar lächerlich.«

Ich verstand nicht, was sie damit meinte, aber es machte mich auf eine merkwürdige Weise betroffen. Mit gesenktem Kopf ging ich zurück in Inas Zimmer. Sie war kaum mehr bei Bewußtsein, aber als sie mich hereinkommen hörte, öffnete sie mühsam die Augen.

»Ist er da?« hauchte sie.

»Noch nicht«, antwortete ich und fügte betont zuversichtlich hinzu: »Aber es dauert bestimmt nicht mehr lange.«

Sie lächelte. »Ich hab' so lange gewartet ... so lange ... zu lange ...« Dann schloß sie die Augen und schlief ein.

Kurz darauf kam Mennert. »Sämtliche Apparate abstellen!« ordnete er tonlos an. Dann machte sich ein völlig verkrampfter Doktor Behringer ans Werk. Helma half ihm dabei, und Gertrud stand im Türrahmen, machtlos und unglücklich.

Nadel um Nadel wurde aus Inas Körperchen gezogen, ein Schlauch nach dem anderen wurde abgeklemmt und abgeschraubt, die Wunden wurden desinfiziert und verbunden, dann bekam sie auch noch ein neues Nachthemd.

Mennert streichelte ihre Wange. »Wie ist es, meine Kleine?« fragte er leise. »Ist es besser so?«

Ina antwortete ihm nicht, aber ihre zarten Fingerchen tasteten nach seiner Hand, und als er sie beschützend ergriff, entspannten sich ihre Gesichtszüge. Mennert schluckte.

»Bleiben Sie hier?« wollte er von Claudia wissen.

Die nickte. »Gut, dann sagen Sie mir Bescheid.«

Bevor er endgültig hinausging, strich er mir über das Haar. »Ja, Eva«, sagte er dabei, »so ist das.« Dann ließ er uns allein.

Keiner konnte hinterher mehr sagen, wie lange Claudia und ich so dasaßen, sie auf einem Stuhl neben Inas Bett, deren Hand haltend, ich am Fußende des Bettes. Wir sprachen kein Wort, und doch war dieses Schweigen lauter als der Lärm einer Geschäftsstraße zur Hauptverkehrszeit. Es war eine lebendige Stille, eine beredte Wortlosigkeit, in deren *Fülle* man hätte versinken mögen. Sie war mir fremd und dennoch vertraut, sie schien mir die Antwort auf all meine heimlichen Fragen zu sein. Doch bevor ich das Geheimnis dieser unbekannten Seligkeit ergründen konnte, war sie dahin. Sie ging, wie sie gekommen war: plötzlich und unerwartet. Sie hinterließ ein Loch des Grauens. Von einem Augenblick auf den anderen wandelte sich die Stille, sie wurde zur Qual, zu einem schmerzlichen Schrei im undurchdringlichen Dunkel.

»Sie atmet nicht mehr!« schrie ich entsetzt. »Claudia, sie atmet nicht mehr!!«

Inas Brustkorb, der sich gerade noch in regelmäßigen Abständen gehoben und gesenkt hatte, stand still. Claudia blieb im Gegensatz zu mir ganz ruhig. Mit einer routinierten Handbewegung griff sie an Inas Halsschlagader.

»Se lebt aber noch!« sagte sie dann.

Diese Auskunft überforderte mich. »Aber wenn sie doch nicht mehr atmet, kann sie doch auch nicht mehr leben.«

Claudia sah mich mißbilligend an. Das beschämte mich. Ich wußte ja selbst, daß ich keine Ahnung hatte, vom Leben nicht und erst recht nicht vom Sterben. Gerade wollte ich mich entsprechend rechtfertigen, da vernahm ich ein schauerliches Geräusch. Es war ein Röcheln, ein unmenschlich gurgelndes Röcheln, das aus Ina und doch aus einer anderen Welt zu kommen schien, es war ein Endlaut: die Eustachische Atmung.

Es dauerte lange, bis ich sie ertragen konnte, ohne jedesmal zusammenzuzucken. Immer länger wurden die Abstände, immer bedrohlicher. Dann war es plötzlich vorbei.

Claudia und ich sahen einander an. Zwanzig Sekunden, dreißig, eine Minute, zwei, ... die Stille nahm kein Ende. Wir blickten auf Ina und sahen, wie sich der Tod über sie beugte. Ein letztes Mal erklang der Endlaut ... verklang ... aus.

Ina war der erste Mensch in meinem Leben, den ich hatte sterben sehen.

Später, als Ina gewaschen wurde, saßen Claudia und ich draußen auf dem Gang. Wir rauchten Zigaretten und schwiegen einander an.

»Sonne Scheiße!« fluchte Claudia schließlich.

Ich seufzte.

»Weiße, warum ich dat allet gemacht hab?«

»Was?«

»Na, die Briefe geschriem und den Saukerl gesacht, dat er kommen soll!«

Bisher war ich sicher gewesen, Claudia hätte Ina damit einen Gefallen tun wollen.

»Ich weiß es nicht«, sagte ich.

Sie senkte den Kopf. »Weil ... mein Willi is ja auch son Aas. Läßt mich in Stich, und trotzdem lieb ich ihm. Er braucht ga nix tun, ich lieb ihm auch so. Und da wollt ich nich, dat dat die Ina auch so geht. Ich hab gedacht, wenn diesen Saukerl von Bertram nu herkommt und se wat vorlücht, dann hätt er wenichstens en bißken wat geleistet für all die Liebe. Verstehse?«

Ich verstand, und ich spürte, daß wir einander auf sonderbare Weise näherkamen.

Bevor ich an diesem Abend noch weiter darüber nachdenken konnte, flog die Schwingtür am Ende des Ganges auf, und ein großer, schlanker Junge kam herein. Er hatte pechschwarzes Haar, passend zur modisch zerknautschten Lederjacke. Seine strahlend blauen Augen harmonierten mit der Farbe der lässig verwaschenen Jeans. Die braungebrannte Haut schimmerte verführerisch wie in einem Werbespot, er war eine Männerschönheit. Nur sein Auftreten stimmte nicht. Seine Schritte waren unsicher, zaghaft, fast ängstlich.

»Dat is er!« erkannte Claudia sofort.

Dann sprang sie auf und rannte in unser Zimmer.

Im gleichen Moment trat Behringer aus dem Zimmer 107 heraus. Er bemerkte natürlich, daß etwas nicht stimmte, und als er den jungen Mann erblickte, wußte er alles.

»Ja, bitte?«

»Ich ... ich bin Bertram Schuster.«

Ein paar Stunden früher hätte sein Stammeln noch mein Mitleid erweckt. Jetzt empfand ich nur noch Abscheu und Ekel, ich hätte den Mann anspucken können, so sehr widerte er mich an.

Behringer erging es wohl nicht anders, aber er wußte diese Regungen zu verbergen. Er fixierte Bertram in Seelenruhe und atmete laut vernehmbar.

»Sie haben sich sehr viel Zeit gelassen, junger Mann!«
»Es ... es ging nicht schneller.«
»Nein?«
»Wo ... wo ist sie?«
Ich spürte den dicken Kloß in meinem Hals und die aufsteigenden Tränen.

Ich fühlte mich wie ein einsamer Zuschauer vor einer riesigen Kinoleinwand, der den Ausgang des Melodrams kennt, während der Held noch im Ungewissen schwebt. Er wußte noch nicht, daß er zu spät gekommen war, ein Menschenleben zu spät.

Gebannt hielt ich den Atem an und wartete darauf, daß Doktor Behringer ihm die Wahrheit sagen würde. Aber der sagte nichts. Statt dessen lächelte er charmant und wies auf die Tür von Zimmer 107.

»Warten Sie aber bitte noch einen Moment, Herr Schuster, Ina wird nämlich gerade gewaschen. Nehmen Sie am besten solange Platz.«

Dann verschwand er wieder in Inas Zimmer.

Ich wußte wirklich nicht, was ich davon halten sollte. Nervös rutschte ich auf meinem Stuhl hin und her, während Bertram lächelnd auf mich zukam.

»Sind Sie Claudia Jacoby?« fragte er.
»Nein.«
»Darf ich mir eine Zigarette nehmen?«
»Ja.«

Er nahm mir gegenüber Platz, und ich nutzte die Gelegenheit, ihn mir genauer anzusehen.

Bertram Schuster übertraf, aus der Nähe betrachtet, selbst die kühnsten Erwartungen. Er hatte ein fein geschnittenes und dennoch männliches Gesicht, die Augen waren groß und wirkten in dem fahlen Licht wie die eines Plüschtieres. Er hatte eine energische Nase und volle, rote Lippen, der Bartwuchs war kräftig und gleichmäßig, reizte zum Darüberstreichen.

Bertram merkte natürlich, wie eingehend ich ihn betrachtete. Obwohl er so etwas bestimmt gewöhnt war, machte es ihn in dieser ganz besonderen Situation nervös. Seine schönen Hände zitterten sogar, als er die Zigarette vorzeitig im Aschenbecher zerdrückte.

Im gleichen Augenblick öffnete sich die Tür von Zimmer 107. Behringer schob eine Bahre auf den Flur hinaus. Ina lag darauf. Sie war nur halb zugedeckt, und um den Kopf trug sie eine weiße Manschette, es hätte ebensogut ein Verband sein können.

»Herr Schuster!« Behringers Stimme klang freundlich, fast fröhlich.

Bertram stand hastig auf. Seine Hände waren wohl feucht, denn er strich mit den Handflächen über seine Hosenbeine. Dann straffte er sich, holte tief Luft und ging zögernd auf Ina zu. Mit jedem Schritt wurde er sicherer, und mit jedem seiner Schritte erhob ich mich höher von meinem Stuhl. Meine Augen brannten, denn ich wagte nicht, die Lider zu schließen, ich hatte Angst, etwas zu verpassen. Ich wollte das Spiel mitbekommen, das Behringer hier spielte. Sein Gesicht blieb undurchdringlich. Seine Züge schienen eingefroren, und er ließ Bertram nicht aus den Augen. Wie der Lauf eines Revolvers war sein Blick auf den Besucher gerichtet, und der bemerkte das nicht einmal. Der sah nur Ina, die hübsche, zarte Ina, mit der er früher mal im Sand und im Bett gelegen hatte. Vielleicht versuchte er, sich ihrer Berührungen zu erinnern, ihrer Stimme, ihres Körpers. Vielleicht wunderte er sich aber auch, daß dieser Körper jetzt keine Regung zeigte, daß er erstarrt dalag. Da begriff er.

Abrupt blieb er stehen, und sein Rücken, seine Arme, seine Beine wurden steif. Da war nicht einmal mehr ein Zucken. Behringer nahm diese Wandlung genüßlich zur Kenntnis. Seine eben noch so eisigen Gesichtszüge tauten auf, und um seinen Mund spielte ein Lächeln der Genugtuung. Dann bedeckte er Inas Gesicht mit dem Laken.

»Fahren Sie ruhig wieder nach Hause!« sagte er zu Bertram. »Und verzeihen Sie, daß wir Sie belästigt haben.«

Ich fing an zu zittern. Es begann in meinem Bauch, oberhalb des Nabels, und es drohte sich auszudehnen, so daß ich nur noch mit letzter Kraft die rettende Zimmertür erreichte.

»Ich glaube an die Liebe,
Ich glaube fest daran,
Daß Liebe ganz alleine nur
Die Welt verändern kann ...«

Udo Jürgens dröhnte mir mit enormer Lautstärke entgegen. »Mach das aus!« schrie ich sofort. »Mach das aus!!!«
Dann erst sah ich Claudia. Sie stand in ihrem Bett, splitterfasernackt, den Rücken an die Wand gelehnt, die Arme weit von sich gestreckt. Ihre Augen blickten glasig, fremd und unheimlich, sie schien nicht bei Sinnen zu sein.
Ängstlich trat ich näher, schaltete die Musik ab, hockte mich an die äußerste Ecke meines Bettes.
»Claudia? – Claudia???«
Nach einer Weile lächelte sie mich an.
»Weiße wat, Eva ... Jesus war en Mann ...!«
»Und?«
»Dein Gott wußte ebent, wen er kreuzigen ließ. Dat hätt er ma mit alle Kerle machen müssen.«
»CLAUDIA!!!« Ich schrie so laut, daß ich glaubte, die gesamte Klinik hätte davon aufwachen müssen. Ich wußte zwar, daß Claudia »entschiedene« Atheistin war, aber bisher hatte sie mir Gotteslästerungen erspart.
»Jawoll!« kreischte sie mit wachsender Begeisterung. »All dat Männerpack kreuzigen und verbuddeln, dicke Steine drüberrollen und –«
»Hör auf!!!«
»Ich fang ja ers an, jetz fang ich an, jetz!!!« Sie schlug ihren Kopf gegen die Wand und schrie wie eine Wahnsinnige. »... Wenn et dich gibt, du Satan von Gott, dann mach dat den Bertram verreckt, verreckt, *verreckt!!!*«

13

Claudias lästerliche Ansichten über Gott und das Christentum machten mir in den ersten Tagen nach Inas Tod sehr zu schaffen, und ich konnte kaum mehr an etwas anderes denken. Claudia fand das lächerlich.

»Gott is ne Erfindung von glückliche Menschen«, erklärte sie mir. »Wenn de lang genuch hier liechs, kapierse dat von alleine.«

»Aber man muß doch beten können, ich meine –«

Sie lachte so laut, daß mir das Wort vor Schreck im Halse stecken blieb.

»Wat meins du, wat dat hilft, wenn dir den Dreck bis annen Hals steht? Nix hilft dat dann! Wenn et hart auf hart kommt, dan is son Vatterunser nix mehr wert, glaub mir dat!«

Sie beharrte auf ihrem Standpunkt, und ich auf meinem. Es gab in dieser Frage nur eine einzige Brücke: Was die Kirche als Institution anging, waren wir beide der gleichen Meinung. Das bekam an einem verregneten Mittwochnachmittag Herr Pfarrer Lossmann deutlich zu spüren. Er war der evangelische Krankenhaus-Seelsorger, etwa fünfzig Jahre alt, nicht gerade groß, alles andere als schlank, rosa wie ein Schweinchen, kurz: die Feistheit in Person. Seine Stimme klang wie das monotone Rattern einer Lokomotive, der nach jeder Umdrehung der Dampf auszugehen droht. Das war eine Berufskrankheit. Lossmann hatte ein klassisches Kanzelorgan. Er redete viel, sehr viel sogar, aber was da aus ihm herausquoll, stand bereits seit Jahrhunderten geschrieben. Matthäus hatte es schon gewußt, Markus erst recht, Lukas auch, von Johannes ganz zu schweigen.

Lossmann hatte die Bibel gelesen und bildete sich ein, sie verstanden zu haben. Irgend etwas hatte er bestimmt auch verstanden. Statt dafür dankbar zu sein, führte er sich auf wie ein Politiker, der sein Wahlprogramm an die Massen bringen will. Er verkaufte mir seine Erkenntnisse als den Stein der Weisen, und das ärgerte mich so sehr, daß ich ihn hinauswarf.

Claudia fand das herrlich. Sie spendete mir Applaus und befand, ich wäre ja wohl doch »ganz in Ordnung«.

»Hattest du daran gezweifelt?« fragte ich.

»Na ja ... manchma tuse so, als wärse wat Besseret, Evken. Bis ebent noch nix gewöhnt im Leben, has noch nix mitgemacht.«

Das sollte sich bald ändern. Anfang Mai zeigte mir die Chemotherapie, die ich nur mehr für eine Formsache gehalten hatte, nachhaltig ihre Krallen. Es begann mit Übelkeit. Nichts konnte ich bei mir behalten, und ob der Magen voll war oder leer, ich mußte würgen. Das war so entsetzlich, daß man beschloß, mich vorübergehend künstlich zu ernähren. Leider war auch das keine Lösung, ich vertrug nämlich den Kalorientropf nicht.

Die »Pulle«, wie er bei uns hieß, bestand aus einer gelben Flüssigkeit, deren Anblick mich schon zur Brechschale greifen ließ. Sickerten dann die ersten gelben Tröpfchen in meine Venen, war es endgültig um mich geschehen. Mein Magen wogte wie eine Jolle auf offener See, und ich spie gelbe Springfluten, denen nur noch mit Eimern und Aufnehmern beizukommen war.

Als nächstes versuchte man, mir mit einer Magensonde Linderung zu verschaffen. Die drückte dann in meiner Nase und kratzte in meinem Hals, aber die Übelkeit ließ nicht nach. Das trieb mich schon bald zur Verzweiflung. Mein Körper machte plötzlich, was er wollte. Er war nicht mehr mir, ich war ihm ausgeliefert. »Mein Gott«, weinte ich mich bei meinen Eltern aus, »ich war doch nie ein verzärteltes Zuckerpüppchen. Trotz Muskelzerrung habe ich gearbeitet, trotz blutender Zehen, trotz Fieber. Warum halte ich das hier denn nicht aus? Warum gehorcht mir dieser Körper nicht mehr?«

Ihnen fiel darauf ebensowenig eine Antwort ein wie mir, aber sie beschlossen vorsorglich, mich erst einmal zu kritisieren. Man konnte ja nie wissen!

»Du darfst nicht soviel in dich hineinhorchen«, meinte Mama, und Papa fügte hinzu: »Du mußt dich ablenken!« »Wir machen das schon!«

Sie schenkten mir aufmunternde Bücher, fröhliche Musikkassetten und sogar einen eigenen Fernsehapparat.

So sehr ich all diese Bemühungen zu schätzen wußte, so wenig halfen sie mir. Mein Zustand verschlechterte sich mit jedem Atemzug. Mein Körper wurde immer mehr zu einem Gefängnis, aus dem es kein Entrinnen mehr gab. Meine Leber schwoll so sehr an, daß ich das Gefühl hatte, das Bauchfell müßte reißen, der Nabel aufplatzen. Blase und Darm hörten einfach auf zu arbeiten und waren nur noch mittels Katheter bzw. Rohr zu überlisten.

Das war äußerst unangenehm, aber verglichen mit meinen Herzschmerzen waren dieser brennende Blasenkatheter und dieses kneifende Darmrohr nichtige Kinkerlitzchen. Mein Herz tat mörderisch weh, es tat so weh, daß ich die einzelnen Vorgänge genau spüren konnte. Die Kammern füllten sich, sie kontrahierten, sie erschlafften. Die Taschenklappen schlossen und öffneten sich, die Vorhöfe kontrahierten, erschlafften und füllten sich, die Segelklappen waren voll geöffnet, geschlossen, leicht geöffnet. Ich spürte jedes Detail, und dabei krampfte sich mein Körper jedesmal zusammen, das Blut schien stillzustehen, und ich war sicher, jetzt wäre es vorüber, jetzt ... aber es war nicht vorüber, es ging weiter.

Gerade in dieser Zeit versuchte ich, im Gebet Ruhe und Frieden zu finden. Ich bat Gott um Geduld und um die Kraft, all diese körperlichen Qualen zu ertragen. Aber Gott hörte mich nicht. Er schien weiter von mir entfernt als jemals zuvor, und sobald ich ihn anrief, war mir, als spräche ich gegen undurchdringliche Wände. Das trieb mich fast in den Wahnsinn.

Eines Abends lag ich zusammengekauert in meinem Bett und sprach schluchzend den 23. Psalm.

»Der Herr ist mein Hirte, mir wird nichts mangeln. Er

weidet mich auf einer grünen Aue und führt mich zum frischen Wasser. Er erquicket meine Seele, er führt mich auf rechter Straße um seines Namens willen. Und ob ich schon wanderte im finsteren Tal, fürchte ich kein Unglück. Denn du bist bei mir, dein Stecken und Stab trösten mich. Du bereitest vor mir einen Tisch im Angesicht meiner Feinde. Du salbest mein Haupt mit Öl und schenkest mir voll ein. Gutes und Barmherzigkeit werden mir folgen ein Leben lang, und ich werde bleiben im Hause des Herrn immerdar.«

Plötzlich strich Claudia mir über die Stirn.

»Sei stille«, flüsterte sie, »dat hilft nix. Hier is kein Hirte, Schätzken, hier mangelt et an alle Ecken. Keine Wiese, Wasser gibt et nur dat ohne Kohlensäure und den Wech, den zeigen dir de andern. Frach ma Mennert und Behringer, die sagen, wo et langgeht. Dich tröstet hier auch kein Schwein, Eva, und einreiben tut dich auch keiner. Und hier in dat Haus bleibse auch nich. Wenn de nämlich nich aufpaßt, liechse zack-zack inne Kiste. Du mußt dir selber helfen, an dich musse glauben, an dich.«

Erschüttert sah ich sie an. Die Sicherheit, mit der sie den Bibeltext verunglimpft hatte, zeigte mir, wie gut sie ihn kannte. Claudia Jacoby war dieser 23. Psalm vertrauter als mir, sie war keine religiöse Analphabetin. Sie spürte, daß ich das in jenem Augenblick durchschaute, und seufzte tief. »Frach mich jetz bloß nix!« meinte sie. »Aber glaub et mir, Eva, auf dich musse jetz vertrauen, sons bisse verratzt!«

»Verratzt« fühlte ich mich schon länger. Daß ich es jedoch selbst in der Hand hatte, diesem unwürdigen Zustand ein Ende zu bereiten, wollte mir nicht in den Sinn.

Ich hatte meines Erachtens überhaupt nichts in der Hand, ich brauchte ja nur in den Spiegel zu schauen, um das zu erkennen. Mein ausgemergeltes Körperchen wog nur noch vierundsiebzig Pfund und ließ Knochen sichtbar werden, von deren Existenz gesunde Menschen bestenfalls im Biologieunterricht erfuhren. Man sah die genaue Form meines Schulterblatts, die Rippenknorpel am Ansatz meines Brustbeins, den Verlauf von Elle und Speiche an meinen Unterarmen. Am schlimmsten hatte es jedoch mein Gesicht getroffen: die Haut war bleich und aufgedunsen, und die Poren waren riesengroß. Die Augen traten weit aus den Höhlen und waren umrandet von tiefen, schwarzen Ringen. Die Lippen hatten eine fast violette Färbung und waren aufgeplatzt und verborkt. So ähnlich hatte Claudia ausgesehen, als ich sie kennenlernte. Nun war ich es, die so aussah. Das war ich, das war von mir geblieben. Ich war nur noch das Spiegelbild meiner Krankheit, ein Teil jenes Schattens, den der Krebs aus mir gemacht hatte. Und auf diesen Schatten meines Ichs konnte ich einfach nicht vertrauen. Ich war zu einem Nichts geworden.

Bald bildete ich mir ein, das überall bestätigt zu sehen. Wenn ich über die Gänge schlich und vorübergehenden Leuten in die Augen sah, blickten sie durch mich hindurch. Ich lächelte sie an, aber sie erwiderten mein Lächeln nicht. Ich grüßte, aber sie antworteten nicht. Es stimmte also, ich war nur noch ein Schatten.

Dieser Schatten saß manchmal am Spätnachmittag auf der Bettkante und beobachtete den Totentanz der Sonnenstrahlen. Ich sah, wie sie schwanden, und ich stellte mir vor, wie sie in Auflösung begriffen seien. Auch ich verging, vielleicht saß ich ja schon gar nicht mehr auf der Bettkante, vielleicht war ich ja schon fort, versunken.

Professor Mennert spürte, wie schlecht es mir ging. Da sich außerdem meine Laborwerte verschlechtert hatten, brach er die Chemotherapie vorläufig ab. Schon wenige Tage später ließ meine Übelkeit nach, das Herz hörte auf zu schmerzen, meine Leber schwoll wieder ab, Blasenkatheter, Darmrohr und Magensonde wurden entfernt.

Meine Eltern glaubten, das wäre mein Verdienst, und belohnten mich mit einer Stereo-Anlage. Ich selbst glaubte, daß die Besserung meines Zustands ein Geschenk des Himmels wäre, und deshalb hätte ich vor lauter Glück am liebsten die ganze Welt umarmt. Ich stellte fest, daß ich plötzlich wieder beten konnte; Gott hatte mich also doch noch nicht verlassen. Es war also alles wie vor der grausigen Therapie. Nichts schien verändert. Auch der alte Kampfgeist kehrte zurück, und es dauerte nur wenige Tage, bis ich wieder ganz genau wußte, was ich wollte: tanzen. Gesund werden. Leben.

Das einzige, was meine Euphorie trübte, waren die Besucher. Manche ergingen sich in den banalsten Allerweltsphrasen, andere versprühten eine in meinen Augen unverschämte Fröhlichkeit. Wieder andere, so etwa Karin Ortmann, eine Nachbarin von Claudia, nutzten die Besuche, um ihre eigene Gesundheit herauszustellen. Diese Karin Ortmann war dreißig Jahre alt, arbeitete in der Klinikverwaltung und pries ihre gesunde Lebensweise an: kein Alkohol, kein Nikotin, keine Männer. Meine Großmutter schließlich – schon neunzig Jahre alt, aber wohlerhalten – brachte Geld mit, um das Personal – Schwester Helma, Gertrud, die Putzfrauen, die Ärzte – mit »Bestechungsgeldern« zu ermuntern, mich besser zu pflegen. Meine Empörung darüber war grenzenlos, denn diese Bestechungsversuche hatte ich schon in meiner Kindheit abgrundtief gehaßt. Meine Großmutter regelte alles mit Geld, immer und überall. Auf der ganzen Welt gab es keinen einzigen Menschen, dem sie etwas schuldig war, nicht einmal Dank. Schwester Gertrud kam überraschend herein.

»Klopfen Sie gefälligst an!« wurde sie empfangen.

»Oh, ich wollte nur ...«

Oma erblickte die eingevasten Nelken und brach in Entzücken aus. »Stellen Sie sie dahin!« ordnete sie an und wies auf den Nachttisch. Kaum standen die Blumen da: »Nein, das wirkt so vulgär.«

Nach drei weiteren Standortwechseln fand die Vase auf dem Tisch ihre endgültige Position. Gertrud atmete sichtlich auf.

»Den Stuhl bitte!« Gertrud apportierte, und Oma nahm Platz.

»Kommen Sie her, mein Kind!« Gertrud parierte.

Oma drückte ihr einen Fünfzigmarkschein in die Hand. »So, meine Liebe, das ist für Sie!« Sie schob einen weiteren Fünfziger nach: »Und das ist für Ihre Kollegin!« Hernach meinte sie: »Und ich bitte mir aus, daß meine Enkelin äußerst zuvorkommend behandelt wird. Sie können jetzt gehen. Und denken Sie an den Kaffee und an das Gebäck!«

Gertrud schluckte, nickte und »entfernte sich«, und ich war wütend.

»Mußte das sein?« erkundigte ich mich hörbar ungehalten.

»War es zu wenig?«

Meine liebe Großmutter grinste und stellte endlich die peinliche Handtasche weg.

So verging die Zeit auf S 1. Meine Eltern kamen jeden Nachmittag, um zu behaupten, ich sähe schon sehr viel besser aus. Ich fühlte mich ja auch schon sehr viel besser, nur leider nahm ich kein einziges Gramm zu.

»Erst wenn Sie zugelegt haben, können wir an eine neuerliche Therapie denken«, sagte Mennert. »Sie müssen einfach zunehmen, Eva, Sie müssen!«

Ich sah das ein und tat, was ich konnte, aber mir schmeckte einfach nichts. Außerdem war ich viel zu schnell satt, es war eine Last. Claudia hatte dafür eine ungewöhnlich glaubhafte Erklärung.

»Wenn den Mond innen Merkur und de Sonne innen Jupiter steht, dann ham de Waagemenschen nie Appetit.«

»Bist du sicher?« erkundigte ich mich.

»Klar. Wenn de dich auch sons auf nix verlassen kanns, Eva, die Sterne kannse trauen.«

Die Astrologie war Claudias neuestes Hobby, und so erfuhr ich im Laufe der Zeit alles über Krebse, Widder, Skorpione und anderes Getier. Mittels Tabellen, die für meine Augen unüberschaubar waren, wurden Aszendenten ermittelt, und arglose Planeten wie Jupiter, Venus oder Saturn wurden in geheimnisvolle Häuser verbannt, in denen sie dann angeblich dominierten. Mir war das alles ziemlich rätselhaft, aber Claudia behielt angeblich den Durchblick. Außerdem lenkte sie mich mit ihrem Gerede von meinen Träumen und Gedanken an die Rückkehr zum Ballett ab.

Endlich war es dann soweit, die Waage schlug aus, ich begann zuzunehmen. Überglücklich saß ich in meinem Bett und strahlte über das ganze Gesicht.

»Hab' ich's mir doch gedacht!« frohlockte ich.

»Wat?« wollte Claudia wissen.

»Solange diese Chemie im Körper war, konnte ich gar nicht zunehmen.«

»Wieso dat denn?«

Daraufhin teilte ich Claudia unter dem Siegel der Verschwiegenheit mit, was für mich längst feststand.

»Nicht der Krebs ist gefährlich, sondern die Chemotherapie!«

»Mmh?«

»Ja, ich werde mir ernsthaft überlegen, ob ich das noch mal mit mir machen lasse.«

Claudia starrte mich atemlos an. Sie wollte wohl etwas sagen, behielt es aber für sich und begnügte sich damit, mir einen formvollendeten Vogel zu zeigen. Zu denken gab mir das jedoch nicht. Statt dessen wiederholte ich laut und deutlich, die Chemie wäre an allem schuld, und die großen Kliniken müßten sich endlich darauf einstellen, Krankheiten auf »natürliche« Art und Weise zu heilen.

Und prompt erhielt ich die Quittung! Kurze Zeit später, Anfang Juni, litt ich plötzlich an Verdauungsstörungen, und das trieb das gesamte Personal in hellste Panik. Mir erschien das wie blanker Hohn. Da lag ich nun mit einer Krebsdiagnose, was niemanden sonderlich aufzuregen schien, aber kaum konnte ich nicht richtig sch..., schon waren alle auf den Beinen. Vereint standen sie vor meinem Bett und diskutierten über meine Fäkalien, als kreiste das gesamte Weltgeschehen nur noch um diesen einen Punkt. Mit gewichtigen Worten wurde das Problem im Team erörtert, und schließlich traf Mennert eine folgenschwere Entscheidung:

»Das Mädchen hat soviel Chemie im Körper«, sagte er, »bemühen wir uns also, dieses Problem auf natürliche Art und Weise zu lösen. – Wir versuchen es mit Weizenkleie.«

Da mir diese Weizenkleie nicht schmeckte, verweigerte ich ihren Genuß. Als ich schließlich auch noch einen Spezialisten, Doktor Körber, mit Verbalinjurien überhäufte, verpaßte man mir Psychopharmaka. Meine Mutter, die das merkte, empörte das sehr. Schließlich kam Vater der rettende Einfall: Er brachte mir Abführtabletten und Plastiktüten, in die ich die Weizenkleie schütten konnte. Als ich dann endlich wieder verdauen konnte, schrieb Professor Mennert diesen Erfolg natürlich seiner Weizenkleie-Therapie zu.

14

Der Sommer war gekommen, ohne daß ich von Mennerts Angebot, ein paar Tage zu Hause zu verbringen, Gebrauch gemacht hatte. Statt dessen bat ich meine Eltern, sich nach alternativen Krebstherapien umzusehen. Dann aber ereigneten sich große Dinge.

Es begann mit Roswitha, die mir gleich am Tag ihrer Einlieferung auffiel. Sie war eine hübsche Frau mit leicht rötlichem Haar und tiefblauen, großen Augen. Sie war sechsunddreißig Jahre alt und litt an Lymphogranulomatose.

Roswitha Borgmann hielt sich zu Anfang natürlich für die einzig Gesunde auf S 1. Diese Phase der geistigen Umnachtung hatte ich selbst ja auch durchgemacht.

»Äh ...«, erklärte sie mir bei unserem ersten Zusammentreffen, »... ich ... ich habe ja schließlich immer gesund gelebt, äh, ... ich bin nämlich Vegetarierin.«

»Wat isse?« fragte Claudia sofort nach.

»Sie ißt nur Gemüse!«

Claudia lachte laut auf. »Wieso dat denn?« grölte sie. »Schmeckt dir dat? – Na ja, dann hasse ja vielleicht auch Spaß dran, dir dat Zeuch von unten anzugucken!«

Worauf Roswitha erklärte: »Ach!«

Diese »Achs« und »Ähs« zogen sich wie ein roter Faden durch Roswithas Aussagen. Man hing in der Luft, wenn man ihr lauschte und darauf wartete, daß sie den Satz zu einem wohlverdienten Ende bringen würde.

»Meine Herren«, meinte Claudia dazu, »die spricht, wie en Prostatiker pinkelt, hoffentlich denkt die nich auch so langsam, wie se spricht.«

Als Roswitha erfuhr, daß man ihr die Milz entfernen wollte, schien es, als träfe Claudias Befürchtung zu. Diese Frau dachte im Schneckentempo.

»Äh ...«, begann sie, »... die, äh, ... die wollen mir die Milz rausnehmen, äh, ... aber, mmh, ach, ... die braucht man so ja auch gar nicht.«

Wieder einmal hob Claudia an zu brüllen. »Meinse denn, die interessiert dat hier, ob du son Organ brauchs?« lachte sie.

Roswitha beeindruckte das nicht weiter. Sie sagte »Ach ja!«, und zwei Tage später ließ sie sich die Milz herausnehmen. Diese Operation überstand sie mehr als gut, und als man sie auf S1 zurückgebracht hatte, legte Professor Mennert ihr seinen Chemotherapieplan vor.

»Ach«, meinte Roswitha dazu, »ich ... äh ... nein, das will ich nicht.«

Trotz mehrfacher langer Gespräche ließ sie sich von diesem Entschluß nicht mehr abbringen. Sie wollte sich nicht mit Chemie behandeln lassen, sie wollte in eine Spezialklinik für Naturheilverfahren.

Als ich das erfuhr, spitzte ich beide Ohren, und fortan nutzte ich jede Gelegenheit, um mit Roswitha allein zu sein. So mühsam es auch war, im Laufe der Zeit erfuhr ich doch manch wissenswertes Detail über diese alternative Behandlungsmethode. Roswitha hatte sich nämlich bestens informiert.

Doch so sehr die gute Roswitha mein Wissen auch erweiterte, ich blieb unschlüssig. Ich konnte mir einfach nicht vorstellen, daß hochentwickelte Industrieländer Millionen in die Krebsforschung investierten, wenn das eigentliche Heil im Storchschnabelkraut lag. Daß diese Geschichte auch noch einen ganz anderen Aspekt hatte, erfuhr ich dann an dem Morgen, an dem Roswitha die Klinik auf eigene Verantwortung verließ.

»Ich ... äh ... ich wollte mich verabschieden.« Sie stand in der Tür und lächelte so verlegen, wie es jeder tut, wenn er einen Abschied nimmt, bei dem ihm nicht ganz wohl ist.
»Ich wünsche Ihnen alles Gute!« sagte ich höflich.
»Ach ja!«
Wir reichten einander die Hände, und alsdann schritt Roswitha auf Claudia zu, die im Bett lag und ihr den Rücken zudrehte. »Ach«, meinte Roswitha, »schläft sie?«
»Nee!« keifte Claudia. »Sie is ganz wach.«
»Na, das ist ja ... äh ... schön.«
»Dat is überhaupt nich schön«, schimpfte Claudia weiter, »so wat wie dich geb ich nämlich nich de Hand.«
Roswitha war entsetzt. Sie blickte hilfesuchend zu mir herüber, aber ich wußte auch nicht, was das zu bedeuten hatte. Claudia drehte sich inzwischen langsam um und griente.
»Wovor hasse Angst?« ging sie Roswitha an. »Hasse Angst, dat dir dein Kadaver an irgend 'ne Stelle weh tut, datte 'ne Glatze kriss, dat et kneift, zwackt und juckt? Hasse davor Angst?«
Roswitha stand wie versteinert da. So hatte Claudia leichtes Spiel. Sie packte sie am Kragen und zerrte sie ans Fenster. Dann preßte sie Roswithas Nase fest gegen die Scheibe.
»Da!« fauchte sie und wies auf die Kinderklinik. »Da guck hin! Du has keine Kinder, dat wo nich, aber guckse dir an, die Ströpkes da drüben, guck se dir an und stell dir vor, et wärn deine. – Wenn alle so dächten wie du, dann ging et

denen da drüben inne Zukunft ma genauso beschissen wie uns heute. Lernen müssen de Ärzte, probieren müssen se, wenn se dat nich tun, dann gibt et in tausend Jahrn noch kein Mittel gegen en Krebs. – So, und wenn de jetzt immer noch einen auf Natur machen wills, dann hau ab! Dann vergeß aber nich, dat du et bis, die einen von die Ströpkes da drüben aufet Gewissen hat.«

Mit einer unwirschen Bewegung ließ Claudia ab von Roswitha und legte sich wieder ins Bett. Roswitha selbst kämpfte mit den Tränen. Erst nach einer ganzen Weile hatte sie sich wieder gesammelt. Sie nahm ihre Tasche und ging. Sie starb im Dezember 1977.

Was Roswitha damals so gar nicht beeindruckt zu haben schien, ließ mich fortan kaum noch schlafen. Wann immer ich aus dem Fenster blickte und die Kinderklinik sah, mußte ich an Claudias Worten denken. Es war vielleicht wirklich nur feige und bequem, der Schulmedizin durchs Netz zu schlüpfen. Man dachte dabei nur an sich und nicht an die anderen, oder gar an die, die nach uns kamen. Ich wollte nicht feige sein und erst recht nicht bequem. Trotzdem war ich mir selbst die Nächste, und an dieser Tatsache änderte auch meine Bewunderung für Claudia nichts, der ich eine derart idealistische Einstellung nicht zugetraut hatte. Ich hatte zwar von Anfang an gespürt, daß dieses häßliche Ding etwas Besonderes und Einmaliges war, aber erst jetzt kam ich dahinter, was das war. Diese Claudia Jacoby spielte die Egoistin par excellence, und in Wahrheit war sie die einzige Altruistin, die mir je begegnete. Claudia liebte die Menschen auf ihre Art.

Zwei Tage nach Roswithas Entlassung entdeckte ich dann, wie ernst es Claudia mit ihren Ansichten meinte.

Ihre Remission ging zu Ende, und ihr Kommentar dazu war schlicht und wie üblich geschmacklos. »Scheiße!« sagte sie. Mehr nicht.

Mennert lächelte daraufhin, als wäre das alles gar nicht so schlimm, wie sie dächte. »Echt?« vergewisserte sie sich.

Er nickte.

»Und wat is et?«

»Lassen Sie sich überraschen!«

»Is ja geil!«

Ich hatte weder diese mysteriöse Unterhaltung verstehen noch begreifen können, warum Claudia trotz beendeter Remission über das ganze Gesicht strahlte.

»Was wird denn jetzt?« fragte ich.

»Wat schon!?« erwiderte sie. »Therapie kriech ich, und dann nix wie inne nächste Remission und noch en paar Jährkes leben.«

»Und?«

»Nix und! Dat is so und basta!«

Ich spürte sehr genau, daß Claudia mir etwas verheimlichte, und dieser Verdacht verstärkte sich noch, als Professor Mennert mit ihrer neuen Therapie begann. Sämtliche Gespräche und Behandlungen fanden hinter dicht verschlossenen Türen statt. Niemand wußte, worum es ging. Derweil wurde Claudia immer rüder. Sie duzte ihr unbekannte Universitätsprofessoren auf offener Szene und bombardierte sie mit verbalen Unverschämtheiten. Sie verschwand während der Visite auf unbestimmte Zeit und äußerte zwischen den Mahlzeiten Wünsche, als wäre sie Gast eines Sechs-Sterne-Hotels.

Das Kuriose daran war, daß sich plötzlich niemand mehr darüber aufregte, selbst Schwester Helma lächelte immer nur milde. Eines Morgens lag Claudia mit der brennenden Zigarette im Mund da, während Professor Mennert ihren künstlichen Darmausgang untersuchte. Die Asche schnippte sie lässig in seine Kitteltasche, und als er es bemerkte, lachte er und meinte: »Liebstes Fräulein Jacoby!« Da reichte es mir. Dieses Geschöpf war zwar gekettet an Klinik und Bett, aber inmitten all dieser Ketten war sie frei wie kaum ein anderes Wesen in diesem Universum, und das mußte einen Grund haben.

Claudia grinste nur, als ich sie nach dem Sinn dieser Privilegien fragte.

»Kennse Cäsar und Kleopatra?« fragte sie mich scheinheilig.

»Natürlich!«

»Nee, die kennse bestimmt nich. Dat sind nämlich unsern Professor Mennert seine Lieblingsmäuse, drüben int Labor. – Kennse denn wenichstens Tristan und Isolde?«

»Ja, aber –«

»Auch nich wahr, die kennse auch nich, weil dat nämlich unsern Professor seine Lieblingskarnickel sind. – Hasse immer noch kein Schimmer?«

Ich mußte zugeben, daß ich immer noch nicht begriff. Erst als Claudia mir im Detail berichtete, sah ich Licht: Dieses Mädchen arbeitete für die Forschung. Ohne mit der Wimper zu zucken, ließ sie sich mit Präparaten behandeln, die zuvor ausschließlich an Versuchstieren erprobt worden waren.

»Das ist aber doch wahnsinnig gefährlich«, rief ich.

»Dat ganze Leben is gefährlich, Evken, is ne tödliche Angelegenheit.«

»Ja, aber man muß es doch nicht herausfordern.«

Claudia lächelte nur. »Weiße«, sagte sie leise, »ich nehm mich und mein Kadaver nich so ernst wie ihr. Ich glaub nich, datte Welt untergeht, bloß weil ich int Gras beiß, und mir macht et auch nix aus, wenn ich von die eine oder andre Pille kotzen muß. Zuerst kriegen et de Ratten und de Mäuse, dann de Kaninchen, dann de Affen, und dann schluckt Jacoby. Macht mir nix. Dafür tu ich in die wenige Zeit, die ich hab, wat mir Spaß macht. Und wenn et mir nu grade ma Spaß macht, unsern Behringer innen Arsch zu treten, hat er ebent Pech gehabt. Ich darf dat.«

Ich fand das ungeheuerlich, vor allem aber fand ich es bewunderungswürdig.

»Da bisse nich die einzigste«, sagte Claudia. »Bevor die hier damit einverstanden warn, ham se mich tausend Papierkes unterschreiben lassen, und auf dat Geistige ham se mich auch untersucht. Die wollten sichergehn, dat ich dat freiwillig tu.«

»Tust du es denn freiwillig?« fragte ich.
»Logo!«
»Warum? Warum tust du es?«
Wieder lächelte Claudia, und was sie sagte, sagte sie ohne jede Sentimentalität:
»Weil ich sons eh zu nix mehr taug. Wenn die mit meine Hilfe ne Pille gegen Leukämie finden, dann hat et sich gelohnt, Eva, verstehse? Dann hat dat wat gebracht, dat ich mir in all die Jahre den Arsch hier wundgelegen hab. Wenn nur ein einzigen Menschen nach mir die Seuche überlebt, weil ich mich gequält hab, ... dann war et dat wert!«
Ich schluckte, und ich schämte mich. Vor allem aber traf ich noch in der gleichen Nacht eine endgültige Entscheidung hinsichtlich meiner zweiten Chemotherapie. Claudia hatte mich zutiefst gerührt. Sie hatte mir aber auch mit dem, was sie sagte, und mit dem, was sie mir vorlebte, einen ganz neuen Weg gezeigt. Was immer das Leben mir fortan auch antat, es durfte nicht umsonst geschehen. Bei allem mußte ich an die Menschen denken, die ich liebte, an die Menschen, die nach mir leben und nach mir erkranken würden.

Am Abend vor Beginn der neuen Chemotherapie saß ich dann in meinem Bett und betete inbrünstig. Ich wußte, daß Gott allein mir die Kraft geben konnte, die Hölle einer neuerlichen Behandlung zu überstehen. Ich betete und betete; wenn ich zwischendurch vor Erschöpfung einschlief und dann wieder aufwachte, war ich jedesmal schweißgebadet, und meine Hände zitterten. Ich hatte Angst, Gott würde mich nicht erhören ...

Am nächsten Morgen kam Schwester Helma, beladen mit einem Tablett, auf dem Unmengen kleiner Töpfchen standen.
»So!« flötete sie morgenfroh. »Jetzt werde ich unserer Eva erst einmal die neuen Medikamente zuteilen.«
Auf meinen Nachttisch stellte sie einen Kasten, der über zahlreiche Einteilungen verfügte, die mit den Hinweisen

»morgens«, »mittags«, »abends«, »nachts« überschrieben waren. Bevor ich mir das Ding genauer ansehen konnte, legte Helma bereits los. Über eine Stunde hatte sie gebraucht, um Mennerts Mammut-Therapie im Schwesternzimmer vorzusortieren. Jetzt ließ sie blitzschnell eine Pille nach der anderen in den kleinen Kasten fallen, und ebenso blitzschnell sprach sie dabei, es klang wie das Rattern eines Maschinengewehrs:

»Die nehmen Sie morgens, die nehmen Sie mittags, die nehmen Sie abends. Diese hier morgens und abends. Die nur morgens. Die mittags. Das ist das Ovulum. Die nehmen Sie abends. Die nehmen Sie mittags und abends, und die hier, die nehmen Sie jetzt gleich!«

Sie drückte mir eine ganz besonders schöne, orangefarbene Tablette in die Hand, und dabei strahlte sie wie nie zuvor.

»Alles klar?« erkundigte sie sich beiläufig.

»Ich denke, schon, ... ich kann ja lesen.«

Es freute Helma, das zu hören, und dieser Freude verlieh sie Ausdruck, indem sie ging. Zurück blieben eine »brüllende« Claudia und eine überaus verwirrte Eva.

Nacheinander nahm ich die bunten Pharma-Drops in Augenschein. Einerseits faszinierten sie mich in ihrer farblichen und formalen Vielfalt, andererseits ängstigten sie mich. So klein und unscheinbar sie auch waren, konnten sie doch mehr Unheil anrichten als die feuerspeienden Drachen aus den Märchen meiner Kindheit. Dennoch überwand ich mich, mein Entschluß stand schließlich fest.

Die nachfolgenden Stunden schleppten sich dahin. Sobald ich eine der Tabletten geschluckt hatte, lag ich starr da in Habacht-Stellung, auf alles gefaßt. Ich wartete auf einen Krampf im Herzen, auf ein erstes Brennen in der Blase, auf ein erstes Zwacken im Darm. Aber nichts dergleichen geschah.

»Is doch auch noch viel zu früh!« meinte Claudia gelassen. »Musse en bißken Geduld ham, Evken, dat kommt scho noch!«

Ich blickte strafend zu ihr hinüber. Sie tat gerade so, als wäre ich wild auf all diese Zipperleins. So war das ja nun nicht. Ich konnte sehr gut ohne Schmerzen leben. Ich fand lediglich, ein kluger Mensch müßte vorbauen.

Am späten Abend bekam ich Gelegenheit, diese Taktik auszuleben. Von einem Augenblick auf den anderen überfiel mich eine Übelkeit, die in jeder Hinsicht unvergleichlich war. Mein Magen schwoll an, als wollte er den gesamten Bauchraum erobern, das konnte ich nicht nur fühlen, das war zu sehen. Mit letzter Kraft stolperte ich zur Toilette und steckte mir den Finger in den Hals. Alsdann ergoß sich eine Flut weißen Schaums.
»Wat is dat denn?« staunte Claudia. »Hasse inne Seife gebissen?«

Mir war nicht zum Scherzen zumute, aber die Frage schien durchaus berechtigt. Was da aus mir herausschäumte, sah aus wie eine Überdosis Persil, Dash oder Omo. Es dauerte etwa eine halbe Stunde, danach war alles vorüber.

»Was kann das nur gewesen sein?!?« sinnierte ich.

»Keine Ahnung!« erwiderte Claudia. »Son Zeuch ham se bei mir noch nich probiert. Ich kenn ne Menge, aber so wat? Nee! – Willse nich lieber Bescheid sagen?«

Das wollte ich auf keinen Fall, nichts lag mir ferner. Als es am zweiten, dritten und vierten Tag wieder passierte, blieb mir jedoch gar nichts anderes mehr übrig. Die Schaumwogen rissen nämlich das Abendessen mit sich fort, und das konnte ich mir bei meinem Kindergewicht einfach nicht leisten.

Helma erstarrte förmlich, als sie den weißen Schaumteppich sah. Sie verpaßte mir ein Mittel gegen Übelkeit, und kurz darauf erschien ein völlig verwirrter Professor Mennert.

Er seufzte tief. »Kam diese Übelkeit plötzlich?« fragte er nach einem tiefen Seufzer.

Ich nickte. »Kurz nachdem ich die dicke, weiße Tablette

genommen habe«, erklärte ich ihm. »Das geht schon die ganzen Tage so, ich wollte nur nicht –«

»Welche dicke, weiße Tablette?« unterbrach er mich.

Jetzt, wo ich sie bereits geschluckt hatte, konnte ich sie nicht noch genauer beschreiben.

»Na, die dicke ...«, stammelte ich mit wachsender Verzweiflung, »... die weiße ...!«

Mennerts Gesichtsausdruck verwandelte sich in ein Mahnmal der Ratlosigkeit. Er bat Helma um den Therapieplan und ging ihn Punkt für Punkt durch. Helma stand am Fußende meines Bettes und trat nervös von einem Bein aufs andere. Ihre Hände umklammerten das Bettgestell so fest, daß die Knöchel weiß hervortraten.

»Ich habe ihr nur das gegeben, was Sie aufgeschrieben haben, Herr Professor!«

»Das will ich hoffen.«

»Und daß ich einen Fehler gemacht habe, kann ich mir nicht denken.«

»Das will ich auch nicht hoffen, Schwester Helma!«

Mennert hielt wohl nicht gerade viel von Menschen, die sich verteidigen, bevor man sie angegriffen hat. Das ließ er merken. Nach einer Weile blickte er mich ruhig an.

»Tja, Eva. Sie bekommen keine dicke, weiße Tablette. Da müssen Sie sich irren. Vielleicht meinen Sie –«

»Ich weiß doch wohl, was ich schlucken muß«, gab ich aufgebracht zurück. »Ich spreche von einer dicken, weißen Tablette. Die ist so länglich, eckig ...«

Ein Schrei des Entsetzens durchflutete den Raum, und Schwester Helma lehnte leichenblaß an der Wand.

»Oh Gott!«, stieß sie aus, »die meint das Ovulum, Herr Professor, die meint das Vaginal-Ovulum.«

Claudia brach in ohrenbetäubendes Gelächter aus. Sie »brüllte« wie nie zuvor, und es schien, als brächte diese Erheiterung ihr schmächtiges Körperchen auch noch um die letzten Kräfte. Mennert sah verdutzt zu Schwester Helma, die mittlerweile rot angelaufen war.

»Aber Eva«, meckerte sie mich an, »dieses Ovulum sollen

Sie nicht schlucken, das sollen Sie in die Scheide einführen. Das ist ein prophylaktisches Präparat.«

Mir wurde heiß und kalt zugleich, und ich schämte mich fast zu Tode. »Warum sagt mir das denn niemand?« stammelte ich nur. Aber Mennert ergriff väterlich meine Hand und sandte Helma einen eindeutigen Arbeitgeberblick. »Das würde ich allerdings auch gern wissen!« sagte er dabei.

Das beruhigte mich ein wenig, es gab mir das sichere Gefühl, nicht allein für diese Peinlichkeit verantwortlich zu sein.

»Wissen Sie«, ließ Mennert mich wissen, »ein paar der Medikamente wirken negativ auf die Vaginalflora. Die kann dann austrocknen, und das führt zu Entzündungen. Das Ovulum wirkt dem entgegen, weil es –« Claudia kreischte so laut auf, daß Mennert das Wort im Halse steckenblieb.

»Dat schäumt«, beendete sie seinen Satz, »dat schäumt und schäumt und schäumt ...!«

Ihr Lachen erreichte seine Climax und wurde zu einem einzigen grölenden Signalton. Ich konnte das nicht ertragen, mir war die Geschichte so schon unangenehm genug.

»Hör auf!« brüllte ich sie deshalb an. »Hör auf!!!«

Das wirkte anders, als ich erwartet hatte. Claudia zeigte mit dem Finger auf mich, ringelte sich wie eine altersschwache Natter, und dabei lachte sie unverdrossen weiter. Mennert konnte sich diesem spektakulären Humor kaum entziehen. Ich sah, daß er alle Mühe hatte, nicht in das Gelächter einzustimmen. Sein Bauch vibrierte, seine Gesichtsmuskeln zitterten, aber er wollte mich wohl nicht noch mehr verletzen.

Helma stand derweil da wie eine Trauerweide, was mich erheiterte. Diese Frau zeigte nie eine wirkliche Regung, sie war immer nur voller Andeutungen. Tausend verschiedene Gefühle waren ansatzweise in ihrem Gesicht zu lesen, aber niemals brach auch nur ein einziges durch.

Da ging mir ein Licht auf: Man mußte auch einmal über sich selbst lachen können, schließlich schluckte man nicht alle Tage Vaginalovula, um wie eine defekte Waschmaschine zu schäumen. Aus tiefster Seele stimmte ich in Claudias Gelächter ein, und Mennert dankte es mir mit einem Augenzwinkern. Endlich brauchte auch er sich nicht länger zu beherrschen.

Wir lachten noch eine ganze Weile laut und herzlich. Schwester Helma sah uns mißbilligend dabei zu, ganz so, als hätte sie es mit einer Gruppe unmündiger Kindergartenkinder zu tun.

15

Frau Gruber hatte sich seit ihrem ersten Besuch nicht mehr bei mir sehen lassen. Wir telefonierten hin und wieder miteinander, aber mit der Zeit wurden auch diese Anrufe immer seltener, und das bedrückte mich. Ich hörte zwar regelmäßig von Jimmy und Peter, was los war, und auch Hilary kam mal zwischendurch vorbei, aber die moralische Unterstützung meiner Ballettmeisterin konnte mir das nicht ersetzen. Das kam ihr wohl irgendwann zu Ohren, und so ließ sie sich herab, mich auf meiner »Siechenstation« zu besuchen.

Sie sprach zu mir, als hätte sie es mit einer geistig und körperlich Behinderten zu tun, und dabei vermied sie es, mich anzusehen, denn ich entsprach wohl nicht mehr ihren ästhetischen Richtwerten. Dennoch wollte ich sie über meine Situation informieren.

»Die zweite Therapie vertrage ich jetzt gut«, sagte ich. »Wenn alles klappt, bin ich Weihnachten wieder gesund und kann im März schon wieder –«

»Laß dir Zeit, Eva, laß dir um Himmels willen Zeit!«
»Aber –«
»Was meinst du, was im Theater los ist? Da geht es drunter und drüber. Jimmy will –«

»Hat er meinen Vertrag eigentlich verlängert?« unterbrach ich sie.

Sie ließ sich aber nicht unterbrechen.

»Jimmy will einen neuen Ballettabend machen«, fuhr sie statt dessen ohne Pause fort. »Und ich soll nun – aber das zu erzählen, regt mich viel zu sehr auf. Du kannst dir ja gar nicht vorstellen, was für Probleme ich habe, ich habe Probleme, sage ich dir ...«

Es war peinlich, Frau Grubers Stimme war schrill und laut, ihre Gesten überzogen.

»Is die immer so gewesen?« fragte Claudia, nachdem sie fort war.

Ich nickte. »Es ist mir früher nur nie so aufgefallen.«

»Wars wahrscheinlich genauso. Kein Spinner merkt, wenn er et mit nen andern Spinner zu tun hat, is ja eine Suppe!«

Claudia hatte recht, das war mir damals schon klar. Frau Gruber hatte mir auf keine meiner Fragen eine Antwort gegeben. Das brachte mich um den Schlaf. Ich spürte genau, daß sich hinter meinem Rücken irgend etwas abspielte, von dem ich vermutlich vorerst keine Ahnung haben sollte. Deshalb rief ich gleich am nächsten Morgen Jimmy an und versuchte, ihn auszuhorchen, aber der tat so, als wüßte auch er von nichts. Da war ich erst einmal beruhigt. Außerdem kamen plötzlich ganz andere Dinge auf mich zu.

»Groß-Untersuchung bei den Gynäkologen!« – Als Professor Mennert mich fragte, ob ich damit einverstanden wäre, hatte ich keine Ahnung, worauf ich mich da einließ. Arglos unterschrieb ich zahlreiche Formulare, die ich mir nicht einmal durchlas. Erst als Claudia vor Neid fast platzte, kamen mir Zweifel an der Richtigkeit meines Entschlusses.

»Dat is super!« schwelgte sie. »Da sind ganz viele Männer, und die untersuchen dich alle, einen nach den andern. Eva, ich sach dir: Super is dat!«

Einerseits konnte ich mir das kaum vorstellen und hielt es für eine Art Wunschdenken, mit dem Claudia ihre heimlichen sexuellen Wahnvorstellungen bereicherte. Andererseits ahnte ich Schreckliches, denn sie nahm die Sache äußerst ernst, und in solchen Fällen war immer erhöhte Vorsicht geboten. So gab sie mir »wertvolle« Tips, wie: Ich solle mich vor dem großen Ereignis per Handbetrieb stimulieren, um es dann auch richtig zu »genießen«. Allein der Gedanke daran ließ mich schon die Gesichtsfarbe wechseln. Als mir ihre Schilderungen allzu farbenprächtig wurden, machte ich ihr einen gutgemeinten Vorschlag. »Wie wäre es, wenn du meinen Platz einnehmen würdest«, sagte ich. »Ich bleibe hier in meinem Bett und schlafe, und du gehst rüber zu den Gynäkologen und genießt!«

Soviel Großzügigkeit rührte Claudia zu Tränen. »Würdese dat echt für mich tun?« fragte sie.

»Echt!«

Aber schon im nächsten Moment wandelte sich die Rührung in bittere Enttäuschung. »Scheiße!« knurrte sie. »Dat merken die, dat ich nich du bin. Die kennen mich, dat merken die bestimmt!«

In der Patientensprache wurde der Fachbereich Gynäkologie »Pflaumenbörse« genannt. Der Untersuchungsstuhl hieß »Pflaumenbaum«, der Chefarzt trug den wenig schmeichelhaften Beinamen »Frauenmörder«. Den Oberarzt aber nannte man »El Brutalo«.

Was das alles zu bedeuten hatte, wußte ich nicht, es schreckte mich aber auch nicht. Geredet wurde viel.

So wartete ich geduldig, bis ich an der Reihe war, und ließ mich von einer Krankenschwester in den Untersuchungsraum führen. Hinter einem Paravent mußte ich mich »unten« freimachen, und alsdann bockte sie mich formschön auf besagtem Pflaumenbaum auf und stellte mir jede Menge Fragen.

»Wann hatten Sie zum ersten Mal Ihre Periode? – Wann hatten Sie zum letzten Mal Ihre Periode? – Nehmen Sie Hormone? Hatten Sie Fehlgeburten oder Abtreibungen?« Und so weiter. Bevor ich mich an den Stil dieser Inquisition gewöhnen konnte, flog die Tür auf, und angeführt vom »Frauenmörder«, betrat ein Rudel weißer Kittel den Raum. Es waren etwa dreißig oder vierzig Männer, und im ersten Moment hielt ich es glatt für eine Vision.

»Achtzehnjährige Virgo Intacta«, lautete die Begrüßung, »meine Herren, bilden Sie bitte einen Halbkreis!«

Man bildete, und fortan galt das Interesse nur noch meinem intakten Genitale. So etwas hatten die Herren im Halbkreis schon lange nicht mehr gesehen. Ihre Klinik war damals im Umkreis von vielen Kilometern das einzige Krankenhaus, das Schwangerschaftsabbrüche im Rahmen der sozialen Indikation vornahm.

Nachdem der Status meiner Jungfräulichkeit im einzelnen und im allgemeinen gewürdigt worden war, wollte der Herr Professor zur Tat schreiten.

»Hören Sie«, hielt ich ihn zurück, »jetzt will ich mich aber nicht umsonst bemüht haben. Wenn Sie mir jetzt alles ruinieren, ich meine ... das will ich dann schriftlich, daß Sie das waren.«

»Warum das denn?« fragte ein Mann, der gerade erst hereingekommen war.

»Na ja«, stotterte ich, »wenn ich mal heirate ...!«

Der Mann war fassungslos. Er stellte sich mir als Oberarzt vor, und folglich wußte ich, mit wem ich es zu tun hatte: Vor mir stand El Brutalo, der Mann, über den hinter vorgehaltener Hand soviel geredet wurde.

»Sie haben also ernsthaft Angst, daß wir Sie hier deflorieren?« fragte er voller Zynismus.

»Daß Sie mich was?«

»Daß wir Sie bei der Untersuchung entjungfern!« übersetzte der Frauenmörder.

»Davor habe ich keine Angst«, erwiderte ich kühl. »Das verbitte ich mir.«

El Brutalo grinste mir unverschämt ins Gesicht. In der Klinik galt er allgemein als Schwerenöter. Angeblich hatte er von drei geschiedenen Ehefrauen jeweils drei Kinder, und angeblich gab es in der gesamten Klinik keinen Rock, der vor ihm sicher war. Das alles glaubte ich gern, als ich sein unverschämtes Grinsen sah. Ich kochte nahezu vor Wut. Da wurde dieser Mensch auch noch anzüglich.

»Ihre Hymen«, erklärte er mir grinsend, »die sind im Verlauf der Jahre schon aufgrund des Hochleistungssports stark geschrumpft.«

»Was?« keifte ich.

»Ja, bei soviel Spagat und ›Hoch das Bein!‹ bleibt das nicht aus.«

»Und woher wissen Sie dann so genau, daß ich eine Intacta bin?« Ich wollte nicht glauben, daß irgend etwas an mir geschrumpft sein könnte.

Wieder war es der Frauenmörder, der Licht in das Dunkel brachte. »Sie haben eine extreme Hymenverwachsung«, sagte er. »Ihre Jungfernhäutchen haben sich in der Mitte zu einem festen Hautlappen verbunden. Wir können ungehindert daran vorbei untersuchen, das ist kein Problem. Aber für den Fall, daß Sie mit einem Mann Verkehr haben wollen, würde ich Ihnen raten, das vorher operativ durchtrennen zu lassen, sonst bekommen Sie einen Schock, denn –«

»Hier wird nichts durchgetrennt!« fuhr ich ihm schroff in die Parade.

»Ich spreche ja auch nicht von hier und jetzt, ich meine – «

»Wenn Sie verheiratet sind!« beendete El Brutalo den Satz. Dabei grinste er wieder so unverschämt, und ich hätte ihm am liebsten eine Ohrfeige verpaßt.

Der Herr Professor räusperte sich. »Nun«, meinte er ungeduldig, »ich nehme an, sämtliche Unklarheiten sind jetzt beseitigt ... Frau Martin?«

Ich seufzte wie die berühmte Prinzessin auf der Erbse, und er nahm diese Hingabe dankend zur Kenntnis. Er spielte mit den Fingern, als ginge es an Tschaikowskys *Klavierkonzert Nr. 1 B-moll*.

Während er mit dem Zeiger seiner rechten Hand in meinen Eingeweiden herumstocherte und mit der linken Hand und seinem gesamten Körpergewicht auf den gleichen Eingeweiden herumdrückte, fragte ich mich, was Claudia daran wohl finden mochte. Es war mir jetzt noch rätselhafter als vorher, denn ich selbst empfand überhaupt nichts. Dieses Gestochere und Gedrücke bereitete mir weder Vergnügen noch Lust. Es war mir nicht einmal peinlich. Daran änderte sich auch nichts, als der Frauenmörder fertig war und der wissenschaftliche Nachwuchs an die Reihe kam. Nacheinander bauten sich die weißen Kittel vor mir auf und senkten mit einer mir völlig unverständlichen Verlegenheit den Blick. »Tja ... äh ... ich ... darf ich mal?«

Ein etwaiges Nein meinerseits hätte zwar keinen Einfluß auf den Gang der Dinge genommen, aber man wollte mir wohl das Gefühl geben, ein Wörtchen mitreden zu dürfen. Also tat ich den Knaben den Gefallen und spielte mit.

Da ihr Durchschnittsalter etwa bei fünfundzwanzig Jahren lag, klang mir während der gesamten Prozedur Papas Lieblingssatz in den Ohren: »Laß da keinen Stümper ran!« Jahrelang war ich eine folgsame Tochter gewesen, jetzt war ich gleich einer ganzen Horde von Stümpern ausgeliefert. Das war das einzige, woran ich denken konnte.

Nach etwa fünfzehn Fingern verschiedener Größe baute sich El Brutalo vor mir auf. Er war der letzte im Bunde, und er hatte eine äußerst dankbare Aufgabe. Sein Chef hatte sich vorab eine Meinung gebildet und diese für sich behalten, der Nachwuchs hatte raten dürfen, und jetzt verteilte El Brutalo die Punkte. In dieser Rolle gefiel er sich sehr. Er hielt lange Reden über meine Ovarien, meine Tuben und meinen Uterus, er sprach über Nebenwirkungen der Chemotherapie, über Auswirkungen meiner Krankheit und über Nachwirkungen meiner durch den Hochleistungssport verzögerten Pubertät, es war ein wahrer Wortschwall in lateinischer und griechischer Sprache. Als er geendet hatte, sah er mich wieder so unverschämt an. Er vermutete wohl, daß ich kein einziges Wort verstanden hatte, und faßte das Ergebnis seiner Untersuchung in zwei simple Worte.

»Alles da!« meinte er.

Das kam mir vor wie ein Schlag ins Gesicht. »Wie?« hauchte ich ergriffen.

»Es ist alles da!« wiederholte er.

»Ja, hatten Sie denn befürchtet, man hätte mich bestohlen?«

Die Ärzteschar im Halbkreis brach in schallendes Gelächter aus. El Brutalo selbst war konfus. Betrübt blickte er auf seine Fußspitzen, und sein Chef befreite ihn von dem Lachkonzert, indem er rigoros zum Aufbruch blies. Alsdann bereiteten mir die weißen Kittel ein klassisch schönes Defilee. Man wünschte mir alles Gute, einen schönen Tag oder gute Besserung, was man halt so wünscht, wenn man im Grunde nichts wünscht. El Brutalo und die Krankenschwester blieben zurück, und als ich wieder angezogen war und hinter dem Paravent vorkam, war die Krankenschwester ebenfalls fort, und El Brutalo saß am Schreibtisch. Er brütete über einer Notiz, und ich setzte mich zu ihm, um mir diesen Ausbund von Unverschämtheit genauer anzusehen.

Eine Männerschönheit wie Bertram Schuster war er nicht, aber trotzdem war er auf sonderbare Weise attraktiv. Er hatte dunkelblondes Haar, das offenbar nach dem Kochtopf-Verfahren geschnitten wurde. Was überhing, kam ab, alles andere blieb hängen, Spannkraft und Fülle ließ diese Frisur vermissen. Seine Augen hatten jenes Durchschnittsblau, das siebzig Prozent aller deutschen Männer mit sich herumschleppen, die Nase war hart und hätte eigentlich in das Gesicht eines Schwerverbrechers gehört, der Mund war weich und samtig wie der eines Mädchens.

Nichts schien zueinander zu passen, aber gerade darin lag der Reiz. Dieser Mann hatte etwas ewig Jungenhaftes an sich, etwas Lausbübisches.

Daß ich ihn unter die weibliche Lupe nahm, entging ihm natürlich nicht. Es amüsierte ihn prächtig.

»Haben Sie besondere Fragen?« erkundigte er sich galant.

»Nein!«

»Wirklich nicht? Ich bin einen Meter achtundneunzig groß, wiege neunzig Kilogramm, trage Schuhgröße vierundvierzig, ... haben Sie wirklich keine weiteren Fragen?«

Ich mußte mich beherrschen, kühl zu bleiben, aber es gelang. Ohne ein Wort nahm ich ihm die Notiz aus der Hand und ging Richtung Tür.

»Warten Sie«, hielt er mich im letzten Moment zurück. »Bitte!«

Wenn ich geahnt hätte, was mir bevorstand, wäre ich vielleicht nicht stehengeblieben. Ich ahnte aber nichts, und deshalb blieb ich stehen, drehte mich um und sah dem attraktiven El Brutalo in die Augen.

»Ich muß noch Ihre Brust untersuchen«, sagte er charmant. »Machen Sie sich bitte frei!«

Das hielt ich natürlich für eine Masche und ihn für einen ausgemachten Lüstling. Entsprechend gelangweilt war meine Miene, als ich Pulli und Büstenhalter auszog und ihm Fräulein Knospe entgegenhielt. Viel hatte ich nicht zu bieten, aber El Brutalo widmete selbst diesem Hauch von Pelle größte Aufmerksamkeit. Er knetete sie von allen Seiten.

Plötzlich hielt er inne. »Gehen Sie bitte mal rüber zur Mammographie!«

»Jetzt?« fragte ich erstaunt.

»Sofort!«

Sein Männercharme verschwand rückstandslos, und er war nur noch Arzt. Das machte mir angst, und so zögerte ich geraume Zeit.

»Bitte, Frau Martin!« drängte er mich.

»Was ... was ist denn?«

»Ein Knoten. Ich kann nichts Genaues sagen. Bitte!!!«

Der Gedanke an einen Knoten in der Brust löste Panik in mir aus. Ich empfand meinen Busen zwar nicht gerade als Symbol meiner Weiblichkeit, aber deshalb war er mir noch lange nicht gleichgültig. Während ich im Wartezimmer der Mammographie saß, mußte ich daran denken, wie ich meinen Busen bekommen hatte. Das war binnen weniger Wochen geschehen, und ich war damals erst süße elf Jährchen alt gewesen. Mein Vater war mächtig stolz auf dieses frühe und rasante Wachstum, und er erstellte eine optimistische

Hochrechnung; die sich jedoch als klare Fehlkalkulation erwies. Ich wurde kein neues Busenwunder. Die Büstenhalter, die ich als Elfjährige gezwungenermaßen getragen hatte, trug ich jetzt immer noch. Es war die kleinste auf dem Markt befindliche Größe, darunter gab es nur noch Druckknöpfe.

Nachdem ich mir über dieses und ähnliches lang genug den Kopf zerbrochen hatte, fand ich mich schließlich in einem stockfinsteren Raum vor einer wenig vertrauenerweckenden Apparatur wieder. Eine Schwester namens Else entzündete eine Art Notlicht und bat mich, ganz locker und entspannt zu sein.

»Ist nur eine Kleinigkeit!« sagte sie.

Dann schlug die schwärzeste Stunde ihres Schwesterndaseins.

Einen Busen meines Kalibers in einen Mammographen zu verfrachten, war fast ein Ding der Unmöglichkeit. Dessen war sich Schwester Else zwar schon nach den ersten gescheiterten Versuchen bewußt, aber da sie ein zielbewußter Mensch war und eben noch behauptet hatte, es wäre nur eine Kleinigkeit, gab sie so schnell nicht auf. Sie tat alles, was in ihrer Macht stand, sie plättete das Ding wie ein Herrenoberhemd, sie riß daran, als wäre es ein Schiffbrüchiger, der an Land gehievt werden mußte, sie preßte es zusammen, um auch noch die verborgenste Fettzelle zur Mitarbeit zu bewegen, aber es nutzte nichts. Immer wenn das leidige Dingelchen endlich unter der Platte lag, mußte ich mich leicht abdrehen, stieß mit dem Brustbein gegen den Apparat und – aus der Traum.

Während ich darüber vor Schmerzen jaulte, schwitzte die gute Else Blut und Wasser. »Sie haben aber auch einen Miniaturbusen«, fluchte sie. »Der Doktor sagt, da wäre ein Knoten drin. Also, wenn da auch noch ein Knoten drin ist, wo doch sonst schon nichts dran ist ... dann heiß ich Jupp!«

Etwa eine Stunde später stand das Ergebnis fest. Schwester Jupp erfuhr es als erste.

Ich selbst hatte es von Anfang an geahnt. Es war eine hysterische Ahnung, die mich von Kopf bis Fuß erzittern und in Gedanken rasen ließ. Ich wußte kaum, wie ich den nächsten Augenblick, geschweige den restlichen Tag durchstehen sollte.

Auf dem Rückweg durch den Park suchte ich pausenlos nach einem tröstenden Einfall. Ich versuchte, mir einzureden, man hätte bestimmt schon mal anderswo auf der Welt von einer einbrüstigen Primaballerina gehört, und daß es gar kein Problem wäre, Kostüme und Trikots auszustopfen. Ich träumte von Bergen blütenweißer Watte, mit der man kaschieren konnte, was fehlte. Aber all das machte mich nicht ruhig. Im Gegenteil, es regte mich nur noch mehr auf, denn noch konnte ich nichts anderes tun als warten und hoffen.

Am Ende meiner Kräfte setzte ich mich schließlich auf eine Bank.

Schon am Morgen hatte ein scharfer Wind geweht. Jetzt war er noch schärfer geworden, mein Haar flatterte, und ich fröstelte und fühlte mich sterbenselend. Daher erweckten die vorbeigehenden Frauen und Mädchen wohl auch einen solchen Haß in mir. Ich sah, daß sie ihre Brüste mit fast peinlicher Auffälligkeit vor sich hertrugen. Einige hatten Kleider am Leib, deren Ausschnitte so tief waren, daß ich bis auf den Nabel zu sehen glaubte. Soweit mein Auge reichte, sah ich Brüste. Große, kleine, dicke, dünne, lange, runde, aber keine schönen. Schön erschienen mir nur noch meine eigenen. Sie waren die einzigen in dieser Welt, die es verdienten, unter Naturschutz gestellt zu werden, sie waren die einzigen, die man hätte vorführen dürfen.

Als mir bewußt wurde, was ich da dachte, schämte ich mich so sehr, daß ich am liebsten in Tränen ausgebrochen wäre.

Aber ich mußte hassen, um nicht an meiner Angst zu ersticken. Erst nach einer ganzen Weile faßte ich mich und ging zur Station zurück. Die Fußgelenke zitterten, die Knie waren weich wie Butter, und die Hüftgelenke spürte ich nicht einmal.

Als ich gegen Mittag auf die Station zurückkam, war gerade Essenszeit. Es herrschte eine befremdende Ruhe, kein menschlicher Laut war zu hören, nur das Schaben und Kratzen von Besteck und das dumpfe Klappern des überdicken Klinikporzellans. Die Küchenschwester hatte mein Essen warmgestellt, aber ich hatte keinen Appetit.

Claudia war nicht im Zimmer. Sie hatte am Morgen eine ihrer Mäuse-Infusionen bekommen und war anschließend aufgebrochen zu einem Zug durch die Gemeinde.

Im Grunde war ich dankbar dafür. Wäre sie dagewesen, hätte ich ihr alles erklären müssen. Aber ich konnte nichts erklären, denn ich verstand das alles ja selbst nicht. So setzte ich mich langsam auf die Bettkante und starrte aus dem Fenster. Ich wollte weinen und all meinen Jammer und all meine Angst in die Welt hinausschreien. Ich wollte zusammenbrechen. Endlich wollte ich zusammenbrechen und darauf warten, daß mir jemand zu Hilfe kam. Ich wollte schwach sein, endlich wollte ich schwach sein. Da sah ich den Brief. Er lag weiß und ausreichend frankiert auf meinem Nachttisch, und er war von meiner Ballettmeisterin, das sah ich auf den ersten Blick. Mit zitternden Händen öffnete ich ihn.

»Meine liebe Eva«, hieß es da. »Es fällt mir schwer, Dir zu schreiben, denn ich weiß, wie sehr Du leiden wirst, wenn Du erfährst, was ich Dir zu sagen habe. Es hilft aber nicht, Wahrheiten zu verschweigen. Deshalb habe ich beschlossen, ehrlich zu sein, und ich bin überzeugt, daß Du es verstehen wirst.

Du weißt so gut wie ich, daß der Beginn Deiner Krankheit zugleich das Ende Deiner Karriere war. Das Theater hat Deinen Vertrag für die kommende Spielzeit nicht verlängert, und selbst wenn Du wieder völlig gesund würdest, hätte es keinen Zweck, diese Gesundheit für hartes Training und ein entbehrungsreiches Leben neuerlich aufs Spiel zu setzen.

Ich hätte Dir das schon bei meinem letzten Besuch sagen müssen, aber Du weißt ja, wie mich Krankenhäuser deprimieren. Deshalb werde ich auch nicht wiederkommen. Du kannst mir aber jederzeit schreiben oder mich anrufen, wenn Du mich brauchst. Solltest Du wieder gesund werden, bin ich selbstverständlich für Dich da, so viele Jahre lassen sich nicht so einfach auswischen.

Deine Ärzte und Deine Eltern hatten mich davon abhalten wollen, Dir diesen Brief zu schreiben. Sie hielten den Zeitpunkt für ungünstig und Dich für zu labil. Daß ich mich darüber hinweggesetzt habe, zeigt Dir, für wie stark ich Dich halte. Du wirst auch mit der Wahrheit leben können, dazu brauchst Du keinen Traum. Ich hätte es als verlogen betrachtet, Dir den Rückweg in Deine alte Welt offenzuhalten. Den gibt es nicht. Junge, begabte Tänzerinnen gibt es indes wie Sand am Meer. Sie sind eine wie die andere hübsch und gesund, und kein Theater der Welt wartet auf eine von einer Krebserkrankung Geheilte. Dem mußt Du ins Auge sehen. Da Du aber nie weltfremd warst, bin ich zuversichtlich.

Wie sehr Dich das trotz allem treffen wird, ist mir klar. Sei tapfer, liebe Eva, und leb das Leben, das Dir bestimmt ist. Gib es nicht auf, bevor es Dich aufgibt, und vergiß nie, daß Du in mir eine zwar harte, aber dennoch zu Dir stehende Freundin hast. Alles Liebe, Deine Natascha Gruber.«

Das waren sie also, Frau Grubers letzte Worte an mich, und sooft ich diese letzten Worte auch las, verstehen konnte ich sie zunächst nicht. Die Zeilen verschwammen mir vor den Augen, und an den entscheidenden Stellen lag alles unter einem undurchdringlichen Dunstschleier, so daß ich von vorn beginnen mußte.

Frau Gruber gab mich auf? Das konnte nicht sein. Ich brauchte sie doch für meine Zukunft. Wenn ich diese Klinik verließ, würde ich ein gezieltes Training benötigen, um wieder in Form zu kommen. Sie konnte mich also gar nicht aufgeben, sie durfte mir höchstens schreiben, abschreiben durfte sie mich nicht. Sonst hatte ich ja keine Zukunft mehr, nichts, um das es sich zu kämpfen lohnte.

Daß das Theater mir gekündigt hatte, konnte erst recht nicht sein. Ich hatte einen Vertrag, und wenn ich erst mal wieder richtig in Form war, müßte ich doch irgendwohin, ich würde eine Bühne, Publikum und Licht brauchen, um zu tanzen. Das konnte man mir doch nicht einfach nehmen, das durfte man mir doch nicht antun, das ... oder doch?

Ich rauchte eine Zigarette nach der anderen und wunderte mich, daß ich nicht weinen konnte. Der Schmerz saß zu tief. Er war umhüllt von Haß und Abscheu, von Unsicherheit und einem Gefühl des Verlassenseins.

Fremde Menschen hatten mir mein Leben genommen. Sie hatten den Überlebenskreislauf, den ich mir vor Monaten unter Mühen geschaffen hatte, durchbrochen und mutwillig zerstört. Ich hatte wieder tanzen wollen, um als gesunder Mensch zu leben. – *Aus.* – Ich hatte leben wollen, um wieder gesund zu werden und tanzen zu können. – *Aus.* – Ich hatte gesund werden wollen, um wieder tanzen zu können und damit auch endlich wieder zu leben. – *Aus.* – Ich konnte nur noch gesund werden und leben, aber ein Leben ohne das Ballett war in meinen Augen kein Leben. Es hatte keinen Sinn mehr, ich konnte aufgeben, mich fallenlassen, der Kampf war vorüber, das Spiel war aus, ich hatte verloren.

Stundenlang saß ich so da und starrte vor mich hin. Den Brief von Frau Gruber faltete ich sorgsam zusammen und legte ihn in den Nachttisch. Danach lauschte ich gedankenverloren Tschaikowskys *Pathétique*. Es sollte mein Schwanengesang werden, mein einsamer Abschied von einem Traum. Ich stellte mir vor, ich wäre tot, und plötzlich faszinierte mich diese Vorstellung. Ich sah Frau Gruber und die lieben Theaterkollegen hinter meinem Sarg stehen, heulend und zähneklappernd, von Kopf bis Fuß schwarz gewandet und von nagenden Gewissensbissen gepeinigt. Dabei wußte ich im Grunde ganz genau, daß das bloßes Wunschdenken war. Keiner von diesen Leuten würde hinter meinem Sarg gehen. Sie würden beim Training oder bei der Probe sein und keine Zeit haben, und selbst wenn sie kämen, würden sie in ihrer Straßenkleidung erscheinen, bunt wie die Harlekine. Keiner würde weinen. »Gut, daß sie es hinter sich hat!« würde man sagen, und niemand hätte Gewissensbisse.

Am Nachmittag kam Doktor Behringer. Sein betrübtes Gesicht verriet mir auf Anhieb, daß er etwas auf dem Herzen hatte. Der Befund der Mammographie aber war für mich fast nebensächlich geworden, schwerwiegendere Dinge hatten sich inzwischen ereignet, mich konnte jetzt nichts mehr erschüttern.

Behringer, der von alldem nicht die geringste Ahnung hatte, bemühte sich derweil sichtlich um die rechten Worte. Er wollte es mir natürlich so schonend wie möglich beibringen.

»Darf ich die Musik abstellen?« ging er es an.

Ich nickte.

»Darf ich denn auch Platz nehmen?«

Daß er endlich einmal fragte, bevor er sich setzte, war ein Lächeln wert.

»Wie geht's?«

Ich schwieg, und sein Gesicht bekam einen gequälten Ausdruck.

»Das ist auch eine Antwort«, meinte er. Dann seufzte er und blickte erst einmal ausgiebig aus dem Fenster. Das kannte ich schon, das war ein Alarmsignal. Sobald es sich um unangenehme Mitteilungen handelte, glitten die Augen der Herrgötter in Weiß über Baumkronen, in Zimmerecken oder in das Unterholz unverständlicher Krankenakten. Daraus schöpften sie Kraft.

Nach einer Weile rang sich auch der gute Doktor Behringer endlich durch.

»Die Gynäkologen haben festgestellt, daß Sie einen Knoten in der Brust haben«, sagte er. »Er kann durchaus gutartig sein, so ist das nicht ... nur ... bei Ihrem Befund ist das ...«

Er stockte, und endlich sah er mir ins Gesicht. »Eva, es besteht der dringende Verdacht auf Mammakarzinom.«

Nun war es heraus, aber dadurch änderte sich nichts. Nach wie vor saß ich regungslos da, und Behringer konnte es nicht fassen. »Wissen Sie, was das ist?« erkundigte er sich vorsichtshalber.

»Krebs!« antwortete ich, ohne mit der Wimper zu zukken. Es ließ mich völlig kalt. Abgesehen davon, daß ich es geahnt hatte, war es mir gleichgültig geworden. Mochte diese elende, kleine Brust doch ruhig verfaulen, ich brauchte sie jetzt ja doch nicht mehr.

Behringer wußte mit meiner Haltung nichts anzufangen. Da er aber einiges von mir gewöhnt war, ging er darüber hinweg. Das hielt er wohl für das klügste.

»Nun«, erklärte er betont sachlich, »die Zeit ist kostbar. Wir haben uns deshalb entschlossen, Sie gleich morgen früh zu operieren. Das heißt, zuerst wird da nur eine Gewebeprobe entnommen, und die kommt in den Schnellschnitt der Zytologie. Sollte der Befund jedoch positiv sein, dann ... dann müßten wir Ihnen die Brust abnehmen.«

Auch das ließ mich kalt, und Behringer sah sich genötigt, seine unglückselige Aufgabe ohne Umschweife zum Ende zu bringen. Zaghaft zog er ein Blatt Papier aus der Tasche und hielt es mir unter die Nase.

»Dafür benötigen wir Ihre Einwilligung«, stammelte er. »Hier, lesen Sie es sich in aller Ruhe durch.«

»Das ist nicht nötig!« parierte ich. Dabei war meine Stimme beinhart, und die Bewegung, mit der ich ihm die Einverständniserklärung aus der Hand nahm, sprach wohl Bände. Ich hätte ihm ebensogut einen tödlichen Dolchstoß versetzen können. Dann lächelte ich. »Wissen Sie, Herr Doktor, auf eine Brust mehr oder weniger kommt es jetzt wirklich nicht mehr an. Haben Sie einen Kugelschreiber?«

Das war selbst für den hartgesottenen Doktor Behringer zuviel. Er fing an, nervös mit den Augenlidern zu klappern, nahm die Brille ab und putzte sie mit einem Zipfel seines Kittels. Das tat er immer, wenn er mit seinem Latein am Ende war. »Aber, Eva«, stotterte er, »wenn wirklich amputiert werden muß, besteht ja auch immer noch die Möglichkeit einer Plastik.«

Ich lachte laut auf. »Dann nehmt mir doch am besten gleich beide Brüste ab, die hier haben mir ohnehin nie besonders gut gefallen. Wenn ich dann schon künstliche kriege, hätte ich sie gern etwas größer und runder.«

Ich drückte ihm die unterschriebene Einverständniserklärung in die Hand und schob den Kugelschreiber nach. Behringer schüttelte nur noch den Kopf.

Kurz nachdem Behringer fort war, kam Claudia dann zurück. Sie keuchte wie nach der Besteigung eines Achttausenders und zwang mich erst einmal, das »Totengedudel« – meinen Tschaikowsky – abzustellen. Dann überschüttete sie mich mit Neuigkeiten und endete mit den Worten: »Nu erzähl du aber ma! Wie war et?«

Mehr oder weniger munter, vor allem aber grobweg, berichtete ich vom Frauenmörder und seinen Mannen, von El Brutalo und seinem unverschämten Grinsen und von Frau Grubers Brief. Den Knoten in meiner Brust erwähnte ich mit keiner Silbe. Erst als es draußen schon langsam dunkel wurde, konnte ich mich dazu überwinden.

Claudia lag in ihrem Bett und hielt endlich mal den Mund. Sie schaute an die Zimmerdecke und beobachtete das Schattenspiel der Lindenzweige, die sich im Abendwind wiegten. Eine betuliche Stille lag im Raum. Sie hatte etwas Friedliches, und selbst ich, die ich den ganzen Tag von einer Katastrophe in die andere gestürzt war, wurde von ihr erfüllt.

»Du ...?« sagte ich leise.
»Mmh ...!«
»... Die wollen mir die Brust abnehmen.«

Da platzte die Stille wie ein Luftballon. Claudia schreckte hoch und knipste das Licht der Nachttischlampe an. »Wat?« stieß sie dabei aus. »Deinen süßen, kleinen Busen?«

Noch nie hatte ein Mensch meinen kleinen Busen »süß« genannt. »Schneewittchen« hatte man mich gerufen: Kein Arsch und kein Tittchen, sieht aus wie Schneewittchen. Einen »BMW« hätte ich, hatte es geheißen: ein Brett mit Warze. Und ausgerechnet jetzt, wo Schneewittchens BMW schon halb auf der Mülldeponie lag, ausgerechnet jetzt nannte Claudia ihn einen süßen, kleinen Busen. Mir kamen die Tränen. Unaufhaltsam schossen sie mir in die Augen, und ich drehte mich weg, zeigte Claudia und dem Rest der Welt die kalte Schulter. Niemand sollte mich weinen sehen, nicht jetzt. Voller Angst preßte ich meine Hände auf meine Brüste. Ich fühlte, wie warm sie waren, und obgleich sie die Handflächen nicht füllten, fühlte ich auch, wie weich sie waren. Sie gehörten mir, und als die Brustwarzen anschwollen, wußte ich, daß sie lebten ... noch lebten sie ...

Als ich am nächsten Morgen erwachte, war mein Kopf schwer wie Blei. Schwester Helma traf die üblichen Vorbereitungen, und ich ließ es stumm und regungslos über mich ergehen.

Claudia ließ mich derweil keine Sekunde aus den Augen. Auch auf dem Weg in die Gynäkologie wich sie nicht von meiner Seite. Sie hielt meine Hand, und sie ging neben meinem Bett, das Helma gewohnt ungelenk durch die engen Kellergewölbe manövrierte, die unterirdisch die einzelnen Fachbereiche miteinander verbanden. Claudia liebte diese Gänge, denn sie waren gespenstisch wie sie selbst. Je trüber das Licht wurde, desto wohliger brummelte sie vor sich hin.

»Dat is so richtig schön grausig hier drin«, flüsterte sie.

Ich lächelte sie an. Mittlerweile kannte ich den Grund für die Hingabe, mit der Claudia alle Widerwärtigkeiten anbetete: In all ihrer Häßlichkeit bezeichnete sie wesentlich Häßlicheres als schön, und das gab ihr Selbstbewußtsein.

Als wir die gläsernen Pforten der Operationsabteilung erreichten, kniff sie mir liebevoll in die Wange.
»Guten Rutsch!« sagte sie dabei.
»Worein?«
»Na, inne Urne!«
Sie kicherte wie Hexe Wackelzahn, und so stand sie auch da in ihrer vor Schwäche leicht gebückten Haltung. Es fehlte nur der Rabe auf ihrer Schulter.
»Ich wünschte, du könntest mitkommen«, sagte ich leise.
»Ach wat! Du schaffs dat schon alleine!«

Die Betriebsamkeit in der Frauenklinik, die mir wie ein Fließbandbetrieb vorkam, machte mir angst und bange. Als ich im Operationssaal lag und den Frauenmörder hereinkommen sah, wurde mein Atem noch schwerer. Frauenmörder warf einen kurzen Blick auf mein Krankenblatt und steuerte nach einem ebenso kurzen, aber laut vernehmbaren »Ah ja!« zielsicher auf mich zu. »Ja, Frau Martin«, sagte er dann. »Das ist ja nun nicht so sehr schön!« Ich fühlte mich gefangen. Dieser Mann würde mir die Brust abschneiden, hier und jetzt, ich hatte mich ihm und seinen gewetzten Messern ausgeliefert. Er würde mich entstellen und verstümmeln, und ich würde es erst bemerken, wenn es längst geschehen war.
Dieser Gedanke trieb mich in Panik, und ich hatte nur noch den einen Wunsch, davonzulaufen und mich irgendwo zu verkriechen. Da sah ich die Operationsschwester dicht neben mir. Sie hielt ein steriles, grünes Laken, das mittendrin ein Loch hatte. Es war ein kleines Loch, gerade groß genug, um meinen Busen herausragen zu lassen. Das gab mir den Rest.
»Nein!« kreischte ich und wollte noch herunter von dem Tisch.
»Was ist denn?« schimpfte der »Frauenmörder«.
»Das Tuch!«
»Welches Tuch?«
Er ergriff meine Beine und hielt sie ganz fest, die Schwe-

ster ergriff meinen rechten Arm, und der Narkosearzt schnallte meinen linken Arm mit einem schweren Lederriemen fest. Das trieb mich nur noch in größere Panik.

»Ich will hier weg!!!« brüllte ich wie von Sinnen.

»Geben Sie ihr die Spritze!« befahl der Chef.

»Nein, nein, *nein ...!*«

So sehr ich auch in den letzten Monaten gelitten hatte, meine Beine wußten plötzlich, was sie mir in diesem denkwürdigen Augenblick schuldig waren. Mit einem mordsmäßigen Ruck löste ich sie aus der Umklammerung des Frauenmörders, ich sah noch, wie der Narkosearzt die Injektionsnadel einstechen wollte, winkelte die Knie an und schlug sie ihm mit voller Kraft – mit Verlaub – in die Weichteile. Im gleichen Moment wurde es totenstill im Raum. Ich sah, wie sich der arme Mann vor Schmerzen krümmte, wie sein Gesicht die Farbe seines Kittels annahm und er vergeblich versuchte zu atmen, sich aufzurichten, etwas zu sagen. Da schämte ich mich.

»Das Tuch!« winselte ich wie zu meiner Entschuldigung. Frauenmörder nickte. »Schon gut«, sagte er. Dann schnallte er meine Beine fest und kümmerte sich um seinen lädierten Kollegen.

»Geht es wieder?«

»Ja«, keuchte der. Als ich ihn daraufhin kindlich verzweifelt ansah und um Entschuldigung bat, lachte er schon wieder. »Entschuldigen Sie sich lieber bei meiner Frau!«

Dann setzte er mir die Spritze. Ich war in dem Moment so sehr mit der Reue über meine Tat beschäftigt, daß ich es gar nicht richtig mitbekam. Ehe ich mich versah, war es geschehen.

Als ich wieder zu mir kam, verspürte ich wahnsinnige Halsschmerzen. Der Intubationsschlauch hatte sie verursacht, der während der Operation in die Luftröhre geschoben wurde, damit man im Notfall künstlich beatmen konnte. Die Schmerzen waren so groß, daß ich zunächst glaubte, nur noch aus meinem schrinnenden Schlund zu bestehen.

Erst allmählich wurde ich mir meines restlichen Körpers bewußt. Ich schlug die Augen auf. Das Zimmer war von überstrahlender Helligkeit, es war also Tag. Claudia saß auf ihrem Bett und häkelte, ich war also in meinem Zimmer. Das ließ mich erste Hoffnung hegen. Nach schweren Operationen kam man meist erst am Abend zu sich, und zwar auf der Wachstation. Als ich dann auch noch feststellte, daß ich weder an einer Infusion hing, noch ein Schlauch aus meinem Bett ragte, entfachte die Hoffnung gar ein wildes Herzklopfen, so etwas wie Erleichterung machte sich breit. Vorsichtig tastete ich unter die Bettdecke, aber meine Brust war nicht zu fühlen. Da waren nur Gaze, Mull, Bandagen und Pflaster, und all meine Hoffnung und Erleichterung schwanden. Unruhe befiel mich, ich bekam Angst, verzweifelte Angst.

Mühsam versuchte ich, mich aufzurichten, und das ließ Claudia aufmerksam werden. »Bisse wach?« fragte sie geistreicherweise.

Ich antwortete nicht.

»Mensch, Eva, lech dich hin! Wat soll den Scheiß?«

Da ich nach wie vor das schicke Leinenhemd trug, war es nicht allzu schwierig, den Oberkörper freizumachen. Ich riß einfach an den Bändchen, und morsch, wie sie waren, krachten sie schon beim ersten Versuch aus allen Nähten. Als ich dann das viele Verbandszeug sah, begann ich, vor Angst zu zittern.

»Mensch, Eva«, motzte Claudia derweil. »Wat willse denn? Die Titte is dran und gesund, war nur ne Zyste. Lech dich wieder hin!«

»Das will ich selbst sehen«, lallte ich. So postnarkotisch verschlafen ich auch war, meine Wut war durchaus wach. Gestern hatte sie meine Brust noch einen süßen, kleinen Busen genannt, jetzt schimpfte **sie** ihn »Titte«. Das nahm ich Claudia übel.

Vor meinen Augen drehte sich alles im Kreise, und unerklärliche Geräusche klangen im Raum. Das erleichterte es mir nicht gerade, den so sorgsam angelegten Verband zu lösen. Mit einer Hand stützte ich mich ab, und mit der anderen riß ich an dem Leukoplast, bis es in langen Fetzen herunterhing. Dabei wurden die Umdrehungen immer schneller und die Klänge immer lauter, aber ich hielt durch, und es lohnte sich, daß ich durchhielt, denn als endlich auch die letzte Lage Mull zu Boden fiel, da sah ich sie – sie war ganz ... meine Brust ... sie war ganz da! Rund um die Mamille sah ich einen feinsäuberlichen Schnitt, der von hauchdünnen Fäden zusammengehalten wurde. Das war alles. Der Frauenmörder hatte mich verschont. Dafür war ich ihm ein Leben lang dankbar.

16

Meine Freude über den geretteten Busen währte nicht lange. Wenn ich morgens aufwachte, spuckte ich Gift und Galle.

Professor Mennert beschwichtigte meine Angst, das könnten Nebenwirkungen der Chemotherapie sein, und sprach von »Vitaminmangel«, und dann, als ich bestialischen Ausschlag bekam, von »allergischen Reaktionen auf den Vitamin-B-Komplex«, den man mir in Spritzen verabreicht hatte. Ich erging mich in Selbstmitleid, las mehrmals am Tag Frau Grubers Abschiedsbrief, der mir zu bestätigen schien, daß mich niemand brauchte.

Dann bekam ich Atemnot. Sie überfiel mich ohne Vorwarnung, und sie umfaßte mich wie der Tod. Von einem Augenblick auf den anderen war ich unfähig, Luft zu holen. Ich sperrte den Mund auf, versuchte mich aufzurichten, zu schreien, zu keuchen, und spürte dabei, wie meine Hände und Füße verkrampften, und wie der fehlende Sauerstoff meine Haut erkalten und jeden einzelnen Nerv erzittern ließ ...

Als das zum ersten Mal geschah, glaubte ich an eine Embolie. Als es jedoch immer häufiger passierte, wachte ich auf.

»Es ist also doch die Chemotherapie …!«

Professor Mennert nickte. »Ihre Laborwerte verschlechtern sich schon seit einiger Zeit«, sagte er. »Ich wollte es Ihnen nur nicht sagen. Mir schien, als wollten Sie es nicht wahrhaben.«

»Wenn es nun wieder so schlimm wird wie beim ersten Mal«, winselte ich, »das ertrage ich nicht. Ich hätte mich gar nicht erst darauf einlassen dürfen! Ich hätte es machen sollen wie Roswitha, dann ginge es mir jetzt sicher besser.«

Professor Mennert wußte nicht, was er dazu sagen sollte. Er tätschelte meine Hand und erklärte mir, ich müßte tapfer sein und durchhalten.

»Aber wieso denn?« jammerte ich. »Wofür denn? Brechen Sie die Therapie lieber ab, bevor es schlimmer wird. Danach ging es mir beim letzten Mal ja auch gleich wieder gut. Bitte!«

Mennerts Züge verfinsterten sich. »Eva!« sagte er mit ernster Stimme. »Sie brauchen die Chemotherapie, um zu überleben. Und Sie müssen nun alles tun, was in Ihrer Macht steht, um diese Chemotherapie zu überleben. Verstehen Sie mich?«

Damit hatte Mennert mich aus einem Dornröschenschlaf geweckt, in dem ich bislang süß geträumt hatte. Zum ersten Mal in all der Zeit verstand ich, worum es ging: Mein Leben und mein Tod waren nur mehr durch diese Chemie und ihre grauenhaften Begleiterscheinungen voneinander getrennt.

Diese Erkenntnis ließ völlig neue Kräfte in mir erwachen. Von Stund an schob ich alles Selbstmitleid beiseite und versuchte, sachlich mit meinem Zustand umzugehen. Wie hatte Frau Gruber es doch so trefflich ausgedrückt: »Gib das Leben nicht auf, bevor es dich aufgibt!« Daran wollte ich mich halten.

Einige Zeit ging das gut. Doch bekam ich Schmerzen. Es waren keine spezifischen Schmerzen, und deshalb nahm ich sie zu Anfang auch nicht sonderlich ernst. Zuerst erfaßten sie meinen Bauch und meine Lungen, dann zogen sie in Arme und Beine, in den Kopf und in den Rücken, und schließlich waren sie überall. Da mußte ich sie ernst nehmen. Mein ganzer Körper wurde zu einer Arena, in der sich blutrünstige Gemetzel abspielten. Täglich kamen neue Gefechte hinzu, und ich konnte es einfach nicht fassen.

Mein neuer Feind war maßlos und unberechenbar. Da gab es Schmerzen, die kamen und blieben. Zu Anfang war ich dann meist schockiert, weil ich nicht wußte, warum und woher sie kamen. Mit der Zeit gewöhnte ich mich aber daran, ich lernte, mit ihnen umzugehen, sie einzuschätzen und zu ertragen. Das wußten diese Bestien und deshalb schickten sie ihre Untergrundkämpfer ins Feld. Das waren dann die Schmerzen, die kamen und gingen. Wie eine Naturkatastrophe fielen sie über mich her, und noch bevor ich mich auf sie hätte einstellen können, waren sie wieder fort, um beim nächsten Mal noch heftiger und noch unbarmherziger wiederzukommen.

Das trieb mich an den Rand des Wahnsinns, und es dauerte nicht lange, bis ich nur noch schrie. Ich schrie vor Angst, und ich schrie vor Schmerz, vor allem aber schrie ich aus Angst vor dem Schmerz, bis ich heiser war.

In dieser schweren Zeit war Claudia meine einzige Hilfe. Sie wußte aus eigener Erfahrung, daß es keine wirkliche Hilfe gab, und in diesem Bewußtsein tat sie die Dinge, die ein Außenstehender nie gewagt hätte. Stundenlang saß sie an meinem Bett. Wenn ich schweißgebadet zu mir kam, legte sie mir feuchte Tücher auf die Stirn. Wenn ich die pure Galle erbrach, hielt sie mir die Schale und wischte meinen Mund aus. Dabei versuchte sie nie, mich zu beruhigen, niemals mahnte sie mich, still zu liegen. Im Gegenteil, wenn ich schrie, feuerte sie mich an und drückte meine Hände so fest, daß ich meinte, dagegen anbrüllen zu müssen. Wenn ich vor Panik das Bett zerwühlte, war sie es, die mir das Laken auch noch vor die Füße schob. Dann hatte ich etwas, was ich treten und quälen konnte, das gab mir dann wieder kurzfristig die Kraft, die Tritte und Qualen zu ertragen, die das Leben mir aufbürdete.

Als ich eines Abends, von mörderischen Schmerzen im Unterbauch gepeinigt, einen neuen Anfall akuter Atemnot erlitt, als ich dabei vor Schmerz schreien wollte, aber nicht einmal genug Luft hatte, um einen Grashalm zu bewegen, als ich glaubte, nun müßte ich sterben oder zumindest in ein niemals endendes Koma fallen, da war es Claudia, die meinen Schädel gegen die Wand schlug, daß es dröhnte. Im gleichen Moment spürte ich, was für eine enorme Wirkung das hatte. Der fremde, von außen eindringende Akt der Gewalt ließ die inwendigen Qualen verblassen. Ich kam zu mir, für Bruchteile von Sekunden beherrschte ich den Schmerz und nicht umgekehrt, und meine Lungen holten sich die Luft, die ich zum Leben brauchte, Claudia hatte mich gerettet.

Sie selbst sah das wesentlich weniger dramatisch. Sie nannte ihre Hilfeleistungen »Punkte sammeln fürt Jüngste Gericht«, und gleich ein ganzes Dutzend solcher Punkte brachte ihr Herr Pfarrer Lossmann ein.

Er kam an einem Tag, an dem es mir ganz besonders schlecht ging, und daß er überhaupt noch mal kam, verschlechterte meinen Zustand sogleich um ein Weiteres. Ich war bis dahin sicher gewesen, ihn auf ewig vergrault zu haben. Doch da hatte ich mich getäuscht. Männer wie Lossmann waren nicht zu vergraulen. Statt dessen setzte er sich zu mir und sprach von dem Kreuz, das ich auf mich nehmen müßte. Sein feistes Gesicht ging düster und schwammig auf mich nieder, und ich hörte, wie er mir mit seinem Kanzelorgan das Ewige Leben verhieß, sofern ich mich hier und jetzt zu meinem Herrn Jesus Christus bekennen und ihm nachfolgen würde.

Ich schrie laut auf. Meine Übelkeit folterte mich, der Ausschlag auf meinem Körper juckte wie nie zuvor, ich bekam keine Luft, überall hatte ich Schmerzen ... und dieser Mann sprach von meinem Platz im Himmelreich. Verzweifelt versuchte ich, mich gegen ihn zu wehren, aber er war stärker als ich. Er hörte nicht auf zu reden, und bestimmt wäre ich das letzte Opfer eines Kreuzzuges geworden, wenn Claudia nicht eingegriffen hätte.

»Meine Herren, nee!« brüllte sie Lossmann an. »Dat is ja nich möchlich, wat Se da treiben. Die is am Verrecken und Sie verkaufen se dat als wat ganz Geilet, wo se scharf drauf sein muß. Nu sehn Se aber ma wacker zu, dat se wechkommen. Da hat der Zimmermann dat Loch gelassen!«

Sie wies auf die Zimmertür.

Unwillig erhob Pfarrer Lossmann seinen rosigen Körper von meiner Bettkante. Dann versah er mich noch mit Gottes ausdrücklichem Segen und floh.

Meine Eltern standen meinen Schmerzen so hilflos gegenüber, daß sie sich immer mehr in sich selbst zurückzogen, statt mir nahezukommen. Es tat mir unendlich weh, das mitansehen zu müssen, und so hoffte ich verzweifelt auf einen rettenden Ausweg. Den schienen aber nicht einmal meine Ärzte zu kennen. Vielmehr machte sie mein steter Verfall nervös. Häufig standen sie aufgebracht an meinem Bett und stritten ohne Rücksicht auf Verluste.

Eines Morgens führte das zum Eklat. Wieder einmal gingen Behringer und Mennert wie die Streithähne aufeinander los. Da schrie ich laut auf und brach in Tränen aus. Augenblicklich verstummten die beiden und blickten erstaunt auf mich nieder. »Was ist denn, Eva?«

Ich schluchzte wie ein Kind. »Sie sind meine Ärzte«, stammelte ich. »Ich muß tun, was Sie für richtig halten .... aber ... ich muß doch auch glauben können, daß Sie wissen, was richtig ist. Wenn Sie sich so streiten, dann ... Sie sind so unsicher ...«

»Wir sind unsicher«, gab Mennert zu, »wir wissen einfach nicht, was wir tun sollen.«

Das machte mir angst. Zum ersten Mal in all der Zeit bekam ich wirkliche Angst: Todesangst. Sie war das tiefste aller Gefühle, die ich je empfunden hatte, denn sie war allumfassend und mit keinem Wort der Welt zu erklären. Sie riß mich mit sich in ein Dunkel, in dem es weder Fragen noch Antworten gab. Dort war nichts greifbar, und doch war alles da, denn das Nichts schien das Leben, und der Tod das Alles zu sein. Er war mir plötzlich nah, dieser Tod, er war mir so nah, daß ich ihn mit jeder Faser meines Körpers spüren konnte. Das machte ihn auf eigentümliche Weise lebendig und nahm ihm jegliches Grauen. Er lockte mich mit schattenhaften Verführungskünsten, versprach mir Ruhe und Frieden, und er zeigte mir in meinen Fieberträumen den Weg in eine Endlosigkeit, die frei von irdischem Jammer war. Ich brauchte nur den entscheidenden Schritt zu tun, das ahnte ich, es galt, die Grenze zu überschreiten und einzuziehen in die Unendlichkeit des Universums, das fühlte ich, die Dinge des Todes waren für die Ewigkeit gebaut, das wußte ich ... und doch hielten die Dinge des Lebens mich zurück. Ich wollte nicht, daß man mich in einen Waschraum schob wie Ina. Ich fürchtete mich davor, wie meine Oma Tati zu enden, ich wollte nicht wie sie in einer kalten Leichenhalle liegen und verbuddelt werden in einem finsteren Loch, mit Holz vernagelt und mit Blumen bedeckt.

Am 11. September 1976 lagen die Ergebnisse der jüngsten Untersuchungen vor. Noch am gleichen Tag wurde Claudia wieder einmal zu völlig ungewohnter Zeit in die Badewanne verbannt. Kurz darauf kam Mennert zu mir.

Er trug seinen Lieblingskittel, ein leicht angegrautes, ausgebeultes Exemplar, an dem mehrere Knöpfe fehlten.

»Tja, Eva,« sagte er gedehnt, »mein liebes Kind ...!«

Mehr oder weniger ziellos lief er durch das Zimmer und setzte sich auf Claudias Bett. Er stibitzte sich eine ihrer Zigaretten, klemmte sie hinter sein Ohr, stand wieder auf, rückte die Gegenstände auf dem Nachttisch zurecht.

»Die Chemotherapie hat leider nicht so angeschlagen, wie wir es gehofft hatten«, sagte er dabei. »Wir werden sie abbrechen.«

Er zog die Zigarette wieder hinter seinem Ohr hervor und

legte sie auf Claudias Nachttisch. Dann drehte er sich zu mir um und sah mich fest an.

»Sie haben mich einmal gebeten, immer ehrlich zu Ihnen zu sein. Gilt das noch?«

Ich war ganz ruhig, nur der Kloß in meinem Hals wurde dicker und dicker. Dennoch nickte ich artig.

Mennert atmete tief, und dann setzte er sich zu mir auf die Bettkante.

»Ihre Laborwerte verschlechtern sich täglich«, sagte er, »es ist anzunehmen ... Sie müssen mit dem Schlimmsten rechnen.« Er sah mir tief in die Augen, als er das sagte, und ich spürte, wieviel Überwindung ihn das kostete. Mit dieser Ehrlichkeit hatte er sich auf mich eingelassen, er hatte sich vor mir entblößt und die ganze Hilflosigkeit eingestanden, die er gegenüber meinem Sterben empfand. Er war nun kein Herrgott im weißen Kittel mehr. Er war nur noch ein studierter Mann, der alles, was er studiert hatte, an mir erprobt und angewandt hatte, und trotzdem gescheitert war. Sein Wissen hatte nicht gereicht, das gab er zu, und dafür war ich ihm dankbar.

Ich mußte also mit dem Schlimmsten rechnen! Glauben konnte ich das nicht, und verstehen konnte ich es erst recht nicht, aber mir blieb ja gar nichts anderes übrig, als es zu glauben und zu verstehen.

»Bald?« fragte ich leise.

»Sehr bald«, antwortete er leise.

»Wie bald?«

Langsam stand er auf und trat ans Fenster. »Wir haben heute ja mal ausnahmsweise einen richtig klaren Tag«, sagte er, »ist Ihnen das schon aufgefallen? In dieser Jahreszeit sind solche Tage rar. Wir sollten sie genießen. Der Winter kommt so schnell.«

»Weihnachten?« flüsterte ich.

»Ja ... eine gute Zeit ... finden Sie nicht, Eva?«

Ich blickte zu ihm auf und lächelte.

Dabei spürte ich deutlich die Tränen, die über meine

Wangen rannen. Es waren zwei Tränen, zwei Tränen für ein Leben, das nur noch wenige Wochen dauern sollte. Weihnachten würde es vorüber sein. Mennert seufzte. Es erfordert seitens des Arztes sehr viel Mut, dem Patienten Aufschluß über seine verbleibende Lebensdauer zu geben. Die meisten scheuen davor zurück und weichen aus. Mennert hatte es gewagt. Auch dafür war ich ihm dankbar.

Aber ich konnte mich mit meiner Wahrheit nicht abfinden. Ich hatte nur noch dreieinhalb Monate zu leben, vierzehn Wochen, achtundneunzig Tage. Die Stunden und Minuten wagte ich mir gar nicht auszurechnen, die Zeit verrann mir unter den Händen. Immer deutlicher spürte ich, wie der Tod nach mir griff. Er versuchte, mich auf seine Seite zu ziehen, er drängte mich, seinen Einflüsterungen zu erliegen, und je mehr er mich drängte, desto größer wurde meine Angst.

»Sie haben mir einmal gesagt, Angst wäre nur ein Gefühl«, sagte ich deshalb eines Tages zu Daniela. »Wenn es so ist, dann helfen Sie mir jetzt bitte, dieses Gefühl zu besiegen. So kann ich nicht leben und erst recht nicht sterben.«

Daniela seufzte.

»Todesangst ist mehr als ein Gefühl«, sagte sie. »Todesangst ist die Urangst des Menschen, Eva. Sie bestimmt all unser Tun, ohne daß wir sie kennen. Nur ganz wenige Menschen bekommen in ihrem Leben Gelegenheit, sie so klar zu erleben, wie du es jetzt tust.«

»Heißt das, daß ich auch noch dankbar sein soll?«

»Es ist eine große Gnade, Eva. Wenn du dir dessen bewußt wirst, bist du ein reicher Mensch.«

»Und wenn ich vorher sterbe?«

Sie sagte dazu nichts, sie sah mich nur an.

»Bitte«, flehte ich daraufhin, »sagen Sie mir wenigstens, wie das ist, wenn man tot ist. Wo werde ich sein, wenn ich nicht mehr bin?«

»Darauf kann dir niemand eine Antwort geben, Eva, der Tod ist das letzte große Geheimnis des Lebens.«

»Ich muß es aber wissen. Ich muß wissen, wie das ist, wenn man tot ist, und ich muß wissen, wie das ist, wenn man stirbt. Sonst habe ich Angst.«

»Jeder Mensch fürchtet sich vor dem, was er nicht kennt. Die Gesunden fürchten die Krankheit, die Kranken fürchten die Chemotherapie, die Chemo-Patienten fürchten den Tod. Das ist nicht zu umgehen. Angst ist das Salz unseres Lebens, Eva.«

So machte Daniela mir klar, daß der Mensch ohne seine Angst gar nicht leben könnte, daß er sie brauchen würde, um weiterzumachen und weiterzukämpfen.

»Wenn Leben und Tod in den Augen der Menschen ein und dasselbe wären«, sagte sie, »warum sollten sie dann leben? Sie leben nur, weil sie vor dem Tod Angst haben.«

Je länger ich über Danielas Worte nachdachte, desto mehr wurden sie mir zum Trost. Ich hatte keinen Grund, ängstlich zu sein. Ich war ein Mensch, und Menschen kamen auf die Welt, um zu leben und zu sterben. Ich hatte gelebt, nun galt es zu sterben, und davor brauchte ich mich nicht zu fürchten. Gott würde Sich zurückholen, was Ihm gehörte.

Ich mußte es lediglich geschehen lassen ...

In diesem Sinne sollte mein neunzehnter Geburtstag der letzte und zugleich schönste meines Lebens werden. Ich wollte diesen so besonderen Tag nutzen, um meine verzweifelten Eltern von der Tröstlichkeit meiner Geisteshaltung zu überzeugen. Außer ihnen sollte keiner kommen, das hatte ich mir ausdrücklich so gewünscht. Aber meine Wünsche waren ja schließlich noch nie respektiert worden, und so blieb mir auch in diesem Fall nichts, vor allem aber niemand erspart.

Alle kamen! Die Verwandten, die Bekannten, die sogenannten Freunde, die ehemaligen Kollegen, kein einziger ließ es sich nehmen, mir seine Glückwünsche zu übermitteln. Man wünschte mir alles Liebe und Gute, man versah mich mit Küßchen und Blumen, mit Geschenken und warmen Worten, und ich, die *man* damit beglücken wollte, ich saß atemlos mittendrin, geschminkt wie eine alternde Filmdiva, im himmelblauen Dreß.

Diese Leute kamen, um mich anzustarren, und sie wären allesamt schon viel eher einmal gekommen, wenn sie mich dann ebenso zwanglos hätten anstarren dürfen. Es fehlte jedoch der Anlaß. Mein Geburtstag war genau das, worauf sie gewartet hatten. Da wurde die Sensationslüsternheit ethisch verpackt.

Einige Besucher zeigten sogar eine gewisse Absicht, sich häuslich bei mir niederzulassen, wie meine Tante Erna und mein Onkel Karl. Sie hatten sich Marschverpflegung mitgebracht: belegte Brote und Kaffee aus der Thermoskanne. Andere wollten sich mit ihrem Besuch einen großen Auftritt verschaffen. So ein Fall war Hilary, die in schwarzer Hose, blutroter Bluse und mit hochhackigen Pumps erschien. Sie schenkte mir ein Buch über die berühmtesten Ballett-Tänzer unserer Zeit, eingewickelt in glänzendes Geschenkpapier und geschmückt mit einer Photographie, die aus dem Archiv eines der von Hilary so sehr geschätzten Pressefritzen stammte. Das Bild zeigte Peter und mich anläßlich der *Paganini*-Premiere vor zwei Jahren. Ich trug ein bodenlanges, roséfarbenes Paillettenkleid, darüber ein weißes Nerzjäckchen und Handschuhe, die bis über die Ellenbogen reichten. Mein Gesicht strahlte vor jugendlicher Frische und Ahnungslosigkeit.

Mir kamen zwangsläufig die Tränen, als ich auf das Photo sah, und als Hilary das bemerkte, schämte sie sich. Das wollte sie aber auf keinen Fall zugeben, und so griff sie mit einer betont ärgerlichen Geste nach ihrem Mantel und zischte: »Hoffentlich weißt du, was Selbstmitleid ist, Eva! Das kann ich dir wirklich nur wünschen!«

Dann lieferte sie mir einen formvollendeten Abgang.

Am Nachmittag kamen endlich meine Eltern.

»Daß das wirklich dein letzter Geburtstag sein soll«, flüsterte Mama zur Begrüßung und begann sofort zu weinen.

Sie sah mitleiderregend aus. Ihre Figur erinnerte mittlerweile an die eines jungen Mädchens, und ihre Züge waren die einer uralten Frau.

»Meine Güte!« fluchte Papa derweil. »Mußt du denn immer gleich heulen, Elisabeth?!« Er machte auch nicht gerade einen frischen Eindruck. Er sah mir ganz nach achtzig bis hundert Zigaretten pro Tag und zwei bis drei Stunden Schlaf pro Nacht aus.

»Wenn es mal nur das wäre!« verriet mir meine Mutter später, als wir vorübergehend mal allein waren. »Keine Schnapsflasche ist vor ihm sicher, Eva, so sehr leidet er. Pausenlos ist er angetrunken. Er leidet eben mehr als ich. Ich kann nicht den ganzen Tag trinken und herumliegen.«

»Deshalb leidet er aber doch nicht mehr«, sagte ich.

»Doch, Eva! Er ist ja auch immer gleich so aggressiv. Letzte Woche hat er in Amerika in einem Krebsforschungsinstitut angerufen, und als die ihm auch nichts anderes sagen konnten als die Ärzte hier, hat er die armen Menschen bedroht.«

»Wie denn?«

»Eine Bombe würde er auf ihren Laden werfen, hat er gesagt.«

»Warum denn?«

»Na, weil sie unproduktiv arbeiten. Weil bei ihrer Forschung nichts herauskommt.«

So traurig das auch war, ich mußte darüber lachen, und das rührte meine Mutter gleich wieder zu Tränen.

»Dein Vater will es nur immer noch nicht glauben«, sagte sie, »er wehrt sich so sehr dagegen ... er ...«

»Und du?«

Sie zögerte einen Moment. »Ich kann es nicht glauben«, sagte sie dann. »Ich bilde mir immer noch ein, es müßte ein Wunder geschehen, Eva, ein Wunder ...!«

17

Der 10. Oktober war ein trüber Tag. Vor dem Haus heulte ein typischer Herbststurm. Claudia war früh am Morgen zu einer Untersuchung verschwunden, und ich vertrieb mir die Langeweile, indem ich mein Haar bürstete. Ich wollte es zu einem duftigen Knoten aufstecken, wie ich es früher immer getan hatte, wenn ich ausging oder etwas Besonderes vorhatte. Aber irgend etwas war anders als sonst. Schon beim ersten Bürstenstrich glitt mir ein eisiger Schauer über den Rücken, beim zweiten begann ich zu zittern, unfähig, einen dritten überhaupt noch zu wagen. Meine Kopfhaut schien nachzugeben. Sie hob sich, wenn ich an den Haaren zog, sie senkte sich, wenn ich losließ ... dann sah ich die Bürste. Zwischen ihren Borsten hingen ganze Haarbüschel, lange, blonde Haare, die leblos herunterhingen. Was das zu bedeuten hatte, war mir sofort klar, nur ... ich wollte es nicht wahrhaben. Statt dessen warf ich in wilder Panik alles von mir. Die Bürste, den Spiegel, klirrend gingen sie zu Boden, und ich fingerte mit fiebrigen Bewegungen durch mein Haar. Ganze Haarstränge hielt ich in den Händen. Ich brauchte bloß ein wenig zu ziehen, und die blonde Pracht entwurzelte sich wie von selbst. Sie hatte einfach keinen Halt mehr, ihr Nährboden gab sie preis.

Das Gefühl, das mich in diesen Augenblicken erfaßte, hatte etwas von blankem Wahnsinn. Von einer Sekunde zur anderen flog mich eine eisige Kälte an, umschlang meinen ganzen Körper und brachte ihn zu völligem Erstarren, so daß alles an mir aufhörte: Da war kein Wimpernschlag mehr, kein Schlucken, kein Atmen, da vibrierte es nur unter meiner Haut, und zwar so sehr, daß ich glaubte, in tausend Stücke zerbersten zu müssen. Es dauerte die Ewigkeit einer Verzweiflung, bis sich all diese Anspannung löste und ein gellender Schrei aus den Tiefen meiner Seele drang. Außer mir selbst konnte niemand ihn hören. Nur meine Ohren betäubte seine schrille Lautlosigkeit. Nur in mir wühlte er all das auf, was eben noch erstarrt gewesen war. Jeder einzelne Muskel, jede Sehne und jeder Nerv begann, sich zu regen. Ich kniff die Lider so fest zu, daß die Augäpfel schmerzten, nur um die Wahrheit nicht sehen zu müssen. Ich schlug die Hände und Arme über Kopf und Gesicht, als könnte mich das vor weiteren Schlägen des Schicksals schützen, und ich preßte meine Beine krampfhaft gegen meinen Körper. Im gleichen Moment spreizte ich sie ab, überdehnte die Gelenke und fing an, in die Matratze zu treten, gegen die Wand, gegen das Bettgestell. Dabei stieß ich unmenschliche Laute aus. Es war ein Würgen, das all das hilflose Entsetzen wiedergab, das ich empfand. An alles hatte ich gedacht, aber nie an die Möglichkeit, kahlköpfig zu werden. Ich hatte mir einfach niemals vorstellen können, daß mir das passieren würde – mir doch nicht. Schließlich hatte ich mein ganzes Leben der Schönheit geweiht. Ich war ein Teil gewesen von Tüll und Taft, von Gaze und Glitter, da konnte ich mein Haar doch nicht verlieren. Wie ein verwundetes Tier kroch ich unter die Bettdecke. Ich verschwand aus meinem Leben und flehte zu Gott, Er möchte mich an diesem Schmerz ersticken lassen.

»Laß mich sterben!« wimmerte ich. »Laß mich sterben, hier und jetzt!«

Gott erhörte mich nicht. Er ließ mich am Leben, und Er ließ zu, daß ich in all meinem Jammer auch die Verunstaltung noch ertragen mußte. Das konnte ich einfach nicht verstehen. Ich empfand es als Strafe dafür, daß ich so lange nicht gebetet hatte, und empfand es als eine viel zu hohe Strafe. Entsprechend verzweifelt bat ich um Vergebung. Tagelang rang ich die Hände und beschwor meinen Herrgott, Er möchte das Strafmaß überdenken, mich begnadigen, den Haarausfall vorzeitig zum Stillstand bringen.

»Wenn ich doch nun schon sterben muß«, kreischte ich unentwegt, »dann könnte Er mir doch wenigstens meine Haare lassen!«

Claudia nahm es gelassen hin. »Wat brauchse Haare inne Gruft?« sagte sie nur. »Bleibt den Sarch ebent zu.«

Meine Eltern sahen es nicht ganz so lässig, hielten meinen Aufstand aber genau wie Claudia für völlig lächerlich.

»Sei doch froh, daß es dir besser geht!« schimpfte mein Vater. »Und stell dich nicht so an!«

In der Tat hatte sich mein Gesundheitszustand seit meinem Geburtstag verbessert. Ich konnte wieder aufstehen, gehen, hatte wieder Appetit. Aber das alles schien mir jetzt wertlos.

Je mehr Vernunft man von mir verlangte, desto unvernünftiger führte ich mich auf. Für mich war dieser Haarausfall nun mal das Ende der Welt. So kauerte ich stundenlang schluchzend auf der Bettkante und zählte die Haare in meinem Kamm. Es waren Unmengen, und manchmal konnte ich kaum verstehen, wie ich bei diesen Unmengen überhaupt noch eine Fluse auf dem Kopf haben konnte. Morgens früh, wenn ich aufwachte, war mein Kopfkissen übersät von abgebrochenen Haarspitzen und im Schlaf entwurzelten Haarbüscheln.

»Warum hört das nicht auf?« schrie ich Behringer eines Morgens bei der Visite an. »Tun Sie endlich was, damit das aufhört!!!«

Er lächelte nur. »Da kann man leider nichts tun, Eva, durch die Chemotherapie öffnen sich die Poren, und das einzelne Haar hat keinen Halt mehr. Das hatte ich Ihnen ja mehr oder minder vorausgesagt.«

»Jaaa!« brüllte ich. »Sie haben es mir vorausgesagt, aber ich habe es Ihnen nicht geglaubt. Ich habe Ihnen ja auch nicht geglaubt, daß ich sterben würde.«

Behringer schluckte. »Eva ...«

Flehentlich, mitleidig und enerviert zugleich klang dieses »Eva« aus seinem Mund, und das ärgerte mich so sehr, daß ich ins Badezimmer floh, um wieder mal mein Spiegelbild zu hypnotisieren und nach einem Ausweg zu suchen.

Dabei war mir absolut unklar, was für eine Art von Ausweg das sein sollte, denn daß mein Haar nicht zu retten war, hatte mittlerweile selbst ich begriffen. Trotzdem bildete ich mir ein, irgend etwas müßte ich tun können, weil man irgend etwas ja immer tun konnte. »Eva ...«, sagte ich deshalb immer wieder zu mir selbst, und zwar ebenso flehentlich, mitleidig und enerviert, wie Doktor Behringer es gesagt hatte. Das half. Mir kam eine epochale Idee, die ich dann auch sogleich in die Tat umsetzte. Ich wusch mir meine restlichen Haare, drehte sie auf Lockenwickler und verpaßte mir ein abenteuerliches Make-up.

»Wat denn nu?« wollte Claudia verständlicherweise wissen.

»Warte ab!«

»Willse auf en Ball?«

»Du sollst abwarten!«

»Wat aufregend!«

Claudia setzte sich interessiert auf und zündete sich eine Zigarette an, ganz so, wie sie es sonst immer tat, wenn ein Krimi im Fernsehen lief und die Überführung des Täters unmittelbar bevorstand.

Ich setzte mich derweil auf die Bettkante und entfernte nacheinander die Lockenwickler. Ich hatte immer sehr viele Haare gehabt, und deshalb wirkten sie frischgewaschen auch nach den erheblichen Verlusten noch dicht und füllig. Vorsichtig bürstete ich sie durch, bis sie in weichen Wellen auf meine Schultern fielen. Dann sog ich ihren Anblick gierig in mich auf und schwor mir, ihn niemals zu vergessen. So hatte ich einmal ausgesehen, genau so.

Claudia seufzte über soviel Masochismus, was ich aber einfach überhörte. Ich hatte anderes zu tun. Ich verbannte Spiegel, Lockenwickler und Bürste in meinen Nachttisch, band mein Haar mit einem Gummi im Nacken zusammen und läutete nach Schwester Helma. Als sie kam, drückte ich ihr eine Schere in die Hand.

»Schneiden Sie den Zopf bitte ab!« sagte ich, und dabei war meine Stimme kalt wie Eis. Die arme Helma zitterte wie Espenlaub. »Was?« hauchte sie atemlos.

»Sie sollen den Zopf abschneiden!«

»Wie denn?«

»Einfach ab, wie man es bei den Novizinnen macht, wenn sie eingesegnet werden.«

»Den schönen Zopf?«

Ich warf ihr einen Blick zu, der an Schärfe wohl nicht mehr zu überbieten war. Verschämt wich sie ihm aus und tat, worum ich sie gebeten hatte.

»Wollen Sie ihn aufbewahren?« fragte sie, nachdem es geschehen war. Dabei hielt sie mir den Skalp so dicht unter die Nase, daß es an Sadismus grenzte.

Ich atmete schwer. »Nein! Werfen Sie ihn weg!«

Während Helma das nun tat und Claudia nicht umhinkonnte, mich für meine Konsequenz zu bewundern, legte ich mich ins Bett und versuchte, so etwas wie Erleichterung zu empfinden. Doch da wartete ich vergebens. Die Katastrophe auf meinem Kopf war jetzt zwar längst nicht mehr so lang wie vorher, aber sie war immer noch »da«. Es war halt ein abgenagter Bubikopf mit kreisrunden Kahlstellen neben handlangen Haarsträhnen, nichts Halbes und nichts Ganzes. Ich beschloß, diesem unwürdigen Zustand nun radikal ein Ende zu machen. Das hieß, daß ich die verbliebenen Haarbüschel mit soviel Brutalität bürstete, daß die meisten freiwillig ausfielen. Die ganz besonders widerspenstigen Exemplare riß ich dann mit roher Gewalt aus. Einer allzugroßen Kraftanstrengung bedurfte es dabei nicht, wohl aber einiger Überwindung, und davon hatte ich genug.

Als es vollbracht war, erschrak ich. Mein Schädel wirkte kahl viel größer, als ich es mir vorgestellt hatte. Auch fiel die unnatürliche Größe meiner Augen durch die fehlenden Haare wesentlich mehr auf. Riesig, grün und glänzend glotzten sie mir entgegen. Sie waren die einzigen Farbkleckse in einem ausgehöhlten und blutleeren Gesicht. Nachdem ich das hinreichend zur Kenntnis genommen hatte, legte ich mich ins Bett und schwor mir, niemals wieder in einen Spiegel zu schauen. Die schöne und begabte Eva Martin gab es nun tatsächlich nicht mehr, und was von ihr geblieben war, ... das gehörte dem Totengräber ...

Es war also bei allem sehr klar und sehr einfach für mich. Für die anderen schien es jedoch eine Katastrophe zu sein, insbesondere für Daniela.

»Warum hast du das getan?« fragte sie mich gleich am nächsten Morgen, und dabei wirkte sie äußerst erregt.

»Ich mag nun mal keine halben Sachen!«

»Das verstehe ich«, gab sie zu, »aber deshalb reißt man sich doch nicht die Haare aus.«

Resigniert zuckte ich die Achseln. »Ist doch egal. Hat doch sowieso keinen Sinn mehr.«

»Was hat keinen Sinn mehr, Eva?«

»Mein Leben.«

»Hatte es denn je einen Sinn?«

Ich wußte, daß Daniela mich damit aus der Reserve locken wollte. Ich sollte aggressiv werden und mich »öffnen«. Das kannte ich schon, darauf fiel ich nicht mehr so schnell herein.

»Mein früheres Leben brauchte keinen Sinn«, antwortete ich betont freundlich, »es hatte nämlich eine Ordnung, das war viel mehr wert. Um acht Uhr dies, um acht Uhr dreißig jenes, streng nach Plan. Da hatte man gar nicht die Zeit, um über so was wie *Sinn des Lebens* nachzudenken.«

»Vielleicht liegst du deshalb hier?!«

Diese Bemerkung hielt ich schlichtweg für zu dumm, als daß ich mich dazu äußern wollte.

»Sonst noch was?« erkundigte ich mich gelangweilt.

»Ja!« erwiderte Daniela. »Ich möchte etwas von dir wissen.«

»Bitte!«

»Warum liebst du dich nicht?«

Ich fühlte mich völlig überrumpelt. »Warum sollte ich?« stellte ich die Gegenfrage, worauf Daniela jedoch gar nicht einging.

»Lieben dich andere Menschen?« fuhr sie statt dessen fort.

»Keine Ahnung.«

»Lieben dich deine Eltern?«

»Müssen sie ja, sind ja meine Eltern.«
»Hat dich jemals eine Mensch freiwillig geliebt?«
»Weiß ich nicht!«
»Hast du vielleicht nichts Liebenswertes an dir, Eva?«
»Weiß nicht.«
»Warum antwortest du mir nicht in ganzen Sätzen, Eva?«

Darauf hätte ich ihr eine Antwort geben können, aber ich wollte nicht. Sie hatte mit ihrer Fragerei meine verwundbarste Stelle getroffen. Meine Augen sprühten vor Zorn, und am liebsten wäre ich dieser Frau an die Kehle gesprungen. Nur mühsam konnte ich mich beherrschen.

»Ich bin so kurz angebunden«, stieß ich hervor, »weil Ihre Fragen so einmalig dämlich sind, Fräulein Römer. Aber wenn Sie es unbedingt wissen wollen: Ich bin nie geliebt worden. Man hat immer nur meine Funktionstüchtigkeit geschätzt, schon als Kind. Und meine Leistung hat man bewundert, und meine Kraft und meine Intelligenz. Geliebt hat man mich nie. Deshalb hinterlasse ich auch keine Lücke, Fräulein Römer, ich bin ersetzbar, und wenn Sie jetzt auch noch wissen wollen, wie ich dazu stehe: Ich finde es gut so. Das entbindet mich nämlich von jedweder Verantwortung!«

Mit diesen Worten erhob ich mich von meinem Stuhl und rauschte hinaus. Daniela mochte denken, was sie wollte.

Ich selbst fühlte mich nach diesem Eklat erleichtert, denn ich hatte zwangsweise etwas ausgesprochen, was mir von Kindheit an auf der Seele brannte, und die entstandene Wunde konnte ich jetzt nach Herzenslust vertiefen. Ich erging mich in Selbstmitleid, schrieb elegische Gedichte und begann den Tod herbeizusehnen, den ich so lange gefürchtet hatte. In allen Farben malte ich ihn mir aus. Ich wünschte mir, er käme in einer meiner schlaflosen Nächte, wenn ich mit weit geöffneten Augen in die Dunkelheit blickte, wenn ich auf ein Zeichen meines Schicksals hoffte, auf ein Licht, das in die Zukunft wies, und das dann trotz allen Hoffnungen doch nicht aufleuchtete, so daß ich die Finsternis und die verhängnisvolle Einsamkeit nur noch schmerzlicher empfand ... Dann sollte er kommen, der Tod, dann wollte ich mich ihm leidenschaftlich ergeben.

Wenige Tage später bekam ich Fieber. Zuerst wußte niemand, worauf das zurückzuführen war, aber nach ein paar Tagen wurde der Auslöser für alle sichtbar: »Handtellergroßer Vulva-Abszeß mit Befall des gesamten Lymphknotenbereichs, rechtsseitig.«

Das war so schmerzhaft, wie es klang, und als ich es gar nicht mehr aushalten konnte, ließ Mennert mich in die Gynäkologie bringen. Er tat das äußerst ungern, denn es war Sonntag, und die Sonntage in der Gynäkologie waren berüchtigt. Zuerst wollte ich das gar nicht glauben, doch dann erblickte ich El Brutalo. Er war todmüde. Am Freitagabend hatte sein Dienst begonnen, seitdem waren vierzig Stunden vergangen, mit Entbindungen, Notoperationen etc.

»Was ist denn mit Ihnen passiert?« fragte er nach anfänglicher Wiedersehensfreude und wies erschüttert auf meine Glatze. Vor Scham biß ich mir so fest auf die Lippen, daß es blutete. »Machen Sie sich nichts daraus«, sagte er dann, »einen schönen Menschen entstellt nichts.«

Das klang alles andere als überzeugend. In Wahrheit empfand dieser Mann mein Aussehen als Zumutung. Obgleich er sich bemühte, das zu verbergen, sprach es aus jedem seiner Handgriffe, aus jedem seiner Blicke, aus jedem Wort. Er war entsetzt, und ich schämte mich dafür, ihn so zu entsetzen, am liebsten hätte ich mich ununterbrochen dafür entschuldigt. Dazu fehlte mir nur die Kraft.

Nachdem er mich untersucht hatte, warf er der diensthabenden Schwester einen vielsagenden Blick zu. Dann gähnte er und sah mir tief in die Augen.

»Sie haben große Schmerzen«, hauchte er mitfühlend, »nicht wahr?«

Ich nickte, und mir fiel auf, wie sehr ich mich trotz dieser großen Schmerzen freute, diesen Mann wiederzusehen.

»Wissen Sie, Frau Martin, das kann ich mir nämlich denken, daß Sie große Schmerzen haben, aber wenn wir den

Eingriff vornehmen, wie Professor Mennert es vorgeschlagen hat, dann ...«

Seine blauen Augen waren kalt und gefühllos. Sie paßten nicht zu der Wärme seiner Stimme, und das erschreckte mich, worüber er nur grinste. Es war dieses unverschämte, jungenhafte Grinsen, das mich schon bei unserem ersten Aufeinandertreffen so geärgert hatte.

»Was ist dann?« fragte ich.

»Dann müßten wir Sie jetzt erst mal für die Operation vorbereiten«, antwortete er. »Dann müßte der Narkosearzt kommen und Sie bekämen eine Spritze ... aber das kennen Sie ja schon alles.«

Er griff nach meiner Hand und spielte mit meinen Fingern.

»Das dauert dann natürlich alles seine Zeit«, sagte er, »und Sie haben ja Schmerzen, und Sie wollen die Schmerzen doch los sein. Nicht wahr?«

Wieder nickte ich. Ich wußte zwar nicht, worauf dieser Hüne hinauswollte, aber mir war alles recht, solange er bloß meine Hand nicht losließ. Das spürte er. Ganz fest barg er sie in seiner riesigen Pranke und drückte sie liebevoll. Das war himmlisch, himmlisch beruhigend, ich kam mir fast vor wie ein ganz normales Mädchen bei seinem ersten Rendezvous.

»Gut«, sagte El Brutalo leise, »dann sind wir uns ja einig. Sie sind schließlich eine tapfere, junge Frau. Sie beißen mal kurz die Zähne zusammen, und ich inzidiere den Abszeß gleich hier. Das tut ein bißchen weh, aber wenn es vorbei ist, haben Sie sofort Erleichterung, und das ist ja das Wichtigste. Einverstanden?«

»Ja«, antwortete ich mit der Inbrunst, die man sonst wohl nur vor dem Standesbeamten aufbringen kann.

Das freute El Brutalo. Seine Zärtlichkeit und seine Wärme waren sofort wie weggeblasen. Er ließ meine Hand so abrupt los, daß sie auf die Seitenverstrebung des sogenannten Pflaumenbaums knallte, und ich wußte kaum, wie mir geschah.

Ich hatte keine Ahnung, worauf ich mich da eingelassen hatte. Es war schließlich mein erster Abszeß, und was es bedeuten mochte, ihn zu »inzidieren«, war mir schleierhaft.

Derweil schritt El Brutalo zur Tat. Da mir nicht nur die Kopfhaare, sondern auch alle anderen ausgefallen waren, erübrigte sich eine Rasur. Die Schwester desinfizierte den Abszeß und sein Umfeld, und dann reichte sie ihrem promovierten Vorgesetzten ein merkwürdig aussehendes, metallenes Besteck.

»Was wollen Sie denn damit?« fragte ich atemlos. El Brutalo antwortete mir nicht, baute sich aber frontal vor mir auf, das Besteck in der Hand wie Ritter Kunibert die Lanze.

»Sie wollen doch wohl nicht –«

Weiter kam ich nicht, denn El Brutalo machte seinem Name Ehre. Der Ritter bohrte seine Lanze mit roher Gewalt in meinen Abszeß, und ich schrie wie zur Stunde des Jüngsten Gerichts. Der Ritter vergrößerte die Öffnung der Wunde mit wachsender Begeisterung und bestialischer Brutalität, und mit all seiner Körperkraft preßte er sie aus, und ich schrie und schrie und schrie ... bis mein Atem endete und mir schwarz vor Augen wurde.

»Eva ...!« – Die Hand, die da so liebevoll meine Wange tätschelte, erschreckte mich so sehr, daß ich hysterisch aufkreischte.

»Aber, Eva ... Mädchen ...!«

Mißtrauisch öffnete ich die Augen, und als ich Doktor Behringers Gesicht erblickte, kamen mir sofort die Tränen.

»Was ist denn?« fragte er, und dabei wirkte er fast ein bißchen verstört. »Was haben Sie denn?« Es vergingen viele Stunden, bis ich mich überwinden konnte, meine Geschichte zu erzählen.

Behringer konnte es nicht fassen.

»Sie wollen doch wohl nicht ernsthaft behaupten, daß die Ihnen den Abszeß ohne Narkose gespalten haben?!«

»Doch!« Ich hatte solche Angst, das zuzugeben, und ich schämte mich so, das zugeben zu müssen.

»Nicht mal eine örtliche Betäubung?«
»Nein!«

Ich brach in Tränen aus. Ich schluchzte wie ein Kind, und immer wieder erfaßte mich diese ängstliche Scham, diese schamhafte Angst, die alles nur noch schlimmer machte. Mennert kam, und auch ihm stand die Fassungslosigkeit im Gesicht geschrieben.

»Ich weiß gar nicht, was ich dazu sagen soll«, flüsterte er, »es tut mir so leid, Eva, ich verspreche Ihnen, daß so etwas ganz bestimmt nie wieder vorkommt.«

Doch dieses Versprechen kam zu spät. Ich verkroch mich in die hinterste Ecke meines Bettes, rollte mich zusammen wie ein Embryo und brachte kein einziges Wort mehr über die Lippen. Was ich erwartet hatte, war eingetreten: Ich war gestraft worden. Gott im Himmel hatte zugelassen, daß man mich, einen Menschen aus Fleisch und Blut, behandelt hatte wie ein Stück Vieh. Der Grund dafür lag für meine Begriffe auf der Hand. Der Mensch, der ich geworden war, hatte einfach keinen größeren Wert mehr als ein Stück Vieh. Ich war eben ein hoffnungsloser Fall, die Karikatur einer Frau, der man weder Achtung noch Rücksicht entgegenbringen mußte. Ich war medizinisches Freiwild, zum Sterben noch zu stark, zum Leben aber schon lange zu schwach. Mich konnte man quälen und demütigen, und ich konnte mich nicht dagegen wehren. Das zu erkennen und durchzudrehen war eins. Von einem Augenblick zum anderen ließ ich mich gehen. Ich schrie wie am Spieß, wenn es mir gerade in den Sinn kam, und die Zahl meiner hysterischen Anfälle war binnen weniger Tage so hoch, daß mich kaum noch jemand ernst nahm. Dann bekam ich wieder Fieber. Der eben erst auf so brutale Weise inzidierte Abszeß hatte sich neu gebildet, aber dieses Mal war er längst nicht so groß, überhaupt nicht schmerzhaft, dafür aber lebensgefährlich.

»Sich vergrünende Streptokokken«, lautete die Diagnose, »Blutvergiftung!«

Das löste eine allgemeine Panik aus, die ich in meinem Fieberwahn nur ganz bruchstückhaft mitbekam. Mitten in der Nacht bettete man mich auf eine Trage und raste mit mir durch düstere Gänge; die vorüberflatternden, weißen Kittel wurden zu flüsternden Schatten. Dann wurden die Gänge heller, und manchmal stob der Schein einer Neonröhre unter meine Lider, wie bei rasender Autofahrt über eine Allee, wo das Sonnenlicht im Staccato durch die Baumkronen blitzt. Ich sah die Straße, die ich entlangbrauste, ich sah das satte Grün der Bäume, ihre kräftigen Stämme, die zur lichtschäumenden Welle wurden. Dann war es plötzlich vorüber. Scharfer Karbolgeruch stieß mir in die Nase, und als ich die Augen öffnete, sah ich über mir den Kranz der Operationsscheinwerfer. Grün vermummte Gestalten beugten sich über mich.

»Ganz ruhig, Frau Martin! Das tut jetzt ein bißchen weh, Frau Martin! Hören Sie mich, Frau Martin?«

Ich hörte alles, aber ich verstand nicht, und als ich wieder zu mir kam, lag ich auf der Intensivstation, und rauschende Apparate umgaben mich, in meine Venen flossen Infusionen und Transfusionen, und das grelle Licht, das mir unbarmherzig in die Augen stach, brannte Tag und Nacht. Manchmal kamen junge Männer, kaum älter als ich, und wuschen mich. Sie entblößten meinen ausgezehrten Körper, und keine einzige Ritze und keine Fuge blieb von ihren Lappen und Läppchen verschont. Sie rieben in meinem Po, und sie scheuerten mein Genitale, sogar die Schamlippen klappten sie auseinander, um mich antibakteriell und keimfrei zu hinterlassen. Daß ich dabei jedesmal vor Scham weinen mußte, verstanden sie nicht. Mit frischem Zellstoff wischten sie mir die Tränen vom Gesicht, und dabei redeten sie tröstend und beruhigend auf mich ein. Sobald sie fort waren, kamen die Mädchen. Es waren hübsche Mädchen mit ungeschminkten Gesichtern, und sie rochen nach Leben. Sie sprachen freundlich, und sie lächelten mich an, und dann beugten sie sich über mich und ergriffen eines meiner Ohrläppchen. Mit einem Gel rieben sie es ein, bis es brannte wie Feuer. Dann schnitten sie mit einem Messerchen hinein, bis das Blut nur noch so floß. Ich wollte schreien und konnte nicht, denn sie erzählten mir etwas von meinen Gaswerten, und dabei sah ich dann in ihre hübschen und ungeschminkten Gesichter und roch ihr Leben und fragte mich nur noch, wie sie nur so hübsch lebendig sein konnten, wenn sie andere Menschen quälten, wie mich. Eine Antwort fand ich nicht, dazu hatte ich viel zu hohes Fieber. Vielleicht gab es aber auch gar keine Antwort.

Insgesamt lag ich knapp drei Wochen dort, und während dieser Zeit spielte mein Körper völlig verrückt. Auf der einen Seite kämpfte er gegen den Krebs, auf der anderen Seite gegen die Chemotherapie. Vornehmlich in dem der Vulva angrenzenden Lymphknotenbereich bildeten sich immer neue und immer schmerzhaftere Abszesse, die jedes Mal operativ eröffnet werden mußten. Die Narkosen zogen lebensgefährliche Herz- und Kreislaufschäden nach sich, und das kettete mich zeitweilig an die Herz-Lungen-Maschine. Darüber hinaus zeigte mein Körper allergische Reaktionen. Die Lymphen schwollen an: an den Händen, an den Füßen, in den Achselhöhlen, in den Leistenbeugen, am Hals – und im Gesicht. Besonders im Lippenbereich machte mir das zu schaffen, denn ich spürte, wie es begann, und konnte es trotzdem nicht aufhalten. »Dicke Lippe« nannten die Ärzte und Schwestern dieses Phänomen, und als ich in einem lichten Moment fragte, wie ich damit denn aussähe, antwortete man mir lachend:
»Wie ein aussätziger Gorilla!«

Das glaubte ich natürlich nicht, überdies störte es mich aber auch nicht. Für kurze Zeit war ich mit meinem Schicksal versöhnt. Ich spürte genau, daß Gott mir meinen großen Wunsch zu sterben nun doch erfüllen wollte. Ich spürte es ganz genau, und das machte mich friedlich.

Mitte November 1976 teilte Professor Mennert meinen Eltern dann tatsächlich mit, es gäbe nun keine Hoffnung mehr für mich.

Diese Eröffnung traf meine Eltern nicht unvorbereitet. Sie hatten lange genug damit gerechnet, und nachdem sie sich weitere vierundzwanzig Stunden mit diesem Gedanken auseinandergesetzt hatten, bat mein Vater, sämtliche Apparate abzuschalten und der Natur freien Lauf zu lassen. Mennert weigerte sich.

»Es steht uns nicht zu, Gott ins Handwerk zu pfuschen«, sagte er.

Mein Vater war empört. »Aber das tun Sie doch schon die ganze Zeit«, brüllte er. »Sie legen die Eva an Schläuche und Pumpen und reden von Gottes Ratschlag?«

»Schließlich war es Gott, der einen geschickten Menschen diese Schläuche und Pumpen erfinden ließ. – Tut mir leid, Herr Martin, das ist mein letztes Wort.«

Noch in der gleichen Nacht fand die letzte der insgesamt acht Abszeßinzisionen statt, und am darauffolgenden Morgen war ich zum ersten Mal seit Wochen fieberfrei.

Das schockierte mich so sehr, daß ich mit großen Kinderaugen in die Runde blickte und inständig hoffte, irgend jemand möchte mir irgend eine glaubwürdige Erklärung dafür geben. Doch ich wartete vergebens. Vielmehr befreite man mich nacheinander von den einzelnen Apparaten und Schläuchen und stellte Ansprüche: Ich sollte wieder essen, ich sollte wieder trinken, ich sollte wieder sprechen, Wünsche äußern, Entscheidungen treffen. Für mich, die ich mich so sehr auf den Tod eingestellt hatte, kam all das einer Menschenrechtsverletzung gleich, und ich beschwerte mich lautstark. Just in dem Augenblick, da ich die Intensivstation zum teuersten »Mist-Laden« weit und breit erklärte, hielt Professor Mennert den Zeitpunkt dann für gekommen, mich auf S1 zurückzubringen.

Meine Eltern küßten ihm fast die Füße vor Dankbarkeit.

»Wenn Sie nicht gewesen wären«, sagten sie, »dann wäre die Eva jetzt nicht mehr.«

Daraufhin beschloß ich, mit diesem Mann nie wieder ein überflüssiges Wort zu wechseln. Auch Claudia war der Freude voll. Sie heulte fast vor Glück, als sie mich wiedersah.

»Mensch«, jauchzte sie, »du has ja echt de Natur von son Neandertaler. Datte dabei nich abgegangen bis!«

Daß mich das noch weitaus mehr verwunderte als sie, behielt ich für mich. Überhaupt behielt ich erst mal das meiste für mich. Ich schwieg mich aus, meine Gesichtszüge wurden so eisig, daß viele in meiner Gegenwart zu frösteln begannen.

Meine Verstocktheit ging Claudia schon bald auf die Nerven.

»Paß ma auf!« keifte sie mich an, »entweder du machs dat Maul auf, oder ich schlach dir so lang rein, bisset überhaupt nich mehr zukriss. Kapiert?«

Ich nickte.

»Dann sach, wat Sache is!«

Das zu formulieren war nicht sonderlich schwierig.

»Ich will sterben!« sagte ich laut und deutlich.

Claudia stutzte. »... Na bravo!«

In den kommenden Wochen tat ich alles, um meine Todessehnsucht zu erfüllen. Ich verweigerte die Nahrungsaufnahme, aber Professor Mennert ließ mich künstlich ernähren. Als ich mich auch dagegen sträubte, wurden meine Arme und Beine festgeschnallt. Ich legte mir alle möglichen Erklärungsmuster zurecht, warum Gott meinen Willen nicht erhört habe, aber demnächst doch noch in Erfüllung gehen lassen würde. Aber nichts geschah.

Peter Iwanow, mein ehemaliger Partner auf der Ballettbühne, hatte mich in den vergangenen Monaten regelmäßig besucht. Eines Abends war er ungewöhnlich schweigsam. Früher hatten wir zwar kaum miteinander geredet, aber seit ich im Krankenhaus lag, hatte sich das geändert. Um so erstaunter war ich, daß er jetzt wieder so stumm dasaß.

»Ist irgend etwas?« fragte ich vorsichtig an.

»Nein.«

»Wirklich nicht?«

»Nein.«

»Liegt es an ...?« Ich wies auf die Mennertschen Folterinstrumente, den Tropf, die Gurte, mit denen man mich zur Nahrungsaufnahme zwang.

»Aber nein!« sagte er laut und deutlich.

»Gut! – Wie geht es dir?«

»Danke, gut. Und dir, Eva?«

»Danke, auch! – Und im Theater, wie geht es da?«

Langsam blickte Peter auf und sah mir fest in die Augen.

»Ich habe gekündigt!«

Das überraschte mich sehr. Warum er gekündigt hatte, wollte ich wissen, und wohin er ginge, in welche Stadt, zu welchem Choreographen. Aber er sagte nur: »Ich mache Schluß!« Und da war all meine Neugierde dahin, ich war nur noch entsetzt.

»Ich bin vierzig«, sagte er.

»Nurejew ist –«

»Ich bin nicht Nurejew.«

Peter hatte mich schon immer gern mitten im Satz unterbrochen, aber ich war sicher gewesen, diese unangenehme Angewohnheit hätte er mittlerweile abgelegt. Jetzt wußte ich es besser.

»Du mußt das verstehen«, sagte er leise.

»Das kann ich nicht verstehen.«

»Aber, Eva, ich wollte mit dir Karriere machen, mit einer Partnerin, die mir gehört, die ich gemacht habe. – Ich bin zu alt, um noch mal anzufangen.«

Mir wurde schwarz vor Augen, als ich das hörte. Was er mir da sagte, hatte ich längst geahnt. Ich hatte nur nie darüber nachdenken wollen und es deshalb immer wieder verdrängt. Jetzt, da ich dieser Wahrheit schonungslos ins Gesicht blicken mußte, war sie doppelt schrecklich für mich. Sie ließ ein Schuldbewußtsein in mir erwachen, das mich förmlich erdrückte. Peter bemerkte das nicht, er schwelgte in süßen Erinnerungen.

»Weißt du noch?« flüsterte er. »Damals, als ich was Junges gesucht habe?«

Ich wußte es noch ganz genau, mir war, als wäre es erst gestern gewesen.

»Du warst gerade zwölf Jahre alt«, fuhr er fort, und dabei klang seine Stimme wehmütig wie nie zuvor. »Ganz klein warst du, Eva, ganz dünn, und ganz lange, blonde Zöpfe hast du gehabt. Weißt du das noch?« Er lachte auf. »Die ist es, hab' ich gedacht, als ich dich sah, genau die. Die hat so was Freches, die ist ...«

Ich begann zu weinen. Als er versuchte, mich zu trösten, wich ich aus.

»Was ist denn, Eva? Das kannst du doch nicht leugnen, daß du was Freches hattest –«

Wieder versuchte er, mich an sich zu ziehen, aber dieses Mal wehrte ich mich richtig. Er grinste. »Das hast du ja immer noch!« sagte er, gab dann aber doch auf. Humor war nun wirklich das letzte, was ich in dieser Situation ertragen konnte.

»Tut mir leid«, flüsterte er.

Ich sah ihn an. Alt war er geworden in den letzten Monaten, das fiel mir erst jetzt auf. Er hatte seinen Sommer bereits hinter sich, und warum das so war, lag meines Erachtens auf der Hand.

»Es ist meine Schuld!« rief ich.

Er wußte sofort, was ich meinte, denn er erwiderte, was jeder Mensch in einem solchen Augenblick erwidert hätte: »So darfst du das nicht sehen, Eva!«

»So *muß* ich es sehen!!!«

Peter Iwanow hatte von der großen Karriere geträumt. Auf meine Jugend und auf seine Erfahrung hatte er Luftschlösser gebaut, jetzt lag er am Boden. Das kleine, dünne Mädchen mit den langen Zöpfen hatte ihn mit sich in die Tiefe gerissen. Ich war schuld an seinem Untergang, ich war schuld, ich, ich ...

Tag und Nacht redete ich mir das ein, und je mehr ich es mir einredete, desto größer wurde meine Verzweiflung. Nicht Gott hatte sich geirrt, wie ich in der Vergangenheit immer geglaubt hatte, ich hatte mich geirrt. Ich verdiente Strafe, ich verdiente dieses Sterben bei lebendigem Leibe, denn ich stürzte alle Menschen ins Unglück. Meine Eltern, Frau Gruber, Peter, sie alle hatten unter mir leiden müssen und litten auch jetzt noch, weil ich schlecht war.

»Schwachsinn!« meinte Claudia dazu. »Guck mich an, mir hasse Glück gebracht. Du wars da, und ich bin inne neue Remission.«

»Das hättest du auch ohne mich geschafft.«

»Dat is nich sicher.«

»Du hättest es ohne mich bestimmt sogar besser geschafft. Menschen wie ich stürzen andere immer nur ins Verderben.«

»Mach wat dran!« gab Claudia lakonisch zurück.

»Das macht sich von allein, das siehst du ja. Menschen wie ich werden bestraft, sie müssen bestraft werden.«

Da ich wirklich davon überzeugt war und da man mich von meinen Überzeugungen noch nie hatte abbringen können, wartete ich nunmehr gebannt auf weitere Qualen. Doch die blieben aus.

Vielmehr »versuchte« man es noch einmal mit mir, nahm mir die Gurte, die Sonde und den Tropf wieder ab, baute auf meine Vernunft. Das brachte mich fast um meinen restlichen Verstand. Ich fühlte mich geneckt, denn immer dann, wenn ich glaubte, des Rätsels Lösung gefunden und damit Gottes himmlische Strategie durchschaut zu haben, kam alles *ganz anders*. Nichts von dem, mit dem ich gerechnet hatte, traf ein, wodurch ich mich zwangsläufig am Ausgangspunkt meiner vorausgegangenen Überlegungen wiederfand. Einige Male hatte ich das ja nun mit mir machen lassen, doch diesmal war es mir endgültig zu dumm. Ich nahm mir vor, Gottes Ratschlag zu umlaufen. Da Er jetzt offenbar doch nicht die Absicht hatte, mich weiterzuquälen, beschloß ich, das selbst in die Hand zu nehmen, denn immerhin war ich, Eva Martin, mir selbst eine Last, und von der wollte ich mich nunmehr befreien. Mir kam schon bald eine Idee. Aus Claudias Nähzeug stibitzte ich mir eine ganz besonders schöne, lange und spitze Stricknadel. Nun wartete ich nur noch auf einen günstigen Moment. Am nächsten Tag war es dann soweit.

»Wie kann man aber auch so krank werden!« Karin Ortmann, Claudias Nachbarin, konnte es wieder mal nicht lassen.

»Ich war niemals krank«, flötete sie, »ich hatte nur die Masern und die Röteln und die Windpocken, sogar den Blinddarm und die Mandeln habe ich noch. Aber ich habe ja auch immer gesund gelebt.« Wie gewöhnlich entbrannte in der Folge zwischen Karin und Claudia ein erregtes Wortgefecht mit ebenso viel Schimpfwörtern wie Bibelzitaten. Ich nahm die Stricknadel, plazierte sie genau über meinem Bauchnabel und – stach zu. Beim ersten Mal bedurfte es dazu enormer Überwindung, dann stellte ich jedoch fest, daß es nur unwesentlich schmerzte, dafür aber eine unsagbare Wirkung hatte. Ich blutete fürchterlich.

Da sich dieser Akt der Selbstzerstörung unter der Bettdecke abspielte, bemerkte zunächst niemand etwas. Leidenschaftlich und bedingungslos ergab ich mich meiner eigenen Vernichtung. Dabei verklärten sich meine Gesichtszüge wohl so sehr, daß es Claudia schließlich dämmerte. Sie sprang aus dem Bett, schob Karin Ortmann schnöde beiseite und riß mir die Bettdecke weg.

»Sach ma, du hasse ja wo nich mehr alle!« kreischte sie, und Karin fügte hinzu: »Oh je, oh je, oh Jesus Christus!«

»Du halt dat Maul!« brüllte Claudia. »Mensch, Eva, has du nen Knall? Du gehörs wo inne Zwangsjacke, wie? Inne Gummizelle! du has ne totale Macke! Ich ... ach!!!«

Sie warf mir die Bettdecke über den Kopf und läutete nach Professor Mennert. Dabei erklärte sie mir, sie hätte sich mein dämliches Geschwafel nun lange genug angehört, hätte es aber, weil es so unheimlich dämlich gewesen wäre, nie ernstgenommen. Jetzt sähe das natürlich alles anders aus, denn jetzt wüßte sie, daß ich noch wesentlich bescheuerter wäre als der »Scheiß«, den ich von mir gäbe.

Professor Mennert war nicht minder erregt, als er sah, was ich getan hatte. Er versorgte die Wunden, die ich mir beigebracht hatte, und dann sah er mich fest an.
»Wären Sie mal so lieb und würden sich einen Moment aufsetzen, Eva?«
Mürrisch tat ich ihm den Gefallen.
»Und dann schauen Sie bitte mal geradeaus, genau auf die Türklinke ...!«
Ich wußte nicht, was das sollte, aber ich gehorchte. Im gleichen Augenblick verpaßte Mennert mir eine Ohrfeige, daß ich glaubte, die Engel im Himmel zu hören.
»So!« sagte er dann. »Es steht Ihnen jetzt frei, sich darüber zu beschweren, aber vorher lassen Sie sich bitte noch sagen, was ich von Ihnen halte: In meinen Augen sind Sie ein verantwortungsloses, bösartiges und undankbares Biest. Und eines kann ich Ihnen versichern, Eva Martin, wenn so etwas noch einmal vorkommt, dann erleben Sie Ihr blaues Wunder, darauf können Sie sich verlassen.«

»Weiße wat«, sagte Claudia eines Tages zu mir, »du bis auf en ganz falschen Dampfer.«
»Bin ich nicht«, erwiderte ich.
»Bisse doch ...!«
Sie kletterte bedächtig aus ihrem Bett und setzte sich zu mir.
»Rutsch ma, Evken, los!«
»Wieso denn! Was hast du vor?«
»Ich werd dir jez ma wat verklickern.«
»Ach ...«
Claudia ließ sich jedoch nicht beirren. Sie hob den Zeigefinger wie ein strenger Religionslehrer und sah mir fest in die Augen.
»Und nu gib ma Obacht!« sagte sie dann. »Dat is nämlich

so: Wo ich noch gesund wa, Evken, da wa ich geil auf allet Schöne ...«

Ich lauschte ergriffen, denn zum Großteil war mir das, was Claudia da erzählte, völlig neu. Sie sprach von ihrem früheren Leben, von schicken Kleidern und von Malerei, von teurer Kosmetik und von Puccini-Opern.

»... wat Schäbiget wollt ich nich sehn, Eva, aber dat will da draußen ja keiner sehn und deshalb is dat ga nich aufgefalln. Bloß wo ich plötzlich selber schäbbig wa, is et mir aufgefalln, weil ... da wollten die andern mich nich mehr sehn. Mmh?«

Ich nickte, denn mir war es im Grunde ebenso ergangen. Kaum jemand kam jetzt noch über meine Schwelle, und wenn sich doch noch mal jemand hierher verlief, dann nur, um mir mitzuteilen, daß er fortan aus dem einen oder anderen Grund nicht wiederkommen würde.

»Dat darfse dat Pack aber nich übelnehmen«, fuhr Claudia fort. »Dat is da draußen nu ma so. Da draußen, da sind se stark und schön und vor allet sind se optimistisch. Mit so unangenehme Dinge wie Krankheit und Sterben wolln die nich belästigt werden. Un deshalb wolln se unsereinen nich! Oder hasse da draußen scho ma einen mit Hautkrebs gesehn?«

Ich überlegte einen Moment. »Nein!« sagte ich dann.

»Oder mit en gelähmtet Gesicht?«

»Nein!«

»Kannse da draußen auch nich sehn, Eva, weil die nämlich alle hier drin sind, in Haus zwei, hinter Gitter.«

Ich war entsetzt. »Aber –«

»Nix *Aber!*« fiel Claudia mir gleich wieder ins Wort. »Dat is so. Wenn de da draußen nich innet System paßt, musse wech!«

Sie sagte das ohne jedwede Sentimentalität, und in ihrer Stimme schwang nicht einmal ansatzweise so etwas wie ein Vorwurf.

»Dagegen kann man aber doch gar nichts tun!« sagte ich traurig.

»Doch!« erwiderte Claudia.
»Wie denn?«
»Nich, indem du dir Nädelkes int Fleisch haus!«
»Sondern?«

Sie sah mich an, als wüßte ich das selbst, als wäre ich nur zu faul, darüber nachzudenken. Da ich mich jedoch als nachhaltig begriffsstutzig erwies, gab sie schließlich nach.

»Guck dich ma an, Evken!« sagte sie mitleidig. »Schämen tuse dich, Angst hasse, und dat allet bloß wegen deine Glatze und den schäbbigen Kadaver.«

»Na und?«

»Dat is genau dat, wat unsre Freunde da draußen so erwaten. Jetz musse bloß noch ganz wacker abkratzen, dann bisse en richtig bravet Mädchen. Machs kein Dreck! Machs kein Ärger!«

Ich sah sie mit großen Augen an und versuchte verzweifelt zu verstehen, was sie mir mit alldem sagen wollte. Doch da war ihre Geduld auch schon erschöpft, und sie packte mich bei den Schultern.

»Mensch, Evken!« brüllte sie dabei. »Wehr dich! Noch bisse da, also sieh ma zu, dat die da draußen dat merken!«

»Aber warum denn?« wimmerte ich.

»Damit denen ihr System vonne makellose Schönheit endlich kaputtgeht.«

»Warum?«

»Damit so welche wie wir irgendwann auch ma auf de Straße gehn können, ohne Haare, voll Ausschlach, aber lustig!!!«

Ich starrte sie an und war einfach nur noch sprachlos. Eigentlich verspürte ich ja gar kein Verlangen mehr in mir, auf die Straße zu gehen. Vielleicht spürte ich dieses Verlangen aber auch nur deshalb nicht, weil ich genau wußte, daß Kahlköpfigkeit und Unreinheit da draußen »ekelhaft« genannt wurden. Wenn es so war, hatte Claudia recht. Dann mußte man sich wehren. Nur ... wie sollte so ein schwächliches Wesen wie ich gegen ein wohlorganisiertes System ankämpfen?

»So auf en Plötz weiß ich dat auch nich«, sagte Claudia, die sich inzwischen wieder in ihr Bett gelegt hatte. »So wat musse richtig aushecken.«

Ich mußte lächeln. Schon oft hatte ich mich gefragt, was Claudia dachte, wenn sie wie jetzt lang ausgestreckt in ihrem Bett lag und an die weißgekälkte Zimmerdecke starrte.

»Daß du dann immer was aushecks, hätte ich nie gedacht«, sagte ich jetzt.

»Tu ich auch nich.«

»Nein?«

»Nee!«

»Woran denkst du dann, wenn du so daliegst?«

»An Ficken!«

Die Antwort kam so prompt und so laut, daß es mir erst einmal die Sprache verschlug.

»Immer?« erkundigte ich mich schließlich zaghaft.

»Immer!«

»Und warum hast du mir das nie gesagt?«

Claudia sah mir geradewegs in die Augen und grinste. »Weil ich weiß, dat du an dat gleiche denks, wenn de daliechs. Stimmt et?«

Ich wurde rot vor Scham, und sie grinste nur noch mehr.

»Et stimmt also!« meinte sie dann und rekelte sich wohlig in die Kissen.

Es stimmte tatsächlich.

Von all den vielen Dingen, die ich durch meine Krankheit versäumt zu haben glaubte, war der Sex das einzige, was ich wirklich betrauerte. Das ging so weit, daß ich manchmal in wilden Tagträumen kräftige Männerhände sah, die mich begierig berührten. Ich phantasierte von rauschenden Festen und Orgien mit Alkohol und betäubender Musik und Sex, Sex, Sex ... das schien mir Lebensfreude zu sein, das und nur das!

»Weißt du was?« fragte ich nach einer Weile Claudia.

»Nee!«

»Bevor ich sterbe, tu ich es noch!«

»Wat?«

»Ich schlafe mit einem Mann!«

Claudia sah mich entsetzt an. »Flipp doch nich rum!« schnauzte sie dann. »Guck ma innen Spiegel, Eva! Wer so wat wie dich ranläßt, der läßt auch nen Hund ran!«

Dieser Einwand schockierte mich dermaßen, daß ich erst mal nach Luft rang.

»Dann geh' ich eben auf den Strich!« brüllte ich.

Claudia brach in schallendes Gelächter aus.

»Wieviel wolltese dem denn bezahlen?« kreischte sie.

»Und wenn es das letzte ist, was ich tue!!!«

»Wenn de dat jez tus, is et bestimmt dat letzte.«

Es war merkwürdig, aber plötzlich wurde mir klar, daß ich tief in mir wohl ein Leben lang von einem Mann geträumt hatte, der mich lieben würde, wie ich ihn immer schon geliebt hatte. Er brauchte nicht schön zu sein und nicht reich, wohl aber sensibel und zärtlich, verletzbar und trotzdem mutig. Jetzt starb er mit einem Teil von mir, in einem einzigen Augenblick.

»Weißt du«, sagte ich zu Claudia, »ich glaube, daß es den alten Leuten genauso geht. In der Seele fühlen sie sich immer noch wie siebzehn, aber ihre Körper sind faltig, ihre Gesichter sind runzelig ...«

Für einen kurzen Augenblick war es still im Raum, und ich nutzte diese Stille, um mir klarzumachen, daß ich so ein Leben als jugendlicher Greis nicht würde durchstehen können.

»Laß dat Treten auf de Tränendrüse sein!« keifte Claudia mich an. »Dat bringt et nich, Eva! Laß et!«

»Iiich kaaan aaaber niiicht!« schluchzte ich auf Kommando.

»*Doch!!!* Du brauchs bloß aufhörn, um dat zu flennen, watte nich mehr has und auch nich mehr kriegen kanns, und du brauchs bloß endlich anfangen, dich für all dat zu entschädigen!«

»Wie denn???«

Sie sah mich an, als hätte ich die dümmste Frage aller

Zeiten gestellt, so daß mein Tränenstrom vor lauter Schreck sofort versiegte.

»Sag mal!« stammelte ich dann nach einer ganzen Weile, »wie ... wie wäre das denn, wenn ... wenn wir uns zusammentäten ... du und ich ...«

Claudia knurrte. »Dat hab ich ja von Anfang an gesacht«, tönte sie und zündete sich dabei eine Zigarette an, »aber du wolltes ja nich.«

»Jetzt will ich!«

»Ährlich?«

Ich nickte.

»Und den Unterschied, von den du immer gelabert has?«

Ich mußte lächeln. »Den kenne ich jetzt endlich.«

»Ach nee?«

»Er ist rein oberflächlicher Natur.«

»Wat is er?«

»Na ja«, erklärte ich ihr, »wenn für mich der Schnee in sanften Flocken auf die Erde sinkt, ist es für dich schlicht matschig, und glaube ich, im Klang eines großen Orchesters himmlische Fanfaren zu hören, ist es für dich nur laut.«

»Dat stimmt!« gab Claudia zu, und damit waren wir dann endgültig »Partner«.

Binnen weniger Tage setzte ich meine Idee, gemeinsam mit Claudia das Enfant terrible zu spielen, in die Wirklichkeit um. Der erste Schritt bestand darin, daß ich meine gesamte Nachtwäsche weggab. Um der Welt zu zeigen, wie ich mich fühlte, mußte ich sie erst einmal dazu bringen, mich mit meinen Augen zu sehen. Für diesen Zweck waren die seidenen Schals, unter denen ich bisher meine Glatze verborgen hatte, denkbar ungeeignet.

Aus der Orthopädie ließ ich mir eine Bandage besorgen und aus der Neurochirurgie ein OP-Mützchen. Während ich mir das nun mit flinken Bewegungen um den kahlen Schädel wand, schielte ich zu Claudia herüber. Die schien zufrieden mit mir zu sein.

Meine Mutter hingegen war sprachlos, als sie mich in meiner neuen Aufmachung sah.

»Na?« zischte ich sie an.

Traurig schüttelte sie den Kopf. »Nein, Eva«, seufzte sie dann, »dir kann keiner mehr helfen.«

Ich war begeistert. »Na endlich!« jubelte ich. »Endlich hast du es begriffen.«

Aber sie schüttelte nur noch trauriger den Kopf und ging.

Kaum war sie draußen, als Claudia mir bereits erste Verbesserungsvorschläge unterbreitete.

»Du dafs nich zeigen, datte ne Reaktion wills«, belehrte sie mich. »Nich Na? fragen oder so. Du muß dich deine Sache ganz sicher sein und so tun, wie wenn dich dat en Scheiß intressiert, wat die andern denken. Verstehse?«

Ich verstand. Ich hatte eben noch vieles zu lernen, aber ich zeigte mich lernwillig.

In weniger als drei Tagen kannte ich über die Hälfte ihrer ärgsten Flüche auswendig und lernte, wie sie zu rauchen. Auch das fiel mir nicht schwer.

Mein Umfeld reagierte höchst unterschiedlich auf diese Veränderungen. Doktor Behringer versuchte es beispielsweise mit hoher Philosophie.

»Ein Schwan«, erklärte er mir, »ist auf dem Wasser ein hinreißendes Tier. Aber an Land? Sie, Eva! ... In dieser Aufmachung! ... Mit dieser Raucherei!«

Schwester Gertrud griff derweil zum Trickkästchen der Vernunft.

»Wissen Sie eigentlich wirklich, was Sie damit erreichen wollen?« fragte sie mich. »Diese Garderobe ist häßlich, Rauchen macht häßlich ... was soll das also?«

Demgegenüber zeigte sich Schwester Helma erwartungsgemäß empört. Sie führte sämtliche Vorschriften an und schimpfte wie ein Rohrspatz, weil die OP-Kittel angeblich nur Mittellosen zustünden und nicht solchen »Personen« wie mir. Der einzige, der es mit Humor trug, war Professor Mennert. Er erklärte meine neuen Nachtgewänder zur Karnevalskostümierung, und als er mich bei der Visite rauchend erlebte, lachte er laut auf. »Tut mir leid«, meinte er dann, »aber so originell das auch wirkt, ... der Anblick kommt mir irgendwie bekannt vor.«

In den folgenden Tagen drehten wir die Musik – Claudias Udo Jürgens und meinen Tschaikowsky, synchron auf zwei Stereoanlagen abgespielt – so laut auf, daß Professor Mennert unsere Plattenspieler konfiszierte. Dann gingen wir dazu über, mit dem Besteck gegen das Gestänge der Betten zu schlagen und auf diese Weise einen Höllenlärm zu veranstalten.

Am meisten hatte Schwester Helma unter unseren Einfällen zu leiden. Sobald sie Dienst hatte, läuteten wir im Abstand von zehn Minuten nach ihr. Stand sie dann im Türrahmen, mußte sie sich auf alles gefaßt machen. Eine Zeitlang ertrug sie das mit beispielloser Haltung, doch je länger der Zustand währte, desto mehr zerrte er an ihren Nerven.

»Noch ein bißchen«, lag sie Behringer in den Ohren, »und ich traue mich nur noch zu denen, wenn ich bewaffnet bin.«

»Sie werden doch wohl gegen diese beiden kleinen Mädchen ankommen!« schimpfte Behringer.

Aber Helma wußte nicht, wie sie uns beikommen sollte, ohne ihre Pflichten zu vernachlässigen und uns damit eventuell zu schaden. Eines Morgens überwand sie jedoch all ihre Skrupel.

Begonnen hatte es mit dem ersten Läuten meinerseits.

»Was gibt es?« fragte ich dann, als Helma erschien.

»Das weiß ich doch nicht«, gab sie zurück. »Sie haben doch geschellt.«

»Ich? – Nein! – Um Himmels willen, Schwester Helma, haben Sie das öfter? Das erklärt ja vieles. Hören Sie auch schon Stimmen?«

Zehn Minuten später war Claudia an der Reihe. »Ich wollt bloß ma wieder lachen«, erklärte sie freudestahlend.

»Und deshalb schellen Sie?«

»Wenn ich Ihnen ihr doofet Gesicht seh, lach ich mich jedet Ma fast schief!«

Dergestalt ging es munter weiter, und wir ahnten nicht, daß unsere gute Helma langsam aber sicher auf das Ende ihrer berühmten Selbstbeherrschung zusteuerte. Wir dachten uns nichts dabei, als sie auf Läuten Numero siebzehn trällernd, pfeifend und betont guter Laune zur Tür hereinkam. Wir fanden das lediglich erstaunlich.

»So«, flötete sie, ohne sich diesmal nach dem Grund unseres Klingelns zu erkundigen, »Claudias Badewasser ist soweit!«

Claudia war daraufhin äußerst ärgerlich, ging aber mit.

Etwa eine Dreiviertelstunde später kamen die beiden Damen zurück. Mir fiel sofort auf, daß unsere gute Helma noch besserer Laune war als zuvor. »So«, flötete sie erneut, »jetzt ist unsere Claudia wieder ein sauberes Schweinchen.«

»Wer hier en Schwein is«, keifte Claudia, »dat bestimm ich! Und bringen Se wacker en frischen Jauchebeutel, sons setzt dat wat!«

»Kommt sofort!«

Helma strahlte über das ganze Gesicht und eilte hinaus. Als sie nach einigen Minuten immer noch nicht gekommen war, wurde Claudia unruhig.

»Hat die Kuh dat vergessen oder wat?« knurrte sie. »Die soll voranmachen und den Beutel bringen, sons klink ich aus.«

Splitternackt lag sie auf ihrem Bett, trommelte mit den Fingern auf die Nachttischplatte und beobachtete durch die Augenwinkel voller Skepsis ihren Anus praeter.

Der war in so sauberem Zustand eine medizinische Augenweide. Nahtfein und rosa stülpte sich der Darm über die fünfmarkstückgroße Öffnung. So ungewöhnlich das auch war, häßlich war es nicht. Claudia sah das jedoch anders. Sie haßte diese »Aalskuhle«, wie sie das Stoma nannte, und sie stand Todesängste aus, wenn es freilag. So war es auch dieses Mal. Mit jedem Atemzug wurde Claudia unruhiger und wütender, und je unruhiger und wütender sie wurde, desto heftiger drückte sie auf die Klingel.

»Sonne Mistbiene!« fluchte sie dabei. »Ich merk doch, dat dat kommt. Wenn die nu nich kommt, dann ...«

Im Gegensatz zu anderen Menschen hatte Claudia keinerlei Einfluß auf ihre Verdauung. Sie verfügte nicht über Muskeln, deren Tätigkeit ihrem Willen unterlagen, sie mußte hinnehmen, was kam, und wann es kam, spürte sie erst unmittelbar vorher. Entsprechend panisch verhielt sie sich jetzt.

»Ach du Scheiße!« rief sie mit dem Tonfall des Entsetzens.

»Was ist?« fragte ich.

»Schell noch ma, Eva!«

»Was ist denn?«

»*Schell!!*«

So verzweifelt hatte ich Claudia noch nie gesehen. Helma kam auch jetzt nicht.

»Dat kommt«, kreischte Claudia derweil, »dat kommt, mir läuft de Kacke aus em Bauch, dat kommt ...!«

Tränen des Ekels rannen über ihr Gesicht, sie preßte beide Hände fest auf den Darmausgang und dabei strampelte sie hysterisch mit den dürren Beinchen.

»Dat halt ich nich aus. Dat halt ich nich aus, dat halt ich nich ... nein!«

Halbverdaut und daher dünnflüssig, rann ihr die Verdauung über den Bauch. Ein warmer Gestank legte sich über den Raum, Claudia schrie und strampelte wie eine Wahnsinnige, und ich saß da, den Finger nach wie vor fest auf der Klingel, unfähig, den Blick von dem entwürdigenden Schauspiel zu wenden. Es hielt mich in seinem Bann, und dabei war mein Kopf ganz leer: ich fühlte nichts, sah nur hin.

Als es schon längst zu spät war, stürzte Helma endlich herein, den frischen Beutel in der Hand wie die Nationalflagge.

»Ist ja gut!« tönte sie lachend.

»Nix is gut!« brüllte Claudia, und mit all dem verzweifelten Zorn, der sich in ihr aufgestaut hatte, schleuderte sie Helma die Ergüsse ihres Innenlebens ins Gesicht. Blitzschnell ging das, und als es geschehen war, schien die Welt für einen Atemzug stillzustehen. Bleierne Schwere erfüllte den Raum, und der warme Gestank drohte, uns zu ersticken. Claudia rührte sich nicht. In der Haltung, in der sie ihr Werk vollbracht hatte, saß sie da, die kotbeschmutzten Hände weit von sich gestreckt. Auch Helma rührte sich nicht. Vom Ekel gelähmt, stand sie da, und die Exkremente tropften auf ihre Schultern, rannen über ihren blütenweißen Kittel. Ich sah sie an, ich sah Claudia an, und im gleichen Moment brach ich in ein unwirklich klingendes Gelächter aus. Ich lachte, wie ich noch nie zuvor in meinem Leben gelacht hatte, und noch während ich es tat, wunderte ich mich, über was für schauerliche Dinge ich mittlerweile lachen konnte.

Zwei Tage später erfuhr ich, daß Schwester Helma sich den Fuß verstaucht hatte. Sie war im Badezimmer gestürzt, und die Ärzte hatten schon einen Bruch befürchtet. Claudia hatte ihr einfach das Bein weggezogen. »Dat Bein war mir ebent im Wech!« sagte sie und brüllte vor Lachen. Ich machte keinen Hehl draus, wie sehr mich die ganze Affäre erheiterte.

Daniela Römer hatte von Anfang an gespürt, daß sich große Veränderungen in mir vollzogen. Im Gegensatz zu allen anderen hatte sie jedoch nie ein Wort darüber verloren. Weder meine Aufmachung noch mein Verhalten hatten sie zu einem Kommentar verleiten können. Sie nahm mich eben, wie ich war ... dachte ich.

Nach Claudias Attacke auf Schwester Helma änderte sich das schlagartig. Ohne Vorwarnung baute sich Daniela vor mir auf und sagte mir frech ins Gesicht, sie hielte das, was sich zwischen Helma und Claudia abgespielt hätte, für eine Art von Parabel.

»Der Krebspatient ist eben wie die Krebszelle, er zerstört sein gesundes Umfeld.«

Diesen Satz mußte ich erst einmal verdauen. Ich schnappte nach Luft, ich keuchte, ich war empört. Vieles hatte ich mir im Laufe meines Lebens bieten lassen. Als gutgewachsener Stangenspargel war ich bezeichnet worden, als Automat. Mit einer Krebszelle verglichen zu werden ging jedoch zu weit, und so beschwerte ich mich lautstark über diese ungeheuerliche Bemerkung.

»Wo ich mit dieser ganzen Geschichte doch nicht mal etwas zu tun habe!«

Daniela lachte laut auf. »Aber Eva«, sagte sie, »Gelegenheit macht Diebe, das weißt du doch. Du kannst mir nicht erzählen, daß du nicht das gleiche getan hättest, wenn du an Claudias Stelle gewesen wärst.«

Ich knirschte mit den Zähnen. »Richtig!« gab ich dann zu. »Aber ich hätte nicht versucht, der Helma die Knochen zu brechen.«

»Sondern?«

»Ich hätte sie ertränkt.«

Daniela verzog keine Miene. »Aha«, meinte sie nur, »und warum hättest du das getan? Hast du etwas gegen Schwester Helma?«

»Aber nein«, erwiderte ich überfreundlich, »gegen Helma habe ich ebensowenig wie gegen den Rest der Welt.«

»Und was heißt das?«

»Daß ich mir täglich wünsche, es gäbe Krieg, weil ich mir dann nämlich ein Maschinengewehr besorgen würde und päng, päng, päng, päng, päng, päng ...« Ich saß da wie eine Irre, das imaginäre Schießgewehr im Arm, den Finger am imaginären Abzug, ein Auge zwecks größerer Zielsicherheit fest geschlossen. Daniela registrierte es, ging aber nicht darauf ein.

»Du könntest auf Menschen schießen?« fragte sie nur.

»Natürlich«, antwortete ich spontan, »ich könnte auf jeden schießen, den ich kenne. Fremde täten mir zu leid. Aber die, die ich kenne ...«

»Was ist mit denen?«
»Denen ginge es dann endlich genauso dreckig wie mir!«
»Und das wünschst du dir?«
»Ja. Sie sollen sich nachts in ihren Betten wälzen und nicht in den Schlaf kommen, und wenn sie morgens aufwachen, sollen sie sich wünschen, es wäre schon wieder Abend.«

Ich sagte das mit soviel Überzeugungskraft, daß ich sogar selbst glaubte, es auch so zu meinen. Da war eine Wut in mir, die mich einerseits zwar maßlos erschreckte, die andererseits aber unbedingt heraus mußte. Viel zu lange hatte ich sie schon für mich behalten, und das nur, weil ich nicht gewußt hatte, daß es sie gab. Jetzt, da ich um ihre Existenz wußte, schmückte ich mich auch gleich mit ihr, denn merkwürdigerweise verlieh mir diese fremde Wut Kraft. Durch sie war ich endlich nicht mehr die kleine, zarte Eva voller Selbstmitleid, sondern die gefährliche, unberechenbare und rachsüchtige Eva. Das war ein gutes Gefühl.

Daniela fragte mich nach dem Grund meiner Verbitterung; ich zögerte und sagte dann, daß ich diesen Prozeß des langsamen Sterbens nicht aushielt.

»Sie haben mich mal gefragt, was schlimmer wäre als der Tod«, sagte ich, »und ich habe geantwortet, nichts wäre schlimmer. Heute weiß ich es besser. Das Sterben ist schlimmer, dieser elende, zerstörerische Prozeß des Vergehens. Er fängt an, aber er hört nicht auf.«

»Vielleicht erwartest du zuviel.«
»Ich erwarte gar nichts mehr«, erwiderte ich, »ich will nur noch ...«
»Was?«
»Schon gut.«

Daniela sah mich lange und ruhig an, aber da ich nicht reagierte, stand sie schließlich auf und trat ans Fenster.

»Stell dir vor, ich wäre eine gute Fee!« sagte sie dann. »Ich bin eine gute Fee, und ich gewähre dir die berühmten drei Wünsche. Wie sähen die aus?«

Das gefiel mir. Ich hielt es für ein Spiel, und da mein

Spieltrieb von jeher ausgeprägt gewesen war, dauerte es nicht lange, bis ich mich so sehr in meine Wunschvorstellungen hineingesteigert hatte, daß ich Daniela tatsächlich für eine Zauberin hielt und fest daran glaubte, die Erfüllung meiner heimlichen Träume wäre nur von ihrem Augenklimpern abhängig.

»Ich möchte eine berühmte Primaballerina werden«, tönte ich begeistert, »mit einem festen Engagement am New York City Ballet und Gastspielen in aller Welt.«

»Aha ... und der zweite Wunsch?«

»Ich möchte so reich sein, daß ich mir alles kaufen kann, was ich will. Und als drittes möchte ich lebenslang jeden weiteren Wunsch erfüllt bekommen.«

Daniela grinste. »Du bist gerissen wie ein alter Mafioso«, sagte sie. »Aber paß auf, die gute Fee hat einen Haken. Sie gewährt dir deine Wünsche nämlich nur, weil sie weiß, daß heute in einem Jahr die Welt untergeht. Was würdest du dann tun?«

Mit so etwas war eigentlich zu rechnen gewesen, aber ich ließ mich nicht beirren. Spontan erklärte ich, daß ich die verbleibende Zeit bis zum letzten Atemzug nutzen würde. Ich wollte Balanchine überreden, all meine Traumballette in einer Spielzeit auf den Plan zu bringen! *Schwanensee*, *Dornröschen*, *Giselle* und *Romeo und Julia*, *Carmen*, *Le Corsaire* und *Der wunderbare Mandarin*, alles hintereinander und jedesmal *ich* in der Hauptrolle. Und mein Geld wollte ich verschleudern, daß der Hochfinanz nur so die Köpfe rauchten. Kleider, Pelze, Schmuck und teure Autos, ein Penthouse in Manhattan und eine Sommervilla in Florida. Ich wollte mir die verbleibende Zeit halt angenehm vertreiben.

Daniela hörte sich das alles schweigend an, und als ich fertig war, sah sie mir tief in die Augen.

»Die Fee hat dir noch etwas verheimlicht«, sagte sie, »heute in einem Jahr geht die Welt unter, und bis es soweit ist, wirst du in einer Zelle eingesperrt. Kein New York, Eva, kein Traumhaus am Meer, nur ein paar Quadratmeter Leben ... was jetzt, Eva?«

Sie sprach sehr gedehnt, und das machte mich aggressiv.

»Was jetzt?« wiederholte ich scharf. »Statt mich das zu fragen, sollten Sie mir lieber einen Revolver geben, damit ich mich erschießen kann.«

Daniela schmunzelte.

»Weißt du, was Lebensgier ist?« fragte sie mich.

»Sicher!« erwiderte ich schroff.

»Und Todessehnsucht, Eva, weißt du, was das ist?«

»Ja!«

»Dann erklär mir den Unterschied!«

»Ich bin doch nicht blöd!« keifte ich sie an.

»Würdest du dich denn als gierig nach dem Leben bezeichnen?«

»Nein.«

Daniela lachte laut auf. »Du willst Ruhm, Reichtum und berechenbares Glück vom Leben und hältst dich nicht für gierig?«

»Ich will nur, was mir zusteht!« sagte ich.

»Und du glaubst, das alles stünde dir zu?«

»Ja, aber ich bekomme es ja nicht.«

»Und deshalb willst du tot sein?«

»Ja!«

»Merkst du nichts, Eva? Deine Gier nach dem Leben bestimmt deine Sehnsucht nach dem Tod. Du hast solchen Hunger, daß du fürchtest, du könntest nicht satt werden. Deshalb vernichtest du dich lieber gleich. Nicht wahr, Eva? Das ist doch deine Konsequenz, auf die du sogar noch stolz bist.«

Ihre Worte trafen mich bis ins Mark. Ich spürte ganz deutlich, daß sie recht hatte, aber das wollte ich nicht zugeben. So saß ich stumm und in mich gekehrt da, die Augen halb geschlossen, die Arme vor der Brust verschränkt, die Beine so eng übereinandergeschlagen, daß sie nur unter Mühen wieder zu entknoten waren.

Für Daniela sagte dieser Anblick natürlich mehr als jedes Wort. Deshalb sah sie sich dieses Bild der Verschlossenheit wohl auch eine ganze Weile auf das Genaueste an. Dann ließ sie aber schließlich doch Gnade walten, trat neben mich, und ich spürte ihre Hand auf meiner Schulter.

»Ich will dir doch nur helfen«, sagte sie leise.

»Mir kann keiner helfen.«

»Doch, Eva, du kannst dir selbst helfen, du mußt es nur wollen.«

»Ich will aber nicht.«

»Und warum willst du nicht? Weil du nicht haben kannst, was du haben willst? Du mußt deine Ziele niedriger stecken, Eva, sonst kannst du sie nicht erreichen. Du mußt einfach –«

»Bescheidener werden?« unterbrach ich sie.

»Ja.«

Daniela wußte nicht, was für ein Reizwort sie da benutzt hatte. Das Wort Bescheidenheit hatte mich schon in meiner Kindheit zur Raserei getrieben.

> Blüh wie das Veilchen im Moose,
> Bescheiden, sittsam und rein,
> Und nicht wie die stolze Rose,
> Die immer bewundert will sein.

Das hatte mir in der dritten Volksschulklasse eine einfältige Schulkameradin ins Poesiealbum geschrieben. Seither war mein Verhältnis zur Bescheidenheit gespalten. Ich sah in ihr eine Tugend, die Minderbemittelte aus ihrer Not machten, denn wer so wie diese Schulkameradin über Dreien und Vieren auf dem Zeugnis nicht hinauskam, konnte leichten Herzens behaupten, sich damit »zu begnügen«.

»Und noch etwas!« fügte ich hinzu. »Ich habe Ihre psychologischen Spielchen endgültig satt. Zumal sie so primitiv sind, daß sogar ich sie durchschauen kann. Bin ich zornig, wollen Sie, daß ich meinen Zorn begründe, denn wer nachdenkt, ist offen, Fräulein Römer – habe ich recht? Sobald ich mich aber öffne, schlagen Sie rein und nennen das dann auch noch Hilfe. Pfui, Teufel!«

Damit erhob ich mich von meinem Stuhl, warf den Kopf in den Nacken und rauschte aus dem Büro.

Das hatte ich ja schon häufiger getan. Dennoch war dieser Abgang etwas Besonderes, denn anders als sonst empfand ich nicht nur dümmliche Genugtuung dabei. Vielmehr sah ich plötzlich klar, ganz klar: Sobald ich in diesem Haus auch nur einen Hauch von Unsicherheit zeigte, wurde ich auf das Schamloseste ausgenutzt und angegriffen. Aktivierte ich indes all meine Angriffslust, schlug mir Ratlosigkeit entgegen, und man versuchte mich zu besänftigen. Folglich brauchte ich meine Wut, um mich vor der Wut der anderen zu schützen.

»Und dat kapierse ers jetz?« fragte Claudia.
»Besser als nie!« gab ich zurück.

18

Es war noch ziemlich früh am Morgen, als Doktor Behringer zu meiner Tür hereinkam. Unter dem Arm trug er ein Tannenbäumchen, das er strahlend auf meinen Nachttisch stellte.

»Claudia macht sich nichts aus Weihnachten«, sagte er, »aber ich dachte mir, Sie hätten vielleicht ein bißchen Freude daran.«

Sofort machte sich Skepsis in mir breit. »Ist irgend etwas?« erkundigte ich mich vorsichtig.

»Mmh«, säuselte er, »ich habe eine Überraschung für Sie.«

»Na, dann lassen Sie mal hören!« forderte ich ihn auf.

Er räusperte sich. »Tja«, hob er dann an, »auch Ärzte können sich irren.«

»Was Sie nicht sagen!« erwiderte ich trocken. »Nur gut, wenn so ein Irrtum im Endeffekt dem Patienten zugute kommt.«

»Das soll vorkommen?«

»Ja, Eva ... das kommt vor.«

»Schön. Und wo bleibt die Überraschung?«

»Ihre Laborwerte haben sich wieder stabilisiert.«

»Was?« Ich mochte gar nicht glauben, was ich da hörte.

»Ja, Eva!« bekräftigte Behringer. »Es ist wirklich wahr, Sie dürfen hoffen. Dabei war Professor Mennert ganz sicher, Sie mit der falschen Wirkstoffkombination behandelt zu haben. Es sprach auch alles dafür. Ihre Werte verschlechterten sich von Tag zu Tag und ...«

Er schwatzte vor sich hin wie eine alte Klatschbase, und dabei warf er mir die Namen von Präparaten an den Kopf, sprach von Nebenwirkungen und von Begleiterscheinungen, von Resistenzen und von toxischen Reaktionen. Ich saß einfach nur da. Mein Kopf war leer. Erst als er mein regungsloses Gesicht sah, schien Behringer sich zu fragen, ob ich seine prächtige Laune wohl teilte.

»Begreifen Sie überhaupt, was das alles für Sie bedeutet?« erkundigte er sich.

Ich wagte nicht, mich zu bewegen. Am liebsten hätte ich laut aufgeschrien, aber ich schloß nur die Augen und flüsterte wie ein verängstigtes Kind: »Nicht sterben?«

»Nein«, erwiderte Doktor Behringer, »nicht sterben!« Dabei lächelte er wie ein Entwicklungshelfer, der einem dreiviertel Verhungerten eine Schale Reis in die Hand drückt, und mir wurde ganz schlecht bei diesem Anblick. In meinem Kopf hämmerte es nur so, ich hatte Mühe, Luft zu bekommen, meine Kehle war trocken.

»Sie Schwein!« schrie ich plötzlich und wunderte mich selbst darüber. »Sie verdammtes Schwein! Sie haben ja keine Ahnung!«

»Aber, Eva ...«, stammelte Behringer.

»Eine Überraschung soll das sein? Eine Tragödie ist das!«

»Eva ...!«

»*Nicht sterben*, Sie Schuft, das heißt *so leben!* In Ihren Augen ist das vielleicht besser als der Tod. In meinen Augen bedeutet es aber, lebendig begraben zu sein. Haarlos und ausgemergelt werde ich über die Gänge schleichen und bei jedem Spielfilm mindestens dreimal vor Erschöpfung einschlafen. Das nennen Sie Leben, Sie Mistkerl?«

Ich hatte so laut gebrüllt, daß meine Stimmbänder schmerzten. Doktor Behringer trug es mit Fassung. Er wirkte zwar ein wenig hilflos, aber ruhig, und das erregte mich nur noch mehr. Als er dann auch noch nach meinen Händen griff und mir mit ärztlicher Vertrautheit kommen wollte, war es endgültig geschehen.

»Schauen Sie«, flüsterte er noch, »ich kann mir schon denken –«

»Nichts können Sie sich denken«, schnitt ich ihm sofort das Wort im Munde ab, »nichts, sonst säßen Sie nicht hier mit Ihrer Überraschung. Wie lange wird es dauern, bis Sie die nächste Hiobsbotschaft für mich haben?«

»Ich ...«

»Tut mir leid, Eva!« keifte ich mit überschlagener Stimme. »Wir haben uns wieder geirrt, Eva, nun müssen Sie doch sterben, Eva. – Wie lange, Doktor Behringer? Bis morgen? Bis übermorgen? Bis nächste Woche? Bis nächstes Jahr? Worauf soll ich mich einstellen, Herr Doktor Behringer? Auf das Leben? Auf das Sterben? Oder auf so ein Zwischending wie Chemotherapie?« Ich keuchte nur noch so, und zugleich rannen mir die dicken Tränen über die Wangen. Behringer schien ratlos zu sein.

»Eva«, flüsterte er nur, hörbar entkräftet von meinem Monolog.

»Lassen Sie mich in Ruhe!« gab ich zurück.

»Nein. Sie müssen –«

»Nach dem Strohhalm greifen, den Sie mir da hinhalten?« fragte ich sofort. »Nach diesem fadenscheinigen Strohhalm?«

»Ja.«

Ich lachte böse auf. »Damit ich noch mal auf die Schnauze falle, ja?«

Er blieb ganz ruhig. »Vielleicht fallen Sie ja nicht, Eva. Vielleicht schaffen Sie es ja. Versuchen Sie es!«

»Nein!«

Für den Bruchteil einer Sekunde herrschte Frieden in mir, denn ich hatte mich entschieden und war mir dieser Entscheidung auch ganz sicher. Doch dann blickte ich in Behringers Augen und sah die Hoffnung darin, den Glauben.

»Sie wollen mich zwingen«, hauchte ich kaum hörbar und doch mit all der Verachtung in der Stimme, die in diesem Moment in mir war. »Sie wollen mich dazu zwingen, etwas zu versuchen, was ich nicht will, nicht will, nicht will ...«

Außer mir vor Zorn hob ich die Hände, ballte sie zu Fäusten und schlug auf Behringer ein. Der konnte diese »Hiebe« zwar bei seiner Statur nicht ernst nehmen, mußte sie aber trotzdem abwehren. Deshalb dauerte es geraume Zeit, bis er meine beiden Arme endlich im Griff und mich im Visier hatte.

»Mädchen ...«, meinte er dann, und das klang so mitleidig, daß ich mich ein letztes Mal aufbäumte und schrie, daß es nur so schallte.

»Raus! Verschwinden Sie! Machen Sie, daß Sie rauskommen!«

Er schluckte. »Gut, Eva ... ich gehe ...« Zögernd stand er auf. »... Nur eines noch ... Professor Mennert und ich hielten es für vorteilhaft, wenn Sie das Weihnachtsfest zu Hause verbringen würden. Bei Ihren Eltern. Aber das können Sie sich ja noch überlegen. Sie haben Zeit.«

Langsamen Schrittes ging er zur Tür, und ich hoffte schon, es jetzt endlich hinter mir zu haben, als er sich doch noch einmal umdrehte, ein letztes Mal.

»Ach ja, Eva ... noch etwas ... Fräulein Römer möchte noch mal mit Ihnen sprechen ... jetzt gleich ... sie erwartet Sie ...«

Dann ging er hinaus, und ich, die ich mich bereits von dem, was in der letzten halben Stunde auf mich eingestürmt war, grenzenlos überfordert fühlte, ich konnte mir bildhaft vorstellen, was mit mir passieren würde, wenn ich mich jetzt auch noch auf Daniela einließ: ich würde zusammenbrechen. Da ich das nicht wollte, zwang ich mich, erst einmal die Ruhe zu bewahren, wischte mir die Tränen ab, putzte mir die Nase.

Derweil saß Claudia auf ihrem Bett und ließ die Beine baumeln. So hatte sie zwar die ganze Zeit über dagesessen, doch fiel es mir jetzt erst auf. Als sie das bemerkte, lächelte sie mich an. »Siehse«, krächzte sie dann, »ich hab mir dat ja nie vorstelln können, dat du abkratzt. So wat wie du, dat beißt nu ma nich int Gras.«

Ihre Augen hatten einen merkwürdigen Glanz, während sie das sagte, und mir war auch, als würde ihre Stimme zittern.

»Hast du was?« fragte ich sie deshalb.

»Nee! Ich hätt bloß auch gerne sonne Changse gekriecht, verstehse?«

Was für Claudia eine Chance zu sein schien, kam für mich einem Alptraum gleich, und als ich ihr das klarzumachen versuchte, kamen auch mir gleich wieder die Tränen.

»Ich weiß eben nicht mehr, was ich tun soll!« schluchzte ich. »Was soll ich denn jetzt tun?«

»Leben!« erwiderte Claudia, als verstünde sich das von selbst. »Wat denn sons?«

Fassungslos sah ich sie an. »Das will ich aber nicht. Das kann ich auch gar nicht!«

Sie winkte ab. »Nu hör aber auf, Evken, und geh ers ma bei deine Psycho-Tussi! Die wäscht dir dann schon den Kopp und rückt en dir zurecht.«

Da ich genau das gleiche befürchtete, wollte ich ja gerade nicht zu Daniela gehen, nicht jetzt. Ich wollte mir erst einmal selbst alles durch den Kopf gehen lassen, in aller Ruhe und allein. Deshalb schloß ich mich, wie immer in solchen Fällen, im Badezimmer ein, setzte mich auf die Klobrille und begann zu überlegen.

Das war in meiner augenblicklichen Verfassung gar nicht so einfach. Die ganze letzte Zeit hatte ich nur deshalb überstanden, weil ich mich dem Tode so nah gefühlt hatte. Jetzt sollte ich plötzlich an das Leben denken, an die Zukunft, an Weihnachten im Kreise meiner Lieben, an zu Hause. Zuhause! Das Wort klang in mir nach wie der Jubel eines Engelchores, und eh ich mich versah, tauchten traumschöne Bilder auf, Erinnerungen, die von der Sehnsucht rosarot gefärbt waren. Ich sah mein Elternhaus, den tief verschneiten Garten zur Winterzeit und das Wohnzimmer mit den gemütlichen Sesseln und dem knisternden Kamin. Ich sah Mama in ihrem dunkelblauen Abendkleid, und ich sah Papa, der eine seiner dicken Zigarren rauchte und mir zulächelte. Aus der Ferne hörte ich die Glocken der Lukaskirche, und der Christbaum mit den silbernen Kugeln und dem glitzernden Lametta strahlte nur für mich ... für mich ...

Es war wunderschön, sich das vorzustellen. Doch noch während ich mich in meinen Traum ergab, holte die Wirklichkeit mich ein: Ich bekam »die dicke Lippe«, jenes Phänomen, das mich Wochen zuvor auf der Intensivstation erstmals heimgesucht und seitdem nie wieder verlassen hatte. Es geschah plötzlich und unerwartet wie immer.

Als ich die stecknadelkopfgroße Verhärtung in der Mitte der Oberlippe spürte, befiel mich Panik. Ich sprang auf, starrte in den Spiegel und zitterte vom Scheitel bis zur Sohle. Aber noch war nichts zu sehen. Mein Mund sah aus, wie er immer aussah, mit seiner tiefen Venusfalte und der samtigen Haut. Ich wußte jedoch, wie bald sich das nun ändern würde, und weil ich es wußte, schwor ich mir, es mir dieses Mal in allen Phasen anzusehen, den Anblick zu ertragen.

Es war wie ein böser Traum. Mit jeder Sekunde schwoll der kleine Knoten an und dehnte sich aus, hatte bald schon die Größe eines halben Pfennigstücks erreicht, breitete sich aus auf die ganze Oberlippe, bis sie dreimal dicker war als zuvor. Nun war von meiner Venusfalte nichts mehr zu sehen. Was eben noch mein Mund gewesen war, war jetzt ein knochenharter, rosiger Wulst, der durch die Spannung glänzte wie ausgestülptes Plastik, das jeden Moment zu zerreißen droht.

Von grenzenlosem Abscheu erfüllt, starrte ich in den Spiegel. Ich sah tatsächlich aus wie ein aussätziger Gorilla. Die Leute auf der Intensivstation hatten das Kind schon beim rechten Namen genannt. Das hatte ich zwar immer geahnt, aber bisher hatte ich mir diesen Anblick stets erspart, war unter die Bettdecke geflohen, wenn das Drama begann, und erst dann wieder aufgetaucht, wenn es nach einigen Stunden wieder vorüber war.

Daß diese Vogel-Strauß-Politik ein Fehler gewesen war, wurde mir jetzt klar. Längst hätte ich der Wahrheit ins Auge blicken müssen, einer Wahrheit, die in meinem Gesicht geschrieben stand. »Sieh dich an!« war da zu lesen. »Das bist du! Eine Beleidigung für die göttliche Schöpfung und die menschliche Rasse!«

Ich nahm mir das OP-Mützchen vom Kopf, wickelte die Bandage ab. Auf meinem kahlen Schädel tanzten rote Flekken, ebenso auf meinen Wangen, auf der Stirn, sie juckten. Da wußte ich plötzlich, daß so etwas wie ich nicht weiter nachzudenken brauchte. Die Frage nach dem Leben hatte sich von allein beantwortet. Es war ein Gottesurteil. So etwas wie ich gehörte unter Verschluß, für immer, bis zum bitteren Ende. An mir war nichts mehr zu retten, und daß man sich an mir verdient machte, würde ich zu verhindern wissen. Das nahm ich mir vor. Ich wollte nicht zu einem jener hirnlosen Fleischhaufen werden, von denen es hier in der Klinik schon genug gab.

Sie wurden mit Gewalt am Leben erhalten, konnten ruhig sabbern und in die Matratze scheißen, blind, taub und lahm werden, Hauptsache, sie lebten. Selbst wenn man nur noch grunzen konnte, wurde alles Menschenmögliche getan. Und warum? Weil ihre Angehörigen und die Ärzte sonst nicht ruhig schlafen könnten. Weil sie die hirnlosen Fleischhaufen nämlich nötiger brauchten als umgekehrt. Die waren ihr gutes Gewissen!

»Aber dazu gebe ich mich nicht her, Fräulein Römer, eher hänge ich mich auf!«

Direkt vom Badezimmer war ich in Danielas Büro gestürzt, so wie ich war. Jetzt stand ich vor ihr in all meiner Pracht und war erstaunt, wie sehr sie dieser Auftritt aus der Fassung brachte.

»Was willst du denn?« schrie sie mich an, kaum daß ich mal Luft holte. »Sag es mir, Eva! Was willst du mit deinem Verhalten erreichen? Was verlangst du von den Menschen? Von mir! Von dir selbst! Was?«

Ihre Stimme war immer lauter geworden. Dennoch schien mir auch Unsicherheit darin mitzuschwingen. Um so größer wurde meine Sicherheit. »Ehrlichkeit!« antwortete ich, ohne mit der Wimper zu zucken. »Ich will, daß Ihr alle mich mit ehrlichen Augen anseht und mir ehrlich ins Gesicht sagt, wie häßlich und wie verabscheuungswürdig und wie krank und wie lebensuntüchtig ich bin. Ich will, daß ihr zugebt, wie sinnlos es wäre, wenn ich weiterleben würde.«

Daniela saß stumm da und sah mich an. Dann holte sie tief Luft und erklärte: »Du bist verrückt!«

»Oh nein!« erwiderte ich, »ich bin nicht verrückt. Ich kenne nur die Welt und die Menschen, und ich habe meine Prinzipien, Fräulein Römer.«

»Und wie sehen die aus?«

Ich setzte mich auf den Stuhl vor ihrem Schreibtisch und sah sie fest an. »Das kann ich Ihnen gern erklären«, sagte ich. »Die Amerikaner nennen es *the survival of the fittest*, davon habe ich immer sehr viel gehalten. Wie in der Natur muß auch bei uns Menschen das Schwache weg, damit das Starke gedeihen kann. Das habe ich früher so gesehen, als ich stark war ... und das sehe ich heute nicht anders. Obwohl ich heute schwach bin. Ich bin nämlich ... schwach und krank und häßlich – und deshalb muß ich weg!«

Meine Worte waren nicht nur so dahingesagt. Niemand wußte das besser als Daniela. Gerade deshalb war sie wohl so entsetzt, die Farbe wich aus ihrem Gesicht, und es dauerte lange, bis sie sich wieder gesammelt hatte.

»Du bist so hart geworden«, flüsterte sie dann.
»Das war ich immer schon.«
»Nein, Eva, früher hast du dich nur so gegeben, aber heute? ... Ich glaube, einem so harten Menschen wie dir bin ich noch nie begegnet. Viele Menschen sind hart zu anderen ... aber zu sich selbst? ... nein!«
»Man kann im Leben aber nicht mit zweierlei Maß messen.«
»Die meisten tun es aber, Eva.«
»Ich nicht!«
»Nein ... du wohl nicht ...«
Sie schaute mich an, aber mir kam es trotzdem so vor, als blickte sie eigentlich durch mich hindurch. Dann nahm sie plötzlich ihre Armbanduhr vom Handgelenk und legte sie mitten auf den Schreibtisch. Sie forderte mich auf, ihr jetzt fünf Minuten ruhig zuzuhören:
Ich hatte Daniela noch nie in einem Monolog erlebt. Einen solchen hielt sie mir aber jetzt, und da jedes ihrer Worte traf wie ein Faustschlag ins Gesicht, wurden diese fünf Minuten zu einer qualvollen Ewigkeit.
»Du bist krank«, begann Daniela, »daran gibt es nichts zu deuteln. Du bist sogar sehr krank. Und daß du häßlich geworden bist, stimmt auch. Aber deshalb bist du noch lange nicht ekelerregend. Und erst recht nicht lebensuntüchtig. Im Gegenteil, ich bin noch nie einem lebensfähigeren Menschen begegnet als dir, Eva Martin. Und genau da liegt meines Erachtens dein Problem. – Weißt du, irgend jemand hat einmal gesagt: ›Die Dinge müssen sich ändern, um die gleichen zu bleiben.‹ Das ist ein Satz, Eva, der auf dich haargenau zutrifft. Dein ganzes bisheriges Leben war Disziplin. Du hattest ein Ziel, dafür hast du gearbeitet, du hast es erreicht. Hier ist das anders. Hier brauchst du Vertrauen, du mußt an dich glauben, aber du darfst nichts von dir verlangen. Hab Hoffnung, aber zwing dich zu nichts! Ändere dich also, damit du die gleiche bleibst ... Ich weiß, daß das alles viel leichter gesagt als getan ist, aber ich weiß auch, daß du es schaffen könntest. Du mußt nur richtig die Augen öffnen

und die Hand ausstrecken, dann könntest du es sehen und fühlen! Das Leben, Eva! Dein Leben!«

Das klang gut, das mußte ich zugeben. Es klang sogar sehr gut, leider ein bißchen zu gut. So sah ich sie nur an und schüttelte heftig den Kopf. Damit schien Daniela gerechnet zu haben.

»Gut«, meinte sie mit unverminderter Sanftmut, »wenn du es absolut nicht willst: Bitte! Du kannst diese Klinik verlassen und damit deinen Krebs sich selbst überlassen. Alles andere ergibt sich dann, auf ihn kannst du dich verlassen.«

»Auf wen?«

»Auf den Krebs, Eva! Er ist sehr zuverlässig ...«

Dieser Zynismus behagte mir ganz und gar nicht, aber bevor ich mich beschweren konnte, stand Daniela auf und ging bedächtig zur Tür. »So, Eva«, sagte sie dann mit ungewöhnlich harter Stimme, »und jetzt geh bitte!«

»Wie?«

»Du sollst gehen, und ich möchte dich bitten, erst wiederzukommen, wenn du dir Klarheit verschafft hast.«

»... Was?«

Sie lächelte. »Du hast jetzt die Wahl«, sagte sie, »eine einmalige Chance. Denk nach, Eva! Denk über das Leben nach! Denk über das Sterben nach! Und dann entscheide dich!«

»Und dann soll ich wiederkommen?« hakte ich ungläubig nach.

»Wenn es dich dann noch gibt!«

Ich war sprachlos. Da lag etwas in ihrem Blick, was mich zu bedingungslosem Gehorsam zwang. Also ging ich mit winzigen Schrittchen an ihr vorüber, auf den Gang hinaus. Im gleichen Moment fiel die Tür hinter mir auch schon ins Schloß, und ich stand da – ausgesperrt!

Daniela Römer machte ernst. Ich durfte ihr Büro nicht mehr betreten, sie wollte mich nicht mehr sehen, und das hatte für mich schwerwiegende Folgen. Zu ihr war ich in den letzten Monaten geflüchtet, wenn ich mit mir und meiner

Lage gar nicht mehr hatte fertig werden können, bei ihr hatte ich mich ausgeweint, an ihr hatte ich mich abreagiert. Diesen Notausgang für meine Gefühle gab es jetzt nicht mehr. Ich mußte allein über die Fragen, die Daniela mir gestellt hatte, nachdenken, verlor mich aber dabei in immer abstrakteren Gedankengängen über den Tod, über das Geheimnis des Lebens ... Dann begann ich, Bilanz zu ziehen. Ich blickte zurück auf mein bisheriges Leben und stellte mir jene verhängnisvolle Frage, die sich wohl jeder Mensch irgendwann einmal stellt: »Hat es sich gelohnt?«

»*Nein!*« lautete die spontane Antwort. Statt zu leben, hatte ich den größten Teil meiner Zeit voller Hingabe dem Ballett geopfert.

»Und trotzdem«, sagte ich zu Claudia, »einmal war ich glücklich, daran erinnere ich mich noch ganz genau. Ich war noch ein kleines Mädchen von sieben oder acht Jahren. Es war im Urlaub in Italien an einem stürmischen Tag. Ich hatte in den Wellen getobt, hinterher wickelte Mama mich in eine Wolldecke, und Papa setzte mich in die Hollywood-Schaukel. Da saß ich dann zwischen meinen Eltern auf der Terrasse, vor mir auf dem Tisch stand eine Tasse mit dampfendem Kakao, die Brandung des Meeres dröhnte mir in den Ohren, und der Wind peitschte mir ins Gesicht ...«

»Na und?«

»Da war ich glücklich, Claudia, das weiß ich noch ganz genau. Es war zwar nur ein kurzer Augenblick, und ich war auch noch ein Kind, aber trotzdem wußte ich schon damals, daß das, was ich empfand, Glück war.«

»Eima in neunzehn Jahrn?« Claudia war sichtlich entsetzt.

»Ja ...«

»Mehr wa da nich?«

Ich überlegte angestrengt. »Nein ...«, sagte ich nach einer ganzen Weile, »... aber ich glaube, es war meine eigene Schuld, daß es nicht mehr war.«

»Wieso dat denn?«

»Na ja, ich hätte bestimmt eine Menge aus meinem Leben machen können, aber ich habe ja immer nur Pirouetten gedreht.«

»Bereuse dat etwa?«

»Ich bereue nichts von dem, was ich getan habe. Aber ich bereue all das, was ich nicht getan habe.«

Die Spontaneität, mit der ich das aussprach, erschreckte mich. Bisher hatte ich gar nicht gewußt, daß ich eine so kritische Einstellung gegenüber meiner Vergangenheit hatte. Claudia hörte indes etwas ganz anderes in diesen meinen Worten. Sie witterte erotische Morgenluft, und mir blieb nach Monaten des Schweigens nun gar nichts anderes mehr übrig, als ihr endlich über meine früheren Gefühle für Jimmy Porter zu berichten.

»Wat denn?« lautete ihr Kommentar, denn sie war zutiefst enttäuscht. »Innen Schwulen warse verknallt?«

»Ja.«

»Und?«

»Ohne und«, erwiderte ich, »er hat es nie erfahren. Ich glaube, daß er es geahnt hat, er hat es bestimmt geahnt. Aber wirklich gewußt hat er es nie.«

Claudia wurde immer fassungsloser. »Sich en Schwulen ausgucken, is ja schon schlimm genuch«, meinte sie, »aber den dann noch nich ma wat davon zu sagen ... wieso hasse ihn denn nix gesacht?«

Mir wurde ganz übel, als sie das fragte. Am liebsten wäre ich in Tränen ausgebrochen, aber ich riß mich zusammen. »Ich ... ich ... ich weiß nicht«, stammelte ich statt dessen. »... Ich ... ich war wohl ... zu stolz.«

»Wat?«

»Ja ... er ... er hätte mich ja ...«

»Auslachen können« hatte ich sagen wollen, aber das brachte ich einfach nicht mehr über die Lippen. Ich würgte nämlich so sehr an diesen beiden Worten, daß ich nur noch mit letzter Kraft die Toilette erreichte, wo ich mich übergab.

19

Der 24. Dezember 1976 war ein trüber und feuchter Wintertag. Als ich am Morgen erwachte, lagen dichte Dunstschleier über der Stadt. Die Kinderklinik gegenüber konnte ich nur schemenhaft erkennen. Sie erstickte im Nebel.

Am Nachmittag kamen meine Eltern. Seit Doktor Behringer die sogenannte »Entwarnung« gegeben hatte, wirkten sie sichtlich vergnügt. Ich aber saß verschlossen und in gewisser Weise auch feindselig in meinem Bett. Mein Vater erkannte das sofort und sagte, was er seit Monaten zu sagen pflegte, wenn er mich so dasitzen sah: »Tja, Eva ... du kannst sagen, was du willst ... du siehst von Tag zu Tag besser aus!« Dieser Satz war mir vertraut wie Helmas Abführfrage. In meinen Ohren klang er wie die Frechheit des Jahrhunderts. Tag für Tag behauptete mein Vater, er würde das nur sagen, weil es wahr wäre, aber wenn es wirklich wahr gewesen wäre, hätte meine Schönheit bereits derart gleißen müssen, daß jedermann davon geblendet worden wäre.

Daß ich so dachte, sah er mir wohl an, denn er verstummte schlagartig, senkte den Kopf und schlurfte wie ein uralter Mann ans Fenster. Angestrengt blickte er in die anbrechende Dunkelheit.

Derweil tat meine Muter, was sie seit Monaten tat: sie räumte auf. Sie trug frische Handtücher ins Bad und frische Waschläppchen, sie sortierte meine Schlüpfer, stapelte meine Nachthemden, untersuchte die schmutzige Wäsche auf ausgeleierte Gummibänder, stopfte sie in eine Plastiktüte und war damit einmal mehr von allen Werktätigen dieser Erde die Tätigste. Dann setzte sie sich schweißgebadet auf einen Stuhl und versuchte mich anzulächeln.

»Tja, Eva ... ja ... ja ... Eva ... mmh ...!«

Diese Stoßseufzer waren mir ebenfalls bestens vertraut. Meine Mutter gab sie von sich, um anschließend ein Gespräch über so hochinteressante Dinge wie die Unsterblichkeit des Maikäfers und seine enorme Neigung zur Binnenschiffahrt zu beginnen. Darauf ließ ich mich schon lange nicht mehr ein, und da sie das wohl spürte, seufzte sie nur noch mehr und immer lauter. »Weißt du«, erklärte sie mir schließlich mit leidender Stimme, »ich erwarte ja keine Wunder, Eva. Aber wenigstens ein Wort könntest du doch wohl sagen. Nur ein einziges Wort.«

Ich sah sie nur an, denn diese vorgegebene Genügsamkeit meiner Mutter hatte mich schon immer gestört. Die war nicht echt. Solange ich sie kannte, hatte sie alles gewollt, aber immer so getan, als wäre sie schon mit wenig zufrieden, und das war ein Trick. Während man sich nämlich mühsam dazu durchrang, ihr das Wenige, was sie forderte, zu geben, nahm sie sich den großen Rest, ohne daß man es überhaupt bemerkte.

Aber noch während ich über diesen Trick meiner Mutter nachdachte, verwandelte sie ihr eben noch so perfekt gespieltes Spiel in eine ebenso perfekt gespielte Fröhlichkeit und zog ein teuer verpacktes Präsent aus ihrer Tasche.

»Das hat Oma uns für dich mitgegeben, Eva. Du sollst es zwar eigentlich erst heute abend auspacken, aber ich dachte mir –«

»Will es gar nicht auspacken!« fiel ich ihr ins Wort und brach damit zu meinem Entsetzen mein bereits einige Tage durchgehaltenes Schweigen.

Meine Mutter tat so, als hätte sie das gar nicht bemerkt. »Aber Oma hat gesagt«, fuhr sie fort.

»Interessiert mich nicht, was sie gesagt hat!«

Meine Mutter nahm das zur Kenntnis.

»Gut«, flüsterte sie, »wenn du nicht willst ...« Dann steckte sie das Päckchen wieder in ihre Tasche und holte gleich aus zum nächsten Streich. Dieses Mal war es schrille Begeisterung, die in ihrer Stimme schwang.

»Weißt du was?« meinte sie. »Es wird ja so früh dunkel, Eva, und da könnten wir doch deinen kleinen Tannenbaum –«

»Den Baum kannst du gern anzünden, Mama, seine Kerzen *nicht!*«

Dieser Einwand brachte meine Mutter zum Schweigen.

Hilflos und deprimiert saß sie da, blickte in ihren Schoß, um schließlich ganz tief einzuatmen und mich mit jener Frage zu drangsalieren, um die es nun seit fast anderthalb Wochen täglich ging: »Sag, mein Kind, möchtest du nicht doch noch mit nach Hause kommen? Doktor Behringer hat es dir doch angeboten, und es wäre doch auch schön. Ich könnte dir den Hummercocktail machen, den du so gern ißt ... willst du nicht doch noch mitkommen, Eva?«

Bisher hatte ich auf diese Frage noch nie geantwortet, denn ich hatte gehofft, mein Blick würde als Antwort ausreichen. Jetzt war ich es jedoch endgültig leid.

»Nein!« erwiderte ich deshalb laut und deutlich. »Ich will nicht nach Hause!«

»Aber warum denn nicht?«

»Weil ich halbe Sachen hasse, und das wäre so was Halbes. Zwei Tage zu Hause und dann wieder hierher, das ist doch –«

»Aber, Eva ...«

»Ich sagte: *Nein!*«

Im Grunde schrie ich dieses Nein mehr, als daß ich es sagte. Meine Mutter brach in Tränen aus.

»Ich liebe dich doch«, schluchzte sie, griff nach meiner Hand und wollte sie streicheln. Ich sah diese Hand meiner Mutter auf meiner eigenen, sah dieses Bild, das mehr war als ein Bild, weil es alles sagte, was unaussprechlich schien, und so schrie ich plötzlich laut auf:

»Faß mich nicht an!«

»Aber Kind!«

»Ich will nicht, daß du mich berührst, ich bin ein Krüppel!«

»Eva ...!«

»Und ich will nicht, daß mich jemand so sieht!!!«

»... Schatz ...!«

»Ich will überhaupt nicht, daß mich jemals wieder ein Mensch so sieht!!!«

»Eva!!!«

»Nein!!!« Damit stieß ich sie endlich weg, diese Hand

meiner Mutter, und rollte mich zusammen, kroch immer tiefer unter mein Oberbett. Mir war so kalt. Ich fühlte mich leer, ausgehöhlt.

Meine Mutter weinte so laut, daß es mir fast das Herz zerriß, aber sie gab nicht auf, schluchzte immer wieder meinen Namen, versuchte, mich zu berühren.

Da erklang plötzlich die Stimme meines Vaters, scharf und unerbittlich.

»Du hast es doch gehört!« brüllte er meine Mutter an. »Laß sie endlich in Ruhe, Elisabeth – sie hat ja recht.«

Das ließ mich aufhorchen. Daß ich in den Augen meines Vaters recht hatte, kam nämlich so gut wie nie vor. Ungläubig blickte ich zu ihm auf, sah, wie hochaufgerichtet er dastand, wie sehr er auf mich herabblickte.

»Ja«, bekräftigte er dann, »du hast völlig recht mit dem, was du sagst: Du bist ein Krüppel, Eva, ein vollständiger Krüppel.«

»Aber Ernst!« mischte meine Mutter sich ein und vergaß dabei vor lauter Schreck sogar zu weinen.

»Ich kann gut verstehen, daß du dich so nicht zeigen willst.«

»Aber Ernst, wie kannst du so was sagen?«

Meine Mutter war aufgesprungen und klammerte sich an meinen Vater, als könne sie ihn damit am Schlimmsten hindern. Er ließ sich jedoch nicht mehr zurückhalten, dazu war es jetzt zu spät. Er nahm sie aber in die Arme und lächelte sie an.

»Was ist denn, Elisabeth? Darf ich nicht einmal mehr aussprechen, was ich denke?«

Meine Mutter schien völlig verstört. Zögernd löste sie sich aus seiner Umarmung und schwankte zu ihrem Stuhl zurück, und dabei ließ sie meinen Vater nicht aus den Augen. Der lächelte noch immer.

»Das da im Bett«, sagte er dann zu ihr, »das ist nun mal nicht mehr meine Tochter. Meine Tochter Eva war nämlich ganz anders. Die war eine hübsche Larve. Für die war ein Pickel im Gesicht das Ende der Welt und ein Gramm zuviel auf der Waage Anlaß für einen hysterischen Anfall. Meine Tochter! ... das war der Star der Ballettschule. Die mußte schon mit zwölf Jahren Autogramme geben und hat ihren Arsch gedreht wie eine gefüllte Weihnachtsgans.«

Ich mochte nicht glauben, was ich da hörte. Bis vor wenigen Sekunden hatte ich die ganze Szenerie mit den Augen eines völlig unbeteiligten Zuschauers gesehen. Jetzt mußte ich plötzlich begreifen, daß dieses Schauspiel mir zu Ehren veranstaltet wurde, daß von mir die Rede war, und das tat weh. Es tat so weh, daß mein Herz raste und mein Atem flatterte und ich unbedingt etwas sagen wollte, der Druck in meinem Kopf aber einfach zu groß war, so groß, daß mein Schädel zu platzen drohte. Noch bevor ich das alles hätte begreifen können, baute sich mein Vater in voller Größe vor mir auf, und seine Stimme, die eben noch so gleichgültig geklungen hatte, schwoll an zu ohrenbetäubendem Gebrüll.

»War es nicht so?« schrie er mir ins Gesicht. »Du mußtest der Welt doch jeden Tag beweisen, wie großartig du warst. Eva Martin! Eine wundervolle Larve und nichts im Kopf. So! Und jetzt ist die Hülle kaputt. Und wenn kein Kern da ist, fällt eben alles zusammen, das ist nun mal so. Aus. Vorbei.«

Ich schlug die Hände vors Gesicht, aber mein Vater riß sie mir wieder weg.

»Was hast du dir eigentlich eingebildet?« fragte er mich voller Zorn. »Daß man auf so etwas wie dich stolz sein mußte? Dieser Pfirsich-Teint, den du hattest, diese glänzende blonde Lockenpracht, dieser aufreizend wogende Körper, der sich auf Trippelschrittchen vorwärtsbewegte. Mich hat das alles immer nur angewidert. Ich wußte nämlich, was für eine Attrappe du warst. Unter all diesem Schund war ein Geschöpf ohne jegliches Profil, und frag mich nicht, wie gern ich das gegen eine etwas gescheitere Ausführung eingetauscht hätte!«

Atemlos hatte ich ihm zugehört, aber jetzt konnte ich nicht mehr.

Als ich noch ein Kind gewesen war, hatte mich mein Vater häufiger angeschrien, aber dabei hatten seine Augen trotz allem immer gelacht. Jetzt lachten sie nicht. Eiskalt hielten sie mich im Visier, und deshalb konnte ich einfach nicht mehr, ich brach in Tränen aus.

»Du hast mich nie geliebt!« schluchzte ich. »Keiner hat mich geliebt.«

Die Stimme meines Vaters blieb hart. »Wie soll man einen Menschen lieben, den es nicht gibt?« brüllte er. »Wo warst du in all den Jahren, Eva? Wo bist du heute?«

»*Hier!!!*«

Ich schrie so laut, daß sich meine Stimme überschlug, aber auch das konnte meinen Vater nicht beeindrucken.

»So?« fragte er. »Du bist hier, Eva! Wo denn, Eva? Ich sehe hier keine Neunzehnjährige, die ein Problem hat und versucht, damit fertig zu werden. Ich sehe hier nur ein schluchzendes Häufchen Elend, das sofort kapituliert hat, als es mal nicht nach Wunsch ging. Was ich hier vor mir sehe, entspricht dem Entwicklungsstand eines Embryos, maximal dritter Schwangerschaftsmonat, da darf man noch in Ruhe erwägen ...«

Er stockte. Mein Schluchzen rührte ihn. Unaufhörlich rannen mir die Tränen über das Gesicht, und mein »Papa! Papa!« klang wie ein letzter, verzweifelter Hilferuf. Das war es auch. Endgültig war ich am Ende meiner Kräfte, meiner Weisheit und meiner Gedanken. Da sah ich plötzlich das Gesicht meines Vaters ganz nah vor dem meinen, ich spürte, wie er mich fest in die Arme nahm und an sich drückte.

»Wach doch endlich auf!« sagte er. »Merkst du es denn nicht, Eva? Du lebst – und wenn du es wirklich willst, dann wirst du es auch überleben!«

»Nein ...«, wimmerte ich.

»Doch!«

»... dann hilf mir, Papa, ... bitte, hilf mir ...!«

Er drückte mich nur noch fester an sich.

»Das kann ich nicht, Eva«, sagte er, »ich kann nur um

dich kämpfen, wie ich schon einmal um dich **ge**kämpft habe, erinnerst du dich? Damals in Italien, als du fast ersoffen wärest, weil du unbedingt ins Wasser wolltest bei den hohen Wellen? Damals war ich genauso hilflos wie jetzt, Eva. Ich war im Grunde machtlos, ich konnte nur versuchen, dich dazu zu bringen, mir zu vertrauen und selbst das Entscheidende zu tun. Mehr kann ich auch jetzt nicht tun, Kind. Also: leb, Eva! Leb!!!«

Ich hörte an seiner Stimme, daß er am liebsten geweint hätte, aber er tat es nicht. Er blieb stark und ließ mir damit meine Chance. Er kämpfte um mich auf seine Art, und ich konnte die Hand, die er mir reichte, ergreifen oder an meinem Eigensinn zugrunde gehen. Ich wollte aber nicht zugrunde gehen, jetzt nicht mehr. Und so legte ich meine dürren Ärmchen fest um seinen Hals und hielt ihn nun meinerseits fest, ganz fest. Im gleichen Moment fühlte ich es. Es war wie damals, an jenem stürmischen Apriltag 1962, von dem er gerade gesprochen hatte. Wie damals spürte ich die Kraft in mir, spürte, wie ich nach vorn stob, geradewegs ins Leben ...

Geraume Zeit saßen wir so da, sprachen kein einziges Wort und genossen wohl beide den Frieden, der über diesem Augenblick lag. Ich hörte auf zu weinen, mein Vater begann, wieder ruhiger und gleichmäßiger zu atmen, und schließlich küßte er mich, sah mich an, strich mir die Tränen vom Gesicht.

»Du bist schön«, sagte er, »für mich bist du das schönste Mädchen, das es gibt.«

Sofort mußte ich wieder weinen.

»Aber nein, Eva ... du wirst vielleicht nie wieder das werden, was du einmal warst. Aber glaube mir, ... das ist das Beste, was dir passieren kann.«

»Wie bitte?« quetschte ich hervor.

»Ja. Der Wert eines Menschen liegt doch nicht einzig und allein in seinem Körper.«

»Wo denn?«

Er mußte lächeln. »Wenn du hier herauskommst, Eva, wenn du das schaffst, ... dann hast du etwas in dir, was dich über all die anderen erhebt. Dann sei stolz, dann hast du Grund dazu!«

»Und wenn ich nie wieder Haare kriege?«

»Trägst du eine Perücke!«

»Und wenn meine Haut nicht mehr besser wird?«

»Schminkst du dich!«

»Aber ich bin doch so dünn!«

»Nein, Eva ... die anderen sind alle zu fett!!!«

Nun mußte ich auch lächeln. Wie mein Vater das sagte, klang das alles so einfach, daß ich gleich wieder dieses ungute Gefühl verspürte.

»Das ist aber nun mal so einfach«, sagte er, nachdem ich das geäußert hatte, »das Leben ist so einfach, Eva! In dieser Welt muß man lediglich wissen, was man will, und das muß man dann auch laut sagen. Es reicht nicht, wenn man wimmert, was man alles nicht will, wie du es lange Zeit gemacht hast. – ›Ich will nicht leben!‹ – ›Ich will nicht sterben!‹ – Das bringt nichts. ›Ich will leben!‹ mußt du sagen, das mußt du herausschreien. Verstehst du?«

Ich nickte.

»Dann tu es!«

Damit hatte ich nicht gerechnet, und so war mir schlagartig ganz elend zumute. Drei kleine Worte galt es auszusprechen, doch gegen diese drei Worte sträubte sich alles in mir, auch jetzt noch. Ich konnte mich eben nicht entscheiden, solange es diesen Zweifel, dieses Geheimnis gab, und ich wollte mich auch nicht entscheiden, mußte es aber. Das alles schoß binnen Sekunden durch meinen Kopf, und dabei fühlte ich mich wie eine Gejagte, die mitten auf einem Marktplatz steht, von der Menge bedroht wird und sich entscheiden muß, in welche Richtung sie flieht.

»Eva .. !! Kind ...!«

Die Stimme meiner Mutter holte mich sanft in die Wirklichkeit zurück. Bis zu diesem Augenblick hatte sie keinen einzigen Laut von sich gegeben, und eigentlich hatte ich ganz vergessen, daß sie auch noch da war. Jetzt stand sie plötzlich vor meinem Bett und lächelte mich verzweifelt an. Ihre Augen waren rot vom Weinen, und ihre Lippen zitterten, aber sie lächelte.

»Ich habe dich so lieb!« sagte ich, als ich sie so dastehen sah.

»Ich habe dich auch sehr lieb«, antwortete meine Mutter. »Aber du mußt jetzt zu dir kommen, Eva, du *mußt!*«

»Ich ...«

»Hab endlich die Kraft, diese Krankheit zu akzeptieren, und hab endlich den Mut, es mit ihr aufzunehmen, Eva! Bitte!«

»Wie?«

Sie atmete schwer und wiederholte es noch einmal, doch dadurch dröhnten die Worte nur noch mehr in meinen Ohren, denn sie erinnerten mich an etwas. ... Kraft ... Mut ... Möge Gott mir die Kraft geben, die Dinge anzunehmen, die ich nicht ändern kann; den Mut, die Dinge zu ändern, die ich ändern kann. Wie meine Mutter es jetzt gesagt hatte, war es aber mehr als das, ihr Worte beinhalteten schon die große Gnade ... die Weisheit, zu unterscheiden ...

»Ich will leben!«

Ohne daß ich es wirklich gewollt hatte, quollen diese Worte aus mir heraus, und während ich darüber erschrak, schlug meine Mutter die Hände vor das Gesicht, und mein Vater meinte: »Lauter, Eva!«

»Ich will leben!!« wiederholte ich.

»Noch lauter!«

»Ich will leben!!!«

»Willst du es wirklich?«

Niemals zuvor hatte ich mich so unsicher gefühlt wie in diesem Augenblick. Ich wußte nicht, ob ich wirklich wollte, was ich da versprochen hatte, ich wußte ja nicht einmal, ob ich es wirklich versprochen oder nur so dahingesagt hatte. Anders als mein Vater spürte das meine Mutter sofort. Sie schob ihn sacht zur Seite, setzte sich zu mir, griff nach meiner Hand und sah mich ruhig an.

»Ich glaube, Eva, dein Vater hat alles gesagt, was zu sagen war«, erklärte sie, »nur ... du darfst dir nicht einbilden, daß sich deshalb auf einmal alles ändert. Keinem von uns fällt das Leben in den Schoß, und jeder von uns ist hin und wieder verzweifelt. Nur ... ich habe einmal einen Satz gehört, der für mich die Antwort auf alle Fragen war. Er hieß: Wir Menschen suchen alle nach etwas, was uns längst gefunden hat. – Vielleicht helfen dir diese Worte irgendwann einmal, wie sie mir schon so oft geholfen haben ...«

Wie versteinert saß ich da. »Wir Menschen suchen alle nach etwas, was uns längst gefunden hat.« Seit Monaten fütterte man mich mit ähnlichen weisen Worten, und deshalb war es mir auf Anhieb so vorgekommen, als wäre auch dieser Satz nur einer mehr in einer ohnehin schon reichhaltigen Sammlung. Aber nein ... irgend etwas stand zwischen diesen Zeilen, schwebte über diesen Worten, umhüllte ihren Inhalt, und war das Maß aller Dinge. Noch wußte ich nicht, was es war, doch beschäftigte es mich so sehr, daß ich das, was in den folgenden Stunden mit mir geschah, einfach geschehen ließ – ohne jeglichen Widerspruch.

So ließ ich mich waschen und anziehen und sah seit langem erstmals wieder in den Spiegel.

Das war ein besonders grausiges Erlebnis. Da ich in den vergangenen Wochen Raubbau mit meinem Körper betrieben und ihn damit auf lächerliche siebenundsechzig Pfund heruntergewirtschaftet hatte, konnte ich auf meinen Beinen kaum noch stehen und war auf einen Rollstuhl angewiesen. Und dann diese Flecken in meinem Gesicht, die riesigen Augen, die Glatze ...!

»Was denn?« meinte mein Vater. »Die Glatze steht dir doch gut!«

»Ja?«

»Ja!«

»Ich habe immer gedacht –«

Mein Vater stöhnte laut auf. »Du hast gedacht!« tönte er. »Lüg doch nicht, Eva, du hast doch noch nie gedacht. Damit mußt du jetzt erst mal anfangen. Naja, der Mann, der dich mal kriegt, der tut mir sowieso heute schon leid.«

»Ich krieg nie einen Mann«, fügte ich sogleich voller Selbstmitleid hinzu.

»Das habe ich ja auch nicht gesagt, Eva. Nicht du kriegst ihn: Er kriegt dich.«

»Bin ich denn so schlimm?«

»Ja.«

»Aber Ernst!«

Mein Vater rollte die Augen und sah nunmehr meine Mutter strafend an.

»Nun sag doch nicht immer ›aber Ernst‹, wenn ich die Wahrheit sage«, witzelte er. »Oder würdest du deine Tochter etwa heiraten?«

Diese Fröhlichkeit, die meine Eltern herauskehrten, machte mir alles sehr viel einfacher. Ich wußte schließlich noch nicht, wozu diese ganzen Aktivitäten gut sein sollten, und deshalb fielen mir erst mal nur die absoluten Nebensächlichkeiten auf. Die einzige Straßenkleidung, die an diesem Heiligabend 1976 noch in meinem Schrank hing, war die, die seinerzeit Schwester Bertas ganzen Zorn entflammt hatte. Jetzt hätte der Anblick wohl nur noch ihr Mitleid erregt, denn Hose und Pulli hingen wie Fremdkörper an meinen ausgezehrten Knochen.

»Das machen wir passend!« bestimmte meine Mutter und begann, mit Sicherheitsnadeln und Reihfäden so etwas wie figurbetonende Linie in den Stoffberg zu bringen. Dann wurde auch noch eine dicke Jacke darübergestülpt, und meine Glatze verschwand unter einem selbstgestrickten Angoramützchen.

»Und jetzt?« erkundigte ich mich. »Fahren wir nach Hause?«

»Würdest du das denn wollen?« stellte meine Mutter die Gegenfrage.

»Nein.«

»Also!«

»Was dann?«

»Wir gehen jetzt zum Gottesdienst!«

Sofort machte sich Panik in mir breit, und ich konnte gar nicht so schnell reden, wie ich mich aufregte.

»Das, das, das, das geht nicht«, stotterte ich, »so, so, so, so kann ich doch uuuuunmöglich unter die Menschen. Die, die, die erschrecken sich ja.«

»Das ist anzunehmen«, gab mein Vater trocken zurück, »laß ihnen also das Vergnügen!«

»Aber Papa!?«

»Ja, mein Kind ...?«

»Mama!?«

»Komm mein Kind!«

Und damit hatte es sich dann auch schon.

Draußen war es bitterkalt. Die Luft war feucht, und trotz der Dunkelheit sah man im Schein der Laternen auch jetzt noch jenen Dunstschleier, der bereits während des Tages über der Stadt gelegen hatte. Auf dem Klinikgelände herrschte nur wenig Betrieb. Hin und wieder sah ich in der Ferne eine Gestalt vorüberhuschen, und das gab mir die Hoffnung, in der Kapelle wären auch nur wenige Leute. Um so mehr erschrak ich, als ich den Menschenpulk sah, der sich vor der Kirche versammelt hatte.

»Oh nein!« stieß ich ängstlich aus.

»Was?«

»Die vielen Leute!«

»Na und?«

»Sie werden mich anstarren.«

»Dann starr zurück!«

Dieser kluge Rat meines Vaters war jedoch schwer in die Tat umzusetzen. Die fremden Menschen starrten mich noch wesentlich unverblümter an, als ich gefürchtet hatte. Ihre Blicke klebten förmlich an mir, und das beschämte mich, es bereitete mir körperliche Schmerzen.

»Ich habe gesagt: Starr zurück!« donnerte mir mein Vater ins Ohr.

»Ich kann nicht.«

»Du mußt!«
»Aber ...«
»Eva!!!«

Oma Tati hatte immer behauptet, Gott würde die Mutigen lieben. Das fiel mir in diesem Moment wieder ein. Also wollte ich es wenigstens versuchen, mutig zu sein. Zaghaft blickte ich auf. Vor mir stand ein Grüppchen von drei Frauen. Die Köpfe hatten sie zusammengesteckt, sie tuschelten und starrten mich an.

Ich starrte zurück. Keine zehn Sekunden brauchte ich, das durchzuhalten. Die drei Weibchen hörten auf zu tuscheln und mich anzustarren. Sie verstummten, schluckten und zerstreuten sich in verschiedene Richtungen.

Das erstaunte mich, und ich machte weiter, starrte zurück, siegte, siegte immer wieder. Nur ein junges Mädchen ließ sich von der Intensität meiner Blicke nicht beeindrukken. Sie saß zwei Reihen vor mir in der Kirchenbank und starrte auch noch nach Minuten mit unverminderter Begeisterung. Als ich mich vorbeugte, um sie genauer zu betrachten, sah ich, daß sie nur noch ein Bein hatte.

»Oh ...!« entfuhr es mir, und das Mädchen begann zu lächeln. Sie lächelte mich auf eine rührende Weise an, und ich, ich lächelte zurück. Nie zuvor in meinem Leben hatte ich so gelächelt. Es kam von innen, es war mir ein Bedürfnis, es war jenes Lächeln, das Daniela immer bei mir vermißt hatte, das »aus dem Bauch« kam, wie sie es nannte. Jetzt hatte ich keine Angst mehr, nicht vor den anderen und auch nicht mehr vor mir selbst.

Oben auf der Kanzel las Pfarrer Lossmann die Weihnachtsgeschichte. Ich kannte sie auswendig und hörte gar nicht hin. Vielmehr nutzte ich diese Zeit, um endlich wieder das zu tun, was ich so lange nicht mehr fertiggebracht hatte: ich betete. Was es bedeutete zu beten, wurde mir dabei erstmals in meinem Leben wirklich klar. Es hieß, sich Gott zu nähern.

Während ich betete, saßen meine Eltern neben mir und

hielten meine Hände, mein Vater die linke, meine Mutter die rechte. »Stille Nacht, heilige Nacht« sang die Gemeinde, und ich saß da, blickte aus dem Fenster der Kapelle, hinaus in die Dunkelheit. Nichts schien anders als sonst, und doch war alles anders, denn ich sah es plötzlich mit anderen Augen.

»Wir Menschen suchen alle nach etwas, was uns längst gefunden hat.«

Auch ich hatte gesucht, und obwohl ich von Anfang an geahnt hatte, daß mich das, wonach ich suchte, längst gefunden hatte, wußte ich es in aller Klarheit erst jetzt. Das Geheimnis von Leben und Sterben tat sich vor mir auf, und es war tatsächlich, wofür ich es gehalten hatte: Der Anfang und das Ende all meines Seins, der Ursprung und zugleich das Ziel aller Dinge. Daniela hatte einmal gesagt, daß die Menschen nicht leben könnten, wenn Leben und Sterben in ihren Augen ein und dasselbe wären, daß sie nur aus Angst vor dem Sterben leben würden. Doch Leben und Sterben waren ein und dasselbe, das war das große Geheimnis. Jeder Atemzug unseres Lebens brachte uns unserem Ende unweigerlich einen Atemzug näher, und deshalb hatten wir alle, auch ich, nichts zu verlieren: nur Zeit!

20

Meine spontane Entscheidung für das Leben hatte den Zwiespalt in mir abrupt beendet. Auf einmal fühlte ich mich frei, und mir kam der leise Verdacht, daß ich von Anfang an hatte leben wollen, ohne es zu wissen. Die anderen hatten es gewußt: Professor Mennert, Doktor Behringer, Daniela, meine Eltern, sie alle hatten es gewußt, und deshalb hatten sie mir in der Vergangenheit auch alle die gleichen Vorwürfe und Vorschläge gemacht. Ich durfte nicht verantwortungslos und undankbar sein, ich mußte mich ändern, nur dadurch konnte sich meine Lage ändern.

Jetzt, da ich diese Worte in Ruhe überdachte, erkannte ich, wie recht sie hatten. Was war schon passiert? Ich, die ehemals schöne und begabte Ballerina war schwer erkrankt und nunmehr häßlich und außerstande, jemals wieder zu tanzen. Aber ich lebte, und aus diesem Leben galt es nun, das beste zu machen.

Wie lange ich diese Haltung durchstehen konnte, würde sich zeigen. Vorerst stand meine Lebensbejahung noch auf wackeligen Füßen. Unentwegt suchte ich nach Halt.

Claudia war mir dabei nicht gerade eine Hilfe. Nachdem sie sich am Heiligabend – unter dem Vorwand, bereits zu schlafen – jeden Kommentar erspart hatte, erklärte sie mir am Weihnachtstag, für sie wäre das Gespräch zwischen mir und meinen Eltern »schwachsinniget Gelaber« gewesen, und obwohl sie intensiv gelauscht hätte, wäre nur »Bahnhof« bei ihr angekommen.

»Wenichstens weiß ich aber jetz, von wen du den Knall has!« meinte sie.

»Wieso?«

»Na, dein Vatter hat ja wo auch en Sprung inne Schüssel. Und ers dat Mütterken!«

»Findest du?«

Claudia zweifelte an der Echtheit meiner Wandlung.

»Du brauchs ebent ewig wat Neuet«, tönte sie. »Also, mach voran, Evken! Probier, watte probiern wills! Wird ma sowieso nich lange dauern!«

Das verletzte mich sehr. Ich wußte schließlich selbst, wie sprunghaft ich in den vergangenen Monaten gewesen war. Jetzt ging es jedoch nicht mehr um eine Taktik, sondern um ein Ziel. Wenn ich wirklich leben wollte, mußte ich auch etwas dafür tun. Da mir jedoch schleierhaft war, was ich tun sollte, drehte ich mich mit meinen Gedanken wieder einmal im Kreis.

»Siehse!« meinte Claudia dazu. »Et geht schon wieder los!«

»Was geht los?«

»Dat mit dat Grübeln, Eva!«

»Ich müßte nur halb soviel grübeln«, ereiferte ich mich, »wenn du mir ein bißchen helfen würdest.«

Mich traf ein vernichtender Blick. »Irre geb ich keine Tips!« erklärte sie dann, grabschte nach meinem Weihnachtsbäumchen und begann, die Kerzen aus dem Tannengrün zu rupfen.

»Hast du etwas Besonderes vor?« erkundigte ich mich nach einer Weile.

»Mmh«, brummelte sie, »Kammerspiele.«

»Und was ist das?«

»Wachs fürn Wichs!«

Obwohl ich an derartige solche Deftigkeiten längst von ihr gewöhnt war, konnte ich mir Claudias ablehnende Haltung nicht erklären. Ich hätte zwar nur einen Hauch von Einfühlungsvermögen gebraucht, um zu verstehen, daß sie einfach nur traurig war, nicht die gleiche Chance vom Leben zu bekommen, wie ich sie bekam, daß sie fürchtete, ihren Einfluß auf mich zu verlieren ... aber diesen Hauch von Einfühlungsvermögen besaß ich nun mal nicht. Ich sah in dieser so entscheidenden Phase meines Lebens nur mich und meine Probleme. Ich mußte einen Weg finden, mit mir zurechtzukommen, ich mußte einen ersten selbständigen Schritt wagen.

Also wandte ich mich an Daniela. Aber die ließ sich ständig durch ihre Sekretärin entschuldigen, schien nie Zeit zu haben, bis ich endlich am 15. Januar 1977 einen Termin bei ihr bekam. Das lange Warten hatte meinen Nerven nicht unbedingt gutgetan. Zu ausgiebig hatte ich über alles nachdenken können, zu oft hatte ich mir vorgestellt, wie ich Daniela meine Wandlung erklären wollte. Deshalb war mein Kopf nur noch leer, und ich zitterte vor lauter Aufregung.

Daniela bemerkte das sofort, tat aber so, als würde sie es nicht bemerken. Überhaupt erschien sie mir fremd nach all der Zeit, die wir uns nicht gesehen hatten, und das lag nicht zuletzt an ihrer Aufmachung. So wie sie an diesem 15. Januar 1977 aussah, so hatte sie schon einmal ausgesehen. Schon einmal hatte sie diesen wadenlangen Tweed-Rock getragen und die weiße Bluse. Schon einmal hatten ihre Füße in schwarzen Pumps gesteckt, war das lange Haar zu einem Zopf geflochten gewesen ... damals, als sie mir meine Sehnsucht nach der Wahrheit entlockt hatte. Ich konnte mir also denken, daß sie für unser heutiges Gespräch einen ähnlich dramatischen Verlauf erwartete, und das hob meine Stimmung nicht gerade.

»Du wolltest mich sprechen?!« Danielas Stimme klang spröde wie nie zuvor. Scheinbar entspannt saß sie hinter ihrem Schreibtisch und sah mich an. Sofort fühlte ich mich verunsichert, wäre am liebsten auf und davon gelaufen. Daß ich trotzdem blieb, verwunderte mich selbst.

»Ich ... äh ...«, hörte ich mich stammeln, »... ich ... mmh ... ich ... ich will leben!«

Ich bildete mir ein, damit alles gesagt zu haben.

»Wie bitte?« fragte Daniela nach, als hätte ich arabisch gesprochen.

»Ich will leben!« wiederholte ich.

»Ach so!«

Auf eine derartige Reaktion war ich nicht gefaßt gewesen, und sie verletzte mich. Das entging Daniela natürlich nicht, und sie quittierte es mit einem zynischen Grinsen.

»Tut mir leid«, sagte sie dann, »aber für den Fall, daß du mir damit einen Sinneswandel signalisieren willst ... lächerlich!«

Es hätte nicht mehr viel gefehlt, und ich wäre in Tränen ausgebrochen. Nur mühsam beherrschte ich mich.

»Warum sagen Sie so etwas?« flüsterte ich statt dessen.

Daniela atmete schwer. »Ganz einfach«, antwortete sie dann, »weil ein solcher Sinneswandel etwas von religiöser Euphorie hat.«

»Wie?«

»Ja. Unsere Eva, gestern noch von einer Vielzahl erfindungsreicher Teufelchen besessen, hat eine Vision gehabt. Und deshalb ist unsere Eva jetzt plötzlich von Scharen gutwilliger Engelein beseelt. Himmlische Heerscharen auf rosaroten Wölkchen –«

»Warum nehmen Sie mich nicht ernst?«
»Sollte ich das?«
»Ja.«
»Und warum sollte ich das bitteschön tun?«
Ganz leise fing ich an zu reden, erzählte vom Heiligabend und von dem, was mein Vater und meine Mutter gesagt hatten. »Ich lebe, und wenn ich es wirklich will, kann ich auch überleben. Ich muß eben kämpfen, und Sie haben ja selbst gesagt, daß ich es schaffen kann, wenn ich will. Ich habe das jetzt endlich verstanden, und außerdem ...«
Ich konnte gar nicht aufhören. All das, worüber ich mir solange den Kopf zerbrochen, und wofür ich solange gelitten hatte, brach jetzt in einem wahren Wortschwall aus mir heraus:
»Ich weiß nicht, ob Sie sich noch erinnern«, sagte ich, »aber in der Nacht, in der Ina starb, da hat Schwester Gertrud etwas gesagt, was ich damals weder verstehen noch verkraften konnte. – Es fängt an in einem Waschraum, und es endet in einem Waschraum, und das bißchen dazwischen ist so furchtbar lächerlich. – Ich wußte natürlich, daß die Frauen, bevor sie ihre Kinder kriegen, im Waschraum den Einlauf bekommen. Ich wußte auch, daß die Toten hier in der Klinik erst mal in den Waschraum geschoben werden, weil sie nicht in den Krankenzimmern liegenbleiben dürfen. Was ich nicht wußte, war, von welchem ›lächerlichen bißchen dazwischen‹ Gertrud sprach. Ich wußte eben nicht, daß die Menschen ein und derselben Sache zwei verschiedene Namen geben, und deshalb hatte ich Angst vor dem Sterben, das ich Leben nannte, und wollte dieses Leben nicht, weil ich bereits starb. Früher habe ich mich beklagt, weil ich hier liegen muß, während andere in Diskotheken gehen und sich amüsieren. Heute weiß ich, daß die in Wirklichkeit die Beklagenswerteren sind, denn ich weiß um mein tägliches Sterben, und die denken nicht einmal daran. Die sind blind, ich sehe. Verstehen Sie, wie ich das meine?«

Daniela verzog keine Miene. Sie sah mich nur an, holte tief Luft und sagte nach einer ganzen Weile:

»Du sprichst wie eine Prophetin!«

Ich schluckte vor Schreck. »Tut mir leid, wenn es sich so anhört!« winselte ich.

»Es hört sich so an.«

»Es ist aber die Wahrheit!«

»Heißt das, daß ich dir glauben soll?«

»Ja.«

Daniela lachte auf. »Nein, Eva, das kannst du nicht erwarten nach all dem, was du –«

»Ich erwarte es aber!!«

Meine Stimme war plötzlich wieder scharf wie in meinen besten Zeiten. Daniela tat jedoch so, als würde sie das nicht bemerken. Sie stöhnte nur und meinte:

»Soll ich dir etwa Beifall klatschen, nur weil du behauptest –«

»Was heißt Beifall?« fiel ich ihr ins Wort. »Ich verlange *standing ovations!!!*«

Daniela begann zu schmunzeln. »Nun«, erklärte sie gedehnt, »so ein klitzekleines Teufelchen scheint mir ja doch überlebt zu haben, das beruhigt mich regelrecht.«

Das war endgültig zuviel. Ich blähte mich auf wie seit langem nicht mehr und schimpfte, daß die gläserne Schreibtischplatte zu klirren begann. »Da können Sie sogar ganz beruhigt sein, wenn Sie nämlich nicht aufhören, mich auf den Arm zu nehmen, Fräulein Römer, kann ich Ihnen versichern, daß gleich ganze Hundertschaften von Teufelchen über Sie herfallen werden, und die sind dann nicht mal klitzeklein, sondern riesengroß mit Flammenschwertern und giftspritzenden Mäulern, und die werden Sie würgen und würgen und würgen und würgen und …«

Ohne Luft zu holen, stieß ich weiter diese beiden Worte aus und fuchtelte dabei mit den Händen, als würde ich einen nassen Aufnehmer auswringen. Eine ganze Weile sah Daniela sich das an, dann lachte sie plötzlich aus vollem Halse.

»Du bist unglaublich, Eva Martin! Unmöglich! Unverbesserlich! Unfaßbar! Einfach –«

»Einfach *ich!*« sagte ich mit letzter Kraft.

»Genau!« bestätigte sie mir, und dabei lachte sie so lange, bis ihr die Tränen in die Augen stiegen. Erst dann beruhigte sie sich und sah mich an. Die Kälte war aus ihrem Blick verschwunden.

»Also gut«, erklärte sie mir, »du hast gewonnen.«

Ich fühlte mich unendlich erleichtert.

»Aber glaub mal bloß nicht, Eva, daß dich dieser Sieg nichts kosten wird.«

Sofort hatte es sich wieder mit meiner Erleichterung.

»Was ... was soll das denn heißen?« fragte ich vorsichtig.

»Daß ich Beweise verlange!« erwiderte Daniela.

»Beweise?«

»Ja.

»Was denn für Beweise? Soll ich etwa eine Spende –«

»Du sollst eine Therapie machen, Eva!«

»Nein!«

Das kam so spontan, daß Daniela gleich wieder lachen mußte.

»Du bist wirklich unglaublich«, sagte sie dann. »Ich bin schon jeder Menge Ja-Sagern in meinem Leben begegnet, aber noch niemals jemandem, der zu allem nein sagt. Du bist ein Weltmeister im Verneinen, Eva. Merkst du das eigentlich?«

Ich mußte grinsen. Was sie da sagte, hatte ich längst bemerkt, ich war aber nicht bereit, dazu etwas zu sagen.

»Kann ich eine Zigarette haben?« erkundigte ich mich statt dessen.

»Nein!«

»Bitte!!!«

»...Ach, so ist das ...!« durchschaute Daniela mein Spiel, »das Fräuleinchen will gebeten sein ...na schön, Eva, daran soll es nicht liegen. Ich bitte dich hiermit! Ich bitte dich von Herzen und mit Schmerzen: mach eine Psychotherapie!«

»Warum?«

»... War – um ...?« Mich traf ein bitterböser Blick, denn nach Danielas Dafürhalten war sie es, die in unserer Beziehung die Fragen stellte.

»Nimm dir eine Zigarette!« seufzte sie. »Und dann werde ich dir deine impertinente Frage beantworten! Es ist nämlich so, meine Liebe: Du bildest dir nur ein, es hätte sich in dir eine großartige Wandlung vollzogen. In Wahrheit ist es nur ein Kreis, der sich da schließt. Als du herkamst, da wolltest du den Krebs besiegen, und das willst du jetzt auf ein neues versuchen. Deshalb ziehst du dich wieder schön an, schrubbst dich, pinselst dich an, schmiedest Pläne und so weiter.«

Diese Worte kamen mir irgendwie bekannt vor. Claudia hatte es ähnlich ausgedrückt, und daher befiel mich ein doppelt ungutes Gefühl. Betont langsam nahm ich mir die versprochene Zigarette, zündete sie mir betont langsam an, um dann so sehr daran zu ziehen, daß sich tiefe Löcher in meine Wangen gruben.

»Na und?« stieß ich dann nebst Rauch aus.

Daniela seufzte.

»Daß du das fragst«, erwiderte sie, »sagt mir, daß ich recht habe.«

»Womit?«

»Womit?« wiederholte sie. »Du bist wieder ganz die Alte, Eva, aber diese alte Eva, die hat es schon mal nicht geschafft. – Du mußt dich erst noch ändern! Was du bisher getan hast, war noch gar nichts.«

»Und deshalb soll ich eine Therapie machen?«

»Ja.«

Ich zog das, was Claudia eine »Flappe« nannte, aber davon ließ Daniela sich nicht beeindrucken. Vielmehr hielt sie mir nun einen langen Vortrag über mein angeblich so verkorkstes Innenleben und über meine Angst vor Gefühlen, die ihres Erachtens aus meiner Kindheit und Jugend herrührten.

»Du hast als kleines Mädchen nur eines gelernt«, teilte sie mir mit, »nämlich zu verdrängen und zu kompensieren.«

»Das sind aber doch schon zweierlei!« erwiderte ich.

»*Eva!!!* – Du weißt genau, wie ich das meinte.«

Alsdann wurde ich in formschöne Einzelteile zerlegt.

»Sobald es gilt, mit einem Gefühl fertig zu werden«, behauptete Daniela, »flüchtest du in einen Kampf gegen dieses Gefühl, beschimpfst dich dafür, es überhaupt zu haben, überlegst, warum du es wohl hast, und denkst dann so lange darüber nach, bis das, was du eben noch gefühlt hast, zum Gedanken geworden ist, den du getrost vergessen darfst. – Und genau da liegt dein Ur-Problem! Bevor du das nicht bewältigt hast, wirst du kein anderes bewältigen können, auch wenn es dir noch so klein und unbedeutend erscheint. Verstehst du mich, Eva?«

Ich verstand sie sehr genau, und obwohl mir das, was sie da gesagt hatte, absolut nicht behagte, wußte ich, daß sie mit jedem Wort recht hatte. Vor allem aber verstand ich, was diese Frau von mir wollte.

»Und was will ich?« fragte sie, nachdem ich das schroff geäußert hatte.

»Kleiner Finger – ganze Hand!«

»Bist du sicher?«

»Bombensicher. Als ich sterben wollte, da wollten Sie nur mein Leben retten. Aber jetzt, wo ich leben will, da soll ich dann auch gleich noch richtig leben, bewußt, mit aufgearbeiteter und verarbeiteter Vergangenheit.«

Daniela lächelte. »Du weißt doch, Eva: Mens sana in corpore sano! Ein gesunder Geist in einem gesunden Körper!«

»Sit!« fügte ich augenzwinkernd hinzu.

Sie war verblüfft. »Wie?«

»Mens sana in corpore sano sit! Es *sei* ein gesunder Geist in einem gesunden Körper! So lautet der Satz korrekt. Er ist ein frommer Wunsch, eine Hoffnung – kein Befehl!«

Daß ich meine Lateinkenntnisse einmal so formvollendet würde ausspielen können, hätte ich mir als Kind auf der Schulbank auch nicht träumen lassen. Daniela zollte mir Bewunderung.

»Wenn wir es schaffen, deine Psyche hinzubiegen«, sagte sie, »dann kann aus dir was werden.«

Ich drückte meine Zigarette aus und schaute sie mit großen Kinderaugen an.

»Können Sie mir das versprechen?« fragte ich.

»Ja.«

»Dann bin ich einverstanden.«

»Womit?«

»Mit der Therapie!«

»Aber –«

»Ich wollte immer schon, daß aus mir was wird!«

Daniela mochte es kaum glauben. Mit offenem Mund saß sie da und sah mich an. Vermutlich hatte sie mit einer mehrstündigen Debatte gerechnet, mit Rede und Gegenrede. Daß ich so schnell einlenkte, schien ihr wohl ein Geschenk des Himmels zu sein, dem sie allerdings noch nicht traute.

»Ist das dein Ernst?« vergewisserte sie sich noch einmal. Ich nickte. »Ich tu es allerdings nur unter einer Bedingung!«

»Ich lasse mich nicht erpressen, Eva.«

»Unter *einer* Bedingung!« blieb ich hart.

»Und unter welcher?«

»Sie haben mir vor langer Zeit mal angeboten, *du* zu Ihnen zu sagen ... gilt das noch?«

Daniela starrte für einen kurzen Moment, dann begann sie zu lächeln und hob den Zeigefinger.

»Glaub aber ja nicht, daß ich es dir deshalb leichter mache!« witzelte sie.

In früheren Jahrhunderten starb so mancher »Ehrenmann« im Duell. Man wählte die Waffen, ob nun Degen oder Pistole, traf sich im Morgengrauen außerhalb der Stadt, und während die jeweiligen Sekundanten seelischen Beistand leisteten, gingen die beiden Streithähne aufeinander los, bis zumindest einer von ihnen verendet am Boden lag. Ich war mir sicher, daß es zwischen Daniela und mir ähnlich ausgehen würde. Ich dachte nämlich von Anfang an nicht einmal im Traum daran, zu meinem Wort zu stehen und eine Therapie zu machen. Dazu hatte ich mich nur bereiterklärt, um Daniela auf meine Seite zu bringen. Als Schuttablade-Platz für meine Problemchen wollte ich sie benutzen, meine Probleme wollte ich jedoch auch weiterhin für mich behalten. Ich hatte diese Frau zurückerobert, und wenn auch mein abschließendes Versprechen eine Lüge gewesen war, so hatte ich doch all das andere, was ich zuvor gesagt hatte, ernst und ehrlich gemeint, und das hatte Daniela auch gespürt. Deshalb durfte ich jetzt damit rechnen, daß sie binnen weniger Stunden die gesamte Belegschaft über das Ergebnis unserer Unterredung informierte. Das war so üblich. Ich nannte das »stille Post« und war zum ersten Mal dankbar dafür, daß es dieses mysteriöse Medium gab. So machte ich mich gleich am nächsten Morgen frohen Mutes auf zu Professor Mennert.

In Mennerts Büro sah's aus wie im Ausstellungsraum eines Antiquitätenmuseums, denn das Mobiliar war ein Streifzug durch die Jahrhunderte, und im ersten Moment glaubte ich, sie förmlich riechen zu können, die gute, alte Zeit, Renaissance und Biedermeier, Barock und Jugendstil, sie waren vereint in diesen vier Wänden, in deren Mitte das Prunkstück stand, ein herrlicher Schreibtisch, eine Reminiszenz an das Viktorianische Zeitalter.

Dahinter saß Mennert, der mich erwartet zu haben schien. Die »stille Post« über Daniela hatte also bestens funktioniert.

»Guten Morgen, Herr Professor!« Meine Stimme klang wie das Rascheln brüchigen Pergaments. Mennert runzelte die Stirn, atmete tief.

»Tja, Eva ... dann nehmen Sie mal Platz!«
»Danke!«

Ich setzte mich in einen der schweren, erdfarbenen Ledersessel, die um den Schreibtisch gruppiert standen, und dabei klopfte mein Herz so heftig, daß ich glaubte, es müßte zerspringen. Auch waren meine Hände ganz feucht, und der Kloß in meinem Hals wurde mit jedem Atemzug dicker. Ich hatte eben Angst, schlicht und ergreifend Angst.

Mennert saß nur da und sah mich an und schwieg, und in seinem Gesicht regte sich nichts.

»Von mir aus wäre ich nie zu Ihnen gekommen«, sagte er dann, »aber nun ... wo Sie von sich aus zu mir gekommen sind ...«

»Ich habe so manches gelernt, Herr Professor.«

»Hoffentlich!«

»Bestimmt!«

Er schmunzelte. »Gut, ... dann ... ich halte nicht viel von Vorwürfen und Rechtfertigungen ... lassen wir die Vergangenheit also ruhen!«

Damit hatte ich nun wirklich nicht gerechnet.

Ich war sicher gewesen, Mennert würde für alles, was ich in den letzten Wochen und Monaten verbrochen hatte, eine Erklärung und eine Entschuldigung verlangen. Ich dankte Professor Mennert für sein Verständnis, entschuldigte mich dennoch in aller Form für mein bisheriges Verhalten, und vergeudete alsdann keine weitere Zeit. Ich fragte, wie es mit mir denn jetzt wohl weiterginge.

Mennert seufzte. »Es war fünf Minuten vor zwölf«, erklärte er mir, »fast zu spät. Trotzdem haben wir es geschafft, Ihre Krankheit in der Remission zu halten. Nur ... man hindert ja eine Bombe nicht auf Dauer an der Explosion, indem man den Zünder festhält. Und um das Ding zu entschärfen, brauchen wir das hier.«

Er hielt mir ein Blatt Papier unter die Nase, auf dem eine Vielzahl kaum lesbarer und unaussprechlicher Worte geschrieben stand.

»Das ist Ihr neuer Therapieplan«, klärte er mich auf. »Wir haben ihn nach den Resultaten der vorangegangenen Behandlung erstellt und können deshalb sicher sein, daß Sie gegen diese Präparate noch nicht resistent sind.«

»Aber –«

»Schauen Sie es sich genau an!«

Unwillig schüttelte ich den Kopf und legte das Blatt gleich wieder auf den Schreibtisch zurück. Ich hielt es für unsinnig, auf Worte zu starren, die ich ohnehin nicht verstand, und überdies konnte es mir völlig gleichgültig sein, von wieviel Milligramm welchen oral oder intravenös verabreichten Giftes mir in Bälde übel werden würde.

Professor Mennert sah mir wohl an, daß ich so etwas dachte, und er sah es offenbar nicht gern.

»Haben Sie Ihr Pulver schon verschossen?« fragte er spitz.

»Nein«, wich ich aus, »aber ...«

»Aber was?«

»Geht es nicht ohne Chemotherapie?«

Er sah mir fest in die Augen. »Nein!« antwortete er dann. »Ohne haben Sie nicht den Hauch einer Chance.«

»Und mit?«

Sofort wich er mir aus, senkte den Blick, faltete die Hände wie zum Gebet.

»Seien Sie bitte ehrlich!« fügte ich deshalb hinzu.

»Es wird aber hart, Eva.«

»Macht nichts. Wieviel Prozent habe ich? Ich muß es einfach wissen.«

»Zehn zu neunzig – mehr nicht!«

Er sagte das mit all der Offenheit, die ich ihm abgerungen hatte, und wie schon so oft in meinem Leben konnte ich jetzt, da es zu spät war, mit dieser Offenheit kaum fertig werden.

Zehn zu neunzig!

Mit vielem hatte ich gerechnet, aber nicht damit. Auf dreißig Prozent war ich eingestellt gewesen, auch fünfundzwanzig hätte ich noch lächelnd verkraftet, aber zehn?

»Besser als nichts!« hörte ich mich plötzlich sagen und spürte, wie ich mich damit selbst überlisten wollte. »Immerhin zehn Prozent besser als nichts!«

Mennert lächelte. Vermutlich sah er mir an, wie sehr ich kämpfte.

»Es wird sehr schwer werden«, flüsterte er mir deshalb zu, »aber Sie können es schaffen, Eva, vorausgesetzt –«

»Ich *werde* es schaffen!« unterbrach ich ihn. Ich war mir dessen auf einmal ganz sicher. »Ich *werde* es schaffen, Herr Professor, ... nur ... was kommt dann?«

»Dann müssen wir abwarten.«

»Und wenn wir das getan haben?«

Mennert schien verwirrt. Er wußte wohl einfach nicht, worauf ich hinauswollte, und deshalb erklärte ich mich ohne Umschweife.

»Gehen wir davon aus, daß die Therapie hundertprozentig anschlägt«, hob ich an. »Was würden Sie dann mit mir machen? Mir den Krebs aus dem Körper schneiden?«

Der Professor wurde blaß vor Schreck. »Also, Sie haben Vorstellungen«, stieß er atemlos hervor, »Sie erwarten Dinge, Eva, die ... ich habe es Ihnen ja schon einmal gesagt, Sie erwarten immer ein bißchen zuviel.«

»Das behaupten alle.«

»Sehen Sie!«

»Aber sie irren sich alle. Ich erwarte nämlich gar nicht viel und erst recht nicht zuviel: Ich erwarte *alles!*«

»Und wenn *nichts* dabei herauskommt?«

»War das *alles!*«

Mennert schmunzelte über dieses Wortspiel und lehnte sich zurück. »Wenn es so ist«, meinte er, »können wir ruhig Medizinergarn spinnen. Also: wenn die Therapie hundertprozentig anschlagen *würde,* Eva, dann würden wir bestrahlen.«

»Und dann?«

Er war sichtlich fassungslos. »Dann?« wiederholte er. »Dann –«

»Müssen wir wieder abwarten, Herr Professor, das ist mir schon klar. Aber stellen Sie sich vor, das hätten wir nun auch schon hinter uns, und die Bestrahlungen wären hervorragend verlaufen ... was dann?«

Er zögerte geraume Zeit, bis er mir eine Antwort gab, und dabei ließ er mich keine Sekunde aus den Augen.

»Rein theoretisch«, sagte er endlich, »rein theoretisch könnten wir dann operieren.«
»Und dann wäre ich gesund?!«
»Sagen wir ...«
»Danke, Herr Professor!«

Am 23. Januar 1977 um zehn Uhr morgens waltete Professor Mennert seines Amtes.

Viel war dazu nicht zu sagen, denn da man einige der Präparate aus dem vorherigen Therapieplan übernommen hatte, waren nicht nur die formschönen, bunten Pillen alte Bekannte für mich, ihre Nebenwirkungen und Begleiterscheinungen waren es auch. Sie kamen zu mir wie alte Tanten, die man lieber von hinten als von vorne sieht, und sie hielten mir leider die Treue. Das galt für das Brennen in der Blase wie für die Herzkrämpfe und die berüchtigte Übelkeit, die solche Anverwandten wie »Pulle« und Magensonde nach sich zog.

So gefaßt, wie ich gehofft und geglaubt hatte, konnte ich das nicht hinnehmen. Vielmehr lieferte ich bereits nach wenigen Tagen das, was mein Vater »Zwergenaufstand« nannte.

»Nun dreh doch nicht gleich wieder durch!« brüllte er mich an. Meine Mutter nickte beipflichtend mit dem Kopf und meinte: »Wir haben es dir damals schon immer gesagt, Kind: lenk dich ab!«

Bereits am nächsten Tag brachten sie mir meine Schulbücher von einst, von da an begann ich auswendigzulernen, was immer mir in die Quere kam: Balladen, chemische Formeln, Kurzgeschichten von Oscar Wilde, Gedichte von Jacques Prévert. Die Wirkung dieser »Ablenkung« war enorm, denn meine Hirnwindungen gerieten völlig aus dem Gleichgewicht. Monatelang hatten sie sich ausschließlich damit beschäftigen müssen, Schmerzen und unwohle Gefühle weiterzuleiten. Daß sie jetzt etwas Artfremdes leisten sollten, verwirrte sie dermaßen, daß mein Schmerzempfinden rapide sank.

Erst als meine Fingernägel plötzlich anfingen, in die

Höhe statt in die Länge zu wachsen und sich zu verfärben, brüchig zu werden und schließlich ganz von mir zu gehen, erst da verfiel ich wieder in Jammern und Wehklagen. Doch auch in diesem Fall wußten meine Eltern sofort Rat. Sie besorgten mir künstliche Fingernägel, und das seelische Problem wurde angegangen, indem man mich aufforderte, vom Auswendiglernen aufs Dazulernen umzusteigen.

»Kann nicht schaden!« meinten sie, bauten die einstmals so schnöde in den Schrank verbannte medizinische Fachliteratur vor mir auf, und meine Mutter sah mich streng an.

»Und diesmal, meine liebe Eva«, sagte sie, »diesmal bitte ich um etwas weniger Arroganz!«

Was sie damit meinte, war mir durchaus klar. Es war damals äußerst überheblich von mir gewesen, als Laie die malignen Lymphome erforschen zu wollen.

»Beschäftige dich erst mal mit dem gesunden Körper!« riet sie mir. »Mit seinem Skelett, seinem Blutkreislauf, dem Stoffwechsel.« Ich ließ mich darauf ein und fing an, von der Pike auf zu lernen. Das brachte mir nicht nur manche Erkenntnis ein, sondern ließ auch unendliche Phantasien in mir erwachen!

Ich begann, mir meine Lage bildhaft vorzustellen. Dabei war der Krebs eine Spinne für mich, eine schwarze, fette Spinne mit langen, behaarten und fleischigen Beinen, die sich meinen Körper ausgesucht hatte, um darin ihr tödliches Netz zu spinnen. Aus eigener Kraft konnte sich dieser Körper nicht dagegen wehren. Er war zwar eine Burg mit festem Mauerwerk, aber je mehr der Eindringling sich ausdehnte, desto brüchiger wurde das Gebälk. Deshalb mußte die Chemotherapie her, die einzige Kraft, die den Einsturz des Gemäuers verhindern konnte. Diese Therapie war eine Garde winziger Männchen in bunten Uniformen. Unermüdlich waren sie auf dem Vormarsch, und vor der Brust trugen sie kleine Dolche, und ihre Stiefel waren spitz, so daß es bisweilen schmerzte, wenn sie sich zu ihrem Feind vorarbeiteten. Hatten sie das aber erst geschafft, sträubten sich der dicken, fetten Spinne die widerlichen Haare. Sie fürchtete die farbenfrohen Wichte, denn sie mußte zusehen, wie diese ihr so feingesponnenes Netz zerstörten, wie sie zu ihren gierig vibrierenden Beinen vordrangen und darauf einschlugen, sie abschlugen, schlugen, schlugen ... und jedesmal, wenn sie schlugen, spürte auch ich den Schmerz, das Brennen in meiner Blase, die Krämpfe in meinem Herzen, die Übelkeit. All das war ein Zeichen für den Kampf in mir, all das war bei aller Grausamkeit ein Schritt in die Befreiung, jedesmal, jedesmal, JETZT ...

»Ach wat, du has ja en Knall!« So lautete Claudias einziger Kommentar. »Du mußt echt en Knall ham, en geistig wachen Kopp kann auf so wat nich kommen ... Spinne! ... Burch! ... Männekes! ... nee!«

Da sie ganz so tat, als hätte sie für meine Phantasie keinerlei Verständnis, und ich auch noch dumm genug war, ihr das abzunehmen, wurde unser Zusammenleben immer schwieriger. Sie fühlte sich überflüssig. Seit ich mit der neuen Chemotherapie begonnen hatte, wartete sie darauf, daß ich zu meinem alten Verhaltensmuster zurückkehrte. Da das nicht geschah, wurde ihre Enttäuschung täglich größer, denn sie mußte mitansehen, wie ich plötzlich mit anderen, eigenen Mitteln gegen meine Schmerzen kämpfte. Früher hatte sie mir in ähnlichen Situationen zur Seite gestanden und war mir damit eine echte Hilfe gewesen. Jetzt war mir ihre Anwesenheit eher eine Last, denn es lenkte mich ab, mit Claudia Konversation zu betreiben, statt mich in Konzentration zu üben. Sie spürte das, ich spürte es nicht. Sie litt darunter, ich bemerkte nicht einmal, daß sie litt. Mir fiel lediglich auf, daß sie zusehends verschlossener und spitzzüngiger wurde, und darüber ärgerte ich mich auch noch. Zu mehr war keine Zeit, ich war schließlich völlig ausgelastet. Wenn ich mich nämlich ausnahmsweise nicht hundeelend fühlte, und auch nicht gerade über irgendeinem lehrreichen Buch hockte, saß ich bei Daniela »auf der Couch«, und das war alles andere als ein Zuckerschlecken.

Bereits nach zwei Sitzungen wurde Daniela klar, daß ich sie belogen hatte und gar nicht an mir arbeiten wollte.

»Du erzählst mir immer nur, was ich hören will«, schimpfte sie. »Was du fühlst, behältst du für dich!«

»Quatsch!« schimpfte ich couragiert zurück. »Vielleicht fühle ich einfach nichts.«

»Im Gegenteil, Eva, du fühlst zuviel, und deshalb würde es dich überfordern, darüber zu reden.«

Sie wollte unbedingt mein Innenleben ergründen. Ich wollte dieses Innenleben unbedingt verbergen. Wie die Besessenen verfolgten wir unsere so entgegengesetzten Ziele und waren dabei einander zunächst ebenbürtig. Erst ganz allmählich machte sich in mir so etwas wie Erschöpfung breit. Ich fing an, mich immer häufiger zu fragen, warum ich all das überhaupt auf mich nahm. Doch jedesmal, wenn ich mich das fragte, stieg die Angst in mir auf. Es war jene Angst, die Daniela mir unterstellt hatte, die Angst vor Gefühlen. Ich spürte in diesen Augenblicken ganz genau, daß es da tief in mir etwas gab, was ich nicht nur vor allen Fremden, sondern auch vor mir selbst verbarg, und dieses Etwas war der alleinige Grund für meine Widerborstigkeit.

Als Daniela bemerkte, daß ich mir dessen zusehends bewußt wurde, legte sie die Waffen nieder. Für kurze Zeit hatte ich sogar das Gefühl, als hätte ich in diesem Zweikampf gesiegt. Daniela aber wußte, daß ich den entscheidenden Schritt zur Selbsterkenntnis getan hatte und somit ihre »große Stunde« nahte. Ich wiegte mich in trügerischer Sicherheit und lief so meinem Schicksal geradewegs in die Arme.

Es geschah an einem kalten Februarabend. Gedankenverloren schlich ich den Gang von S1 entlang, als plötzlich ein Bulle von Kerl aus einem Zimmer schoß. Er war stockbetrunken und brüllte wie auf dem Großmarkt.

»Die faule Sau soll aufstehen! Die soll mit nach Hause kommen und sich um die Blagen kümmern!«

Entsetzt wich ich zurück und sah im nächsten Moment

Doktor Behringer, der mit dem Betrunkenen seine liebe Not hatte.

»Beruhigen Sie sich, Herr Becker«, flehte er, »in Ihrem Zustand ... ich bitte Sie ... nun beruhigen Sie sich doch ...!«

Herr Becker wollte sich aber wohl gar nicht beruhigen. Immer wieder trat er mit Wucht gegen die Zimmertür, versuchte, sie mit Handkantenschlägen in appetitliche Einzelteile zu zerlegen, wehrte den hilflos wirkenden Doktor Behringer ab.

»Laß mich los, du Dreckskerl! Die faule Sau da drinnen soll raus aus dem Bett. Andrea, du Miststück ...!« Er brüllte so laut, daß ich mir die Ohren zuhalten mußte. Ich ging in Deckung, um keinen Fausthieb abzubekommen. Was ich jetzt hautnah erlebte, hatten Claudia und ich aus dem sicheren Eck unseres Zimmers schon häufiger mal mitbekommen.

»Musse ga nich hinhören!« hatte sie jedesmal gemeint. »Dat is bloß den Karl-Heinz, der Andrea ihr Mann!«

Jetzt, da ich diesen Karl-Heinz vor mir stehen sah, bereute ich, auf Claudia gehört und die Angelegenheit bisher ignoriert zu haben. Dieser tobende Mann faszinierte mich nämlich, ich glaubte ihn zu kennen, ja, ich war mir da sogar ganz sicher. Ich konnte mich nur nicht erinnern, woher ich ihn kannte, wann und wo ich ihm schon einmal begegnet war. Es mußte wohl lange her sein.

Während ich mir darüber noch den Kopf zerbrach, vernahm ich aus dem Inneren des Zimmers ein hysterisches Kreischen. Eine sich überschlagende Frauenstimme ließ wissen, der versoffene Kerl da draußen wäre an ihrem frühen Tode schuld und sollte sich zum Teufel scheren. Es war wie in einem schlechten Theaterstück: keine leisen Töne, nur Gebrüll!

Trotzdem war ich nachhaltig beeindruckt. »Stell dir das doch mal vor!« sagte ich zu Claudia, die sich jedoch völlig desinteressiert gab.

»Keine Böcke!« kläffte sie nur.

»Aber du mußt es dir vorstellen!« beschwor ich sie. »Es war einfach ... ein Mann wie ein Baum ... und diese wirren Haare ... und dieser Blick ...«

Da ich hörbar ins Schwärmen geraten war, blitzte Claudia mich vernichtend an.

»Doof wie en Baum, is er«, knurrte sie dabei, »und Stehhaare hat er, weil er sons nix hochkriecht, und ihm sein Blick ... dat kommt vom Saufen ...!«

Ich ahnte, daß Claudia eine ganze Menge von diesem Karl-Heinz Becker wußte, der mich so faszinierte. Also versuchte ich, sie auszufragen, was mir jedoch nicht gelang. »Wat weiß ich!« war das einzige, was ich ihr entlocken konnte, und nachdem ich das etwa zwanzigmal in Folge gehört hatte, platzte mir der Kragen.

»Aber du weißt doch sonst immer alles!« schimpfte ich.

Claudia erwiderte nichts, sie sah mich nur an. Etwas Ängstliches lag in diesem Blick, etwas Zweifelndes, aber statt mir darüber Gedanken zu machen, war ich nur wütend über ihre fehlende Hilfsbereitschaft. Aus lauter Wut beschloß ich, im Alleingang »wat rauszukriegen«.

Da ich bei diesem Unternehmen nicht gerade diplomatisch vorging, war mir zunächst nur mäßiger Erfolg beschieden. Ich fragte Schwester Helma nach den Familienverhältnissen der Beckers und – erhielt keine Auskunft. Daraufhin fragte ich Doktor Behringer, der mir auch nicht half, und so fragte ich Schwester Gertrud, zu der ich eigentlich nur ein sehr distanziertes Verhältnis hatte. Sie mochte mich nicht, weil ich so ehrgeizig und deshalb für ihre Begriffe psychopathisch war, und ich mochte sie nicht, weil ich erfahren hatte, daß sie vor ihren letzten Ferien aus »sozialen« Gründen eine Abtreibung hatte vornehmen lassen, von der sie sich anschließend auf Gran Canaria hatte erholen müssen. Aufgrund dieser gegenseitigen Abneigung erstaunte es mich jetzt um so mehr, daß ausgerechnet sie sich in puncto Familie Becker so redselig zeigte.

»Oh, das ist eine schlimme Geschichte«, erklärte sie mir, und dann erfuhr ich, daß Andrea Becker wie ich an Lymphosarkomen litt, neunundzwanzig Jahre alt war und zwei Kinder hatte.

»Und der Mann?« erkundigte ich mich hastig.

»Der Mann?« Gertrud sah mich skeptisch an. Für einen Moment rang sie mit sich, ob sie es nicht besser für sich behalten sollte, doch dann siegte der weibliche Mitteilungsdrang.

»Der Mann ist Maurer von Beruf«, sagte sie seufzend. »Früher hat er fest in einer Kolonne gearbeitet, aber seit seine Frau stationär behandelt wird, lebt er vom Stempelgeld. Weil er nämlich nicht will, daß die Kinder in ein Heim kommen. Er ist selbst im Waisenhaus großgeworden.«

Jedes einzelne Wort, das Gertrud sagte, speicherte ich, um mir anschließend noch stundenlang den Kopf darüber zu zerbrechen. In der Welt, in der ich großgeworden war, gab es weder Maurer namens Karl-Heinz Becker noch Fürsorge-Fälle oder Sozialhilfe-Empfänger. Dennoch war ich mir nach wie vor sicher, schon mal mit den Beckers zu tun gehabt zu haben, und deshalb beschloß ich, Andrea Becker meine Aufwartung zu machen.

Ich war ziemlich aufgeregt, als ich anklopfte. Im Grunde meines Herzens war ich mir völlig sicher, gleich einer alten Bekannten gegenüberzustehen und damit das Rätsel Becker gelöst zu haben.

»Herein!«

Zögernd trat ich ein und schloß die Tür hinter mir.

»Ja! – Bitte?«

Die Frau, die das sagte, saß in ihrem Bett und sah mich an. Sie war nicht mehr jung, sah zumindest älter aus, als es normalerweise mit neunundzwanzig Jahren der Fall ist. Ihr Haar war kurz, blond und von einer jener Dauerwellen verunziert, die Vorstadtfriseure im Sonderangebot anpreisen: Löckchen für Löckchen stach steif in die Luft. Ihre Augen waren blau und ausdruckslos, und um das zu verbergen, hatte sie die Lider mit blauer Farbe bepinselt, die Wimpern aber nicht getuscht. Ihr Mund hatte etwas Verkniffenes. Sie biß die Zähne so fest aufeinander, daß die Lippen völlig verschwanden, und noch während ich all das registrierte, wurde mir klar, daß sich meine geheime Hoffnung nicht erfüllt hatte. Ich kannte diese Frau nicht, ich hatte sie noch nie zuvor in meinem Leben gesehen.

Andrea Becker bemerkte nicht, wie genau ich sie in Augenschein nahm. Sie war nur erstaunt über meinen Besuch, aber da wir beide an der gleichen Krankheit litten, benutzte ich diese Tatsache sofort als Vorwand. Das nahm sie mir ab, war aber nicht gewillt, über ihren Krebs zu sprechen. »Das bringt ja nichts«, meinte sie. »Ich versteh' auch gar nichts davon.«

Was ihr an Charme und Humor fehlte, machte Andrea durch grenzenlose Gutgläubigkeit wett: Binnen zwei langer Stunden breitete sie vor mir, einer wildfremden Person, ihre Vergangenheit aus. Sie erzählte von ihrer Lehre in der Metzgerei, von den ersten Knutschflecken am Hals, die sie unter Chiffontüchern versteckt hatte, und von den ausgelassenen Tanzabenden, bei denen sie als Zwanzigjährige Karl-Heinz begegnet war. Nach einer kurzen Verlobungszeit hatten die beiden geheiratet.

»Zu Anfang habe ich noch mitgearbeitet«, sagte sie, »aber als es uns finanziell dann so einigermaßen ging, wollten wir doch lieber Kinder statt Spülmaschine und Farbfernseher.«

Diese Kinder waren mittlerweile drei und fünf Jahre alt, und kurz nach der Geburt des Kleinen waren die ersten Anzeichen der Krankheit aufgetreten.

»Der Karl-Heinz hat das zuerst gar nicht so richtig mitbekommen«, erzählte Andrea. »Er wußte zwar, daß ich krank war, weil die Ärzte es ihm gesagt hatten, aber ernstgenommen hat er das nicht. Er hat wohl geglaubt, das wäre so was wie Grippe. Aber jetzt, wo ich hier liege ... ist ja auch schwer für ihn.«

Daß Andrea Verständnis für ihren Mann zeigte, rührte mich. Ich hatte schon geglaubt, außer meiner Mutter und mir würde jede gleich nach Frauenhaus und Scheidungsanwalt schreien, und das wollte ich gerade äußern, als die

Zimmertür aufflog und ein sturzbesoffener Karl-Heinz hereintorkelte.

»Sie gehen jetzt wohl besser!« riet mir seine Frau.

»Aber ...«

»Bitte!!!«

Zwar tat ich ihr den Gefallen, blieb aber in der Nähe, um das Spektakel verfolgen zu können. Es lief alles ganz genauso ab wie beim letzten Mal. Karl-Heinz benutzte die gleichen Worte, Andrea benutzte die gleichen Worte, sie bekam sogar an der gleichen Stelle den gleichen hysterischen Anfall. Spätestens in diesem Moment wurde mir klar, daß sich diese beiden nicht aus Nervenschwäche heraus so aufführten. Sie taten es vielmehr, um jeweils Erwartungen des anderen zu erfüllen.

Wie hoch die waren, erfuhr ich bald am eigenen Leib. Volltrunken irrte sich der gute Karl-Heinz nämlich wenige Tage später in Zimmer, Bett und Frau und beschimpfte mich nach Strich und Faden. Er verlangte mehr Rücksicht und drohte damit, mir die Zähne aus dem Mund zu schlagen, wenn ich nicht sofort aufstünde und meine Pflicht täte.

»Wozu hab' ich denn geheiratet?« brüllte er. »Glaubst du etwa, ich geh' malochen, damit du den ganzen Tag mit dem Arsch im Bett liegen kannst?«

Das verschlug mir die Sprache. Schreckensstarr lag ich da, meine Finger umklammerten die Bettdecke, die ich bis zum Hals heraufgezogen hatte, und mein Gesichtsausdruck war laut Claudias Aussage der einer hypnotisierten Maus. Das brachte den armen Karl-Heinz völlig durcheinander. »Heh?« erkundigte er sich ängstlich, aber immer noch mit brutalem Unterton. »Was ist denn? – Andrea!!!«

Er wirkte plötzlich bedrückend hilflos und schien in sich zusammenzufallen. Da begriff ich, daß er wohl wesentlich mehr Angst ausstand als ich.

»Wenn de mich fertigmachen willst, brauchste das bloß zu sagen«, lallte er. »Dann setzt es was!«

Bevor er diese Drohung in die Tat umsetzen konnte, kam

gottlob Doktor Behringer. Der bot seinen ganzen Sarkasmus auf, um den Trunkenbold auf seinen Irrtum hinzuweisen. Dann führte er ihn ab, und zurück blieben eine hämisch kichernde Claudia und eine völlig verängstigte Eva.

Ich hätte schreien können. Ich hätte schreien können aus Angst vor einer Erinnerung, einer Erinnerung an die Angst.

»Wat?« Claudia runzelte die Stirn, als ich das stotternd von mir gab.

»Ja ... ich ... ich kenne ihn ...!«

»Wem?«

»Karl-Heinz!«

»... Quatsch! Woher wills *du* so einen kennen? En Säufer?«

»Nein ...«

»Wenn ich et dir doch sach!«

»Nei ... ein ...« Ich brach in Tränen aus, daß es meinen ganzen Körper erbeben ließ. Dabei wußte ich nicht einmal, warum ich weinte, ich wußte nur, daß ich weinen mußte, um nicht an meinem Schmerz zu ersticken.

Claudia, die während der letzten Wochen nur eisiges Schweigen und beißenden Zynismus für mich übriggehabt hatte, benahm sich plötzlich wieder wie der liebste und verständnisvollste Mensch auf Gottes Erdenrund.

»Aber Evken«, flüsterte sie, während sie sich auf meine Bettkante setzte, »muß doch nich weinen wegen so einen. Dat is doch en Schlappschwanz. Bloß weil er seine Olle wieder nach Hause zwingen will, hat er de Arbeit hingeschmissen und macht nu einen auf Hausmann. Dat klappt nur nich. De Blagen plärren, allet is dreckig, Klamotten und Geschirr liecht rum, und weil dat seine Manneskraft überfordert, säuft er nu. Der braucht dat! Wenn dat Delirjum da so am Nahen is, dann is dat wie son Schleier für ihm. Und durch den sieht er nix. Der hat dat nich gesehn, dat du nich seine Olle bis. Deshalb hat der hier so rumgestänkert, Evken, da musse echt nich für heulen ...«

Sie redete so liebevoll auf mich ein, daß ich mehrere Anläufe brauchte, um ihr klarzumachen, daß ich nicht wegen Karl-Heinz, sondern wegen dieser fürchterlichen Angst in mir weinte. Das hielt Claudia jedoch für ausgemachten »Mumpitz«. »Keinen Menschen hat Angst vor ne Erinnerung!« dozierte sie. »Dat mach dir klar, Eva. Dat wär ja ma noch schöner, Angst ham vor Ostern achtenfuffzig! So wat gibt et nich. – Und du kenns den Beckerschen auch nich, dat hasse bloß geglaubt. Jetz weiße, datte ihm nich kenns, und deshalb weiße jetz auch, dat dat allet Mumpitz wa. – Ne?«

Sie sagte das sehr überzeugend, und deshalb fing ich schon an, es zu glauben. Aber diese fremde Angst in mir blieb, und jedesmal, wenn Daniela mich während unserer Sitzungen auf diese Angst ansprach, wurde sie ein kleines bißchen größer. Ich konnte sie plötzlich auch immer seltener verdrängen, zumal uns ihr Auslöser, Karl-Heinz Becker, vorerst noch erhalten blieb. Jeden Abend torkelte er volltrunken auf die Station, lieferte seinen Auftritt, wartete die hysterische Reaktion der Gattin ab, ließ sich abführen.

Im Grunde waren Karl-Heinz und seine Mätzchen untragbar, und deshalb mußte nach einer Lösung gesucht werden. Als es Andrea dann wieder etwas besser ging, bot Professor Mennert ihr daher Heimaturlaub an.

»Vielleicht trägt das ja zur Entspannung der Lage bei«, meinte er. »Wenn Ihr Mann Sie wieder mal um sich hat ... glauben Sie nicht?«

Andrea wußte nicht, was sie glauben sollte, und wahrscheinlich wollte sie auch gar nichts glauben. Sie hatte wenig Sinn für Vermutungen und überflüssige Gedanken und wandte sich sofort der praktischen Seite des Angebots zu, indem sie anfing, ihre Sachen zusammenzupacken.

Als sie uns am nächsten Morgen verließ, bescherte uns dieser Abschied ein einmaliges Erlebnis: Karl-Heinz war nämlich nüchtern, als er seine Frau abholte. So hatten wir ihn alle noch nie gesehen.

In seinen Adern floß wahrhaftig Blut statt Alkohol, und er trug seinen besten Anzug. So geleitete er sein geliebtes Weib heim zu Kindergeschrei, Abwasch und Bügelwäsche. Das glaubte zumindest unsere Claudia.

Als Andrea fünf Tage später zurückkam, wirkte sie reichlich abgearbeitet. Dennoch hatte der Heimatstreß ein Wunder vollbracht: Karl-Heinz randalierte nicht mehr. Fast zwei Wochen lang herrschte bei den Beckers eitel Sonnenschein, dann ging das Theater von vorne los. »Die faule Sau soll aufstehen!«

»Du bist an meinem frühen Tode schuld!«

»Wozu hab' ich geheiratet?«

Unter diesen Umständen blieb den Ärzten gar keine andere Wahl, als Andrea neuerlich an die Familienfront zu schicken. Andrea zeigte sich davon wenig begeistert.

Als Kranke in die Welt der Gesunden einzubrechen, sei wahnsinnig anstrengend, erklärte sie. Man würde den anderen nicht zur Last fallen wollen und sich deshalb zwangsläufig überfordern. Als dieser Einwand ignoriert wurde, rückte sie mit ihrem eigentlichen Problem heraus. Sie litt seit kurzem unter Bauchschmerzen und Übelkeit. Sofort wurden diverse Untersuchungen vorgenommen, doch da die allesamt ergebnislos verliefen, schob man Andreas Beschwerden auf die liebe Psyche und entsandte sie in den Schoß ihrer Familie.

Der Ausflug war von kurzer Dauer. Knapp vierundzwanzig Stunden nach ihrem Urlaubsantritt brachte Karl-Heinz seine Andrea als Notfall in die Klinik zurück.

»Das ist vermutlich eine Eierstockentzündung«, diagnostizierte der Aufnahmearzt. »Denn Verkehr hatten Sie doch sicher in Ihrem Zustand nicht. – Oder, Frau Becker? – Herr Becker?«

Beide verneinten, Andrea war sichtlich empört, daß man ihrem Mann unterstellte, seine schwerkranke Frau zu ehelichen Pflichten herangezogen zu haben. So erhielt sie ein paar handelsübliche Medikamente und wurde wieder auf

S1 gelegt. Karl-Heinz trat mit gesenktem Kopf den Heimweg an.

»Bestimmt hat se ihn den Flur noch nicht geputzt!« Claudia dachte wie immer das beste.

Einige Stunden später erhielt Andrea von der Nachtschwester ein schweres Schlafmittel. An dem Abend lief ein Uralt-Western mit John Wayne im Fernsehen, den wollte die Schwester in Ruhe genießen. Da in dem Film soviel geschossen wurde, schloß sie die Tür des Schwesternzimmers hinter sich. Wer etwas wollte, benutzte ohnehin die Klingel.

Während John der Erste nun von einem Pferd aufs andere stieg und sämtliche Hollywood-Hügel beritt, wachte Andrea von Schmerzen gepeinigt auf. Sie wollte aufstehen, aber kaum daß sie auf ihren Füßen stand, wurde sie von einer so unbändigen Schmerzwelle erfaßt, daß sie zu Boden ging. Den Klingelknopf konnte sie sehen, erreichen konnte sie ihn nicht. Ihre Kraft reichte nicht aus, um sich zu bewegen oder zu schreien, und so lag sie wimmernd da und hoffte auf ein Wunder.

Doktor Behringer hatte in dieser Nacht Bereitschaftsdienst. Der Befund der Gynäkologen ließ ihn nicht zur Ruhe kommen, denn für eine simple Eierstockentzündung erschien ihm Andreas Blutbild plötzlich zu schlecht. Er wollte der Sache zwar erst am nächsten Morgen gezielt auf den Grund gehen, hielt es aber dennoch für angebracht, noch einmal nach seiner Sorgenpatientin zu sehen. Als er sie fand, hatte John Wayne gerade den sechsundzwanzigsten finsteren Gesellen erschossen, und während der Cowboy sich das sechsundzwanzigste Glas Whiskey genehmigte, startete im Operationssaal der Gynäkologen eine Rettungsaktion ohnegleichen.

Extrauteringravidität! – Das Wort war zu schwierig, als daß ich damit etwas hätte anfangen können. Außerdem hatte Claudia noch nie davon gehört, und deshalb war ich mir sicher, daß es nichts Ernstes sein konnte. Wir machten uns also keine Gedanken, und so traf uns der Schock doppelt hart. Denn während John Wayne in der Schlußeinstellung des Spielfilms mit lederbeschlagenen Hosen in die von der Abendsonne rot gefärbte Prärie entschwand, starb nur wenige Meter von unserem Fernsehapparat entfernt Andrea Becker. – Extrauteringravidität! Bauchhöhlenschwangerschaft!

Diese deutsche Übersetzung des Zungenbrechers wirkte auf Claudia wie der berühmte Knopfdruck. Sie explodierte ohne jedwede Vorwarnung, verfluchte das »Scheiß-Männerpack«, wollte alle »kastrieren«, und das auch noch sofort.

»Wen nich taucht – Pimmel ab!« keifte sie, und die Nachtschwester war die einzige, die das mit Humor trug.

»Da bleibt dann aber doch kaum mehr einer übrig«, witzelte sie, während sie Claudia – in memoriam Bertram Schuster – ein Beruhigungsmittel spritzte. »Doch«, erwiderte Claudia mit letzter Kraft, »den Papst!« Dann schlief sie ein.

Ich hatte derweil stumm und starr auf meinem Bett gesessen. Aber einen klaren Gedanken zu fassen war mir einfach nicht möglich. Der Schmerz war zu groß. Es war ein Schmerz, den ich nicht erklären konnte, den ich aber kannte. Er war mir vertraut, als wäre er ein Stück von mir, und er bestand aus Mitleid mit Karl-Heinz, aus Haß auf Andrea, aus Schuldgefühl für diesen Haß und aus Scham für dieses Mitleid. Es war ein grauenvoller Schmerz, aber eben nur ein Schmerz, ein Gefühl, für das es keine logische Erklärung zu geben schien, eben »Mumpitz«. Nachdem ich mehrere Stunden gebraucht hatte, um zu dieser Schlußfolgerung zu gelangen, bat ich um eine Schlaftablette. Ich brauchte einfach Ruhe.

Draußen auf dem Flur herrschte eine beklemmende Atmosphäre. Das Licht war ausgeschaltet, und aus dem Schwesternzimmer drang nur der Schein der Tischlampe. Normalerweise reichte diese Beleuchtung kaum zum Lesen aus. In der völligen Dunkelheit wirkte sie jedoch wie der gleißende Strahl eines Scheinwerfers, und das machte die Atmosphäre unheimlich. Ich fühlte mich gezwungen, auf das Licht zuzugehen, wenn ich nicht in der Nacht ersticken wollte. Es zog mich magisch an und hüllte mich ein in sonderbare Geräusche. Es klang wie ein dumpfes Lallen, wie ein würgendes Schluchzen, unwirklich, gespenstisch. Erst als ich die Tür des Schwesternzimmers erreichte, sah ich, daß meine Furcht vor übersinnlichen Phänomenen unbegründet war. Die Nachtschwester saß in der äußersten Ecke auf einem Stuhl, vor ihr auf dem Fußboden kniete Karl-Heinz Becker. Sein Kopf lag in ihrem Schoß, er weinte ... er weinte ...! Als ich das sah, erschrak ich so sehr, daß ich das Gefühl hatte, fremde Kräfte würden meine Kehle zuschnüren. Ich konnte kaum mehr atmen. Die Nachtschwester fragte, was sie für mich tun könnte, aber ich brachte keinen Laut hervor. Im gleichen Moment blickte Karl-Heinz zu mir herüber. Seine Augen waren rot und verquollen, aus seiner Nase tropfte es, und sein Mund war verzerrt. »Wissen Sie es schon?« schluchzte er, während er auf den Knien auf mich zurutschte. »Meine Frau ist tot. Meine Andrea. Was soll ich bloß den Kindern sagen? Was soll ich bloß –«

Mit seinen starken Arbeiterarmen umfaßte er meine dürre Taille und lehnte seinen Kopf gegen meinen Bauch. Ich spürte, wie seine Tränen die Seide meines Nachthemds durchdrangen, und ich wollte nur noch schreien ... davonlaufen ... Ich stand aber nur stumm da und rührte mich nicht. Die Nachtschwester hielt diese Haltung für den Ausdruck majestätischer Gefaßtheit. Sie bat mich, für einen Moment die Stellung zu halten.

»Ich hole den Doktor!«

Bevor ich sie hätte zurückhalten können, war sie auch schon fort, und ich war allein, allein mit dem schluchzenden Ungetüm zu meinen Füßen, das sich an mich klammerte, und das etwas in mir erweckte, wovor ich mich fürchtete.

Ich schloß die Augen. Ganz weit legte ich meinen Kopf in

den Nacken, so weit, daß ich glaubte, meine Halsmuskeln müßten reißen.

»Sie brauchen keine Angst vor mir zu haben«, flüsterte Karl-Heinz. »Ich will ja bloß weinen, mehr nicht.«

Erschüttert blickte ich ihn an und glaubte, mein Herz würde stehenbleiben. Dieses Haar, das ihm wirr in die Stirn fiel, diese Augen, in denen so unendlich großer Schmerz lag, diese Tränen, die über sein Gesicht rannen ... ja, ich hatte Angst vor diesem Mann. Ich hatte Angst, etwas zu sagen oder etwas zu tun, und ich hatte diese Angst, weil ich das alles schon einmal erlebt hatte. Ich konnte mich nur nicht mehr erinnern. Ich wollte mich aber auch gar nicht erinnern. Ich wollte nur weg von hier, weg, weit weg. Je mehr ich mir dessen bewußt wurde, desto stärker begann ich zu zittern. Mein ganzer Körper bebte, und das entging Karl-Heinz nicht.

»Schschsch ...«, hauchte er und strich mit den Händen über meine Schenkel, umfaßte mein Becken und preßte seinen Kopf so fest in meinen Schoß, daß es fast schmerzte. Jeden einzelnen seiner Finger spürte ich, und ich spürte seine Wärme, seinen Atem auf meiner Haut.

»Nein!«

Ich schrie wie von Sinnen.

»Nein!!«

Ich wußte genau, was er vorhatte, ich erinnerte mich.

»Nein!!!«

Ich hatte plötzlich das Bedürfnis, diesen Mann zu meinen Füßen zu treten und zu kratzen, zu beißen, zu bestrafen.

Bevor es dazu kommen konnte, kam jedoch die Nachtschwester zurück. Doktor Behringer folgte ihr schnellen Schrittes, und er war sichtlich erregt.

»Nehmen Sie sich zusammen!« brüllte er Karl-Heinz an, noch ehe er richtig im Zimmer stand. »Das ist ja nicht mit anzusehen. Kommen Sie!« Er packte den Mann unter die Arme und wollte ihn gewaltsam auf die Füße stellen, aber Karl-Heinz rührte sich zunächst nicht vom Fleck.

»Was soll das Theater?« brauste Behringer auf. »Benehmen Sie sich gefälligst wie ein Mann, Herr Becker! Stehen Sie auf!«

Wieder packte er ihn, worauf Karl-Heinz laut aufschluchzte.

»Ich will doch bloß weinen«, wimmerte er. »Meine Frau ist tot, sie –«

»Sie sind ja betrunken!«

»Meine Andrea ...!«

Endlich gelang es Doktor Behringer, mich aus Karl-Heinz' Klauen zu befreien, und sofort wich ich zurück, lehnte mich mit dem Rücken gegen den Türpfosten.

»Ihre Andrea!« sagte Behringer derweil mit bitterböser Stimme. »Ihre Andrea ist tot, Herr Becker, weil Sie mit ihr geschlafen haben zu einem Zeitpunkt, wo kein Mann mit seiner Frau schlafen darf. Sie haben sie –«

»Ich habe sie geliebt!«

»Mit Liebe hat das nichts zu tun. Ihre Frau hat Tabletten von uns bekommen. Sie hätte steril sein müssen, Herr Bekker, aber Sie haben nicht gewollt, daß sie die Medikamente nahm, Sie –«

»Sie hat es nicht gewollt«, schrie Karl-Heinz. »Sie wollte meine Frau sein. Sie wollte nicht schon alt sein. Und dieses Zeug, ... das ... das ... ich habe sie geliebt, und sie hat mich geliebt. Das war doch nichts Schlechtes. Das kann doch nichts Schlechtes gewesen sein. Mein Gott, was soll ich bloß den Kindern sagen? Sie kommen in ein Heim, weil ihre Mutter tot ist, aber das kann ich ihnen doch nicht so einfach sagen. Oh Gott ... Gott muß mir helfen!«

Diese letzten Worte kamen ihm wie eine Erleuchtung über die Lippen, und er sah mich an. Noch immer stand ich da, den Rücken gegen den Türpfosten gelehnt, zitternd, hilflos. Ich konnte nicht davonlaufen, aber auch nicht bleiben.

»Gott muß mir helfen!« wiederholte Karl-Heinz. »Ich muß ja leben, also muß Er mir helfen.«

Mir wurde ganz sonderbar zumute. Vor meinen Augen

drehte sich alles, so daß ich das, was um mich her geschah, nur noch schemenhaft, wie durch Nebel sah: Die Nachtschwester, die gerade eine Beruhigungsspritze aufgezogen hatte, Behringer, der die Hände tief in den Kitteltaschen vergrub, Karl-Heinz, der mir mit verzweifeltem Lächeln ins Gesicht sah.

»Beten ... ich werde beten ... wenn ich bete, wird alles gut ...«

Mir war plötzlich kalt. Ich fror ganz erbärmlich, und dabei wurde das Schwindelgefühl in meinem Kopf immer stärker.

»... Vater unser, der Du bist im Himmel ...«

Ich begann zu wimmern, das hörte ich, und ich spürte auch noch, wie ich meinen Körper an der Wand entlang in die äußerste Ecke des Zimmers schob, ihn zwischen Giftschrank und Spülbecken quetschte.

»... geheiligt werde Dein Name, ... Dein Reich komme, ... Dein Wille geschehe ...«

Ein Messer bohrte sich in mein Innerstes. Vor meinen Augen tanzten Bilder der Erinnerung, die immer klarer wurden, immer schneller, die auf mich zurasten, mich einkreisten, mich eins werden ließen mit der Vergangenheit.

Karl-Heinz Becker ... ihn hatte ich nie gekannt. Aber jemand anderen hatte ich gekannt ... und der hatte mir weh getan ... so sehr, daß ich es für alle Zeiten hatte vergessen wollen ...

21

Ich war siebzehn und tanzte mein erstes Solo, einen Csárdás, im *Zigeunerbaron*. Peter hatte damals eine schwere Grippe, und deshalb arbeitete ich vorübergehend mit einem anderen Partner zusammen, einem wunderschönen Mann, der nicht nur aussah wie ein Mann, sondern auch einer war. Er hieß Nicholas, und für mich war er die berühmte Liebe auf den ersten Blick. Ich glaubte, die Erde müßte beben, wenn er in meiner Nähe war, und wenn er nicht in meiner Nähe war, bebte sie tatsächlich, denn dann wühlte die Sehnsucht nach ihm alles in mir auf. Tagsüber war das gerade noch erträglich. Da tat ich stur meine Arbeit, um nicht aufzufallen und mein Geheimnis bewahren zu können. In der Nacht war es jedoch kaum auszuhalten, denn ich fand keinen Schlaf. Sobald ich die Augen schloß, sah ich seine große, kräftige Gestalt vor mir, sah das dunkle lockige Haar, die hellen Augen, die immer strahlten. Es war eben Liebe.

Für Nicholas hätte ich alles getan. Ein einziges Mal hatte er mir gesagt, ich sollte mein Haar offen tragen, und seitdem mochte ich es nicht einmal mehr auf dem »stillen Örtchen« zusammenbinden. Weil Nicholas Seidenstrümpfe und eng anliegende Kleider liebte, trennte ich mich von meinen Söckchen und von meinen Faltenröcken, und weil Nicholas für große Frauen schwärmte, tauschte ich meine bequemen, flachen Sandaletten gegen unbequeme, hochhackige Pumps. Seinetwegen schminkte ich mein Gesicht, seinetwegen bemühte ich mich, der Musik der Rolling Stones etwas abzugewinnen. Es war eben wirklich Liebe, die erste Liebe eines Mädchens, das unbedingt schon eine Frau sein wollte, und gerade deshalb eigentlich noch ein Kind war.

Nicholas ahnte nichts von meinen Gefühlen. Sein Herz gehörte Isabelle, einem bildhübschen Wesen, das in der Nachbarstadt lebte. Wann immer er ein paar Stunden Zeit erübrigen konnte, setzte er sich in sein Auto und fuhr zu ihr. Mit ihr verbrachte er seine gesamte Freizeit, auch seine Ferien. Trotzdem betrog sie ihn, und zwar mit seinem besten Freund. Alle wußten, daß es so war, das ganze Theater sprach davon, nur Nicholas hatte keine Ahnung. Mir tat das in der Seele weh. Wo ich ging und stand, lachte man über den »gehörnten Idioten«; daß sich dieser auch noch für einen wahren Glückspilz hielt, machte die Sache für mich zur Tragödie. Jede Nacht überlegte ich, wie ich ihm helfen könnte, und jeden Morgen verwarf ich den Plan der vergangenen Nacht wieder. Schließlich hatte ich weder das Recht noch die Möglichkeit, mich in diese Angelegenheit einzumischen. Hätte ich Nicholas nämlich gesagt, welches Spiel man mit ihm spielte, hätte er mir nicht nur nicht geglaubt, sondern er hätte mich dafür auch noch gehaßt. Ich mußte also schweigen, wenn ich mir den Traum erhalten wollte, Isabelles Nachfolgerin zu werden, und diesen Traum hielt ich damals nun mal für das Salz meines Lebens.

Die einzige, die davon wußte, war Hilary.

»Ich kann dich zwar nicht verstehen«, meinte sie, »denn er hat ja nicht mal Geld ... aber bitte! Wenn du unbedingt leiden willst!«

»Leiden?« wiederholte ich fassungslos.

»Ja. Mehr kannst du schließlich nicht tun.«

Wie treffend sie meine Situation damit eingeschätzt hatte, wurde mir erst allmählich klar. Ich klammerte mich da an einen Traum, dessen Erfüllbarkeit ausschließlich von Faktoren abhing, die außerhalb meiner Kontrolle lagen. Nicholas liebte nun mal diese Isabelle und nicht mich, und daran konnte ich nichts ändern. Selbst wenn er sich von ihr trennen würde, hieß das noch lange nicht, daß er sich auch in mich verliebte, denn dazu konnte ich ihn nicht zwingen. Ich konnte also wirklich nichts weiter tun, als zu warten, zu hoffen, mich zu sehnen, und somit zu leiden. Trotzdem tat ich das, wochenlang, und es füllte mich sogar aus. Meine Leidensfähigkeit schien schier unerschöpflich zu sein, und weil das so schien, kam ich mir auch noch vor wie eine ganz besonders »gute« Frau.

Eines Nachmittags änderte sich das schlagartig. Ich besuchte Hilary in ihrer Wohnung und las durch Zufall einen Spruch, der eingerahmt in ihrem Schlafzimmer hing:

»Männer sind wie Alkohol«, hieß es da, »auf sie zu verzichten, ist Askese, die verbittert; sie zu genießen, ist Lebensart, die den Alltag erhellt; von ihnen abhängig zu werden ... ist Schwachsinn!«

Ich mußte diese Worte mehrmals lesen, um sie wirklich zu begreifen, um sie auf mich zu übertragen und damit zu erkennen, daß ich schon lange abhängig war von Nicholas. Ich war also keine ganz besonders »gute«, sondern eine ganz besonders »schwachsinnige« Frau, und wenn ich mein Leben nicht mit formschönem Leiden vergeuden wollte, dann ...

»... mußt du etwas ändern!« redete Hilary mir ein.
»Was denn?« hakte ich kleinlaut nach.
»Alles!«
»Wie denn?«
Hilary stöhnte nur über soviel Dummheit und hielt mir einen langen Vortrag darüber, daß andere Mütter auch schöne Söhne hätten.
»So einen mußt du dir auftun, Eva!«
»Und dann?«
»Bringst du ihn dazu, dich über diese Einbahnstraße Nicholas hinwegzutrösten.«
»Aber ich liebe Nico–«
»Das redest du dir nur ein!«
»Nein!«
»Komm zu meiner nächsten Party, Eva, dann wirst du sehen, daß du dir das nur einredest.«
Ich überlegte eine ganze Weile. »Wann ist die denn?« wollte ich dann nur noch wissen.
»Am Samstag!« erwiderte Hilary.
»Da habe ich aber Vorstellung.«
»Macht doch nichts. Kommst du eben hinterher. Und hör um Himmels willen auf ...«
Ich bekam noch jede Menge guter Ratschläge, und da Hilary ja so sehr viel erfahrener war als ich, tat ich auch so, als würde ich jeden dieser guten Ratschläge ernst nehmen. In Wirklichkeit hielt ich sie allesamt für brutal, herzlos und nicht umsetzbar. Ich war schließlich keine Maschine, die ihre Gefühle heute dem und morgen dem schenken konnte.

Um nun aber nicht wie eine gefühlsduselige alte Jungfer

dazustehen, nahm ich mir dennoch vor, zu Hilarys Party zu gehen. Dort, an Ort und Stelle, wollte ich ihr beweisen, daß kein anderer Mann Nicholas' Platz in meinem Herzen einnehmen konnte und meine Liebe zu ihm doch etwas ganz Besonderes war.

So war ich an jenem Samstagabend erst mal bester Laune. Mein schönstes Kleid hatte ich an, und ich konnte mich später noch genau erinnern, daß ich auf dem Weg zum Theater keinen einzigen Gedanken an die »Routine-Vorstellung« verschwendete, die vor mir lag. Ich dachte nur an das, was danach kommen würde, an Hilarys Party, an diese erste, richtige Party meines Lebens. Daß alles ganz anders kommen sollte, ahnte ich erst, als ich das Theater betrat.

»Ah, da ist sie ja!« begrüßte mich der Pförtner, der sich bis dahin angeregt mit einem unserer Garderobiers unterhalten hatte.

Sofort glaubte ich, spät dran zu sein.

»Nein, nein!« beruhigte er mich. »Wir wollten Sie nur vorwarnen.«

»Wieso?«

»Naja, ... Ihr Partner ...«

»Isabellchen war gerade da«, unterbrach ihn der Garderobier, »mit ihrem Galan.«

»Oh Gott!« entfuhr es mir.

»Das können Sie laut sagen! Die haben da was angerichtet. Die haben sich nicht mal die Mühe gemacht, das alles ein bißchen zu verpacken. Methode Keulenschlag haben die –«

»Und Nicholas?« fiel ich ihm ins Wort.

Die beiden Männer sahen einander kurz an und meinten dann im Chor: »Deshalb wollten wir Sie ja vorwarnen!«

Nun, das war ihnen gelungen. Ich rannte in die Garderobe und warf alles von mir, und dabei konnte ich nur noch an Nicholas denken. Was geschehen war, kam mir vor wie ein Fingerzeig Gottes. Nicht irgendeinem Manne war ich bestimmt, sondern dem Mann, den ich liebte, den ich trotz allem nie aufgehört hatte zu lieben. Es war also nichts umsonst gewesen. Das Warten, Hoffen und Sehnen hatte doch noch einen Sinn gehabt, das Leiden sollte sich lohnen.

Daß das eine sehr egoistische Beurteilung der ganzen Tragödie war, war mir durchaus klar, und deshalb schämte ich mich auch in gewisser Weise dafür. Mehr noch, es tat mir weh, daß dieser Mann für das, was mich erleichterte, nun seinerseits leiden mußte, denn wenn ich mir auch nicht vorstellen konnte, was in dieser Stunde in Nicholas vorgehen mochte, so konnte ich mir doch vorstellen, daß es schrecklich sein mußte.

Ich nahm mir aber vor, seinen Schmerz zu lindern, und als ich mich auf den Weg zum Aufwärmtraining machte, war ich wild entschlossen, ihm zu helfen und ihn zu trösten.

Erst als ich ihn dann leibhaftig vor mir sah, stellte ich fest, daß das wohl gar nicht so einfach sein würde. Er war nämlich stockbetrunken, torkelte von einer Seite des Ballettsaals zur anderen und beschimpfte den Korrepetitor.

»Du spielst viel zu langsam, du Arsch! Das is en Tempo für Weiber.«

Der Mann am Klavier nahm den Vorwurf gelassen hin und spielte schneller. Am liebsten hätte ich losgeheult. Ich sehnte mich nach der Rolle einer barmherzigen Samariterin, aber der Mann, den ich wieder aufrichten wollte, hatte offenbar schon im Alkohol seinen Tröster gefunden. Es dauerte mindestens zehn Minuten, bis ich das verkraftet hatte. Danach redete ich mir ein, Nicholas wäre eben ein Mann, und Männer lösten ihre Probleme nun mal auf diese Art. Deshalb wollte er wohl auch trotz seines desolaten Zustands unbedingt seine Pflicht tun. Das fand ich zwar lobenswert, doch ängstigte mich schon der Gedanke daran. Unser Pas de deux enthielt zahlreiche Hebungen, und als ich neben Nicholas im Aufzug stand, hatte ich für einen kurzen Moment die Vision, ein frühes Ende im Orchestergraben zu finden. Mein Held hielt nämlich auch jetzt einen

Flachmann mit Cognac in der Hand, damit er unentwegt nachladen konnte. Mit der freien Hand trommelte er ebenso unentwegt auf die Etagenknöpfe des Lifts.

»Mist-Ding! Der fährt nicht, der Scheiß-Kasten, der schleicht! Kaputtschlagen sollte man den!«

Obwohl das grobschlächtig klang und aussah, weckte es eine Zärtlichkeit in mir, die ich bisher noch nie erlebt hatte. Mir war, als würde ich zum ersten Mal in meinem Leben der Verzweiflung begegnen, der todtraurigen Machtlosigkeit in Gestalt eines Menschen. Als mir das bewußt wurde, hätte ich Nicholas am liebsten umarmt. Ich wollte ihn streicheln, aber ich fürchtete, so etwas wäre einem Manne nicht würdig, und deshalb beherrschte ich mich. Was ich mir damit antat, hatte etwas von einem Gewaltakt, aber ich hielt durch, und gemeinsam hielten Nicholas und ich den Csárdás durch. Er arbeitete zwar mit arger Schlagseite, aber wir brachten es trotzdem ohne nennenswerten Zwischenfall hinter uns.

Dann standen wir wieder im Aufzug. Nach dem anstrengenden Pas de deux war Nicholas nun völlig erschöpft, er konnte kaum mehr auf seinen Beinen stehen.

»Scheiß-Sauferei!« gurgelte er vor sich hin. »Mir ist so schlecht, ich könnte kotzen, verflucht!«

Es dauerte mindestens zwei Stockwerke, bis ich wagte, darauf zu reagieren.

»Soll ich dir einen Kaffee holen?« fragte ich dann. »Oder Wasser?«

Er lachte leise auf. »Einen Strick kannst du mir holen.«
»Aber nein ...!«

Meine Stimme klang wohl so sanft, daß seine Augen langsam von unten nach oben an mir längs glitten. Es lag unendlich viel Ungläubigkeit in diesem Blick, Hilflosigkeit, Einsamkeit. Da war aber auch so etwas wie Zorn, wie Bösartigkeit, Brutalität. Ich versuchte daraufhin zu lächeln, aber es gelang mir nicht. Nicholas aber grinste nur. Sein Gesicht verzog sich zu einer bösen Grimasse, und er meinte: »Du bist auch bloß ein Flittchen wie die anderen ...«

Mir blieb nicht die Zeit, diesen Satz zu verdauen oder gar zu beklagen, denn fürs erste blieb das Nicholas' letztes Wort, und vor der Garderobe trennten wir uns. Ich verschwand, um mich anzuziehen, er lief grußlos in den Ballettsaal. Über eine Stunde hörte ich, wie er sich dort abreagierte, wie er sprang und drehte, sprang, drehte ... und ich saß an meinem Schminktisch und weinte, wie Backfische weinen, wenn sie schon fühlen wie eine Frau, sich aber noch benehmen wie ein Kind.

Mittlerweile waren die anderen längst gegangen, nur ich saß immer noch da. Den Mantel in der Hand, lauschte ich den Geräuschen, die aus dem Ballettsaal drangen, und wußte einfach nicht, was ich tun sollte. Mein Verstand sagte »Geh!«, aber mein Gefühl schrie »Bleib!«, und das verwirrte mich so, daß ich einfach nur sitzenblieb. Dann geschah es. Die Holzbohlen krachten anders als die Male davor, und zugleich hörte ich einen kurzen Aufschrei, dann war es still. Zuerst glaubte ich, mir das nur eingebildet zu haben, und spitzte atemlos die Ohren. Als es aber nachhaltig still blieb, rannte ich in den Ballettsaal.

Nicholas lag zusammengekrümmt neben dem Flügel, und auf dem Flügel stand eine leere Cognacflasche. Da ich annahm, daß er damit in der vergangenen Stunde seinen Flüssigkeitshaushalt reguliert hatte, wunderte es mich nicht, daß er umgefallen war. »Hast du dir weh getan?« sprach ich ihn ängstlich an.

Er antwortete mir nicht. Er lag nur da, und sein ganzer Körper zitterte, und dabei stieß er merkwürdige Laute aus.

»Nicholas! ... Was ist denn? ...«

Mindestens dreimal fragte ich das, und dabei wurde ich bei jedem Mal unruhiger. Endlich drehte er dann den Kopf zu mir und sah mich an. Seine Augen waren rot und verquollen, aus seiner Nase tropfte es, sein Mund war verzerrt ... er weinte. Er weinte wie ein kleiner Junge, und so etwas hatte ich noch nie gesehen. Männer weinen nicht, so hatte ich es gelernt. Um so größer war die Wirkung dieser Tränen. Sie lösten meine Verkrampfung, und sie nahmen mir meine

Hilflosigkeit, und sie ließen all die Zärtlichkeit in mir aufbrechen, die ich über Wochen und Monate in mir bewahrt und eben noch so mühsam bezwungen hatte.

»Hilf mir«, schluchzte Nicholas, »... bitte, ... bitte hilf mir ...«

Dabei streckte er mir seine Hand entgegen, und so schien es mir das Selbstverständlichste von der Welt zu sein, daß ich mich zu ihm auf den Boden hockte. Sofort klammerte er sich an mich, und ich spürte, wie seine Tränen durch den Stoff meiner Bluse drangen. Zuerst machte mir das noch Angst, denn ich wußte nicht, wie ich mich verhalten sollte. Doch dann sah ich, was für ein unendlich großer Schmerz in seinen Augen lag, sah, wie sehr er zitterte, hörte, wie laut er schluchzte, spürte, wie fest er seinen Kopf gegen meine Brust preßte, und da hatte ich keine Angst mehr. Ganz fest nahm ich ihn in die Arme und streichelte ihn, und da seine Traurigkeit auch mich traurig machte, mußte ich unwillkürlich mit ihm weinen.

»Es tut mir so leid«, wimmerte ich, »es tut mir so schrecklich leid!«

Und dann sagte ich ihm all das, was ich so lange verschwiegen hatte. Daß ich ihn liebte. Und daß ich ihn liebte. Und ... daß ich ihn liebte.

Nicholas hörte mir andächtig zu. Er schmiegte sich mit jedem Wort, das ich sagte, mehr und mehr an mich, und zu guter Letzt hörte er sogar auf zu weinen und lächelte mich an.

»Wirklich?« fragte er leise.

Ich nickte. »Ja.«

Da küßte er mich. Er küßte mich, wie Männer Frauen küssen, die sie haben wollen. So etwas hatte ich noch nie erlebt, und es machte mir angst. Es machte mich aber auch glücklich, und deshalb ließ ich es zu, ließ zu, daß er begann, die Knöpfe meiner Bluse zu öffnen und nach meinen Brüsten zu greifen, ließ zu, daß er mir mit seiner Hand unter meinen Rock ging, mit seinen Fingern meine Schamhaare und mehr berührte, und ich spürte, noch während ich es zuließ, wie sehr mir all das gefiel, wie schön es war, wunderschön.

»Isa ... Isa ... Isa ...«

Er lallte vom vielen Alkohol, aber trotzdem verstand ich es ganz genau, dieses »Isa«, diese Abkürzung für Isabelle. Es tat mir unendlich weh. Ich fühlte mich plötzlich so lächerlich und so gedemütigt, und am liebsten hätte ich laut geschrien, wäre aufgesprungen und davongelaufen. Das ging aber nicht. Dazu hatte Nicholas mich viel zu fest im Griff, und dazu war seine Begierde, diese Begierde einer Verwechslung, auch viel zu groß. Außerdem fing er plötzlich selbst an zu verstehen. Ganz langsam bahnte sich seine Wahrnehmungsfähigkeit einen Weg durch seine Trunkenheit, und dabei sah er mich an wie ein Kind, das voller Erstaunen aus einem Traum erwacht, den es für Wirklichkeit hielt.

»Du ...« stammelte er, »... du ... du bist nicht Isa?!«

Ich schluckte, wagte aber nicht zu antworten.

Ich wollte nur noch weg. Ich wollte diesen Raum verlassen und das, was in diesem Raum geschehen war, vergessen. Nie wieder wollte ich mich daran erinnern. Also versuchte ich aufzustehen. Doch Nicholas hielt mich nach wie vor ganz fest.

»Oh Gott!« stieß er aus und rüttelte mich, daß mein ganzer Körper schmerzte, »oh Gott ...!!«

Ich wimmerte leise vor mich hin. »Laß mich ..! bitte ... es tut weh ... bitte ... bitte ...«

Da sah er mich plötzlich an auf eine Art, die mich frieren ließ.

»Was ist?« flüsterte ich.

»Geh weg!«

»Was?« Ich war so erschüttert, daß ich glaubte, mich verhört zu haben.

Die ganze Zeit über hatte ich das schließlich gewollt, aber er hatte es ja nicht zugelassen, ließ es auch jetzt noch nicht zu.

Trotzdem brüllte er mich an. »Geh weg, Eva! Geh weg!«

»Aber –«
»Hau ab!!!«

Er schrie so laut, daß es in meinen Ohren dröhnte, und dabei stieß er mich von sich, daß ich mit dem Kopf gegen den Flügel schlug. Die Beule war noch wochenlang zu sehen. Den Riß in meiner Seele spürte ich nicht einmal.

Ich sah noch, wie Nicholas endgültig zusammenbrach, dann stand ich auf und ging. Ich lief an jenem Abend noch stundenlang durch die Stadt und kam irgendwann bei Hilary an, deren Party gerade auf Hochtouren lief. Schon da konnte ich mich kaum noch an etwas erinnern. Ich empfand nur eine grenzenlose Erschöpfung und Angst vor diesen vielen Männern, die mich dort belagerten, und so flüchtete ich schließlich nach Hause zu Frau Gruber. Deren Strafpredigt erschien mir in dieser Nacht wie eine Gnade. Nachdem ich artig versprochen hatte, niemals wieder »so ein böses Mädchen« zu sein, legte ich mich ins Bett und schlief – wie immer. Als ich am nächsten Morgen erwachte, konnte ich mich an gar nichts mehr erinnern. Ich wußte zwar noch, daß da irgend etwas geschehen war, aber was das gewesen war, hatte ich vergessen. Nicholas blieb noch bis zum Ende der Spielzeit, dann verließ er das Theater. Ich hörte nie wieder von ihm, und vermutlich hätte ich auch nie wieder an ihn gedacht – wenn Karl-Heinz nicht gewesen wäre. Er, der Nicholas so ähnlich sah, er, der sich so sehr ähnlich verhielt, er zeigte mir den Riß in meiner Seele, und damit kam ich meinem eigenen Geheimnis auf die Spur, einem Geheimnis, dessen Offenbarung nicht nur mein ganzes Leben verändern sollte.

22

Nach dem Zusammenbruch im Schwesternzimmer lag ich tagelang reglos in meinem Bett und starrte an die Zimmerdecke. Ich hörte zwar, wenn man mich ansprach, und ich verstand auch jedes Wort, aber ich war unfähig zu reagieren. Ich konnte nur daliegen und starren. Dermaßen schwach war ich trotz Chemotherapie und diverser Operationen bisher noch nie gewesen. Noch nie hatte es mich überanstrengt, die Hand von einer Stelle an eine andere zu legen oder auch nur den kleinen Finger zu bewegen. Noch nie hatte ich aus purer Kraftlosigkeit den Löffel nicht mehr halten können. Vor allem aber hatte mich noch niemals ein Zustand derart unberührt gelassen. Mir war diese Schwäche völlig gleichgültig.

Merkwürdigerweise regte sich auch sonst niemand darüber auf. Man gab mir Spritzen und Tabletten, man redete liebevoll auf mich ein und tätschelte meine Wangen, aber man zwang mich zu nichts. Nur ganz selten schaute Daniela mal herein und setzte sich für wenige Minuten mit demonstrativer Präsenz an mein Bett. Aber auch die stellte keine Fragen. Sie wußte wohl, daß das, was mich hatte erstarren lassen, viel zu schwerwiegend war, als daß man es mit ein paar lapidaren Sätzen hätte abhandeln können. Ich wußte das zumindest. Nach allem, was vorgefallen war, wußte ich, daß ich mich nicht länger sperren durfte. Ich mußte mich »öffnen«, wenn ich eine Chance haben wollte, mit diesem meinem Leben fertig zu werden. So machte ich mich, nachdem es mir körperlich wieder etwas besser ging, eines Morgens ganz von allein auf den Weg zu Daniela.

Das war am 5. März 1977, einem Tag, der für mich ein ganz besonderer Tag war. Genau seit zwölf Monaten lag ich jetzt in diesen Mauern, hatte dreihundertfünfundsechzig Tage hier verbracht und ebensoviele Nächte und hatte trotzdem das Gefühl, als wäre es erst gestern gewesen, daß ich mit meiner Reisetasche in der Rechten und dem Kosmetikkoffer in der Linken durch das Gelände geirrt war.

»Ich will nicht, daß dieses Jahr ein verlorenes Jahr war«, sagte ich zu Daniela, »ich will ...«

»Was, Eva?«

»Ich ...«

Ich hätte mich ohrfeigen können. Noch vor fünf Minuten hatte ich ganz genau gewußt, was ich sagen wollte und wie ich es sagen wollte, doch jetzt brachte ich kein einziges Wort mehr hervor. »Du ... du willst doch bestimmt mit mir reden ...«, sagte ich nur.

»Willst du denn mit mir reden, Eva?«

Statt eine Antwort zu geben, setzte ich mich in die Sitzlandschaft und zündete mir eine Zigarette an. Daniela sah sich das an. Nach einer Weile setzte sie sich dann zu mir.

»Also gut, Eva ... wie war das mit Herrn Becker? Was ist passiert in dieser Nacht?«

»... Er hat geweint«, erwiderte ich leise.

»Und? Wie hast du dich dabei gefühlt?«

»Nackt!«

»Aha«, meinte Daniela nach einer Schrecksekunde, »das ist das alte Lied, nicht wahr? – Wer Gefühle zeigt, macht sich verletzbar. – Das hast du mir mal gesagt, Eva.«

»Ja«, gab ich zurück, »und du hast geantwortet: Wer sich ehrlichen Herzens öffnet, der ... der ...«

»... der kann nicht verletzt werden!« beendete sie den Satz. »Aber daran glaubst du nicht, sonst hättest du es behalten. Habe ich recht?«

Laut schluchzend warf ich mich in die Kissen der Sitzlandschaft, und dann, endlich, ließ ich alles heraus. Ich erzählte von Karl-Heinz, und ich erzählte von Nicholas, und ich ließ nichts aus, keine noch so unbedeutend scheinende Kleinigkeit, kein einziges Wort, keine einzige Geste.

Danach war ich todmüde.

»Das ist ganz normal!« sagte Daniela, »und du bist es auch. Du hast lediglich eine Neurose, Eva, und wer keine Neurosen hat, der hat nun mal nicht gelebt.«

»Du kannst das alles verstehen?« hakte ich ungläubig nach.

»Aber natürlich! Wenn mir so etwas passiert wäre, hätte ich es vielleicht gar nicht ertragen.«

»Ja, aber –«

»Aber was?«

»Was kann man denn gegen so eine – Neurose tun?«

Daniela lachte und wies auf die mir so sehr verhaßte Gummimatte.

»Oh nein!« stöhnte ich sofort.

»Oh doch! Du mußt an dir arbeiten, Eva, du *mußt!* Du schleppst nämlich mit Sicherheit noch ganz andere Dinge mit dir herum ... glaube es mir!«

Sie sollte recht behalten. Nach all den Jahren, in denen ich immer nur soviel von mir preisgegeben hatte, wie ich in all meiner Verwirrung vor mir selbst hatte verantworten können, fand an diesem 5. März 1977 ein beispielloser, gesteuerter Selbstbetrug sein Ende.

Ich hörte auf, jedes Wort, jeden Gedanken und damit auch mich selbst so abzugrenzen, daß das, was ich war, und das, was ich sein wollte, jeweils sein Eigenleben behielt. Ich »öffnete« mich, und das machte im Laufe der Zeit einen völlig neuen Menschen aus mir. Es bereicherte mich um mein zweites Ich, um mein Spiegelbild, meinen Schatten.

Bisher hatte ich immer nur aus einem Teil von mir bestanden, nämlich aus der starken, unnahbaren und kopflastigen Eva. Sie ging ihren Weg und war durch nichts und niemanden davon abzubringen. Tief in mir gab es aber auch noch eine andere Eva. Sie lebte in einer Welt der Träume und der Sehnsüchte, und sie ließ nicht zu, daß man ihr die Illusionen raubte, bevor sie sich überhaupt welche gemacht hatte. Sie war ein Mädchen, das an die Liebe glaubte und an die Zärtlichkeit, das verletzbar war und melancholisch und voller Romantik. Es schien, als hätte ich ihr niemals Luft zum Atmen gewährt, denn als ich ihr jetzt durch Daniela begegnete, sah ich, wie verwahrlost sie war. Mit großen Kinderaugen schaute sie mich an und wollte endlich heraus aus dem Gefängnis ihrer Einsamkeit.

Dieses zweite Ich zu entdecken forderte nicht nur viel Mühe, sondern auch viele, viele Tränen. Trotzdem konnte ich bald schon nicht mehr verstehen, warum ich mich so lange und so beharrlich gegen diese Prozedur gewehrt hatte. Die »Gummimatte« war nämlich im Grunde viel einfacher als die »Gesprächstherapie«. Wenn ich jetzt zu Daniela kam, lenkte sie eine harmlos scheinende Plauderei auf Themen, bei denen sie früher mit mir nicht weitergekommen war. Der Punkt, an dem ich dann auch jetzt blockierte, wurde daraufhin herausgestrichen und dramatisiert, bis ich zu meinem Schlüsselerlebnis vordrang.

Auf diese Weise kamen binnen kürzester Zeit ungeheuerliche Dinge zutage. Ich hatte durch das, was mir mit Nicholas passiert war, eine pathologische Angst vor Männern im allgemeinen und vor großen Männern im besonderen entwickelt.

Mehr noch, nach dem Vorfall im Ballettsaal hatte es Nicholas zwar nicht mehr für mich gegeben, wohl aber war mir die Liebe erhalten geblieben, die ich bis zu dieser Stunde für ihn empfunden hatte. Um dieses Gefühl nun irgendwie abzubauen, hatte ich mir einfach eine neue »Zielperson« gesetzt: Jimmy Porter. Der war aufgrund seiner Homosexualität ungefährlich gewesen, und überdies hatte mich diese Aussichtslosigkeit noch in meiner heimlichen Annahme bestärkt, Gefühle wären eben verlogen und sinnlos. Das konnte ich als Lebenserfahrung besser verkraften als die eigentliche Erkenntnis, daß ich seit Nicholas tödliche Angst hatte, meine Gefühle zu zeigen und mich damit lächerlich zu machen.

Ich verleugnete also einfach all das, was jemals an mir weich und verträumt, liebevoll und zugänglich gewesen war, verschloß es in mein Innerstes und versuchte auf zwei Arten, diesen kostbaren Schatz nach allen Seiten abzusichern! Einerseits stürzte ich mich voll in meine Arbeit, bei der dank Frau Gruber für Gefühle ohnehin kein Platz blieb, und andererseits entwickelte ich das, was als »Klapperschlangen-Charme« allüberall Geschichte machte. Um mich herum errichtete ich eine Mauer aus Zynismus, die nur ein Verbalakrobat mit der gleichen rhetorischen Bösartigkeit hätte überwinden können. Den gab es aber nirgends.

So konnte ich getrost im Rund meines selbsterrichteten Gefängnisses meine Wunden lecken, indem ich die Eva, die sich nach allem wertlos und schmutzig fühlte, mit kostbaren Kleidern und vor allem mit kostbarer Nachtwäsche behängte.

»Und das alles wegen dieser einen Nacht?« fragte ich Daniela, nachdem wir uns zu diesem Punkt vorgearbeitet hatten. »Alles wegen Nicholas?«

»Nein!« erwiderte sie ruhig. »Das war nur der Auslöser. Wenn wir die wirklichen Ursachen finden wollen, müssen wir weiter zurückgehen, viel weiter.«

Obwohl ich es anfangs nicht wahrhaben wollte, mußte ich bald schon erkennen, daß ich ein unglückliches Kind gewesen war und ein ebenso unglücklicher Teenager. Man hatte mich nicht aufwachsen lassen, sondern man hatte mich dressiert. Die ersten fünfzehn Jahre meines Lebens waren eine reine Lehrzeit gewesen, in der unerwünschte Verhaltensweisen in erwünschte verwandelt worden waren. Was man dabei nicht von mir forderte, rang ich mir selbst ab. Schließlich dürstete ich wie jeder Mensch nach Anerkennung. Gerade die wurde mir aber stets verweigert. »Lob verweichlicht!« hatte die Devise gelautet.

»Und damit wolltest du dich natürlich nicht abfinden«, konstatierte Daniela. »Du hast dir eingeredet, daß man dich irgendwann doch noch mal loben würde, und um das nicht nur zu hoffen, sondern dafür auch etwas zu tun, hast du diesen unmotivierten Ehrgeiz entwickelt.«

»Unmotiviert?« vergewisserte ich mich.

»Jawohl, du wolltest *Es* schaffen, und das auch noch um jeden Preis.«

Daß sie damit recht hatte, wurde mir im Laufe der Zeit immer klarer. Tatsächlich hatte ich immer etwas schaffen wollen und dieses *Es* zur Krone meines Lebens gemacht. Mein Ehrgeiz war der Welt, in der ich lebte, nicht entgangen. Für die Leute wurde es ein Sport, immer noch mehr aus mir herauszupressen, und wenn es anders nicht ging, versuchte man das sogar mit Kritik. Meine ohnehin überdurchschnittliche Leistungsfähigkeit wurde niedergemacht und als mittelmäßig erklärt, und das ließ mich dann nur noch mehr Ehrgeiz entwickeln, immer mehr, mehr ...

»Und daran bist du innerlich zerbrochen, Eva.«
»Ich habe als Kind oft geweint«, erinnerte ich mich, »heimlich, wenn es keiner sah.«
»Und warum heimlich?«
»Weil Tränen bei mir zu Hause verboten waren. Heulsusen bezogen immer noch eine extra Tracht Prügel.«
Daniela seufzte auf. »Ja«, sagte sie dann, »ein Kind, das weint, wird getötet.«
Mein Freudscher Versprecher von einst machte plötzlich einen schrecklichen Sinn.
Damit gab sie sich aber immer noch nicht zufrieden. In stundenlangen Sitzungen fand sie heraus, für welche Dinge ich als Kind Schläge bezogen hatte, und das extremste Beispiel brachte sie auf die richtige Spur: mein Beinbruch. Nach jenem Fahrradunfall, den ich als Fünfjährige erlitt, als der Nachbarsjunge mich mutwillig rempelte, war ich von meinem Vater trotz Gipsbein verprügelt worden.
»Für soviel Dummheit!« hatte er getobt.
»Da hast du seine Angst gespürt!« interpretierte Daniela den Vorfall. »Du warst noch so klein, daß du es ganz offen aufnehmen konntest. Dein Vater verwandelte seine Angst und seine Traurigkeit in Aggression. Und deshalb machst du es heute nicht anders.«
Das stimmte. Ich brauchte bloß zurückzudenken, und schon wimmelte es in meinem Hirn von entsprechenden Erinnerungen. Sobald ich mich mißverstanden und gedemütigt gefühlt hatte, wäre ich am liebsten auf offener Szene in Tränen ausgebrochen. Da ich das aber aus Angst vor Strafen nicht wagte, fing ich an zu »transformieren«, um schließlich einen meiner Rumpelstilzchen-Auftritte zu liefern.
»Das hat jeder für Temperament gehalten«, erklärte ich.

Daniela versuchte mir klarzumachen, daß diese Auftritte auf einer Gefühlsunfähigkeit beruhten, die ich ausschließlich meinem Vater zu verdanken hätte. Auf diesem Ohr stellte ich mich zunächst taub, denn Danielas Inzest-Frage von einst war mir noch in bester Erinnerung. Irgendwann gab ich dann aber doch nach.

»Liebst du ihn, Eva?« wollte sie wissen.

»Meinen Vater?« vergewisserte ich mich. » – Ja ... sehr!«

»Würdest du ihn als den Mann deiner Träume bezeichnen?«

Da brauchte ich gar nicht lange zu überlegen. Mein Vater war der Mann meiner Träume, in jeder Hinsicht. Er war groß, stark und sportlich durchtrainiert. Er war klug, zärtlich, manchmal sogar richtig weise. Er war spontan und ehrlich, hilfsbereit und aufgeschlossen, humorvoll, spendabel, eben ein Supermann!

»War er im Krieg?« wollte Daniela wissen.

»Ja, als Fallschirmjäger.«

»Hatte er viele Frauen?«

»Sehr viele!«

»Liebt er deine Mutter?«

»Ja.«

»Geht er schon mal für sie einkaufen, oder hilft er ihr manchmal im Haushalt?«

Ich mußte laut lachen. »Mein Vater?« fragte ich dann vorsichtshalber noch mal nach. »Du träumst wohl, Daniela! Mein Vater hat unsere Küche noch nie betreten, es sei denn, meine Mutter stand gerade am Herd und er hatte das dringende Bedürfnis, ihr in den Po zu kneifen. – Ich glaube, er hat noch nie ein Staubtuch in der Hand gehabt ... und ihn mir im Supermarkt an der Kasse vorzustellen ...«, wieder lachte ich.

Daniela blieb indes ganz ernst. »Wenn ich dich also richtig verstehe«, sagte sie, »ist dein Vater ein ganzer Mann, ja? Er hat seine Angestellten, und er hat deine Mutter, und er ist nie sentimental, nie dünnhäutig, stets der Prototyp des maskulinen Alleskönners. Ja?«

»Ja.«
»Und so wünscht du dir einen Mann?«
»Ja.«
»Bist du dir da sicher, Eva?«
»Ganz sicher!«
»Eva???«
Sie sah mich so fest an, daß ich vor Schreck schlucken mußte.

»Ich kenne deine Eltern«, sagte sie dann. »Ich kenne deinen Vater, und ich kenne deine Mutter ...«
»Und?« hauchte ich.
»Dein Vater ist ein Schwächling, Eva, das weiß ich.«
»Das ist nicht wahr.«
»Deine Mutter ist die eigentlich Starke, Eva!«
»Nein!«
»Wenn ich deinem Vater sage, daß du morgen tot sein wirst, dann schlägt er mich zusammen, weil er nicht darüber weinen kann. Er ist nämlich zu schwach, um seine Schwächen zu zeigen, und das weißt du genau, Eva, und deshalb suchst du im Grunde einen Mann wie Mama, weil du deinen Vater nämlich haßt, Eva, du haßt ihn!«

Daniela hatte so laut und so schnell gesprochen, daß mir war, als hätte sie jedes einzelne Wort in mich eingeschlagen. Ich weinte, wußte aber, daß sie die Wahrheit gesagt hatte. Ich haßte meinen Vater. Ich haßte ihn, wie alle Töchter ihre Väter hassen, nämlich voller Liebe.

Von frühester Jugend an hatte er mich dazu angehalten, »eine ideale Frau« zu werden, und wie die in seinen Augen auszusehen hatte, machte er mir stets unmißverständlich klar. Diese ideale Frau mußte logisch denken können und doch sensibel und zärtlich sein. In der Küche mußte sie sich wie ein braves Weibchen benehmen, im Salon wie eine Dame von Welt, im Schlafzimmer wie ein Callgirl erster Güteklasse. Sie mußte führen und folgen können, sie mußte sittsam und zugleich frivol sein, sie mußte reden und schweigen können, sie ... »Sie muß eben einfach eine Frau sein!« pflegte mein Vater abschließend hinzuzufügen.

Daniela lachte darüber. »Er ist eben bescheiden«, sagte sie, »findest du nicht?«

»Ich weiß nicht«, stöhnte ich. »Ich weiß nur, daß ich ihn in diesem Punkt immer enttäuscht habe und vermutlich auch immer enttäuschen werde.«

»Warum?«

»Weil ich das, was er will, nicht schaffen kann. Bei mir klappt alles immer nur ein bißchen, aber nichts klappt perfekt.«

»Das nennt man Vielseitigkeit, Eva.«

»Mein Vater nennt das Unreife.«

»Und wie nennst du es?«

Ich seufzte. Mir, die ich immer so gern für alles nach einem passenden Wort suchte, mir fiel dazu nichts ein.

»Darf ich dir einen Vorschlag machen?« fragte Daniela deshalb nach einer Weile.

»Sicher!«

»Nenn es einfach *du!*«

»Wie?«

Sie lächelte. »Der Ausdruck stammt von dir, Eva. Du bist nun mal unmöglich und unglaublich, aber trotzdem – oder vielleicht sogar deswegen – bist du, wie du bist, von allem ein bißchen, auf der Suche nach der Perfektion. Das bist *du!*«

»Und du glaubst, daß das reicht?« erkundigte ich mich zaghaft.

Daniela lächelte. »Für sieben Leben, Eva!«

Das schmeichelte mir. Es machte mir aber auch Mut, und den brauchte ich unter den gegebenen Umständen. Durch meine Arbeit mit Daniela wurde ich täglich weicher und offener, fast schon porös. Ich tauchte ein in das Meer meiner Erinnerungen und beweinte die Wunden, die mir mein bisheriges Leben zugefügt hatte.

Am meisten bekam Claudia meine Wandlung zu spüren. Sie trug es mit erstaunlicher Fassung, oder besser: Nachdem sie mit Engelszungen geredet hatte, um mir klarzumachen, daß kein Mensch Angst vor einer Erinnerung hätte und das alles »Mumpitz« wäre, und nachdem sie hatte erkennen müssen, daß man sehr wohl Angst vor einer Erinnerung haben konnte und das keineswegs »Mumpitz« sein mußte, war sie verpflichtet, mich und meinen Zustand mit erstaunlicher Fassung zu tragen. Trotzdem hielt sie nicht viel davon. »Ich hätte da Angst vor, sonne sanfte Trulli zu werden«, erklärte sie mir. »Wenn de anfängs mit dat Fühlen, dann tuse dir immer gleich so furchba leid und sonne weiche Rehkes, die leben ebent nich lange.«

Claudias Ansicht, das Erlebnis eines echten Gefühls wäre der Untergang, hatte ich lange Zeit geteilt. Jetzt glaubte ich aber nicht mehr daran. »Man muß sich ›aufmachen‹«, beschwatzte ich Claudia Tag und Nacht, »sonst weiß man ja gar nicht, wie man wirklich ist. Man muß sich erinnern an das, was mal war, denn nur dann versteht man, warum man träumt, was mal sein könnte.«

»Ich träum aber nix!« meinte Claudia dazu.

»Bestimmt tust du das!« widersprach ich ihr. »Du hast bestimmt auch so ein zweites Ich in dir, genau wie ich.«

»Ich???«

»Ja. Tief in dir gibt es mit Sicherheit eine Claudia, die so verletzbar ist, daß ein einziges falsches Wort sie vernichten könnte.«

»Nee!« erwiderte sie und fügte wie immer in solchen Fällen hinzu: »Dat wüßt ich!«

»Wenn du es wüßtest, würdest du die andere nicht einsperren!«

Claudia sah mich skeptisch an. Noch traute sie dem Braten nicht, und überdies waren ihr meine Ratschläge viel zu abstrakt, als daß sie etwas damit hätte anfangen können. Sie brauchte konkrete Anhaltspunkte, am besten wäre ein Nachschlagewerk gewesen mit dem Titel: *Sinn und Zweck der Selbstfindung* oder *Wie mache ich mich auf*. Trotzdem gelang es mir im Laufe der Zeit, sie davon zu überzeugen, daß irdisches Glück nur durch wahre Emotionalität zu erreichen war.

»Dafür bin ich schließlich ein lebendiges Beispiel!« tönte ich. »Neunzehn Jahre lang habe ich geklagt, daß man mich nie geliebt hat, sondern immer nur meine Funktionstüchtigkeit. Und erst jetzt fällt mir auf, daß das meine Schuld war. Es gab mich ja neunzehn Jahre lang nur zur Hälfte. Wie sollte man mich da *ganz* lieben?«

»Und wenn dich nu, wo de ganz bis, trotzdem keinen liebt?« faßte Claudia nach.

Ich lächelte so mitleidig, wie meine Analytikerin es immer tat. »Daniela sagt«, zitierte ich sie dann auch noch, »daß man erst mal sich selbst lieben muß. Man muß sich lieben können, wie man ist, nur dann kann man auch die Menschen lieben und wird von den Menschen geliebt.«

Claudia sah mich angestrengt an. »Hat se dat so gesacht?« fragte sie vorsichtshalber noch einmal.

»Ja.«

»Und du glaubst dat auch?«

»Ja.«

»Mmh!« – Sie kratzte sich am Kinn und lugte mißtrauisch zu dem Photo ihres Verlobten hinüber. Es stand da, wo es seit über einem Jahr stand, auf Claudias Nachttisch. Für mich gehörte dieser Willi auf Glanzpapier deshalb längst zum Inventar. Mehr war er in meinen Augen nicht, und ich war eigentlich auch sicher gewesen, daß er für Claudia schon lange nicht mehr war. Jetzt sah das plötzlich anders aus. Von einem Tag auf den anderen erwischte ich sie immer häufiger dabei, wie sie das Photo von allen Seiten betrachtete, wie sie Willis Briefe hervorholte und zum hundertsten Male las, Briefe, die zum Teil viele Jahre, zum Teil aber auch erst wenige Wochen alt waren.

»Du liebst ihn immer noch«, fragte ich sie deshalb eines Abends, »habe ich recht?«

»Ich weiß nicht«, erwiderte sie.

»Warum bist du dann traurig, daß er dich verlassen hat?«

»Hat er nich!«

»Hat er nicht?«

Sie schüttelte den Kopf. »Ich hab ihm abserviert, weil ... ich hab gedacht, dat dat so rum wat besser wär, ... wenn ich et nich gemacht hätte, hätt er et irgendwann gemacht. Verstehse?«

Ich verstand es nicht, ich verstand es überhaupt nicht.

»Ich hab den Willi schon vor meine Krankheit gekannt«, erklärte Claudia. »Der hat gegenüber in dat Haus gewohnt und weil er ja wat älter is wie ich, hab ich immer wahnsinnig für ihm geschwärmt.«

Eines Tages hatten sich ihre Träume dann erfüllt. Willi Schultheiß fing an, sich für Claudia zu interessieren, mit ihr auszugehen, ihr Geschenke zu machen, und dann wurde sie krank.

»Dat war natürlich furchba für ihn«, sagte sie. »Schluß machen konnt er nich wegen de Leute, und ich wa froh, dat er dat nich konnte, weil ja so schon allet so beschissen wa.«

»Und dann?«

»In meine erste Remission ham wir uns verlobt.«

»Und dann?«

Sie atmete schwer und erklärte mir, daß das alles im Grunde nur eine Farce gewesen wäre. Willi hätte das sinkende Schiff lieber heute als morgen verlassen, und Claudia hatte ihn dafür gehaßt, weil er es sie stets und ständig fühlen ließ.

»Aber gesacht ham wir beide nix. Wechgefahrn sind wir, vonne Hochzeit ham wir gesprochen ... bis dann echt nix mehr dran wa an mir, und ich hierher mußte.«

Von Stund an hatte Claudia ihrem Verlobten eingeredet, sie wäre stark und unbeugsam und fähig, ihr Schicksal allein zu tragen. Selbst als er daraufhin aufhörte, sie zu besuchen, hatte sie die Demütige gespielt und so getan, als hätte sie auch dafür größtes Verständnis.

»Und das war ein Fehler«, sagte ich ihr jetzt, nachdem sie geendet hatte.

»Dat weiß ich.«

»Ein Fehler, den du aber immer noch gutmachen kannst!«

Claudia glaubte, nicht richtig gehört zu haben.

»Wie denn?«

»Laß deinen Schmerz doch einfach mal heraus!«

»Hab ich mein Verstand verkloppt?«

»Nein, aber deine Traurigkeit ist doch auch ein Teil von dir, wie deine Fröhlichkeit.«

»Ich mach so wat Leidenedt an mir aber nich leiden.«

Ich lächelte. »Das heißt nichts anderes, als daß du einen Teil von dir nicht leiden kannst, meine Liebe!«

An diesem Satz knabberte Claudia noch die ganze Nacht. »Glaubse echt, dat der Willi mich lieben tät, wenn ich anders wär?« fragte sie mich nämlich gleich am nächsten Morgen.

»Ja«, erwiderte ich, »wenn du ehrlich wärest, würde er es bestimmt tun.«

»Wie soll ich denn ährlich sein?«

»Indem du ihm gestehst, wie sehr du unter diesem Zustand leidest, und wie groß deine Sehnsucht nach ihm ist.«

Claudia spitzte die Lippen. Dann legte sie ihren Udo auf und ließ sich erst mal von dem erklären, was es mit der sogenannten »Einsamkeit« auf sich hatte.

Dieses Lied hörte ich fortan mehrmals täglich. Es schien für Claudia so eine Art von Erinnerungshymne zu sein, denn jedesmal, wenn Herr Jürgens geendet hatte, fing sie an, mir irgend eine Geschichte von Willi zu erzählen. So wurde Willi für Claudia und mich zum Gesprächsdauerbrenner. Ich erfuhr binnen weniger Tage soviel Einzelheiten über diesen Mann, daß ich ihn getrost hätte heiraten können, ohne Gefahr zu laufen, irgend eine Überraschung zu erleben.

»Hab ich dir dat echt noch nie erzählt?« tönte Claudia dann meist zum guten Schluß.

»Nein«, pflegte ich zu antworten, »du hast mir bisher kaum etwas von Willi erzählt. Du hast immer nur auf ihn geschimpft.«

»Echt? – Na, dann paß ma auf. Da wa nämlich noch so wat !...«

Und weiter ging's. Willi bestimmte fortan unser Leben. Es gab für Claudia kein Thema, von dem sie nicht auf Willi zu sprechen kommen konnte.

Das war zwar anstrengend, bescherte uns jedoch ein »Miteinander«, das wir in dieser Form noch nicht erlebt hatten. Schon häufig hatten wir miteinander gelacht, gestritten oder diskutiert. Gemeinsam unser Schicksal zu betrauern und von der Zukunft zu träumen war hingegen eine völlig neue Erfahrung. Unglücklicherweise war Claudia nur längst nicht so »weichgespült« wie ich, und deshalb siegte bei ihr zu guter Letzt immer wieder die Vernunft.

An einem besonders verregneten Spätnachmittag erhielt Claudia völlig außer der Reihe Besuch von ihrer Mutter. Der war sie ja nun noch nie besonders herzlich begegnet, aber was sie sich an diesem Tag im April erlaubte, übertraf alles Bisherige. So waren die ersten fünfzig Schimpfworte bereits gefallen, als Frau Jacoby Platz genommen hatte. Die nahm das jedoch wesentlich gelassener hin als sonst, und das entging auch ihrer Tochter nicht. Erwartungsvoll blickte Claudia ihrer Mutter ins Gesicht und sah, wie diese tief Luft holte, alle Kraft zusammennahm und ruhig und selbstbewußt verkündete, sie hätte die Absicht, wieder zu heiraten.

Für einen kurzen Moment bekam Claudia den Mund vor Schreck nicht wieder zu.

»Wen denn?« hauchte sie schließlich, und dabei hatte ihr Gesicht einen ängstlichen Ausdruck.

»Den Paul!« erwiderte ihre Mutter, und sogleich war Claudias Ängstlichkeit wie weggeblasen.

»Wat?« kreischte sie statt dessen. »Den impotenten Pinselquäler?«

Frau Jacoby beherrschte sich. »Woher willst du wissen, daß mein Paul impotent ist?« fragte sie nur.

»Na, dat sieht man doch!« klang es zurück. »Guck doch

bloß ma, wie den läuft mit sein Gehänge zwischen de Beine!«

»Das Gehänge von meinem Paul geht dich *überhaupt* nichts an!!!«

Da gab ich Frau Jacoby recht, und da es mich erst recht nichts anging, machte ich, daß ich fortkam. Auch draußen auf dem Gang war der Streit noch deutlich zu hören, und erst nach über einer Stunde torkelte Mutter Jacoby wieder aus dem Zimmer, gerupft wie ein Brathuhn.

Claudia sah auch nicht besser aus. »Is dat en Wunder?« keifte sie mich an. »So wat haut doch den stärksten Russen um! Heiratet die en Anstreicher! Wer macht denn so wat? Aber dat se ne Kanallje is, hab ich ja immer schon gewußt«, fuhr sie fort. »Holt sich da einfach sonnen fremden Wichtel in dat Bett, wo mein Vatter ... sonne Kanallje! Aber dat werd ich se nie verzeihn! Nie wieder geh ich in dat Haus, wa ja sowieso immer Scheiße. Die Olle hat en ganzen Tach geheult und wa am Rodonkuchen backen, und mein Schwester hat dusselige Geschichtkes vonne Tierlein im Wald erzählt. Und allet bloß, damit se nich davon reden mußten, dat ich am Verrecken bin. Nee, nee! Und jetzt den Paul ... nee ... dat verzeih ich se nich, dat is eine Scheißlüge zuviel.«

Endlich holte Claudia Luft, so daß ich auch mal etwas sagen konnte.

»Vielleicht ist es ja gar keine Lüge«, wandte ich zaghaft ein, »vielleicht ist es ja Liebe.« Für einen kurzen Moment blieb Claudia der Zorn im Halse stecken, und sie sah mich atemlos an. »Achchchch!« tönte sie dann und drehte mir den Rücken zu. So lag sie eine ganze Weile da, und ich schaute ins Freie hinaus, rauchte eine Zigarette, dachte nach.

»Es gibt Menschen«, hatte Daniela mir kürzlich erst gesagt, »die schauen auf ein wundervolles Gemälde von Rembrandt und sagen: Das gefällt mir nicht. – Und wenn du sie dann fragst, warum es ihnen nicht gefällt, antworten sie: Na, weil der Rahmen kaputt ist!«

»Du!« schrie ich auf, als ich mir dessen bewußt wurde. »Ich habe eine unheimliche Idee.«

Claudia drehte sich langsam zu mir. »Ah ja?« fragte sie skeptisch nach.

»Mmh!«

»Wat denn?«

»Wenn deine Mutter heiratet ... das wird dann doch bestimmt ein großes Fest.«

»Na und?«

»Glaubst du nicht, daß der Willi da auch hingehen wird?«

Das verschlug Claudia die Sprache. Ich konnte förmlich hören, wie es in ihrem Gehirn knisterte, und als sie meine Worte endlich verarbeitet hatte, strahlten ihre Augen wie die eines glücklichen Kindes.

»Mensch, Evken!« jubelte sie. »Dat is ja ...«

Im gleichen Moment stürzte der Tempel der Freude wieder ein.

»Was ist?« erkundigte ich mich sofort.

»Ach«, seufzte Claudia, »ich denk bloß ... wer weiß, ob den Willi mich überhaupt wiedersehn will. Ich mein ... vielleicht is ihn ja froh, dat ich wech bin.«

»Aber nein«, sagte ich, »er hat doch immer geschrieben.«

»Mmmh, jedet Ma wat weniger und immer seltener.«

Darüber hatte sie bisher zwar noch nie gesprochen, doch hatte ich es trotzdem geahnt. Claudias Gesicht war in den vergangenen Wochen immer länger, immer trauriger geworden.

»Das muß aber doch nichts bedeuten«, versuchte ich sie zu beruhigen.

»Meinse nich?«

»So eine Klinik macht eben manchen Menschen angst, und dein Willi ist bestimmt so ein Mensch. Aber wenn du ihm jetzt auf der Hochzeit begegnest ... in der Umgebung ... als gesund aussehende Frau ...!« – »Wie soll ich dat denn anstellen?«

Ich schmunzelte. »Das laß meine Sorge sein, Claudia.

Verlaß dich da mal ganz auf mich. – Du wirst es nicht bereuen ...!«

23

Verglichen mit anderen Mädchen meines Alters, wußte ich vielleicht nicht allzuviel vom Leben und von der Welt, aber wenn es darum ging, einen Menschen schöner erscheinen zu lassen, als er in Wirklichkeit war, war ich einfach unschlagbar. Das hatte ich beim Theater gelernt, denn das war (leider!) die einzige Kunst, die das Gros der »Künstler« überhaupt beherrschte.

»Zuerst möchte ich mal deine gesamte Garderobe inspizieren!« teilte ich Claudia mit. »Laß herbringen, was du hast.«

Daß das nicht allzuviel war, hatte ich mir zwar denken können, doch daß es fast gar nichts war, erschreckte mich nun doch. Das einzige, was ich überhaupt als tragfähiges Kleidungsstück hätte bezeichnen mögen, ohne schamrot zu werden, war ein schwarzes Samtkleid.

»Nur leider macht schwarz schlank ...«, sagte ich.

»Und dat is nich nötig, ne?«

Claudia hatte es erkannt.

»Na, dann guck dir dat hier ma an!« fuhr sie fort. »Wie findese ihm denn?«

Sie zeigte mir voller Stolz einen dunkelblauen, sehr schlichten Hosenanzug. Der Blazer wirkte wuchtig, weil er nicht tailliert und überlang war, und die Hose hatte äußerst weite Beine.

»Gar nicht schlecht!« sagte ich nach einiger Überlegung. »Den müßten wir nur ...«

»Wat?«

»Zieh ihn mal an!«

Claudia folgte mir aufs Wort, und alsdann wurde abgesteckt und gerafft, gekürzt und gepolstert, und als das Modell drei Tage später aus der Änderungsschneiderei zurückkam, paßte es wie angegossen.

»Is ja geil!« meinte Claudia dazu. »Und nu?«

»Du solltest etwas Roséfarbenes dazu tragen«, sinnierte ich. »Rosé hebt nämlich, das ist frisch und fröhlich.«

Claudia sah das nach einigem Zögern ein, und so wurden alle verfügbaren Personen darauf angesetzt, roséfarbene Blusen zur Auswahl zu besorgen. Aus diesem Wust von Angeboten wählte ich schließlich ein hochgeschlossenes Baumwollexemplar, das mit zahlreichen Rüschen verziert war.

»Is schon schön ...«, meinte Claudia.

»Aber?« erkundigte ich mich.

»Paßt dat denn zu mir?«

Ich stöhnte. »Noch nicht!« ließ ich sie wissen. »Und deshalb setzt du dich hier jetzt mal hin und paßt gut auf!«

Die nächsten Tage verbrachte ich dann damit, Claudia zu zeigen, wie man falsche Wimpern anklebt, wie man einen flachen Busen mit Watte zu voluminöser Fülle bringt und einiges mehr. Sie war von alldem tief beeindruckt, und als sie sich erstmals »in Kostüm und Maske« im Spiegel sah, meinte sie: »Und ich hab immer gedacht, datte aus en Hering kein Goldfisch machs, bloß weil de ihm unter fließend Wasser häls ... – Geht doch!« Dann strahlte sie mich an. »Da fehlt ja jetz bloß noch Fiffi!«

»Fiffi«, Claudias Perücke, war kinnlang, haselnußbraun und aus kostbarem Echthaar gefertigt, leider hatte »Fiffi« viele Jahre in einem viel zu kleinen Karton gefristet und in all der Zeit weder Bürste noch Kamm gesehen. Er war verfilzt und verstaubt, zerknickt und zerlumpt.

»Aber wat!« meinte Claudia, als sie meinen leidenden Gesichtsausdruck sah. »Für dich is so wat doch bestimmt en Klacks. Ne? Mach ihm ma wieder heile!«

Ich tat mein Bestes. Zwei ganze Tage widmete ich der Instandsetzung »Fiffis«, wusch ihn, bürstete ihn, wusch ihn wieder, spannte ihn auf Papier, wusch ihn ein drittes Mal, drehte ihn auf Lockenwickler, fönte ihn, kämmte ihn auf.

»Siehse!« frohlockte Claudia, als sie das Ergebnis meiner Bemühungen sah. »Wa en Klacks für dich, dat wußt ich doch!«

»Komm her, du Klacks!« erwiderte ich nur. Dann wickelte ich Claudia eine Mullbinde um den Kopf, klebte sie fest und stopfte in die Gaze Hunderte von Haarnadeln, um »Fiffi« bewegungsunfähig zu machen. Claudia war außer sich vor Freude.

»Jetz seh ich ja aus wie en richtigen Menschen!« sagte sie. »Ob den Willi mich so überhaupt erkennt?«

»Das will ich doch schwer hoffen!«

Der große Tag kam nicht allein, er brachte den Frühling mit. Genau bis zum 14. April hatte der Winter in diesem Jahr gedauert, doch in der Nacht zum 15. April wurde es dann plötzlich warm, sämtliche Blüten brachen auf, die Natur erwachte zu neuem Leben.

Zum ersten Mal, seit wir uns kannten, zeigte Claudia für dieses Schauspiel so etwas wie Begeisterung. Mit glänzenden Augen blickte sie am Morgen aus dem Fenster, mit großen Ohren verfolgte sie die Wettervorhersage im Radio, und dann kommentierte sie die Lage mit einem inbrünstigen: »Super! Ich brauch kein Mantel überziehn!«

Daß sie dem Frühling sonst nichts Positives abgewinnen konnte, mochte ich ihr unter den gegebenen Umständen nicht verdenken. Claudia hatte wahrlich andere Dinge im Kopf.

»Machse mir ma den Knopp zu, Eva? Ich bin so am Zittern, ich krieg dat nich hin! – Hilfse mir ma mit meine Augen, Eva? Ich hab mich da vermalt! – Eva, guck ma! Den Fiffi sitzt schief! Kannse ihm wo ma grade machen?«

Über zwei Stunden tat ich, was in meiner Macht stand, um am Ende einer völlig verängstigten Claudia gegenüberzustehen.

»Weiße wat?« flüsterte sie mir zu. »Ich bleib hier!«
»Was???«
»Ich will da nich hin!«

»Aber Claudia, das –«

»Und ich kann auch nich wech, wo du so schlecht drauf bis!«

Daß ich »schlecht drauf« war, stimmte zwar, doch war ich das in den ersten drei Tagen nach einer Infusion immer, und deshalb ließ ich das als Entschuldigung nicht gelten.

»Außerdem kann ich allein brechen«, tönte ich, »ich bin nämlich schon ein großes Mädchen und brauche dazu keine Hilfestellung.«

Claudia verzog das Gesicht. »Ich hab aber Angst«, winselte sie.

»Wovor?«

»Vor den Willi!«

»Du liebst ihn aber doch.«

»Wat heißt dat schon …?!«

»Claudia …!« Ich nahm ihre Hand, als wäre ich mindestens zwanzig Jahre älter und zweihundert Menschenleben weiser als sie. »Wenn du den Willi wirklich liebst«, sagte ich, »brauchst du keine Angst zu haben. Er wird diese Liebe spüren, und wenn du sie ihm gibst, immer nur gibst und nichts dafür verlangst, … dann wirst du sie irgendwann auch zurückbekommen.«

»Irgendwann?« vergewisserte sie sich.

Ich nickte.

»Na gut, Eva … wenn du dat sachs …«

Sie atmete tief ein, tätschelte meine Hand, schlüpfte in ihre Schuhe und griff nach ihren Taschen, und dann ging sie.

Fünf Tage Heimaturlaub hatte Claudia beantragt, aber schon nach achtundvierzig Stunden stand sie wieder auf der Matte. Zuerst wollte ich meinen Augen nicht trauen. Wie der Teufel höchstpersönlich, der schwefelspeiend mit einem ohrenbetäubenden Knall aus der Hölle schießt, stand Claudia plötzlich im Zimmer. Kein Wort des Grußes kam ihr über die Lippen. Sie warf die Tür hinter sich zu, riß »Fiffi« vom Kopf und begann, ihre Reisetasche auszupacken.

Mit pfeilschnellen Bewegungen ergriff sie die Gegenstände und verstaute sie, ohne daß Überlegung dahinterzustecken schien: das in den Schrank, das in den Nachttisch, das ins Bad. Dies unter das Bett – zack! – jenes aufs Regal – päng! – das zwischen die Laken, das unter das Kopfkissen, Tasche zu, Schranktür auf, Tasche rein, Schranktür zu – fertig!

Dann sah sie mich an, als würde sie überlegen, wie ich nun wegzupacken wäre.

»Dat wa mein letzten Heimaturlaub!« schwor sie mir. »Dat mach ich nich noch ma mit, dat kannse glauben. Willse ga nich wissen, warum?«

Ich schluckte. Claudias Auftritt ließ mich das Schlimmste ahnen, so daß ich kaum wagte, nach Einzelheiten zu fragen. Endlich überwand ich mich und hauchte: »Warum?«

Sie spitzte die Lippen, holte tief Luft, und im nächsten Moment ging ein Monolog auf mich nieder, den sie im Taxi bestimmt schon mehrmals geprobt hatte.

»Weil ich dat Pack da draußen zum Kotzen find!« fing er an. »Alle Mann! Die sind alle feige und beknackt, und wenn se eine wie mich sehn, dann kriegen se Panik. Stehn doof rum, labern Scheiße von wegen ›Kopp hoch‹ und erzähln dir einen von ihre Angst. Aber Angst is ja immer dat Leichteste. Wenn de wat nich abkanns, sachse einfach, du has Angst oder wärs zu sensibel, und schon räumen dir son paar Idioten wie ich alle Steinkes aus en Wech. Da kannse dann loslatschen und ne Spende machen für sonne ame Sau wie mich, und da brauchse dann keine Angst vor ham, weil, die kannse vonne Steuer absetzen.«

Claudia hatte so laut gebrüllt, daß ich mich in die hinterste Ecke meines Bettes verkroch. Dieser Anblick schien ihr zu behagen. Sie zündete sich eine Zigarette an, blies den blauen Dunst voller Genuß in den Raum und sah den Kringeln und Schwaden nach, als wären sie kostbare Kunstwerke. Dabei beruhigte sie sich so sehr, daß ich schon glaubte, es hinter mir zu haben. Das war jedoch ein Irrtum.

»So«, meinte Claudia nach einer ganzen Weile, und in

diesem kleinen Wort schwang viel Bosheit mit, »und nu bis du dran!«

Für einen kurzen Moment wußte ich gar nicht, wie mir geschah. »Ich?« fragte ich vorsichtshalber noch mal nach.

»Jawoll!«

»Aber ... aber wieso denn?«

»Wieso?« Claudia lachte verächtlich. »Hier!«

Blitzschnell grabschte sie nach dem Photo von Willi und hielt es mir so dicht unter die Nase, daß ich kaum mehr Luft bekam.

»Du weiß ja soviel von de Männer«, sagte sie dabei voller Zynismus. »Du guckse ja immer bis tief in dat Innerliche und glaubs an ihnen ihr guten Kern. – Ja, Eva, den ham se, den Kern, und wie! Sechs Jahre wa ich mein Willi gut genuch. Weil ich ihn nämlich sechs Jahre vorgemacht hab, wie stark ich bin und wie tapfer und so, und dat ich die Scheiße hier locker pack. Und dann hab ich mich ›aufgemacht‹, wie du dat nenns, hab ihn meine Gefühle gezeicht, und da? Wat meinse? Da macht dat Kerlchen de Flatter, Eva! Hat einfach de Verlobung gelöst, nach sechs Jahre. Und weiße warum? Weil er dat Leid nich mehr ertragen kann. *Er* kann *mein* Krebs nich ertragen. Hat er gesacht! – Na?«

In diesem abschließenden »Na?« lag ebensoviel Gemeinheit wie in dem Blick, den sie mir dabei zuwarf, und beides konnte ich ebensowenig fassen wie das, was sie mir gerade erzählt hatte. »Das ... das kann doch nicht sein«, stammelte ich, und das hätte ich besser nicht getan. Claudia fletschte nämlich die Zähne und kreischte: »Na, denkse etwa, ich scheiß dich an?«

»Nein, aber –«

»Nix *aber*, Eva, nie wieder *aber*. Ich hab de Schnauze voll von deine Scheiß-Lebensmasche und diesen Liebestick. Ich hab dat immer zum Kotzen gefunden, aber ich hatte Angst, ... is ja egal. Auf alle Fälle is jetz Schluß. Ich seh ja, wat mir den ganzen Mist gebracht hat!!!«

Sie giftete das Photo von Willi an und wollte es zuerst in

den Nachttisch verbannen, stellte es dann aber doch wieder zurück auf seinen gewohnten Platz.

»*Nein!*« keifte sie dabei. »Dat bleibt mir da stehn – als warnendet Beispiel!«

Dann sank sie erschöpft auf die Bettkante, und ich, den Tränen nahe, wußte nicht mehr, was ich tun oder sagen sollte. Als Claudia das bemerkte, stöhnte sie nur. Sie ärgerte sich wohl darüber, daß *ich ihren* Schmerz so deutlich zeigte, während *sie* ihn hatte und formvollendet verbarg. Dann erteilte sie ihrem Udo das Wort:

> »Illusionen hast du dir gemacht.
> Denn der Mensch, den du einst liebtest, hat dich ausgelacht.
> Und das Wolkenschloß, das du gebaut, stürzt ein
> In einer einz'gen Nacht.
> Und dann fragst du dich:
> Warum muß das sein?
> Doch die Antwort gibt dir nur das Leben ganz allein
> Mit der Zeit erst, wenn die Jahre deines Sommers gehn,
> Wirst du verstehn ...«

Tagelang hörte ich dieses Lied, von morgens bis abends. Unentwegt drehte sich die Scheibe auf dem Plattenteller, und bald erschienen mir jedes Wort und jeder Ton wie körperliche Züchtigungen. Wohin ich auch floh, Udos »Illusionen« erwarteten mich bereits und schürten mein schlechtes Gewissen. Wie damals bei Ina peinigte mich der Gedanke, an allem schuld zu sein. Wieder einmal hatte ich an die Macht der Liebe geglaubt, an die Gefühle, an die Männer. Für diesen meinen Glauben mußte Claudia nun zahlen, und das konnte ich nicht im Raum stehenlassen. Darüber mußte ich mit ihr reden, unbedingt.

Claudia gab mir dazu nur leider keine Gelegenheit. Was in langen Monaten zwischen ihr und mir an Verständnis füreinander gewachsen war, schien durch ihre Trennung von Willi für alle Zeiten zerstört zu sein. Es war, als wäre da plötzlich eine meterdicke Leere zwischen uns. Meine Worte wurden überhört, ich selbst wurde übersehen.

Nachdem ich darunter tagelang hauptberuflich gelitten hatte, fing ich endlich an, nach einem Ausweg zu suchen, und schließlich kam mir sogar eine Idee. Ich nähte Claudia aus einem meiner schönsten und kostbarsten Seidenschals einen Überbeutel für ihren künstlichen Darmausgang. Eines Nachts überlistete ich sie dann. Es war schon ziemlich spät, und das Licht hatten wir schon vor Stunden gelöscht. Ich hörte aber an Claudias Atemzügen, daß sie ebensowenig schlief wie ich.

»Claudia?« fragte ich zaghaft in die Dunkelheit. Sie antwortete nicht. »Claudi! ... Claudi?«

»Wat is???«

Ihre Stimme klang wie ein Hammerschlag, sie hatte also tatsächlich noch nicht geschlafen. »Ich ... ich möchte mit dir reden ...«, flüsterte ich ihr zu.

»Da gibt et nix zu reden!«

»Aber es tut mir doch alles so leid, so leid tut es mir, ich –«

»Ach, Scheiße!« fiel sie mir trocken ins Wort.

»Bist du mir böse?«

»Doofe kann ich nich böse sein.«

»Es tut mir wirklich leid, ich –«

»Dat hasse scho ma gesacht, nu reicht et.«

Mir reichte es auch. Ich wollte mich nicht kampflos ergeben, und so stieg ich aus dem Bett, tastete mich zu Claudia herüber, knipste die Nachttischlampe an und legte ihr das Seidenbeutelchen aufs Oberbett.

Sie blinzelte mich an. »Wat denn nu?«

»Für deinen Kackbeutel!« erklärte ich ihr.

»Wat?«

Dann erst sah sie das ungewöhnliche Präsent und wußte für einen kurzen Moment weder ein noch aus.

»Meine Herren«, krächzte sie schließlich, »hasse extra dat teuer Dingen kaputtgeschnitten? Für sonne Scheiße?«

Das hätte sie zwar treffender nicht formulieren können,

doch war ich nicht bereit, mich durch ihren Humor von meinem eigentlichen Ziel abbringen zu lassen.

»Es war die einzige Möglichkeit, die ich noch hatte«, hakte ich ein, »irgendwie mußte ich dich schließlich dazu bringen … Versetz dich doch mal in meine Lage, Claudia! Ich habe das Gefühl, an allem schuld zu sein. Ich habe dich –«

»Du has ga nix!« fiel sie mir ins Wort, ein Einwand, der mich sofort völlig aus dem Konzept brachte.

»Wie?« stammelte ich.

»Ga nix has du!« wiederholte sie. »Keine Schuld, keine Ahnung, nix!«

»Aber …«

»Eva! Merk et dir für dein Leben: De Frauen lieben de Männer, aber de Männer lieben bloß sich selber.«

Dieser Satz ließ sofort mein Mitleid erwachen, Mitleid mit allen Männern dieser Welt. »Das darfst du nicht sagen«, hauchte ich.

»Weil du et nich hören wills?«

»Weil es nicht stimmt!«

Daraufhin fing Claudia an zu lachen. Sie lachte wie jemand, der versucht, einem Hund Lesen und Schreiben beizubringen.

»Paß auf!« mahnte sie mich, nachdem sie sich wieder etwas beruhigt hatte. »Du has mir dat so schön gesacht den Tach: ›Wenn de Liebe gibs‹, hasse gesacht, ›wenn de immer bloß gibs und nie wat verlangs, dann krisse se irgendwann auch widder.‹ Hasse dat gesacht oder nich?«

»Ja«, gab ich zu.

»Super! Dann setz dich jetzt ma rüber auf dein Bett und schmeiß mir ma dein Kopfkissen zu!«

»Wie?«

»Mach ma, los!«

Ich tat es nur widerwillig. Mitten in der Nacht mit einer Kissenschlacht zu beginnen, erschien mir reichlich hirnverbrannt. Dennoch setzte ich mich wie befohlen auf mein Bett, nahm das Kissen, warf es Claudia zu – aber sie fing es nicht einmal auf.

»Und nun?« fragte ich sie nach einer ganzen Weile.
»Wat?« fragte sie ebenso.
»Was sollte das?«
»Wat?«
»Das mit dem Kissen!«
»Mit wat fürn Kissen?«

Ich brauchte lange, bis ich verstand, was sie mir damit sagen wollte. Willi hatte die Liebe, die sie ihm gegeben hatte, niemals angenommen, und deshalb hätte er ihr auch niemals etwas zurückgeben können.

Ich hatte immer geglaubt, in der Liebe würde das Geben glücklich machen und nicht das Nehmen. Ich war sogar sicher gewesen, daß es eigentlich schon gar keine Liebe mehr wäre, wenn man anfinge, Gegenleistungen zu erwarten.

Als ich das jetzt zu Claudia sagte, zeigte sie mir einen Vogel. »Aber hör mal!« redete ich daraufhin erst recht auf sie ein, »das, was man gibt, bekommt man im Leben doch fast nie zurück. Das weiß doch jedes Kind. Deshalb ist es das beste, wenn man lernt, im Geben das Glück zu finden, und nicht im Nehmen.«

»Hasse en Knall?« fauchte Claudia mich an.

»Nein, du denkst verkehrt! ... Liebe muß man vermutlich lernen, Claudia. Man muß lernen, sich selbst zurückzustellen und die Liebe in den Mittelpunkt zu rücken.«

Claudia runzelte die Stirn und sah mir in die Augen, so tief, daß es mich ängstigte.

»Weiße wat?« sagte sie schließlich. »Du wirs nich an dein Krebs sterben, Eva, du nich! Dich schickt en Kerl inne Hölle, eines Tages. Dat fühl ich!«

Wie sie das sagte, trieb es mir einen eisigen Schauer über den Rücken, und als ich sie dann auch noch ansah, als ich in diese gefühllosen, kalten, grauen Augen blickte, da war es ganz um mich geschehen. Ich brach in Tränen aus.

»Nu heul doch nich schon wieder!« schimpfte sie sofort.

»*Doch...!*«

»Mannomann, son bißken Gefühl is ja ganz proper, Eva,

aber du bis am Übertreiben. Echt. Nu lern doch endlich ma, dat Zeuch zu dosieren!«

»Daniela sagt aber, das muß raus!« schluchzte ich.

»Die labert viel. Kanns doch nich immer bloß raustun, en bißken wat muß doch auch drinbleiben.«

Dieser letzte Satz wirkte auf mich wie das Schrillen eines Weckers. Ich schreckte hoch, wachte auf, in einem einzigen Augenblick.

»Willst du damit sagen, daß ich ... daß ich mich ... ich meine ...«

»Datte dich aufbrauchs, will ich sagen«, unterbrach sie mein Stottern. »Und außerdem is dat en tödlichet Spiel, Eva, dat darfse mir glauben.«

Ich war so fassungslos, daß ich sie einfach nur anstarrte.

»Okay«, stöhnte sie daraufhin. »Ich werd et dir erklärn. – Ich hab Krebs, Schätzken, und du has Krebs, und dat is, wie wenn de über nen Abgrund hängs. Laß los und et is aus. Sonne sanfte Rehkes, wie du eins geworden bis, die sind bloß noch am Fühlen und nich mehr am Denken, und vor lauter Fühlerei lassen se ganz aus Versehn ma los.«

Ich schluckte. »Hast du losgelassen?« fragte ich ängstlich, aber Claudia antwortete mir nicht. »Du hast also losgelassen«, schlußfolgerte ich, »... wegen Willi?« Auch darauf gab sie mir keine Antwort, und so gab es nur noch eine einzige Möglichkeit. »Wegen mir?« flüsterte ich. »... Es war also doch meine Schuld ... War es meine Schuld?«

Claudia atmete schwer, noch immer sah sie mich an, aber plötzlich war all ihre Erregung dahin, und ihre Augen hatten auch nicht mehr diesen harten Ausdruck.

»Nee!« antwortete sie leise. »Dat wa nich deine ... dat wa meine Schuld. Ich wollt dich nich verliern, und ich wollt auch nix versäumen, ... und deswegen wollt ich unbedingt ganz genauso sein wie du. Sanft und gescheit und so. Dat bin ich aber nich. Und wenn man wat nich is und et trotzdem sein will, dann fällt man auf de Schnauze. Besonders wenn man so wat wie dich tächlich um sich hat. Du wars gefährlich für mich ... dat hab ich bloß ers viel zu spät kapiert.«

Nun verstand ich überhaupt nichts mehr.

»Gefährlich?« stammelte ich nur.

»Mmh!« bestätigte sie mir. »Dat hat wat mit de Kräfte zu tun. – Et gibt da sonne Geschichte von zwei Babys. Dat eine is krank, und dat andere is gesund, und die liegen in ein Bett. Und weil dat Kranke leben will, nimmt et dat Gesunde alle Kraft. Und dat klappt! Ant Ende is dat Kind, wat früher ma stark wa, unter de Erde, und dat andere is son richtigen Brecher. Verstehse?«

Hilflos schüttelte ich den Kopf.

»Is auch egal«, meinte sie. »Macht nu eh nix mehr aus, Evken. Glaub et mir! Nimm, watte brauchs ... und den Rest ... den schenk ich dir soga noch.«

Sie lächelte mich an, als sie das sagte, und darüber erschrak ich noch mehr als über ihre Worte. Rein gefühlsmäßig hatte ich die nämlich sehr wohl verstanden, nur überdenken wollte ich sie nicht. Tief in mir war eine Stimme, die mich davor warnte, die mir klarmachte, daß ich die Wahl hätte, hier und jetzt. Wenn ich Claudias Angebot annahm, wartete das Leben auf mich, das spürte ich. Dachte ich erst darüber nach, würde ich Skrupel bekommen, das wußte ich, und die ... nein ... nein, ich wollte leben.

Claudia sah mir wohl an, was in diesem kurzen Augenblick in mir vorging. Vielleicht las sie sogar meine Gedanken. Auf jeden Fall sagte sie plötzlich laut und deutlich:

»Wunderba, Eva! Und nu wolln wir nie mehr über diese Scheiße reden. Einverstanden?«

Ich nickte ... und nahm damit das größte Angebot meines Lebens an.

Dann kam der Mai, für mich der schönste Monat, den es gibt. Das Jahr steht dann in voller Blüte. Es hat seine Lebensmitte noch nicht erreicht und doch schon die Zeit der Unreife hinter sich gebracht. Genossen hatte ich das schon in meiner Kindheit, aber noch nie so wie in diesem Mai 1977. Alles schien auf einmal so einfach zu sein, sämtliche

Schwierigkeiten waren wie weggeblasen, auch die zwischen Claudia und mir.

Trotz der Chemotherapie und ihrer Unannehmlichkeiten hatte ich wieder zugenommen und brachte stolze achtundsiebzig Pfund auf die Waage. Meine Wege ging ich wieder zu Fuß, und selbst an Tagen, an denen es mir schlecht ging, trainierte ich im Treppenhaus der Strahlenklinik. Meist schaffte ich nur zwei Etagen, und schon raste der Puls, und der Schweiß rann in Strömen. Manchmal brachte ich es aber auch schon auf drei Stockwerke, auf dreieinhalb, vier ... Der einzige, der diesem Ehrgeiz gar nichts abgewinnen konnte, war Doktor Behringer.

»Was soll das bloß?« fragte er jedesmal, wenn er mich »erwischte«.

»Ich übe für den ersten Sonnentag!«

»Und dann?«

»Werde ich einen Spaziergang durch den Park machen, Herr Doktor!«

Das nahm er wohl nicht für bare Münze, denn an dem Morgen, an dem es soweit war, schien er geradezu entsetzt. »Ohne Begleitperson?« rief er aus.

»Ja.«

»Dann stecken Sie sich wenigstens einen Zettel in die Tasche: EVA MARTIN – STRAHLENKLINIK – STATION S1. – Für den Fall, daß Sie zusammenklappen!«

Dabei hatte ich gar nicht die Absicht zusammenzuklappen. Körperlich wie seelisch fühlte ich mich wohl wie seit langem nicht mehr, und ich sah sogar ausgesprochen gut aus. Einen blutroten Seidenoverall trug ich, darunter einen wärmenden und zugleich stark auftragenden Strickanzug. Um die Taille hatte ich mir einen goldenen Gürtel geschlungen, dessen Unterseite mit eineinhalb Zentimeter dickem Schaumstoff beklebt war, wie man ihn normalerweise zum Isolieren von Fenster- und Türritzen benutzt. Das ließ den Gürtel aufliegen und mich dicker erscheinen, als ich in Wahrheit war. Ebenfalls golden waren meine hochgeschlossenen Pumps und das riesige Tuch, das ich mir um den Kopf gewickelt hatte. Seine langen Fransen fielen mir wie ein Pony in die Stirn, und das schmeichelte meinem stark geschminkten Gesicht.

Als ich die Eingangshalle der Strahlenklinik durchquerte, schossen zahlreiche Augenpaare, vorwiegend männliche, auf mich zu. Die sahen vermutlich keine Schönheit im herkömmlichen Sinne in mir, nicht einmal ein hübsches Mädchen. Sie sahen aber ein Wesen, das an geschmackvoller Extravaganz wohl kaum noch zu übertreffen war, und das genügte mir erst einmal.

Im Park war es herrlich. Seit Weihnachten war ich nicht mehr draußen gewesen. Fünf Monate lang hatte ich alles nur vom Fenster oder bestenfalls vom Portal aus sehen können, und in dieser ganzen Zeit war frische Luft das für mich gewesen, was Schwester Helma morgens früh nach dem Bettenmachen für etwa zehn Minuten durch einen Fensterspalt in unser Zimmer strömen ließ. Diese Entbehrungen hatten nun ein Ende. Ich genoß die viele, viele frische Luft, die plötzlich um mich war, genoß den Wind und den Frühlingsduft, den er mit sich trug, den Anblick der blühenden Blumen, der dichten Sträucher und der vor Kraft strotzenden Bäume. Ich genoß es wirklich sehr, zu sehr, so sehr, daß ich diesen entsetzlichen Mann, der mir plötzlich entgegenkam, einen Moment zu spät erblickte: El Brutalo. Geradewegs schritt er auf mich zu, über das ganze Gesicht grinsend, und während ich ihn sofort wiedererkannte, erkannte er mich wohl nicht, denn sonst hätte er vermutlich nicht gewagt, wie ein pubertierender Rocker durch die Zähne zu pfeifen.

»Na? Gehn wir Gassi?«

Im Vorübergehen rief er mir das zu, und ich war mal wieder viel zu perplex, um prompt zu parieren. Erst Stunden später fiel mir auf diese impertinente Frage eine ebenso impertinente Antwort ein.

»Wenn wir unsere Leine dabeihaben!«

Aber da war es ja längst zu spät. Als es darauf angekommen wäre, war ich stumm wie ein Fisch, und erst als El Brutalo bereits in der Ferne verschwunden war, begann ich zu fluchen.

»So ein verdammter Mistkerl! Frauenschänder! Kretin! Eingebildeter Affe!«

Claudia wollte sich darüber fast totlachen.

»Wat en Hammer!« brüllte sie immer wieder.

Warum ich mich über El Brutalo so ärgerte, verstand sie nicht. »Der kann nu ma nich anders«, meinte sie. »Vergiß ihm!«

Genau das wollte mir aber nicht gelingen. Ich konnte diesen bulligen Mann einfach nicht mehr vergessen. Nacht für Nacht lag ich wach und führte mir vor Augen. was er mir angetan hatte. Tag für Tag dämmerte ich vor mich hin und träumte von seinem entwaffnenden Lächeln, von seinen Augen, von seinem kräftigen Körper. Einerseits wollte ich mich an diesem Mann rächen, andererseits wollte ich ihm verzeihen, um ihm zu gefallen. Warum ich ihm gefallen wollte, war mir jedoch unklar, denn verliebt war ich nicht. Oder doch?

Ich wußte es wirklich nicht. Ich wußte nur, daß da unendlich viel Sehnsucht in mir war. Ich sehnte mich nach Liebe und Geborgenheit, nach Zärtlichkeit und Wärme, und all das schien dieser Mann geben und annehmen zu können. Immer mehr bestimmte er meine Träume, immer brennender wurde mein Wunsch, ihn endlich wiederzusehen.

Dabei hätte ich es wissen müssen: Was man sich von Herzen wünscht in dieser Welt, wird auch immer Wirklichkeit – allerdings sieht die Wirklichkeit dann meist ganz anders aus, als man es sich in seinen Träumen wünschte. So erging es in diesem Fall auch mir, und Professor Mennert versuchte, mir das auf ganz charmante Art beizubringen.

»Was für ein herrlicher Tag!« tönte er eines Morgens mit einem unüberhörbaren Jauchzen in der Stimme. »Und was für herrliche Neuigkeiten ich habe, Eva. Ihre Laborwerte sind nämlich nach wie vor erstaunlich gut.«

»Ah ja?«

»Ja. Nur wegen Ihrer holden Weiblichkeit mache ich mir Sorgen, das heißt ...«

Er fing an, mir einen langen Vortrag zu halten, dessen Inhalt mir bereits bestens vertraut war. Von Anfang an hatten die Funktionen meiner Unterleibsorgane sämtliche Gemüter erregt. Wie viele Tänzerinnen und Hochleistungssportlerinnen hatte ich nämlich von jeher unter Unregelmäßigkeiten gelitten, die für einen Normalbürger unbegreiflich waren. Wenn es hochgekommen war, hatte ich meine Periode drei- bis viermal pro Jahr bekommen, und das dann meist auch noch zu so ungünstigen Zeitpunkten, daß meine Ballettmeisterin einen ihrer »Medizinmänner« gebeten hatte, sie mir wegzuspritzen. Diese Leute waren keineswegs Scharlatane gewesen, es waren praktizierende Ärzte, die nur taten, was sie verantworten konnten, dabei aber berücksichtigten, was so ein Geschöpf wie ich zugunsten der Leistungsfähigkeit verantworten wollte.

Von daher war ein regelmäßiger Monatszyklus für mich immer etwas gewesen, was andere hatten, mir jedoch auf wundersame Weise erspart blieb. Deshalb hatte es sich bei der Therapie erübrigt, mich mit Hormonen zu behandeln. Mein Körper funktionierte ohnehin schon sehr selten, so daß man ihn zumindest in diesem Punkt seiner Natur überlassen konnte.

»Trotzdem müssen wir die Sache natürlich im Auge behalten«, redete Professor Mennert mir ein und fügte an diesem herrlichen Maitag hinzu: »Und deshalb habe ich Ihnen bei den Gynäkologen einen Termin besorgt.«

Sofort wurde ich bleich vor lauter Schreck, dann grün vor Wut.

»Nun regen Sie sich mal nicht gleich auf!« fuhr Mennert fort. »Ich weiß ja, daß Sie sich vor denen da drüben fürchten. Zu Recht. Aber ich habe schon mit den Kollegen gesprochen, und man hat mir versichert, ganz besonders behutsam mit Ihnen umzugehen. Sie brauchen also keine Angst zu haben, Eva, wirklich nicht!«

Seine Stimme klang so väterlich, daß ich ihm einfach glauben mußte. Außerdem wandelte sich meine Angst schnell in hoffnungsvolle Erwartung. Eine Untersuchung bei den Gynäkologen bedeutete schließlich ein Wiedersehen mit El Brutalo, und darum hatte ich ja lange genug gebetet. Da ich mich aber nicht unnötig lächerlich machen wollte, behielt ich das für mich und zog ein Gesicht, das da sagte, daß ich mich gezwungenermaßen in mein Schicksal ergab.

»Du bis verknallt in El Brutalo, Evken, dat seh ich deine Nasenspitze an!« sagte Claudia, als ich am nächsten Morgen nach zwei Stunden das Badezimmer verließ. »Nu sei doch wenichstens ährlich!«

»Ich bin ehrlich, Claudia! Wie käme ich dazu, in diesen Unmenschen verknallt zu sein? Und was ist das überhaupt für ein Wort – verknallt?«

»Et paßt zu ihn. In sonne Männer is man verknallt, mehr geht bei die nich.«

»Warum?« fragte ich.

»Warum wat?« stellte Claudia sich dumm.

»Warum kann man sich in einen Mann wie El Brutalo nur verknallen und nicht –«

»Weil er en sexy Salamander is!« erwiderte sie trocken.

»Was ist er???«

»En Lustmolch! Der kriecht jede weich.«

Ich stand völlig hilflos da, die eine Hand noch auf die Klinke der Badezimmertür gestützt, die andere gegen den Türpfosten gelehnt. Claudia legte sich derweil ins Bett.

»Ich gönn et dir, Evken«, sagte sie dabei.

»Glaub ma bloß nich, dat ich dir so wat Wolliget nich gönnen tät ...«

»Aber?«

Sie zog die Stirn kraus. »Der Kerl is einen von de schlimmste Sorte. Mit so einen wird ne Ausgetrickste fertig, Eva ... du nicht!«

In der Frauenklinik wurde ich schon erwartet – vom Frauenmörder. Er wirkte konzentriert, während er mich untersuchte, und ebenso angestrengt. Unablässig murmelte er lateinische Begriffe vor sich hin, die ich allesamt nicht kannte, auch wenn sie der junge Assistenzarzt mit beipflichtendem Kopfnicken kommentierte. Das war zwar sehr beeindruckend, doch schätzte ich es nicht sonderlich, die einzige zu sein, die nicht wußte, worum es ging, und deshalb wollte ich mich gerade erkundigen, was denn nun los wäre, als die Tür geöffnet wurde und El Brutalo hereinkam.

Davon hatte ich nun nächtelang geträumt. Jede einzelne Phase seines Erscheinens hatte ich mir vorgestellt und mit den Farben meiner Wünsche ausgemalt, und jetzt war es endlich soweit. Als mir das klar wurde, erstarb all mein Interesse an meinem Körper, und ich sah nur noch diesen Mann, diesen großartigen, unvergleichlichen Mann.

»Einen wunderschönen guten Morgen!« tönte er fröhlich, und der Frauenmörder meinte, statt den Gruß zu erwidern: »Gut, daß Sie kommen. Sehen Sie sich das hier mal an!«

»Aber gern!«

El Brutalo tat es wirklich gern, das war keine Frage. Was ich in den nachfolgenden Minuten erlebte, war ein unwiderlegbarer Beweis dafür, daß er seinen »Traumjob« ergriffen hatte. Für mich persönlich war das eher eine bittere Erkenntnis, denn der Mann, zu dem ich mich so hingezogen fühlte, machte sich freudestrahlend an sein bohrendes, drückendes Werk, sah dabei aber nur mein Genitale. Mich sah er nicht. Nicht ein einziges Mal blickte er auf, um sich das anzusehen, was ich jenseits meiner Schamlippen war.

Das erschreckte mich. Es erschreckte mich, und es ärgerte mich, vor allem aber verletzte es mich, und zwar so sehr, daß ich das »Gespräch«, das zeitgleich zwischen den Herren stattfand, nur ganz nebenbei mitbekam.

»Wann hatte sie zum letzten Mal eine Blutung?« wurde da tonlos gefragt.

»Ist Monate her, steht in der Akte.«
»So fühlt sich das auch an.«
»Kommt jetzt wieder, ich bezweifle nur –«
»Da bin ich ganz Ihrer Meinung. Nach so langer Zeit ...«
»Dann sind wir uns also einig?«
»Ja!«
»Schön!!!«

Mir war zwar schleierhaft, was an alledem »schön« sein sollte, aber der Herr Professor lachte mich so freundlich an, daß ich gar nicht anders konnte, als es ihm zu glauben.

»Nun«, meinte er, »Sie haben es ja gehört. Ihre Uterusschleimhaut hat schon seit Monaten nicht mehr richtig abregnen können, da ist die Kürettage einfach der sicherste Weg.« Er reichte mir die Hand. »Der Herr Oberarzt wird es Ihnen noch genau erklären, Frau Martin!«

Er bot mir die Andeutung eines Konfirmandendieners und verließ eilig den Raum, gefolgt von dem Assistenten und der Schwester. El Brutalo und ich waren also wieder mal allein.

Auch von dieser Situation hatte ich häufig geträumt. Jetzt hatte sie jedoch ihren Reiz verloren. Zum einen war ich zutiefst enttäuscht, was meine Gefühle anging, und zum anderen – was weitaus wichtiger war – hatte ich von des Frauenmörders Rede kaum etwas verstanden.

»Was hat das denn konkret zu bedeuten?« erkundigte ich mich deshalb sofort bei El Brutalo.

»Ziehen Sie sich erst mal wieder an!« erwiderte der. Dann widmete er sich ungeheuer wichtigen Dingen, ordnete Besteck, stellte Fläschchen und Flaschen von einer Stelle an die andere, erging sich also in klassischer Beschäftigungstherapie. Das hatten Männer seines Ranges nun wirklich nicht nötig, und folglich machte mir das angst. »Also?« kam ich deshalb gleich wieder zur Sache, als ich fertig angezogen war. »Was ist los?«

El Brutalo atmete schwer. Dann blickte er auf, sah mir zum ersten Mal an diesem Tag ins Gesicht und vergaß prompt, was er eigentlich hatte sagen wollen.

»Oh ...«, stieß er statt dessen aus, »... kennen wir uns nicht?«

»Und ob!« erwiderte ich mit dunkler Stimme.

Das verwirrte ihn im ersten Moment, doch faßte er sich schnell wieder. Nachdenklich sah er mich an, dann kam ihm plötzlich der entscheidende Gedankenblitz, und er lächelte sein unverschämtestes Lächeln.

»Jetzt erinnere ich mich«, tönte er, »wir haben uns letztlich im Park getroffen. Habe ich recht?«

Für einen kurzen Moment machte mich das erst mal wieder sprachlos. Claudias Worte schossen mir durch den Kopf, und ich fragte mich ernsthaft, ob ich diesem Mann vielleicht wirklich nicht gewachsen war. Immerhin schaffte er es, mich mit einem einzigen Lächeln und mit einem einzigen Satz völlig aus der Fassung zu bringen.

»Ja«, preßte ich schließlich hervor, »wir haben uns im Park getroffen ... das auch!«

»Ach ... da war noch was?«

Damit war meine Verwirrung perfekt. In meinen Träumen hatte ich ihm unsere gemeinsame Wahrheit schon oft zornig ins Gesicht gespuckt. Ich hatte aber auch andere Träume gehabt, solche, in denen ich ihm seine Untat gnädigst verziehen hatte.

Jetzt mußte ich mich für eine dieser beiden Varianten entscheiden, und da mir das in der gebotenen Eile nicht gelingen wollte, ging ich einfach über seine Frage hinweg und kam zum eigentlichen Thema zurück: »Was hat der Professor gemeint?«

El Brutalo reagierte sichtlich verärgert. Offenbar gefiel ihm keine Sportart besser als die des psychologischen Flirts.

»Das haben Sie doch gehört!« sagte er scharf. »Ihre Gebärmutterschleimhaut hat seit Monaten nicht abregnen können und deshalb machen wir eine Kürettage.«

»Und was ist das?«

»Eine Ausschabung!«

Einen Atemzug lang hoffte ich, mich verhört zu haben,

dann sehnte ich mich nur noch nach einem langen und spitzen Küchenmesser. Schon wieder wollte dieser Mann mich hereinlegen, nicht auf die gleiche, aber auf eine ähnliche Art, und da hatte ich erwogen, ihm zu verzeihen?!

»Na, ist es denn zu fassen?« hörte ich mich plötzlich keifen. »Das glaubt einem ja kein Mensch! Da werfen Sie hier mit meteorologischen Begriffen wie *Abregnen* um sich und meinen damit *Operieren?* – Kommt ja gar nicht in Frage, Herr Doktor! Hier braucht nichts abzuregnen, und hier braucht erst recht nichts ausgekratzt zu werden.«

Meine Erregung war beispiellos, und ebenso beispiellos war die Erheiterung, die sie in meinem Gegenüber auslöste. El Brutalo wollte sich schier zu Tode amüsieren über mich, und das brachte mich dann glücklich um meine allerletzte Fassung.

»Was ist denn daran witzig?« schrie ich ihn an.

»Nichts!« erwiderte er lachend. »Nur ...«

»Was?«

Seine Stimme wurde ganz sanft. »Sie haben grüne Augen. Wie eine Katze. Giftgrüne Augen. So etwas habe ich noch nie –«

»Sagen Sie mal ...!«

»Ja?«

»Sie ... Sie ... Sie spinnen ja!«

Ich japste wie ein altersschwacher Dackel, was El Brutalo nur noch mehr erheiterte. Er lachte und lachte, und als er sich endlich ausgelacht hatte, sah er mich mit seinem unverschämt unverblümten Blick an und meinte:

»Sie sind ein außergewöhnliches Mädchen.«

Im ersten Moment betrachtete ich das als Kompliment und errötete. Doch dann wurde aus der Mädchenröte schnell ein sattes Purpur.

»Logisch!« erklärte ich schnippisch. »In meinem Alter hat schließlich nicht jede eine Glatze.«

El Brutalo schluckte. »Sie haben eine ...?«

»Ich habe nirgendwo Haare, das haben Sie doch gerade erst gesehen.«

»Ich dachte –«

»Sie denken falsch. Sie denken häufig falsch. Sie wissen noch, daß wir einander im Park begegnet sind, was völlig unwichtig war. Aber an das eigentlich Wichtige erinnern Sie sich nicht? Oder? Erinnern Sie sich an mich?«

»Müßte ich das?«

El Brutalo wirkte plötzlich unsicher, und das freute mich sehr.

»Ja«, erwiderte ich ruhig, »aber ich kann Ihnen auf die Sprünge helfen. Mein Name ist Martin, Eva Martin. Station S 1. Sie haben mir vor etwa einem halben Jahr einen Abszeß inzidiert, ohne Betäubung!«

Das saß. Unwillkürlich trat mein attraktives Gegenüber ein paar Schritte zurück und lugte ängstlich auf mein Krankenblatt, als wäre dies seine letzte Hoffnung auf etwaige Unschuld. Sie zerschlug sich. Daß ihn das wirklich traf, war ihm anzusehen, doch war ich nicht bereit, es ihm in irgendeiner Weise leichter zu machen. Statt dessen baute ich mich vor ihm auf, als wäre ich durch nichts in der Welt umzuwerfen.

»Sie brauchen sich nicht zu entschuldigen«, sagte ich dabei voller Zynismus, »ich habe es ja überlebt. Und Sie offenbar auch.«

Dann drehte ich mich auf dem Absatz um und lief hinaus, geradewegs auf S 1 zurück, wo ich mich erst einmal gründlich austobte.

Professor Mennert trug es wieder mal mit Humor. »Was die Operation angeht, bin ich ganz Ihrer Meinung«, erklärte er mir, »da werde ich unbedingt noch mal mit den Kollegen sprechen. Aber über Jan sollten Sie sich nicht so aufregen, Eva, wirklich nicht.«

»Welchen Jan?« kläffte ich.

»Doktor Reinders.«

»Doktor Wie?«

»El Brutalo!«

Ich verstummte. »Oh ...«, säuselte ich dann, »auf die

Idee, daß er einen richtigen Namen haben könnte, bin ich nie gekommen.«

Mennert lachte. »Jetzt wissen Sie es besser, Eva. Und Sie sollten ihm seine Art nicht übelnehmen. Er ist nun mal so. Er ist ein guter Arzt und ein prima Kollege, aber er ist in dieser Klinik auch der Schwarm aller Frauen, ein Weiberheld, wie man so schön sagt. Und das verdirbt den besten Charakter.«

»So kann man es natürlich auch sehen«, knurrte ich, »so will ich es nur nicht sehen.«

»Das kann ich einerseits verstehen«, erwiderte Mennert. »Was er Ihnen damals angetan hat, ist in gewisser Weise unentschuldbar, ich meine –«

»In gewisser Weise?« empörte ich mich.

»Es ist passiert, Eva, daran ist nichts mehr zu ändern.«

»Deshalb lasse ich mich von ihm aber noch lange nicht behandeln, als wäre ich ein billiges Straßenmädchen.«

»Dafür hält er Sie auch sicher nicht. Er hat nun mal einen etwas spektakulären Charme.«

»Und der macht ihn so begehrt?«

Mennert nickte so inbrünstig, daß ich laut lachen mußte.

»Ist ja nicht zu fassen!« tönte ich dann. »Und ich habe mir eingebildet, dieser Kerl hätte bereits Dutzende von Disziplinarverfahren hinter sich.«

»Nein«, schmunzelte Mennert, »verklagt hat ihn noch keine, obwohl ...«

»Was?«

»Nun, Frauen wie Schwester Helma, ich meine ... die läßt er ja in Ruhe ... und die ...«

»Sagen Sie bloß, die verklagen ihn?« fragte ich hastig.

»Nun ... sie täten es bestimmt gern ...!«

24

Der 14. Mai war, was das Wetter anging, ein typisch »deutscher« Tag. Der Frühling hatte sich nach einem flüchtigen Existenznachweis, der etwa eine Woche gedauert hatte, wieder vorzeitig verabschiedet, vom Sommer fehlte noch jede Spur, aber dafür war es draußen feucht wie im November und kalt wie im Februar.

»Hauptsache, es schlägt Ihnen nicht aufs Gemüt«, meinte Professor Mennert, als er mich gegen Mittag auf dem Gang abfing.

»Das fehlte noch!« erwiderte ich lachend und wollte schon weitergehen, doch Mennert hielt mich zurück.

»Dann ist es ja gut, dann kommen Sie mal!«

Ich wußte gar nicht, wie mir geschah. Er nahm meine Hand, als wäre ich noch ein kleines Mädchen und er ein greiser Großpapa, und so führte er mich ins Ärztezimmer, einen karg eingerichteten Raum, in dem ein riesiger Konferenztisch mit vielen Stühlen und zwei Untersuchungsliegen standen.

»Setzen Sie sich!« forderte er mich auf.

»Was ist denn?« fragte ich ängstlich, hockte mich in alter Gewohnheit auf eine der Liegen.

Mennert lächelte. »Jaaa«, meinte er dann und strahlte über das ganze Gesicht, »das Wetter spricht zwar dagegen, Eva, aber für Sie ist heute trotzdem ein großer Tag, ein Tag, an den Sie hoffentlich gern zurückdenken werden.«

»Für mich?« wiederholte ich ungläubig.

»Ja.«

»Heute?«

»Ja. – weil ich nämlich die Absicht habe, Ihre Chemotherapie zu beenden.«

Das konnte ich nicht fassen. Zuerst glaubte ich, mich verhört zu haben. Während ich fassungslos dasaß, erzählte mir der gute Professor mit wenigen Worten, daß ich die Behandlung erstaunlich gut verkraftet hätte, daß die Ergebnisse bisher äußerst zufriedenstellend wären, und daß er nunmehr die Medikamente absetzen wollte.

»Sämtliche Medikamente?« vergewisserte ich mich ängstlich.

»Ja, Eva. – Sie wissen, was das bedeutet?«

Ich wußte es, leider wußte ich es. Erst wenige Tage zuvor hatte ich am Beispiel einer anderen Patientin erleben müssen, welche Folgen das Absetzen der Medikamente haben konnte. Sie war nach Ende ihrer Remission Anfang März in die Klinik zurückgekehrt und wiederum erfolgreich therapiert worden. So hatte es zumindest ausgesehen. Kaum daß die Behandlung beendet worden war, erlitt sie jedoch einen schweren Rückfall, und ob sie den überleben würde, stand immer noch nicht fest.

»Das sind allergische Reaktionen«, sagte Professor Mennert und fügte mit dem ihm eigenen Hang zum Pessimismus hinzu: »Und das kann Ihnen natürlich auch passieren, Eva. Es muß aber nicht passieren.«

»Und wenn es passiert?« fragte ich.

»Müssen wir weitersehen!«

»Und wenn es nicht passiert?«

»Hätten wir einen bedeutungsvollen Schritt getan.«

»Aha!«

Ich atmete schwer und legte den Kopf in den Nacken, starrte an die Zimmerdecke. Schrecklich fühlte ich mich in diesem Moment, einfach schrecklich. In den langen Monaten, die hinter mir lagen, hatte ich mich nur mühsam mit der Tatsache abfinden können, Krebs zu haben, und daß es mir schließlich doch noch gelungen war, mich damit abzufinden, hatte ich fast ausschließlich der Chemotherapie zu verdanken. Auf sie hatte ich mich verlassen können. Sie hatte den Kampf gekämpft, zu dem mir selbst die Waffen fehlten, und diesen Kampf hatte ich sogar gespürt. Nach anfänglichen Leiden hatte ich darin wirklich eine Gnade gesehen, denn die zahlreichen Begleiterscheinungen des chemischen Krieges in mir hatten mich teilhaben lassen an etwas, auf das ich zwar keinen Einfluß hatte, das mir aber trotzdem zustatten kam. Deshalb hatte ich mit jedem Tag besser gelernt, mit diesen Begleiterscheinungen zu leben, sie zu akzeptieren und vielleicht sogar zu mögen, weil sie die Vorboten eines Sieges zu sein schienen. All das sollte jetzt ein Ende haben. Was jetzt auf mich zukam, war etwas völlig Neues. Einerseits war ich erleichtert und empfand sogar so etwas wie Freude. Andererseits beschlichen mich Angst und Furcht, der Gedanke an die vor mir liegende, unbekannte Gefahr hemmte mich.

»Komm, Mädchen«, meinte Mennert, der mir wohl ansah, was in mir vorging, »nichts wird so heiß gegessen, wie es gekocht wird. Für den Moment besteht noch gar kein Grund zur Aufregung. Sie brauchen lediglich gute Nerven.«

»Und sehr viel Gottvertrauen, nicht wahr?«

Der Professor schmunzelte. »Mehr!« sagte er dann. »Noch viel mehr!«

Ich sah ihn an, lachte leise und bitter vor mich hin, erhob mich von der Liege und schritt langsam zur Tür.

»Eva?!«

Bevor ich hätte reagieren können, stand Mennert schon neben mir. Er hakte sich bei mir ein, als würde er mir damit beweisen wollen, daß er zu mir stand, und so begleitete er mich auf den Gang hinaus.

»Übrigens«, sagte er, wohl, um abschließend das Thema zu wechseln, »wissen Sie eigentlich, daß unsere Katastrophen-Lilli heute Geburtstag hat?«

Ich hatte es nicht gewußt. Claudia gebärdete sich wie eine Diva, wenn es um ihr Wiegenfest ging. Niemandem verriet sie ihr wahres Alter; sie sagte jedem etwas anderes, und bisweilen konnte sie sich nicht einmal entscheiden, in welchem Monat sie geboren war.

»Deshalb habe ich mich ja auch bei der Verwaltung erkundigt«, sagte Mennert, »in ihrem Krankenblatt stehen nämlich mindestens zehn verschiedene Daten.«

»Also, so was!«

»Ich wollte es Ihnen nur sagen. Schönen Tag noch!«

Helma hob an mit lautem Organ, Gertrud und ich stimmten wie verabredet ein:

»Happy birthday to you, happy birthday to you, happy birthday, liebe Claudia ... hap-py ——— birth ... day ...«

Die Worte blieben uns im Halse stecken, nicht einmal zu einem gequälten Sprechgesang reichte es mehr, Claudias Anblick ließ unsere Kehlen austrocknen. Stumm und mißmutig blickte sie in die Runde, mit verkniffenem Mund und gerunzelter Stirn. Dann zog sie ihr Oberbett bis zur Nasenspitze herauf und blitzte uns aus Augen an, die aussahen wie die Mündungen von Maschinengewehren.

Das stimmte sogar die sangesfreudige Helma ratlos. Hilfesuchend lugte sie zu Schwester Gertrud herüber, die geistesgegenwärtig den Blumenstrauß hinter ihrem Rücken hervorholte und Claudia mit ihrem bezauberndsten Lächeln beglückte. Als auch das keinerlei Wirkung zeigte, nahm Helma ihrer Kollegin brüsk die Blumen ab und stellte sich in Positur wie eine Festrednerin.

»Liebe Claudia!« tönte sie dann. »Wir haben erfahren, daß Sie heute Geburtstag haben, und aus diesem Grund ... aus diesem Grund ...«

Sie geriet ins Stocken, was Claudia veranlaßte, nun ganz unter der Bettdecke zu verschwinden. Da beschloß ich, die Sache selbst in die Hand zu nehmen. Ich konnte Claudia einerseits bestens verstehen. Mir behagte es auch nicht sonderlich, »gefeiert« zu werden, erst recht nicht auf eine so plumpe Art. Andererseits hätte sie aber getrost ein wenig höflicher reagieren können, und deshalb riß ich Helma die leidigen Blumen aus der Hand und knallte sie Claudia aufs Bett.

»Verdammt noch mal!« brüllte ich dabei. »Du könntest wenigstens *danke* sagen!«

Schon lugte Claudia wieder hervor, warf einen kurzen Blick auf die Blumen, sah mich, Schwester Gertrud und Schwester Helma an, grinste und meinte:

»Leckt mich am Arsch!«

Dann drehte sie uns in aller Gemütsruhe den Rücken zu,

und so blieb sie liegen, auch nachdem Helma und Gertrud längst fort waren.

»Du, ... Evken, ... den Willi hat geschrieben ...!« sagte Claudia, als wir allein waren.
---»*Was???*«
Es dauerte bestimmt zehn Sekunden, bis ich das, was ich da hörte, auch begriff.
»Er bittet mich um Verzeihung«, sagte Claudia.
»Ist nicht möglich!«
»Dat hab ich auch zuers gedacht – steht aber hier!«
»Und? Will er dich besuchen oder so?«
Claudia sah mich mitleidig an. »Evken!« krächzte sie dann. »Mein Willi tut doch nix, der tut doch nie wat, der is doch immer bloß am Reden.«
»Ja, aber wenn er dir –«
»Ach wat!« unterbrach sie mich gleich wieder. »Lern mich den doch kennen! Wat der will, weiß ich genau. Der will, dat ich ihn allet verzeih, damit er wieder ruhig pennen kann.«
Sie griff unter ihr Kopfkissen und holte das zerknüllte Papierchen hervor, faltete es nun schätzungsweise zum einhundertfünfzigsten Mal auseinander, flog kopfschüttelnd über die Zeilen und knüllte den Brief dann zum einhunderteinundfünfzigsten Mal wieder zusammen.
»Kannst du ihm denn verzeihen?« fragte ich derweil.
»Soweit kommt dat noch!« gab sie zurück.
»Hilft es dir denn wenigstens, daß er geschrieben hat?«
Sie atmete schwer und überlegte eine ganze Weile. »Nee!« meinte sie dann und grinste wie der Ur-Schalk höchstpersönlich. »Mir hilft dat nich, Eva – aber den Willi.«
Über soviel liebevolle Bosheit konnte man nur lachen.
»Du bist wirklich ein guter Mensch!« witzelte ich.
»Dat find ich ja auch!« parierte Claudia, warf das zerknitterte Briefchen kichernd in die Luft, fing es wieder auf und wollte es unter ihr Kopfkissen zurücklegen ... da schrie sie plötzlich auf. Sie saß in dieser leicht verdrehten Stellung

und schrie, wie ich sie noch nie zuvor hatte schreien hören. Es war ein schriller Schmerzensschrei, voller Angst und Schrecken.

»Was hast du? Claudia?«

Zuerst gab sie mir keine Antwort, saß nur da, die Augen fest geschlossen, den Mund weit geöffnet. Dann entspannte sie sich wieder, legte sich vorsichtig hin.

»Sonne Scheiße!« stöhnte sie dabei.

»Was war das denn?«

»Achchchch ... dat is mein Kreuz. Da sticht et drin.«

»Hast du das öfter?«

»Mmh!«

»Und was sagt Mennert dazu?«

Claudia biß sich auf die Lippen und umklammerte mit beiden Händen die Bettdecke. Sie hatte also noch niemandem davon erzählt.

»Und dat werd ich auch erst ma nich tun«, erklärte sie mir, »weil ... dann will der punktieren ... *Nee!*«

Daß Claudia sich vor der Lumbalpunktion fürchtete, konnte ich verstehen. Ich selbst hatte diese Prozedur mehrmals durchstehen müssen, und sie war in meiner Erinnerung das Schlimmste, was mir überhaupt je widerfahren war. Aufgerichtet saß man auf einer Liege, die Beine gerade nach vorn, den Arzt im Rücken, so daß man nicht einmal sein Gesicht sehen konnte. Dann glitt er mit den Fingern über die Wirbelkörper, um an einem hängenzubleiben. Man ahnte die Gefahr, spürte plötzlich die spitze Nadel, die sich in den Rückenmarkskanal bohrte, spürte den unerträglichen Schmerz des Brennens und des Ziehens ... und dann floß der Liquor – die Körperflüssigkeit, um die es ging – nicht ab, und deshalb wurde die Nadel wieder herausgezogen, bohrte sich an einer anderen Stelle erneut in das Mark, und man schrie ... schrie ... Noch Stunden später konnte man den Schmerz zurückholen, noch nach Monaten war das Grauen lebendig, als hätte man es gerade erst erlebt.

Ja, ich konnte verstehen, daß Claudia sich vor der Lumbalpunktion fürchtete, daß sie lieber die Schmerzen ertrug, statt diese Qual über sich ergehen zu lassen. »Das kommt ganz bestimmt vom vielen Liegen«, sagte ich.

Claudia sah mich nur an mit diesem müden Blick, der mich schon einmal so erschreckt hatte und der mich auch jetzt wieder erschreckte, für den ich ihr aber von Herzen dankbar war in diesem Moment, weil sich durch ihn jedes weitere Wort erübrigte. Ich ahnte die Wahrheit auch so, ich brauchte bloß auf die Rosen zu schauen, diese tiefroten Rosen, die mich von Anfang an so erschreckt hatten. Sie waren zu schön für einen Geburtstagsstrauß, sie waren zu feierlich für ein Krankenzimmer, sie gehörten ... doch daran wollte ich nicht einmal denken.

Claudias Rückenschmerzen kamen natürlich nicht vom vielen Liegen, und wie ich bald schon feststellte, wurden sie mit jedem Tag und mit jeder Stunde schlimmer. Immer häufiger traten die Stiche auf, dauerten immer länger, wüteten plötzlich an mehreren Stellen, dann sogar an mehreren Stellen zur gleichen Zeit. Der Schmerz, der am 14. Mai noch Ausnahmezustand gewesen war, war bereits zehn Tage später zum Dauerzustand geworden.

Die Ärzte reagierten schnell. Nacheinander wurden zahlreiche Untersuchungen vorgenommen, auch die gefürchtete Lumbalpunktion, und da Claudia endlich Schmerzmittel bekam, ertrug sie all die Qualen mit bewundernswerter Fassung. »Son bißken Punktiern is nix gegen dat, wat ich hinter mir hab!« sagte sie immer wieder und blickte dabei voller Dankbarkeit auf den Infusionsständer zu ihrer Linken. Tag und Nacht flossen nunmehr Kochsalzlösungen in ihre Venen, und jeder Tropf wurde angereichert mit der geheimnisvollen Spritze, um die es im Grunde ging. Sie war es, die Claudia schmerzfrei machte, sie war der eine Kubikzentimeter, der für Claudia die Hölle vom Himmel trennte. Dennoch wollte sie schon wenige Tage nach der ersten Untersuchung das Ergebnis erfahren. Sie stieß dabei auf verschlossene Türen. Es hieß, man könnte sich nicht endgültig äußern, bevor nicht sämtliche Einzelergebnisse vorlägen.

Da hatte es sich schon mit Claudias Dankbarkeit. »Na?« fragte sie fortan jedesmal, wenn Mennert oder Behringer in greifbarer Nähe waren. »Wie geht et mir?«

»Den Umständen entsprechend gut!« antworteten die dann in aller Regel, und das ließ Claudia sich auf Dauer natürlich nicht bieten. Sie wußte auch, daß diese Medizinerphrase eine bloße Ausflucht war.

»Dat heißt nix andret wie: Beschissen, Frollein, aber abkratzen tuse ers später!«

So redete sie sich im Laufe der Zeit immer mehr ein, das Opfer einer Verschwörung zu sein, und eines schönen Tages war sie der felsenfesten Überzeugung, diese Verschwörung durchschaut zu haben.

»Wa ich doof!« kreischte sie auf und schnippte mit den Fingern. »Wo dat sonnen ollen Trick is!«

»Wie?« Ich wußte wieder mal nicht, wovon sie sprach.

»Jau!« bekräftigte sie. »En ganz ollen und en ganz miesen Trick is dat. Den ham se schon bei de alten Egypter gekannt. Da ham se ne Mumje ausgebuddelt und in der ihrn Bart, da wa en Stücksken Pergament eingewickelt, und da stand drauf: Erledicht, Jacoby!«

Ich wußte noch immer nicht, wovon sie sprach.

»Dat weiße nich?!« pflaumte sie mich an. »Sach bloß, du erinners dich nich mehr, wie dat bei dir mitte Befunde wa, die angeblich nich kamen.«

Daß ich mich daran noch erinnerte, verstand sich von selbst.

»Na prima!« frohlockte Claudia. »Dann weiße ja auch noch, wie dat Spiel ging, wat wir damals mit dir gespielt ham. Ich wußte, datte Krebs has, ich durft et dir bloß nich sagen ...«

Endlich schwante mir, worauf sie hinauswollte. »Und deshalb glaubst du, daß es jetzt genauso ist?« fragte ich.

»Na, logo!«

»Es ist aber nicht so!«

»Eva!?«

»Es ist wirklich nicht so!«

»Wat willse? En alten Clown dat Fratzenschneiden lehren?«

Von diesem Augenblick an wollte Claudia auf Biegen und Brechen die Wahrheit von mir erfahren. Daß ich diese Wahrheit nicht kannte, glaubte sie mir einfach nicht. In ihren Augen log ich sie an, verschwieg alles, hinterging sie schändlich. Sprach ich fortan drei Worte mit den Ärzten, so behauptete sie, wir »Schweine« hätten eine Geheimsprache, wechselte ich einen Blick mit den Schwestern, kreischte sie, wir »Kühe« hätten uns gegen sie verbündet. Tag für Tag ging das so. Als ich eines Morgens von einer Blutabnahme kam, die wegen eines Notfalls wesentlich länger gedauert hatte als erwartet, wurde ich mit den Worten empfangen: »Wo komms du her, du Miststück???«

Obwohl ich an so etwas längst hätte gewöhnt sein müssen, brachte es mich jedesmal erneut aus der Fassung, so auch dieses Mal.

»Erlaube mal!« gab ich zurück. »Ich war –«

»Ich weiß genau, wo de was«, kreischte sie sofort. »Mit den Ärschen hasse rumgelabert. Wann ich abkratz, ham die dir gesacht!«

»Du bist ja verrückt, Claudia, ich war beim Blutabnehmen, und das hat –«

»Wat? Über ne Stunde beit Blutabnehm? Lüch doch nich, Eva, mehr wie fünf Liter kriegense auch aus dir nich raus!«

»Claudia!«

»Sach et mir!« keifte sie weiter.

»Was?«

»Da is wat in mein Kreuz, dat spür ich. Sach mir, dat dat nix Schlimmet is, Eva!«

»Ich weiß aber doch nicht, ob es –«

»Du lüchs!«

»Nein, Claudia, ich –«

»Et is also doch wat Schlimmet?«

»Nein, Claudia, es ist bestimmt nur –«

»Du lüchs schon widder, Eva!«
»Nein!!!«
»Ach, dann leck mich doch am Arsch!!!«

So ging das meist aus, und je häufiger solche Beschimpfungen vorkamen, desto größere Mühe machte es mir, sie hinzunehmen. Dennoch nahm ich sie hin. Fast zwanghaft bemühte ich mich, keine Bitterkeit aufkommen zu lassen und Claudia zu verzeihen, und das alles tat ich nicht etwa, weil ich so fromm und so gut war, sondern weil ich ein erdrückend schlechtes Gewissen hatte. Immer wieder mußte ich an das denken, was Claudia mir vor noch gar nicht langer Zeit gesagt hatte. Nur um mich nicht zu verlieren, hatte sie versucht, genauso zu sein wie ich, und dabei hatte sie viel zu spät bemerkt, daß ich gefährlich für sie war.

»Dat hat wat mitte Kräfte zu tun ...«

Wie sie das gemeint hatte, wurde mir erst jetzt klar. Claudia hatte sehr viel mehr physische Kraft als ich. Diese Kraft war durchaus greifbar und so allgegenwärtig, daß sie auch ihren Verstand zu beherrschen schien: Claudia schien mit der ganzen Kraft ihres Körpers zu denken. Bei mir verhielt es sich genau umgekehrt: Ich steuerte die Physis fast ausschließlich durch die Kraft meiner Gedanken.

Früher hatten wir diesen Gegensatz respektiert, er hatte wie ein Magnetfeld gewirkt. Wir trieben aufeinander zu, paßten aber im letzten Moment immer auf, daß wir nicht zusammenprallten. Irgendwann hatten wir dann nicht mehr aufgepaßt, und seitdem war Claudia in dem gleichen Maße schwächer geworden, in dem ich stärker geworden war. Sie verfiel mit jedem Tag mehr, konnte bald kaum noch stehen und erst recht nicht mehr laufen, während mein eigener Körper spielend mit dem anfangs so gefürchteten Ende der Chemotherapie fertig wurde. Es schien ihm überhaupt nichts auszumachen, er gedieh prächtig.

Das belastete mich so sehr, daß ich anfing, mir gewisse Beschwerden einzubilden. Ich brauchte das, um wenigstens einen Teil meiner Schuld abzubüßen, und es klappte auch ganz großartig. Wie auf Kommando spielte mein

Kreislauf plötzlich nicht mehr mit, mein Herz raste, meine Muskeln zuckten und bebten, ohne daß ich etwas dagegen tun konnte, und als dann auch noch eine Patientin mit ähnlicher Vorgeschichte starb, redete ich mir sogar ein, Angst zu haben.

Claudia wurde immer nervöser. Ein unruhiger Geist war sie zwar immer schon gewesen, doch schien ihre Unruhe jetzt schier groteske Züge anzunehmen. Unentwegt war sie mit ihrer Infusion beschäftigt, stellte sie schneller, dann wieder langsamer, nichts war ihr recht. Fragte ich sie dann, ob alles in Ordnung wäre, erwiderte sie mit fast fröhlicher Stimme: »Jau! Allet Scheiße!« und griff zu ihrer Astrologie-Lektüre.
 Monatelang hatten die Bücher in ihrem Nachttisch gelegen. Jetzt wurden sie wieder hervorgeholt. Vom Wassermann bis zu den Fischen hatte Claudia sich ja längst durchgearbeitet. Jetzt war es der chinesische Tierkreis, der sie ach so sehr faszinierte. Immer wieder verglich sie, was in ihren diversen Nachschlagewerken geschrieben stand, um letzten Endes festzustellen, daß der Mensch wohl doch mehr war als ein Stier mit Aszendent Steinbock, geboren in einem Jahr des Büffels. Dann schnaubte sie vor lauter Wut und warf das Buch mit voller Wucht an die Wand, so daß ich vor Schreck fast aus dem Bett fiel.
 »Um so besser, Eva: Ich will mich nämlich unterhalten!«
 Dieser Unterhaltungswahn war das Schlimmste, denn er ließ mir fortan keine ruhige Minute mehr.
 Einmal ging es um die Infusion.
 »Weiß den Henker, wat fürn Zeuch die da reinkippen! Eva? Weiß du, wat fürn Zeuch die da reinkippen?«
 »Nein, Claudia!«
 »Na, dann muß ich da ma nachfragen. Dat hilf nämlich nix. Hasse dat schon gemerkt, dat dat nix hilft, Eva? Eva???«
 »Ja, Claudia, ich habe es gemerkt.«
 »Da is bestimmt sonne homöopathische Kacke drin, und dat vertrach ich doch nich. Eva?«
 »Mmh!«

»Verträchs du so Kräuterkes und so?«
»Nein, Claudia!«
»Siehse, mein Kadaver steht auch mehr auf Bayer Leverkusen. Hasse dat schon gemerkt, Eva ...?«
In diesem Stil verliefen nun alle unsere Gespräche.

Eines Tages im Juni pochte es nachmittags an unserer Tür, und das uns nur allzugut bekannte Gesicht von Karin Ortmann lugte durch den Spalt.
»Ach du Scheiße!« stöhnte Claudia. »Du schon wieder!«
Da ich Karin noch nie hatte leiden können, mußte ich darüber kichern. Sie selbst schien diese eindeutige Antipathiebekundung nicht mal zu bemerken. »Ja, ja«, säuselte sie nämlich mit der üblichen Sanftmut, »immer pünktlich!«
»Dat macht et ja so grausig!«
»Nun sei mal nicht so garstig, Claudia! Im Grunde freust du dich doch über meinen Besuch.«
»Nu mach aber halblang, ej!«
Der Tonfall dieses abschließenden »ej« ließ mich erstmals aufhorchen an diesem Nachmittag, und auch Karin Ortmann hätte schon in diesem Augenblick die Gefahr spüren müssen, die ihr drohte – wenn sie etwas sensibler gewesen wäre. Aber sie zog sich nur wie üblich einen der Stühle heran und setzte sich neben Claudias Bett.
»Wie kann man nur so krank werden!« seufzte sie dann wie jeden Dienstag um diese Zeit. »Ich versteh' das gar nicht.«
An diese schwachsinnige Bemerkung waren wir zwar gewöhnt, aber anders als sonst ließ Claudia sie nicht noch mehrmals wiederholen. Heute fuhr sie gleich aus der Haut.
»Fang jetz bloß nich wieder damit an!« motzte sie. »Den Mist hör ich nu seit Jahrn, dat kotzt mich an.«
»Entschuldige!« tönte Karin sogleich, aber das klang nur so dahergesagt. »Es kommt mir halt immer wieder in den Kopf. Ich kann es eben einfach nicht verstehn.« Dann drehte sie sich mir zu, auch so eine Geste, die sie jeden Dienstag um die gleiche Zeit anbrachte. »Wissen Sie, Eva«,

sagte sie dabei mit gewichtigem Unterton, »ich habe ja, wie Sie wissen, in meinem Leben nur die Masern, die Röteln und die Windpocken gehabt. Ich hab' auch noch alles drin, sogar den Blinddarm und die Mandeln.«

»Wie schön für Sie!« sagte ich, weil ich das an dieser Stelle immer sagte, und Karin erwiderte: »Ja, ja ... und wenn ich euch dann so ansehe ...!«

»Hübsch, ne?«

Diese beiden Worte aus Claudias Mund waren eine Abweichung vom Normaltext, denn in der Regel setzte nach Karins Seufzer ein minutenlanges Schweigen ein. Daß es diesmal anders war, fiel sogar dem sonst so schwerfälligen Fräulein Ortmann auf, und sie geriet darüber auch sichtlich aus der Fassung.

»Hübsch?« wiederholte sie entsetzt. »Aber Claudia, versündige dich nicht!«

»Und wieso nich?« kreischte die. »Hasse etwa Angst, dein Gott könnt mich strafen?«

»Claudia! – Ist sie immer so?« flüsterte Karin mir zu.

»Nein«, erwiderte ich charmant, »aber sie wird von Tag zu Tag besser.«

Das erschütterte Karin über alle Maßen, und sie stieß nacheinander mehrere Seufzer der Verzweiflung aus, die einer wie der andere äußerst eindrucksvoll klangen.

»Ich versteh' das wirklich nicht«, ließ sie mich dann wissen. »Als Kind war Claudia nämlich prall und gesund, so ein richtiger Wonneproppen.«

»Das war ich auch«, gab ich zurück.

»Ach ja? Das ist ja merkwürdig. Ich war nämlich immer ein sehr zartes Kind, regelrecht zerbrechlich.«

»Ich war fett.«

»Wie merkwürdig!«

»Was finden Sie denn daran so merkwürdig?« hakte ich nach.

Daraufhin verzog Karin das Gesicht zur Unkenntlichkeit, was offenbar einen intelligenten Eindruck machen sollte. Ich erschrak eher darüber. »Nun«, meinte sie dann, »vielleicht hängt so eine Krankheit ja mit der Kindheit zusammen, ich meine ... die Ärzte wissen im Grunde ja auch noch nichts Genaues.«

Diese Möchtegern-Logik war zuviel für Claudias angegriffenes Nervenkostüm. Trotz ihrer allgegenwärtigen Rückenschmerzen richtete sie sich pfeilschnell auf und schrie:

»Deine Theorien sind genauso beschissen wie dein Gelaber!«

»Aber Claudia!«

»Hör endlich auf mit die alte Leier, sons ...!«

»Aber Claudia!«

Mit ihrer grenzenlosen Sanftmut schaufelte Karin sich arglos die eigene Grube.

»Reg dich bloß nicht auf«, säuselte sie Claudia ins Gesicht, »das tut dir bestimmt nicht gut. Denk lieber mal an etwas Schönes, an etwas wirklich Schönes, an ...«

»Au ja!« rief Claudia begeistert und bösartig zugleich. »An Ficken!!!«

»Aber Claudia!«

»Wat denn!«

»Da sträuben sich einem ja die Haare!«

»Besitz belastet eben!«

»Aber Claudia!«

»Wenn de jetzt noch einma ›Aber Claudia!‹ sachs, denn kracht et! Ich hab nämlich nix mehr zu verliern, du Zimtzicke, ich kratz ab, jeden Moment en bißken mehr!«

Karin hörte zwar zu, aber sie verstand mal wieder nichts.

»Aber Claudia!« rief sie nur ein letztes Mal. »Ich kann das eben alles einfach nicht verstehen. Ich bin nun mal mein ganzes Leben lang nicht wirklich krank gewesen, nur die Masern, die Röteln und die Windpocken hatte ich, sogar den Blinddarm ...«

Karin geriet völlig aus dem Häuschen. Sie plapperte all diese vielzitierten Blödsinnigkeiten vor sich hin und bemerkte gar nicht, daß sie sich mit jedem Wort mehr dem Abgrund näherte. Dabei stieß Claudia sogar noch eine letzte Warnung aus.

»Nu reicht et mir!« kreischte sie beim Stichwort *Masern*, griff dann bei *Röteln* zu der Wasserflasche, die auf ihrem Nachttisch stand, hob sie bei *Windpocken* hoch in die Luft und – schlug zu. Bei *Blinddarm*. Das Timing war perfekt, und ich hätte nichts, aber auch rein gar nichts dagegen tun können. Dazu ging es viel zu schnell.

Danach herrschte Totenstille. Karin Ortmann schwieg. Regungslos lag sie am Boden, und aus ihrem Kopf tropfte Blut.

»Und jetzt?« hauchte ich, nachdem ich die Situation einigermaßen begriffen hatte.

Claudia legte sich entspannt zurück und lächelte. »Wat weiß ich!«

»Soll ich schellen?«

»Wieso dat denn? Wegen die da? Nee! Dat wa längst ma fällig!«

Ich schluckte. Ich war nämlich ganz ihrer Meinung. Ich, die ich Claudia noch vor einer knappen halben Stunde geraten hatte, sich doch einfach mal zu beherrschen, ich hatte nicht nur mordsmäßigen Spaß an diesem Zweikampf gehabt, sondern ich fand auch, daß Karin das alles wirklich verdient hatte, mehr noch, sie mußte Claudia meines Erachtens dankbar sein.

Ich hatte diese Frau nie leiden können. Sie strahlte ein so unerschütterliches Selbstbewußtsein aus, daß ich mir immer sicher gewesen war, daß dieses Wesen nur seine Vorzüge sah, wenn es in den Spiegel blickte. Sie glaubte wohl auch an ihre inneren Werte und war überzeugt, dieser Glaube würde sich auf den Betrachter übertragen und ihn ins Schwärmen geraten lassen. Und eben deshalb hatte ich sie nie gemocht.

»Soll ich nicht doch schellen?« fragte ich nach einer Weile noch einmal.

»Nee!«

»Aber, wenn sie –«

»Die is nich tot«, unterbrach Claudia mich, »sonne Leute sterben nich, dat is ja den Jammer.«

Da mußte ich plötzlich auch kichern.

»Wat is?«

»Nichts«, gluckste ich, »nur ... ich finde das eigentlich ... super ... ja: *super!*«

»Wat?«

»Na ja«, stieß ich mühsam hervor und zeigte auf die bewußtlose Karin, »Masern, Röteln, Windpocken – und Schädelbruch!!!«

Und dann lachten wir, daß es im ganzen Haus zu hören war.

Daß Claudia und mich die »Affäre Ortmann« so sehr erheiterte, stieß bei den anderen leider auf keinerlei Verständnis.

»Da fehlt mir der nötige Sinn für Humor!« kläffte Doktor Behringer, was noch die harmloseste aller Reaktionen war. Schwester Helma schrie gleich nach der Kriminalpolizei, Schwester Gertrud regte an, Claudia in psychiatrische Schutzhaft nehmen zu lassen, und Professor Mennert ging so weit, sich zum obersten Richter aufzuschwingen: Er ließ Claudia vorführen wie eine Schwerverbrecherin, um sie abzuurteilen. Mit verzerrtem Gesicht hievte Claudia sich in den Rollstuhl, nur um irgendwie in Mennerts Büro zu kommen. Die Kraft ihrer Arme reichte kaum dazu aus, es strengte sie so sehr an, daß ihr der Schweiß auf die Stirn trat, es bereitete ihr so große Schmerzen, daß sie leise vor sich hin wimmerte – und all das, weil sich ein wütender Arzt zum Inquisitor berufen fühlte.

»*Das* ist Körperverletzung!« tobte ich. »Quälerei ist das. Folter!«

Aber das hörte Claudia schon nicht mehr, und so war ich allein mit mir und meinen Schreckensbildern von dem, was Mennert wohl mit ihr anstellen würde.

Darüber kam Doktor Behringer herein. Er schnaubte vor Wut, und ich ahnte sofort, was das zu bedeuten hatte: Während sich der Meister Claudia vornahm, sollte der Geselle mir den Kopf waschen.

Behringer baute sich vor meinem Bett auf, blickte betont

kühl auf mich herab und erklärte mir, so ginge das nicht weiter, und überhaupt!

»Ich muß mit Ihnen reden, Eva! Über Claudia!«

Wie er das meinte, wußte ich natürlich, aber ich drehte den Spieß einfach um.

»Das ist gut«, sagte ich höflich, »über Claudia wollte ich nämlich auch schon lange mal mit Ihnen reden, Herr Doktor. Ich möchte wissen, was das mit ihren Rückenschmerzen auf sich hat.«

»Was?« Behringer war sichtlich konfus.

»Ja«, führte ich aus, »sie hat doch diese Rückenschmerzen, und Sie haben doch jede Menge Untersuchungen –«

»Eva...!!!« Behringer wollte mich einschüchtern. »Für den Fall, daß das kein Scherz sein soll, Eva... dazu kann ich Ihnen nichts sagen, darum kümmert sich der Chef persönlich, und ich habe keine Ahnung, aber Sie sind lange genug hier, um zu wissen, daß ich Ihnen selbst dann, wenn ich Informationen hätte, kein einziges Wort sagen dürfte und sagen würde...!!!«

Die letzten Worte brüllte er mehr, als daß er sie sprach.

»Wenn das so ist«, erwiderte ich entsprechend gereizt, »wüßte ich nicht, worüber wir sonst noch reden sollten.«

»Nein?«

»Nein!«

»Claudia Jacoby hat einer unschuldigen Frau –«

»Claudia geht es sehr schlecht!«

Behringer atmete, als stünde er unmittelbar vor einem Kollaps.

»Wissen Sie was?« hechelte er. »Mir kommt das so vor, als hätten Sie eine Art von Beschützerinstinkt entwickelt, Eva! Die Klapperschlange beschützt den Skorpion! Vermutlich belastet Sie gar die Vorstellung, unser böser Professor Mennert könnte Ihrer lieben Claudi etwas tun.«

»So ist es!« gab ich trocken zurück, was mein Gegenüber aber nur noch mehr erboste.

»Nun hören Sie aber auf!« fuhr er mich an. »Überlegen Sie mal, was passiert ist! Das Mädchen kann von Glück sagen, daß man sie für diese Tat nicht zur Rechenschaft zieht.«

»Das Mädchen?« hakte ich nach, nur um Behringer zu ärgern. »Welches Mädchen?«

»Claudia!« schrie er. »Claudia kann sich wirklich glücklich preisen. Das hätte Folgen für sie haben können.«

»Folgen?« ärgerte ich ihn weiter. »Was denn für Folgen?«

Daraufhin wurde Behringer feuerrot vor Zorn.

»Nun stellen Sie sich aber mal nicht dümmer, als Sie sind!« brüllte er mich an. »Wenn Claudia gesund wäre, hätte man sie dafür ins Gefängnis gesteckt. Das wissen Sie genau!«

Nun stellte er sich für meine Begriffe dümmer, als er war.

»Wenn Claudia gesund wäre«, brüllte ich zurück, »hätte sie das gar nicht erst getan, und das wissen *Sie* genau!«

Behringer zuckte merklich zusammen. »Einen Ton haben Sie am Leib!« brummte er dann.

»Ihrer ist nicht besser, und außerdem verstehe ich die ganze Aufregung nicht. Was ist denn schon passiert?«

Behringer verschlug es die Sprache. »Was ... passiert ... ist ...?« stammelte er nur.

»Ja! Claudia verhält sich doch nur derart normal, daß es schon fast peinlich ist, Herr Doktor. Sie ist in dem Stadium ihrer Krebserkrankung, in dem sie Mitleid will – Mitleid im wahrsten Sinne des Wortes!«

Behringers Augen verrieten mir, daß es ihm endlich dämmerte. Ganz artig hatte ich das zitiert, was Professor Mennert mir einmal an den Kopf geworfen hatte, nachdem ich einem Brechreiz erlegen war. Was für mich gegolten hatte, mußte jetzt auch für Claudia gelten.

»Oder nicht?« vergewisserte ich mich. »Oder ist das zuviel verlangt? Es ist doch wirklich nichts passiert. Die Ortmann hat eine Platzwunde und eine Gehirnerschütterung. Na und?«

Behringers Gesichtszüge entgleisten immer mehr. Strafend und erschrocken zugleich starrte er mich an, und erst nach einer ganzen Weile hauchte er ein fassungsloses »Eva ...!«

»Ja?« erwiderte ich kühl.

»Wie können Sie so etwas sagen, Eva?«

Auf so eine Frage hatte ich schon lange gewartet. In den Augen der übrigen Menschen hatten Krebskranke sanfte Wesen zu sein, die voller Güte und Liebe auf die Gesundheit der anderen blickten. Jedem x-beliebigen Mann von der Straße hätte ich diese Fehleinschätzung verziehen. Behringer aber war mein Arzt.

»Und Ihnen hätte ich mehr Einfühlungsvermögen zugetraut«, erklärte ich ihm. »Da dem aber nicht so ist, Herr Doktor: Menschen, die plötzlich auf vieles verzichten müssen, werden dadurch nicht zwangsläufig zu besseren Menschen. Keine Krankheit macht aus einem Teufel einen Engel, und erst recht nicht der Krebs, dazu ist der viel zu zerstörerisch.«

Behringer schluckte. Er sagte jedoch nichts.

»Schauen Sie uns doch mal mit offenen Augen an!« fuhr ich fort. »Neidisch sind wir. Wir sind neidisch, wir sind aufmüpfig, und vor allem sind wir zornig. Und soll ich Ihnen sagen, warum? Weil wir leben, Herr Doktor. Wir leben! Wir lernen hier nämlich, was das ist: *Leben!*«

Ich saß da, als würde ich im nächsten Moment per Schleudersitz ins All entschwinden wollen, ich sprach, als könnte ich mit meinen Worten die Erde vor dem Dritten und damit unweigerlich letzten Weltkrieg bewahren, und dieser Ernst entging nicht einmal Herrn Doktor Behringer. Schweigend sah er mich an.

»Nun«, meinte er dann nach einer ganzen Weile, »manchmal scheint mir das allerdings auch so.«

»Was?«

»Was Sie da gerade über das Leben gesagt haben. Nur ... eigentlich ist es schade, daß das Sterben die einzige Schule des Lebens ist.«

»Nun übertreiben Sie doch nicht gleich!« regte ich mich auf. »Ich kann nicht glauben, daß es eines Karzinoms, einer Leukämie oder der Pest bedarf, um den Wert des Lebens zu ermessen.«

»Nein«, seufzte Behringer, »manchmal reicht auch ein Herzinfarkt. Oder ein schwerer Unfall ... – Eva, ... ich habe da noch etwas mit Ihnen zu besprechen ... etwas ganz anderes ...«

Dieses Springen »von Hölzken auf Stöcksken«, wie Claudia das nannte, war eine Eigenart von Doktor Behringer, die ich über alle Maßen verabscheute. Nie blieb er bei einem Thema, immer mußte er gleich noch etwas anderes anschneiden und aufrühren, und noch etwas, noch etwas.
 »Etwas Unangenehmes?« erkundigte ich mich spitz.
 »Nein, wieso?«
 »Nun, wenn es etwas Unangenehmes ist, behalten Sie es besser für sich, für heute reicht es mir nämlich.«
 Er lächelte. »Ausnahmsweise ist es mal eine freudige Botschaft.«
 »Das kann aber doch nicht sein, Herr Doktor, nicht auf dieser Station!«
 »Und wenn es nun doch so wäre ...!?« Behringer holte tief Luft. »Also, Fräulein Martin«, tönte er ...
 »Wollen Sie sich nicht setzen?«
 »Wie?«
 Ich wußte selbst nicht, warum ich das gesagt hatte, und deshalb konnte ich sein Erstaunen durchaus verstehen.
 »Ich kann mich auch dabei setzen«, meinte er und nahm auf meiner Bettkante Platz. »Das ändert nichts. Also, Eva, ich melde gehorsamst ...«
 »Sie sitzen auf meinem Nachthemd!«
 Nun ging Behringers Erstaunen bereits in eine gewisse Verärgerung über, für die ich mich nicht verantwortlich fühlte. Er saß nämlich wirklich auf meinem Nachthemd. Ich hatte das nicht nur so dahingesagt, um Zeit zu schinden. Ich hatte keine Angst. Behringer schien das aber zu glauben. Er brachte die Sache mit dem Nachthemd in Ordnung und erkundigte sich, ob er seine Neuigkeit jetzt endlich an die Frau bringen dürfte.

»Aber ich bitte Sie«, erwiderte ich großzügig, »niemand hindert Sie!«

»Dan–«

»Reden Sie frei drauflos!«

»Danke!«

Ganz fest sah er mich an, und ich wußte, daß ich es jetzt geschehen lassen mußte, wenn mir nichts geschehen sollte.

»Also, Fräulein Martin«, wiederholte er alles noch einmal, »melde gehorsamst: keine weiteren Metastasen! Sämtliche Werte stabil! Was sagen Sie dazu?«

Ich sagte nichts. Ich brachte kein einziges Wort heraus. Ich spürte nur einen dumpfen Druck in meiner Magengrube, und zugleich schossen mir die Gedanken wild durch den Kopf. Keinen einzigen davon konnte ich halten, in mir war es leer. Der Doktor konnte mein Verhalten natürlich nicht verstehen und erkundigte sich, wie immer in solchen Fällen, ob ich denn überhaupt begreifen würde, was das für mich bedeuten würde.

Ich rührte mich nicht.

»Eva, das heißt, daß wir es erst mal geschafft haben. Wir können bestrahlen!«

Noch immer rührte ich mich nicht, was Behringer zusehends verunsicherte. Er erinnerte sich wohl ebensogut wie ich, daß er vor noch gar nicht so langer Zeit in einer ähnlichen Situation eine »Tracht Prügel« von mir bezogen hatte, und deshalb stand er jetzt vorsichtshalber schon mal auf und trat ein paar Schritte zurück.

»Wie eine Statue!« flüsterte er dabei. »Sie sitzen da wie eine Statue aus Marmor oder Holz, Eva …! Wir werden Sie bestrahlen, Eva … und wenn das gutgeht, werden wir Sie operieren … dann haben Sie eine echte Chance zu überleben.«

Seine Augen glühten, als er das sagte, sie glühten vor Begeisterung und Hoffnung, und als ich das sah, mußte ich lächeln.

»Dann habe ich eine echte Chance zu überleben?« wiederholte ich seine Worte.

»Ja.«

»Aber die habe ich sowieso, Herr Doktor ...«

»Was?«

»... die habe ich sowieso!«

Das war zuviel für den guten Behringer. Kopfschüttelnd und ohne ein weiteres Wort verließ er den Raum, und ich hatte einmal mehr die Bestätigung, daß dieser Mann mich einfach nicht verstand. Er kannte mich nun seit so langer Zeit und wußte immer noch nicht, daß es meiner Natur widerstrebte, spontan auf Dinge von entscheidender Bedeutung zu reagieren. Über Kleinigkeiten konnte ich auf Anhieb lachen oder weinen, aber das erfolgreiche Ende meiner Chemotherapie war keine Kleinigkeit. Für diesen Augenblick, für diesen Sieg hatte ich monatelang gekämpft.

Claudia kam nach über zwei Stunden endlich von Mennerts privater Gerichtsverhandlung zurück, und als ich sie zur Tür hereinrollen sah, war mein Herz im ersten Moment so voll von meiner Neuigkeit, daß ich die Worte kaum zurückhalten konnte. Doch dann sah ich ihr bedrücktes Gesicht und schwieg.

Nichts war schlimmer, als selbst im Dunkeln zu sitzen und von anderen zu hören, in welch strahlendem Licht sie standen. Das wußte ich aus eigener Erfahrung, und daß Claudia sich momentan in wahrer Finsternis befand, sprach aus jeder Faser ihres Körpers. Daher hielt ich mich zurück.

»Und?« fragte ich, nachdem Helma ihr vom Rollstuhl ins Bett geholfen hatte und wieder fort war. »Wie sieht das Urteil aus?«

Sie gab mir keine Antwort darauf.

»Hat er dich rausgeworfen?«

Sie seufzte.

»Hat er dir mit irgendeiner Strafe gedroht?«

Sie seufzte wieder, und ich bohrte natürlich weiter, erhielt aber weiterhin keine Antwort. Claudia schwieg. Sie lag da und starrte an die Decke, und sie schwieg, den ganzen restlichen Tag, den ganzen Abend.

So etwas war noch nie vorgekommen. Sicher hatten wir in der Vergangenheit schon mal miteinander gestritten und anschließend für eine gewisse Zeit nicht mehr miteinander gesprochen. Das war aber ein ganz anderes, kraftvolles Schweigen gewesen. Jeder hatte versucht, den anderen damit aus der Fassung zu bringen, und immer hatte Claudia dieses Spiel gewonnen, weil sie einfach penetranter war. Das, was sie mir jetzt bot, hatte nichts mehr von dieser Kraft und von dieser Präsenz. Jetzt schien sie schwach zu sein in ihrem Schweigen, es isolierte sie von allem anderen, von ihr selbst, von mir, sogar von den Möbeln und den Zimmerwänden. Es machte sie zu einer Insel.

Dennoch versuchte ich unermüdlich, zu ihr zu schwimmen.

»Sag mir doch, was los ist, Claudia! – Hast du Sorgen? – Ist es wegen Karin? – Ist es wegen deiner Rückenschmerzen? – Claudia?«

Ich versuchte sogar, das Wasser zu Fuß zu überqueren.

»Habe ich dir irgend etwas getan, Claudia? – Du kannst es mir doch ruhig sagen! – Heb einfach die Hand, wenn du nicht reden willst: einmal für *Ja,* zweimal für *Nein.* Einverstanden?«

Aber Claudia hob nicht die Hand, weder einmal noch zweimal, und das versetzte mich in immer größere Panik. Irgend etwas stimmte nicht.

Schwerwiegendes mußte geschehen sein.

Kurz nach Mitternacht stand ich auf und fragte Claudia, die immer noch reglos dalag, ein letztes Mal, ob sie mir nicht doch sagen wollte, was los wäre. Sie antwortete mir auch diesmal nicht, und so ließ ich mir von der Nachtschwester ein Schlafmittel verpassen, das es in sich hatte. Danach fühlte ich mich sofort besser. Die Gedanken und die Ängste schwiegen still, ich ging ins Zimmer zurück, legte mich in mein Bett, löschte das Licht und spürte auch sogleich, wie ich anfing, mich zu entspannen. Ein tiefer und erholsamer Schlaf nahte, ich spürte es ganz genau. Doch da ging plötzlich das Licht wieder an, und Claudia räusperte sich unüberhörbar.

»Eva?«

Darauf hatte ich nun seit Stunden gewartet, jetzt schien es zu spät zu sein. »Mmh?« war das einzige, was ich hervorbrachte.

»Eva!!!«

»Mmh ...?«

»*Eva!!!*«

Claudia brüllte plötzlich, als wäre ich am anderen Ende der Stadt.

»Was ist denn?« murmelte ich.

»Ich will mich unterhalten!«

Im ersten Moment mochte ich es gar nicht glauben. Ernsthafte Sorgen hatte ich mir um Claudia gemacht, hatte gefürchtet, sie würde die schwersten Stunden ihres Lebens durchmachen ... Und in Wahrheit hatte sie nur geschwiegen, um Kräfte für ein neuerliches Konversationsmatch zu sammeln?

»Oh nein ...!« stöhnte ich.

»*Doch!*«

»Ich will schlafen ...«

»Und ich will mich unterhalten!«

Bleischwer waren meine Lider, und ich fror erbärmlich. »Bitte nicht, Claudi ...«

»Aber ich krepier!«

»Du gehst mir auf den Geist ...«

»*Eva!!!*«

Sie schrie so laut, daß ich unter normalen Umständen augenblicklich senkrecht im Bett gesessen hätte. So ließ es mich lediglich einen müden Blick riskieren.

»Was ist denn?« quetschte ich hervor.

»Ich will mich unterhalten«, brüllte Claudia immer und immer wieder, und dabei trommelte sie mit ihrer freien Hand im Takt auf die Bettdecke: »Ich will mich unterhalten!

Ich will mich unterhalten! Ich will mich unterhalten! Ich will mich –«

Ich kam mir vor wie im Busch, umgeben von Eingeborenen, die um Regen trommelten. Das war auch mit Schlaftabletten nicht zu ertragen, und so richtete ich mich mühsam auf.

»Ist ja gut, Claudia ...« Ihre Quasselei war mir unter dem Strich lieber als jede Katastrophe – »... worüber willst du dich denn unterhalten?«

Als ich es ausgesprochen hatte, sah ich, daß einer ihrer dicksten Astrologie-Wälzer auf ihrem Nachttisch lag, und damit war auch schon klar, worüber wir reden würden.

»Also«, gähnte ich, »fang an!«

Ich sollte recht behalten. Wir »unterhielten uns« mal wieder über die Sterne, denn was das anging, war ich Claudias bevorzugtes Opfer. Ich war nämlich eine Waage mit Aszendent Skorpion, die wohl so ziemlich unmöglichste aller Kombinationen, wie sie mir stets erklärte. Außerdem war ich im Jahr des Hahns geboren, und das konnte mir angeblich auch mehr schaden als nutzen.

»Weil kaum wat zu dir paßt!« ließ sie mich auch jetzt wieder wissen. »Bloß Pferde, Büffel, Drachen und Ratten.«

»Aha.«

»Nix *aha*, Eva, so sieht dat aus!«

Claudia selbst war eine Schlange beziehungsweise ein Stier mit Aszendent Löwe. Das hielt sie für die günstigste Konstellation überhaupt, ging aber nur selten darauf ein, weil ich ja da war, und mich astral auseinanderzunehmen, war schließlich wesentlich erfüllender.

»Du muß en Wassermann heiraten«, belehrte sie mich in dieser Nacht einmal mehr, »oder nee ... en Löwen. Oder en Schützen. Dat hab ich nämlich allet nachgelesen.«

»Großartig!« erwiderte ich gelangweilt, und im gleichen Moment hätte ich mich dafür ohrfeigen können, jemals auch nur einen einzigen Gedanken an etwaige Probleme der Claudia Jacoby verschwendet zu haben. »Und was nutzt mir dann so ein Wassermann, der die Waage in mir liebt und den Skorpion verabscheut?« setzte ich unseren sinnlosen Dialog fort.

»Na, dann suchse dir ebent en Löwen, der Skorpione liebt«, erwiderte Claudia.

»Und das geht dann gut, oder wie?«

»Dat klappt dann soga ganz hervorragend! Da musse dann bloß noch achten, dat ihn kein Affe is oder etwa en Hund. Obwohl ... na ja, mein Willi, der is ja Tiger, und dat geht eigentlich super mit Schlange. Und außerdem is ihn Steinbock mit Aszendent Zwillinge, und dat is spitzenmäßig mit Stier, Aszendent Löwe. Aber nu guck dir an, wie dat gegangen is mit uns! Da musse dich dann doch fragen ...«

Sie redete und redete. Kein einziges Mal schien sie Luft zu schöpfen, das Thema nahm sie viel zu sehr in Anspruch. Mich schläferte es indes eher ein, und so dauerte es nur ganz kurze Zeit, bis Claudias Monolog nur noch eine Geräuschkulisse für mein glückseliges Einschlafen war.

»Ach ja, ach ja ...«, hörte ich sie wie in weiten Fernen seufzen, »... ich hätt echt gerne geheiratet. So mit en Kranz und en Schleier ... und mein Willi neben mir ... und dann son Pfaffe, der sacht: Wills du, Claudia Jacoby, den hier anwesenden Willi Schultheiß zu deinen dir rechtemäßig ... angetrauten ... Gatten –«

Ich schreckte auf, denn plötzlich vernahm ich ein mir völlig fremdes Geräusch. Es dauerte noch einen Moment, bis ich wirklich begriff, was meine geweiteten Augen da sahen: Claudia weinte. Dicke Tränen tropften aus ihren grauen Augen, rannen über ihr Gesicht, und sie schluchzte wie ein Kind. Das war wie ein Wunder für mich. Claudia hatte in den fast anderthalb Jahren, die wir uns kannten, geflucht und gejammert, sich beschwert und wie eine Furie aufgeführt, aber sie hatte in all der Zeit nur einmal Tränen vergossen – als Ina starb. Jetzt weinte Claudia. Ich starrte sie an, lauschte den Tönen, die aus ihrer Brust drangen, brauchte aber geraume Zeit, um das zu verkraften.

»Heh?« flüsterte ich. »Was ist denn? – Claudi?«

Sie gab mir keine Antwort darauf, und so kletterte ich aus

meinem Bett, setzte mich zu ihr und nahm sie fest in die Arme.

»Was ist denn Claudi?«

»Ich ... ich hab ... ich hab neue Metastasen«, schluchzte sie, »... anne Wirbelsäule ...«

Zu meinem Entsetzen entsetzte mich das nicht einmal. Es gab zwar kaum noch Dinge in dieser Welt, die mich noch zu entsetzen vermochten, doch hätte ich in diesem Fall eigentlich mit einem von Furcht und Schrecken geprägten Gefühl gerechnet. Daß dieses ausblieb, war das einzige, was mich entsetzte, allerdings verwand ich auch das recht schnell.

»Seit wann weißt du das?« fragte ich nur.

»Seit heut mittach.«

»Und jetzt?«

Claudia zuckte die Achseln. »Die Dinger sind überall, auch im Kopp. – Weiße, en bißken blöde wa ich ja immer schon, aber jetz wird dat wo ... echt schlimm wird dat werden, Eva. Und gelähmt werd ich auch bald sein, ... bis zum Hals ...«

»Und da kann man gar nichts tun?«

»Caesar und Kleopatra sind eingegangen.«

Es dauerte eine Weile, bis ich mich erinnerte, daß so die Versuchstiere hießen, an denen Präparate erprobt werden, die dann Claudia einnahm.

Claudia sagte das mit einem Tonfall, mit dem andere einen Witz erzählten, und deshalb nahm ich sie nur noch fester in die Arme. Es beruhigte mich, ihre Nähe zu spüren, die Wärme ihres Körpers.

»Ja, Evken ...«, seufzte Claudia derweil, »... so is dat ...«

»Ja ...«, seufzte ich zurück, »... so ist es wohl immer ...«

»... ich kann nich mehr ...«

»... solange man das noch sagen kann, kann man noch! Das hat meine Ballettmeisterin früher –«

»Ich will aber auch nich mehr!« fiel Claudia mir ins Wort, und dabei löste sie sich aus meiner Umarmung und wischte sich die Tränen vom Gesicht.

»Ich will echt nich mehr!« wiederholte sie, ohne mich anzusehen. »Und deshalb gibt et da bloß eine Lösung. – Verstehse?«

Ich verstand. Ich sah Claudia dasitzen, sah ihr verweintes Gesicht und ihre zitternden Hände, und verstand. Ich verstand es sofort und wußte doch, daß ich es niemals wirklich würde verstehen können, nickte trotzdem andächtig mit dem Kopf, hörte mich sagen: »Ich werde dir helfen!« und gab Claudia damit ein Versprechen, dessen Ausmaß ich erst sehr viel später begreifen sollte.

25

Selbstmord! ... Bis zu diesem 13. Juni 1977 war das eigentlich immer nur ein Wort für mich gewesen, ein Wort für einen flüchtigen Gedanken, der mir stets dann gekommen war, wenn ich mein Leben für allzu traurig und allzu hoffnungslos gehalten hatte. Für einen kurzen Augenblick hatte ich mich dann von diesem Wort berauschen lassen, von diesen zehn magischen Buchstaben, die wie eine Lichtreklame den vermeintlichen »letzten Ausweg« zu markieren schienen; die Flucht nach vorn. Doch damit hatte dieser Rausch dann meist auch schon wieder sein Ende gefunden. Es gehörte schließlich sehr viel Mut dazu, sich das Leben zu nehmen. Man mußte aktiv werden, man mußte etwas tun, um dieses Ziel zu erreichen. Den Mut und die Kraft, die das erfordert hätte, konnte ich also auch ebensogut auf das Leben verwenden und nicht auf den Tod.

Weiter hatte ich bisher noch nie gedacht, wenn ich an Selbstmord gedacht hatte, weiterdenken mußte ich erst jetzt.

Rein sachlich betrachtet, ist der Selbstmord ein Akt der Gewalt, den der Mensch an sich selbst verübt. Täter und Opfer sind identisch, niemand bleibt übrig, den man zur Rechenschaft ziehen kann. Laut Claudia war genau das der Punkt, an dem die Gesellschaft Anstoß nahm.

»Die da draußen flippen doch aus, wenn se keinen anne Hammelbeine kriegen können«, sagte sie.

»Die da draußen«, erwiderte ich, »halten Selbstmörder für Feiglinge.«

»Wat en Quatsch!«

»Na ...?!«

»Natürlich is dat Quatsch, Eva. Wenn du dir ne Knarre besorchs und mich abknalls, bisse en brutalen Mörder, und ich bin en amet Opfer. Besorch ich mir aber den Ballermann und mach mich selber alle, bin ich en Feichling! – So wat muß doch Quatsch sein, Eva! Wenn überhaupt, bin ich nämlich en brutalet, amet Mörfer.«

»Was bist du?«

»Ne Promenadenmischung aus en Mörder und en Opfer.«

Zweifelnd sah ich sie an. Ich erinnerte mich plötzlich an ein Ereignis aus meiner Schulzeit. Dreizehn oder vierzehn Jahre war ich alt gewesen, als sich ein Mädchen, das ein paar Klassen über mir war, zusammen mit ihrem Freund erschoß.

»Sie war schwanger und hatte Angst, so nicht durchs Abitur zu kommen«, erzählte ich Claudia, »und das war doch nun wirklich kein Grund. Sie war also feige ...«

»Wa se dat?«

»Das haben zumindest alle behauptet.«

Claudia grinste. »Weiße«, tönte sie dann, »wenn einen einfach so abgeht, is dat prima für de Leute. Wa ma ebent Schicksal, ... en paar Tränkes, Kranz und aus! Is soga ganz prima, weil se sich dann nämlich einreden können, dat den, der nu tot is, noch echt gerne gelebt hätt, dat er dat Leben und *sie,* die da so am Trauern sind, wahnsinnig geliebt hat. – Wenn einen nu selber den Löffel abgibt, sieht dat anders aus. Dann is et Essig mit dat Schicksal. Dann könnense nich demütig annehm, *dat* ihm tot is, nee ... dann müssen se sich fragen, *warum* ihm tot is, und davor ham se Angst.«

»Angst?« wiederholte ich irritiert.

»Jawoll. – Wo wan denn de Eltern von deine Schulfreundin? Oder hatte die so wat nich?«

»Doch ...«

»Ham nix gemerkt, wie? Unser Hilda ham se dick gemacht, kein Aas wart! – Und wo wan de Lehrer? Die müssen dat doch gesehn ham, dat dat Mädchen am Leiden wa.«

»Schon, aber ...«

»N-s-b-o – wie mein Vatter immer gesacht hat: Nix säggen, bloß obpassen!«

»Aber –«

»Nix, Evken! Dat Volk nennt de Selbstmörder Feichlinge, weil die se en schlechtet Gewissen machen. So einfach is dat!«

Die Selbstsicherheit, mit der Claudia das sagte, beeindruckte mich fast mehr als der Inhalt ihrer Worte. Mir war jedoch klar, daß ich sie mit meinem Verhalten förmlich zu dieser Selbstsicherheit zwang. Knapp zwölf Stunden waren vergangen, seit sie sich mir anvertraut und ich ihr meine Hilfe zugesagt hatte, aber im Grunde war ich mir überhaupt nicht sicher, ob ich mein Versprechen würde halten können. Sie spürte meine Ängste und Zweifel, und deshalb kämpfte sie mit der vielleicht letzten Kraft, die sie noch hatte.

»Mensch, Evken«, redete sie auf mich ein, »ich bin doch nich iergend sonne Tussi, die kein Spaß ant Leben mehr hat!«

»Dann leb!« erwiderte ich.

»Wat da vor mir liecht, is aber kein Leben mehr!«

»Das weißt du doch noch gar nicht!«

»Ich werd dat auch nie wissen, Eva ... aber de andern. – Ich kenn de Menschen, glaub mir dat! Solang ich mich ebent noch rühren kann, machen die mir dat Leben hier schmackhaft, aber wenn ich se dann ers ma ausgeliefert bin, lassen se nix aus, um mir dat gleiche Leben zu vermiesen.«

Ich schluckte. Aus eigener Erfahrung mußte ich ihr da leider beipflichten. Wir alle, die wir in dieser Klinik lagen, hatten solche Fälle schon häufiger erlebt, als uns lieb war.

Ein sterbenskranker Angehöriger wurde verhätschelt und zum Kämpfen ermutigt, bis sich einwandfrei herausstellte, daß er nicht mehr kämpfen konnte. War er dann wehrlos, und zwar so wehrlos, daß er auch an dem Zustand seiner Wehrlosigkeit nichts mehr ändern konnte, setzte eine allgemeine Enttäuschung ein. Man befand, der Betreffende hätte es mit ein bißchen mehr Willen vielleicht ja doch noch schaffen können, kreidete ihm seine Schwäche insgeheim übel an und kam zu dem Schluß, daß dieses Leben, das da jetzt gelebt würde, doch nun wirklich keinen Sinn mehr hätte.

»Bis gestern dachten wir ja noch, ... aber jetzt wäre es wirklich ein Segen, wenn das ein Ende nähme ...!«

Der Kranke mußte sich das nicht nur anhören, sondern er stand zudem vor der Tatsache, daß er sein nunmehr offiziell für »sinnlos« erklärtes Leben aus eigener Kraft nicht mehr beenden konnte. Bat er in aller Verzweiflung seine wehklagenden Angehörigen, das zu tun, winkten sie ab, weil sie einerseits für »so was« nicht ins Gefängnis wollten – »Das ist es nicht wert!« –, und weil sie andererseits sehr bald herausfanden, daß auch eine so sinn- und hoffnungslose menschliche Existenz noch auszuschlachten war: Fortan ging man in die Klinik zum »Leid angucken«, wie Claudia es nannte, um damit die eigene Lebensqualität zu heben.

»Wenn man das so sieht, ... nein, nein, nein ... dann weiß man erst, wie gut es einem geht ...!«

Daß Claudia, die das noch häufiger als ich bei anderen gesehen hatte, nicht bereit war, sich für dieses Spielchen herzugeben, war das einzige, was ich wirklich begreifen konnte.

Ich fand aber, daß man, um dem zu entgehen, nicht gleich Selbstmord begehen mußte.

»Sondern?« fragte sie.

»Ich weiß es nicht ...«

»Kannse auch nich wissen – weil et ne andre Lösung nämlich nich gibt!«

»Aber Selbstmord ist eine Sünde ...!«

»Sünde?« wiederholte Claudia ungewöhnlich artikuliert. »Ich denk, du bis en gläubig Kind!«

»Bin ich auch!« erwiderte ich.

»Und da weiße nich, wie dat is mitte Sünde?«

»Doch ...«

»Nee! Weil ihr Christen nämlich alle gleich seid, Eva, ihr seid alle Mann päpstlicher wie den Papst.«

»Wieso das denn?«

»Ich denk, du has dat selber scho ma spitzgekriecht, datte en Nix bis!?«

»Das war aber doch in einem ganz anderen Zusammenhang –«

»Du has gesacht, datte nix bis und nix weiß, und da willse heute wissen, wat ne Sünde is?«

»Natürlich weiß ich das«, regte ich mich auf, »das steht schließlich in der Bibel. Man soll nicht töten, nicht stehlen, nicht begehren seines Nächsten –«

»Jau, jau«, fiel Claudia mir ins Wort. »Und wie is dat, wenn du en Kerl kennenlerns, den de wahnsinnig liebs, und er liebt dich, aber ne andre Frau liebt ihm auch? Wat is dann, Eva? Dann gehse mit ihn int Bett, ihr zwei seid happy, und die andre heult sich de Augen aus. Nich aus Neid, sondern weil se echt leidet. Wie nennse dat dann? Zufall?«

»Ich ... ich weiß nicht ...«

»Dat is dann auch Sünde, Eva. Denn bloß weil du nix davon weiß, nix dran ändern kanns und nix von inne Bibel steht, machse aus ne Sünde kein unglücklichen Umstand.«

Ich schnappte nach Luft. Was Claudia da sagte, brachte mich völlig durcheinander, ich wußte gar nicht, was ich davon halten sollte. Deshalb klammerte ich mich wohl auch an althergebrachte Platitüden. »Was du da von dir gibst«, tönte ich, »ist pure Blasphemie! Du sprichst hier schließlich nicht von irgendwem, sondern von Gott, und in Gottes Allmacht darf der Mensch nicht eingreifen!«

Daraufhin stöhnte Claudia laut auf. »Weiße eigentlich,

wat für ne Scheiße du labers«, fragte sie mich, »oder merkse dat ga nich?«

»Ich rede keine Scheiße!« gab ich hart zurück.

»Nee? Dann überleg ma, Evken! Wenn dein Gott wirklich so wat ganz besonderet is, wie de immer sachs, dann wird er dat hier schon so machen, wie er will. Wenn ich nich abkratzen soll, kann ich dann tausend Pillekes schlukken, und et geht trotzdem schief.«

»So darfst du das aber doch nicht sehen«, wandte ich ein, »man darf Gott nicht versuchen.«

»Son großartigen Allmächtigen läßt sich doch wo nich versuchen, Eva. Und wenn er sich läßt, dann is ihn ga nich so großartig.«

»Claudia!«

»Mmh?«

Mit sperrangelweit geöffnetem Mund saß ich da und konnte es nicht fassen. Claudia kämpfte mit allen ihr zur Verfügung stehenden Mitteln, um mich davon zu überzeugen, daß ihr Plan, sich das Leben zu nehmen, richtig und erlaubt war. Sie brauchte mich. Wenn ich ihr nicht half, hatte sie keine Chance, sie brauchte meine Beine, meine Arme ... Doch konnte ich nicht aus meiner Haut heraus. Nach meiner religiösen Erziehung war Selbstmord eine Todsünde. Man verwirkte damit sein ewiges Leben und endete im Fegefeuer. Deshalb mußte man als gläubiger Mensch alles dransetzen, sich selbst und andere davor zu bewahren. Ich hatte Claudia aber bereits meine Hilfe versprochen. Da ich nun einerseits meiner Religion treu bleiben wollte, es mir andererseits aber schuldig war, mein Versprechen zu halten, trieb mich das in einen unlösbar scheinenden Konflikt.

In manchen Stunden fühlte ich mich wie eingefroren. Ich konnte weder lachen noch weinen, starrte auf ein und denselben Punkt und dachte dabei an alles, zugleich aber auch an nichts. Dann wiederum gab es Momente, in denen ich absolut sicher war, den größten Fehler meines Lebens zu begehen, wenn ich zu meinem Versprechen stünde, und immer dann, wenn dieses Gefühl mich fast überwältigte und ich mich schon aufrichtete und den Mund öffnete, um Claudia zu sagen, daß ich mein leichtfertig gegebenes Ehrenwort nun doch nicht würde halten können, immer dann sah ich diese andere Claudia, nicht die potentielle Sünderin, sondern die Freundin, die einzige, wirkliche Freundin, die ich jemals gehabt hatte, die einzige, wirkliche Freundin, die ich vielleicht jemals haben würde.

Drei Tage und drei Nächte ging das so, dann bemerkte Daniela meine innere Zerrissenheit. Ungeachtet meiner Abnabelung von ihr, war unsere gemeinsame Arbeit immer noch viel zu intim, als daß ich auf Dauer hätte verbergen können, daß in mir etwas Fremdes, etwas Bedrohliches vorging.

»Sag es mir!« forderte Daniela dann auch gleich. »Sag mir, was los ist, Eva!«

Wie paralysiert saß ich da und schaute in meinen Schoß. Keine Stunde war es her, seit ich Claudia verlassen hatte, um zu Daniela zu gehen.

»Ich fleh dich an, Eva«, hatte Claudia geschluchzt, »ich fleh dich echt an: verrat mich nich! Wenn de mir schon nich hilfs, dann verrat mich wenichstens nich, denn wenn de wat sachs, kann ich ga nix mehr tun ... dann bin ich dran ... dann muß ich leben ...!«

Langsam blickte ich auf. »Du bemerkst alles«, sagte ich zu Daniela, »man kann dir nichts verheimlichen ... ich habe wahnsinnige Angst ... vor den Bestrahlungen!«

Kurz darauf, nach einer langweiligen Diskussion über die Vor- und Nachteile von Kobalt-60, stand ich vor Claudias Bett. Eine tiefe Scham erfüllte mich. In diesen nervenzerfetzenden Augenblicken in Danielas Büro hatte ich mir plötzlich eingestehen müssen, daß das einzige, was mich an Claudias Selbstmordabsichten wirklich belastete, die Angst war, mit meiner Schuld nicht weiterleben zu können. An mich dachte ich, nur an mich, dabei ging es um Claudia. Zum ersten und vielleicht letzten und einzigen

Mal in meinem Leben hatte ich die Möglichkeit, für jemanden »da« zu sein, mit Leib und Seele, mit letzter Konsequenz.

»Es tut mir leid, Claudia, daß ich so lange gezögert habe«, sagte ich leise, »aber ... ich werde dir helfen. Ich habe es dir versprochen, und ... ich werde zu meinem Wort stehen.«

Aus ungläubigen Kinderaugen blickte Claudia zu mir auf. »Is dat dein Ernst?« flüsterte sie ängstlich.

»Ja.«

»Und du fälls nich wieder um?«

»Nein.«

Sie lächelte. »Danke, Evken ... danke!«

Noch am gleichen Abend gingen wir es an. Claudias Plan war simpel, nichtsdestotrotz effektiv. Jeden Abend um kurz vor acht Uhr erschien die Nachtschwester und teilte die Schlaftabletten aus. Jeden Abend ließen wir uns unsere Rationen geben, beide Pillen verschwanden dann im Schrank zwischen der Wäsche, und ich machte mich meist gegen Mitternacht nochmals auf und behauptete, trotz der Medikamente nicht schlafen zu können.

»Meine Güte«, rief unsere Maria dann jedesmal aus, »die machen euch hier noch reif für den Entzug. Wenn ich ein solches Geschoß in mich hineinstopfen würde, läge ich im nächsten Moment schon bäuchlings da. Und Ihr schluckt gleich mehrere davon und seid immer noch aufgekratzt. Wo soll denn das bloß hinführen?«

Eine Antwort gab ich ihr natürlich nie darauf, und aus Gründen der Vorsicht ließ ich mich auch nie auf weiterführende Gespräche ein. Ich zuckte immer nur dümmlich mit den Achseln, nahm an Chemie, was man mir gab, und legte es zu dem anderen. Dann ging ich schlafen, versank aber nur selten in schöne Träume und war am nächsten Morgen entsprechend zerschlagen.

Anderthalb Wochen ging das gut, dann wurden meine Ärzte hellhörig.

»Sie können nicht schlafen?« fragte Doktor Behringer eines Morgens, als er bei der Visite wieder mal vor einer todmüden Eva stand.

»Nein.«

»Ja, wie kommt das denn?«

Bevor ich eine ausweichende Antwort geben konnte, meinte Professor Mennert, der sich bis dahin zurückgehalten hatte, man sollte meiner Schlaflosigkeit nicht allzuviel Bedeutung beimessen.

»So etwas kommt schließlich vor.«

»Sollen wir die Dosis erhöhen?« fragte Behringer daraufhin.

»Ja, das ist eine gute Idee«, erwiderte Mennert. »Schwester Helma, notieren Sie bitte, daß Eva ab heute die doppelte Menge dieses ... was bekommt Sie?«

Er schaute flüchtig in Helmas schlaues Buch, und damit war die Angelegenheit auch schon erledigt. Claudia jubelte darüber, mir selbst bereitete diese »Großzügigkeit« eher Kopfzerbrechen. Sie war mir ebenso unverständlich wie der Umstand, daß meine diversen »Diebstähle« niemandem auffielen. Nahezu jeden Abend stattete ich meinen Mitpatientinnen zwanglose Besuche ab, und dabei ließ ich mal bei der einen, mal bei der anderen eine oder auch zwei Pillen verschwinden, erzählte einen Witz und wünschte eine angenehme Ruhe.

Wenn das wirklich niemand merkte, war ich so talentiert, daß sich gewisse Kreise um mich gerissen hätten. Da ich mich für so talentiert nicht hielt, nahm ich eher an, daß es allen auffiel und sie nur nichts sagten, um mich zu schützen. »Oder aber«, erklärte ich Claudia, »oder Mennert und Behringer –«

»Is doch scheißegal«, schnitt sie mir das Wort ab, »Hauptsache, du komms dran an dat Zeuch, et *eilt!*«

Es eilte wirklich. Claudias Kachexie verlief mit erschreckender Rasanz, und manchmal glaubte ich sogar, den Verfall bildhaft sehen zu können. Seit Ende Juni kam es immer häufiger vor, daß sie ihre Beine nicht mehr bewegen konnte. Dann wiederum hatte sie das Gefühl, es würde Feuer darin brennen. Auch ihre Hände und Arme bereiteten ihr zusehends Schwierigkeiten, Dinge glitten ihr aus den Fingern, oder es kam zu ausladenden Reflexbewegungen, die sie nicht kontrollieren konnte.

Das Schlimmste waren aber wohl die Schmerzen. Sie waren überall, im ganzen Körper, sogar im Kopf. Claudia hörte Töne, die es gar nicht gab, und sie sah Farben in einer Helligkeit, daß sie die Augen davor verschließen mußte. Die geheimnisvollen Spritzen, die dem Tropf beigefügt wurden, reichten schon bald nicht mehr aus, um dem beizukommen, und so verabreichte man ihr ab Anfang Juli sogenannte »Cocktails«, ein Gemisch aus Opiaten, das wenigstens vorübergehend Linderung verschaffte. Um sechs Uhr in der Frühe bekam sie den ersten, die weiteren dann alle vier Stunden bis zweiundzwanzig Uhr. Die Wirkung hielt jedoch nur etwa zwei Stunden vor. Danach drehte Claudia regelmäßig durch, kreischte herum, war voller Aggression, und ihre Augen loderten wie Feuer.

»En verkrebstet, süchtiget Monster«, nannte sie sich selbst in diesen Momenten, und jedesmal, wenn sie sich danach wieder etwas besser fühlte, mußte ich aufstehen, unsere bisherige Medikamentenausbeute aus dem Schrank holen. Dann wurde unter der Bettdecke gezählt. Derart einträchtig saßen wir auch am Nachmittag des 13. Juli zusammen. »Na?« fragte Claudia nach einer Weile. »Wieviel hasse?«

»Dreiundzwanzig!« antwortete ich. »Und du?«

»Sechsendreißig! – Ob dat reicht?«

Ich überlegte angestrengt. »Ich glaube schon«, meinte ich dann, »sechzig Schlaftabletten! Ich bitte dich Claudia, das schläfert ja eine mittlere Kleinstadt ein.«

Daraufhin stöhnte sie laut und rollte die Augen. »Also paß ma auf«, krächzte sie, »ers ma sind dreienzwanzig und sechsendreißig nich sechzig sondern neunenfuffzig, und zweitens bin ich nu ma keine mittlere Kleinstadt, sondern Claudia Jacoby.«

»Und was heißt das?«

»Weitersammeln! – Oder ... nee! Ich hab noch ne bessre Idee!«

Noch am gleichen Abend, kurz bevor die Nachtschwester die Medikamente austeilte, setzte ich mich draußen auf den Gang hinaus. Claudias Idee war grandios, für mich allerdings auch äußerst gefährlich. Entsprechend nervös war ich, und damit das nicht auffiel, hatte ich mir eine Illustrierte mitgenommen.

Intensiv starrte ich auf die einzelnen Bilder und Texte, so intensiv, daß es mich überhaupt nicht gewundert hätte, wenn ich ein Loch in das Papier gestarrt hätte. Ebenso intensiv belauerte ich die Nachtschwester, sah durch die Augenwinkel, wie sie von einem Zimmer ins andere ging, hörte, was sie zu den einzelnen Patientinnen sagte.

»Ihre Tabletten habe ich Ihnen auf den Nachttisch gelegt«, sprach sie mich zwischendurch kurz an.

»Danke!« erwiderte ich und zwang mich zu einem krampfhaften Lächeln.

»Will Claudia wieder ein Glas Milch?« fragte sie.

»... Bestimmt ...!«

»Komisch! Ich könnte schwören, Eva, daß sie mir vor Monaten mal gesagt hat, Milch stünde in ihrer Rangliste für Brechmittel an allererster Stelle ... und jetzt seit zwei Wochen dieser Sinneswandel ...!?«

In meinem Gehirn ratterte es nur so. Die Nachtschwester hatte recht. Claudia haßte nichts so sehr wie Milch, aber seit etwa vierzehn Tagen ließ sie sich allabendlich ein Glas bringen, das ich dann sofort über dem Ausguß entleeren mußte. Was das sollte, verriet sie mir nicht, doch war ich sicher, daß es einen Grund hatte.

»Das stimmt nicht!« log ich die Nachtschwester deshalb an. »Ich bin das, die sich vor Milch ekelt, Claudia liebt das Zeug.«

»Sie?« Maria war äußerst erstaunt. »Ach so ist das! Dann haben Sie das mit dem Brechmittel mal gesagt ...«

»Ja.«

Damit hatte ich es hinter mir. Die Nachtschwester teilte weiter die Tabletten aus, und ich konnte mich langsam aber sicher bereitmachen für den »großen Coup«.

Um Schlag zwanzig Uhr vierzehn war es soweit.
Maria hatte ihren Rundgang beendet, ging zurück zum Schwesternzimmer, und genau in diesem Moment stand ich auf, war mit zwei Schritten an unserer Tür, öffnete sie. Das war das Zeichen: Claudia begann zu schreien, und gleichzeitig schellte sie Sturm.
»Um Gottes willen!« lautete mein Text.
»Was ist denn?« fragte die Nachtschwester erschrocken.
»Ich weiß nicht ...«

Claudias Plan ging auf. Maria nahm sich nicht die Zeit, die Medikamente wegzuschließen, zumal auch keine wirklich schweren Geschosse darunter waren; sie stellte ihr Drogentablett nur ab und eilte zu Claudia. Kaum daß sie unser Zimmer betreten hatte, lief ich ins Schwesternzimmer. Barbiturate mußten es sein, so lautete mein Auftrag, und da die meisten der gängigen Schlafmittel Barbiturate waren, war das nicht allzu schwierig. Ich griff nach einer der Klinikpackungen, öffnete sie und schüttete eine Handvoll Tabletten in die Tasche meines Bademantels. Eine fiel mir dabei auf den Boden – sofort brach mir der Schweiß aus! Ich bildete mir ein, dieses Geräusch hätte man im ganzen Haus gehört, und als mir die Pille, da ich sie aufheben wollte, auch noch mehrmals aus den Fingern glitt, glaubte ich, gleich einen hysterischen Anfall zu bekommen. Doch blieb mir das erspart, beim vierten Versuch hatte ich den Ausreißer, warf ihn in die Packung zurück, verschloß sie wieder, stellte sie zurück, eilte zur Sitzecke, um meine Illustrierte zu holen, die ich dort hatte liegenlassen, und lief dann ins Zimmer, wo die Nachtschwester händchenhaltenderweise an Claudias Bett stand.
»Ich weiß, daß die Schmerzen schlimm sind«, sagte sie mitfühlend, »aber ich kann Ihnen den Cocktail nicht vor der Zeit geben.«

Claudia weinte echte Tränen. Ihre Qualen waren so groß, daß sie dazu jederzeit fähig war.

Als sie mich kommen sah, wischte sie sich die Tränen jedoch ab.

»Ja, ja«, wimmerte sie, »is schon gut ...«
»Es tut mir wirklich leid.«
»Ja, ja ...«
»Soll ich Ihnen Ihre Milch bringen?«
»Mmh ...«

Claudia wimmerte wie ein kleines Kind, und als die Nachtschwester sich umdrehte und das Zimmer verließ, sah sie mir für den Bruchteil einer Sekunde ins Gesicht. Es tat ihr ernsthaft leid, Claudia nicht helfen zu können, das las ich in ihren Augen. Vor allem aber las ich darin, daß sie überzeugt war, ich hätte von Anfang an da gestanden, wo ich jetzt stand, am Fußende meines Bettes, die Alibi-Illustrierte fest in der Hand.

»Hat et geklappt?« fragte Claudia, kaum daß wir allein waren.

»Ja«, erwiderte ich im Flüsterton.
»Viel?«
»Ich denke!«
»Wieviel?«
»Warte, bis Maria ...«
»Logo!«

Etwa zehn Minuten später bekam Claudia ihre Milch, die ich wie immer sofort in den Ausguß schüttete, während sie selbst die Beute meines Raubzuges prüfte.

»Prima!« krächzte sie schließlich. »Nu reicht et!«
»Wie?« Ich verstand kein Wort.
»Morgen mach ich et!«
»Was?« Ich wollte nicht verstehen. »Wieso morgen?«
»Wieso nich morgen?«

Damit war die Angelegenheit für Claudia erledigt. Sie schlief an diesem Abend ein, als wäre es ein Abend wie jeder andere, und ich lag wach und weinte, die ganze Nacht. Zahllose Fragen türmten sich vor mir auf, Ängste, Zweifel. Viel zu schnell war mir das alles gegangen – hatten wir nicht erst vor zwei Monaten Claudias Geburtstag gefeiert? Viel zu unüberlegt kam mir das alles vor – gab es nicht vielleicht doch noch einen anderen Ausweg?

Aber ich war allein mit diesen Fragen und Ängsten und Zweifeln, und das einzige, was mir wirklich blieb, war eine grenzenlose Verwirrung, die eingebettet war in die Gewißheit, daß mich das, was vor mir lag, auf ewig verfolgen sollte und daß ich dafür bezahlen würde, einen Preis, den außer meinem Herrgott niemals jemand würde ermessen können:

»Wir sehen jetzt durch einen Spiegel in einem dunkeln Wort; dann aber von Angesicht zu Angesicht. Jetzt erkenne ich's stückweise; dann aber werde ich erkennen, gleichwie ich erkannt bin.«

26

Der 14. Juli 1977 war ein Hochsommertag mit strahlend blauem Himmel. Die Sonne schien wie nie zuvor in diesem Jahr, und ein angenehmer, warmer Wind wehte von Süden her. Es war ein herrlicher Tag, ein besonderer Tag – der letzte im Leben der Claudia Jacoby, und doch ein Tag wie jeder andere. Er hatte einen Morgen, einen Mittag und einen Nachmittag, auch seine Stunden hatten nur sechzig Minuten, auch er verging, einfach so, und in meiner Erinnerung bestand er später nur noch aus ein paar Augenblicken, aus einigen wenigen Situationen.

8.00 Uhr: Claudia legte den Kopf weit in den Nacken, um aus dem Fenster in den Himmel schauen zu können.

»Siehse«, witzelte sie, als sie das strahlende Blau erblickte, »wenn Engel reisen, lachter Himmel!«

9.25 Uhr: »Sag mal«, flüsterte ich, nachdem ich über eine Stunde mit mir gerungen hatte, »wie willst du es denn eigentlich machen?«

Claudia sah mich mißmutig an.

»Watte nich weiß«, krächzte sie mit streng erhobenem Zeigefinger, »macht dich nich heiß!«

»Aber ...«

»Du has versprochen, allet zu tun und nix zu fragen!«

»Schon ... nur ... ich ... ich weiß weder, *wann* du die Schlaftabletten nehmen willst, noch weiß ich, *wie* du das tun willst, ich weiß nur, *daß* du es tun willst, und ansonsten –«

»Mehr wissen, Evken, ... dat macht Falten!«

11.16 Uhr: Ich hing in meinem Bett und quälte mich mit den Gedanken, mit denen ich mich auch in der vergangenen Nacht und in all den vorangegangenen Wochen gequält hatte.

»Komm, Evken!« sprach Claudia mich an. »Mach nich son Gesicht, sons merken die da draußen noch wat ... dat muß hier allet ganz normal aussehn!«

»Das geht nicht, Claudia!«

»Kla geht dat«, erwiderte sie, würgte ihre Mahlzeiten herunter, erbrach sie wieder und fluchte – bettelte vor der Zeit um ihre Cocktails, bekam sie nicht und kreischte – wie immer!

14.30 Uhr: Ich wachte aus meinem Mittagsschlaf auf. Knapp zwei Stunden war ich weit weg gewesen von Angst und Tod, doch dafür war mir jetzt alles gleich doppelt nah.

Claudia raschelte mit Papier.

»Kommse ma, Evken? Ich hab hier wat!«

Noch leicht schlaftrunken kletterte ich aus dem Bett, sie gab mir einen Brief.

»Den is für Willi«, sagte sie, »geb en ihn, wenn er kommt!«

»Wenn er kommt?« wiederholte ich ungläubig. »Ich kann mir kaum denken, daß er –«

»Den kommt!«

»Aber er war doch die ganze Zeit über nicht hier.«

«Da wa ich ja auch hier! Wenn ich nu wech bin, Eva ... da is den Willi da. Kannse Gift drauf nehm!«

16.05 Uhr: Mutter Jacoby mußte bereits seit einer guten Stunde die wildesten Schimpftiraden über sich ergehen lassen.

»Wieso hasse mir dat grüne Nachthemd nich mitgebracht?« keifte Claudia dann auch noch.

»Welches grüne Nachthemd?«

»Dat mitte Tierkes drauf!«

»Das habe ich weggeworfen.«

»Wat? Dat schöne Dingen?«

»Das hatte Löcher, Kind, unter den Armen war es völlig—«

»Sonne Scheiße! — Sch ... aa ... hh ...«

Claudia tobte wie eine Wahnsinnige, spulte ihr gesamtes Schimpfwortrepertoire herunter und schloß es ab mit der Feststellung, ihre Mutter wäre eben eine Asoziale, aber das hätte sie ja immer schon gewußt.

»Bloß Asoziale schmeißen allet wech!«

»Was???«

»Deswegen kommse auch zu nix!«

»Claudia!!!«

»Ach, hau ab!«

Frau Jacoby – oder wie immer sie nach ihrer Wiederverheiratung heißen mochte – tat wohl nichts lieber als das. Sie dachte wahrscheinlich, daß dies einer jener Tage war, wo man gut daran tat, Claudia aus dem Weg zu gehen. Also schoß sie von ihrem Stuhl, spurtete zur Tür, und als sie sich ein letztes Mal umdrehte, ahnte sie nicht, daß sie ihre Tochter niemals wiedersehen sollte.

»Tschüs, Kind!« sagte sie beiläufig.

»Tschüs, Mama!«

Dann fiel die Tür auch schon ins Schloß, und mir lief ein eisiger Schauer über den Rücken.

Claudia lächelte selig vor sich hin. »Tschüs, Mamaken«, flüsterte sie, »mach et gut!«

18.00 Uhr: »Künden sich Herbst und Winter an,
Dann lächelst du, wie es begann,
Weiß ist dein Haar, so weit dein Blick,
Siehst du zurück.
Nichts ist so wichtig, nichts so groß
Wie deine friedliche Hand im Schoß,
Nichts fängt im Leben noch mal an,
Und was kommt dann …?
… Dann kommt der große Abschied von der Zeit …«

Dieser »Große Abschied« war immer schon Claudias Lieblingslied gewesen, doch hatte sie den Worten wohl noch nie andächtiger gelauscht als an diesem 14. Juli 1977. Sie war sich plötzlich ganz sicher, daß Udo dieses Lied ausschließlich für sie geschrieben hatte.

»Der hat dat gewußt, dat ich mich so fühl …«

Etwa zwei Stunden später endete er auch schon, der letzte Tag im Leben der Claudia Jacoby, ein herrlicher Tag, ein besonderer Tag, ein Tag wie jeder andere. Die Nachtschwester kam und brachte die Medikamente und die mittlerweile handelsüblich gewordene Milch: Die längste Nacht im Leben der Eva Martin begann.

»Heut nich wechschütten, Evken!«

»Wie?« Ich hatte das Glas mit der Milch schon in der Hand, um es wieder mal über dem Ausguß zu entleeren.

»Heut brauch ich dat Zeuch!«

»Was?«

»Altet Mörder-Rezept!« griente Claudia. »Wenn de deine olle Oma kaltmachen wills und nich für innen Knast wills, musse einfach zehn olle Omas kaltmachen – dann is et ne Serje und de Polizei is am Rumsuchen. Schlau, ne?«

Ich nickte anerkennend und wurde sodann ins Bad geschickt, um die Milch in eines unserer Zahngläser zu schütten.

»Laß aber *ein* Schlücksken drin in dat Milchglas, Eva, nur en ganz klein Schlücksken!«

»Und dann?«

»Bringse mir beide Gläskes her!«

Ich verstand zwar nicht, was das sollte, erledigte den Auftrag aber zu Claudias vollster Zufriedenheit. Ich hatte schließlich versprochen, alles zu tun, was sie verlangte, und keine Fragen zu stellen.

Als ich aus dem Bad zurückkam, ließ sie das Zahnglas mit der Milch in ihrem Nachttisch verschwinden, und das fast leere Milchglas plazierte sie demonstrativ auf ihrem Nachttisch.

»Und jetzt?« fragte ich gleich wieder.
»Jetz machse Fernsehn an!«
»Fernsehen ...?«
»Ich glaub, den Kuli is drin!«
»Kuli ...? ... Aha!«

Mehr fiel mir dazu nicht ein. Wie man an Selbstmord und zugleich an den witzigen, charmanten und gescheiten Hans-Joachim Kulenkampff denken konnte, blieb mir rätselhaft, aber Claudia hatte ja schon immer für alles ihre ganz speziellen Gründe gehabt. Also schaltete ich den Fernsehapparat ein, um dann festzustellen, daß sie sich ausgerechnet heute geirrt und zu früh gefreut hatte. Nicht ihr über alles geliebter »Kuli« flimmerte über den Bildschirm, sondern im einen Programm eine ermüdende Musiksendung und im anderen ein langweiliger Spielfilm über »Beziehungskisten«.

»Sonnen Scheiß!« moserte sie. »*Einer wird gewinnen* hätt mir grad heut so gut gepaßt! – Wat sachte Uhr?«

Diese abschließende Frage stellte sie mir in den folgenden achtzig Minuten noch genau dreiundzwanzigmal, und dabei wirkte sie von Mal zu Mal nervöser. Erst als ich beim vierundzwanzigsten Mal »21.30 Uhr!« antwortete, erhellten sich ihre Gesichtszüge.

»Dann wird et jetz ernst, Evken! – Hol mir ma de Pillekes aus en Schrank!«

Ich schluckte. Ich hatte es mir fest vorgenommen, keine Schwierigkeiten zu machen und anstandslos zu »funktionieren«. Aber trotz dieser guten Vorsätze begann mein Herz jetzt zu rasen, und mein ganzer Körper fing an zu beben.

»Sofort?« hauchte ich ängstlich.

»Mmh!«

»Aber ... –«

»Du has et mir versprochen!«

Für einen kurzen Augenblick sehnte ich mich nach einem raschen Herztod – *Sterbehelfer vom Schlag getroffen* – ich sah schon die Schlagzeile. Doch durfte ich darauf ebensowenig hoffen wie auf eine bequeme Kino-Lösung, nach der Claudia just in dem Moment, da ich im Begriff war, mich schuldig zu machen, eines natürlichen Todes starb. So etwas gab es im wirklichen Leben nicht. Im wirklichen Leben mußte man sich bekennen, und genau das tat ich jetzt. Ich holte tief Luft, als könnte ich mir damit Mut machen, hangelte mich aus dem Bett, wankte mit zitternden Knien zum Schrank, ergriff die Plastiktüte mit den Tabletten. Sie war klein, diese Tüte. Kaum größer als ein halber Briefbogen, und weiß wie die Unschuld lag sie in meiner Hand, ein bißchen zerknittert, tödlich. Ich betrachtete sie wie eine giftige Pflanze, deren unscheinbares Blattwerk den Unwissenden nichts Böses ahnen ließ, und trug sie zu Claudia herüber.

»Lech auf en Nachttisch!« sagte sie sofort. »Und hol mir en Glas wamet Wasser!«

»Warmes Wasser?«

Sie nickte, und so erledigte ich auch das, was Claudia endlich zu einem zufriedenen Grinsen veranlaßte.

»So, Evken«, fuhr sie fort, »und jetz gehse raus und frachs dat Mariechen, ob se ne Nadel und en Faden hat für dat hier!«

Sie drückte mir einen Waschlappen in die Hand, dessen Aufhänger abgerissen war.

»Das ist ja meiner!« entfuhr es mir.

»Nu mach kein Zoff!« entgegnete Claudia ungeduldig.

»Mach ich ja nicht, nur –«

»Hab ihm ebent ausgeliehn, verdorri – geh! Los!«

»Ja, aber –«

»Eva! ... Laß dir dat Zeuchs geben und guck, dat hier keinen reinkommt solange, auch du nich. Ers um fünf vor kommse wieder. Kapiert? Um fünf vor!!!«

»Ja, aber was soll ich denn ...?«

»Erzähl ihr wat vont gelbe Pferd, Evken, aber erzähl ihr wat und mach zu!«

Claudia war anzumerken, daß sie mit ihrer Geduld am Ende war, und warum das so war, hätte mir eigentlich klar sein müssen. Ich hätte wissen müssen, warum ich das Zimmer verlassen und diese Komödie mit dem Waschlappen inszenieren sollte. Ich wollte es aber nicht wissen, und so dachte ich einfach darüber hinweg, indem ich mich verbissen auf meine zweifelhafte Aufgabe konzentrierte und auf den Flur hinausging. Ich hatte »Glück«. Die Nachtschwester war im Nebenzimmer bei einer jungen Patientin, die ambulant chemotherapiert wurde und immer nur die Nacht nach der Infusion bei uns auf der Station verbrachte. Wie ich hörte, ging es ihr ziemlich schlecht. Sie erbrach wohl, denn Maria mahnte sie ständig, durch die Nase zu atmen.

»Sonst muß ich den Doktor holen, damit er Ihnen eine Magensonde legt.«

Als ich das vernahm, hätte ich fast einen Schreikrampf bekommen. In meiner Angst sah ich schon Behringer auf die Station kommen, diese unglückselige Magensonde legen und anschließend noch mal eben kurz bei uns hereinschauen ... Doch hatte ich dabei Claudias Planung unterschätzt. In dieser Nacht hatte nämlich der Stationsarzt von S 5 Bereitschaftsdienst, und der kannte uns nicht. Somit hätte er auch keinerlei Veranlassung gehabt, die Runde zu machen. Claudia hatte eben an alles gedacht. Auf die Minute genau und bis ins letzte Detail war jeder noch so winzige Schritt ausgetüftelt, und überdies hatten wir auch noch besagtes »Glück«. Als die Uhr auf dem Gang endlich fünf Minuten vor zehn zeigte, war die Nachtschwester immer noch mit dem würgenden Sorgenkind beschäftigt, so daß ich mit dem Waschlappen in der Hand ins Zimmer zurückkehren konnte. Claudia saß strahlend in ihrem Bett.

»Wie wart?« fragte sie mit fröhlicher Stimme.

»Ja ... äh ...« Ich erzählte ihr alles, strich viel Lob ein und hatte mich sofort wieder ins Bett zu legen. Claudia läutete.

»Was denn nun?« fragte ich.

»Nu is gleich zehne, und ich will mein Cocktail!«

Den hatte ich völlig vergessen. Claudia bekam immer um zehn ihren letzten Cocktail, den sogenannten »Sleeper«, der stärker war als die einzelnen Tagesdosen. Die Nachtschwester war da ebenso genau wie ihre Patientin. Sie mußte sofort gewußt haben, warum in der 103 geschellt wurde, denn es dauerte zwar ein bißchen, bis sie kam, dafür brachte sie den »Sleeper« aber auch gleich mit.

Claudia schluckte ihn wie köstlichen Champagner. Dabei plauderte sie munter vor sich hin, als wäre dies wirklich ein Abend wie jeder andere, und zum krönenden Abschluß wurde sie dann auch noch ruppig.

»Nehm dat Milchglas auch gleich mit!« fuhr sie Maria an, als die hastig wieder hinauslaufen wollte. »Sons suchse dat gleich, und dann bisse hier am Rumhampeln, und unsereinen kann wieder nich pennen!« Mit betont großer Geste leerte Claudia das Milchglas und drückte es der Schwester in die Hand.

»Ja, ja«, knurrte die, »ich werde den Schlaf der Gnädigen schon nicht stören.«

Dann wünschte sie allerseits eine gute Nacht und ging.

Claudia zwinkerte mir zu. »Siehse, Evken«, sagte sie und pfiff erleichtert durch die Zähne, »dat wa et schon, halb so wild, ne?«

Sie öffnete ihren Nachttisch und holte die beiden Zahngläser heraus.

»Bloß die musse ebent noch ausspüln. Machse ma?«

Erst in diesem Moment begriff ich wirklich, denn in diesem Moment mußte ich nun begreifen, ob ich wollte oder nicht. Ich starrte auf die beiden leeren Gläser und in Claudias fröhliches Gesicht, ich starrte auf die kleine, weiße, tödliche Plastiktüte, die immer noch auf ihrem Nachttisch lag, jetzt aber leer und nur noch halb so zerknittert war ..

... Es war zu spät ... Claudia hatte längst getan, was sie hatte tun wollen, sie hatte über hundert Schlaftabletten geschluckt, während ich hilflos und nutzlos vor der Tür gestanden hatte ... Es war endgültig zu spät.

Ich brach in Tränen aus. »Warum hast du das getan?« schluchzte ich. »Ich hätte dir doch –«

»Dat mußte sein, Evken!«

»Aber ich hätte dir doch –«

»Wegen dat Rechtliche mußte dat so sein!«

»Aber ich hätte dir doch –«

»Eva!!!« Sie lächelte mich an. »Morgen früh, Eva, da fracht dich Pfurz und Feuerstein, wie dat hier wa, und dann ...«

Sie reichte mir einen Brief. »Den is für Mennert!« flüsterte sie. »Gib en ihn und wasch ma ers de Gläskes aus!«

Nun verstand ich endgültig nichts mehr, die Welt nicht, Claudia nicht, nicht einmal mehr mich selbst. Ich nahm den Brief, obwohl ich mir beim besten Willen nicht vorstellen konnte, was Claudia dem Professor wohl zu schreiben hatte, legte ihn weg und ging mit den beiden Gläsern ins Bad.

Gut fünf Minuten stand ich dort vor dem Waschbecken, ließ das Wasser rauschen und die Tränen fließen. Ich konnte weder denken noch fühlen. Ich war nur noch müde, und am liebsten wäre ich in dieser leicht gebückten Stellung, in diesem winzigen, so überschaubaren Räumchen, in dieser so schweren Stunde für alle Zeiten eingeschlafen. Doch dann blickte ich plötzlich auf und sah mein Gesicht im Spiegel. Es lebte. Es lebte, wie ich selbst lebte, und es konnte seinem Anblick ebensowenig entfliehen wie ich meinem Schicksal. Es konnte nur vor sich selbst die Augen verschließen, blieb aber auch dann, was es so oder so war: mein Gesicht, mein Schicksal. Ich drehte den Wasserhahn zu, trocknete die Gläser ab, wischte mir die Tränen vom Gesicht, dann ging ich ins Zimmer zurück.

Claudia lag entspannt in ihrem Bett. Ihre Augen strahlten wie die eines Kindes, das zum ersten Mal in seinem Leben mit der Eisenbahn fahren darf. Sie freute sich auf ihren Tod. Sie freute sich darauf, endlich Abschied nehmen zu dürfen von dieser Welt und von ihrem Leben, und diese Freude konnte und wollte sie mit niemandem teilen, auch nicht mit mir.

Hilflos lehnte ich mich gegen den Türrahmen. Ich fühlte mich unendlich einsam.

»Kann ich noch irgend etwas für dich tun?« sprach ich sie schließlich an.

»Mmh?« Sie blickte zu mir herüber, als hätte ich sie aus tiefstem Schlaf geweckt.

»Ob ich noch irgend etwas für dich tun kann ...«, wiederholte ich leise.

Sie überlegte einen Moment, dann tanzte plötzlich ein verschmitztes Lächeln auf ihren Lippen. »Mmmmmh!«

»Was?«

»Gibse mir dat geile rosa Hemdken mit die dünnen Trägerkes und dat Spitzenzeuchs?«

Zuerst wußte ich gar nicht, was ich dazu sagen sollte. Ich hatte immer geglaubt, daß Claudia meine Wäsche übertrieben und »aufgemotzt« fand.

»Nee, nee!« erklärte sie mir jetzt. »Sonne Scharfmacher mach ich schon auch leiden ... wa für mich bloß nie wat ... wa ich nich schön genuch für ... abber heute ...? Tuse mir den Gefalln ...? Wär ja ma bloß für die eine Nacht ...?«

Ich tat ihr diesen Gefallen nur zu gern, vermutlich hatte ich noch nichts in meinem Leben mit größerer Freude getan. Ich sprang förmlich zum Schrank, um das Nachthemd zu holen, half Claudia beim Umziehen, zupfte ihr die Spitzen in die rechte Form.

»Möchtest du vielleicht auch den passenden Schal dazu?« fragte ich dann.

»Dat is nich nötig!«

»Aber vielleicht sollte ich ihn dir ...«

Das Wort blieb mir im Halse stecken.
»Wat?« hakte Claudia sofort nach.
»Nichts ...«
»Willse mir dat Dingen etwa um den Kopp binden?«
Verschämt senkte ich den Blick.
»Damit ich nich anfang zu schnaufen ...?«
»... Damit der Unterkiefer nachher nicht so weit herunterhängt ...«, winselte ich. Ich schämte mich fürchterlich, und ich konnte mir nicht erklären, wie ich auf so eine abgeschmackte Bemerkung hatte kommen können.

Claudia fand das indes eher witzig als abgeschmackt.
»Also weiße«, prustete sie, »du bis echt ne Perver– ... nee! Per ...«
»Perfektionistin?«
»Genau! Bis innen Tod, Eva!«
Ich schämte mich nur noch mehr.
»Dat is nu ma so, Evken, wenn de hin bis, hängt allet rum ... oder is dat nich so, wenn man en Tuch drumbindet?«

Ich zuckte die Achseln, schließlich hatte ich da auch noch keine Erfahrungen, es war nur so eine Idee gewesen.
»Na gut!« stöhnte Claudia daraufhin. »Wenn et dich glücklich macht: ... Bind en Tuch drum! – Nur mach dat nich, solang ich dat noch merke!«

Noch immer verschämt blickte ich ihr in die Augen. »Ich paß schon auf!«
»Mmh«, erwiderte sie, »... dat hat mein Willi im Bett immer gesacht.«

Obwohl das witzig klang, sah Claudia ungewöhnlich traurig aus, als sie das sagte.
»Hast du ihm immer noch nicht verziehen?« fragte ich sie.

Sie antwortete nicht, drehte den Kopf zur Seite und blickte voller Wehmut auf Willis Photo.
»Du solltest ihm verzeihen, Claudi, du würdest dich bestimmt besser fühlen, wenn du es tätest.«

Auch dazu sagte sie nichts, aber sie nahm das Photo in beide Hände und preßte es fest an ihre Brust.

»Hör ma«, sagte sie dann nach einer Weile, »wenn ihn herkommt, den Willi, dann ... dann sach ihn doch bitte, ... dat ich ... ach Scheiße, sach ihn ga nix. Geb ihn bloß den Brief!«

»Claudia!« beschwor ich sie. »Du solltest wirklich –«

»Pack dat wech, Eva, schnell!« Fast gewaltsam drückte sie mir das Photo in die Hand.

»Aber Claudia –«

»Ich will et nich mehr sehn ...!«

»Aber –«

»Und mach mir dat Bett noch ebent flach, sons fang ich trotz dat Tüchsken nachher an zu schnaufen, und einen riecht Lunte ...«

Ich seufzte. Es war noch nie möglich gewesen, mit Claudia über Dinge zu reden, über die sie nicht reden wollte, und daß sich daran in den letzten Stunden ihres Lebens noch etwas ändern sollte, war unwahrscheinlich. Also legte ich Willis Photo in meinen Nachttisch zu den Briefen – wie gewünscht – und drehte das Bett herunter – wie gewünscht. Dann setzte ich mich zu Claudia, dicht neben sie, so dicht, daß ich die Wärme ihres Körpers spüren konnte.

»Merkst du schon etwas?« fragte ich sie.

Sie nickte. »De Beine werden kalt ... und de Rückenschmerzen lassen nach ... aber dat wird ja nu auch langsam Zeit.« Sie sah mich an. »Lech dich besser hin, Evken! Damitte dich nich erkältes!«

Als sie das ausgesprochen hatte, mußten wir beide darüber lachen, richtig lachen.

»Hat dat nich scho ma einen gesacht?«

»Der Behringer«, erwiderte ich, »an dem Tag, an dem ich hier eingeliefert wurde.«

»Jau, wegen deine – ...« Sie lächelte nachdenklich vor sich hin. »... wa eigentlich nich schlecht hier«, sagte sie dann, »... wa zwa beschissen, aber Spaß ham wir trotzdem immer gehabt. Ne?«

Ich spürte einen Kloß in meinem Hals, der immer dicker wurde.

»Ja«, preßte ich hervor, »Spaß hatten wir immer ... weißt du noch, was du mir mal über den Humor gesagt hast?«

»Nee!«

»Wenn man lacht«, wiederholte ich ihre Worte, »dann ist nichts weiter weg als der Tod!«

»Dat soll ich gesacht ham?« vergewisserte sie sich.

»Ja.«

Sie sah mir tief in die Augen. »Du bis schon en komischet Persönken«, meinte sie dann. »Du has sovielet von mir übernommen ... aber du has ebent en ganz andern Kopp wie ich. Und vielleicht schaffse dat ja, den Krebs mit dein Kopp zu überlisten.«

»Glaubst du?«

Sie versetzte mir einen liebevollen Stups in die Seite. »De Chemo hasse ja scho ma geschafft!«

Ich war fassungslos. Ich hatte mir soviel Mühe gegeben, dieses mein Erfolgserlebnis für mich zu behalten.

»Das weißt du?« stieß ich erschüttert aus. »Ich dachte ...«

Claudia schmunzelte. »Ich weiß allet!« sagte sie. »Aber ich fand dat nett, dat du mir nix davon gesacht hast ... echt nett!«

Mir kamen die Tränen. Sie stiegen in Wellen in meine Augen, und durch den Schleier sah ich Claudia an, wie ich noch nie zuvor einen Menschen angesehen hatte. Ich verschlang sie förmlich mit meinen Blicken, ich versuchte, sie in ihrer Gesamtheit zu verinnerlichen, als könnte ich damit einen Teil von ihr zurückbehalten, und ich versuchte, mir vorzustellen, wie es wohl morgen sein würde, morgen, wenn es Claudia nicht mehr gab.

»Hast du Angst?«

»Nee!«

»Wirklich nicht?«

»Nee!«

»Glaubst du denn, daß nach dem Tod nichts mehr kommt?«

»Dat ich mein Vatter wiederseh, glaub ich jedenfalls nich!«

»Und daß du Gott begegnen könntest, denkst du da mal dran?«

Claudia überlegte angestrengt, und ich bemerkte erst viel zu spät, wieviel Mühe ihr das bereits machte. Dennoch beantwortete sie mir meine Frage nach einer Weile.

»Wenn schon!« sagte sie scheinbar leichten Herzens. »Wenn dat passiert, dann entschuldige ich mich ebent, dat ich hier unten nich an ihm geglaubt hab, und aus! Der verzeiht mir dat schon! Dat muß der bei dat Scheißleben, wat er mir aufgebrockt hat!«

»Und wenn er das nicht tut?«

»Mach ich Krach!«

Claudia meinte das ganz ernst. Das spürte ich nicht nur, sondern das las ich auch in ihrem Gesicht, das verriet mir ihre Stimme, und deshalb mußte ich darüber lachen. Ich sah plötzlich ein Bild meiner Kindheit vor mir: Ich sah Wolken mit blondgelockten Engeln, die Harfen in den Händen hielten, ich sah Petrus, der das Himmelstor bewachte – und mittendrin sah ich eine motzende Claudia, die sich gerade vor lauter Wut den ersten Flügel ausgerissen hatte.

»Wenn es wirklich so ist da oben«, lachte ich, »dann weiß ich ja, was auf mich zukommt. – Wenn es in Zukunft donnert, werde ich immer denken, daß du gerade mal wieder mit dem Fuß aufgestampft hast, und wenn es blitzt, werde ich das für deine bissigen Bemerkungen halten. Nebel ... dann heckst du was aus! Hagel ... Claudia demontiert ein Wölkchen! Regen ...–«

Ich war so sehr mit mir und meinen Visionen vom Himmelreich beschäftigt gewesen, daß ich erst jetzt bemerkte, daß Claudia ihre Augen kaum noch offenhalten konnte. Ihr ganzes Gesicht wirkte auf einmal so schlaff, da regte sich kein Muskel mehr.

»Alles in Ordnung?« fragte ich sie.

»Mmh ...«, brummelte sie zufrieden, »... würdese meine Hand halten ...?«

»... Natürlich!«

Ängstlich und tapfer zugleich ergriff ich ihre Hand und hielt sie ganz fest, so fest, daß ich glaubte, Claudia nun nicht mehr verlieren zu können, egal, was geschah.

Unsere Finger waren so eng ineinander geschlungen, daß sie untrennbar schienen, und der fahle Schein der Nachttischlampe fiel darauf wie ein heller Sonnenstrahl. Das war nicht das Ende, dachte ich mir, das war der Anfang, der Anfang eines neuen Lebens, eines Lebens ohne Claudia, aber mit den Erinnerungen an Claudia. Diese Erinnerungen kamen in dieser Stunde zu mir wie gute Freunde, die man lange nicht mehr gesehen und auf die man sich trotzdem verlassen konnte, weil sie einem von Herzen verbunden waren und nicht auf Zeit. All das, was einmal gewesen war, war plötzlich wieder ganz nah. Ich sah Claudia, wie sie mir an unserem ersten Tag ihre Glatze präsentiert hatte. »Na, is dat en Geck?«, wie sie mich gepflegt hatte, als es mir schlechtging, wie hübsch sie gewesen war, als ihre Mutter heiratete, wie sie geweint hatte, als sie mir von ihren Metastasen erzählte. »Ich kann nich mehr. Und ich will auch nich mehr.«

All das war Vergangenheit, und ich wußte, daß schon morgen auch diese Nacht Vergangenheit sein würde, unwiederbringlich wie jeder meiner Atemzüge.

»Du wirst mir fehlen«, flüsterte ich Claudia zu, »du wirst mir fehlen, du –«

Claudia war eingeschlafen, ich hatte es nicht bemerkt. Sie hatte die größte Reise ihres Lebens angetreten.

Vor diesem Augenblick hatte ich mich wochenlang gefürchtet. Jetzt, da er da war, war er jedoch ganz anders, als ich ihn mir immer vorgestellt hatte. Ich empfand keine Angst und keine vorzeitige Reue, vielmehr war mir dieser Augenblick vertraut, denn er war, wie mein ganzes bisheriges Leben gewesen war: wie ein Sprung aus den Wolken. Vorher hatte ich Angst gehabt, hinterher würde ich mich erinnern, aber in diesem Moment, da ich sprang, ... da war gar nichts ... da wollte ich es nur richtig machen! Ich hatte keinerlei Verhältnis mehr zu dem, was ich da tat.

Claudia schlief. Sie schlief tief und fest der Ewigkeit entgegen, und das einzige, was ich spürte, war, daß sie mich mit jedem Atemzug mehr und mehr verließ. Ich hatte sie geliebt. Unsere Lebenswege hatten einander auf schicksalhafte Weise gekreuzt, und wir waren ein Stück miteinander gegangen. Ich würde sie auch über den Tod hinaus weiterlieben, das wußte ich. Das war schließlich das einzige, was mir blieb, denn wie hieß es so tröstlich am Ende des 13. Kapitels des Korintherbriefes:

»Nun aber bleibt Glaube, Hoffnung, Liebe, diese drei; aber die Liebe ist die größte unter ihnen.«

Sie war die größte, die allergrößte.

Irgendwann löste ich meine Hand aus Claudias und band ihr vorsichtig den Seidenschal um den Kopf. Sie spürte es nicht, und wenn sie es spürte, so tat es ihr doch zumindest nicht weh. Dann schaltete ich die Nachttischlampe aus und schaute aus dem Fenster. Draußen war es dunkel und still, auch auf dem Gang regte sich nichts. Nur der Wecker, der auf dem Nachttisch stand, sang sein Lied ... tick-tack ... leb wohl ... mehr war nicht. Claudia und ich waren allein, und für wenige Stunden glaubte ich, es gäbe nur uns beide in dieser Welt, sie und mich, und wir beide, wir warteten auf den Tod.

Als er das Zimmer betrat, war es draußen noch dunkel. Ich spürte ihn sofort, denn von einem Augenblick zum anderen wurde es kühl um mich her. Zugleich wurden Claudias Atemzüge immer flacher und leiser. Keinen einzigen Laut gab sie von sich in dieser Nacht, sie schlief durch, sie kam ans Ziel, und als sie endgültig von mir ging, da war es draußen schon taghell, und die ersten Vögel zwitscherten in den Zweigen. Behutsam nahm ich ihr das Tuch vom Kopf, deckte sie ein letztes Mal fest zu, legte ihre Hände übereinander auf die Bettdecke. Wunderschön sah sie aus. Die Augen fest geschlossen, lag sie da, ihre Gesichtszüge waren entspannt, auf ihren Lippen ruhte ein erleichtertes Lächeln. So hatte ich sie im Leben niemals gesehen, sie sah glücklich aus.

Gott mußte sie also angenommen haben, mehr noch, er mußte sie mit offenen Armen empfangen haben ... Gott!

Ich legte mich in mein Bett, und – wie schon so oft – rollte ich mich zusammen wie ein ungeborenes Kind. Ich wollte nachdenken, konnte es aber nicht, ich wollte beten, aber es ging nicht.

Seit achtundvierzig Stunden hatte ich kaum geschlafen, und in meinem Kopf herrschte ein einziges Chaos. Die Gedanken jagten einander, ich dachte an Gott ... Ach Herr, strafe mich nicht in Deinem Zorn und züchtige mich nicht in Deinem Grimm! ... an das Leben ... sonnen großartigen Allmächtigen läßt sich doch wo nich versuchen ... an den Glauben ... Herr, Dir in die Hände sei Anfang und Ende, sei alles gelegt ... an den Tod ... woher wills du wissen, wat ne Sünde is ... an das Schicksal ... der Herr hat's gegeben, der Herr hat's genommen ... an die Sünde ... dat is Hochmut, Schätzken ... an die Wahrheit ... du sollst nicht töten ... an den Weg zur göttlich bestimmten ... du sollst nicht töten ... zur göttlich bestimmten und durch den Menschen zu lebenden Wahrheit ... du sollst nicht töten ... *Nein!*

Ich schreckte hoch, saß kerzengerade in meinem Bett und spürte, daß ich am ganzen Leibe zitterte. Worte! Das waren alles nur Worte! Ich brauchte aber keine Worte, ich brauchte Antworten, eine Antwort nur, *eine!* Da erinnerte ich mich plötzlich an etwas, was noch gar nicht so lange zurücklag, und diese Erinnerung war so klar, daß ich für einen kurzen Augenblick glaubte, ich würde alles noch einmal erleben: Es war Heiligabend. Meine Mutter saß an meinem Bett, sie hielt meine Hand, sie sah mich ruhig an, und sie sagte ...

Da war die Kühle der letzten Stunden auf einmal vorüber, wohlige Wärme hüllte mich ein, der Tod war dem Leben gewichen. Ich spürte das sofort, und zugleich spürte ich, daß da plötzlich so etwas wie Frieden in mir war. Ein letztes Mal blickte ich zu Claudia hinüber, zu dem einzigen Menschen, der mir je begegnet war. Sie war tot – tot und frei. Ich lebte, und solange ich lebte, würde ich niemals frei sein. Ich mußte fortan mit meiner Schuld leben, mit der Gewißheit, eine Sünde begangen zu haben, die mit zu den größten zählte, wenn sie nicht sogar die größte überhaupt war, und trotzdem fühlte ich plötzlich diesen Frieden in mir ... und so läutete ich nach der Nachtschwester.

27

»Wissen Sie, was Sie da gemacht haben?« – »Das nennt man Beihilfe zum Selbstmord, Eva!« – »Das ist Euthanasie und in diesem Staat ein Verbrechen!«

Professor Mennert und Doktor Behringer standen vor meinem Bett wie von Gott ernannte Ankläger. Sie brüllten mich an, sprachen von Hitler, von den Menschenrechten und vom fünften Gebot. Ich hörte gar nicht hin.

Ich konnte mich nur auf eines konzentrieren, auf das Loch, in dem bis vor wenigen Stunden Claudias Bett gestanden hatte. Obszön sah es aus, dieses Loch. Auf dem Fußboden lagen die dicken Staubflocken, auf der Tapete war ein heller Streifen, gerade so breit wie Matratze und Bettgestell, und der Nachttisch stand mitten im Raum, haltlos, verloren. Es war, als betrachte man zum letzten Mal eine ausgeräumte und heruntergekommene Wohnung, in der man nie so recht glücklich gewesen war.

»Als ginge Sie das überhaupt nichts an!« schimpfte Mennert. »Sie liegen da, Eva, als würde ich von Dingen reden, mit denen Sie nicht das Geringste zu tun haben.«

»Nicht das Geringste zu tun haben *wollen!*« gab Behringer auch gleich seinen Senf hinzu.

»Eva!«

»Eva!!!«

Schweigend blickte ich zu den beiden auf, zum ersten Mal an diesem Morgen. Was ich sah, war wenig erhebend. Vor mir standen lediglich zwei Schauspieler, die ihre Rollen spielten. Das taten sie allerdings so hervorragend, daß mir ein bitterer Lacher entfuhr.

»Ach, witzig finden Sie das auch noch!« hieß es daraufhin sofort.

»Das ist ja wohl der Gipfel!«

»Machen Sie endlich den Mund auf, Eva!«

»Wir wollen wissen, wie das gestern abend hier abgelaufen ist!«

»Eva!!!«

»Was war los, Eva???«

Ich blickte von Mennert zu Behringer, dann wieder zurück zu Mennert. Beide hatten die gleiche Körperhaltung, hochgezogene Schultern, Hohlkreuz, die Hände bohrten sich in die Kitteltaschen. Sie hatten sogar beide den gleichen Gesichtsausdruck: gerunzelte Stirn, aufgeblähte Nasenflügel, vorgeschobenen Unterkiefer. Das war einfach zu albern. Da öffnete ich lieber gleich die Schublade meines Nachttisches, fingerte Claudias Brief heraus und überreichte ihn dem Professor.

»Was ist das?« fuhr er mich sofort an.

Ich antwortete nicht.

»Hat Claudia den geschrieben?«

Ich nickte, und Mennert riß den Umschlag auf, flog über die Zeilen.

»Das hat sie ja sehr geschickt angestellt«, meinte er dann. »Wissen Sie, was hier steht?«

Ich schüttelte den Kopf.

»Sie wissen also nicht, was hier steht?«

Wieder schüttelte ich den Kopf.

»Eva, ich warne Sie! Machen Sie endlich den Mund auf!!!«

Ich hütete mich, ihm diesen Gefallen zu tun – seinetwegen.

Knapp zwei Stunden war es her, daß ich draußen auf dem Gang mit einer Leidensgenossin gesprochen hatte.

»Wir haben uns das ja schon vor Wochen gedacht, daß die Claudia so was vorhatte!« hatte sie gesagt. »Weil du uns abends immer die Schlaftabletten geklaut hast!«

»Das habt ihr gemerkt?« hatte ich entsetzt nachgehakt.

»Das haben wir sogar gemeldet, Eva! Aber der Behringer hat so getan, als wäre es nicht wichtig.«

»Und Mennert?«

»Der hat sich gar nicht erst darum gekümmert...«

Ich hatte also von Anfang an das Richtige vermutet. Sowohl der Professor als auch der Doktor hatten geahnt, daß Claudia Selbstmord begehen würde. Deshalb hatten sie sich verhalten wie die berühmten drei Affen: nichts hören – nichts sehen – nichts sagen!

Jetzt, da es geschehen war, glaubten sie aber, ihre Menschlichkeit hinter ihrer Treue gegenüber dem Hippokratischen Eid verbergen zu müssen. Deshalb lieferten sie mir diese pseudomoralische Farce, machten mir Vorwürfe, verlangten Erklärungen, und als ich weiterhin hartnäckig schwieg, versuchte Behringer es schließlich sogar im Geheimdienststil.

»Machen wir es anders!« schlug er vor, nachdem auch er Claudias Brief gelesen hatte. »Ich frage Sie, Eva: Haben Sie Claudia die Tabletten auf den Nachttisch gelegt?«

Ich nickte.

»Sie haben sie ihr nicht in die Hand gegeben?«

Ich schüttelte den Kopf.

»Sie haben sie ihr aber aus dem Schrank geholt?«

Dieses Spiel fand ich äußerst spannend, ich nickte.

»Aber Sie haben nicht gesehen, daß sie die Tabletten geschluckt hat?«

Ich schüttelte den Kopf.

»Zu der Zeit, um genau einundzwanzig Uhr fünfzig, waren Sie draußen auf dem Korridor?«

Ich nickte.

»Jetzt reicht es mir aber!« schrie Mennert mich da auf

einmal an. »Machen Sie endlich die Zähne auseinander, verdammt noch mal! Die Claudia hat das zwar so geschickt eingefädelt, daß Sie im juristischen Sinn nicht zur Verantwortung zu ziehen sind, aber es bleibt trotzdem passive Euthanasie! Haben Sie etwa vor, bis an Ihr Lebensende dazu zu schweigen???«

Des Professors Stimmgewalt ließ mich weniger erzittern als der Glanz seiner Augen. So gefährlich hatten seine Augen schon einmal geglänzt, damals, unmittelbar bevor er mir diese unvergeßliche Ohrfeige verpaßt hatte. Wenn ich nicht riskieren wollte, mir eine zweite einzuhandeln, mußte ich mir langsam etwas einfallen lassen.

»Haben Sie denn gar nichts dazu zu sagen???« blies Behringer da auch noch in das gleiche Horn.

»Doch!!!« sprach ich daraufhin mein erstes Wort.

Neugierige Blicke durchbohrten mich.

»Dann bitte!« donnerte Professor Mennert. »Ich höre!«

Ich holte ganz tief Luft.

»Lecken Sie mich am Arsch!«

Das schlug ein wie ein Blitz. Behringer starrte mich an, Mennert wagte vor lauter Schreck nicht einmal zu schlukken.

Erst nach einer ganzen Weile faßte er sich, riß seinem jungen Kollegen Claudias Brief aus der Hand, den er in seiner Kitteltasche verschwinden ließ, als könnte er ihn damit aus der Welt schaffen. Dann drehte er sich auf dem Absatz um, und ich sah noch, daß er Mühe hatte, sich ein Grinsen zu verkneifen. Bevor ein deftiges Lachen daraus werden konnte, hatte er das Zimmer aber auch schon verlassen, und Doktor Behringer folgte ihm schnellen Schrittes.

»Lecken Sie mich am Arsch!«

Obwohl diese Worte durch den Geheimrat Johann Wolfgang von Goethe längst zu literarischen Ehren gelangt waren, hatte ich sie noch nie zuvor in den Mund genommen. Daß ich es jetzt getan hatte, lag daran, daß ich mich gefragt hatte, was Claudia wohl an meiner Stelle gesagt hätte. Und dabei war dann das »Götz«-Zitat herausgekommen. Indem ich Claudias Worte benutzt hatte, war sie mir plötzlich wieder nah, so nah, daß ich glaubte, sie körperlich spüren zu können, ja näher, als sie mir im Leben je gewesen war.

Ich zündete mir eine Zigarette an.

Vor vielen Jahren, als ich noch ein Kind gewesen war, starb der Mann meiner Tante, nach vierzig Ehejahren.

»Wißt ihr«, hatte sie damals bei der Beerdigung zu uns gesagt, »sein Tod betrübt mich nicht. Wir waren einander so vertraut, daß er ein Teil von mir geworden ist, und ebenso bin ich ein Teil von ihm geworden. Deshalb bin auch ich ein Stück gestorben, und er wird ein Stück in mir weiterleben, – bis wir wieder vereint sind.«

Ich zerdrückte die Zigarette im Aschenbecher.

Vielleicht, dachte ich mir, vielleicht war es mit Claudia und mir ja das gleiche. Vielleicht lebte auch sie zu einem Teil weiter in mir, wie ein Teil von mir mit ihr gegangen war in jene andere Welt.

Dieser Gedanke faszinierte mich. Er war wie eine bunte Sommerwiese, und ich pflückte die Blumen meiner Phantasie mit wachsender Begeisterung, eine nach der anderen. Doch kaum, daß ich den duftenden Strauß in meinen Armen hielt, welkte er auch schon dahin, denn Schwester Helma polterte zur Tür herein. Sie schob Claudias Bett vor sich her, schob es kommentarlos an seinen Platz zurück, polterte wieder hinaus. Die Wirklichkeit hatte mich wieder. Meine Blumen zerfielen zu Staub, die Wiese wurde vom Erdreich verschluckt, ich sah nur noch Claudias Bett. Wie ein zeitgenössisches Kunstwerk stand es da. Das kahle Gestänge wirkte wie ein stummer Schrei, und mir war, als müßten sich die abgewetzten Matratzen im nächsten Moment erheben, um ein Klagelied anzustimmen.

Bäuchlings legte ich mich in mein Bett und vergrub den Kopf in den Kissen. Ich wollte das nicht sehen. Solange Claudia am Leben gewesen war, hatte ich das nicht gedurft. »Stell bloß den Kran ab!« hatte es da immer gleich geheißen. Seit sie nun tot war, konnte ich es nicht mehr, denn für

Tränen war ich viel zu traurig, oder vielleicht wollte ich mich auch gerade deshalb jetzt einfach dazu zwingen. Immer tiefer bohrte ich mein Gesicht in das Kopfkissen. Ich hielt den Atem an, drückte Nase und Mund zu und befahl mir zu weinen – sofort!

Darüber kam Daniela herein.

Ich wußte sofort, daß sie es war, denn wenn jemand kam, ohne anzuklopfen und ohne ein Wort zu sagen, konnte das nur Daniela sein. Außerdem kannte ich ihren Geruch und ihren Schritt, ich hörte ganz deutlich, wie sie auf Samtpfötchen ins Zimmer schlich und sich auf einen Stuhl setzte. Der kurze Blick durch die Augenwinkel gab mir nur noch die endgültige Bestätigung. Ich seufzte. Ich wußte, was mir blühte. Daniela Römer war gekommen, um mit mir zu reden. Wenn ich nun nicht reden wollte, war das mein Problem – auch gut – sie war da flexibel, sie würde schweigen ... stundenlang ... tagelang, wenn es nötig sein sollte. Also sparte ich meine Zeit und ging gleich zum Angriff über.

»Hat man es dir nicht mitgeteilt?« giftete ich sie an, ohne mich dabei umzudrehen. »Ich habe gesagt, daß ihr mich am Arsch lecken könnt, und das gilt für *alle!!!*«

Es war herrlich, den »von Berlichingen« noch ein zweites Mal an diesem Tag zu zitieren, und ich fragte mich, wie ich überhaupt neunzehndreiviertel Jahre ohne Fäkal-Ventil hatte leben können. Daniela reagierte zu meinem Leidwesen aber nicht einmal darauf. Sie zog es vor, eine schier endlos scheinende Atempause einzulegen, um dann mitfühlend anzufragen: »Warum weinst du nicht, wenn du traurig bist?«

Ich fühlte mich ertappt wie seit langem nicht mehr, bemühte mich aber, das nicht zu zeigen.

»Wer behauptet denn, daß ich traurig bin?« gab ich schnippisch zurück.

Daniela ging nicht darauf ein. Statt dessen legte sie wiederum eine schier endlos scheinende Atempause ein und setzte danach an zu einem Monolog. »Claudia hätte sehr leiden müssen«, fing der an. »Über kurz oder lang wäre sie gelähmt gewesen, und die Arme hätte sie bald auch nicht mehr bewegen können. Außerdem waren die Gehirnzellen schon leicht angegriffen ... ich meine ...«

»Du meinst, das entschuldigt alles?«

Daniela zögerte. »... Alles nicht – aber vieles!«

Langsam drehte ich mich auf den Rücken. Daniela saß lässig auf Claudias Bett, so lässig, wie das Lehrbuch »Körpersprache leichtgemacht" es befahl. Sie trug ihre zerschlissensten Jeans und den ausgeleiertesten ihrer sogenannten Pullover – früher waren das allesamt Kartoffelsäcke gewesen. Als sie sich am Morgen angezogen hatte, hatte sie noch nicht wissen können, was sie hier erwartete. Hätte sie es gewußt, wäre sicher wieder dieser Tweed-Rock drangewesen, diese Kostümierung trug sie immer bei tragischen Ereignissen. Da das Schicksal es so aber nun mal nicht gewollt hatte, war sie »pur« zur Arbeit erschienen, und deshalb konnte ich ihr Gesicht auch immer nur flüchtig sehen.

In aller Regel versperrte mir ihre achtzig Zentimeter lange Haarpracht die Sicht. Und dieses Individuum signalisierte mir nun »Verständnis«! Sie entschuldigte, was ich getan hatte, nicht alles, zumindest aber vieles, und wenn ich mich nicht ganz schwer irrte, sollte ich ihr dafür vermutlich auch noch dankbar sein.

»Weil du mir damit helfen willst!« sagte ich. »Weil es mein schlechtes Gewissen erleichtern soll! Habe ich recht?«

Daniela antwortete mir nicht, und das war auch gut so.

»Es gibt nämlich keine Rechtfertigung«, klärte ich sie auf, »nicht für Abtreibungen und nicht für Sterbehilfe. Das sind so himmelschreiende Versuche von Intellektuellen deiner Art. Es ist keine Entschuldigung, wenn man ein Kind tötet, weil es behindert wäre oder unter denkbar miesen, sozialen Umständen aufwüchse. Und es ist auch keine Entschuldigung, wenn man einem Menschen sterben hilft, weil er sonst leiden würde.«

Daniela war sichtlich fassungslos, und da ihr in so einem

Zustand auch »Körpersprache leichtgemacht« nicht mehr half, stob sie mit dem Oberkörper nach vorn, preßte ihre Füße, die in superflachen Sandalen steckten, fest auf den Boden.

»Du hast es aber doch getan«, sagte sie. »Wenn es für dich keine Rechtfertigung gibt ... warum hast du es dann –«

»Ich habe es in voller Verantwortung getan«, unterbrach ich sie, »und deshalb brauche ich mich nicht zu rechtfertigen. Ich habe es getan, und ich würde es in diesem Fall immer wieder tun, aber ich halte es vor mir selbst für eine unentschuldbare Schuld.«

»So kannst du aber doch nicht leben.«

»Das laß meine Sorge sein!«

»Aber Eva –«

»Es hilft mir nicht, wenn du mir verzeihst, weil du irgendwelche logischen Gründe findest. Und es hilft mir auch nicht, wenn Mennert und die anderen im stillen Kämmerlein behaupten, es wäre ja eigentlich so das beste gewesen. Gott muß mir verzeihen, und ob der es tut, bleibt dahingestellt. Er ist der einzige, der hier über Recht oder Unrecht zu befinden hat.«

»Das heißt also, dein einziger Orientierungspunkt für die Zukunft ist das Jüngste Gericht?«

Der Zynismus in Danielas Stimme war unüberhörbar, doch ließ ich mich nicht davon beeindrucken.

»So ähnlich«, antwortete ich statt dessen mit dem gleichen Biß. »Ich glaube allerdings nicht, daß Gott das alles überhaupt zugelassen hätte, wenn es nicht in Seinem Sinne gewesen wäre.«

»Wie bitte???«

»Du hast mich schon verstanden. Es widerstrebt dir nur, das auch zu begreifen, weil du dich immer so gern so wichtig nimmst. Du glaubst doch an Gottes Allmacht, oder?«

»Schon, aber –«

»Dann darfst du dir nicht einbilden, daß du winziges

Menschlein in diese Allmacht eingreifen könntest. Daß du Gott versuchen könntest. Was geschehen soll, geschieht!«

Das war zuviel für das Fräulein Diplompsychologin. Seit ihrem ersten Semester redete sie sich und anderen ein, daß jeder selbst seines Glückes Schmied wäre, und jetzt das!

»Du glaubst also, was geschehen soll, geschieht!« vergewisserte sie sich vorsichtshalber noch einmal.

»Ja.«

»Gut, dann bringe ich dich jetzt um, Eva, und behaupte, das sollte so sein.«

»Versuch es!«

»Das ist nicht dein Ernst, Eva!«

Für einen kurzen Moment tat Daniela mir richtig leid. Wochenlang hatte ich mich mit diesen Dingen gequält, hatte sie dann doch wieder aufgegriffen, versucht, sie zu verstehen, es geschafft, sie zu verstehen, und all das, was mich schlaflose Nächte und so manche Träne gekostet hatte, all das warf ich der armen Daniela nun binnen weniger Minuten an den Kopf. Das mußte sie verwirren. Das mußte ja zur Folge haben, daß sie vor lauter Erregung aufsprang und nunmehr mitten im Zimmer stand.

»Was ist das für ein Blödsinn!?« tobte sie.

Ich mußte lächeln. »Ach, Daniela«, seufzte ich, und dann erzählte ich ihr von Claudias Tod, von den Augenblicken danach, von der Wärme, die plötzlich im Zimmer, und von dem Frieden, der plötzlich in mir gewesen war.

»Ich mußte nämlich auf einmal an das denken, was mir meine Mutter am Weihnachtsabend gesagt hat und was ich damals noch gar nicht so richtig verstanden habe. – Wir Menschen suchen alle nach etwas, was uns längst gefunden hat. – Kennst du den Satz?«

»Ja«, erwiderte Daniela nach einiger Überlegung, »ich glaube, er stammt von Jim Morrison, aus irgendeinem seiner Lieder.«

»Verstehst du ihn?«

»Verstehst du ihn denn, Eva?«

»Heute ja! Wir haben unser Leben nämlich nicht in der

Hand, Daniela, du nicht, ich nicht, keiner von uns. Wir leben alle, was uns bestimmt ist. Nur wie wir das leben, und was wir für uns daraus machen, nur das können wir entscheiden.«

Daniela schluckte. »Aber ... aber dann wäre dein ganzer Kampf doch sinnlos«, stammelte sie schließlich, »dann ... dann könntest du dich doch getrost in die Ecke setzen und abwarten.«

»Und was hätte ich dann davon?«

»Du willst auch noch gleich was davon haben???«

»Ja. Ich habe nämlich etwas davon, wenn ich meinen Weg bewußt gehe. Und genau das werde ich tun. Ich will lachen, und ich will weinen, und ich will glauben und hoffen und auf die Nase fallen und wieder aufstehen ... und ich will nach den Sternen greifen, die ich sehe. Wenn ich mir dabei dann den Hals breche, habe ich zumindest den Trost, sie beinahe in der Hand gehalten zu haben. Und beinahe ist beinahe ganz.«

Daniela war sichtlich konfus. Auf Anhieb fiel ihr nichts ein, was sie dazu hätte sagen können, und derartige Situationen brachten jeden Psychologen aus dem Tritt. Gewöhnt, über alles nachzudenken, dachte sie jetzt natürlich vorwiegend darüber nach, warum ihr auf meine Worte nichts einfiel, und das schien mir eine günstige Gelegenheit zu sein, unser Gespräch zu beenden.

Um diese Absicht zu unterstreichen, schaltete ich einfach Claudias Kassettenrecorder ein.

»Sag mir, wie«, klang es mir entgegen,
»Sag mir, wie
Weicht die Angst aus meinem Tag?
Sag mir, wie
Sag mir, wie
Stell ich mich dem Schicksalsschlag?
Sag mir, wie
Sag mir, wie
Wird zur Antwort, was ich frag?
Sag mir, –«

Daniela drückte die Aus-Taste mit soviel Wucht, daß es laut knallte.

»So nicht!« rief sie mir aufgebracht ins Gesicht. »Ich will mit dir reden, Eva, wir müssen reden, ich will dir helfen. Ich weiß –«

»Du weißt soviel von der Welt«, erklärte ihr Herr Jürgens, »Und es gibt kein Wort
Das dir fehlt, das dir fehlt
Doch was mich quält spät und früh
Das sagst du nie, sagst du nie
Sag mir, wie
Sag mir, wie ...!«

Wieder drückte Daniela die Aus-Taste, doch diesmal schmunzelte sie dabei.

»Weißt du, Eva«, sagte sie dann, »es gibt Völker, die glauben, die Seelen der Toten lebten in den Hinterbliebenen weiter.«

Für einen kurzen Moment stutzte ich.

»Ach was«, winkte ich dann ab, »das ist doch Scheiße!«
»Wie meinen?«

Es fiel mir zwar erst jetzt auf, aber es fiel mir zumindest auf, und das war ja immerhin schon mal etwas. Ich hatte »Scheiße« gesagt. Daß das etwas mit Seelenwanderung zu tun haben sollte, wagte ich allerdings zu bezweifeln, und da ich mich auch gar nicht erst damit auseinandersetzen wollte, verschränkte ich die Arme hinter dem Kopf, schloß die Augen.

»Hast du Claudia geliebt?«

Danielas Frage traf mich wie ein Blitz aus heiterem Himmel. Zaghaft hob ich mein rechtes Lid, sah, wie sie sich zu mir auf die Bettkante setzte, der zweite Blitz.

»Ich will nicht reden«, erklärte ich ihr entsprechend geladen. »Ich wollte es schon nicht, als du hereinkamst, und ich will es jetzt immer noch nicht, versuch also nicht –«

Daniela tat so, als würde sie das gar nicht hören. »Ich habe sie kaum gekannt«, fiel sie mir nämlich ins Wort, und dabei schaute sie scheinbar nachdenklich verloren aus dem Fenster. »Claudia wollte nie mit mir zu tun haben!«

»Richtig!« bestätigte ich ihr. »Weil de inne Psyche wühls wie son Penner inne Tonne!«

»Hat sie das gesagt?«

»Es ist ein wörtliches Zitat.«

Daniela lächelte. »Sie war schon ein merkwürdiges Ding.«

»Nein«, verbesserte ich sie, »sie war ein Mensch! Und vor ihrer Krankheit war sie sogar ein äußerst kultivierter Mensch. Sie ging gern ins Theater und in die Oper. Und sie liebte Monet und Toulouse-Lautrec ...«

Ich geriet ins Plaudern. Ich erzählte, was Claudia mir vor langer Zeit einmal über den Ästhetizismus der Menschen gesagt hatte, über dieses übersteigerte Schönheitsdenken, das jedem mit einem »Makel« Behafteten das Leben zur Hölle machen konnte.

»Und dagegen hat sie gekämpft, Daniela. Sie hat gesprochen und sich benommen, wie sie aussah, und sie hat einfach die widerlichsten Dinge schön und amüsant genannt und damit eine neue Norm geschaffen, mit der so Menschen wie ich leben können.«

Daniela lächelte. »Wir wußten alle, daß sie spielte, wenn sie sich so ruppig und so verkommen gab«, sagte sie, »aber daß sie so gezielt vorgegangen ist ...«

»Ganz gezielt!«

»Hast du sie geliebt?«

Wieder diese Frage! Damit hatte ich eigentlich rechnen müssen, denn Daniela gab nun mal nicht auf, das tat sie nie. Trotzdem war ich auch beim zweiten Mal äußerst schockiert.

»Ich war eine Gefahr für sie«, wich ich diesmal aus, »das hat sie mir selbst mal gesagt. --- Ich habe sie ausgesaugt. Weil ich leben wollte, habe ich ihr alle Kräfte genommen. Und das Wenige, was ihr blieb, hat sie mir dann sogar noch freiwillig gegeben. Dabei wußte sie genau, was das bedeuten würde ...«

»Claudia hat dich also geliebt«, erwiderte Daniela ungerührt. »Hast du sie geliebt?«

»Ich sage doch, ich habe sie ausgesaugt.«

»Ich frage dich aber, ob du sie geliebt hast. Hast du ihr aus Liebe beim Sterben geholfen? – Eva, so etwas nennt man SÜNDE!«

Wie ein Exorzist redete Daniela plötzlich auf mich ein, und genauso sah sie auch aus. Für einen kurzen Moment wartete ich nur noch darauf, daß sie ein Kruzifix aus dem Ärmel schüttelte, es mir unter die Nase hielt und erwartete, daß ich kreischend zu Asche zerfiel wie Draculas Braut. Doch glätteten sich die Wogen, bevor es zu einer Probe aufs Exempel kommen konnte. Zu allem bereit, setzte ich mich auf, schaute meinem Gegenüber fest in die Augen.

»Weißt du was?« sagte ich dann betont fröhlich. »Als ich gerade sechzehn war und wir Ballettabend-Premiere hatten, da hat die Gruber mir erstmals gestattet, zur Premierenfeier mitzugehen.«

»Wie?« Daniela glaubte wohl, ich wäre nun völlig übergeschnappt.

»Warte doch ab!« beruhigte ich sie. »Auf der Feier habe ich nämlich einen Mann kennengelernt, so einen mit Porsche vor der Haustür und Brillantring am kleinen Finger. Der war ganz wild auf Minderjährige, und um meinen Unterrock zu erstürmen, war dem nichts zu teuer: Mit russischem Kaviar hat er es versucht, mit französischem Champagner ... und zuletzt dann mit argentinischem Tango ...«

»Und?«

»Bevor ich ging, schrieb ich ihm die Adresse meines Orthopäden auf eine Serviette.«

»Und???« wiederholte Daniela, die offenbar immer noch nicht verstand, warum ich ihr diese Geschichte ausgerechnet jetzt erzählte. »Was soll das?« schimpfte sie. »Ich spreche hier von –«

»Ich weiß, wovon du gesprochen hast«, fiel ich ihr ebenso unwirsch ins Wort, »aber nach all dieser Zeit mit mir über ›Sünde‹ diskutieren zu wollen, ist ebenso wagemutig, wie einer Tänzerin argentinischen Tango beizubringen. Das kann nur schiefgehen, Daniela. Ich denke seit Wochen an nichts anderes als an dieses Wort *Sünde.*«

Ich lächelte das wohl verzweifeltste Lächeln meines Lebens, denn ich wußte genau, was Daniela in diesem Augenblick von mir erwartete. Mit einem Satz, notfalls auch mit zwei Sätzen – vorausgesetzt, die waren nicht zu lang – sollte ich ihr jetzt das Ergebnis meiner Überlegungen zum Thema »Sünde« mitteilen.
»Und das geht natürlich nicht«, erklärte ich ihr.
»Und warum geht das nicht?«
»Weil du dich zuerst einmal fragen müßtest, was das überhaupt ist: Sünde!«
Darauf hatte Daniela sofort eine Antwort parat.
»Was du getan hast, ist beispielsweise eine Sünde, Eva!«
»Und woher weißt du das?«
»Eva!«
»Weil es in der Bibel steht?«
Daniela schluckte.
»Es ist hochmütig, zu glauben, man könnte Gott durchschauen«, sagte ich. »Das habe ich anfangs auch nicht wahrhaben wollen, aber Claudia hat mir die Augen geöffnet. – Hochmut ist übrigens auch eine Sünde!«
»Was?«
Ich gab Daniela gar nicht erst die Zeit, das zu verdauen, sondern fuhr gleich fort. Ich erzählte ihr von dem Mann und den beiden Frauen.
»Der Vergleich stammt von Claudia«, teilte ich ihr mit. »Wenn also jemand deinetwegen leidet, obwohl du keine direkte Schuld daran hast, ist es auch eine Sünde.«
Daniela kochte fast vor Wut. »Wie praktisch!« tönte sie. »Wenn man es so sieht, ist nämlich alles eine Sünde!«
»Genauso ist es auch!«
Mich traf ein fassungsloser Blick. »Eva ...?!«
»Ich weiß, daß es schwer ist, das zu akzeptieren«, gab ich zu. »Ich habe Wochen dazu gebraucht, und im Grunde

habe ich es wahrscheinlich immer noch nicht richtig getan.«

»Was?«

»Das mit der Lebenssünde!«

»Wie?«

»Es heißt doch immer, daß wir alle in Sünde geboren sind«, führte ich aus. »Bis vor kurzem habe ich das nur auf die Vertreibung aus dem Paradies oder auf die Sexualität bezogen.«

»Und jetzt?« hauchte Daniela.

»Jetzt? – Es ist eine Sünde, sich sattzuessen, wenn andere hungern, es ist Sünde, auf einem Bein Pirouetten zu drehen, während andere ohne Beine im Rollstuhl sitzen, es ist Sünde, in einer Villa zu wohnen, wo es doch vor der Stadt Baracken gibt. Man erzeugt Neid, aber auch Schmerz, und deshalb – nur deshalb – ist der schöne, erfolgreiche Reiche beladener als der verkrüppelte Bettler am Wegesrand. Man müßte ihn beschenken und sich dafür bedanken, daß man ihn beschenken darf, denn nur so ließe sich ein Hauch dieser auferlegten Lebenssünde überhaupt abbüßen. – Aber wer tut das schon?«

Daniela war sprachlos. Sie saß da, als hätte sie soeben erfahren, daß das Jahr nicht zwölf, sondern dreizehn Monate hatte, und sie schien nun ernsthaft zu überlegen, ob sie das glauben sollte.

»Tut mir leid!« erkärte sie schließlich mit fester Stimme. »Diese Gedankengänge sind mir zu schwigrig.«

»Sie sind nun mal nicht einfacher«, gab ich zurück.

»Du machst es dir damit aber einfach, Eva. Du hast einem Menschen beim Sterben geholfen, und statt darüber nachzudenken, zerpflückst du die Sünden dieser Welt. Das ist sehr einfach.«

Ich lächelte. »Vielleicht. Ich bilde mir aber ein, dazu ein Recht zu haben. Alles andere ist nämlich so schon schwer genug.«

»Das wußtest du aber doch vorher.«

»Eben. Jetzt ist es zu spät, und deshalb will ich jetzt

auch nicht mehr darüber reden. – Jetzt muß ich damit leben.«

»Und du glaubst, daß du es kannst?«

»Ich will es.«

Daniela sah mich an, wie sie mich schon lange nicht mehr angesehen hatte. Es war ein Blick, mit dem sie sonst nur Fremde betrachtete, Menschen, die sie nicht kannte und wohl auch nie kennenlernen würde. Nach einer Weile stand sie dann auf und ging wortlos zur Tür. »Eva!?« Sie hielt die Klinke bereits in der Hand, und sie drehte sich auch nicht noch einmal zu mir um.

»Ja.«

»Ich fürchte, daß du in den nächsten Wochen mehr Kraft brauchen wirst, als du hast.«

Ich lächelte – und wenn sie das auch nicht sah, so spürte sie es zumindest, vielleicht hörte sie es sogar.

»Das fürchte ich nicht, Daniela ... das weiß ich!«

Wenige Tage später fand Claudias Beerdigung statt. Es war ein grauenhafter Tag. Schon ganz früh am Morgen begann es zu regnen, und es hörte bis zum späten Abend auch nicht wieder auf. Eimerweise schien sich das Wasser auf die Erde zu ergießen, es war fast schon unheimlich. Meine Eltern waren auf meinen Wunsch zum Friedhof gegangen und erzählten mir anschließend, daß Claudia nur einen einzigen Kranz bekommen hatte – »Und der war noch von der Station hier!« – und daß es nicht einmal ein Kaffeetrinken gegeben hatte – »Wenn es möglich wäre, hätten die sicher auch noch den Sarg gespart!«

Um so glücklicher war ich, daß meine Eltern die nassen Füße und die damit verbundene Sommergrippe auf sich genommen hatten, um Claudia meinen Abschiedsgruß zu bringen: dunkelrote Rosen. Es war der gleiche Strauß, den Claudia zu ihrem letzten Geburtstag bekommen hatte, ein Strauß, so feierlich, daß er von Anfang an für einen Sarg bestimmt gewesen war ... Vielleicht hatte sie ihn vom Himmel aus noch sehen können, bevor die schwere Erde ihn unter sich begrub ... *VORBEI!*

Von einem Tag auf den anderen sprach man nicht mehr von Claudia, und es fragte plötzlich auch niemand mehr nach ihr. Sie, die noch vor wenigen Tagen mit mir gelebt, gelacht und geweint hatte, sie schien endgültig *weg* zu sein, nicht nur aus den Augen, sondern auch aus dem Sinn. Die Welt gab sich vergeßlich, und das brachte mich fast um. Wohin ich sah, sah ich die Leere: in dem ausgeräumten Nachttisch zu meiner Rechten, in dem frisch bezogenen Bett mit seiner penetrant blütenweißen Wäsche, in dem Regal, dem Schrank ... nirgends war mehr etwas, was an Claudia erinnerte, nur in mir.

Irgendwann begann ich zu begreifen, daß ich nur aus Egoismus weinte. Das wurde mir täglich klarer. Ich weinte nicht, weil ich bereute, was ich getan hatte, oder weil ich Claudia den ewigen Frieden nicht gönnte. Ich weinte, weil sie nicht mehr da war, weil ich mich einsam und verlassen fühlte.
    Einsam und verlassen! Als mir diese beiden Worte in den Sinn kamen, spürte ich sofort, daß sie der Schlüssel zu allem waren. Einsam und verlassen!
    Wieder saß ich stundenlang rauchend auf meinem Bett, und wieder malte ich bizarre Muster auf die Fensterscheibe, wieder lief ich im Zimmer auf und ab wie ein konditionsbesessener Strafgefangener, um dann endlich an einem schwülen Julitag auf zwei andere Worte zu stoßen: Alte Leute! Das war sie, die Lösung.
    Das Phänomen des Alters hatte mich schon in meiner Kindheit fasziniert. Alte Leute, die ihr Leben mehr oder weniger gelebt hatten, kurz vor dem Ende standen und deshalb gern die »armen Alten« genannt wurden, sie wirkten allesamt so sehr viel reicher als die Jungen, die noch alles vor sich hatten und deshalb glaubten, »reich« zu sein.
    Warum das wohl so war, kam mir erst jetzt in den Sinn.

Alte Menschen hatten vieles verloren: Verwandte, Freunde, manchmal auch den Partner. Sie waren an diesen Verlusten aber nicht zerbrochen, sondern sie schienen sich selbst um das Verlorene bereichert zu haben. Folglich mußte es möglich sein, den Verstorbenen »weiterzuleben«, es *mußte* möglich sein!

Als ich mir das erst mal in den Kopf gesetzt hatte, führte auch schon kein Weg mehr daran vorbei, es auszuprobieren. Ich versuchte gezielt, mich zu erinnern, wie Claudia ausgesehen und sich bewegt hatte, wie sie gesprochen, gelacht und geweint hatte. Ich erinnerte mich an Dinge, die Claudia und ich gemeinsam erlebt hatten, an Dinge, die sie mir mal erzählt hatte. Das meiste davon schrieb ich auf, wie ich auch ein Büchlein anlegte, das ich »Gesammelte Flüche« nannte. Bald versuchte ich, Udos Liedern etwas abzugewinnen, indem ich sie in jeder freien Minute hörte, und bei allem, was geschah, fragte ich mich, was Claudia wohl dazu gesagt hätte, wie sie reagiert hätte, was ich wohl tun müßte, um das zu tun, was sie getan hätte. Zu Anfang war das nicht viel mehr als eine Aufgabe, die Leere und Trübsinn verbannte, weil sie mich forderte. Mit der Zeit wurde es aber mehr als das. Ich stellte fest, daß ich Claudia gar nicht in mir zu suchen, sondern einfach nur herauszulassen brauchte. Sie war nämlich schon seit langem da.

Tief in mir gab es eine Eva namens Claudia, eine Eva, die schimpfte und fluchte, eine Eva, die fast ebenso laut und mitreißend »brüllte«, wie Claudia es immer getan hatte, eine Eva, der Udo Jürgens und seine Lieder immer besser gefielen, eine Eva, die Komödie und Tragödie zu einer Einheit verschmelzen ließ. Die Eva, die ich einmal gewesen war, hatte die große Tragödin gespielt, eine Figur, über die man nicht nur lachen konnte, sondern sogar lachen mußte. Claudia war der Ausgleich gewesen, die Komödiantin, ein Clown, der jeden zum Weinen brachte. Die Eva, die ich jetzt war, durfte beides in einem sein. Claudia hatte mir ihren Teil zurückgelassen. So war das Mädchen Claudia Jacoby nicht für alle Zeiten von mir gegangen, wie ich in ihrer Todesstunde geglaubt hatte, sondern sie war von mir gegangen, um für alle Zeiten zu mir zu kommen. Sie half mir, aus einem Labyrinth von Ängsten, dessen Ausgänge bewacht wurden von Schuldgefühl und Schmerz, den Weg in eine neue Lebensfreude zu finden. Niemals sollte ich Claudia vergessen, und ich sollte auch noch so manche Träne um sie weinen. Doch was sie mir gegeben hatte, sollte in mir weiterleben, ein Leben lang ...

Es dauerte bis zum 1. August, bis Willi Schultheiß, Claudias Verlobter, sich blicken ließ.

Ich gab ihm Claudias Abschiedsbrief. Er konnte ihn nicht selbst lesen, so schwach fühlte er sich, so feige schien er. So mußte ich Claudias Brief vorlesen. Er bestand nur aus der Anrede: »Lieber Willi!« Darunter hatte sie ein Gedicht von Ferdinand Freiligrath gesetzt. Es begann mit den Worten: »O lieb, solang du lieben kannst.«

28

Im Vorfeld war viel darüber geredet worden.

»Wer die Chemotherapie übersteht«, hatte es immer geheißen, »der macht die Bestrahlungen mit links!«

So war ich wahrhaft frohen Mutes, als Schwester Helma mich und mein Bett am Morgen des 25. August 1977 im Zimmer abholte.

»Auf in die Isotopen!« rief ich, als ginge es darum, sich von einer Höhensonne gesunde Urlaubsbräune verpassen zu lassen. Genauso verhielt ich mich auch. Auf dem Weg zum Aufzug zog ich dem vorübereilenden Doktor Behringer kichernd das Stethoskop aus der Kitteltasche, im Aufzug plapperte ich munter vor mich hin, und als Helma sich von mir verabschiedete, galt meine einzige Sorge dem Tschaikowsky-Konzert, das zur Stunde vom Radio übertragen wurde und das Schwester Gertrud für mich aufzeichnen wollte.

»Erinnern Sie sie noch mal dran!« bat ich. »Nicht, daß sie es vergißt!«

»Keine Sorge!« erwiderte Helma und ging, worauf ich erleichtert aufatmete. Erst dann sah ich mich um.

Bis zu diesem 25. August 1977 war die Hölle eine Höhle für mich gewesen, in deren Mitte ein Feuer glühte, auf dem der Teufel und seine Großmutter in einem riesigen Topf Pech zum Sieden brachten. Mit dem 25. August 1977 änderte sich dieses Bild. Von nun an war die Hölle meiner Alpträume die Isotopen-Abteilung.

Die Atmosphäre in diesem Kellergeschoß war bedrückend. Es gab kein Fenster, also kein Tageslicht. Unter der Decke hingen zwar Neonröhren, doch spendeten sie hier nur ein trübes Licht. Die Wände waren grau gestrichen, der Linoleumboden hatte eine schmutzige Farbe, der Gang, auf dem mein Bett stand, war eng. Blickte ich nach links, blickte ich auf kahles Mauerwerk und auf eine weiße Holzbank. Darauf saß eine Frau zusammengesunken und schluchzte. Niemand nahm Notiz von ihr, denn außer mir war niemand da. Rechts von mir waren drei Türen. Auf der ersten war ein kleines Warndreieck zu sehen mit der Aufschrift *Kontrollbereich Radioaktiv – Kein Zutritt,* auf der zweiten prangte ein signalgelbes Metallschild: *Gefahrengruppe 3 – Kein Zutritt,* und auf der dritten und letzten Tür stand mit schwarzer Schrift geschrieben: *Zentrale Sterilisation – Kein Zutritt.* Das wirkte so bedrohlich, daß ich mich fühlte wie die Hauptdarstellerin in einem Science-fiction-Thriller über die Endzeit. Alles war so kalt, so steril und so fremd; es fehlte nicht mehr viel, und ich wäre aus meinem Bett gesprungen und geflüchtet. Bevor es dazu kommen konnte, öffnete sich jedoch eine der Türen, und eine Krankenschwester trat auf den Gang hinaus. Nach einem flüchtigen Blick zu der weinenden Frau auf der Holzbank wandte sie sich mir zu.

»Frau Martin?« fragte sie mit einem freundlichen Lächeln.

»Ja ...«

»Schwester Elisabeth!«

»Guten Morgen ...«, stammelte ich.

Sie lächelte nur noch freundlicher. »Na, dann kommen Sie mal!«

Mit einer flinken Bewegung löste sie die Bremse meines Bettes und schob es geschickt durch eine der Türen. Ehe ich mich versah, schlug das schwere Eisen hinter uns ins Schloß. Verwirrt sah ich mich um.

Wer sich hier unten auskannte, sprach von den »Katakomben«, eine sehr zutreffende Bezeichnung, wie ich jetzt begriff. Wieder befand ich mich in einem Gang, und auch hier gab es nur trübes Licht, auch hier war alles grau in grau und bedrückend. Vor allem aber gab es hier keinen Fluchtweg, so daß man sich wie in einer unterirdischen Begräbnisstätte fühlte. Rechts und links waren die Mauern, vor uns sah ich eine metallene Wand, auf die wir zusteuerten. Der Schweiß trat mir auf die Stirn. Ich hatte Angst, ich wollte schreien, ich holte schon Luft, ganz tief holte ich Luft ...

»Wenn man das hier zum ersten Mal erlebt«, erklärte mir Schwester Elisabeth, »wirkt es befremdend, nicht wahr?«

Ich schluckte die viele Luft und den Schrei hinunter, wagte aber nicht, ihr zu widersprechen.

Sie lachte. »Ja, ja, das kann ich mir denken, Frau Martin. Dabei ist es halb so schlimm.«

Zu meiner Rechten sah ich plötzlich eine merkwürdige Apparatur. Die Schwester schob ein Plastikkärtchen in einen Spalt, wodurch die metallene Wand sich öffnete.

Hier waren die Wände weiß, und in dem hellen und klaren Licht sah ich die Menschen an den verschiedensten Geräten stehen.

»Ist das die Frau Martin?« wurde gefragt.

»Jawohl!« antwortete Elisabeth.

Ich mußte von meinem Bett auf eine Liege umsteigen und mich ausziehen.

»Ich zeichne jetzt ein, wo bestrahlt wird«, erklärte mir eine junge Frau, »darauf hat man Sie ja sicher vorbereitet.«

Ich nickte artig, lächelte verbindlich und sah zu, wie sie meinen Bauch zum Kunstwerk stilisierte, indem sie mit einem Spezialstift Kringel und Kreuze darauf malte.

»Geht das wieder ab?« fragte ich vorsichtig.

»Wenn es abgehen soll!« erwiderte sie.

Ich seufzte. Diese Antwort hätte von mir sein können. Etwa zehn Minuten später ähnelte mein Bauch einem modernen Gemälde, und ich wurde »eingeschleust«, wie es eines der Mädchen nannte. Zu diesem Zweck schob man mich vor eine merkwürdige Tür. Sie schien aus Glas zu sein, doch konnte man nicht hindurchsehen, sondern blickte auf das eigene Spiegelbild. Die junge Frau mit der künstlerischen Ader drückte auf einen Knopf.

»Ja?« ertönte eine Lautsprecherstimme.

»Frau Martin!«

»Okay!«

Ein Summton erklang, die merkwürdige Tür öffnete sich, man schob mich mit den Füßen voran hindurch, und die merkwürdige Tür schloß sich wieder hinter mir, und dann ... dann packte mich das Grauen! Ich befand mich auf einmal in einem »Loch«, ein anderes Wort gibt es dafür wohl nicht. Es war stockfinster und totenstill darin und so eng, daß es mir nicht gelang, mit den Händen die Seiten meiner Liege zu umklammern: Ich stieß mit den Fingerknochen rechts wie links an die Wand. Sofort glaubte ich, nun elend ersticken zu müssen, denn wo sowenig Platz und keinerlei Licht war, konnte meines Erachtens auch keine Luft sein. Ich spürte schon, wie es mir die Kehle zuschnürte, wie meine Lungen vergeblich pumpten und pumpten ... Da erklang plötzlich wieder dieser Summton, und vor mir öffnete sich eine Tür.

»Guten Tag, Frau Martin! Ich bin Professor Leppich!«

Vor mir stand ein gutaussehender Mann von etwa fünfundvierzig Jahren. Er war eingehüllt in eine Art von Rüstung, die metallisch glänzte und mehrere Zentimeter dick war. Bei jeder noch so geringfügigen Bewegung klatschte sie gegen seinen Körper, der irgendwo darunter verborgen sein mußte.

»Ja ...« hauchte ich ängstlich.

Der Professor lächelte. »Hat man Ihnen erklärt, was hier auf Sie zukommt?«

»Ja ...«

Ich richtete mich auf und sah mich um. In dem Raum, in dem ich mich jetzt befand, gab es nur ein einziges Möbelstück, einen Tisch, wie ich ihn aus der Röntgenabteilung kannte. Ich blickte Leppich ins Gesicht und versuchte, mich zusammenzunehmen.

»Ja«, fing ich meinen Satz dann noch mal an, »Professor Mennert hat mir das hier soweit erklärt ... daß schichtweise bestrahlt wird und so ... von außen nach innen ... ich meine ...«

»Schön!« unterbrach Leppich mein Geschwafel. »Dann legen Sie sich bitte da rüber!«

Er wies auf den Tisch in der Mitte des Raumes, und ich lief auf weichen Knien darauf zu.

»Haben Sie Angst?« wollte Leppich wissen.

Ich zögerte. »Nei ... ja!«

Er lachte. »Ist ja auch ein bißchen utopisch hier!«

Mehr sagte er dazu nicht. Denn er ging wieder zur Tagesordnung über.

»Sie wissen, daß Sie ganz ruhig liegenbleiben müssen, Frau Martin?«

»Ja.«

»Aber bitte: Sie dürfen sich wirklich *nicht* bewegen!«

»Ich weiß!«

Ich kletterte auf den Tisch, legte mich hin und streckte meine Glieder. Ich wollte mich unbedingt entspannen, aber es gelang mir nicht. Statt dessen wurde ich immer unruhiger, und dann sah ich auch noch diesen bizarren Apparat, der mir bis dahin noch gar nicht aufgefallen war. Der Professor stellte daran herum, drückte da etwas ein, zog da etwas heraus, und mit jedem Drücken und mit jedem Ziehen verlor ich ein Stück mehr von meinem seelischen Gleichgewicht.

»Was ist das?« flüsterte ich. »Was ist das?«

Leppich gab mir keine Antwort darauf, aber das war auch nicht nötig. Im Grunde wußte ich genau, was es mit diesem bizarren Apparat auf sich hatte, ich hätte es nur gern von Leppich bestätigt bekommen: Das war sie also, die Kobaltbombe, eine Bombe im wahrsten Sinne des Wortes, zielsicher wie eine atomare Mittelstreckenrakete. Leppich richtete ihren Kopf geradewegs auf meinen Bauch. Dann lächelte er mich plötzlich an. »Wenn etwas ist, brauchen Sie es nur zu sagen, Frau Martin, ich kann jedes Wort hören und sehe Sie auch.«

»Wie?« Ich war völlig durcheinander.

»Wenn etwas ist«, wiederholte er deshalb noch einmal, »brauchen Sie es nur –«

»Oh ja!« Ich wollte seine Zeit nicht länger beanspruchen, als unbedingt erforderlich war.

Das wußte er zu würdigen. »Schön!« meinte er nämlich. »Dann fangen wir jetzt an!« Er durchquerte mit schepperndem Gewand den Raum und verließ ihn durch eine Glastür. Neben dieser Tür war ein Fenster, wie in einem Tonstudio. Erst als Leppich das Licht löschte, konnte ich ihn nicht mehr sehen. Ich hielt den Atem an. Um mich herum war es finster und stumm, in mir flirrte die Angst. Tausend Kleinigkeiten wurden mir plötzlich bewußt. Da war dieser eigentümliche Geruch, der mir bisher noch gar nicht so aufgefallen war. Da war diese Technik, diese erschreckend große Technik, und da war ich, diese kleine, winzige Eva, die einem Fortschritt ausgeliefert war, dessen Grenzenlosigkeit und Logik ängstigte und einsam machte. Unendlich einsam fühlte ich mich, ich ... ich vernahm plötzlich ein kaum hörbares Surren. Es paßte zu dem Flimmern und Schwirren, das in mir war, denn es hatte so gar nichts Wirkliches, so gar nichts Faßbares. Es war einfach nur da wie das Summen einer Biene.

So dauerte es geraume Zeit, bis ich begriff, daß die Kobaltbombe nunmehr angefangen hatte, ihre Strahlen abzugeben. Bewegungslos lag ich da. Es war gespenstisch. Ein unheimlicher Apparat schickte unheimliche Strahlen auf unheimliche Tumoren, und ich spürte nichts, es geschah im Grunde nichts. Wenn es weh getan oder wenn es mich gerüttelt und geschüttelt hätte, wäre es wohl nur halb so entsetzlich gewesen. So aber lag eine tödliche Bedrohung in dem Spiel. Und es war ein Spiel, das wußte ich sofort, es war ein teuflisches Spiel ...

Der Teufel meiner Kindheit war ein schwarzer Wicht gewesen. Auf seiner Stirn prangten zwei Hörner, er hatte einen langen Schwanz und einen Pferdefuß, und somit war er auf Meilen erkennbar gewesen, wenn er kam, um mich in die Versuchung zu führen, eine Sünde zu begehen. Gottlob hatte ich diese Illusion dann schon früh verloren.

Ich begriff, daß der Teufel auch hinter den Augen, den Worten oder den Taten eines an sich freundlichen Menschen verborgen sein konnte, und daß er manchmal überhaupt keine Gestalt, sondern nur eine Situation brauchte. Genau das war jetzt der Fall:

Der Teufel trieb sein Spiel mit mir, das spürte ich von Anfang an. Er verwandelte die Hölle meiner kindlichen Alpträume in den Bestrahlungsraum, ließ das Feuer die Gestalt der Kobaltbombe annehmen und schickte seine Großmutter, verkleidet als der ehrenwerte Professor Leppich, vorübergehend ein Häuschen weiter. Dann setzte er sich zu mir, dieser unverkennbare, beißende Geruch, der im ganzen Raum lag. Der Teufel forderte von mir, was er immer und von jedem forderte: die Seele. Das wurde mir gleich bei unserem ersten Zusammentreffen klar. Luzifer wollte, daß ich aufgab, und deshalb wollte er mit mir pokern, nicht nur während der Bestrahlung, sondern auch noch während der nachfolgenden zwei Stunden, die ich in einem kleinen, angrenzenden Raum verbrachte, wo ich mich ausruhen sollte. Als ich mich weigerte, die gezinkten Karten auch nur anzufassen, strafte Satan mich mit Depressionen. Ich fühlte mich radioaktiv verseucht, und ich weinte, weil niemand zu mir kam, niemand mit mir sprach, niemand mich berührte. Bei der zweiten Bestrahlung war es dann ein Knobelbecher, den Beelzebub mir unter die Nase hielt. Er wollte mit mir um die Wette würfeln, und als ich auch dazu nicht bereit war, verweilte er den ganzen restlichen Tag bei mir. Er setzte sich an meine Bettkante und ließ mich todmüde von einem Alptraum in den nächsten gleiten. Dann kam die dritte Bestrahlung, und diesmal waren es nur ein paar Streichhölzer, die Satan in seinen stinkenden Händen hielt. Ein einziges davon wäre kürzer als all die anderen, erklärte er mir, und nur, wenn ich ausgerechnet dieses zöge, hätte er gewonnen. Ich traute ihm nicht und erwiderte, er könnte sich seine Streichhölzer sonstwohin stecken, worauf er mir drohte. »Entweder du spielst mein Spiel, Evalein ... oder ...«

Ich spielte sein Spiel nicht, und so übergoß er mich mit dem siedenden Pech, dem tödlichen Inhalt seines Töpfchens, dem Kobalt-60.

Wenige Stunden nach meiner dritten Bestrahlung wurde mir schlecht, und ich mußte mich übergeben. Dann hatte ich plötzlich das Gefühl, als würde der Boden unter mir schwanken, als kämen die Wände mir entgegen, als trügen meine Beine mich nicht mehr, und auch mein Kopf schien auf einmal nicht mehr mit meinem Rumpf verbunden zu sein, denn er fiel von rechts nach links und von vorn nach hinten, ohne daß ich es steuern konnte. Vor meinen Augen flimmerte es, in meinen Ohren rauschte es ...

»Das nennt man Strahlenkoller«, erklärten mir meine Ärzte. »Das ist halb so wild, Eva!«

Ich glaubte kein Wort davon. Ich konnte mir einfach nicht vorstellen, daß das, was sich da Strahlenkoller nannte, »halb so wild« sein sollte, denn es war von Stunde zu Stunde weniger zu ertragen. Die Übelkeit wollte bald gar nicht mehr vergehen, so daß ich ohne Unterlaß erbrach. Dann bekam ich auch noch Gleichgewichtsstörungen.

Wenn ich mit weichen Knien an der Toilettentür stand, mein Bett anvisierte und geradewegs darauf zusteuern wollte, fand ich mich entweder im nächsten Moment in der Zimmerecke wieder, oder ich schoß gar mit beängstigender Zielsicherheit auf das Fenster zu. Solange ich das noch bemerkte, kam ich einigermaßen damit zurecht. Eines schönen Tages klemmte ich dann aber irgendwo zwischen Nachttisch und Heizkörper, und als ich mich aus dieser mißlichen Lage befreien wollte, wußte ich plötzlich nicht mehr, wie ich es anstellen sollte. Ich spürte meinen Körper nicht mehr, ich wußte nicht mehr, ob ich lag oder stand oder saß – also fing ich der Einfachheit halber erst mal an zu schreien.

»Von Anfang an hab ich so etwas geahnt«, schluchzte ich, »diese Bestrahlungen sind schlimmer als die schlimmste Chemotherapie, ... sie sind ... sie sind ... Teufelswerk!«

Natürlich nahm man keines meiner Worte ernst, aber man bemühte sich wenigstens von diesem Augenblick an verstärkt um mich.

Schwester Helma sorgte dafür, daß ich stets soviel frische Luft bekam, daß ich nicht erstickte, mich aber auch nicht erkältete, und das hieß, daß sie alle fünf bis zehn Minuten zu mir hereinkam, um das Fenster zu öffnen respektive wieder zu schließen.

Schwester Gertrud übernahm derweil die undankbare Aufgabe, mich mit Brei zu füttern, was ein Höchstmaß an Fingerfertigkeit verlangte, weil der Wechselgriff vom Teller zur Brechschale gekonnt sein wollte.

Daniela sorgte für mein seelisches Wohlergehen. Lange genug hatte sie nur mit mir reden können, wenn ich mit ihr hatte reden wollen. Jetzt bot sich ihr endlich wieder die Gelegenheit, ihre eigene Willensstärke an mir zu erproben, und deshalb teilte sie mir gleich am ersten Tag meines Leidens mit, daß dieser sogenannte Strahlenkoller durchaus auch psychologische Ursachen haben könnte.

»Deine Angst aus dem Bett zu fallen«, erklärte sie mir, »ist in jedem Fall symbolisch. Sie steht für deine grundsätzliche

Angst zu fallen, Eva, in ein Loch zu fallen und unterzugehen.«

In der Tat hatte ich eine mörderische Angst, aus dem Bett zu purzeln, weil ich zumeist nicht sicher wußte, ob ich wirklich darin lag. Dennoch knirschte ich so laut mit den Zähnen, als ich die psychologische Deutung vernahm, daß Daniela sich genötigt sah, Wiedergutmachung zu leisten: Sie ließ ein Gitter an meinem Bett anbringen, das ich fortan so fest umklammerte, daß die Metallstangen erbebten.

Daniela seufzte. »Auch so ein symbolisches Verhalten«, meinte sie, »Eva, Eva ...!«

Als ich das Schlimmste überstanden hatte, war ich so schwach, daß ich wieder einen Rollstuhl brauchte. Ich wehrte mich mit Händen und Füßen, doch ich war einfach nicht in der Lage, mich auch nur vom Bett bis zur Toilette zu schleppen, und so blieb mir gar nichts anderes übrig, als mein Schicksal und damit auch das metallene Ungetüm anzunehmen.

Eine wirkliche Hilfe war mir das auch nicht. Meine spindeldürren und kraftlosen Ärmchen taten sich schwer, die großen Räder zu bewegen, und deshalb beschränkten sich meine Ausflüge auf die Wege zur Toilette und zur Besucherecke auf den Gang hinaus. Da saß ich dann vor dem Panoramafenster, blickte hinunter auf den Park und machte das, was Claudia »lange Zähnkes« genannt hatte. Zu gern hätte ich da unten in einer der Lauben in der frischen Luft gesessen. Wir hatten schließlich September, und ich liebte diesen Monat.

In den nächsten Wochen schob Frau Helma mich in meinem Rollstuhl des öfteren in den Park hinaus. Ich wunderte mich, daß sie mir plötzlich Einblick in ihr Seelenleben gewährte und mir erzählte, wie sich ihr Verlobter vor einem halben Jahr das Leben genommen hatte. Ich mußte an mich halten, daß ich nicht laut brüllte vor Lachen, wie es Claudia an meiner Stelle bestimmt getan hätte.

Dann aber merkte ich, daß ich für Schwester Helma nur

ein Alibi war. Im Park begegnete sie nämlich immer einem Inder, einem jungen Arzt, in den sich aber auch Schwester Gertrud verliebt hatte und noch so manche andere Frau ...

29

Es war im November 1977, als Professor Mennert mich eines Abends besuchte. Er wirkte sehr angespannt, als er mich um eine Unterredung bat.

»Und worüber?« fragte ich.

»Wir haben die Ergebnisse Ihrer Kontrolluntersuchungen letzte Woche bekommen, und sie sind alle ohne Befund, das Kobalt hat Ihnen also tatsächlich genützt ...«

»Ach ja?« Damit hatte ich gerechnet. In den letzten Wochen hatte sich meine körperliche Verfassung zu sehr verbessert, als daß es anders hätte sein können. Ich brauchte auch keinen Rollstuhl mehr.

»Wenn das so ist«, fuhr Mennert fort. »Ich habe Ihre Akte in den vergangenen Tagen gedreht und gewendet, zusammen mit ein paar Kollegen. Und wir sind zu dem Schluß gekommen, ... wir könnten operieren.«

»Wir könnten operieren!«

Die lang ersehnte Operation! Das Leben reichte mir die Hand, ich brauchte nur noch zuzugreifen. Doch dann wachte ich auf.

»Wir *könnten* operieren?«

»Ja«, seufzte er, »ich sagte, wir könnten operieren, und nicht, wir können, weil es nämlich äußerst gefährlich wäre, und zwar ...«

Er hielt mir einen langen Vortrag über mein Herz und über meinen Kreislauf. Beide wären wegen der vielen Totalanästhesien in der Vergangenheit, und vor allem wegen der Chemotherapie, sehr geschwächt, was bedeuten würde, daß man im Fall einer Operation mit der Narkose sehr vorsichtig sein müßte.

»Ginge das denn?«

Er nickte. »Wir könnten die Dosis so niedrig wie möglich halten und mit Lokalanästhesien arbeiten. Das würde die Operation zeitlich in die Länge treiben, aber die Spezialisten hielten dieses Risiko für kleiner als das andere.«

»Dann ist doch alles in bester Ordnung.«

Mennert sah mich skeptisch an. »Zeitlich in die Länge treiben«, sagte er, »hieße, mindestens sechs bis sieben Stunden, und auch das ist nur eine Schätzung.«

»Und?«

»Sechs bis sieben Stunden würden ein Chirurg, ein Urologe, ein Gynäkologe und ein Darmspezialist in Ihren Innereien herumwühlen, Eva, wer weiß wieviel wegschneiden und abschneiden ...«

»Und?«

»Es würde Tage dauern, bis sich Ihr Innenleben wieder beruhigt hat, und wegen der bekannten Herz- und Kreislaufschwäche würden Sie kaum Schmerzmittel bekommen.«

»Und?«

»Neben allem anderen birgt eine so lange, wenn auch noch so leichte Vollnarkose unvorhersehbare Gefahren, sagen Sie also bitte nicht noch einmal ›Und?‹, Eva, diese Operation könnte Sie nämlich das Leben kosten!«

Ich lächelte. » ... Und? – Ohne Operation kostet es mich doch mit Sicherheit das Leben!«

Der Professor atmete schwer. »Nicht unbedingt!« teilte er mir dann mit. »Ihre Krankheit ist unter Kontrolle. Für den Augenblick geht es Ihnen so gut, daß sie diese Klinik verlassen könnten.«

Das hatte ich nicht gewußt ...

»Für wie lange?« flüsterte ich.

»Für ein Jahr. Oder zwei.«

... das hatte ich geahnt.

»Und mit der Operation?«

Er fuhr sich mit den Händen durch sein weißes Haar, nahm die Brille ab, fing an seine Augen zu reiben – sie waren rot und entzündet. Das kam wohl von zu vielen Zigaretten und von zuwenig Schlaf, und er konnte froh sein, daß sein Arzt das nicht sah, denn der hätte ihn glatt für sechs Wochen in eine Erholungskur geschickt.

»Schauen Sie, Eva, ich kann Ihnen keinen Rat geben, da liegt das Problem. Wenn ich selbst Krebs hätte, wäre das einfacher, aber so ... Sie wissen, daß ich die Tumoren gern mit Bomben vergleiche, also: Mir würde es nicht gefallen, mit vier Bomben in der Tasche durch das Leben zu laufen. Von daher würde ich sagen: operieren! Wenn wir aber versuchen, die Bomben zu entschärfen, könnten sie dabei hochgehen, und der Gedanke gefällt mir auch nicht, folglich wäre ich geneigt, zu sagen: nicht operieren! – Was soll ich Ihnen also sagen?«

Er stieß einen unüberhörbaren Seufzer aus, setzte die Brille wieder auf und sah mich an, als läge die Antwort auf all die Fragen vielleicht im Schwarz meiner Pupillen verborgen. Dann tätschelte er meine Hand, wie er es immer tat, wenn er mit seiner Weisheit am Ende war.

»Überlegen Sie es sich in aller Ruhe, Eva! Am kommenden Montag brauche ich Bescheid. Bis dahin sollten Sie das Für und Wider sorgsam abwägen. – Einverstanden?«

»Einverstanden!« Ich hatte ja keine andere Wahl.

Damit begann »das große Denken«, eine Zeit, an die ich mich später nur noch sehr ungern erinnerte. Die Euphorie des ersten Moments, da ich sofort bereit gewesen wäre, mich für die Operation zu entscheiden, ließ nämlich sehr schnell nach, und bald erfaßte mich ein fast unheimlicher Hang zur Bequemlichkeit. Der Gedanke, es mir einmal im Leben einfach zu machen, faszinierte mich immer mehr.

Im Augenblick«, hatte Mennert gesagt, »geht es Ihnen so gut, daß Sie diese Klinik verlassen könnten.« Schon sah ich mich über den Broadway schlendern ...

»Für wie lange, Herr Professor?«

»Für ein Jahr oder zwei!«

... und schon sah ich an der Ecke zur 42. Straße einen Notarztwagen stehen.

»Besser als ein Leichenwagen vor dem Hintereingang des Operationssaals!« dachte ich mir, um gleich im nächsten Moment zu erkennen, daß das Ziel des New Yorker Krankenwagens ja auch nur die Leichenhalle war.

»Aber erst in zwei Jahren!« rief meine innere Stimme.

»Oder schon in einem!« meinte ihr Echo, das immer so gern alles verfälschte.

»Was soll ich also tun?«

»Tun, tun, tun!« klang es diesmal zurück – aber wiederholen konnte ich selbst! Was ich brauchte, war eine klare und präzise Antwort. Aber die wollte mir weder meine innere Stimme noch deren Echo geben, und auch in meiner Umgebung hielt man sich bedeckt.

»Es hängt viel davon ab«, hieß es da nur. »Aber du bist eine erwachsene Frau und mußt selbst wissen, was du tust!«

Diese goldige Ansicht vertraten meine Großmutter, Schwester Helma und Schwester Gertrud, ja, sogar meine Eltern räumten mir ausnahmsweise völlige Entscheidungsfreiheit ein. Zähneknirschend nahm ich es zur Kenntnis.

»Ihr könntet wenigstens sagen, was ihr tätet, wenn ihr an meiner Stelle wäret!« knurrte ich.

»Wir sind aber nicht an deiner Stelle!« erklärten sie mir daraufhin.

Ich mußte also zusehen, wie ich allein mit meinem Problem fertig wurde.

Zwei Tage ließ ich mir das bieten, dann beschloß ich, mir den »Todesstoß« versetzen zu lassen.

Wenn man mir schon nicht umgehend mit Rat und Tat zur Seite stand, so wollte ich doch zumindest sicher sein, daß mir dann auch wirklich niemand mit Rat und Tat zur Seite stand, denn nur dann lag in der Pein noch ein gewisser Genuß.

Also machte ich mich wutentbrannt auf den Weg zu Daniela, stieß die Tür zu ihrem Büro auf, stellte mich vor ihren Schreibtisch:

»Okay, mach es kurz. Ob OP oder nicht, ist allein mein Bier!«

Daniela schmunzelte. »Setz dich, Eva!«

Damit war schon alles klar. Nicht einmal ein formvollendetes Harakiri gönnte man mir. Erschöpft ließ ich mich in die Sitzlandschaft sinken. »So eine Scheiße!« fluchte ich leise vor mich hin.

»Was?« Daniela schloß die Tür, die ich stilvollerweise offengelassen hatte. »Was ist Scheiße?«

»Daß mich einer nach dem anderen im Regen stehen läßt, bloß weil niemand Verantwortung übernehmen will.«

»Willst du es denn? Willst du Verantwortung übernehmen, Eva? Für dich und dein Leben?«

Ich schluckte. Von dieser Seite hatte ich mein Problem noch nicht betrachtet.

Das war ein schweres Versäumnis. Trotzig verschränkte ich die Arme vor meiner Brust, verknotete meine Beine – und statt mein Problem jetzt von dieser, meiner Seite zu betrachten, ärgerte ich mich nur, es nicht schon eher getan zu haben.

Derweil setzte Daniela sich zu mir. »Weißt du«, hob sie an, »es gibt da eine Geschichte von einem Mann, der durch einen Unfall erblindete. Jahrelang wünschte er sich nichts sehnlicher, als wieder sehen zu können. Eine Kapazität von Augenchirurg erklärte sich bereit, ihn zu operieren. Es war eine gefährliche Operation, der Mann hätte dabei sterben können ... er hatte aber Glück. Er überlebte, wurde wieder ganz gesund, nur ... die Welt, die er sah, sah er plötzlich mit ganz anderen Augen, und deshalb wünscht er sich noch heute, ... wieder blind zu sein.«

Hilflos starrte ich auf den Teppich. Es lagen ein paar Flusen darauf, hier mußte unbedingt mal wieder ordentlich staubgesaugt werden.

Dann entknotete ich meine Beine, legte meine Hände in den Schoß, schaute Daniela ungläubig an.

Sie lächelte. »Der Mann ist das Risiko zu sterben eingegangen, Eva ... mit dem anderen, dem viel größeren Risiko ist er nicht fertiggeworden ...«

»Mit welchem?« flüsterte ich.

»Ein Behinderter zu sein bietet nicht nur Nachteile, Eva, sondern auch Vorteile. Man ist etwas Besonderes, man hat immer die Möglichkeit, Fehlschläge auf das Konto der Behinderung zu verbuchen. Man kann sich immer einreden, daß sie der Grund für alles Unglück ist. Man braucht nicht zu tun, was man nicht will, weil man immer behaupten kann, daß man es nicht kann. Das heißt also ...«

»Was?«

Daniela sah mich ruhig an. »Daß man es sich genau überlegen sollte, welchen Weg man gehen will. Oft ist der Spatz in der Hand sicherer und vor allem bequemer als die Taube auf dem Dach!«

»Der Spatz in der Hand?« wiederholte ich fassungslos.

»Ja, Eva, wenn du jetzt gehst, hast du den Spatz in der Hand. Läßt du dich operieren, hoffst du auf die Taube auf dem Dach.«

»Und?«

»Einen Rat kann ich dir nicht geben, ich kann dir nur meine Meinung sagen.«

»Und wie ist die?«

Daniela atmete tief durch. »Wenn ich an deiner Stelle wäre ...«, sagte sie dann.

»Ja?«

»... würde ich mich für die Operation entscheiden!«

Für diese Offenheit hätte ich sie küssen können. Endlich hatte mal jemand den Mut, Stellung zu beziehen. Meine Dankbarkeit war grenzenlos. Entsprechend fröhlich lief ich in mein Zimmer zurück, hüpfte die Treppe hinunter, schlitterte über den blankgebohnerten Linoleumboden, geradewegs in die Arme von Doktor Behringer, der mich bereits gesucht hatte.

»Was strahlen Sie denn so?« begrüßte er mich. »Haben Sie einen Sechser im Lotto?«

»Nein«, gab ich lachend zurück, »oder doch! Mir hat endlich mal jemand seine Meinung zur Operation gesagt. Ihr traut euch doch alle nicht, mir zu sagen, was ihr an meiner Stelle tätet.«

»Da traue ich mich sehr wohl!« erwiderte Behringer, um mir alsdann klarzumachen, daß er entschieden gegen die Operation wäre.

»Ihre Krankheit haben wir im Griff«, erklärte er mir. »Die Chemotherapie hat Ausbreitung und Fortschreiten nachhaltig verhindert, und die Bestrahlungen haben die Tumoren verkleinert und eingekapselt. Jetzt aufzumachen, könnte bedeuten, daß alles wieder von vorn anfängt.«

Um nicht »aus den Latschen zu kippen«, wie Claudia das immer genannt hatte, setzte ich mich erst mal auf mein Bett.

»Ohne die Operation hätte ich den Krebs aber doch noch im Körper«, wandte ich zaghaft ein.

»Er kann aber doch für den Moment nichts anrichten«, erwiderte Behringer.

»Für den Moment nicht!«

»Na, einen Garantieschein für hundert Jahre Leben gibt Ihnen die Operation auch nicht. Zumal die Gefahr, daß Sie sie gar nicht überleben, schon so groß ist.«

»Ihnen ist der Spatz in der Hand also lieber als die Taube auf dem Dach?«

Behringer nickte und nannte mir auch sofort seine Gründe. »Es gibt ein uraltes Sprichwort, Eva: Wer sich in Gefahr begibt, kommt darin um!«

Damit hatte ich ihn also glücklich wieder erreicht, diesen Zustand der inneren Zerrissenheit, der auf äußerem Gleichgewicht beruhte. Der eine sagte so, der andere sagte so, der Rest hielt sich heraus, und ich sollte nun eine Entscheidung treffen. Und ich mußte sie treffen, denn ich war am Morgen des 14. November 1977 ganz allein, allein auf weiter Flur.

Kurz nach zehn Uhr war es soweit. Angeführt von Professor Mennert, betraten die Ärzte mein Zimmer und stellten sich nacheinander bei mir vor: ein Anästhesist, ein Radiologe, ein Chirurg, ein Internist, ein Gastroenterologe, ein Urologe und Doktor Behringer.

»Nun?« fragte mein Professor und sah mich erwartungsvoll an.

Für einen Moment stutzte ich, dann holte ich tief Luft, streckte meine Füße durch, streckte mein Knie, spannte meine Oberschenkel an, meinen Po und meinen Rücken, zog den Bauch ein, streckte die Brust heraus, preßte meine Schultern herunter und hob mein Kinn, und dann, ... dann ... ich hatte genug Zeit gehabt, mir alles zu überlegen, ich hatte das Für und Wider durchdacht, die endgültige Entscheidung mußte ich jetzt dem Gefühl dieses Augenblicks überlassen ...

Es war still im Raum. Aller Augen ruhten auf mir, niemand sprach ein Wort. Ich sah, daß Daniela im Türrahmen lehnte, sah, daß Schwester Helma neben ihr stand, den Kugelschreiber im Anschlag, den Notizblock fest in der Hand ... Ich ließ es einfach kommen ... »Ich will die Operation!«

Ungewöhnlich ruhig und fest klang meine Stimme, und ich spürte sofort, daß ich es richtig gemacht hatte. Ich fühlte mich erleichtert. Mein Kinn fiel herunter, meine Schultern klappten hoch, meine Brust zog sich zurück, mein Bauch schoß vor, Rücken, Po und Oberschenkel machten sich wieder breit, meine Knie und meine Füße schnellten zurück in Normalstellung, und meine Lungen ließen die viele, viele Luft heraus ... Ich spürte, daß ich mich richtig entschieden hatte. Doch Doktor Behringer schien da ganz anderer Meinung zu sein.

»Haben Sie sich das auch genau überlegt?« brach er das allgemeine Schweigen. »Sind Sie sich des Risikos voll und ganz bewußt?«

Er wirkte äußerst nervös. Ich sah ihn an, blickte dann zu Daniela hinüber.

»Wissen Sie«, erklärte ich, »was ich habe, das weiß ich, und was ich bekomme, das kann kein Mensch vorhersagen. Aber was ich habe, ist eine halbe Sache, und ich mache keine halben Sachen. Und deshalb will ich die Operation, das heißt: Ich will die Taube ... in der Hand!«

»Sie sind ein unmündiges Kind!« fuhr Behringer mich daraufhin an. »Sie wissen ja gar nicht, wovon Sie reden!«

»Aber Herr Kollege!!!« Mennert bremste seinen ungestümen Stationsarzt mit dem gewohnten Charme, gegen den keiner ankam. Dann wandte er sich mir zu. »Sie haben sich entschieden, Eva, und wir haben Ihre Entscheidung zur Kenntnis genommen, das genügt. – Die Operation ist vorläufig angesetzt für den 10. Januar 1978, acht Uhr morgens!«

Während Behringer fast aus der Rolle fiel, war ich nur sprachlos. Mennert hatte also von vornherein gewußt, wie ich mich entscheiden würde, und mich schon auf den OP-Plan setzen lassen. Als ich ihn jetzt darauf ansprach, grinste er über das ganze Gesicht.

»Sogar die Crew steht schon fest«, sagte er. »Sie bekommen das beste Team, das dieses Haus zu bieten hat.« Dann beugte er sich zu mir herunter. »Ich hätte mich an Ihrer Stelle genauso entschieden«, flüsterte er mir ins Ohr, »obwohl ... Ihr Mut ehrt Sie, aber es grenzt an Wahnsinn.« Er gab mir einen Klaps auf die Wange. »Alles weitere klären wir in den nächsten Tagen!«

Während Mennert daraufhin ging und ihm die anderen Ärzte folgten, blieben Daniela und Doktor Behringer zurück. Er schüttelte verständnislos den Kopf, sie trat freudestrahlend an mein Bett und gab mir einen Kuß.

»Bravo!« meinte sie dann. »Ich wußte doch, daß du ein mutiges Mädchen bist.«

»Mutig?« knurrte Behringer mißbilligend.

»Jawohl, Herr Doktor«, erwiderte Daniela. »Angst ist normal, aber wenn ich daran erinnern darf, was der Philosoph Jean Paul darüber gesagt hat ...«

»Was hat der denn gesagt, Frau Diplompsychologin?« fragte Behringer.

»Der Furchtsame hat Angst *vor* der Gefahr – so wie Sie! Der Feige *in* ihr –«

»So wie Sie?«

»Kann schon sein! Aber der Mutige ...«

»Jetzt bin ich aber mal gespannt«, zischte Behringer.

Daniela lächelte. »Der hat sie *nach* ihr, Herr Doktor. Und Sie werden es nicht glauben: das ist früh genug.«

Es vergingen noch einige Tage, bis Behringer, der ja sicher auch eines Tages mal Oberarzt werden wollte, sich der Meinung von Professor Mennert anschloß.

Ich selbst verbrachte auch dieses Jahr Weihnachten wieder in der Klinik. Als meine Eltern mich besuchten, zeigte ich ihnen stolz meine neue Haarpracht: Endlich war mein Haar wieder auf Streichholzlänge nachgewachsen. »Ich hatte schon gefürchtet, das würde nie mehr was!« rief Professor Mennert freudig, als er das sah.

An einem der ersten Tage im neuen Jahr besuchte mich Großmutter. Schon seit Tagen hatte ich mit diesem Besuch gerechnet. Schließlich kannte ich sie nur zu gut. Ihr Vertrauen in mein Durchhaltevermögen war nicht sonderlich groß, daher ging sie davon aus, daß ich, Sproß einer »schlappen« Generation, diese Operation nicht überlebte.

»Und deshalb müssen wir klären, was in diesem Fall mit deinem Vermögen geschieht, Eva, mit den Aktien und Wertpapieren, die du bekommen hast, als du volljährig wurdest, mit den Depositen, die ich dir –«

»Papa und Mama sollen es bekommen!« fiel ich ihr ins Wort.

»Zu gleichen Teilen?«

»Zu gleichen Teilen, Oma. Und ansonsten ...«

Ich nahm das mehrseitige Schriftstück aus dem Nachttisch, das ich in weiser Voraussicht schon Tage zuvor abgefaßt hatte, und gab es ihr.

»Was ist das?« fragte sie sofort.

»Mein Testament!«

»Was? Soll das bedeuten, daß du dir einbildest, irgendeiner deiner Bekannten hätte eine Erbschaft verdient?«

Ich schmunzelte. »Das bilde ich mir nicht ein«, sagte ich.

»Aber?«

»Lies es doch selbst!«

Sie tat es zwar nur ungern, aber ich konnte sehen, wie sich ihre Gesichtszüge bei jedem Wort mehr und mehr erhellten. Mein Testament war nämlich ganz nach ihrem Geschmack.

Zwei Menschen wurden darin bedacht, Hilary und Frau Gruber, denn beide haßte ich über alle Maßen. Die »liebste« Hilary sollte im Falle meines Ablebens meinen Schmuck bekommen. Sie hatte ihn immer sehr bewundert. Nachdem sie sich mir gegenüber so mies benommen hatte, sah ich darin eine gelungene Rache. Sie würde sich schämen, und all das Gold und die Steine würden ein Leben lang auf ihrer schönen Haut brennen. Die »beste« Frau Gruber traf es noch ärger. Ihr sollte ein Teil meiner Wertpapiere zufallen, und zwar im Rahmen einer Stiftung. Das Geld sollte fest angelegt werden, um aus den Erträgen die Ausbildung von Mädchen zu finanzieren, denen eigene Mittel fehlten. Auf diese Weise würde sich meine so innig geliebte Ballettmeisterin stets an mich erinnern und begreifen, daß nur sie mich vergessen hatte – ich hatte bis zum letzten Atemzug an sie gedacht.

Meine Großmutter blinzelte mir listig zu. »Die Idee ist gut«, sagte sie dann, »nur mußt du bedenken, daß du es hier mit zwei Individuen zu tun hast, die weder intelligent noch sensibel sind. Dieses Fräulein Johnson ist eine Nutte, Eva. Die würde auch radioaktiv verseuchten Schmuck tragen, wenn er nur schön wäre. Na, und diese Frau Gruber …!«

Mir war bekannt, was meine Großmutter von der hielt. Schon vor Jahren hatte sie behauptet, diese Frau hätte gewisse Eigenschaften mit einem gewissen Schweinehirten aus einer gewissen Operette gemein: »Ja, das Schreiben und Lesen sind noch nie mein Fall gewesen …« Daher hatte Oma auch nie geglaubt, daß meine Ballettmeisterin jenen

Brief, über den ich damals so unglücklich gewesen war, im Alleingang verfaßt hatte. Dazu reichten ihres Erachtens weder Frau Grubers Orthographie- noch ihre Grammatikkenntnisse aus.

»Wie willst du von so einem Menschen erwarten, daß er eine derart subtile Rache versteht? – Eva, ich würde mir das noch einmal überlegen!«

Oma gab sich alle erdenkliche Mühe, konnte mich aber nicht umstimmen. Nachdem mehrmals das übliche »Wie bitte?« erklungen war und ich ebensooft erklärt hatte, daß es hier doch schließlich um *meinen* letzten Willen ginge, gab sie sich geschlagen.

»Also gut«, seufzte sie, »du mußt es wissen, und ich habe keine Lust, noch länger auf diesem harten Schemel zu sitzen!«

Damit war alles geregelt. Meine Großmutter ging. Sie ging, ohne sich in besonderer Weise von mir zu verabschieden, ohne mir Glück zu wünschen.

»Es ist unnötig, das Leben zu dramatisieren, Eva..! Es *ist* dramatisch!«

Wie recht sie damit hatte, wurde mir bald klar. Meine Ruhe und meine Gelassenheit schwanden mit jedem Augenblick, den die Operation näher rückte, und als die letzten vierundzwanzig Stunden anbrachen, begann auch für mich eine Nervenprobe ohnegleichen. Bis dahin hatte ich mich stark und ausgeglichen gefühlt. Jetzt fühlte ich mich plötzlich nur noch hilflos. Ich wollte nicht nachdenken und mußte doch an so vieles denken, und damit kam die Angst. Es gab nun kein Zurück mehr, und das quälte mich, obwohl ich eigentlich gar nicht zurück wollte. Es war wie damals vor meiner letzten Chemotherapie. Wieder fieberte ich einem Ereignis entgegen wie meinem Hinrichtungstermin, wieder wollte ich das Unvermeidbare hinter mich bringen und war doch zugleich von grenzenloser Furcht vor diesem Unvermeidbaren erfüllt. »Wat en Theater!« hatte Claudia damals dazu gesagt. Jetzt mußte ich mir das selbst sagen, und da klang es weit weniger überzeugend. Ich war einsam, kraftlos, mir selbst überlassen, ich hatte Angst vor meiner eigenen Schwäche und wußte nicht, wie ich sie besiegen sollte.

Dieser Zustand erreichte am Nachmittag des 9. Januar seinen Höhepunkt. Meine Eltern saßen an meinem Bett und suchten vergeblich nach einem unverfänglichen Gesprächsthema, denn jedes Wort schien auf die bevorstehende Operation abzuzielen, und das brachte meine Mutter zum Weinen und meinen Vater zum Toben. Also übte man sich gezielt in der Kunst des Überspielens. Da jeder von uns bemüht war, zuversichtlich und entspannt zu wirken, verkrampften wir völlig. Jedes »Lächeln« wurde zu einer Grimasse, jeder »Scherz« zu bitterem Ernst, jedes »lockere« Seufzen zum Schmerzensschrei. Nach etwa einer Stunde war ich es leid.

»Ich kann nicht mehr!« jammerte ich. »Ich kann das nicht aushalten, und deshalb ist es vermutlich das beste ...«

»Wenn wir gehen?« flüsterte meine Mutter.

»... ja!«

»Gut, Kind ... wenn du meinst!«

Zu meinem Erstaunen wirkten sie weder verärgert noch betrübt. Dankbar sah ich ihnen dabei zu, wie sie einander in die Mäntel halfen, wie mein Vater seinen Hut aufsetzte, wie meine Mutter ihre Handschuhe anzog ... Noch nie zuvor hatte ich diese Gesten eines Aufbruchs mit ähnlicher Intensität beobachtet. Nichts entging mir, jede noch so winzige Bewegung, jeden noch so flüchtigen Blick nahm ich auf, ... und ich wußte plötzlich, daß diese beiden Menschen, die ich Eltern nannte und über alles liebte, nur deshalb in dieser Stunde von mir gehen mußten, um mir endlich wirklich nahe zu sein. Ich brauchte sie jetzt in mir, nicht um mich her. Ich brauchte jetzt meine Freiheit, das Gefühl, auf nichts und niemanden Rücksicht nehmen zu müssen.

»Ich liebe dich!« sagte meine Mutter zum Abschied, und sie bemühte sich, dabei nicht zu weinen.

»Du schaffst das schon!« sagte mein Vater, und er bemühte sich, es ganz besonders leise zu sagen.
Ich sagte nichts, ich lächelte nur.

Da war er also nun, der vielleicht letzte Abend meines Lebens. Ich lag in einem frisch bezogenen Bett. Morgen früh würde ich aufwachen, vielleicht zum letzten Mal in meinem Leben. Nie wieder würde Schwester Helma mich fragen, ob ich abgeführt hätte, nie wieder würde ich einen Sonnenuntergang sehen. Zum vielleicht letzten Mal würde mir heute irgend jemand eine gute Nacht und morgen früh einen guten Tag wünschen, dann konnte alles zu Ende sein ...

So klar hatte ich einer Todesgefahr noch nie ins Auge gesehen. Ich hatte weder Fieber noch Schmerzen, die das Begriffsvermögen hätten benebeln können, ich war ganz wach, ganz »*da*«. – Auf dem Bildschirm pinkelte gerade ein Mann gegen eine Hauswand, ich dachte über mein Leben nach, fragte mich, ob da wohl noch irgend etwas wäre, was ich jetzt vielleicht noch tun könnte, was mir das Sterben erleichtern würde ... Reinders ... nur er fiel mir in diesem Moment ein ... Aber er fiel tief, tief in meine Seele.

Ich hatte ihn geliebt, ganz sicher war ich mir nicht, aber es reichte. Ich liebte ihn auch jetzt noch, auch da war ich mir nicht sicher, aber um an ihn zu denken, reichte es allemal. Wenn ich nun starb, erfuhr er nie von dieser Liebe, und das wäre doch eine Schande! Also mußte ich sie ihm gestehen, diese Liebe, und deshalb mußte ich jetzt zu meinem Telefonbüchlein greifen, aus dem Bett steigen, meinen Morgenmantel überziehen ...

Als ich das endlich geschafft hatte, stand bereits die Nachtschwester vor meinem Bett. Sie war eine hübsche, rundliche Frau von etwa vierzig Jahren, und wie sie die Spritze in der Hand hielt, erinnerte an die »Miss Liberty« vor den Toren New Yorks.

»Hätte das vielleicht noch zehn Minuten Zeit?« fragte ich.

»Zehn Minuten schon«, erwiderte sie, »nur länger sollte es wirklich nicht –«

»Nein, nein«, fiel ich ihr ins Wort, »ich brauche nicht länger. Vorausgesetzt, ich darf mal kurz telefonieren.«

Sie nickte und begleitete mich hinaus.

»Sie müssen eine Null vorwählen, um ein Amt zu bekommen«, waren ihre letzten Worte. Dann ließ sie mich allein, und ich, ich atmete ganz tief durch.

Die Nummer hatte ich damals ausfindig gemacht, als ich auf F7 lag. Es war Reinders' Privatnummer; in meinen Träumen hatte ich sie schon häufiger gewählt: zuerst eine Drei, dann eine Fünf, dann eine Neun ... Mir war plötzlich, als müßte ich dringend zur Toilette, und legte den Hörer rasch wieder auf. Dann lief ich einige Male um den Schreibtisch und unterdrückte das menschliche Bedürfnis, und dann versuchte ich es noch einmal: die Drei, die Fünf ... eine Zigarette hätte ich jetzt gebraucht ... die Neun, die Vier ... mir war ganz schlecht ... zweimal die Sieben – als ich das Freizeichen hörte, warf ich den Hörer auf die Gabel, als könnte ich mit dieser Geste den Untergang der Welt verhindern. Dann lief ich wieder einige Male um den Schreibtisch und versuchte es schließlich zum dritten und letzten Mal. Was konnte schon passieren?! Ich wußte schließlich genau, was ich sagen wollte?! Ich wollte ihm sagen, daß ich ihn sehr liebte, als Mensch, als Arzt, als Mann ... Was mir da ans Ohr drang, war kein normals Freizeichen, das war ein schriller Aufschrei des Entsetzens. Dreimal ertönte es, dann wurde der Hörer abgenommen, und ich war sicher, nun gleich ohnmächtig zu werden, jetzt ...

»Hier ist der telefonische Anrufbeantworter 359477, Jan Reinders, Sie können mir auf dem mitlaufenden Band eine Nachricht von unbegrenzter Dauer hinterlassen. Sprechen Sie bitte nach dem Signalton, vielen Dank für Ihren Anruf!«

Es sollte nicht sein! Was ich hatte sagen wollen, konnte man nicht nach einem Signalton als Nachricht von unbegrenzter Dauer auf ein Band sprechen. Es sollte also wirklich nicht sein!

»Wer weiß, wofür es gut ist!?« erklärte mir meine innere Stimme.

30

Die Uhr im Operationssaal zeigte genau acht Uhr achtundvierzig, als mir der Narkosearzt die Anästhesie injizierte, und damit begann das wohl größte Abenteuer meines Lebens. Ich, die Heldin, war jedoch die einzige, die dieses Abenteuer nicht bewußt erlebte, denn mich barg das Dunkel der Narkose in seiner Zeitlosigkeit. Der Zeit ausgeliefert waren die anderen.

Meine Ärzte und die Schwestern bekämpften diese Ahnung mit Arbeit und taten, was sie immer taten: ihre Pflicht.

Meine Eltern hingegen hatten vor den Pforten des OP-Traktes Stellung bezogen. Dort saßen sie auf einer unbequemen Holzbank, hielten einander die Hände und starrten auf die riesige Bahnhofsuhr am Ende des Ganges. Mit jeder Minute, die verstrich, gab dieses Ungetüm einen harten, metallenen Laut von sich. Es klang, als würde man einen Schlüssel in ein Schloß stecken, ihn aber nicht umdrehen. Stundenlang ertrugen sie diese nervtötende, gespenstische Wiederkehr, und als das marternde Geräusch um siebzehn Uhr einundzwanzig zum fünfhundertunddreizehnten Mal ertönte, hatten sie sich bereits so sehr daran gewöhnt, daß sie es gar nicht mehr wahrnahmen.

Zur gleichen Zeit hockte Doktor Behringer im Schwesternzimmer und griff erstmals nach vier Jahren Enthaltsamkeit wieder zu einer Zigarette.

Professor Mennert, der seine Sekretärin schon vor Stunden gebeten hatte, keine Anrufe durchzustellen, saß stumm an seinem Schreibtisch und starrte auf mein Krankenblatt.

Schwester Helma machte gerade das Bett eines Neuzugangs, Gertrud stand im Bad und puderte sich das Näschen – in diesem Moment, um Schlag siebzehn Uhr einundzwanzig am 10. Januar 1978 ...

So versank ein denkwürdiger Augenblick in der Zeit. Alle lebten ihn, aber keiner erlebte ihn wirklich.

Der Oberarzt der Chirurgischen Klinik meldete, den letzten Faden gesetzt zu haben. Es war vollbracht: Die Operation war gelungen, der Patient hatte überlebt, für die anderen war damit das Schwierigste geschafft – jetzt war ich an der Reihe!

»Heben Sie mal bitte den Kopf! Heben Sie mal bitte den Kopf! Frau Martin, den Kopf heben! Den Kopf, Frau Martin! Bitte mal den Kopf heben ...! ...«

Es war die Stimme einer Frau, die mich da so quälte. Blechern schlug sie auf mich ein, und ich hätte viel dafür gegeben, wenn da ein Knopf gewesen wäre, um sie abzuschalten. Ich wollte schlafen ... schlafen ... einfach nur schlafen. Aber die Stimme gab nicht auf. Unentwegt und mit unverminderter Lautstärke spie sie mir ihre Aufforderung ins Gesicht, meinen Kopf anzuheben. Ich versuchte es. Es fiel mir schwer. Mein Körper schien noch in anderen Sphären zu schweben, ich spürte ihn nicht. So dauerte es geraume Zeit, bis ich meinen Nacken fühlen konnte, bis es mir gelang, meine Muskulatur anzuspannen, das Kinn Richtung Brust zu schieben, den bleischweren Schädel aus den Kissen zu heben ... es kam einem Gewaltakt gleich, was die Frau mit der blechernen Stimme jedoch zu würdigen wußte.

»Jawohl!« rief sie mir zu. »Jawohl!«

Danach hielt sie endlich ihren Mund, ich durfte weiterschlafen, schlafen, tief schlafen ...

Es war Sommer, und ich war in Italien. Ich lag im warmen Sand und blickte aufs Meer hinaus. Himmel und Wasser waren tiefblau, die Wellen plätscherten sanft, wie sie es an windstillen Tagen immer taten, und es wehte kein Lüftchen. Ein Motorboot jagte den Horizont entlang, einen Wasserskifahrer im Schlepp. Schneeweißer Schaum umspülte seinen Körper, mir war so heiß. Ich wollte aufstehen. Ich wollte aufstehen, mich in das kühle Wasser gleiten lassen und zum Horizont schwimmen, eintauchen in den erfrischenden Schaum ... aber ich konnte nicht aufstehen. Ich lag in dem warmen Sand, und ich konnte mich einfach nicht bewegen, und mir war so unerträglich heiß, und die Sonne brannte auf mein Gesicht ...

Meine Augen waren geblendet vom grellen Licht der Neonröhren über mir, und es dauerte einige Minuten, bis ich meine Umgebung wahrnahm. Ich lag nicht in Italien am Strand, ich lag auf der Intensivstation. Die Wände waren gläsern, man konnte mich von drei Seiten aus betrachten, und durch das Fenster strahlte der Mond, als wollte auch er sich dieses Schauspiel nicht entgehen lassen.

Meinen Körper spürte ich immer noch nicht. Ich sah ihn zwar daliegen, aber bewegen konnte ich ihn nicht. Der Speichel troff mir aus dem Mund, und als ich die Lippen schließen und schlucken wollte, gelang mir das nicht. Das ängstigte mich ungemein, und ich beschloß, dieser Angelegenheit auf den Grund zu gehen. Infundiert wurde ich per Dauerkanüle. Sie lag in der Halsvene, folglich waren meine Arme frei ... frei? Der linke war festgeschnallt und angeschlossen an den Blutdruckmesser, der rechte lag regungslos auf der Bettdecke. Ich versuchte, ihn anzuheben – unmöglich. Ich versuchte, eine Faust zu machen – unmöglich. Endlich gelang es mir, die Finger zu bewegen, nur ganz leicht, kaum sichtbar, aber immerhin. Als nächstes kamen die Beine an die Reihe. Wie schwere Eisenstangen lagen sie auf der Matratze, und hätte ich das nicht gespürt, wäre ich nicht einmal sicher gewesen, daß es überhaupt meine Beine waren. Sie hätten ebensogut irgendeinem Fremden gehören können. Leise begann ich zu wimmern. Ich hörte das ganz deutlich, und ich fand es furchtbar, aber ich konnte nicht damit aufhören.

Ich mußte mich konzentrieren. Ich brauchte all meine Kraft, um meinem Hirn zu befehlen, die Beine zu bewegen. Dabei erwartete ich gar kein Wunder. Ich wollte ja nur mal kurz die Knie beugen, die Füße strecken, die Zehenspitzen anheben. Es dauerte Ewigkeiten, bis es mir endlich gelang, und als es gelang, durchfuhr ein so unbändiger Schmerz meinen Körper, daß ich laut aufschrie.

Sofort war eine grün vermummte Frau zur Stelle.

»Sie müs ... ruh .. lie ... blei ...!« sagte sie, und da ich sie daraufhin wohl ziemlich entsetzt anstarrte, wiederholte sie es noch einige Male:

»Sie müs ... ruh .. lie ... blei ...!«

So ähnlich klang mein Kassettenrecorder, wenn die Batterien am Ende waren. Im nächsten Moment war ich schon wieder eingeschlafen.

Diesmal war es Nacht in meinen Träumen. Ich stand auf einem Marktplatz, ganz allein, umgeben von diesen Verkaufswagen, auf denen »Heiners Fische« oder »Geflügel Fein« zu lesen war. Ein paar alte Zeitungen lagen auf dem schmutzigen Kopfsteinpflaster. Ich fröstelte. Da standen plötzlich diese Männer vor mir. Es waren viele, sie waren noch jung, sie trugen schwarze Lederhosen und schwarze Lederjacken, und in ihren Händen hielten sie spitze, scharfe Messer. Ich wollte schreien, aber da griff der erste mich auch schon an. Mitten in den Bauch stieß er mir die Klinge, und ehe ich mich versah, taten die anderen es ihm gleich, es schmerzte, und ich wollte weglaufen, dem Schmerz davonlaufen ...

»Liegen Sie ruhig, Frau Martin! Verdammt noch mal, Sie reißen sich noch die Kanüle heraus, das muß doch nicht sein!«

Schon wieder stand die grüne Frau an meinem Bett und schimpfte. Ich hörte jedes Wort, ich sah sie ganz genau, obwohl meine Augen tränten und brannten. Unterhalb meiner Taille herrschte Kriegszustand. Mir war, als wäre dort eine riesige blutende Höhle, in der fremde Hände voller Sadismus herumwühlten, um alles darin zu zerstören.

Mit jedem Augenblick wurde das schlimmer. Ich konnte es nicht aushalten.

»Sie sollen still liegen!« befahl die grüne Frau gleich wieder. »Versuchen Sie zu schlafen, Frau Martin ... meine Güte!«

Die beiden letzten Worte sprach sie mehr zu sich selbst

als zu mir; sie schickte einen Seufzer hinterdrein. Das klang, als würde sie glauben, daß ich absichtlich jammerte, absichtlich nicht ruhig lag, nur, um ihr Mühe und Arbeit zu machen.

Da wünschte ich ihr, für einen Moment an meiner Stelle zu sein, zu fühlen, was ich fühlte, zu leiden, wie ich litt.

Diese Nacht nahm kein Ende. Meine Schlafphasen wurden immer kürzer, und manchmal glaubte ich, es müßten Stunden vergangen sein, stellte dann anhand der Infusion aber fest, daß ich wohl nur wenige Minuten vor mich hingedämmert hatte. Dabei wurde jedes neue Erwachen zu einer größeren Qual. Die Schmerzen in meinem Bauch nahmen eine Intensität an, daß ich zeitweise glaubte, auseinanderzubersten. Es war, als risse man mir bei lebendigem Leib die Gedärme heraus. Hinzu kam das Brennen und Beißen auf meiner Haut, was angeblich eine allergische Reaktion auf die Narkose war, das Piepsen und Dröhnen und Rattern und Surren der vielen Maschinen, das hektische Hin und Her der grün vermummten Mannschaft, das Gerede, mit dem man versuchte, mich zur Ruhe zu bringen.

Ich konnte keine Ruhe finden. Ich brauchte Hilfe, ich brauchte eine Spritze, eine Tablette, etwas gegen diese unerträglichen Schmerzen. Irgendwann fing ich an, laut zu schreien. Ich schrie, wie ich noch nie zuvor in meinem Leben geschrien hatte. Die grüne Frau schimpfte mich aus, sprach ein paar tröstende Worte und strich mir über die Wange. Ich schrie weiter, ich schrie um mein Leben – bis auf einmal Doktor Behringer an meinem Bett stand.

»Hallo Eva!«

Ich hörte auf zu heulen.

»Wissen Sie, wie spät es ist, Eva? Wir haben schon fast Mitternacht. Sie haben ziemlich lange geschlafen.«

Er zog sich einen Stuhl heran und setzte sich an mein Bett.

»Ich ...«

»Was, Eva?«

»Ich ...«

»Ja?«

»... Spritze!«

Dieses Wort auszusprechen war eine Anstrengung für sich. Um so mehr ärgerte es mich, daß Behringer es einfach überhörte. »Spritze!« wiederholte ich deshalb, und beim zweiten Mal ging mir das schon wesentlich besser von der Zunge.

»Das geht nicht, Eva«, antwortete er.

»Doch!«

»Nein, Eva.«

»D-o-c-h!!!«

Ich kreischte laut und schrill, versuchte, mich aufzurichten. Das rief natürlich sofort wieder die schimpfende grüne Frau auf den Plan. Sie sprang auf mich zu und drückte meine Schultern in die Kissen zurück.

»Was soll denn das?« brüllte sie.

»Auf-ste-hen!«

»Aber nein, Frau Martin! Sie müssen ruhig liegenbleiben!«

»Aufste-hen!«

»Liegen Sie still, verdammt!«

»Nei-ei-ei-n!!!«

»Lassen Sie mich mal!« mischte Behringer sich daraufhin ein.

»Sie macht mich wahnsinnig!« flüsterte die Frau ihm zu.

»Ja, ja!«

Behringer streichelte meine Hand.

»Eva!« rief er mich freundlich an. »Wenn Sie ruhig liegen, Eva, dann sind die Schmerzen nur halb so schlimm.«

»Ich ... kann ... nicht!« preßte ich hervor.

»Doch, Mädchen!« sagte er. »Doch! Du kannst! Du mußt nur wollen.«

»Nein«, jammerte ich, »nein, ... nein, ... nein ...«

»Aber ich dachte immer, du willst noch nach New York und nach San Francisco und nach Acapulco und an die Costa ... Costa Dingsda.«

»Sme – ral – da!«

»Na, siehst du!«

Ich fand es unfair, daß er mich gerade jetzt daran erinnerte. Nichts war mir in diesem Augenblick gleichgültiger als die Costa Smeralda, von mir aus konnte sie im Meer versinken, ich wollte ...

»Ich ... ich will ... sterben ...«, röchelte ich.

Behringer lächelte. »Das hättest du aber leichter haben können!«

Ganz sanft sagte er das, und ich spürte, wie mir die Tränen in die Augen schossen. Ich mußte plötzlich an Claudia denken, an Ina, an meine Oma, an all die, denen es in dieser Stunde wesentlich besser ging als mir.

»Ich ... ich will ... ich will eine Spritze ...«, wimmerte ich.

»Das geht nicht, Eva!«

»Bit-te, ... bit-te ...«

»Es würde Herz und Kreislauf zu sehr belasten!«

Mennerts Worte! Erst jetzt fielen sie mir wieder ein. Er hatte mich gewarnt. Er hatte mir von Anfang an gesagt, daß man mir wegen der bekannten Herz- und Kreislaufschwäche keine Schmerzmittel geben würde. Damals hatte ich das für »nicht so wichtig« gehalten, weil ich mir das alles hier nicht hatte vorstellen können, und jetzt, wo ich es ertragen sollte, konnte ich es nicht ertragen. Ich fing an zu weinen. Ich fing an zu weinen und zu schreien und zu strampeln, obwohl ich wußte, daß meine Schmerzen dadurch nur noch schlimmer wurden. Ich konnte nicht anders.

»Schau mal, wer da ist!« flüsterte Doktor Behringer. Er hielt mein Gesicht fest in seinen Händen und blickte mir tief in die Augen. »Schau mal, Eva!«

Mißtrauisch sah ich zur Tür und entdeckte meine Eltern, fast hätte ich sie gar nicht erkannt. Sie trugen sterile grüne Kittel, Handschuhe, einen Mundschutz und ein Häubchen auf dem Kopf. Sofort fing ich wieder an zu weinen, zu schreien und zu strampeln, noch heftiger als beim letzten Mal. Die Tränen rannen mir über das Gesicht, und ich wälzte mich hin und her, schluchzte und schluchzte.

»Jetzt wird nicht geheult!« brüllte Behringer mich da auf einmal an. »Verstehst du mich, Eva Martin? Hier wird nicht geheult, nicht jetzt! Das strengt das Herz zu sehr an! *Eva!*«

»Ich will nicht sterben«, kreischte ich mit sich überschlagender Stimme.

»Du wirst auch nicht sterben, Eva!«

»Dann will ich eine Spritze!«

»Das geht nicht!«

»Warum geht das nicht!« Die Stimme meines Vaters klang hart und aufgebracht; er stand in der Tür, als würde er sich gleich auf den armen Doktor stürzen wollen, um ihn Mores zu lehren. »Sie sehen doch, daß meine Tochter Schmerzen hat!« fuhr er ihn an.

»Das kann man ja nicht mit ansehen. Tun Sie doch irgend etwas!«

»Herr Martin ...!«

»Tun Sie was!!!«

Behringer erhob sich langsam von seinem Stuhl. »Ich werde mal fragen«, stotterte er. Dann ging er hinaus.

Meine Eltern! »Wenn es wirklich hart auf hart kommt, ist deine Mutter die Starke!« hatte Daniela einmal zu mir gesagt, und wie recht sie hatte, sah ich jetzt. Meine Mutter wirkte ruhig, mein Vater eher ängstlich, es schien, als hielte er sich an ihren Rockschößen fest. »Wenn ich ihm sage, daß du morgen tot sein wirst, schlägt er mich zusammen, weil er nicht darüber weinen kann ...« – Er konnte auch jetzt nicht weinen, denn er wußte bereits, was ich erst ahnte: Die Operation war zwar gelungen, mein Leben aber trotzdem keinen Pfifferling mehr wert. Ich würde sterben, heute nacht, und ich spürte auch, wie ich starb, wie ich alles nur noch durch einen Nebel wahrnehmen konnte, wie ich auf dem besten Weg war, fortzugehen.

»Jetzt ... jetzt war ... jetzt war doch alles ... umsonst ...«

Sofort setzte sich mein Vater zu mir, schob den Stuhl noch etwas näher ans Bett, ergriff meine Hand.

»Unsinn!« schimpfte er. Das klang wie vorprogrammiert,

das hätte er wohl auch geantwortet, wenn ich ihn nach der Uhrzeit gefragt hätte. »Du mußt nur durchhalten!« feuerte er mich an. »Du mußt!«

»Ich ... ich kann ... aber nicht ...«

»Du *mußt,* Eva!!!«

Ich blickte zu meiner Mutter hinüber. Sie stand immer noch im Türrahmen und sah mich an, aber eigentlich taten ihre Augen mehr, als nur zu sehen: sie nahmen mich in sich auf. Es war, als würde meine Mutter in vollem Bewußtsein all das in sich aufsaugen, was ich in dieser Stunde war, um es später einmal aufwiegen zu können gegen das, was ich früher gewesen war, und gegen das, was ich unter anderen Umständen hätte werden können. Wie anders sahen mich da die Augen meines Vaters an! Angst und Ohnmacht waren darin zu erkennen, ebenso aber Zorn und Entschlossenheit. Nichts Verzeihendes lag in diesem Blick, nur Kraft und blindes Verlangen.

»Nein ...«, hauchte ich bei diesem Anblick, »... nein!« Ich wollte nicht schon wieder kämpfen, ich wollte meinen Frieden, ich wollte diesen Schmerzen entfliehen, diesem Bett und diesem Ort, und ich wollte endlich frei sein, endlich ... Wieder brach ich in Tränen aus und schluchzte, daß es meinen geschundenen Körper auf und nieder warf.

»Hör auf!« erklang da die Stimme meiner Mutter. »Hör sofort auf!«

Mit zwei Schritten stand sie neben mir, und der metallene Infusionsständer knallte gegen das metallene Bettgestell, was ein wahrhaft schauerliches Geräusch machte.

»Sofort hörst du auf zu heulen!« wiederholte sie, und ihre Stimme klang äußerst scharf.

»Nein ... Mama ...«, wimmerte ich.

»Doch! Du hast gehört, was Doktor Behringer gesagt hat.«

»Keif sie jetzt nicht an!« mischte sich mein Vater nun auch noch ein.

»Laß mich!« schrie meine Mutter zurück. »Ich werde nicht zulassen, daß mein Kind stirbt!«

»Glaubst du etwa, ich?«

Das gab mir den Rest. Vieles hätte ich mir träumen lassen, aber daß meine Eltern an meinem Sterbebett darüber in Streit geraten würden, wer von ihnen mehr an meinem Leben hinge, wäre mir nie in den Sinn gekommen. So verdrehte ich formschön die Augen und versank in jenem Nebel, der alles ein bißchen erträglicher, wenn auch gefährlicher machte. Meine Mutter bemerkte das als erste. »Ernst?« hörte ich sie plötzlich ängstlich sagen. »Ernst, was ist mit ihr? Was ist ...?«

»Eva!« Mein Vater drückte meine Hand, aber die bot keinerlei Widerstand. »Eva?«

»Sie ist tot.«

Für einen kurzen Augenblick herrschte Schweigen, dann gingen meinem Vater die Nerven durch.

»Quatsch!« tobte er. »Was für ein himmelschreiender Schwachsinn! Guck doch auf das Dingsda, Elisabeth, auf das ... EKG! Die ist quicklebendig.«

Wieder herrschte für einen kurzen Augenblick Schweigen, dann gingen meiner Mutter die Nerven durch.

»Quicklebendig!« empörte sie sich. »Was für ein Wort ist das bitteschön in dieser Situation? Wie kannst du nur so etwas sagen, Ernst, ich meine ...«

»Guten Abend!«

Die Stimme aus dem Hintergrund kam mir sofort bekannt vor, zu bekannt, als daß ich dafür die Augen geöffnet hätte. Mein Verdacht bestätigte sich auch so.

»Herr und Frau Martin?« erkundigte sich die Stimme.

»Ja?«

»Ich bin Pfarrer Lossmann!«

Der hatte mir gerade noch gefehlt! Da hatte ich nun in den vergangenen Monaten unsägliche Qualen auf mich genommen, um am Leben zu bleiben, und jetzt schickte mir Gott in der Stunde meines Todes ausgerechnet diesen Alptraum von einem Pfarrer. Ich konnte es nicht fassen.

»Eva!« ertönte es da auch schon laut an meinem Ohr. »Eva, hören Sie mich? Ich bin Pfarrer Lossmann!«

Ich tat so, als wäre ich taub, und vernahm voller Dankbarkeit die anklagende Stimme meines Vaters.

»Sie ist bewußtlos!« fuhr er Lossman an. »Das sehen Sie doch!«

Der Pfarrer seufzte. »Kennen Sie den Konfirmationsspruch Ihrer Tochter?«

»Nein!« brummte Papa.

»Wer da sät im Segen, der wird auch ernten im Segen!« Meine Mutter sagte das ganz andächtig, und das war für Lossmann ein gefundenes Fressen.

»Das sind weise Worte«, tönte er, »wahre Worte. Sie sollten auch Ihnen ein Trost sein in diesen schweren Stunden ...«

Mehr verstand ich nicht. Der Herr Seelsorger drosselte vorübergehend die Lautstärke, und so bekam ich nur die enervierende Monotonie seines Kanzelorgans mit. Dafür wollte ich gerade meinem Schöpfer danken, als es mir neuerlich ans Fell ging.

»Eva!« brüllte Lossmann mir ohne Vorwarnung ins Gesicht. »Eva! Ich bin Pfarrer Lossmann!«

Ich erschrak so sehr, daß ich zusammenzuckte, und damit war mein Schicksal besiegelt. Ich mußte mich dem unerwünschten Besucher stellen. Langsam öffnete ich die Augen und sah Lossmanns Gesicht dicht neben dem meinen.

»Sie wissen, warum ich hier bin?« fragte er mit dumpfer Trauerstimme.

Natürlich wußte ich es. Immer wenn ein Menschenleben zu Ende ging, waren Lossmann oder sein katholischer Kollege zur Stelle. Ich nickte.

»Möchten Sie, daß ich ein Gebet für Sie spreche?« wollte er daraufhin wissen.

»Nein!«

Dieses Nein schoß nur so aus mir heraus; ich blickte geradewegs in eine teilnahmslose Miene.

»Haben Sie denn den Wunsch, ein Gebet zu sprechen?«
»Nein!«

Lossmanns Augen brannten wie Feuer. Sie sprühten vor

Haß, und ich glaubte, deutlich darin zu lesen, daß er mich in diesem Augenblick zu ewigem Fegefeuer verdammte. Dennoch klang seine Stimme unverändert sanft und monoton.

»Möchten Sie, daß ich gehe?« erkundigte er sich.

»Ja.«

Er kniff die Augen zusammen, und im gleichen Moment war mir, als bestünde Lossmann plötzlich nur noch aus seinem Mund, der zu einem riesigen, speicheltriefenden Loch wurde, das alles zu verschlingen drohte.

»Mein Kind«, spie es aus, »Sie sollten nicht unvorbereitet vor Ihren Schöpfer treten. Zürnen Sie nicht mit Gott, der Ihnen ein so schweres Schicksal auferlegt hat. Denken Sie immer daran: Wen Gott liebt, den läßt Er leiden!«

Das war der Augenblick, da sich alles in mir in Kraft wandelte. Der Schmerz, die Angst und die Enttäuschung, die Machtlosigkeit und die Unrast, sie wandelten sich in unendliche Kraft. Ich griff mit der Hand nach der metallenen Stange des Infusionsständers und zog mich daran hoch, ohne Lossmann aus den Augen zu lassen.

»Wen Gott liebt, den läßt Er leiden!«

Wie konnte dieser Mann es wagen, Gott so etwas zu unterstellen?! Wie konnte dieser mickerige Phrasendrescher so tun, als würde er Gottes Gewohnheiten kennen?! Woher nahm dieser Wicht die Selbstherrlichkeit?

»Wen Gott liebt, den läßt Er leiden!«

Immer weiter richtete ich mich auf, immer fester umklammerte ich den Infusionsständer, ruckte daran, hörte meine Mutter schreien, meinen Vater schimpfen, Lossmann stöhnen und schaffte trotzdem, was ich mir vorgenommen hatte, schaffte es zumindest beinahe: Die Flasche mit der Kochsalzinfusion fiel aus der Halterung, und es fehlte nur wenig, und sie wäre auf den Himmelskomiker von Gottes Gnaden, Pfarrer Harold Lossmann, niedergegangen. Meine Mutter verhinderte es im letzten Moment, wurde leichenblaß, der gute Herr Pastor stieß endlich einmal ein von Herzen kommendes »Um Gottes willen!« aus, und mein Vater, der lachte. Er lachte aus vollem Halse und meinte: »Die stirbt nicht! Die zeigt es uns allen! Nein, meine Tochter stirbt nicht!«

31

Mein Vater sollte recht behalten: ich starb nicht, ich zeigte es ihnen allen. Ich überlebte das wohl größte Abenteuer meines Lebens, besiegte den Tod, den Krebs und mich selbst, erreichte ein Ziel, von dem ich nahezu zwei Jahre lang Tag und Nacht geträumt hatte, und darüber hätte ich mich nun eigentlich freuen müssen. Dazu fühlte ich mich innerlich aber wohl viel zu zerrissen. Die Angst vor der Zukunft war wieder einmal größer als die Erleichterung über das Vergangene, und diese widerstrebenden Kräfte lösten einen verzehrenden Weltschmerz in mir aus, der mich so sehr in Anspruch nahm, daß ich ansonsten wahrnehmungsunfähig war.

Neun lange Tage und zehn lange Nächte verbrachte ich auf der Intensivstation, doch konnte ich mich später kaum an diese Zeit erinnern. Alles zog an mir vorüber. Ich sah in die Gesichter derer, die mich betreuten, aber ich hätte im nachhinein keines dieser Gesichter wiedererkennen können, ich sah wohl nie richtig hin. Ich hörte, wenn man etwas zu mir sagte, aber ich hätte keines dieser Worte wiedergeben können, ich hörte wohl auch nie richtig zu. Empfinden konnte ich erst recht nichts. Ich spürte zwar, wenn die jungen Männer kamen, die es auch diesmal nicht lassen konnten, mit ihren Lappen an mir herumzuwaschen, aber es demütigte mich nicht mehr, daß sie es taten. Zuviel war geschehen, ich war nicht mehr zu demütigen. Zuviel hatte ich ertragen müssen, mir war auch nicht mehr weh zu tun.

Das konnten vor allem die hübschen Mädchen nicht begreifen, die es ebenfalls noch gab. Wenn sie kamen, um mit ihren Messerchen in mein Ohrläppchen zu schneiden, fragten sie jedesmal, ob es schmerzen würde, und sie waren jedesmal verwundert, daß ich ihnen darauf keine Antwort gab. »Ich werde es überleben!« wäre das einzige gewesen, was ich hätte sagen können, und das zu sagen erschien mir überflüssig. Also sagte ich gar nichts und starrte statt dessen nur immer, mal mit geöffneten Augen auf das Fußende meines Bettes, mal mit geschlossenen Augen in die Tiefen meines Ichs: Ich war allein mit mir, in mir abgeschlossen, einbetoniert in Leere und Trostlosigkeit und Angst.

Daß ich mich in diesem Zustand befand, entging niemandem. Allerdings schien auch niemand an diesem Zustand etwas ändern zu wollen. Auf der Intensivstation ließ man mich gewähren. Ich wurde weder bedrängt, noch erwartete man etwas von mir, ich konnte mich ganz und gar meinem Leiden ergeben. Doch dann kam der 20. Januar, und ich wurde in die S1 zurückverlegt ...

»Herzlichen Glückwunsch, Eva! Ich kann ja gar nicht sagen, wie froh wir sind, daß wir sie wieder bei uns haben! Wie ist es denn? Geht es so einigermaßen? Sind die Fäden schon gezogen? Fühlen Sie sich gut?«

Schwester Gertrud war die erste, die über mich herfiel. Zuerst bombardierte sie mich mit einem fast drei Pfund schweren Gebinde, das aus weißen Chrysanthemen und allerlei Friedhofsblumen bestand, dann mit so vielen Fragen auf einmal, daß ich mich außerstande sah, auch nur eine einzige davon zu beantworten.

»Sie machen die Eva ja ganz nervös!« meinte Doktor Behringer daraufhin. »Und das wollen Sie doch nicht, Schwester Gertrud! Was es bedeutet, nervös zu sein, haben wir schließlich zur Genüge erfahren müssen in den letzten Tagen!«

Dann erzählte er in aller Ausführlichkeit, was für eine schreckliche Zeit er hinter sich hätte, daß er vor Sorgen kaum in den Schlaf gekommen wäre, ja, sogar einen Raucher-Rückfall erlitten hätte, und all das wegen mir.

»Stellen Sie sich das mal vor, Eva! So eine Aufregung

wünsche ich niemandem, lassen Sie sich also bloß nicht nervös machen!«

Dieser gewiß gut gemeinte Rat war aber kaum in die Tat umzusetzen, denn es gab ja unsere Helma. Die ließ natürlich nichts aus, um mir auf die Nerven zu gehen. Eine stramme halbe Stunde brauchte sie an diesem Vormittag, um die Blumen, die man mir verehrt hatte, aus dem Zellophanpapier auszupacken, anzuschneiden und in eine Vase zu stellen, und dabei sagte sie alle paar Minuten: »Nun lächeln Sie doch mal, Eva!«

Da ich ihr den Gefallen nicht tat, setzte sie schließlich zum Tiefschlag an: »Dann zeigen Sie mir wenigstens mal Ihre Narbe!«

Mit Todesverachtung gab ich nach, ich hatte gar keine andere Wahl. Dieser Unsitte hatte sich nämlich jeder Operierte zu beugen, ob er wollte oder nicht. Weltweit zeigte man vor, wie man wo geöffnet worden war. Für Schwester Helma wurde der Anblick meines Bauches dann auch tatsächlich zum unvergleichlichen Erlebnis; die Realität überbot ihre Erwartungen.

»Ach, du lieber Himmel!« rief sie erschüttert aus.

Vom kosmetischen Gesichtspunkt aus war die Operation in der Tat ein Reinfall geworden: Von einem Beckenknochen zum anderen hatte man mich aufgeschlitzt, und zwar unterhalb des Bauchnabels. Das waren keine Narben, das war ein medizinisches Schlachtfeld, über das man nur noch den keimfreien Mantel des Schweigens ausbreiten konnte.

»Na ja«, seufzte Helma, nachdem sie sich meinen Bauch von allen Seiten angesehen hatte, »vielleicht ging es ja nicht anders, und Mannequin für Unterwäsche wollen Sie ja bestimmt nicht werden ... oder?«

Ich sandte Helma lediglich einen strafenden Blick, worauf sie errötete und mich nochmals anregte, doch nun endlich mal zu lächeln.

Danach herrschte erst einmal Ruhe. Man ließ mich glücklicherweise allein. Nach etwa zehn Minuten mußte ich jedoch feststellen, daß mir die Ruhe auch nicht half: Die überforderte mich, weil ich nichts mit ihr anzufangen wußte. Lesen konnte ich nicht, dazu war ich viel zu unkonzentriert, Musik hören oder fernsehen wollte ich nicht, und einfach nur daliegen konnte ich erst recht nicht, denn jeder Gedanke riß ab, bevor ich ihn überhaupt richtig hatte, jedes Gefühl schien tot zu sein ... Der Verzweiflung nahe schlug ich die Hände vors Gesicht und begann zu heulen. Es war alles so furchtbar ... Und dann kam auch noch Professor Mennert.

Meine Tränen ignorierte er gekonnt.

»Na?« witzelte er, während er die Zimmertür hinter sich zufallen ließ und seine Hände wie eine schwangere Frau in den Rücken stemmte. »Wie war es denn nun? Wie die rasende Fahrt einer Achterbahn oder wie ein Sturzflug bei schlechten Witterungsbedingungen?«

»... Wie bitte?« Ich wußte gar nicht, wovon er sprach.

»Aber, Eva! Sie haben doch vor der Operation lang und breit erklärt –«

»Ach so!« Jetzt erinnerte ich mich. Knapp fünf Wochen war es her, daß ich mit so etwas wie Lustgefühl an meine Operation gedacht und diese mit Kirmes und Luftfahrt verglichen hatte. Es kam mir so vor, als wäre seit damals ein ganzes Menschenleben vergangen.

Ich wischte mir die Tränen vom Gesicht. »Ach ja, Herr Professor, ... ich muß verrückt gewesen sein ...«

Mennert lächelte. Dann setzte er sich auf Claudias Bett und sah mich an.

»Sind Sie glücklich, Eva?«

Sofort kamen mir wieder die Tränen, aber diesmal hielt ich sie tapfer zurück. Ich wußte nicht, ob ich glücklich war. Im Grunde wußte ich nicht einmal mehr, ob ich überhaupt »war«. Alles schien auf einmal so kompliziert zu sein, mein Leben ... ich selbst ...

Mennert lächelte nur noch mehr, als ich das äußerte.

»Wissen Sie«, sagte er dann, »Menschen brauchen Ziele, Eva, und Sie haben Ihr Ziel erreicht. Sie haben geschafft, was Sie immer schaffen wollten, und deshalb erscheint Ihnen jetzt alles so kompliziert. Dabei ist es ganz einfach, Eva: ... Sie brauchen neue Ziele!«

Damit war mein weiteres Schicksal besiegelt. Von Stund an erschienen Tag für Tag Verwandte, Bekannte, Freunde und solche, die sich dafür hielten, um das Wunderkind zu »bestaunen«. Das hieß, daß sie zunächst dramatisch seufzend die Hände rangen oder aber euphorisch jauchzend in dieselben klatschten und dabei so geistreiche Dinge von sich gaben wie »Meine Güte!« und »Oh, mein Gott!« Bereits im nächsten Moment verfinsterten sich aber ihre Mienen, und man nahm mich genauer in Augenschein. »Meine Güte, siehst du blaß aus!« meinten dann die einen, und andere riefen aus: »Oh, mein Gott, du bist ja noch viel dünner als vor der Operation!«

Diese Leute konnten nicht nachvollziehen, was ich hinter mir hatte, und überdies wollten sie es wohl auch gar nicht nachvollziehen, denn wenn ich davon erzählte, verkniffen sie nur jedesmal ihre Gesichter und schüttelten mitleidig die Köpfe, und dann meinten sie: »Trotzdem!« oder »Na ja, so kann es aber doch nicht weitergehen!«

Da ich mir nicht erklären konnte, was für einen Grund und was für einen Zweck dieses Verhalten haben konnte, hielt ich es einfach nur für dumm. Überheblich, wie ich war, ließ ich mir alles bieten, und die Krönung bot mir – wie hätte es anders sein können – meine liebe Großmutter. Eines schönen Nachmittags baute sie sich vor mir auf, um sich maßlos darüber zu empören, daß ich überhaupt noch im Bett lag.

»Jetzt haben sie dich doch operiert, Eva. Warum bist du denn dann immer noch krank? – Als man mir damals die Gallenblase herausgenommen hat, da war ich zehn Tage später schon wieder voll im Einsatz.«

Wenig später blies mein Vater ins gleiche Horn. Wohlwollend betrachtete er mein geschminktes Gesicht und mein Lächeln, sah mir dabei zu, wie ich Vollkornkekse knabberte, und dann, dann formulierte er jene für mich so verhängnisvolle Frage: »Nun, Eva, wie stellst du dir denn eigentlich deine Zukunft vor?«

Ich war so perplex, als ich das vernahm, daß mir ein grundehrliches »Noch gar nicht!« entfuhr, was meinen Vater zutiefst enttäuschte. »Du mußt aber doch irgend etwas tun, wenn du hier herauskommst!« fuhr er mich an.

»Was?«

»Das will ich ja gerade von dir wissen!«

»Aber ... daran ist jetzt aber doch noch gar nicht zu denken!«

Das sah mein Vater anders. »In ein paar Monaten bist du wieder völlig gesund«, erklärte er mir, »und dann bildest du dir doch wohl hoffentlich nicht ein, daß du als ehemalige Ballerina mit trauriger Krankengeschichte für den Rest deines Lebens hofhalten wirst? Nein, nein, nein, mein Kind! Das schlag dir aus dem Kopf, das kommt nicht in Frage! Du wirst einen anständigen Beruf erlernen und dir deine Brötchen hübsch selbst verdienen!«

Die Dose mit den Vollkornkeksen ging krachend zu Boden, ich redete mir ein, das müßte ein Traum sein, ein ganz, ganz übler Traum! Dieser Mann wollte wissen, was ich werden wollte, zu einem Zeitpunkt, da ich eigentlich erst mal gesund werden wollte!

»Nun erlaube aber mal!« schimpfte mein Vater, als ich das äußerte. »Das mit dem Gesundwerden, das erledigt sich jetzt ja wohl von allein. – Wie wäre es denn, wenn du Fremdsprachen studieren würdest?«

»Fremdsprachen?« wiederholte ich stotternd, weil ich hoffte, mich vielleicht verhört zu haben.

»Natürlich Fremdsprachen!« bollerte mein Vater sofort. »Oder willst du bei deiner Veranlagung etwa Mathematik studieren? Du kannst ja kaum addieren!«

Angesichts dieser Unverschämtheit konnte ich nur noch

schlucken. Da hatte es in zehn langen Schuljahren nur ein einziges Fach gegeben, in dem ich schon mal schlechte Noten geschrieben hatte, und das schien Familie Martin bis heute noch nicht verwunden zu haben. Verzweiflung machte sich in mir breit. Hätte ich es doch nur darauf ankommen lassen! Hätte ich doch bloß nicht »funktioniert«!

»Na?« riß mich mein Vater aus meinen Gedanken; dabei strahlte er mich an, und da ich keinen Fehler machen wollte, strahlte ich zurück – und das hätte ich besser nicht getan.

»Also Fremdsprachen!« jubelte er nämlich daraufhin. »Wußte ich es doch!«

Damit war die Angelegenheit für ihn erst mal erledigt, und er war sichtlich stolz darauf, mich »hereingelegt« zu haben. Dessen war er sich nämlich ganz sicher. Mir selbst erging es im ersten Moment nicht anders. Ich war ebenfalls felsenfest davon überzeugt, daß er mich übertölpelt hatte. Doch dann erinnerte ich mich, daß man zum Walzertanzen ja immer einen Partner brauchte, und das galt auch für meinen Vater. Er hatte mich bisher aber nur aufgefordert, und deshalb konnte ich ihm noch jederzeit einen Korb geben ...

Fasziniert von dieser Vorstellung dachte ich fortan Stunde um Stunde darüber nach, wie ich das wohl am wirkungsvollsten anstellen konnte. Ich könnte mit Selbstmord drohen, falls man mich in ein Büro abschieben wollte, ich zog Alkoholismus und Drogensucht in Betracht. Ich dachte aber auch ans Auswandern und suchte mir vorsorglich schon mal ein geeignetes Ziel, einen Ort namens Oamaru, idyllisch gelegen zwischen Timaru und Port Chalmers im Südosten Neuseelands – je weiter weg, desto sicherer.

Währenddessen setzte sich Daniela in rührender Weise für mich ein. Sie versuchte mit meinen Eltern in Ruhe über alles zu reden. Beim ersten Mal hatte mein Vater keine Zeit, beim zweiten Mal hatte meine Mutter keine Lust – was sie jedoch Unwohlsein nannte –, und beim dritten Mal hatten die beiden den anberaumten Gesprächstermin angeblich vergessen. Daraufhin war mein Fräulein Analytikerin dermaßen entrüstet, daß sie keine Mühe scheute, meinen Eltern diese Entrüstung zur Schau zu stellen.

Eines Nachmittags erschien Daniela zu völlig ungewohnter Stunde in meinem Zimmer und traf meine Eltern an. »Über Sie kann ich mich nur wundern!« erklärte sie.

»Über uns??« klang es unschuldig zurück, und das, obwohl beide, mein Vater wie meine Mutter, genau wußten, worum es ging.

»Jawohl! Ich mache Sie aber auch gern noch einmal darauf aufmerksam, daß ...«

Es folgte ein Monolog über die drei friedlichen Versuche, mit Herrn und Frau Martin ins Gespräch zu kommen, und anschließend wurde kundgetan, daß es hier ja ausschließlich um Eva ginge, um Eva und ihr Wohlergehen.

»Und Eva hat eine viel zu schwere Zeit hinter sich, als daß man sie jetzt schon mit ihrer Zukunft belasten dürfte.«

»Aber das tut doch auch keiner!« meinte mein Vater und pries insgeheim sicher einmal mehr Kurt Tucholsky, der erklärt hatte, daß man es als intelligenter Mensch einfacher hatte im Leben, weil man sich dumm stellen konnte – was umgekehrt schon schwieriger war.

Daniela ließ sich jedoch nicht bluffen. »Ach nein?« vergewisserte sie sich.

»Nichts liegt uns ferner, als Eva unglücklich zu machen«, mischte meine Mutter sich ein, »das sollten Sie eigentlich wissen, Fräulein Römer. – Aber mein Mann verlangt nun mal von ihr, daß sie einen Beruf ergreift.«

»Und was verlangen Sie, Frau Martin?«

Meine Mutter stutzte einen Moment, gab dann aber doch mehr oder minder bereitwillig Auskunft. »Nun«, hob sie zögernd an. »Eva ist schließlich nicht irgendwer ... ich finde auch, daß sie ein paar Fremdsprachen beherrschen sollte ...«

»Und warum finden Sie das?«

»Weil es nichts Schrecklicheres gibt als eine Frau mit einem dicken Bankkonto, die nichts im Hirn hat!« antwortete mein Vater.

»Sie hatte ich nicht gefragt, Herr Martin!«

Daniela kam sich großartig vor, das war ihr anzusehen. Mein Vater hatte jedoch für sie nur ein mitleidiges Lächeln übrig, das soviel hieß wie: Nur wenige Menschen hatten eine gute Kinderstube – bei Ihnen, meine Liebe, war es wohl nur eine Spielecke!

Daß er mit dieser Reaktion den Nerv traf, war offensichtlich, denn Daniela fing an, sich zu ärgern. Als meine Mutter dann auch noch verkündete, sie würde die Ansicht ihres Mannes teilen, war es ganz um das Fräulein Römer geschehen.

»Immer?« giftete sie in all ihrem Zorn.

Meine Mutter lächelte. »Nein, nicht immer – aber in diesem speziellen Fall. Ein Mädchen wie Eva sollte in der Gesellschaft nun mal eine gute Figur abgeben.«

»Halten Sie das für so wichtig, Frau Martin?«

»Für enorm wichtig, Fräulein Römer. Ebenso wichtig ist nur noch, daß ein Mädchen wie Eva auch eine Küche leiten und einen Haushalt führen kann.«

»Und wie ist es mit Reiten, Tennisspielen und Segeln?«

»Das kann Eva schon!«

Mein Vater lauschte voller Wonne, wie seine ihm angetraute Ehefrau sämtliche Register zog, und gemeinsam genossen sie nun den Anblick einer völlig verwirrten Daniela.

Die konnte sich nur noch in Klagelieder flüchten.

»Als Psychologin kann ich Ihr Verhalten einfach nicht billigen!« jammerte sie. »Zumal sich so etwas ja nicht zum ersten Mal ereignet. Ich erinnere mich noch zu gut an Evas erste Chemotherapie. Da ging es ihr so schlecht, daß Professor Mennert die Behandlung abbrechen mußte, und als es ihr danach wieder besserging, sind Sie gekommen und haben ihr den Schallplattenspieler da geschenkt – zur Belohnung, weil es ihr wieder besserging.«

»Und?« lächelte meine Mutter sie an.

»Wenn Sie das selbst nicht wissen, tut es mir leid!«

Das wäre eigentlich ein gutes Schlußwort gewesen, doch wollte sich eine Frau wie Daniela so einfach natürlich nicht ergeben.

»Was sagst du denn dazu?« zog sie mich nun in diese Sache hinein. Mir war das gar nicht recht.

Ich hatte mich bis zu diesem Augenblick ganz bewußt zurückgehalten, vor allem, weil es mir Freude gemacht hatte, mitanzusehen, wie man auf meine Eltern reagiert, wenn man nicht durch den Überlebenskampf ihrer Erziehung gegangen war. Daniela hatte hier schlicht und ergreifend versagt, und ich fragte mich, wie sie es mit dieser schlechten Kondition so weit im Leben hatte bringen können.

»Was ich dazu sage?« wiederholte ich schließlich nach endlos scheinenden Überlegungen.

»Ja!«

»Was soll ich schon dazu sagen, Daniela? Du hast es doch gehört. Meine Eltern haben meine Zukunft bereits verplant.«

»Und das nimmst du hin?«

Ich lächelte auf das sanfteste, eine Miene, die meine Eltern von Kindheit an beunruhigt hatte.

»Aber natürlich nicht«, erklärte ich dann. »Ich habe nicht im entferntesten die Absicht, mich mit Englisch und Französisch zu plagen, Maschineschreiben und Stenographie zu erlernen und dann dieses so mühsam verteidigte Menschenleben in einem tristen Büro zu fristen ...«

»*Was???*« brüllte mein Vater sofort.

»Habe ich mich nicht deutlich genug ausgedrückt?«

»Eva!« zischte meine Mutter. »Nicht in diesem Ton!«

»Wieso?« gab ich ruhig zurück. »Das ist doch genau dein Ton, Mama. – Nein«, fuhr ich dann mit fester Stimme fort, »bevor ich mich so verplanen lasse ... ich habe mich da bereits anderweitig entschieden ... ich mache von Harrys Angebot Gebrauch!«

»Harry?« Meine Mutter war auf einmal schreckensbleich.

»Ja, Mama, den ich damals in der Frauenklinik kennengelernt habe!«

Mein Vater atmete schwer.

»Du weißt doch, Elisabeth«, brummte er.

»Nein, Ernst, ich weiß nicht!«

»Deine Tochter spricht von dem Zuhälter, der ihr damals die Stelle angeboten hat.«

»Was?« Meine Mutter war einer Ohnmacht nahe. »Heißt das, daß du auf den Strich gehen willst?«

»Warum nicht?« erwiderte ich ungerührt. »Das ist besser als Dolmetscherin oder Sekretärin – mit anderen Worten: das ist besser als nichts!«

Ich war mal wieder über mich selbst erstaunt. Das mit Harry war mir gerade erst eingefallen, aber ich sagte es mit soviel Überzeugungskraft, daß meine Eltern zu spüren glaubten, wie ernst es mir damit war. Fortan fragte man mich nie wieder nach meinen beruflichen Plänen.

»Das mußt du ganz allein entscheiden!« hieß es nur immer. »Schließlich geht es ja auch allein um dich.«

Derweil erstarrte Daniela vor Überraschung, denn so geballt hatte sie die Familie Martin noch nie erlebt.

»Daß dein Vater beeindruckend ist in seinem Zorn«, erklärte sie mir, »das wußte ich. Und wie beeindruckend deine Mutter in ihrer Würde ist, wußte ich auch. Nur ...«

»Was?«

Sie schaute mich an und zollte mir Respekt, mit jeder Faser ihres Körpers. »Daß du mit denen fertig wirst, Eva!«

»Alles Trainingssache!«

»Kein Wunder, daß du Krebs bekommen hast, kein Wunder! ... Und wenn ich mir dann auch noch diese schreckliche Ballettmeisterin in dieser Runde vorstelle, und dann deine Großmutter, und überhaupt ...«

Sie sagte das mehr zu sich selbst als zu mir, sie brabbelte es nur vor sich hin und schlich mit gesenktem Kopf aus meinem Zimmer.

Am 14. Februar 1978, einem ganz besonders klaren und sonnigen Tag, erschien Professor Mennert zu seiner üblichen Visite. Im Anschluß daran teilte er mir ohne Umschweife mit, daß es seines Erachtens unumgänglich wäre, mich noch einmal mit Kobalt-60 zu bestrahlen.

»Das würde die Sicherheit einfach erhöhen, Eva!«

Damit waren die weiteren Bestrahlungen eine beschlossene Sache, und ich hatte genau eine Woche Zeit, mich damit abzufinden. Leicht war das nicht. Das einzige, was dafür sprach, war, daß es sich für mich noch immer ausgezahlt hatte, des Professors Ratschläge zu befolgen. Es war zwar nie besonders angenehm gewesen, das zu tun, aber im Endeffekt war es mir stets zugute gekommen. Wenn er jetzt der Ansicht war, eine weitere Strahlentherapie wäre erforderlich, so mußte ich wohl oder übel davon ausgehen, daß er wußte, was er tat.

Mir blieb nichts anderes übrig, als mir eine Methode auszudenken, mit der ich die teuflischen Strahlen überlisten konnte. Voller Konzentration ließ ich das Kobalt in mich dringen, und mit der gleichen Konzentration verbat ich mir Unwohlsein und Schwindelgefühl ... und das funktionierte! Nur ein einziges Mal in den kommenden Wochen mußte ich mich übergeben, und das auch nur, weil ich zuerst einen Apfel gegessen und anschließend ein Glas Wasser getrunken hatte. Ansonsten ging es mir großartig, ein weiterer Strahlenkoller blieb mir erspart, und damit hatte ich dann endgültig Oberwasser. »Welt, ich komme!« lautete das Motto, denn ich fühlte mich plötzlich wie eine Auserwählte, wie der einzige Mensch auf Gottes Erde, der ein Patentrezept für den Kampf gegen Krebs und Tod und Teufel besaß. Einmalig und unschlagbar kam ich mir vor, im Vergleich zu mir war sogar Jung-Siegfried eine Niete, denn der hatte ja immerhin eine verwundbare Stelle. Ich hatte so etwas nicht, dachte ich, und deshalb war ich sicher, nunmehr alles erreichen zu können in meinem neuen Leben, sofern ich es nur erreichen wollte. Also fing ich an nachzudenken, was ich denn wohl wollen würde.

Ich überlegte, ob es mir wohl Spaß machen würde, Schauspielerin zu werden, und dieser Gedanke war noch nicht ganz in meinem Kopf, als ich mich auch schon den

»Oscar« in Empfang nehmen sah und hörte, wie ich »Mum« und »Dad« und meinem Produzenten dankte. Im nächsten Moment überlegte ich bereits, ob ich nicht vielleicht lieber heiraten und Kinder haben wollte. Sogleich sah ich meinen Mann glückselig unser viertes Kind im Arm wiegen, und der Mann war Reinders, ich scheute vor nichts zurück.

Keine Illusion war mir zu verwegen, kein Gedanke war mir zu weit hergeholt, denn ich konnte ja alles erreichen, wenn ich wollte, und außerdem hatte ich ja mal einen Schwur geleistet.

»Wenn Gott mich wieder gesund macht«, hatte ich geschworen, »dann werde ich nie wieder den Mund halten, wenn mir etwas nicht paßt, und ich werde kämpfen und stark sein und niemals wieder ein Gefühl unterdrücken. Ich will richtig leben ... ohne Kompromisse ... mit aller Konsequenz ... wie ein richtiger Mensch!«

Meine großen Zukunftspläne blieben natürlich nicht unentdeckt. Meine Eltern hielten meine Himmelsstürmerei für »gesunde Ablenkung«, die Schwestern fühlten sich dadurch gar zu eigenen Höhenflügen inspiriert, so daß ich das Gefühl bekam, ganz nebenbei auch noch ein gutes Werk zu tun. Dann tauchte eines schönen Tages Daniela bei mir auf. Mit einem strahlenden Lächeln auf den Lippen, bezeichnete sie mich als Hauptfigur eines Romans mit dem Titel »Zukunft«, den ich ja jetzt nur noch zu schreiben hätte, und im gleichen Atemzug bat sie mich um einen sogenannten »Aufsatz«.

»Das ist reines Interesse!« behauptete sie. »Schreib mir einfach mal auf, was für Zukunftspläne du so hast.«

»Einfach so?«

»Ja, du brauchst auch nicht bescheiden oder realistisch zu sein, Eva. Laß ruhig deine innigsten Wünsche heraus!«

Im ersten Moment reagierte ich noch sehr skeptisch auf diese Bitte. Die Erfahrung hatte mich gelehrt, daß Daniela selten eine Bitte ohne Hintergedanken äußerte. Doch nachdem ich mich hingesetzt und die Arbeit in Angriff genommen hatte, schwand mein Mißtrauen. Der Grund dafür war simpel: Es machte mir Freude, mich auf dem weißen Papier auszulassen, mehr noch, es war fast schon so etwas wie der Genuß einer Droge. Eine »Wunschliste« lag schon, früher angefertigt, neben mir auf dem Nachttisch, als ich anfing zu schreiben. – Ich schrieb, bis ich glaubte, gleich den Verstand zu verlieren, weil die Sehnsucht nach der Erfüllung meiner Träume größer wurde mit jedem Wort, das ich benutzte, um diese Träume niederzuschreiben. Bald schon waren sie wie Geister, die man rief, aber nicht mehr loswerden konnte. Sie tauchten empor aus dem Nebel meiner Phantasie und betäubten meine Sinne, indem sie mir vorgaukelten, daß ich sie nur auf das Papier zu bannen brauchte, um sie zu wirklichem Leben zu erwecken.

Ich wußte, daß das eine Lüge war, doch betörte mich der Selbstbetrug zu sehr, als daß ich aufhören hätte können. Zwei Tage und zwei Nächte dauerte dieses Spiel, und als es endlich vorüber war, hatte ich an die dreißig Seiten vollgeschrieben. Das hielt ich für zu lang, und so begann ich zu kürzen. Doch sobald ich eine Sache wegstrich, kamen dafür zwei neue Sachen hinzu, und das wäre vermutlich noch wochenlang so weitergegangen, wenn ich mich nicht eines Abends aufgerafft und das ganze Werk vernichtet hätte. Das war an dem Abend, an dem ich zuerst den Apfel gegessen, dann das Glas Wasser getrunken und mich schließlich übergeben hatte. Irgendwie wurde mir dadurch wohl klar, daß man es nicht übertreiben sollte, weder mit Essen und Trinken noch mit der Ehrlichkeit. Ich konnte mir schließlich ausrechnen, was auf mich zukommen würde, wenn Daniela erfuhr, daß ich den »Oscar« haben wollte.

»Um Schauspielerin zu werden, mußt du eine Schauspielschule besuchen, Eva, und um auf einer Schauspielschule überhaupt zur Aufnahmeprüfung zugelassen zu werden, brauchst du ein Gesundheitszeugnis. Was glaubst du? Daß man ein Mädchen, das Krebs hat, die ›Minna von Barnhelm‹ spielen läßt?«

Genau das würde sie sagen, die gute Daniela, und deshalb tat ich gut daran, diesen Berufswunsch zu verklausulieren, damit sie ihn mir nicht zerstören konnte.

Das gleiche galt für Jan Reinders. Erfuhr Daniela, daß ich ihn gern heiraten würde, fragte sie sicher sofort, ob er das denn wohl auch schon wüßte.

»Wenn du nicht einmal in der Lage bist, ihm zu sagen, daß du ihn liebst, Eva ... wie willst du da in der Lage sein, mit ihm zu leben?«

Mir war rätselhaft, was ich auf so etwas antworten sollte, und deshalb mußte ich mich hüten, solche Fragen zu provozieren. Ich mußte meine Zukunftspläne allgemein halten, von meinen wirklich großen Plänen ablenken und die kleinen Pläne aufbauschen ... Also warf ich die dreißig Seiten Hoffnung weg und fing noch einmal von vorne an, mit dem Erfolg, daß die Sprache diesmal weitaus weniger schmalzig und blumenreich und das ganze Œuvre achtundzwanzig Seiten kürzer geriet.

»Von Anfang an hätte ich das so machen sollen«, knurrte ich, als ich Daniela die Blätter schließlich überreichte. »Damit hätte ich mir viel Arbeit erspart.«

»Aber nein«, erwiderte sie amüsiert. Sie wußte schließlich nicht, was ich weggestrichen und warum ich mich damit so schwergetan hatte.

»Das wäre nämlich wider deine Natur, Eva! Warum solltest du es dir einmal im Leben leichtmachen, wenn es auch schwierig geht?«

Ich grinste. Weniger Worte konnte man wohl nicht benutzen, um meinen Charakter zu beschreiben.

Während Daniela nun las, was ich geschrieben hatte, trat ich ans Fenster und blickte hinaus. Es war der 7. März 1978. Schon oft hatte ich in den vergangenen zwei Jahren so dagestanden, aber nur ein einziges Mal in diesen zwei Jahren hatte mich dieser Blick über den Stadtpark ähnlich berührt. Ganz zu Anfang meiner Zeit in dieser Klinik war das gewesen, unmittelbar vor meinem Zusammenbruch. Genau wie damals war auch heute der Himmel wolkenlos, der Wind spielte in den winterkahlen Baumkronen, und unten auf der Wiese neben dem Teich tollten ein paar Kinder.

Damals war mir dieses Bild zum Greifen nahe und dennoch unerreichbar erschienen. Heute empfand ich mich selbst als einen Teil dieses Bildes. Ich gehörte dazu, obwohl die Welt da draußen nicht die Welt war, in der ich hier drinnen lebte, denn es kam mir auf einmal so vor, als hätte ich in den vierundzwanzig langen Monaten hier nicht nur viel Leid, sondern auch sehr viel Schönes erlebt, als hätte ich unendlich viel gelernt, genug, um die Mauern niederzureißen, die mich noch von den anderen trennten.

Und das war meines Erachtens nur mehr eine Formsache! Den Mut dazu hatte ich schon seit langem, was mir noch fehlte, war lediglich ein wenig Kraft, jene Antriebskraft, die Daniela gerade in ihren Händen hielt.

»Wenn ich diese Klinik verlasse, möchte ich mein Leben in vollen Zügen genießen. Ich möchte einen Beruf ergreifen, der mir bedingungslos gefällt, so daß ich bereit bin, alles zu geben, was in mir steckt. Außerdem möchte ich reisen und fremde Länder sehen, nach New York fliegen und über die Fifth Avenue bummeln, in die Metropolitan Opera gehen, auf dem Empire State Building ein Eis lutschen... nach San Francisco möchte ich fahren und auf die Golden Gate Bridge hinabsehen, in eine Diskothek gehen und die ganze Nacht tanzen, Champagner trinken und erst beim Morgengrauen heimgehen... und in Acapulco möchte ich im warmen Sand liegen, die Brise des Pazifiks auf meiner Haut spüren, baden, den Felsenspringern zusehen, ... und einen schwarzen Nerzmantel möchte ich mir kaufen, einen Pelz, der im Sonnenlicht bläulich schimmert und der so weit geschnitten ist, daß man nicht sehen kann, wie dünn ich bin. Fremde Menschen möchte ich kennenlernen, mit Männern schlafen und vielleicht auch mal mit einer Frau, ich möchte sexuell einfach alles kennenlernen, was es gibt und was schön ist. Vor allem aber möchte ich eines Tages dem Mann begegnen, an dessen Seite ich alt werden will. Ihn möchte ich lieben, und von ihm möchte ich geliebt werden, ihn möchte ich heiraten, und mit ihm möchte ich Kinder haben, am liebsten vier Söhne: einen Alexander, einen Maximilian, einen Konstantin und einen Dominik. In dieser Familie möchte ich die Liebe erleben, eine Liebe, die weder Gewohnheit noch Gleichgültigkeit ist, sondern ein allseitiges Geben und Nehmen, ohne Erwartungen und ohne banges Zittern vor dem Verlust.«

Daniela brauchte ziemlich lange, um diese beiden handgeschriebenen Seiten zu lesen. Als sie es endlich geschafft hatte, ließ sie die Papierbögen in ihren Schoß sinken, sah mich an und schwieg.
»Bist du erstaunt?« fragte ich, als sie nach gut zehn Minuten immer noch schwieg.
Sie atmete schwer. »Nicht unbedingt«, sagte sie dann, »... wenn man dich so lange kennt wie ich ...«
»Was dann?«
»Nun, Eva ... weißt du, was Lebensgier ist?«
Die Frage kam mir äußerst bekannt vor, und sie signalisierte mir größtes Unheil. Deshalb setzte ich mich jetzt erst einmal hin.
»Hör mal!« schimpfte ich dabei, »du hast mir extra gesagt, daß ich nicht bescheiden und realistisch sein müßte. Nutz das jetzt bitte nicht aus!«
»Keine Angst!« erwiderte Daniela. »Das werde ich nicht tun. Ich nehme aber an, daß du für deine Verhältnisse bescheiden und realistisch gewesen bist. Oder?«
Ich überlegte nur kurz. »Das ist wahr«, gestand ich dann.
»Das dachte ich mir. – Also, Eva: Was ist Lebensgier?«
Ich stöhnte. »Das Benzin für ein Auto namens Todessehnsucht!«
Daniela schmunzelte. »Gut gelernt ...«
»Nicht wahr?«
»... aber nicht verstanden!«
»Wieso?«
Sie sah mich an mit einem Blick, der mir mittlerweile ver-

traut war wie die eigene Haut. Er hatte etwas Sanftes und zugleich etwas Zynisches, und man tat gut daran, in Deckung zu gehen, wenn er aufblitzte, denn was dieser Blick ankündigte, führte der Mund in aller Regel im nächsten Moment aus. So war es auch in diesem Fall. Daniela faßte meinen zweiseitigen Aufsatz in einem einzigen Satz zusammen:

»Du möchtest in einem Traumberuf eine Traumkarriere machen, einen Traummann bekommen und traumhafte Kinder haben ... und Geld und Gesundheit sollen fortan ebenso selbstverständlich sein, wie sie es vor deiner Krankheit waren, weil du sonst ja deine Traumreisen nicht machen und dir die winzigen Nebenträume nicht erfüllen könntest ...«

»Na und?« verteidigte ich mich, weil mir ja gar nichts anderes übrigblieb. »Ich finde eben, daß ich ein Recht auf all das hätte ... nach zwei Jahren in diesem Loch!«

Dazu sagte sie nichts. Statt dessen holte sie tief Luft, legte meinen Aufsatz mitten auf den Schreibtisch, ihre Hände auf das Papier und starrte darauf. Das hielt ich für ein Zeichen von Hilflosigkeit. Ich war sicher, daß diese Frau mich nur mal wieder auf Bescheidenheit hatte trimmen wollen, und daß sie nunmehr erkennen mußte, daß ich viel zu stark geworden war, als daß man mir mit Bescheidenheit noch hätte kommen können. Dieser Gedanke gefiel mir, und so ließ ich mich ganz auf ihn ein. Ich hatte ein Recht auf die Erfüllung meiner Träume, davon war ich überzeugt. Ich hatte ein Recht auf das Leben, und von diesem Recht wollte ich Gebrauch machen, ich wollte leben, endlich leben ...

»Kennst du die Statistik?«

Diese Worte waren wie eine kalte Dusche für mich. »Was für eine Statistik?«

»Deine Statistik, Eva?!«

Für einen kurzen Moment wurde mir schwarz vor Augen. Ich wußte zwar nicht wirklich, was sie meinte, aber ich ahnte, daß es nichts Gutes zu bedeuten hatte.

»Für Zahlen habe ich mich noch nie interessiert«, wich ich aus, »das weißt du doch.«

Daniela sah mich nur an. »Noch nie?«

Die Angst schnürte mir plötzlich die Kehle zu, und ich wollte schlucken. Ich wollte sie herunterschlucken, diese Angst, doch es gelang mir nicht.

Daniela spürte das. »Komm, Eva«, sagte sie, »es hat ohnehin keinen Zweck, daß wir beide reden. Zuerst muß Professor Mennert mit dir sprechen und ... ich werde ihn darum bitten.«

»Aber – aber worüber soll er denn – ich meine –«

»Frag nicht mich, Eva ... frag ihn!«

32

Früh am nächsten Morgen machte ich mich auf den Weg zu Mennerts Büro. Es lag jenseits von S 1 am Ende eines langen Ganges, auf dem zu dieser Zeit noch kaum Betrieb war. Lediglich zwei junge, kichernde Laborantinnen kamen mir entgegen, ansonsten war da nur das dumpfe Klick-Klack meiner Absätze und das kalte Morgenlicht, das durch die Fenster auf den blankgebohnerten Linoleumboden fiel.

Ich fühlte mich unendlich einsam. Und ich hatte unbeschreibliche Angst.

Seit meinem Gespräch mit Daniela hatte sich niemand mehr um mich gekümmert. Nur Schwester Helma war am Abend noch mal eben kurz bei mir erschienen, um mir mitzuteilen, daß der Professor mich heute früh in seinem Sprechzimmer erwarten würde. Danach hatte man mich endgültig mir selbst überlassen, und damit war dann fast zwangsläufig das Chaos in mir ausgebrochen. Zuerst hatte ich geheult und geschluchzt. So dumm war ich schließlich nicht, als daß ich mir nicht hätte zusammenreimen können, daß mit mir etwas nicht stimmte.

»Immer ich!«

Gegen Mitternacht versiegten die Tränen dann. Ich gelangte nämlich zu der Überzeugung, daß ich eigentlich gar nicht wissen wollte, was da nicht mit mir stimmte, und deshalb beschloß ich, Professor Mennert zu versetzen und mich irgendwo zu verstecken, wo ich Augen und Ohren vor der Wahrheit verschließen konnte.

»Ohne mich!«

Anschließend wälzte ich mich dann drei Stunden lang von einer Seite auf die andere: Wie es schien, war es längst zu spät für eine solche Vogel-Strauß-Politik, wie es schien, hatte mich der Sog der Ereignisse längst mit sich gerissen, so daß ich nur noch vor der Wahrheit würde fliehen können, mich die Angst vor der Wahrheit aber überallhin begleiten würde.

»Was nun, Eva?«

Als es draußen hell wurde, glaubte ich, die Antwort gefunden zu haben. Ich stand auf, wusch mich, machte mich zurecht, hüllte mich in mein Lieblingskleid. Es war ein orangefarbenes Kaminkleid mit einem überweiten Rollkragen und seitlichen Schlitzen, die bis hinauf zu den Hüften reichten. Dazu gehörten ein Paar ebenfalls orangefarbene Schuhe, und um es perfekt zu machen, bemalte ich auch noch meinen Mund mit orangefarbenem Lippenstift. Damit war ich das, was ich sein wollte: ein wandelndes Signal, ein »Achtung!« in Person, ein Mittelding zwischen Gelb und Rot, Symbol für Hochmut, Liebe, Eitelkeit, Leben, Stolz und Leidenschaft, alles in einem. Stark und selbstbewußt wirkte das, und genauso sollte es auch wirken. Wenn es nun schon sein mußte, wollte ich nämlich die ganze Wahrheit erfahren, und die erfuhr man in diesem Hause nun mal nur, wenn man den Eindruck erweckte, sie auch verkraften zu können. Ich konnte sie verkraften, das sollte Professor Mennert zumindest glauben, und so machte ich mich schließlich auf den Weg zu ihm.

Daß mir all die Kraft, die ich nach außen trug, innerlich verlorenging, bemerkte ich erst, als ich diesen langen Gang entlanglief. Mit jedem Schritt wurde meine Angst größer, mit jedem Atemzug fühlte ich mich einsamer, hilfloser ...

dann stand ich endlich vor Mennerts Büro. Eine Fliege saß auf der Türklinke, und meine Großmutter behauptete immer, das brächte in dieser Jahreszeit Glück ... zaghaft klopfte ich an.

Professor Mennerts Sekretärin freute sich, mich zu sehen. Sie war eine ungemein attraktive Frau, die stets für jeden ein freundliches Wort hatte. Auch mich überhäufte sie erst einmal mit Komplimenten über mein Äußeres, und da ich es meiner Rolle schuldig war, ging ich darauf ein. Scheinbar unbekümmert plauderten wir miteinander, und dabei fragten wir uns wohl beide, inwieweit die Unbekümmertheit des anderen nun echt oder nur scheinbar war. Den längeren Atem hatte ich. Meinem Gegenüber ging zuerst die Luft aus, denn auf einmal lächelte sie mich zuvorkommend an.
»Kommen Sie, Frau Martin! Der Chef erwartet Sie schon!« Noch während sie das sagte, spürte ich ihre Hand in meinem Rücken, eine Hand, die mich mit sanfter Gewalt meiner Bestimmung zuschob. Es war ein unangenehmes Gefühl, aber ich ließ es zu, denn ich hielt es für einen Wink des Schicksals: Alle Menschen hatten eine Wirbelsäule, ich mußte beweisen, daß ich darüber hinaus auch noch ein Rückgrat besaß ... jetzt!
Etwa ein Jahr war es her, seit ich Mennerts Büro als Siegerin verlassen hatte. Damals war mir alles in diesem Raum liebevoll und vertraut vorgekommen, jetzt hatte ich das Gefühl, in der Fremde zu sein. Die kostbaren alten Möbel, die mich bei meinem ersten Besuch so sehr beeindruckt hatten, erschienen mir jetzt plötzlich wie eine Bedrohung. Mir war, als flüsterten sie, die Jahrhunderte überdauert hatten, einander Dinge zu, die mich betrafen, und die ich nicht hören sollte, als hätten sie sich gegen mich verschworen. Professor Mennert schien mit ihnen gemeinsame Sache zu machen. Wie ein Vermittler zwischen den Welten saß er mit einem undurchdringlichen Lächeln auf den Lippen hinter seinem Schreibtisch und sah mich an. Das bestärkte mich nur noch in meiner künstlich erworbenen Geisteshaltung:

Jetzt kam es darauf an, die nächsten Minuten waren die entscheidenden, ich mußte mich zusammennehmen. Also straffte ich mich, legte den Kopf in den Nacken ...

»Guten Morgen, Herr Professor!« sagte ich mit betont fester Stimme.

Er nickte nur. »Nehmen Sie Platz, Eva!«

Mennert machte keinen Hehl daraus, daß ihn mein Selbstbewußtsein irritierte, und um erst mal noch ein bißchen Zeit zu gewinnen, bat er seine Sekretärin, keine Anrufe durchzustellen und ihm eine Tasse Kaffee zu bringen. Nachdem sie fort war, sortierte er dann ein paar Papiere, die vor ihm lagen, und erst als er damit fertig war, schaute er auf. Ich war derweil in einen der Ledersessel geglitten und hatte keß die Beine übereinandergeschlagen. Mennert nahm es zur Kenntnis, aber sein Blick hatte etwas von einem Röntgenstrahl, und noch immer lag dieses undurchdringliche Lächeln auf seinen Lippen. Ich zündete mir eine Zigarette an ...

»Sehen Sie«, hörte ich den Professor da auf einmal seufzen, »so ist das immer! – Da habe ich mir die halbe Nacht den Kopf zerbrochen, wie ich wohl am besten anfange bei diesem Gespräch – und jetzt machen Sie es mir ganz leicht: Das sollten Sie nämlich beispielsweise schon mal lassen!« Mit einer flinken Bewegung nahm er mir die Zigarette aus der Hand und zerdrückte sie im Aschenbecher. »Davon können Sie Lungen- oder Kehlkopfkrebs bekommen!«

»Was?« Ich war völlig verwirrt. Daß der Genuß von Zigaretten nicht gesundheitsfördernd war, wußte schließlich jedes Kind. Um mir das zu sagen, hätte man mich nun wirklich nicht herbestellen müssen. Ich durfte mir gar nicht vorstellen, daß ich mir wegen eines solchen Schwachsinns die Nacht um die Ohren geschlagen hatte.

»Sonst noch was?« erkundigte ich mich entsprechend gereizt.

»Ja, Eva«, sagte er ruhig, »da ist auch sonst noch was, und zwar eine ganze Menge. Sie sollten zum Beispiel auch keinen Alkohol trinken, Fleisch sollten Sie meiden und Nachtschattengewächse. Und in die Sonne sollten Sie nicht gehen ...!«

»Wa-a-a-s?« Das wurde ja immer schöner! Ähnlich ungereimtes Zeug hatte ich wohl noch nie gehört. Ich verstand einfach nicht, was Tabak, Bier, Rumpsteak, Tomaten und Sonnenbäder mit mir zu tun haben sollten, und weil ich es nicht verstand, konnte es meines Erachtens nur eine einzige Erklärung geben.

»Klassische Mediziner-Repressalien!« schimpfte ich. »Es ist doch immer das gleiche! Ihr raucht wie die Schlote und schluckt wie die Spechte, ihr eßt, was euch schmeckt, und ihr macht auf Bali Ferien, aber all das verbietet ihr euren Patienten!«

Das sprang mir nur so von der Zunge. Ich hatte es noch nicht ganz ausgesprochen, als ich auch schon wieder eine brennende Zigarette zwischen den Lippen hatte. Mennert stöhnte darüber. »Von wegen!« fuhr er mich an. »Das sind keine Mediziner-Repressalien, wie Sie das nennen, das sind ...« Diesmal zog er mir die Zigarette aus dem Mund und zerdrückte sie im Aschenbecher.

»... das ist so, Eva: Sie sollten nach diesen Richtlinien leben, um das Risiko einer vorzeitigen Neuerkrankung zu vermindern! Wenn Sie rauchen, können Sie sich einen Lungenkrebs holen, wenn Sie trinken, begünstigen Sie einen Leberkrebs. Ihre Leber ist nämlich durch die Chemotherapie ziemlich geschwächt, und deshalb würde sie der Genuß von Alkohol sehr beanspruchen. – Und Fleisch und Nachtschattengewächse fördern ein bösartiges Zellwachstum, darüber gibt es Studien, und die Sonne, ... nun ja, ... es mag zwar als Symbol für Schönheit und Gesundheit gelten, braungebrannt zu sein, aber nichts garantiert eine ähnlich rasche Zellteilung wie die ultraviolette Strahlung der Sonne.«

Atemlos und gebannt hatte ich gelauscht, schnell und ohne jegliches Gefühl hatte Mennert seinen Monolog heruntergespult. Jetzt sahen wir einander an und versuchten wohl beide, das zu verkraften. Wie er das machte, war mir ziemlich gleichgültig. Ich hatte genug mit mir zu tun. Zwei Jahre lang hatte ich mit Rückfallerkrankungen und Neuerkrankungen zu tun gehabt. Ich hatte Patienten an einem längst überwunden geglaubten Krebs sterben sehen, aber niemals auch nur einen einzigen Gedanken daran verschwendet, daß mir das irgendwann einmal genauso ergehen konnte. Niemals hatte ich diese grausige Möglichkeit in Erwägung gezogen, niemals – und jetzt tat Professor Mennert so, als wäre gerade diese grausige Möglichkeit das Natürlichste von der Welt und nur durch gezieltes Vorbeugen zu verhindern. Ich wußte nicht, ob ich empört oder erschüttert sein sollte.

»Wie ... wie stellen Sie sich das denn vor?« stammelte ich nach einer Ewigkeit. »Soll ich ... soll ich jetzt etwa mein Leben lang ...?«

»Sie sollen sich an diese Richtlinien halten!« fiel Mennert mir ins Wort. »Und wenn Sie darüber hinaus regelmäßig zu Ihren Nachuntersuchungen erscheinen, haben wir die besten Voraussetzungen.«

»Nachuntersuchungen?« rief ich entsetzt.

»Ja, Eva.«

»Wann?«

»In den nächsten anderthalb Jahren erst mal alle drei Monate, danach dann alle sechs.«

»Was? Das glauben Sie ja wohl selbst nicht! Wenn ich hier raus bin, werde ich dieses Haus nie wieder betreten!«

»Dann wird ein anderes Krankenhaus die Nachsorge vornehmen.«

»Nein! Ich werde überhaupt nie wieder in ein Krankenhaus gehen!«

Mennert erschrak sichtlich, als ich das sagte, und ich sah, daß er spontan etwas darauf erwidern wollte, es dann aber doch nicht tat. Statt dessen stand er auf, trat ans Fenster und blickte hinaus, ganz so, als befänden wir uns in der entscheidenden Szene eines amerikanischen Spielfilms und nicht in der Wirklichkeit.

»Ich weiß, daß das alles sehr schwer für Sie ist«, sagte er.

»Aber Sie sind nun mal eine Risikopatientin und werden es bleiben. – Und damit müssen Sie leben, Eva!«

Das war der Augenblick, in dem ich verstand. Lange genug hatte es gedauert, aber jetzt war es soweit und mir wurde plötzlich klar, worum es ging.

»Und wie lange kann ich damit leben, Herr Professor?«
Mennert rührte sich nicht. Er starrte angestrengt auf das Krokusbeet vor dem Fenster, und ich saß da und wartete, wartete auf die Antwort. Nichts empfand ich dabei. Ich hoffte nichts, ich fürchtete nichts, und ich dachte auch nichts, mir fiel lediglich auf, daß es eine kleine Ewigkeit dauerte, bis sich der Professor endlich wieder zu mir umdrehte.

»Tja, Eva ...«, hob er zögernd an, »... das Thema der Lebenserwartung, ... das ... das ist ein heißes Eisen ...« Er blickte mir geradewegs in die Augen, und ich versuchte, mich an diesem Blick festzuhalten, aber es gelang mir nicht. Ich konnte mich nicht konzentrieren, und dann fiel mir in diesem Moment zu allem Überfluß auch noch ein, daß Eisen einen Schmelzpunkt von 1528 Grad und einen Siedepunkt von 2735 Grad hatte ... In grauer Vorzeit hatte ich das mal im Physikunterricht gelernt, aber ich konnte mir beim besten Willen nicht erklären, warum ich ausgerechnet jetzt daran denken mußte, ausgerechnet jetzt ...

»Schauen Sie, Eva, die Statistik spricht in Fällen wie dem Ihren bei der Ersterkrankung von einer neunzigprozentigen Mortalitätsrate. Den verbleibenden zehn Prozent, zu denen Sie ja jetzt gehören, ... denen gibt die Statistik dann eine durchschnittliche Lebenserwartung von ...« Er sprach nicht weiter, er sah mich nur an.

Statistik! Daniela hatte dieses Wort gestern benutzt, aber ich hatte es wohl überhört. Vielleicht hatte ich es aber auch nur verdrängt, wie ich es auch jetzt am liebsten verdrängt hätte.

»Von?« hörte ich mich plötzlich nachhaken.
Der Professor schluckte. »Es tut mir leid, Eva, aber ...«

»Aber was?«

»... Sie sind nach meinem Dafürhalten eine Ausnahmeerscheinung, und deshalb möchte ich in diesem Fall keine Statistik anführen.«

Erleichtert war er, nachdem er das ausgesprochen hatte, das war ihm deutlich anzusehen. Auf einmal atmete er wieder frei, der starre Blick schwand aus seinen Augen, sein Körper entspannte sich, und er setzte sich wieder an seinen Schreibtisch. Er glaubte wohl, es damit hinter sich zu haben. Dabei fing es doch jetzt erst richtig an. Zumindest für mich! Unter keinen Umständen konnte ich mich so abspeisen lassen. Glühbirnen und Batterien hatten eine berechenbare Lebenserwartung, ebenso Kaffeemaschinen und Mixgeräte, vorausgesetzt, daß man sie ordnungsgemäß wartete. Daß es eine solche Statistik auch für Menschen gab, hatte ich bisher nicht gewußt. Jetzt wußte ich es, und daher wollte ich jetzt alles wissen! Mennert mußte mir sagen, wieviel Zeit mir blieb, ob ich statistisch die Chance hatte, die Zündkerzen meines Autos zu überdauern. Das erklärte ich ihm in aller Deutlichkeit, doch ging er darauf nicht ein.

»Sie haben doch gehört, was ich gesagt habe, Eva...«

»Natürlich habe ich das gehört!« säuselte ich, »ich habe auch Verständnis dafür, daß Sie mir eine derart ausweichende Antwort geben, und es ehrt mich auch, wenn Sie glauben –«

»Ich habe Ihnen keineswegs ausweichend geantwortet, Eva!«

»Natürlich haben Sie das getan!«

»Im Gegenteil! Ich habe versucht, Ihnen klarzumachen, daß Statistiken nichts anderes sind als Vergleichungen von Massenerscheinungen! Und Sie, Eva, Sie sind nun mal keine Massenerscheinung!«

»Aber das weiß ich doch, Herr Professor, und die Statistik interessiert mich doch auch gar nicht. Was ich wissen will –«

»Zahlen sind oft trügerisch, Eva!«

»Deshalb will ich ja auch nur Ihre persönliche Meinung hören, Herr Professor!«

Mit einer solchen Hartnäckigkeit hatte Mennert wohl nicht gerechnet. Mein Verhalten schien ihm nicht gerade zu behagen, denn er senkte den Blick, griff nach seinem Füllfederhalter, der auf dem Schreibtisch lag, drehte ihn auf und wieder zu, auf und zu, auf, zu, auf, zu ...

»Sie werden doch wohl eine eigene Meinung haben«, trieb ich meine Hartnäckigkeit indes auf die Spitze, »oder etwa nicht?«

Er reagierte nicht darauf.

»Sie haben keine eigene Meinung, Herr Professor? Das glaube ich Ihnen nicht. Sie wollen sie nur nicht sagen.«

»Eva ...«

»Ja?«

»Eva ...«

»Wie lange geben Sie mir?«

Ich brauchte sämtliche Kraft, die ich überhaupt hatte, um diese Frage stellen zu können, und ich spürte genau, daß ich fast am Ziel war, daß es nur noch den Bruchteil einer Sekunde dauern würde, bis Mennert mir die Antwort gab, die alles entscheidende Antwort ...! Doch da klopfte es plötzlich an der Tür.

»Herein!«

Was dann geschah, wurde zu einem kleinen Höhepunkt meiner großen Leidensgeschichte. Schon so manches war mir widerfahren in meinem Leben, aber noch nie hatte es so etwas Alltägliches wie Kaffee geschafft, mich an den Rand des Wahnsinns zu treiben. Jetzt war es soweit. Ich verwünschte sämtliche Plantagenbesitzer und sämtliche Röstereien, vor allem aber verwünschte ich Mennerts Sekretärin. Warum mußte sie ausgerechnet in diesem für mich so wichtigen Augenblick mit der schwarzen Brühe hereinstolzieren.

Professor Mennert war für diese Unterbrechung von Herzen dankbar und zeigte das überdeutlich.

Er bejubelte den ach so aromatischen Duft des Gebräus, dann bat er um Kondensmilch, was er sonst offenbar nie tat, denn es war keine Dose zu finden. Als dann endlich doch noch eine, in der hintersten Ecke des Kühlschrankes, zum Vorschein kam, fehlte der Dosenöffner, und so ging man der blechernen Konserve mit einem Schlüssel zu Leibe.

Das alles fand natürlich nicht leise statt, nein, dabei wurde laut geredet, und als es endlich vollbracht war, wurde erleichtert aufgeatmet. Mich nahm man in all dieser Zeit gar nicht zur Kenntnis.

Als die Sekretärin den Raum wieder verlassen hatte, tat der Professor noch so, als wäre er ganz allein, allein mit seinem verdammten Kaffee. Mit fast zärtlichen Gesten goß er die Milch hinein, warf ein Stückchen Zucker hinterher und tauchte den Kaffeelöffel ein. Dann begann er, ihn kreisen zu lassen, immer wieder, immer wieder, und das helle Klirren zerrte an meinen Nerven, daß ich es zuletzt kaum noch ertragen konnte.

»Herr Professor!!!«

Langsam schaute er auf.

»Wie lange geben Sie mir?«

»Soll ich Ihnen das als Mensch oder als Arzt beantworten?«

Ich erschrak. Während der letzten zehn Minuten war ich mir wie die unwichtigste Nebensache der Welt vorgekommen. Deshalb hatte ich insgeheim wohl damit gerechnet, daß der Professor gar nicht mehr so genau wußte, worum es bei unserem Gespräch überhaupt ging. Daß er es jetzt doch wußte, und das auch noch auf Anhieb, zeigte mir, daß er die ganze Zeit über an nichts anderes gedacht hatte als an meine Frage und an seine Antwort.

»Das ... das ist mir egal!« erwiderte ich entsprechend verwirrt, »Hauptsache, Sie sagen überhaupt etwas.«

»Als Mensch würde ich Ihnen sagen: Sie sind gesund. Wie können Sie mich also so etwas fragen?«

»Und als Arzt, was würden Sie da sagen?«

»Wollen Sie das wirklich wissen?«

»Ja.«

Er sah mich fest an. »Sieben Jahre! Vielleicht zehn! – Daß

Sie neunzig werden wie Ihre Großmutter, kann ich mir nicht vorstellen.«

Der Boden unter mir begann zu schwanken. *Sieben Jahre!* Ich wagte nicht zu atmen. *Vielleicht zehn!* Ich fürchtete, zerbrechen zu müssen, wenn ich es tat. *Sieben Jahre!* Das war nichts. *Vielleicht zehn!* Das war zumindest nichts, wenn man es gegen all das aufwog, was ich dafür auf mich genommen hatte: die Chemotherapie, die Bestrahlungen, die Operation ... Ich schloß die Augen und umklammerte mit den Händen die Sessellehnen. Warum hatte ich nicht schon früher darüber nachgedacht, es wäre mir damals schon aufgefallen ...

»Im Augenblick geht es Ihnen so gut, Eva, daß Sie diese Klinik verlassen könnten.«

»Für wie lange, Herr Professor?«

»Für ein Jahr. Oder zwei.«

»Und mit der Operation?«

... erst jetzt erinnerte ich mich an dieses Gespräch, aber jetzt war es zu spät. Damals hätte es mir auffallen müssen, daß Mennert mir auf diese entscheidende Frage nie eine Antwort gegeben hatte.

Und dann diese zweiten Bestrahlungen! Drei Wochen war es erst her, seit Mennert diesen Satz gesagt hatte: »Das würde die Sicherheit einfach erhöhen!« Ich hatte ihn überhört, diesen Satz, die wirklich wichtigen Dinge überhörte ich ja immer, wie es schien ...

Langsam aber sicher kam ich wieder zu mir, atmete tief durch, ließ die Sessellehnen los, schaute auf. Der Professor saß unverändert da, sah mich an.

»Es war ein Spiel für Sie«, flüsterte ich, »ein Abenteuer ... nicht wahr?«

»Was?«

»Die Operation! Sie wollten den Nervenkitzel, diesen Rausch, alles auf eine Karte zu setzen und dabei vielleicht alles zu verlieren ...«

»Aber Eva!«

»Verleiht die Ärztekammer für so was wie mich Medaillen?«

»Eva!«

»Und wenn ich nicht nur zehn, sondern elf Jahre überlebe ... gibt es dafür dann das Bundesverdienstkreuz? Am Band?«

Mennert sagte dazu nichts, vielleicht, weil es ihm zu dumm war, vielleicht, weil ich die Wahrheit sprach, vielleicht, weil er nachvollziehen konnte, was in diesem Augenblick in mir vorging. Ich kam mir unendlich dumm vor. Die hinter mir liegenden zwei Jahre schienen auf einmal so sinnlos gewesen zu sein, und ich schämte mich, das nicht früher erkannt zu haben. Ich schämte mich, um einen Sieg gekämpft zu haben, der in Wahrheit nichts anderes war als eine aufgeschobene Niederlage. Und wie ich gekämpft hatte! Ich hatte gekämpft, um mein Ziel zu erreichen, gesund zu werden und endlich wieder leben zu können wie all die anderen ... Jetzt saß ich da und mußte erkennen, daß ich in meinem Kampf am Ziel vorbeigeschossen hatte, daß mir all mein Wille und all mein Mut nicht mehr gebracht hatten als ein paar lächerliche Jahre, in denen ich möglichst auch noch auf alles verzichten sollte, was einem Menschen normalerweise Freude machte.

»Sagen Sie«, hörte ich mich da plötzlich fragen, »steht das Bumsen eigentlich auch auf Ihrem Index?«

Professor Mennert hatte vermutlich mit vielem, aber nicht damit gerechnet. Das sah ich ihm an.

»Nun«, meinte er verkrampft lachend, »das Bumsen nicht, aber ... aber Sie sollten sich vorsehen, daß Sie in allernächster Zeit nicht schwanger werden ...«

»So?«

»Ja, Eva ... die Strahlen- und die Chemotherapie liegen einfach noch nicht lange genug zurück ... und Verhüten ist schließlich besser als Abtreiben. Wenn Sie aber in zwei oder drei Jahren Mutter werden wollen, dann steht dem vermutlich nichts im Wege ...«

Es dauerte einen Moment, bis ich diese Antwort verkraftet hatte. »Ist das Ihr Ernst?« erkundigte ich mich dann. »Ich soll in zwei Jahren ein Kind in die Welt setzen und fünf Jahre später sterben? Das kann doch wohl nicht Ihr Ernst sein!«

Mennerts Gesicht nahm einen schier verzweifelten Ausdruck an, er tat mir fast leid.

»Niemand hat gesagt, daß Sie in fünf Jahren sterben müssen«, rief er in all dieser Verzweiflung.

»In fünf nicht, aber in sieben!«

»Das habe ich auch nicht gesagt, mein Kind!«

»Ich bin nicht Ihr Kind!«

»Trotzdem habe ich es so nicht gesagt.«

»So haben Sie es aber gemeint!«

»Nein, Eva, ich habe lediglich versucht, Ihnen klarzumachen, daß Sie eine sogenannte Risikopatientin sind und daß Sie deshalb lernen müssen, vernünftig hauszuhalten mit Ihren Kräften, und je überlegter Sie dabei vorgehen, ... desto größer ... ist Ihre Chance ... mehr ... Zeit ...«

Das Wort erstarb ihm auf den Lippen. Er konnte einfach nicht fassen, was er da sah. Ich hatte mir nämlich schon wieder eine Zigarette angezündet und mich vorsorglich so gesetzt, daß er sie mir diesmal nicht entreißen konnte. Voller Aggression sah ich ihn an und überlegte angestrengt, was ich als nächstes tun sollte. Die Gemälde von der Wand zu nehmen und aus dem Fenster zu werfen, Löcher in den teuren Teppichboden zu brennen, die Gardinen in tausend Stücke zu zerreißen ... so etwas hätte mir jetzt gefallen. Mennert spürte das ganz genau, und er konnte offenbar nicht anders, er mußte darüber lächeln.

»Wissen Sie«, meinte er dann, »ich habe noch nie einen Menschen kennengelernt, der seine Angst und seine Enttäuschung hinter soviel komprimierter Boshaftigkeit verbirgt, wie Sie es tun, Eva. Haben Sie denn niemals das Bedürfnis, schwach zu sein?«

Darauf konnte ich ihm einfach keine Antwort geben. In

mir herrschte Chaos, und in einem solchen Zustand über Schwäche nachzudenken hätte bestenfalls einen Tobsuchtsanfall ausgelöst.

Ich grub die spitzen Absätze meiner orangefarbenen Schuhe tief in den Teppich und stand auf. »Eine Frage noch!« kläffte ich dabei.

»Bitte!«

»Warum haben Sie mir das alles nicht längst gesagt?«

Der Professor zögerte einen Moment. »Wir haben geglaubt, Eva, ... Sie würden es wissen ...«

Da mußte ich lächeln. Irgend etwas tief in meinem Inneren sagte mir, daß ich es diesem Mann unmöglich übelnehmen konnte, mich für einen gescheiten Menschen gehalten zu haben. Also lächelte ich, drehte mich aber auf dem Absatz um und lief ohne ein weiteres Wort aus dem Büro, durch das Sekretariat, auf den Gang hinaus.

Dort herrschte jetzt ein ziemliches Hin und Her. Schwestern hetzten, Ärzte marschierten, ein paar Laborantinnen schlenderten, und die Putzfrauen wirbelten. Die Morgensonne strahlte aber noch immer durch die Fenster herein, und der Linoleumboden war noch blank gebohnert. Bewußt ließ ich meine Zigarette fallen, trat die Glut aus und hatte Freude an dem Flecken, den das machte. Dann drehte ich mich noch einmal um. Die Winter-Stubenfliege, die bei meiner Ankunft auf der Türklinke gesessen hatte, war fort. Ihr Glück! Niemals hätte ich ihr verziehen, das gute Vorzeichen gespielt zu haben, es wäre mir ein Vergnügen gewesen, sie zu töten. Das hatte das Biest wohl geahnt.

»Eva!«

Ich erschrak maßlos, als ich Danielas Stimme hinter mir hörte.

»Was tust du denn hier?«

»Ich habe auf dich gewartet.«

Sie stand da wie ein kleines Mädchen, das nicht so recht wußte, ob es nun ein Gedicht aufsagen oder besser einen Knicks machen und gleich wieder verschwinden sollte.

Ich konnte ihr da auch nicht raten. Einerseits haßte ich

sie in diesem Moment, denn sie hatte mir diese ganze Sache eingebrockt. Mit psychologischem Scharfsinn hatte sie erkannt, wie gut es mir ging, geurteilt, daß es mir zu gut ging, und dafür gesorgt, daß es mir nun nicht mehr gutging. Andererseits konnte ich sie nicht dafür hassen. Für meine Zukunftsaussichten war sie schließlich nicht verantwortlich zu machen, und hätte sie nicht dafür gesorgt, daß man mich über meine Zukunftsaussichten aufklärte, so hätte es früher oder später ein anderer getan.

Daniela spürte meinen inneren Zwiespalt. Zumindest erahnte sie ihn, denn sie streckte mir plötzlich beide Hände entgegen.

»Ich möchte dir doch nur helfen ...«, flüsterte sie.
»Ich weiß«, erwiderte ich.
»Dann komm!«
»Nein!«
»Nein?«
»... Ich will jetzt erst mal ...«
»Was, Eva?«
»... in aller Ruhe weinen!«

33

Als ich mein Zimmer betrat, packte mich im ersten Moment das nackte Entsetzen: Es sah darin aus wie in einer Gruft. Schwester Helma hatte die Vorhänge nicht aufgezogen, so daß es schien, als ließe das Licht der Welt mir nur ein paar elende Schatten übrig, aber das Bett war perfekt gemacht, über einem der Stühle lag mein Morgenmantel, und auf dem Nachttisch stand ein Kännchen mit Kamillentee. »Den wirse jetz immer kriegen!« hatte Claudia mir damals prophezeit, und genauso war es gekommen. Seit jenem Tag servierte man mir ständig Kamillentee, und wenn ich mich darüber beschwerte, hieß es nur jedesmal: »Aber, Eva, den haben Sie gestern doch auch getrunken!« Wütend schlug ich die Tür hinter mir zu, verschränkte die Arme vor der Brust. Das sollte also mein Leben sein! Eine abgedunkelte, von steriler Ordnung beherrschte Einöde, in der man bereits als Genießer galt, wenn man eine stinkende, ungezukkerte und ausgekühlte Brühe in sich hineinschüttete. Das sollte mein Leben sein? Ich knurrte wie ein blutrünstiges Raubtier.

Ich wollte nicht in Ruhe weinen, wie ich Daniela gegenüber behauptet hatte, dazu wäre ich in diesem Moment gar nicht fähig gewesen. Ich wollte zerstören, irgend etwas wollte ich in blinder Wut zerstören, zertrümmern, zerschmettern ...

Damals hatten wir gerade zwei Neuzugänge bekommen, äußerst sensible Wesen. Die eine hieß Maren und sprach kaum einmal, und wenn sie es ausnahmsweise mal tat, stotterte sie dabei, und die andere, Tanya, war ein verzärteltes Püppchen, dem man von Kindheit an jeden noch so irrwitzigen Wunsch erfüllt hatte. Beide Mädchen litten an Lymphogranulomatose, und seit sie das erfahren hatten, waren knapp achtundvierzig Stunden vergangen. Entsprechend groß war ihrer beider Verzweiflung und Fassungslosigkeit. Sie ließen keine Gelegenheit aus, um sich selbst zu beweinen bzw. von anderen beweinen zu lassen. Das wußte ich! Deshalb lief ich an diesem 8. März mit großen Schritten zurück auf den Gang, klopfte nur kurz – dafür aber laut – an die Zimmertür der stotternden Maren und der verwöhnten Tanya, und noch bevor sie mich hereinbitten konnten, stand ich dann auch schon vor ihnen. Sogleich hatte ich ein erstes Erfolgserlebnis: Wie es aussah, hatte ich die beiden beim Leiden gestört.

»Na, ihr Pfeifen!« begrüßte ich sie dann. »Ich bin die Eva, und wer seid ihr?«

Man antwortete mir natürlich nicht, man starrte mich nur an.

»Ach so ist das!« tönte ich daraufhin. »Ihr sprecht nicht mit jedem – dann kratzt ihr hoffentlich bald ab. – Wann?«

Wenn ich ein spitzes Küchenmesser gehabt hätte, wäre ich damit auf die beiden losgegangen. Leider ahnten sie aber nicht einmal, daß alles schlimmer hätte kommen können, und weil sie es nicht ahnten, fühlten sie sich bereits durch meine Worte tätlich angegriffen, und deshalb fing Klein-Tanya auf Kommando an zu weinen, und Klein-Maren verkroch sich unter der Bettdecke, so daß nur noch ihre Stirn zu sehen war.

Das machte mich rasend. »Wann ihr abkratzt!!!« tobte ich. »Wann ihr abkratzt, will ich wissen!!! Wann??? Wann, verflucht noch mal???«

Im gleichen Moment flog die Tür auf, und Doktor Behringer stand im Raum. Ich hatte wohl so laut gebrüllt, daß er es bis ins Ärztezimmer hatte hören können.

»Sind Sie wahnsinnig?« fuhr er mich an. »Was fällt Ihnen ein?«

Ich grinste nur.

»Machen Sie, daß Sie ins Bett kommen, Eva, aber schnell – sonst vergesse ich mich und lege Sie übers Knie!«

Ich grinste nur noch mehr und tänzelte an ihm vorüber. »Angeber!«

»Vielleicht wird man eines Tages behaupten, Sie wären eine Heldin, aber für mich sind Sie nichts anderes als ein Monstrum!« schrie Behringer mir hinterher.

Die nächsten zehn Tage blieb ich mehr oder weniger auf meiner Bettkante sitzen. Nur wenn ich zur Toilette mußte, stand ich auf, und wenn ich vor Müdigkeit fast umfiel, legte ich mich hin. Ansonsten saß ich da wie festgeklebt, die Beine übereinandergeschlagen, den Blick fest auf meine Knie gerichtet. Meine Wut hatte ich durch den Angriff auf Maren und Tanya ausgelebt, was ich jetzt verspürte, war Angst.

»Wir suchen alle nach etwas, was uns längst gefunden hat.«

Dieser Satz hatte mir bisher immer ein Gefühl von innerer Ruhe geschenkt, jetzt machte er mich plötzlich unruhig.

Ich kam mir vor wie eine Marionette, die mittels schicksalhafter Fäden gelenkt wurde, die das Ärmchen hob, wenn man an der entsprechenden Schnur zog, und die in sich zusammenfiel, wenn man das Fädengespinst losließ. Nichts an mir war selbständig, ich war lediglich ein Werkzeug, und dagegen konnte ich mich nicht einmal wehren. Ich war machtlos, ausgeliefert ... und so begann ich an meinen eben erst neugewachsenen, ohnehin noch sehr kurzen Fingernägeln herumzureißen, knabberte an der Nagelhaut, bis es blutete. Ich mußte mich einfach selbst zerstören, ich konnte gar nicht anders. Ich hatte Gott mein Überleben abgerungen, und dafür strafte Er mich jetzt, denn ich hatte Seine Pläne durchkreuzt mit meinem Dickkopf. Deshalb durfte ich nun zwar leben, wenn auch nur für gewisse Zeit, doch durfte ich auch in dieser gewissen Zeit niemals leben wie all die anderen, durfte niemals lachen, lieben und träumen wie all die anderen ... das Glück war eben nur etwas für die anderen ...

Am Vormittag des 21. März machte mir Professor Mennert seine Aufwartung. Zwei Wochen lang hatte er sich nicht bei mir sehen lassen. Jetzt stand er plötzlich da und versuchte, mich beim Resignieren zu stören, indem er das herrliche Wetter bejubelte und die angeblich »mehr als ordentlichen« Zwischenergebnisse meiner Bestrahlungen. Ich ließ mich gar nicht beirren. Mennerts Umgang mit Problempatienten war mir mittlerweile bestens vertraut. Er ließ sich auf das genaueste informieren, bis er alle noch so winzigen Details kannte, und dann tat er so, als hätte er von allem nicht die geringste Ahnung. Das ermöglichte ihm, ein völlig unbefangenes Spiel zu spielen, und so machte er es jetzt auch mit mir.

Unser letztes Gespräch erwähnte er mit keiner Silbe, was seitdem geschehen war, schien nicht bis zu ihm vorgedrungen zu sein, er war ganz und gar der liebe, gute Professor. Ich ließ mich aber in meiner Resignation nicht stören und ignorierte seine blendende Laune. »Mmh!« meinte er dazu und setzte sich ans Fußende meines Bettes. »Wenn meine Enkeltochter so guckt, nenne ich das *wütig*. Sind Sie wütig, Eva?«

»Bestimmt nicht!« seufzte ich dann. »Wut hat nämlich etwas mit Kraft zu tun, Herr Professor ... und ich habe keine Kraft mehr!«

»Aha!« Mennert schien nicht gerade beeindruckt zu sein.

»Irgendwann ergeht das sicher jedem so«, fügte ich deshalb mit leidender Stimme hinzu. »Man begreift, daß man nicht mehr kämpfen kann, daß man nicht mehr kämpfen will ...«

»Aha!«

»... das dürfen Sie mir ruhig glauben!«

Der Professor schmunzelte; ich war fassungslos.

»Geben Sie acht, Eva! Menschen wie Sie hören nämlich niemals auf zu kämpfen – das dürfen Sie mir glauben!«

»Aber –«

»Menschen wie Sie ruhen sich nur von Zeit zu Zeit mal aus und denken dann gleich, das wäre das Ende.«

»Ist Resignation nicht das Ende?«

»Was Sie empfinden, ist keine Resignation, Eva. Sie haben nämlich noch jede Menge Träume, auch wenn Sie das nicht zugeben wollen, und wer Träume hat, der hat auch Ziele. – Und ein intelligenter Mensch kämpft darum, seine Ziele zu erreichen. Sind Sie intelligent?«

Ich wurde rot wie ein Schulmädchen und fand, das bliebe bei einer solchen Gewissensfrage auch gar nicht aus.

»Gemeiner Kerl!« murmelte ich und rutschte tiefer in meine Kissen, zog mir das Oberbett bis zur Halskrause.

Mennert lachte darüber. »Also doch wütig!« meinte er. »Na, dann passen Sie mal auf, gleich sind Sie es noch ein bißchen mehr. Die Kollegen von der Gynäkologie machen sich nämlich nach wie vor Sorgen um Ihre holde Weiblichkeit und möchten Sie sehen. Ich habe zugesagt, daß Sie morgen früh zu einer Untersuchung kommen. Einverstanden, Eva? – Eva? —— Eva!!!«

»Wie?«

»Sie waren doch seit Monaten nicht mehr bei den Gynäkologen, und deshalb habe ich jetzt –«
»Morgen?«
»Ja ...«
»Morgen früh?«
»... Um elf ... – sagen Sie mal ... – nun ja!«

Daß Professor Mennert verwirrt war, konnte ich nur zu gut verstehen, und dafür, daß er dieser Verwirrung keinen weiteren Ausdruck verlieh, war ich ihm von Herzen dankbar.
Gynäkologie! Dieses Wort war für mich gleichbedeutend mit Reinders, und dieser Name brachte meine Seele zum Klingen. Morgen früh um elf sollte ich ihn wiedersehen, ich konnte es kaum erwarten. Er war das Wunder, auf das ich insgeheim so sehr gehofft hatte, davon war ich überzeugt. Vergessen war die Resignation, ja, ich vergaß sogar den räubernden Nachtvogel über meinem Bett, ich dachte nur noch an Jan und stellte mir vor, wie er mir morgen entgegenkam, auf dem lichtüberfluteten Gang der gynäkologischen Poliklinik, wie ich auf ihn zulief, mich in seine Arme stürzte ...
»Scheiße!« So endete der Tagtraum fürs erste, ich hatte nämlich in den Spiegel geschaut. Unmöglich sah ich aus. In den letzten vierzehn Tagen hatte ich etwa fünfmal meine Zähne geputzt und zweimal mein Gesicht mit Wasser benetzt – Waschen konnte man das nicht nennen –, und da ich ja bestrahlt wurde, hatten meine Haare seit einem Monat kein Shampoo mehr gesehen.
Dann ließ ich mich seufzend auf der Klobrille nieder. Meine besten Einfälle hatte ich von jeher auf der Toilette gehabt, und so war es auch in diesem Fall. Nach etwa zwanzig Minuten schien er nämlich geboren zu sein, der Gedanke, der mich aus meiner Notlage erretten sollte. Meine Haarpracht konnte ich unter einem meiner zahlreichen Turbane verbergen, das hatte ich schließlich lange genug getan, wenn auch aus anderen Gründen, und was den Rest betraf ... nun, ich vergeudete gar keine weitere Zeit, son-

dern fing sofort an, wässerte und schrubbte, cremte, klebte, lackierte, sprühte ...

Voller sehnsüchtiger Erwartung betrat ich am nächsten Morgen den Behandlungsraum der Gynäkologie und war verstört, als mich dort *nur* der Frauenmörder erwartete. Von Kopf bis Fuß hatte ich mich in mädchenhaftes Rosé gehüllt, aber doch nicht für ihn!
»Guten Morgen, Frau Martin!«
»... Sie ...?«
»Wie bitte?«
»Sie wollen mich untersuchen?«
»... Wenn Sie gestatten?«
Damit hatte ich es geschafft, daß der Herr Professor nun ebenso verstört war wie ich, und so konnte eigentlich nichts mehr schiefgehen. Ich machte frei, was freizumachen war, und legte mich hin, die Anstandsdame Krankenschwester tätschelte beruhigend meinen Oberarm, und ein junger Assistenzarzt stieß auch noch zu uns, wohl, um dem Frauenmörder seelischen Beistand zu leisten – wer schon mal mit mir zu tun gehabt hatte, sah sich vor.

Während sich diese drei mehr oder weniger einträchtig an mir zu schaffen machten, kämpfte ich mit den Tränen. Nichts schien in meinem Leben so zu kommen, wie ich es mir erhoffte. All meine Träume zerplatzten wie Luftballons, und je häufiger das geschah, desto mehr gewöhnte ich mich daran, desto größer wurde aber auch der Schmerz.

– Liebe fragte Liebe: »Sag, warum du weinst?«
Raunte Lieb zur Liebe: »Heut ist nicht mehr einst!«
Liebe klagte Liebe: »Ist's nicht wie vorher?«
Sprach zur Liebe Liebe: »Nimmer – nimmermehr.« –

So endete Münchhausens »Brennesselbusch«, und traurig wie diese Worte war auch ich. Ich hatte mich so darauf gefreut, Reinders wiederzusehen. Er fehlte mir schon seit langem, lange Zeit hatte ich es nur nicht gewußt. Ich mußte ihm zeigen, was ich für ihn fühlte, ich mußte ihm sagen, was er mir bedeutete, ich mußte endlich meinen Stolz und meine Angst überwinden, aber dazu brauchte ich erst einmal eine Gelegenheit, ich mußte ihn also wiedersehen, unbedingt ... unbedingt ...

»Frau *Martin!!!???*«

Der Frauenmörder schrie so laut, daß ich vor Schreck zusammenzuckte, und der junge Assistenzarzt zu seiner Linken war auch schon ganz rot im Gesicht. Das verriet mir, daß man offenbar schon längere Zeit versucht hatte, mit mir ins Gespräch zu kommen.

»Ja, Herr Professor?« Ich machte das ganz souverän, geistige Abwesenheit kam schließlich in den besten Familien vor.

Der Frauenmörder räusperte sich. »Nun«, meinte er dann, »seit dem letzten Mal hat sich nicht viel geändert, Frau Martin, das wissen Sie ja selbst. Ihre Uterusschleimhaut –«

»Hat noch immer nicht geregnet?« fiel ich ihm ins Wort.

Er seufzte. »Hat noch immer nicht *abgeregnet*, Frau Martin. Regen und Hagel gibt es nur in der Natur.«

»Hobby-Meteorologe?«

Der Assistent kicherte über diese Retourkutsche, die Schwester errötete, und der Frauenmörder hörte darüber hinweg, wie es sich für einen Akademiker seines Grades geziemte.

»Wie dem auch sei«, meinte er deshalb geschwind, »ich bin der Ansicht, daß wir die Abrasio jetzt einfach machen müssen, Frau Martin. Im vergangenen Jahr haben Sie sich ja dagegen gesperrt, aber jetzt muß es einfach sein, da hilft sonst nichts ...«

Drei Augenpaare warteten gespannt auf meine Reaktion, aber zum Erstaunen aller legte ich diesmal kein Veto ein. Ich war zu der Operation bereit. Der Assistent starrte mich überrascht an, während sein Chef glauben wollte, *er* hätte mich mit seiner Art überzeugt. Ich klärte sie beide nicht auf. Sie hätten mich wohl auch kaum verstanden, denn ich konnte mich ja selbst kaum verstehen. In meinem Kopf herrschte Verwirrung, ebenso in meiner Seele, da kam es auf eine körperliche Verwirrung nicht mehr an, und außerdem hatte ich insgesamt vierzehn Operationen hinter mir und nur sieben Jahre Leben vor mir, so daß eine Operation mehr und ein paar Tage Leben weniger auch keine Rolle mehr spielten. So zeigte ich mich ohne ein einziges Widerwort mit allem einverstanden und hatte damit die Herren von der Gynäkologie voll auf meiner Seite.

Dafür war Professor Mennert dann gegen mich – damit ich nicht aus der Übung kam. Er erklärte mir, kaum daß ich wieder in meinem Zimmer war, wie hirnrissig dieser Eingriff doch wäre, wie kurzsichtig und wie unüberlegt ich meine Entscheidung getroffen hätte, und zum guten Schluß nannte er seine Kollegen dann auch noch »Pappnasen«. »Überlegen Sie doch mal, wie oft Sie schon operiert worden sind!« tobte er. »Bei der großen OP hatte jeder Angst vor den Auswirkungen der Narkose auf ihren geschwächten Kreislauf, und jetzt kommen diese Pappnasen daher und wollen *mal eben* eine Ausschabung machen! Aber das werde ich nicht zulassen! Ich werde nicht zulassen, daß meine Patienten wie Versuchskaninchen behandelt werden.«

Er führte sich auf, daß die Blumenvase, die auf meinem Nachttisch stand, zu klirren begann – das nutzte ihm nur auch nichts. Es blieb bei der Operation. Gleich auf den nächsten Tag wurde sie angesetzt, und abgesehen von Professor Mennert waren damit alle einverstanden. Ich war es zumindest. Der Eingriff an sich war mir völlig unwichtig, was für mich zählte, war ausschließlich Jan Reinders. Im OP mußte ich ihn wiedersehen, davon war ich überzeugt, denn es ging hier ja immerhin um ein Wunder, um mein Wunder! Dieser Mann, der mir so unendlich viel bedeutete, würde mir morgen auf irgendeine Art und Weise klarmachen, daß sich mein Leben auch für lächerliche sieben oder zehn Jahre lohnte. Damit rechnete ich fest, und deshalb hatte ich nicht einmal ansatzweise ein Gefühl von dumpfer Vorahnung, als ich an diesem Abend schlafen ging. Ich erinnerte mich später nur noch, daß ich noch sehr lange wach gelegen und immer wieder auf meine Armbanduhr gesehen hatte. Beim letzten Mal zeigte sie dreiundzwanzig Uhr zehn, und wenn es mir möglich gewesen wäre, in die Zukunft zu sehen, hätte ich gewußt, daß ich in diesem Augenblick noch genau dreizehn Stunden und siebzehn Minuten Zeit hatte. Denn genau dreizehn Stunden und siebzehn Minuten später sollte das Wunder geschehen, auf das ich so sehr hoffte, ein anderes Wunder – und nichts sollte mehr sein, wie es einmal war ...

Das Wunder, das mir an diesem 23. März 1978 widerfahren sollte, hatte sehr viel Ähnlichkeit mit einem Erdbeben. Sein Hypozentrum lag tief in mir, und obwohl ich mir dessen bis zuletzt nicht wirklich bewußt war, spürte ich doch die Vorzeichen, die leichten Vorbeben. Insgesamt gab es davon drei, und das erste fand bereits am frühen Morgen statt, genau dreihundertundfünfzehn Minuten vor der Stunde Null: Der diensthabende Narkosearzt betrat mein Zimmer.

Er war noch ein ziemlich junger Mann mit zerzaustem Haar, frisch gestärktem Kittel und nervösen Gesten. Mein Krankenblatt schwenkte er wie eine Kriegserklärung an seine Zunft; verzweifelt bat er mich um mein Einverständnis mit der Sakralanästhesie.

»Das ist relativ ungefährlich«, sagte er, »wir spritzen Ihnen ein Betäubungsmittel in den Rückenmarkskanal und –«

»Nein!« unterbrach ich ihn sofort. »Das will ich nicht. Ich habe gehört, daß man davon querschnittgelähmt werden kann!«

Mein Gegenüber war völlig verwirrt. »Aber ich bitte Sie«, stammelte er, »so was kommt höchstens alle zehn Jahre mal vor ...«

»Und wenn die heute gerade um sind?«

»Frau Martin!«
»Nein, das ist mir zu gefährlich.«
»Aber die Totalanästhesie ist doch noch viel gefährlicher. Sie müssen bedenken, daß Ihr Herz und der Kreislauf von der Chemotherapie und den vielen Narkosen –«
»Nein!«

Unbarmherzig beharrte ich auf meinem Standpunkt, und das, obwohl ich nicht einmal mehr wußte, wer mir den Floh mit der Querschnittlähmung ins Ohr gesetzt hatte. Das war jetzt aber auch gleichgültig. Den Herrn Narkosearzt ärgerte das sehr, und er ließ nichts unversucht. Fast zwanzig Minuten schilderte er mir in den düstersten Farben die möglichen Komplikationen einer Vollnarkose und malte mir zugleich pastellfarbene Aquarelle der Lumbalanästhesie. Doch ich blieb hart, und so zog er schließlich zähneknirschend von dannen.

»Wenn das mal nur gutgeht!« waren seine letzten Worte.

Dieser Satz klang lange in mir nach, und obwohl ich immer noch sicher war, richtig gehandelt zu haben, konnte ich nicht umhin, plötzlich so etwas wie Unwohlsein zu empfinden. Ich war von einer merkwürdigen Unruhe erfüllt, und so kam es, daß ich auf einmal den dringenden Wunsch verspürte, eine Zigarette zu rauchen. Das war verboten! Vor einer Operation durfte weder gegessen noch getrunken, geschweige denn geraucht werden! Warum das so war, wußte ich jedoch nicht, und ich hatte bisher auch noch nie darüber nachgedacht. Das tat ich erst jetzt, und das war ein verhängnisvoller Fehler. Wie jeder Mensch, der etwas will und genau weiß, daß er es nicht darf, fing ich nämlich an, mich zweizuteilen. Eva I beharrte auf dem geltenden Verbot, Eva II fand das lächerlich. Eva I war also die ängstliche Ausgabe meines Ichs, und für die hatte Eva II natürlich nur einen müden Lacher übrig.

»Wozu sind Verbote schon da?« meinte sie. »Nur dazu, übertreten zu werden!«

Es dauerte nicht allzu lange, bis Eva I gar nichts anderes

mehr übrigblieb, als sich dieser Überzeugung anzuschließen, zumal Eva II äußerst geschickt vorging.

»Was für ein Verbot ist das überhaupt?« empörte sich Eva II. »Ein unlogisches, nicht mehr! Schließlich hat schon so mancher mit randvollem Magen und nach Genuß zahlloser Zigaretten einen Unfall erlitten und die nachfolgende Operation trotzdem glänzend überstanden. Das Verbot muß also willkürlich sein! Vermutlich gehört es zu jenen, die man vor zweihundert Jahren abgefaßt und aus Bequemlichkeit niemals gestrichen hat!« Damit war mein innerer Zweikampf entschieden, die Kontrahentinnen rauften sich wieder zusammen, und ich, der sichtbare »Nutznießer« dieses unsichtbar verlaufenen Zwists, ich verschwand erleichtert im Bad, um die heißersehnte Zigarette zu rauchen.

Es war ein unvergleichlicher Genuß. Ich stellte fest, daß ich diesen magischen Vorgang, der den Tabak zu Asche werden ließ, noch nie zuvor mit einer ähnlichen Lust erlebt hatte. Daher war mir die eine Zigarette auch nicht genug. Vier Stunden und achtundzwanzig Minuten vor Ende des Countdown ließ ich die Kippe im Toilettenabfluß verschwinden und zündete mir knapp fünf Minuten später schon die nächste Sünde an. Auf einem Bein konnte man schließlich nicht stehen!

Ich hockte mich in die hinterste Ecke des winzigen Badezimmers und rauchte und dachte und träumte und wünschte, und all dieses Denken und Träumen und Wünschen hatte ausschließlich mit Jan zu tun ... Da stellte ich plötzlich fest, daß wir schon kurz vor elf Uhr hatten. Und Schwester Helma war immer noch nicht gekommen, um mich zu den Gynäkologen zu bringen!

Sofort beschlich mich die Angst, man könnte den Operationstermin und damit auch mein Rendezvous verschoben haben. Diese Vorstellung war mir schrecklich, und so eilte ich ins Schwesternzimmer, um entsprechende Erkundigungen einzuholen.

Helma beruhigte mich. »Abblasen tun die so was nicht!«

meinte sie. »Aber wer weiß?! Vielleicht ist ein Notfall dazwischengekommen.«

Da die gute Helma nicht betroffen war, kam es ihr auf ein paar Minuten mehr oder weniger nicht an. Für mich sah das anders aus. Meine Sehnsucht nach Jan wurde mit jedem Moment größer, den ich auf unser Wiedersehen warten mußte, und diese Warterei zerrte an meinen Nerven, und je nervöser ich wurde, desto schneller griff ich zu einer weiteren Zigarette, und zu noch einer, noch einer ...

Als ich mich dann endlich mit verwickelten Beinen, Totenhemd und der obligatorischen Beruhigungsspritze im Hintern im Vorbereitungsraum des gynäkologischen Operationssaals wiederfand, hatte ich stramme zehn Lungenbrötchen intus und nur noch siebenunddreißig Minuten Zeit. Elf Uhr fünfzig zeigte die Uhr an der Wand, aber das nahm ich nicht einmal wahr. Ich war mit ganz anderen Dingen beschäftigt als mit meiner Zeit. Da ich die letzte auf dem OP-Plan war, hatte ich den Vorbereitungsraum ausnahmsweise mal ganz für mich allein. Das war nicht nur angenehm, sondern auch sehr aufschlußreich, denn wie ich feststellte, brauchte ich unter diesen Umständen nur ganz genau hinzuhören, um jedes einzelne Wort zu verstehen, das in den nebenan gelegenen Operationssälen gesprochen wurde. Zu meiner Rechten ging es um Sex.

»Habt ihr gestern diesen Spätfilm gesehen?« erkundigte sich da einer der Ärzte, während er an irgendeinem Organ herumschnitt. »Über den hätte ich mich ausschütten können, Klemme!«

»Puls und Atmung normal!« meinte sein Kollege.

»Worum ging es denn da?«

»Oh, da waren ein Mann und eine Frau in einem Eisenbahnabteil«, erzählte der Chirurg, »und dieser Mann und diese Frau, ... na, eigentlich haben die unentwegt gepimpert, Tupfer! Die ganze Zeit haben die gepimpert. Königlich, sage ich Euch, einfach königlich, mal gerade wegsaugen, bitte!«

Ich fand das ungemein amüsant, drehte aber trotzdem den Kopf zur anderen Seite, um auch dort mal »hineinzuhören«.

»Meine Güte«, erklärte da ein junges Stimmchen, »die hat ja vielleicht eine Speckschwarte, die gute Frau!«

»Wie ein Mastschwein!« klang es zurück. »Das können Sie dann gleich nähen, damit Sie wissen, was eine Strafe ist.«

»Das hält aber doch nicht!«

»Natürlich hält das nicht, mein lieber Junge. Aber was meinst du, wie schlecht das erst mal heilt. Vier Wochen wird die bestimmt liegen. Klemme!«

Von mir aus hätte das noch stundenlang so weitergehen können. Abgesehen davon, daß ich hoffte, irgendwann auch mal Jans Stimme zu hören, entspannte mich diese oberflächliche Heiterkeit. Ich bekam Ohren wie ein afrikanischer Steppenelefant, lauschte und kicherte, und als schließlich die Schwester kam, um mich Richtung OP zu schieben, war ich richtig ärgerlich. Zu gern hätte ich noch gehört, wie das Zunähen der offenbar beleibten Patientin verlief und wie der Spielfilm am Vorabend zu Ende gegangen war – doch das war mir nicht mehr vergönnt. Zum Ausgleich wurde ich im Operationssaal äußerst herzlich empfangen.

»Das Fräulein Martin von S 1!« begrüßte mich ein junger Assistenzarzt, den ich von früheren Untersuchungen kannte. »Zum wievielten Mal wird uns denn die Ehre zuteil?«

Ich lächelte nur, denn es war mir zu mühsam, das auszurechnen, und außerdem hatte ich wichtigere Dinge zu tun: ich suchte Reinders, deshalb war ich schließlich hier. Erwartungsvoll ließ ich meine Blicke schweifen. Irgendwo mußte er sein. Mit seinen fast zwei Metern Länge war er eigentlich nicht zu übersehen! Erst als ich ihn nach etwa fünf Minuten immer noch nicht entdeckt hatte, wurde ich unruhig und fragte den freundlichen Assistenten, wo denn sein Oberarzt bliebe.

»Weg!« erhielt ich zur Antwort.
»*Weg?*«
»Er hat nebenan zu tun.«
»Wo nebenan?«
»Da!« Er wies mit der Hand auf eine der angrenzenden Türen, und mir wurde plötzlich ganz elend zumute.

Reinders wollte mich nicht sehen – diese Möglichkeit hatte ich bisher noch gar nicht in Betracht gezogen. Mir war bis zu diesem Moment völlig entfallen, daß er und ich ja im Streit auseinandergegangen waren, daß er unmöglich wissen konnte, welch zarte Bande ich seither innerlich zu ihm geknüpft hatte, und daß er das unter Umständen auch gar nicht wissen wollte. »Gelobt sei der Tag meiner Wiedergeburt! Wenn ich noch mal zur Welt komme, dann nur als Frau, mit leerem Kopf lebt es sich leichter!« Mir war plötzlich, als wäre es erst gestern gewesen, daß er diese Worte zu mir gesagt hatte, und deshalb fühlte ich mich auf einmal hundeelend.

»Holen Sie ihn bitte!« jammerte ich und zog dabei am grünen Kittelchen des nunmehr recht verdutzten Assistenten.

»Warum denn?« erkundigte er sich.

»Er soll mich operieren!«

»Der Oberarzt?« Der junge Mann lachte laut. »Aber ich bitte Sie, Frau Martin, für Blinddarm und Abrasio ist überall der Pförtner zuständig!«

Das war das zweite Vorbeben an diesem 23. März 1978. Der Pförtner! Dieses eine Wort drängte alles andere in den Hintergrund. Über diesen Scherz konnte ich nicht lachen. Der Pförtner!!! Mein Herz schlug unnatürlich laut, ich hatte auf einmal Angst, und es kostete mich große Mühe, diese Angst zu unterdrücken. Bewußt atmete ich tief durch, zwang mich zu innerer Ruhe und Entspanntheit ...! Die Uhr im OP zeigte zwölf Uhr fünfzehn, in genau zwölf Minuten war es soweit. Niemand wußte das in diesem Moment, nur der Narkosearzt schien eine Ahnung zu haben, denn er brummte unwirsch vor sich hin, während er meine Herztätigkeit und meinen Kreislauf kontrollierte, und abschließend meinte er sogar: »Das ist jetzt schon was für den Ar–«

»Schschsch!« flüsterte der junge Assistent. »Es sind Damen im Raum.«

»Ja, ja ... hat die Dame denn geraucht? – Frau Martin! – – – Haben Sie geraucht, Frau Martin?«

Gehört hatte ich diese Frage schon beim ersten Mal, doch ließ ich sie mir noch mehrfach wiederholen, bevor ich mit unschuldigem Stimmchen »Aber nein!« hauchte. Dieser Anästhesist war schon jetzt wütend auf mich, und da ich ihn nicht noch wütender machen wollte, hielt ich meine Lüge für ganz besonders klug. Merkwürdigerweise glaubte er mir aber nicht.

»Sind Sie sich da ganz sicher?« hakte er nämlich immer wieder nach.

»Ja ...«

»Sie haben nicht geraucht?«

»Nein ...«

»Sie riechen aber so, als hätten Sie vielleicht doch ..!«

»*Nein!*« erklärte ich ein letztes Mal, jetzt nicht hauchend, sondern laut und deutlich.

»Na denn!«

Sechs Minuten und zwanzig Sekunden blieben mir noch, als der Narkosearzt die Anästhesie injizierte. Wie gewöhnlich spürte ich das Brennen in meinem Arm, in meiner Schulter, wie gewöhnlich legte sich eine bleierne Schwere auf meine Augenlider, und mein gesamter Körper wurde zum Abstraktum, wie gewöhnlich fühlte ich, wie man meinen Kopf weit nach hinten bog, meinen Mund öffnete, den Intubationsschlauch einführte ... doch dann kam es zum dritten und letzten meiner Vorbeben.

»Kann ich anfangen?« hörte ich plötzlich jemanden fragen.

»Moment ...!« sagte ein anderer, und ich spürte, wie er mein linkes Augenlid hob, ein greller Lichtstrahl schoß in mein Hirn. »... Ja!«

Panik machte sich in mir breit. »Nein!« wollte ich kreischen, »*Nein!*«, denn diese Männer bemerkten offenbar nicht, daß sie im Irrtum waren, daß sie noch lange nicht anfangen konnten. Deshalb mußte ich »Nein!« schreien, das war lebenswichtig, doch ich konnte es nicht. Es war wie damals bei der Endoskopie, und doch war es ganz anders. Wieder hatte ich das Gefühl, als bestünde mein ganzes Ich nur mehr aus einem winzigen Bereich in meinem Hinterkopf, als spielte sich dort mein Leben ab, als wohnten dort meine Gedanken, meine Wahrnehmungsfähigkeiten, meine Kräfte. Anders als damals wollte ich diese Kräfte jetzt aber mobilisieren, um mich bemerkbar zu machen, und das versuchte ich auch, nur kamen meine Befehle nicht an. Das machte mich fast wahnsinnig vor Angst und Verzweiflung. Ich spürte, wie man einen kalten Gegenstand in meine Scheide schob, spürte die Hand auf meinem Schambein, hörte das Aufeinanderschlagen von Metall, ich fühlte mich wie ein Tier in der Falle und wollte schreien, schreien ... da durchzog auch schon ein bohrender Schmerz meinen Körper, und wie von selbst bäumte ich mich auf und stieß ein unmenschlich klingendes Geräusch aus ...

»Mist!« rief jemand aus. »Die ist ja noch da!«

Dafür hätte ich diesen Jemand umarmen können, das sollte er nie erfahren. Augenblicke später spürte ich dann neuerlich das brennende Rieseln der Anästhesie in meinem Arm, es war vorüber, ich tauchte ein in das Dunkel der Narkose.

Daß ich mich damit dem Epizentrum meines eigentlichen Bebens um ein Weiteres näherte, ahnte ich nicht.

Knappe drei Minuten blieben mir noch, genau einhundertundsechzig Sekunden, doch diese Art der Zeit gab es ja nicht im Dunkel der Narkose. Dort galten andere Gesetze, dort gab es weder Traum noch Wirklichkeit, dort schien das Leben seine Nabelschnur durchtrennt zu haben ..! so hatte ich es bisher zumindest immer empfunden. Doch an diesem 23. März 1978 um zwölf Uhr siebenundzwanzig kam es anders.

Der Countdown begann: ich wachte auf!

Zuerst kam mir das nicht einmal ungewöhnlich vor, denn ich erwartete, in meinem sauberen Bett zu liegen und alles hinter mir zu haben.

Dann hörte ich jedoch das Klappern der Instrumente, das Piepsen des EKGs, das Auf und Nieder des Beatmungsgeräts, und diese Stimmen, laute, aufgeregte Stimmen.

»Blutdruck fällt weiter!«

»Klotz ran, Junge!«

»Hier stimmt was nicht!«

»Ich hab' keinen Puls mehr!«

»Das geht in die Hose, verdammt!«

»Scheiße!«

»Wo kommt denn hier das ganze Blut her?«

Im gleichen Moment setzte das Piepsen des EKGs aus, und ein ohrenbetäubender Summton erklang.

»Herzstillstand!«

Es war geschehen ... meine Erde bebte ... das Wunder war geschehen ..!

Warum das um mich her eine so große Aufregung auslöste, war mir unbegreiflich. Ich wußte, daß ich starb in diesem Moment, das wußte ich ganz genau, aber ich war glücklich darüber. Niemals hatte ich mich ähnlich wohl gefühlt, ähnlich frei. Doch das schienen mir diese Grün-Kittel nicht zu gönnen.

Ich sah, wie sie mich umschwirrten, wie sie meinen Körper vom Operationstisch hoben und ihn auf den Fußboden legten. Ich sah das ganz deutlich, aber ich spürte es nicht mehr, konnte es auch gar nicht mehr spüren, denn mir war plötzlich, als wäre ich eine andere, als läge ich in völliger Kongruenz auf meiner eigenen Hülle, als würde ich mich langsam und schwerelos von ihr lösen, hoch über ihr in der Luft schweben. Immer weiter entfernte ich mich von mir, entfernte mich, entschwand. Da wurde es plötzlich wieder dunkel um mich her, und ich sah Bilder, rasend schnell. Man schob mich in den Operationssaal – gerade – vor einer Stunde ... Ich betrat diese Klinik – damals – vor über zwei Jahren ... Ich stand im Ballettsaal und machte ein Plié – damals – vor fast zehn Jahren ... Mein Großvater nahm mich auf den Arm – damals im Krankenhaus, wenige Stunden vor seinem Tod – vor über siebzehn Jahren ... Und dann: Ein dunkler, enger Schlauch, Blut, Atemnot, Angst ... und Wut. Man hatte mich in dem Dunkel einfach zurückgelassen und gab mich auf. Ich machte mich ganz schmal, preßte meinen kleinen Körper gegen die triefenden Wände meines finsteren Gefängnisses und stieß ins Licht, sah die großen Hände, die sich mir plötzlich doch noch entgegenstreckten und mich in die Freiheit hoben, sah ein entsetztes Männergesicht, Onkel Hans – der Augenblick meiner Geburt ... ich hatte mir dieses Leben selbst ausgesucht, es war mein Wunsch und Wille gewesen, es zu leben, und ich hatte jede einzelne seiner Stationen vom ersten Augenblick an gekannt – *Aus!* Wieder wurde es dunkel, aber mir war, als liefe ich schweren Schrittes durch diese Dunkelheit, körperlich erschöpft, müde. Es war naß und kalt, und an einer Mauer blieb ich stehen. Ein kleiner Junge kam auf mich zu, und er hielt ein selbstgemaltes Bild in der Hand, das er mir gab. Ich nahm das Kind auf den Arm und drückte es fest an mich. Es lächelte. Blaue Augen. Blondes Haar. Ein unvergeßliches Kinderlachen. *Aus!*

Wieder wurde es dunkel, doch in der Ferne sah ich einen Lichtstrahl, hell und klar. Er kam näher und näher, er wurde größer und größer, und ich war so unendlich glücklich. Es gab keine Hölle, es gab keinen Richter, es gab nur mich, *nur* mich? ... Ich lag plötzlich auf einer grünen Wiese. Die Sonne schien, und durch die Wipfel der Bäume zog ein Wind, der nichts regte. Es war schön, wunderschön, und ein Gefühl endloser Seligkeit erfaßte mich, als plötzlich eine Stimme erklang.
»Du mußt zurück!«
Ich erschrak nicht, als ich das hörte, aber ich wollte etwas sagen und konnte es nicht.

»Du mußt zurück!!!«

Es war eine himmlische Stimme, die ich da vernahm, und ich liebte ihren Klang, wie ich nie zuvor etwas geliebt hatte. Sie hatte nichts Irdisches, diese Stimme, aber sie war trotzdem klar und deutlich, sie duldete keinen Widerspruch, aber sie war trotzdem liebevoll warm.

»Du mußt zurück!!!«

Im gleichen Moment schlug mein Körper hart auf. Es tat weh, auf sonderbare Weise, und ich hörte das Piepsen des EKGs, das erleichterte Aufatmen von Menschen, und auch das tat mir weh – auf sonderbare Weise. Eine Traurigkeit ohnegleichen erfüllte mich. Sie war das Kind einer fremden Sehnsucht, die wie Feuer in mir brannte, und deren Flammen ein Gefühl des Geliebtseins in mir entfachten, das mich zu verschlingen schien. Ich wollte umkehren, ich wollte nach Hause, heim ins Licht. Doch da wurde es auch schon wieder dunkel um mich her. Und still.

34

Keimfreie Luft stieß in meine Nase ... vertraute Geräusche drangen an meine Ohren ... jemand hielt meine Hand ... ich fühlte mich ganz sonderbar.

Der Schlaf, aus dem ich allmählich erwachte, hatte so etwas Wohliges, er war wie der Schoß eines geliebten Menschen, und nur ungern entstieg ich seiner Geborgenheit, nur widerwillig trennte ich mich von seiner Wärme ... irgend etwas war geschehen, ich versuchte, mich zu erinnern.

Man hatte mich operiert, das wußte ich noch, und es war ein Routine-Eingriff gewesen, eine Kleinigkeit ... langsam öffnete ich die Augen: Grelles Licht fiel auf mich nieder, tiefrotes Blut tropfte durch einen transparenten Plastikschlauch in meinen Arm. Draußen war es stockfinster, ich lag auf der Intensivstation. Im Schwarz der Fensterscheibe spiegelte sich deutlich Saal I wider, hier hatte ich häufiger schon mal gelegen ...

Natürlich! Auf einmal wußte ich es wieder: Die Operation an sich war eine Kleinigkeit gewesen, eine simple Ausschabung, aber sie hatten mir zuwenig von dem Narkotikum gegeben, und nachdem dann nachgespritzt worden war, hatte ich diesen wundervollen Traum, dieses traumhafte Wunder erlebt ... Ich drehte den Kopf zur Seite: An meinem Bett saß Doktor Reinders, er hielt meine Hand ...

Jan! Endlich! Als ich ihn sah, war alles andere vergessen. Zu lange hatte ich mich nach ihm gesehnt, als daß ich jetzt, da er mir endlich nah war, noch an etwas anderes hätte denken können. Müde sah er aus, erschreckend müde. Er saß auf einem der weißlackierten Stühle, die typisch waren für die Intensivstation, und sein Rücken war nach vorn gebeugt, der Kopf leicht gesenkt. Er starrte auf irgendeinen Punkt an der Wand. Das Weiß seiner Augäpfel war von zahllosen geplatzten Äderchen durchzogen, seine Lippen waren trocken und an manchen Stellen eingerissen, er war unrasiert – aber er war da. Er war da, und meine rechte Hand lag fest in seiner rechten Hand, und das war ein gutes Gefühl. Schon immer hatte ich empfunden, daß dieser Mann etwas an sich hatte, was mir Geborgenheit vermittelte, was mich stark machte – und glücklich! All das empfand ich auch jetzt, und ich fragte mich, ob es wohl möglich war, mit einem Menschen zu sprechen, ohne ein einziges Wort zu gebrauchen, ob meine Seele wohl in der Lage war, seiner Seele zu sagen, was er mir bedeutete. Am liebsten hätte ich in diesem Augenblick die Zeit angehalten, für immer. Doch noch während ich das dachte, schreckte Reinders plötzlich hoch und blickte mir geradewegs in die Augen. Er hatte wohl gespürt, daß ich aufgewacht war.

»Eva!«

Ich lächelte.

»Eva?«

»Ja ...«

Seine Gesichtszüge hellten sich auf, und ich lächelte nur

noch mehr, drückte seine Hand – da zog er sie plötzlich weg.

»Wie geht es Ihnen?«

Das verunsicherte mich, mehr noch, es machte mich so traurig, daß mir die Tränen kamen. Ich war noch nicht richtig wach und entsprechend sensibel, mein Verstand schlief noch, und ich fühlte mich zu benommen, um klar denken zu können.

Also kamen mir die Tränen, und durch ihren Schleier blickte ich in Jans Augen und suchte darin nach einer Erklärung für sein Verhalten. Aber ich fand keine ...

»Eva? Was ist? Warum weinen Sie?«

... ich tastete über das Oberbett. Irgendwo mußte sie sein, seine Hand mußte irgendwo sein, und ich mußte sie unbedingt finden. Es war so schön gewesen, ihre Wärme zu spüren ...

»Eva!? Hören Sie mich nicht, Eva?«

... Reinders' Gesicht hatte auf einmal einen äußerst ängstlichen Ausdruck, und ich fragte mich, ob ich wohl daran schuld war. »Ich bin froh, wenn ich Sie nicht mehr sehen muß!« hatte ich bei unserem letzten Zusammentreffen behauptet. »Sie haben es ja bald hinter sich!« hatte er darauf pariert, und ich hatte gemeint, daß das eine Gnade wäre, eine Gnade ...

»*Eva!!!* – Eva, wenn Sie mich hören, dann sprechen Sie bitte auch mit mir!«

»... Es war keine Gnade ...« Wimmernd gab ich das von mir, und Jans eben noch ängstliche Miene verwandelte sich zusehends in eine verzweifelte.

»Was war keine Gnade, Eva?«

»... Sind Sie mir noch böse?«

Er schluckte. »Ob ich Ihnen noch böse bin? Weshalb sollte ich Ihnen denn –«

»Wegen damals! Wegen unseres Streits, im Park!«

Ich konnte das zwar nicht verstehen, aber Reinders lächelte daraufhin, als hätte ich etwas Einmaliges gesagt, und er wirkte plötzlich nur noch halb so müde und überhaupt nicht mehr verzweifelt.

»Erinnern Sie sich genau daran?« wollte er wissen.

»Woran?«

»An diesen Streit, den wir hatten?!«

»Ja, natürlich. Es hat mir im nachhinein so unendlich leid getan, daß ich –«

»Oh, mein Gott!« Jan Reinders, dieser Baum von einem Mann, stieß einen Seufzer der Erleichterung aus und schlug beide Hände vors Gesicht. Das rührte mich fast ein bißchen, aber als er dann auch noch so verdächtig schwer zu atmen begann, hielt ich es doch für besser, einzuschreiten.

»Heh?!« Ich griff nach seinem Arm. »Hier in der Klinik nennt man Sie El Brutalo ..!«

Er ließ die Hände in den Schoß sinken, sah mich aber nicht an. »Tut man das?«

»Ja.«

»Starkes Stück! – Im bürgerlichen Leben nennt man mich Jan.«

»Ich weiß ... das kommt von Johannes und heißt *Gott ist gnädig.*«

Endlich schaute er wieder auf. Etwas durch und durch Hilfloses lag in diesem Blick. »Wissen Sie, wie lange Sie bewußtlos waren, Eva?«

»Nein.«

»Über siebzehn Stunden.«

Ich war erstaunt. »Wie spät ist es denn?«

»Gleich sechs, noch ein bißchen, und es wird draußen schon wieder hell.«

»Und Sie haben die ganze Zeit über hier gesessen?«

»Ja.«

»Siebzehn Stunden?«

»Ja.«

Mir wurde ganz warm ums Herz. Wer siebzehn Stunden lang meinen Schlaf bewachte, dachte ich mir, der mußte doch wohl auch etwas für mich empfinden, ... und vielleicht war ja das, was er für mich empfand, das gleiche, was ich für ihn empfand ... ich beschloß, es darauf ankommen zu lassen, so konnte es schließlich auf Dauer nicht weitergehen mit uns. Immer und immer wieder hatte dieser Mann meinen Weg gekreuzt, und jedesmal waren wir einander ein bißchen nähergekommen, um diese gewonnene Nähe dann wieder zu verspielen. Diesmal sollte es nicht so enden, das schwor ich mir. Ich war zwar immer noch nicht ganz wach, und ich fühlte mich auch nach wie vor zu benommen, um klar denken zu können, aber vielleicht fühlte ich gerade deshalb mehr und besser als jemals zuvor. In jedem Fall brachte mein Herz, das so voll war, meinen Mund zum Reden. »Damals, nach unserem Streit im Park«, plapperte ich los, »damals habe ich tagelang auf Sie gewartet. Und ich war sehr traurig, weil Sie nicht gekommen sind. – Und vor meiner großen Operation habe ich Sie dann angerufen. An dem Abend zuvor, aber Sie waren nicht zu Hause. Nur so ein komischer Apparat war eingeschaltet, und mit dem konnte ich doch nichts anfangen, denn ich wollte Ihnen doch sagen, daß ich ... ich ... ich bin schon mal verliebt gewesen, wissen Sie, vor ein paar Jahren. Er war ein Kollege von mir, Nicholas hieß er, und das war eine ganz schlimme Geschichte, ... aber das war auch ganz anders. Bei Ihnen, bei Ihnen, da ist mir immer so, als ... als wäre ... ich meine ...«

Ich versuchte weiterzusprechen, aber ich schaffte es nicht. Reinders sah mich plötzlich so seltsam an, er lächelte auch ganz seltsam, so seltsam, daß ich einfach nicht weitersprechen konnte und daß mir all das tiefrote Blut, das durch den transparenten Plastikschlauch in meinen Arm tröpfelte, flutartig in den Kopf schoß.

»... als wäre ...?« hakte er dann auch noch leise nach.

Ich schnappte nach Luft. »Nun ja, ... als wäre, ... ich ... das hat wohl was mit Geborgenheit zu tun, ich fühle mich in Ihrer Gegenwart einfach sicher ...«

Jans Lächeln zerbrach in tausend kleine Stücke. Er, der eben noch so erwartungsvoll und so stark gewesen war, er wirkte auf einmal ganz schwach, und er schloß die Augen und senkte den Kopf, ganz so, als würde er sich vor mir schämen.

»Habe ich etwas Falsches gesagt?«
»Ja.«
»Wieso?«
»So etwas dürfen Sie nie wieder sagen, Frau Martin ...!«
Plötzlich war ich wieder Frau Martin, bis jetzt war ich Eva gewesen.
»... So etwas dürfen Sie nicht einmal denken!«
»Aber –«
»Nach dieser OP müssen Sie das einfach vergessen!«
»Was?«
»Daß ich Ihnen ein Gefühl von Sicherheit vermittle!«

Er hatte »den Pförtner drangelassen«. Laut OP-Plan hätte er die Abrasio bei mir vornehmen müssen, hatte sie aber aufgrund eines anstrengenden Nachtdienstes an einen jungen Assistenzarzt delegiert, der normalerweise durchaus in der Lage gewesen wäre, einen solchen Routine-Eingriff vorzunehmen. Nur leider war bei diesem Routine-Eingriff nichts normal verlaufen. Es war zu einer unvorhersehbaren Blutung gekommen, die Anästhesie war zunächst zu niedrig und nach dem Nachspritzen zu hoch gewesen, die Patientin war kollabiert. Nachdem man dann mit Elektroschock das Schlimmste, nämlich einen »exitus in tabula«, verhindert hatte, wurde im Eifer des Gefechts fehlerhaft katheterisiert.

»Und dadurch wären Sie dann fast auch noch an einem Nierenversagen gestorben«, sagte Reinders, »es hätte gar nicht viel gefehlt, stellen Sie sich das bloß mal vor!«

Ich lächelte. »Jedes Erdbeben hat ein Nachbeben, das ist ganz normal.«

»Mehr haben Sie dazu nicht zu sagen?«
»Nein!«
»Dann haben Sie ein sonniges Gemüt! – wenn der Untersuchungsausschuß nur einen Bruchteil davon hat –«

»Es gibt eine Untersuchung?« Auf einmal war ich ganz wach. »Gegen wen?«

»Gegen mich natürlich!«

»Aber Sie haben doch gar nichts gemacht.«

»Eben!«

»Aber –«

»Eigenmächtigkeit wird überall bestraft.«

»Aber –«

»Und außerdem trage ich als Oberarzt die Verantwortung!«

»Aber –«

»Was?«

Endlich ließ er mich zu Wort kommen. Ich erzählte ihm, daß der junge Anästhesist von Anfang an gegen eine Vollnarkose gewesen wäre, ich aber nicht auf ihn hätte hören wollen. »... und dann habe ich auch noch eine halbe Schachtel Zigaretten geraucht.«

»Wann?«

»Vor der Operation. Das haben die zwar gerochen, aber ich habe es nicht zugegeben.«

»Deshalb war die Narkose also zu schwach dosiert ...«

»Weshalb?«

»Nikotin vermindert die Wirkung verschiedener Narkotika.«

»Sehen Sie!«

Reinders lächelte, fast war es schon ein richtiges Lachen. »Wollen Sie mich vor dem Ausschuß retten«, fragte er, »oder wollen Sie sich die Strafpredigt ersparen?«

»Beides!« erwiderte ich.

»Und warum?«

»Weil ...« Wieder sah er mich so seltsam an, und wieder schoß mir sämtliches überschüssiges Blut in den Kopf. »... weil ... es ist ja nichts passiert!«

Jan seufzte. »Das ist noch nicht sicher ...«

Was er mit diesen letzten Worten meinte, sollte mir bald klar werden. Zuerst kamen Leute, die mir ihre ausgestreckte Hand entgegenhielten und wissen wollten, wieviele Finger ich sähe. Da ich jedesmal zur allgemeinen Zufriedenheit antwortete, hatte ich als nächstes auf Kommando mit dem Kopf zu nicken, mit den großen Zehen zu winken oder die Zunge herauszustrecken, und da auch das ganz vorbildlich klappte, galt es schließlich, solche Fragen zu beantworten wie »*Arm – Bein – Fuß – Senfglas*: welches Wort paßt nicht in diese Reihe?« oder »*Fünf – Zehn – Zwanzig*: fügen Sie die richtige Zahl ein!«

Zuletzt überprüfte man dann per Elektroenzephalogramm meine Hirnströme auf sogenannte »spikes« und »waves«, auf Krampfwellen und Krampfzacken, und der junge Neurologe, der diese Untersuchung vornahm, war der erste, der sich herabließ, mir zu erklären, warum dieser ganze Hokuspokus überhaupt gemacht wurde.

»Ihr Herz hat viereinhalb Minuten nicht geschlagen«, sagte er. »Deshalb könnten Sie eine Hirnschädigung davongetragen haben.«

»Was?« Ich war entsetzt.

»Auf Anhieb kann man das oft gar nicht feststellen.«

Endlich begriff ich, was Jan mir so schonend hatte beibringen wollen, und ich brauchte mindestens zehn Minuten, um diese Hiobsbotschaft seelisch zu verkraften.

Dann atmete ich tief durch und bat mein Gegenüber, diese Nachricht bitte für sich zu behalten.

»Wieso?«

»Weil das sonst jeder anführt, Herr Doktor, wenn ich in Zukunft mal nicht nach Wunsch funktioniere: Vielleicht hast du ja doch einen Dachschaden, Eva!«

Der Arzt lachte herzlich darüber, er hatte schließlich keine Ahnung, was mir in meinem jungen Leben schon so alles widerfahren war. Deshalb versuchte ich nun in den nachfolgenden anderthalb Stunden, ihn um meine Lebenserfahrungen zu bereichern, und das ließ er sich zu meinem Erstaunen sogar gefallen. Ich erzählte von meiner Kindheit, von meiner Großmutter, von Frau Gruber und von meinen Eltern, von meiner Chemotherapie, meinen Bestrahlungen, meinen diversen Operationen, und zuletzt erzählte ich sogar von meinem Herzstillstand.

»Ich habe mich großartig dabei gefühlt«, sagte ich. »Es war wundervoll und irgendwie drollig, wie die sich aufgeregt haben, weil mein Blutdruck fiel und plötzlich kein Puls mehr da war, weil da auf einmal soviel Blut war ...«

Der junge Herr Doktor, der bis dahin eine beneidenswert gesunde Gesichtsfarbe gehabt hatte, wurde kreidebleich.

»Das ... das wissen Sie?« stammelte er.

»Ich habe es gehört!« erwiderte ich.

»Gehört???«

»Ich habe alles gehört, was gesprochen wurde, ich habe ja auch alles gesehen.«

»Was?«

»Wie Sie mich auf die Erde gelegt haben! Meinen eigenen Körper habe ich gesehen, obwohl ich sicher bin, daß meine Augen geschlossen waren. Ich habe es trotzdem ganz deutlich gesehen und dann ...«

»Was war dann?«

»Wie?«

»Was *dann* war, Frau Martin, was??? Erzählen Sie es mir!!!«

»Ich ...«

»Ja?«

Der Herr Neurologe sollte nicht der einzige bleiben, der mich das fragte. Ohne es zu wollen, hatte ich mit meiner Offenheit ein Räderwerk in Bewegung gesetzt, mit dem ich nun kaum fertig zu werden wußte. Ich war plötzlich die interessanteste Patientin der ganzen Klinik, das Mädchen, das von den Toten erwacht war. Unentwegt scharten sich fremde Menschen um mich und stellten mir Fragen.

»Wie war das? – Was war da? – Stimmt es, daß ...?«

Es war eine Last, und so dachte ich mir schließlich eine rettende Antwort aus:

»Jenseits dieses Diesseits gibt es ein Jenseits, das jenseits allen Diesseits liegt.«

Wann immer ich das von mir gab, zückten eifrige Gesellen den Bleistift, um erst dann, wenn sie es aufgeschrieben hatten, festzustellen, daß sie Papier und Mühe verschwendet hatten. Trotzdem kam ich lange damit durch, zumindest so lange, wie ich auf der Intensivstation lag. Wer augenscheinlich intensiver Pflege bedurfte, wurde nun mal mit vielem verschont, auch mit unbequemen Fragen.

Auf S 1 war es dann jedoch vorbei mit der Rücksicht. Dort hatten es nämlich nicht nur die Fremden, sondern auch die Bekannten auf mich abgesehen. Außer Daniela, die sich dem Reigen der Neugier als einzige nicht anschloß, quälten sie mich bis aufs Blut: Professor Mennert, Doktor Behringer, Helma oder Gertrud, keiner von ihnen scheute sich, mich mindestens zehnmal pro Tag auf mein vorübergehendes Dahinscheiden anzusprechen, und sie wären mir mit ihrer Fragerei vermutlich noch aufs stille Örtchen gefolgt, wenn ich da nicht den buchstäblichen Riegel vorgeschoben hätte.

»Wie war das, Eva?«
»Kein Kommentar!«
»Stimmt es, Eva, daß ...«
»Jenseits dieses Diesseits –«
»Warum erzählen Sie uns nicht, was da war, Eva?«
»Weil ...«
»Warum nicht?«
»Weil ...«
»Warum schweigen Sie?«

Ich hatte meine Gründe, aber nicht einmal die wagte ich zu nennen. Das hatte nichts mit Sturheit zu tun, eher mit Skepsis gegenüber meiner eigenen Person. Bevor ich reden konnte, mußte ich meines Erachtens erst noch ein paar wesentliche Dinge klarstellen. Ich mußte herausfinden, ob meine Jenseits-Träume nicht vielleicht nur Schäume gewesen waren, und dazu brauchte ich die Hilfe meiner Eltern.

Es vergingen fast sechsunddreißig Stunden, bis ich endlich Gelegenheit hatte, in Ruhe mit ihnen zu sprechen.

Bis dahin hatte man mein Bett belagert, als wäre ich ein Popstar.

»Sauerei!« nannte mein Vater das. »Uns hat man erst gesagt, was passiert ist, als längst schon keine Gefahr mehr bestand, und jetzt im nachhinein so ein Theater darum zu machen ist eine Sauerei!«

»Aber Ernst!« wandte meine Mutter in alter Gewohnheit ein.

»Das mußte gesagt werden!«

»Nun hast du es ja gesagt. – Und was hast du so Wichtiges mit uns zu bereden, Eva?«

Meine Mutter schien ernsthaft gespannt zu sein, aber das legte sich, nachdem ich ihr die erste Frage gestellt hatte.

»Sag mal«, wollte ich nämlich von ihr wissen, »hast du mich damals, als dein Vater starb, eigentlich ins Krankenhaus mitgenommen?«

»Nein!« antwortete mein Vater für sie. »Du warst ja noch so klein, und ich war dagegen.«

»Mama?«

Meine Mutter schluckte. Sie saß auf ihrem Stuhl wie ein ganz, ganz armes Sünderlein, und als sie mir endlich antwortete, sprach sie so leise, daß ich es kaum verstehen konnte.

»Nun ja ...«, flüsterte sie, »... ich ... ich ... er wollte dich so gern noch einmal sehen, und ich dachte mir ... weil du ja eben noch so klein warst ...«

Mein Vater räusperte sich. »Du hast Eva mitgenommen, Elisabeth?«

»... Ja, Ernst ...«

Die beiden tauschten einen typischen Ehepaarblick, und ich, ich versuchte durchzuatmen, ruhig zu bleiben, nachzudenken.

»... Das würde ja bedeuten ...«

»Was, Eva?«

»Was würde das bedeuten, Kind?«

Meine Eltern waren ganz Ohr.

»... Ich habe das während des Herzstillstands genau gesehen«, erklärte ich ihnen. »Ich sah, wie Opa seine Arme nach mir ausstreckte, und dabei sagte er etwas ...«

»Laß sie mich noch einmal halten, hat er gesagt – und dann bring sie niemals wieder her!«

Meine Mutter war den Tränen nahe, was mein Vater fassungslos zur Kenntnis nahm. Er machte ein Gesicht, als wäre er überzeugt, der einzig Normale unter lauter Irren zu sein.

»Daran willst du dich erinnert haben?« fuhr er mich an. »Das ist doch fast zwanzig Jahre her, du warst noch ein Baby.«

»Ich habe mich ja sogar an meine Geburt erinnert«, erwiderte ich, »ich habe sie noch einmal erlebt.«

»Du bist verrückt!«

»Bin ich nicht! – Es war ganz entsetzlich«, sagte ich zu meiner Mutter, weil ich hoffte, zumindest sie würde mich ernst nehmen. »Ich kam mir völlig verlassen vor, so, als hätte man mich im Stich gelassen, als müßte ich es ganz allein schaffen, da herauszukommen. Und ich habe es ja auch geschafft. Und Onkel Hans, der ... ich habe sein Gesicht ganz deutlich gesehen, er ... er war entsetzt, er ... ich meine ...«

Das Wort blieb mir im Halse stecken, denn meine Mutter sprang plötzlich auf, um mir mit der Handfläche über die Stirn zu fahren. Als ich noch ein Kind gewesen war, hatte sie das immer getan, wenn sie feststellen wollte, ob ich vielleicht Fieber hatte.

»Eva ...«, hauchte sie, »... Mädchen ... wie kommst du denn auf so etwas ...?«

»Aber es ist die Wahrheit, Mama!«

»Ich bitte dich, Eva! Ich lag zwar in Narkose, aber ich wüßte doch, wenn da etwas gewesen wäre. Du wirst da so eine Art von Alptraum gehabt haben. – Meinst du nicht auch, Ernst?«

Mein Vater konnte ihr nur beipflichten. »Grimms Märchen!« tönte er.

Doch damit gab ich mich nicht zufrieden. »Wie wäre es,

wenn ihr es einfach mal nachprüfen würdet?« schlug ich vor.

»Was denn nachprüfen?«
»Da gibt es doch nichts nachzuprüfen!«
»Bitte!!!«
Es dauerte noch fast zwei Stunden, bis ich meine Eltern endgültig davon überzeugt hatte, daß sie sich doch nichts dabei vergaben, wenn sie Onkel Hans mal nach den genauen Umständen meiner Geburt fragten. Als sie schließlich dazu bereit waren, erledigten sie es prompt. Noch am gleichen Abend riefen sie ihn an, doch wollte Hans das nicht am Telefon erörtern. Er bat meine Eltern zu sich, und er war ziemlich verstört, daß man zwanzig Jahre später nach etwas fragte, was er seit zwanzig Jahren vergessen wollte.

»So etwas habe ich nie wieder erlebt«, erklärte er. Damit hatte er sein Gewissen dann endlich erleichtert, und zum Ausgleich trugen meine Eltern jetzt die Last. Ihnen war unbegreiflich, daß ich mich an diese ersten Bilder meines Lebens hatte erinnern können, mehr noch, es war ihnen unheimlich. »Bei so etwas kann es doch nicht mit rechten Dingen zugehen!«

Das Wort »Abschlußuntersuchungen« war nichts anderes als ein Pseudonym für das Wort »Tortur«. Ein letztes Mal wurde der körperliche Zustand des Patienten geprüft und statistisch erfaßt, damit fortan jeder – vom Studenten bis zum Professor – nachlesen konnte, wie es am Ende der therapeutischen Hölle um den Betroffenen bestellt gewesen war, und deshalb wurden innerhalb weniger Tage noch einmal sämtliche Tests gemacht, die überhaupt jemals gemacht worden waren, das Spektrum reichte also von Blutuntersuchungen über das Einführen diverser Kontrastmittel bis hin zu den wirklich komplizierten Eingriffen wie Punktionen und Endoskopien. Glücklicherweise spiegelten die Ergebnisse immer nur die innerliche Verfassung wider. Photographiert wurde nicht, und das war nur gut, denn äußerlich wirkten nach den Abschlußuntersuchungen selbst hartgesottene Naturen kränker, als sie jemals gewesen waren. Da ich das wußte, machte ich mir von vornherein keine Illusionen. Was Hunderttausende vor mir aus dem Sattel des Wohlbefindens geworfen hatte, würde auch mich nicht verschonen.

Danach begann das große Warten auf die Ergebnisse der Untersuchung, und mit jedem Tag wuchs die Angst vor einer bösen Überraschung.

So kam der 24. April 1978, der Geburtstag meiner Mutter. Zwei Jahre hintereinander hatte sie auf ein Fest verzichtet; diesmal konnte sie das nicht, die Familie hätte ihr sonst nie verziehen. Deshalb kamen sie und mein Vater nur am Morgen kurz vorbei, und ich gratulierte, wie es sich für eine anständige Tochter gehörte; die übrige Zeit blickte ich gedankenverloren aus dem Fenster. Es regnete. Der Himmel war grau in grau, und es regnete in Strömen, es wollte gar nicht wieder aufhören. Die Fensterscheibe war mittlerweile übersät von Wassertropfen und von weißlichen Flecken, die ehemals Wassertropfen gewesen waren, und irgendwann fing ich an, die Dingerchen zu zählen, zuerst die Tropfen, dann die Flecken ... ich kam aber nie sonderlich weit damit. Meine Augen und vor allem meine Konzentration ließen mich jedesmal im Stich, und so gab ich schließlich auf und schaltete den Fernsehapparat ein. Das war am späten Nachmittag, man brachte gerade die Aufzeichnung eines ABBA-Konzerts – »Waterloo« und »I do, I do«, »Ring Ring« und »SOS« – es war nett genug, um sich davon berieseln zu lassen. Da kam Professor Mennert.

Schon als ich ihn zur Tür hereinkommen sah, wußte ich, daß dies kein gewöhnlicher Besuch war. Der ganze Mann wirkte so merkwürdig, so ganz anders als sonst. Automatisch schaltete ich den Ton des Fernsehers ab und verkroch mich in mein Bett.

Aufrecht saß ich am Kopfende, einen Zipfel des Oberbetts fest in der Hand.

»Guten Abend, Eva!«

»Guten Tag, Herr ... Herr Professor ...!« Die Worte wollten mir kaum über die Lippen. Mir wurde plötzlich klar, daß meine bisherige Angst nichts als ein lächerlicher, kleiner Schneeball gewesen war. Jetzt wurde jedes einzelne Risiko, das ich vorher nur abstrakt durchdacht hatte, plötzlich etwas Konkretes. Mein Blutbild konnte schlecht sein, der Befund der Endoskopie konnte positiv sein, bei der Lymphographie konnte man Metastasen entdeckt haben ... der Schneeball wurde zur Lawine, und sie kam direkt auf mich zu, gewaltig und gnadenlos.

Professor Mennert setzte sich auf mein Bett, ich hätte bloß die Hand auszustrecken brauchen, um ihn zu berühren. Er setzte sich auf mein Bett, aber er sah mich nicht an, vielmehr sah er an mir vorbei aus dem Fenster hinaus. Draußen war es noch hell, aber ein waches Auge konnte bereits die nahende Dunkelheit in dem Licht erahnen. Am liebsten hätte ich laut geschrien, und daß ich es nicht tat, hatte nur einen einzigen Grund: Ich erinnerte mich, daß ich mich schon einmal einem Gefühl hingegeben und damit ein anderes versäumt hatte. Damals war es Zorn gewesen, der mich daran gehindert hatte, Freude zu empfinden. Wenn ich mich diesmal nun aus Angst um ein bewußtes Erleben des Augenblicks betrog, war mir meines Erachtens nicht mehr zu helfen, dann hatte ich es wirklich nicht besser verdient in meinem Leben, als ich es angetroffen hatte. Also nahm ich mich zusammen, so schwer es auch fiel. Ich wagte mal wieder kaum zu atmen, ich tat es nur ganz vorsichtig, nur mit dem Bauch. An meiner Brust konnte man das sachte Heben und Senken kaum erkennen, an meinen Schultern gar nicht, und so sollte es auch sein. Ich wollte sein wie eine Mauer. Mennert spürte das wohl, denn plötzlich sah er mich an, und er lächelte sogar.

»Vor zwei Jahren habe ich schon einmal so an Ihrem Bett gesessen«, sagte er mit leiser Stimme, »und damals ...«

Er sprach nicht weiter, aber ein fremder Ausdruck lag auf seinem Gesicht, ein fremder Glanz lag in seinen Augen.

»So etwas kommt so selten vor ...«, fuhr er schließlich

fort, »... viel zu selten ... und wenn es dann mal geschieht, dann sitzt so ein Mann wie ich ... da sitzt man dann da und ...«

Wieder lächelte er. »Kommen Sie, Eva, machen wir es heute genau wie vor zwei Jahren. Ich nehme Ihre Hand, Sie schauen mich an ...«

Ich war völlig verwirrt. Ich wußte nicht, was ich von alldem halten sollte, und ich war geneigt, auf eine freudige Mitteilung zu hoffen, fürchtete mich aber vor einer voreiligen Hoffnung. Zögernd schob ich meine Hand in die seine, sah ihm tief in diese noch immer so fremd glänzenden Augen.

»Wir haben heute mittag Ihre restlichen Befunde bekommen«, sagte er dann, »und die sind allesamt negativ. Ihre Laborwerte sind so gut, wie sie nur sein können, und organisch scheint auch alles in bester Ordnung zu sein. Deshalb ... Ihr endgültiger Entlassungstermin ist der 2. Mai ...«

Ich spürte ganz deutlich, wie sehr ihn das berührte, und deshalb war es mir unmöglich, selbst auch noch so etwas wie Rührung zu empfinden. Er nahm mir dieses Gefühl ab, vielleicht nahm er es mir sogar weg, es war das, was ich erst kürzlich gegenüber Herrn Doktor Behringer angedeutet hatte: »Jede Statue hat ihren Meister, denjenigen, der sie geschaffen hat.« In diesem Fall war Professor Mennert mein Meister, und bis er das bemerkte, verstrich geraume Zeit, Zeit, die er dazu nutzte, mich anzusehen, in mich hineinzusehen, durch mich hindurchzusehen. Dann begriff er, warum er mich dabei trotzdem nicht entdecken konnte, und verlegen lächelte er mich an.

»Gut, Eva, machen wir auch das wie damals«, sagte er, »ich lasse Sie jetzt allein!«

Regungslos nahm ich auch das noch zur Kenntnis, sah ihm dabei zu, wie er sich langsam erhob, wie er bedächtigen Schrittes zur Tür ging, hinausging, die Tür hinter sich schloß ..!

Schon einmal hatte ich so dagesessen und auf die geschlossene Zimmertür gestarrt. Damals hatte ich dabei geweint, jetzt war ich nicht zu einer einzigen Träne fähig. Trotzdem stand ich auf wie damals, trat ans Fenster und blickte hinüber zur Kinderklinik – wie damals. Aus einem der Fenster drang schon Lampenlicht. Ein kleiner Junge stand auf einem Stuhl und preßte seine Nase gegen die Glasscheibe. Dabei hielt er sich mit einer Hand am Fenstergriff fest, und die andere reckte er empor zu einem offenbar selbst gebastelten Hampelmann. Immer und immer wieder zog er an der Schnur, und das kleine Kerlchen parierte bei jedem Ruck, spreizte Arme und Beine, schloß sie, spreizte, schloß, spreizte ... ein lebloses Stück Holz erwachte zum Leben, durch einen Ruck ...

Wir hatten den 24. April 1978, es war der Geburtstag meiner Mutter, und draußen regnete es noch immer. Langsam drehte ich mich wieder um. Im Fernsehen lief nach wie vor die Aufzeichnung des ABBA-Konzerts. Mit leerem Blick starrte ich auf die stummen Bilder.

»Mensch, Evken, mach dat laut, ich will dat hörn, dat is geile Musik!«

Ausgerechnet jetzt war mir, als säße Claudia neben mir auf dem Fensterbrett und schrie mir das ins Ohr. Ich hörte es ganz deutlich, hörte jedes einzelne Wort ganz deutlich, und ich mußte fast darüber lachen. Ja, Claudia Jacoby hatte ABBA fast ebenso sehr geliebt wie ihren Udo, und wenn sie in dieser Stunde nicht nur in meinen Gedanken, sondern auch körperlich bei mir gewesen wäre, so hätte sie den Ton des Fernsehapparates bestimmt bis zum Anschlag aufgedreht, das wußte ich. Wie ich wußte, daß sie sich in dieser Stunde mit mir gefreut hätte!

»Hab ich nich immer gesacht, datte dat packen kanns«, hätte sie gejubelt. »Has ebent en ganz andern Kopp wie ich.«

»Als ich, Claudia!«

»Sach ich doch, ganz anders als wie ich!«

Da spürte ich plötzlich, daß meine Augen feucht wurden. Ich sah noch, wie die blonde Agnetha auf dem Bildschirm zum Mikrophon griff und zu singen begann, und ich stürzte auf den Fernseher zu und drehte den Ton laut, lauter, immer lauter, so laut, daß er am Ende auch noch den allerletzten Himmel zu erreichen schien. Und dann hörte ich, was sie sang, die blonde Agnetha, hörte es für Claudia, vielleicht sogar mit ihr, hörte es nicht nur mit meinen Ohren, sondern auch mit meiner Seele:

»I've been so lucky.
I am the girl with golden hair.
I wanna sing it out to everybody.
What a joy!
What a life!
What a chance!
… Thank you for the music, the songs I'm singing …«

Es trieb mir einen eisigen Schauer über den Rücken, und eigentlich mochte ich es kaum glauben. Mir war, als sänge diese Frau das nur für mich, für mich allein. Ich war es, die Glück gehabt hatte, ich war dieses Mädchen mit dem goldenen Haar, ich war es, ich allein, die jedem in dieser Welt hätte ins Gesicht schreien mögen, was für eine Freude sie empfand, was für ein großartiges Leben Gott ihr geschenkt hatte, was für ein einmaliges Schicksal ihr widerfahren war. Ich war es, die dankbar war für all die Musik, die in mir war in dieser Stunde, für die Lieder, deren Melodien in mir klangen, und die ich gesungen hatte, gerade sang und fortan singen würde. Ich war es, die nach einem 5. März 1976 nun einen 2. Mai 1978 erleben durfte, ich hatte es geschafft, ich … und noch während ich das dachte, rannen mir endlich die Tränen über das Gesicht, erlösende Tränen, befreiende Tränen, Tränen einer neuen Zeit.

35

2. Mai 1978, mein großer Tag: es war soweit. Draußen lachte das herrlichste Sommerwetter, die Sonne schien, und der Himmel war blau; drinnen war alles bereit. Ich war angezogen, auf meinem Bett lag die Reisetasche, und auf einem der Stühle stand mein Kosmetikkoffer. Mit diesen zwei Gepäckstücken war ich vor über zwei Jahren hierhergekommen, mit diesen beiden Gepäckstücken wollte ich heute nun wieder von hier fortgehen ...

Ich fühlte mich sonderbar, wie ein Kind, das auf eine Weltreise geschickt wird. Es war keine Angst in mir, das nicht, wohl aber ein banges Zittern, wie es sicher jeder vor großen und ungewissen Abenteuern empfindet. Immerhin kehrte ich heim, und ich versuchte, mir vorzustellen, wie das wohl sein würde, wenn ich nun nach so langer Zeit erstmals wieder durch meine Stadt ginge. Bestimmt hatte sich in der Zwischenzeit vieles verändert. Ich wußte, daß sie eine Untergrundbahn gebaut hatten und daß diverse Wolkenkratzer aus dem Boden geschossen waren, daß gemütliche Parkanlagen riesigen Parkhäusern Platz gemacht hatten und daß gewisse kleine Geschäfte großen Ladenketten gewichen waren. Diese Stadt, in der ich geboren und aufgewachsen war, würde mir also erst einmal eine Fremde sein. Zu lange hatte ich in einem ihrer Ghettos gelebt, zu lange war ich ein Teil von ihr gewesen, ohne daß sie ihrerseits ein Teil von mir gewesen war. Ich mußte erst wieder lernen, eine Straße zu überqueren, inmitten vieler Menschen an Schaufenstern entlangzubummeln, in eines meiner alten Lieblingsgeschäfte zu gehen und mit den Verkäuferinnen zu plaudern.

»Meine Güte, wo waren Sie denn so lange?« würden sie fragen. Und ich würde antworten: »Am anderen Ende der Welt!« – Und dann?

Nachdenklich lief ich durchs Zimmer, diese paar Quadratmeter Raum, die sechsundzwanzig Monate lang mein Zuhause gewesen waren.

»Wenn du denen da draußen die Wahrheit sagst und zugibst, daß du Krebs hattest, behandeln sie dich sofort wie einen Krüppel!« Das hatte eine Patientin irgendwann einmal behauptet. »Die bemerken dann Dinge, die gar nicht vorhanden sind, daß du müde bist, zum Beispiel, oder daß du schlecht aussiehst, daß du abgenommen hast, ... daß man es dir halt anmerkt!«
Deshalb hatte diese Patientin nach ihrer Entlassung immer und überall erzählt, sie wäre lange im Ausland gewesen ... und das schien mir eine kluge Idee zu sein.
Ich setzte mich auf mein Bett und blickte aus dem Fenster. Auf meinem Nachttisch lag ein Brief, den Daniela mir aus den Ferien geschrieben hatte, ein Brief, mit dem sie es so eilig gehabt hatte, daß rückreisende Gäste ihn mitnehmen und in Deutschland aufgeben mußten. Mindestens zehnmal hatte ich ihn an diesem Morgen schon gelesen, jetzt nahm ich ihn noch einmal zur Hand.
»Liebe Eva!« fing er an, und dann folgte eine Hymne auf Lanzarotes unvergleichliche Vulkanlandschaft und auf das Hotel mit seinem traumhaften Swimmingpool und seinen lukullischen Genüssen. »Doch deshalb schreibe ich Dir diesen Brief nicht«, ging es dann weiter, »das hat andere Gründe. Ich habe hier nämlich gleich bei meiner Ankunft einen jungen Mann kennengelernt, der vor zwei Jahren bei uns in der Klinik seine Freundin verloren hat. Er heißt Bertram Schuster, und ich nehme an, daß Du Dich ebensogut an den Namen erinnerst wie ich. Er ist mittlerweile mit der Frau verheiratet, mit der er damals schon zusammenlebte, und die beiden haben auch einen kleinen Sohn, der ein knappes Jahr alt ist. Als dieses Kind gerade geboren war, hatte die Familie einen schweren Autounfall. Bertram sah den anderen Wagen etwas zu spät, und er bremste etwas zu spät, aber ihm und dem Kind ist nichts passiert. Lediglich seine Frau trug schwere Hirnverletzungen davon, und sie lebt seitdem in einem Heim. Ich habe mich wahnsinnig erschreckt, als ich das erfuhr, und ich kann mir denken, daß es Dir jetzt nicht anders ergeht. Noch zu genau erinnere ich

mich an diese Nacht, in der Ina starb, und an Claudias Verhalten ...«

Ich ließ den Brief sinken und blickte auf das leere Bett mir gegenüber an der Wand. Claudia Jacobys Fluch hatte sich also erfüllt, Gott hatte gestraft. Doch hatte Er in all seiner Weisheit den Menschen gestraft, der wirklich schuld gewesen war am traurigen und einsamen Tod der kleinen Ina Peters.

Nicht Bertram hatte Ina im Stich gelassen, sondern Sylvia hatte Bertram mit weiblicher List dazu gebracht, Ina im Stich zu lassen. Nun zahlte sie dafür. Es gab also tatsächlich eine Gerechtigkeit in dieser Welt, und das in dieser Stunde schwarz auf weiß vor mir zu sehen, gab mir Mut für die Zukunft.

»Alle Achtung!« Daß Professor Mennert hereingekommen war, hatte ich gar nicht bemerkt. Jetzt stand er schon mitten im Zimmer und wies anerkennend auf meine Aufmachung. »Wirklich, Eva: Alle Achtung!«

Ich legte den Brief zur Seite und stand auf.

»Gefalle ich Ihnen?«

»Wenn ich jünger wäre, würde ich jetzt mit der Zunge schnalzen!«

»Aber Herr Professor ...!« Ich lächelte ihn an.

»Sind Sie soweit?« fragte er dann.

»Fast. Nur noch ein paar Kleinigkeiten!«

»Nur noch ein paar Kleinigkeiten!« wiederholte er amüsiert. »Das kenne ich von meiner Frau. Am Ende ist die Brüh' dicker als die Brocken, wie man so schön sagt, das heißt, am Ende wiegen die Kleinigkeiten im Handgepäck ebensoviel wie die zwei Koffer zusammen. – Eva ... Ich müßte da noch etwas mit Ihnen besprechen ...«

Gleich von Anfang an hatte ich so etwas geahnt. Ein plaudernder Mennert war immer ein besonders gefährlicher Mennert. Er setzte sich auf Claudias Bett und sah mich an. »Na, kommen Sie, Eva. Setzen Sie sich für einen Moment zu mir!« Er klopfte mit der Hand neben sich auf die Matratze, und das wirkte so einladend, daß ich das Angebot einfach annehmen mußte. »Tja ...«, hob er dann an, »Sie haben es also geschafft ... und jetzt sind Sie froh, nicht wahr?«

Ich verzog das Gesicht. »Wunderschönes Wetter draußen!« parierte ich. »Nicht wahr? – Und gut geschminkt bin ich! Nicht wahr?«

Er schmunzelte.

»Ist es mal wieder so schwer, Herr Professor?«

»Eigentlich nicht«, erwiderte er nach einem tiefen Seufzer, »aber bei Ihnen ...«

Ich konnte mir denken, worum es ging, und deshalb beschloß ich, der Angelegenheit besser gleich auf meine Art zu begegnen. Betont langsam griff ich zu meinem Zigarettenetui und zu meinem Feuerzeug, betont langsam nahm ich mir eine Zigarette, steckte sie zwischen die Lippen, zündete sie an ...

»Eva ...!?« vernahm ich da auch schon. »Wie oft soll ich es Ihnen denn nun noch ans Herz legen? Wie oft soll ich es Ihnen noch sagen: keine –«

»Keine Sonne, keinen Alkohol, keine Zigaretten«, fiel ich ihm ins Wort, »kein Baby, keine übermäßigen Anstrengungen, kein Fleisch, keine –«

»Aber so ist es nun mal –«

»Wissen Sie, Herr Professor, wenn ich mich an all diese Verbote halten soll ...«

»Ja?«

»... dann hänge ich mich am besten gleich auf!«

»Aber Kind!!!« Mennert rang die Hände. »Das ist doch Unsinn!« schimpfte er. »Sie müssen doch nur vernünftig sein.«

»Ja, ja.«

»Bitte, Eva!«

»Ja, doch!«

»Versprechen Sie es mir?«

»Nein!«

Er wirkte regelrecht verzweifelt, als er das vernahm, aber

er versuchte, das nicht allzusehr zu zeigen. »Was soll ich bloß mit Ihnen machen?« stöhnte er nur.

Ich lächelte und griff nach dem Aschenbecher, stellte ihn genau zwischen uns aufs Bett.

»Lassen Sie mich am besten einfach gehen!« schlug ich ihm dabei vor. »Den Rest mache ich dann schon allein!«

Zweifelnd sah er mich an.

»Sie haben mich mal gefragt, ob ich nie das Bedürfnis hätte, schwach zu sein«, fuhr ich deshalb fort, »erinnern Sie sich?«

»Ja.«

»Damals habe ich Ihnen keine Antwort darauf gegeben, weil ... ich brauche dieses Bedürfnis, schwach zu sein, nicht zu haben, Herr Professor. Weil ich nämlich schwach *bin*, ich bin schwächer als neunundneunzig Prozent der Menschheit. Vielleicht wird mir aber gerade diese extreme Schwäche auf Dauer eine extreme Stärke verleihen, und vielleicht schaffe ich es mit dieser so besonderen Stärke dann doch noch, die Welt aus den Angeln zu heben.«

»Wollen Sie das denn, Eva?« Mennert war sichtlich überrascht.

»Ja!« erwiderte ich und zerdrückte meine Zigarette im Aschenbecher. »Und dabei stünden mir Verbote und Vorschriften nur im Wege.«

Im ersten Moment schien der Professor von meiner Ansprache zutiefst beeindruckt zu sein. Doch dann grinste er plötzlich und stellte den Aschenbecher demonstrativ zurück auf den Nachttisch. »Wollen wir darauf jetzt ein kleines Schnäpschen trinken, Eva? Oder wie hatten Sie sich das gedacht?«

Bevor ich eine Antwort geben konnte, flog die Tür auf, und ein atemloser Doktor Behringer stürzte ins Zimmer.

»Das muß ich sehen!« rief er aus. »Die Küchenschwester hat mir gerade gesagt ... oh! ... das übertrifft ja noch all meine Erwartungen!«

Ich war stolz wie seit Jahren nicht mehr, und deshalb erhob ich mich von der Bettkante und stolzierte durch den Raum, wie es an und für sich nur hochbezahlte Mannequins auf dem Laufsteg zu tun pflegten.

»Was so alles aus einem kahlköpfigen Mädchen werden kann!«

Behringer sagte das mehr zu sich selbst als zu seinem Professor, doch war Mennert ja nicht umsonst Chefarzt geworden, er nutzte jede Chance, schien sie auf Anhieb auch noch so klein zu sein. »Ja«, hakte er deshalb auch jetzt gleich ein, »nur habe ich gerade versucht, dieses ehemals kahlköpfige Mädchen auf seine Zukunft vorzubereiten, und das, Herr Kollege, das ist ...«

»... zwecklos?«

»Sie sagen es!«

Doktor Behringer lächelte. »Nun, Herr Professor, wie ich unsere Eva kenne ...«

»Sie wird sich in die Sonne knallen und rauchen und saufen wie ein Weltmeister!« beendete Mennert den Satz. »Stimmt's?« Angriffslustig sah er mich an, aber ich zog es vor, nicht zu reagieren.

Statt dessen zupfte ich an den Ärmeln meiner Bluse, strich meinen Rock glatt ...

»Wann werden Sie abgeholt?« wechselte Behringer daraufhin das Thema.

»Überhaupt nicht.«

»Wie?«

»Was?« Auch Mennert war äußerst erstaunt, geradezu erschüttert.

»Ich bin damals doch auch allein gekommen«, sagte ich.

»Schon ...«

»Nur ...«

»Deshalb werde ich heute auch allein wieder gehen – so habe ich es mir gewünscht.«

Verstehen konnten sie das beide nicht, das war ihnen deutlich anzusehen. Sie schüttelten jeder für sich und dennoch gemeinsam das Medizinerhaupt, und bestimmt hätte es noch eine weiterführende Diskussion gegeben, wenn nicht im nächsten Moment, nach einem zaghaften Klopfen, Helma und Gertrud hereingekommen wären, auf leisen Sohlen, verlegen lächelnd. Sie hatten sich frische Kittel übergezogen, und Helma hatte sogar einen Hauch von Lippenstift aufgelegt. Dieser Anblick war für mich wie ein Schlag in die Magengrube. Er unterstrich das Feierliche und Einmalige dieses Augenblicks, und ich spürte plötzlich, daß ich dem nicht gewachsen war, daß ich anfing, sentimental zu werden, daß mir die Tränen in die Augen stiegen.

»Ach, du grüne Neune!« rief ich deshalb betont kaltschnäuzig. »Da sind wir ja dann vollzählig. – Und jetzt? Ein Lied?«

Das weißgekleidete Quartett war sich einig. Schweigend sahen sie mich an, und am liebsten wäre ich einfach davongelaufen. Da mir das aber auch keine Lösung zu sein schien, bekannte ich mich zu meiner verzweifelten Lage.

»Also, entweder ich biege mich jetzt gleich vor Lachen, oder ich heule los. Das liegt bei Ihnen!«

Professor Mennert atmete schwer. »Zwei Jahre sind nun mal eine lange Zeit ...«

Er sagte das mit einer Wehmut in der Stimme, die alles nur noch schlimmer machte. Auch mir fiel dieser Abschied schwer, viel schwerer, als ich es jemals für möglich gehalten hätte. Ich wollte ihn aber unbedingt ohne Tränen hinter mich bringen, nicht nur wegen des Make-ups, vor allem wegen der Erinnerung. Ich wollte nicht ein Leben lang an diese Stunde hier zurückdenken und wissen, daß ich dabei geweint hatte. Niemand, der ein wenig denken konnte, heulte, weil er nach zweijähriger Haft den Kerker verlassen durfte. Solche Tränen grenzten an Schwachsinn! Also suchte ich verzweifelt nach einem Ausweg aus der Rührseligkeit, nach einem letzten Strohhalm, an dem ich mich festhalten und aufrichten konnte ... er lag auf meinem Bett. Gerade noch rechtzeitig entdeckte ich ihn.

Mein Negligé lag immer noch auf dem Bett, jener Traum

aus champagnerfarbener Seide, von dem die selige Frau Klein einstmals behauptet hatte, daß man so etwas ja sonst immer nur im Kino sähe.

»... Bei Elizabeth Taylor oder bei der Loren. Wenn bei denen nachts das Telefon klingelt, dann ziehen die so ein Ding über und rauschen durch ihre Villen ...«

Dieses Ding nahm ich mir nun vor und faltete es mit geometrischer Genauigkeit zusammen. Daß nur keines der Spitzchen einen Knick bekam!

Derweil machte Schwester Helma dem bedrückenden Schweigen ein Ende.

»Ach ja«, seufzte sie, um alsdann einen Monolog zu beginnen. »Ich habe mich so an die Eva gewöhnt, sie wird mir bestimmt fehlen. Nicht wahr, Gertrud? Ihnen wird sie doch sicher auch fehlen, und wer weiß, wie es ihr erst mit uns ergeht!? Ich denk mir ja immer ...«

Das soeben erst mit geometrischer Genauigkeit zusammengefaltete, ärmellose, spitzenbesetzte, bis zum Brustbein beziehungsweise bis zum Steiß ausgeschnittene Nachthemd aus champagnerfarbener Seide fiel mir vor Schreck aus der Hand, denn Helma erklärte, wie sehr wir alle im Laufe der Zeit doch miteinander verwachsen wären, und wie schwer es uns allen doch fiele, jetzt voneinander zu scheiden. Ich hob das Nachthemd wieder auf und war plötzlich berauscht von dem Gedanken, fortan mein Tagwerk ohne »Haben Sie abgeführt?« zu beginnen. Herrlich mußte es sein, diese Frage nun niemals wieder hören zu müssen, einfach herrlich.

Helma sah das aber wohl ganz anders. »Richtig komisch wird mir das vorkommen, in dieses Zimmer zu gehen und die Eva nicht mehr in diesem Bett zu sehen«, sagte sie. »Das kann ich mir jetzt noch gar nicht vorstellen. Daß sie einfach nicht mehr da ist! Daß ich sie vielleicht nie mehr ... aber wir werden uns ja ganz bestimmt noch mal wiedersehen. Die Welt ist ja viel kleiner, als man denkt. Nicht wahr, Eva? ... Eva!«

Ich warf das Nachthemd zurück aufs Bett, dann blickte ich endlich wieder auf, und dabei machte ich wohl ein derart entsetztes Gesicht, daß Helmas Verbaltornado schlagartig endete und alle vier mich ansahen, als wäre ich ein Wesen aus einer fremden Galaxie.

»Was ist denn?« erkundigten sie sich nacheinander.

»Habe ich etwas Falsches gesagt?« fügte Helma hinzu.

»Ja!« Ich antwortete laut und deutlich, um nur ja nicht überhört zu werden. »Wir werden uns nämlich ganz bestimmt nicht wiedersehen«, erklärte ich dann, »weil ich nämlich nicht die Absicht habe, noch einmal wiederzukommen.«

Helma zögerte. »Aber so meine ich das doch auch nicht«, flötete sie. »Sie sollen nicht wieder krank werden, Eva! Es wäre aber doch möglich –«

»Nein, Schwester Helma«, fiel ich ihr ins Wort, »nichts ist möglich! Sollte ich nämlich Sie oder irgendeinen anderen von hier jemals durch Zufall auf der Straße treffen, werde ich freundlich grüßen ... und weitergehen!«

Sie war fassungslos. »Ist das Ihr Ernst?«

»Ja!«

»Und Sie machen keine Ausnahmen?«

Ich mußte an Jan denken, der ja auch »einer von hier« war. Vor zwei Tagen hatte er mich besucht. Ich hatte geglaubt, meinen Augen nicht zu trauen. Er war da, der Mann mit dem dunkelblonden Haar, den blauen Augen, der kantigen Nase und dem samtigen Mund, der Mann mit dem ewig jungenhaften Flair, der Mann, der mich durch Traum und Wirklichkeit verfolgte und begleitete, er war da, und am liebsten wäre ich aufgesprungen und ihm um den Hals gefallen. Statt dessen hauchte ich: »... n' Abend ...!«

»Störe ich?«

»... Nein ...«

Er lachte. »Das klingt aber nicht gerade überzeugend!«

»Was?«

»Ihr *Nein*.«

»Welches *Nein?*« Ich war so durcheinander, daß ich nicht nur nicht wußte, was ich sagte, sondern überdies um Haaresbreite den Nagellackpinsel in den Mund gesteckt und angezündet hätte.

»Ich würde bei herkömmlichen Zigaretten bleiben«, riet Reinders mir im letzten Moment, und dann erklärte er es mir, daß er nur hergekommen wäre, um sich von mir zu verabschieden.

»Denn daß Sie zu mir kommen, durfte ich ja wohl nicht erwarten nach alldem.«

Ich schluckte und legte endlich den blöden Nagellackpinsel zur Seite. Nicht nur meine Angst hatte mich davor zurückgehalten, Jan Lebewohl zu sagen, das wurde mir jetzt auf einmal klar. Da war auch noch etwas ganz anderes: Der Schmerz, ihn danach vielleicht nie wiederzusehen, war größer gewesen als die Sehnsucht, ihn vielleicht ein letztes Mal zu sehen. Diesen Schmerz empfand ich deutlich in diesem Augenblick, und während ich mich ihm ergab, rutschte ich unbewußt an den Rand meines Bettes und zog ebenso unbewußt das Oberbett glatt, damit Jan bequem darauf Platz nehmen konnte. Er schmunzelte darüber, aber er nahm das Angebot nicht an, wodurch mir erst klar wurde, daß ich es gemacht hatte. Sofort nahm mein Gesicht die altbekannte Mädchenröte an, ich hätte mir vor Wut über mich selbst in die unmöglichsten Stellen beißen können. Darüber reichte er mir die Hand. »Ich wünsche Ihnen alles erdenklich Gute, Eva!«

»Danke ...!«

»Daß Sie gesund bleiben!«

»Ja ...«

»Und daß Sie glücklich werden!«

»Ja!«

»Und dann hätte ich noch gern gewußt, ob Sie nächsten Samstag schon etwas vorhaben!«

Meine Augen fingen an zu strahlen, das spürte ich genau, und seine Hand, die mir eben noch wie eine ganz normale Menschenhand vorgekommen war, erschien mir plötzlich wie ein Starkstromkabel, es ruckte und zuckte in meinem ganzen Körper. Verlegen blickte ich auf, blickte auf zu diesem Zwei-Meter-Mann, der in Kilo das gleiche auf die Waage brachte wie ich in Pfund. »Unterrockstürmer« nannte man ihn in der Klinik, »Allesfresser« und »Potenzbrocken«, und eigentlich hatte ich keine Lust, die vierhundertundzweiundsiebzigste Eroberung in seinem Leben zu werden, dazu eignete ich mich nicht ... obwohl ... schon sah ich mich mit Jan in einem Restaurant sitzen, bei Kerzenschein, sah, wie ich an seiner Seite einen Waldweg entlangschlenderte, wie wir unter einer saftig grünen Linde stehenblieben, und er mich in die Arme nahm und ...

»Nächsten Samstag?« hörte ich mich da auch schon nachfragen.

»Ja.«

»Um wieviel Uhr?«

Er mußte lachen. »Ich wäre dankbar, wenn wir das telefonisch ausmachen könnten, weil ... nun, wir haben heute den 30. April, und Sie sind Patientin in dieser Klinik, und ich bin Arzt in dieser Klinik – und das möchte ich gern bleiben.«

»Und?« Ich verstand kein Wort.

»Das ist ganz einfach«, erklärte er mir daraufhin. »Am Mittwoch haben wir den 3. Mai, und da waren Sie dann mal Patientin in dieser Klinik ... kann ich Sie am Mittwoch anrufen?«

Ich nickte, und er ließ meine Hand los, lächelte mich an.

»Steht die Nummer im Telefonbuch?«

»Kastanienallee 34«, hauchte ich.

»Sonst muß ich nämlich in der Krankenakte nachsehen, und –«

»Schon gut!«

Noch immer lächelte er mich an, und mir wurde plötzlich klar, daß er mich so bisher noch nie angelächelt hatte. Nichts Unverschämtes oder Siegessicheres lag in diesem Lächeln, es war einfach nur da, und ich wünschte mir, es möchte niemals wieder vergehen. Jan spürte das, und für einen kurzen Moment sah es so aus, als würde er sich doch noch zu mir setzen wollen, mitten auf das glattgestrichene Oberbett. Doch dann entdeckte er wohl die Angst, die trotz allem in mir war, eine Angst, die stärker war als ich und gegen die ich nichts, aber auch rein gar nichts ausrichten konnte. Es war die Angst eines Kindes, etwas Verkehrtes zu tun oder zu sagen, und ich wußte genau, daß sie mich niemals verlassen würde, wenn ich mich nicht zu ihr bekannte. Also sprach ich sie aus, und zu meinem eigenen Erstaunen mit wenigen Worten, ohne rot zu werden.

»Das ist doch ganz natürlich«, sagte Jan dazu, »und es macht doch auch nichts.«

»Nein?«

»Nein!«

»Mir fehlen eben ein paar Jahre meines Lebens, und deshalb ... ich glaube, ich bin zu dumm für ... für ein Spiel ...«

Er sah mir fest in die Augen und strich mir mit dem Zeigefinger über die Wange. »Wer spricht denn vom Spielen, Eva?«

Ich hätte ihm von Herzen gern geglaubt. Aber ich konnte ihm nicht glauben, und das sah er mir wohl an, denn plötzlich wurde er ganz ernst und vergrub die Hände in seinen Kitteltaschen. »Ich fürchte, die Leute haben Ihnen ein bißchen zuviel von mir erzählt«, sagte er, »vor allem zuviel Mist. ... Ich bin kein ... kein ..., aber das werden Sie schon sehen, und ich werde mich bemühen ... –«

Mitten im Satz brach er ab, denn er entdeckte den Rilke-Gedichtband, der auf meinem Schreibtisch lag, einen Band, in dem ich auch seinerzeit auf F 7 gelesen hatte. Es war ein wunderhübsches, in Leder gebundenes Büchlein mit Goldschnitt.

»... Und Sie sollten sich auch um etwas bemühen«, fuhr er daraufhin fort. »So zauberhaft wie diese Lyrik ist das Leben nämlich nicht, und so zauberhaft kann erst recht kein Mann sein, auch ich nicht.«

Ich wußte genau, was er damit meinte, daß er offenbar der Ansicht war, ich hätte in den letzten Jahren ein paar

Gedichte zuviel gelesen. Trotzdem ging ich darüber hinweg.

»Männer haben eben keinen Sinn für Poesie«, lachte ich, »das ist bekannt.«

»Das ist bekannt?«

»Ja!«

»Dann muß ich eine Ausnahme sein!«

»Ja?«

»Ich mag Gedichte, Eva, und ich mag Rilkes Gedichte ganz besonders. In einem heißt es:« ... Er sah mir tief in die Augen... »Wie soll ich meine Seele halten, daß sie nicht an deine rührt?‹ – Kennen Sie das?«

»... Ja ...«

Er lächelte. »Dann bis Mittwoch, Eva, ich rufe Sie an!« Mit diesen Worten ging er schnellen Schrittes aus dem Zimmer, und das Mädchen, das ihm in diesem Augenblick nachsah, hätte alle Reichtümer dieser Erde gegeben, um zu erfahren, wie diese Geschichte mal ausgehen würde.

»Und Sie machen keine Ausnahme?« fragte mich Helma abermals und riß mich aus meiner Erinnerung heraus.

»Nein«, sagte ich und schüttelte den Kopf.

Helma nahm es betrübt zur Kenntnis, ebenso wie die anderen, und doch anders. Sie fühlte sich wohl persönlich angegriffen, und dafür tat sie mir nun fast schon wieder leid. Sie war nicht die Schlechteste, vielleicht war sie sogar ein durch und durch liebenswerter Mensch. Man braucht nur leider immer einen Prellbock, und dieser Prellbock war für mich nun mal von jeher Schwester Helma gewesen. Und daran sollte sich, wie es schien, auch in den letzten Minuten unserer gemeinsamen Zeit nichts mehr ändern. Das spürte sie vermutlich, denn sie lächelte mich plötzlich verständnisvoll an und reichte mir die Hand.

»Dann will ich mich jetzt von Ihnen verabschieden«, sagte sie. »Alles, alles Gute, Eva!«

Ich lächelte zurück. »Danke, Schwester Helma!«

»Darf ich mich gleich anschließen?« fragte Gertrud, die

bis dahin stumm und hilflos im Windschatten ihrer Vorgesetzten gestanden hatte. »Ich habe so etwas noch nicht allzuoft erlebt«, erklärte sie mir jetzt, »und deshalb weiß ich nicht so recht, was ich ... aber es kann ja nicht verkehrt sein, Ihnen Glück zu wünschen ... oder?«

»Sicher nicht!« erwiderte ich.

»Gut, dann wünsche ich Ihnen Glück! Viel Glück!«

»Danke!«

Ich sagte das und spürte Gertruds Hand in meiner, und im gleichen Moment sah ich sie, wie sie damals gewesen war, schön wie ein Bild, mit langen schwarzen Haaren, mit tiefbraunen, mandelförmigen Augen ... wie sie mir unentwegt mein Gepäck hatte abnehmen wollen und wie sie mich später angebrüllt hatte ... »Ausbrüche dieser Art stehen hier auf der Tagesordnung, glauben Sie also bitte nicht, daß mich das beeindruckt!« ... Das alles schien so weit weg, und doch war es mir in diesem Augenblick ganz nah, so nah, daß ich Gertrud in die Arme nehmen mußte und sie ganz fest drückte ... und sie wußte nicht einmal, warum.

Der letzte im Bunde war dann Doktor Behringer. »Geben Sie niemals auf!« gab er mir mit auf den Weg. »Und machen Sie aus Ihrem Leben, was Sie können!«

»Ich werde mich bemühen!« erwiderte ich, verwundert über diesen unerwartet lockeren Tonfall.

»Und wenn Sie mal einen Partner brauchen, Eva ... beim Segeln vor der Costa Smeralda ...«

Ich schmunzelte. »... rufe ich Sie an!«

Wir mußten beide darüber lachen, und als er, gefolgt von Helma und Gertrud, Sekunden später den Raum verließ, fragte ich mich, warum wir das nicht früher schon mal getan hatten, warum wir nie unbeschwert miteinander gelacht hatten, Doktor Behringer und ich ...

Langsam drehte ich mich um. Professor Mennert saß noch immer auf Claudias Bett. Er sah mich an, als wüßte er genau, was ich in diesem Augenblick empfand, und dann stand er plötzlich auf und schloß ganz sacht die Tür, die Behringer & Co. versehentlich offen gelassen hatten.

»So!« Ohne mich dabei aus den Augen zu lassen, griff er in eine seiner Kitteltaschen und zog ein roséfarbenes Blatt Papier heraus. »Da Sie in diese Klinik ja um nichts in der Welt zurückkehren wollen ... das Elisabeth-Krankenhaus wird fortan die Nachsorge-Untersuchungen durchführen. Die werden Sie anschreiben.«

Daß er sich darum gekümmert hatte, war mir völlig neu. Wir hatten nur ein einziges Mal darüber gesprochen.

»Freuen Sie sich nicht zu früh!« winkte er ab, bevor ich eine entsprechende Dankeshymne anstimmen konnte.

»Professor Rosenthal vom Elisabeth-Krankenhaus ist nämlich ein Studienkollege von mir. Und deshalb werde ich bei den Untersuchungen anwesend sein, mich werden Sie also auch in Zukunft noch ertragen müssen.«

Verlegen senkte ich den Kopf. »Bei Ihnen ist das ja auch was anderes«, sagte ich. »Sie sind ja nicht Schwester Helma.«

Er stutzte einen Moment. »Wofür ich meinem Schöpfer wirklich nur dankbar sein kann, liebe Eva, täglich aufs neue.«

Ich blickte auf und wollte lachen, aber es gelang mir nicht. Mennert sah mich so merkwürdig an, und er kam auf mich zu, einen Schritt, zwei Schritte ... dann reichte er mir das roséfarbene Blatt Papier.

»Das ist er, Eva: Ihr Entlassungsschein!«

Für einen kurzen Moment war ich sprachlos. Zwei Jahre und zwei Monate hatte ich mich gequält, und dieses lächerliche Stück Papier war nun der Lohn. Zögernd nahm ich es in Empfang, hauchdünn und nahezu schwerelos lag es in meiner Hand, unscheinbar sah es aus – und doch war es wertvoller für mich als irgend etwas anderes.

»Hätten Sie das gedacht?« fragte ich leise. »Hätten Sie gedacht, daß ich es schaffe?«

»Nein!« erwiderte Mennert prompt. »Sie?«

»Ja!«

Er schmunzelte. »Wissen Sie, Eva, nur wenige Menschen sind bereits zu Lebzeiten eine Legende. Die meisten werden es erst, wenn sie tot sind, wenn überhaupt. – Sie, Eva, Sie sind eine lebende Legende, zumindest für mich. Sie sind der stolze Höhepunkt meiner fünfunddreißigjährigen Berufspraxis ... die Belohnung für all die Mühen, für all die Mißerfolge ...« Er streckte mir seine Hand entgegen, und ich ergriff sie wie ein Kind.

»Vielen Dank!« flüsterte ich.

»Wofür?«

»Für alles.«

Er lächelte. »Danken Sie nicht mir, Eva, danken Sie Ihrem inneren Schweinehund, Ihrer widerborstigen Natur! Die haben Sie gerettet, ich habe damit herzlich wenig zu tun.«

»Bleiben Sie trotzdem dabei, daß ich keine Neunzig werde wie meine Großmutter?«

Das hatte ich noch nicht ganz ausgesprochen, als Mennert meine Hand auch schon wieder losließ.

»Ja, Eva«, erwiderte er dann nach einigem Zögern, »dabei bleibe ich.«

»Trotz meines inneren Schweinehundes?«

»... Ja!«

»Trotz meiner widerborstigen Natur?«

»Ja!«

Ich mußte grinsen. »Gut«, sagte ich dann. »Sie sind so ungefähr sechzig, und ich bin zwanzig, Sie glauben nicht, daß ich neunzig werde, und ich glaube es ... also werde ich Ihnen wohl beweisen müssen, daß *ich* recht habe und nicht Sie. – Halten Sie solange aus?«

Ich fragte das mit einem Augenzwinkern, und wir lachten darüber, aber es war ein verhaltenes Lachen, ebensogut hätten wir verhalten weinen können. Mennert sah mich an, als würde er diesen Anblick zeit seines Lebens nicht mehr vergessen wollen, und dann strich er mir plötzlich mit der Hand über die Wange, und dabei nickte er mit dem Kopf, und dann ging er hinaus, schnellen Schrittes. Ich blieb zurück, allein – nun war es endgültig soweit ... Bis zu diesem Augenblick hatte ich mich grenzenlos stark gefühlt. Jetzt fühlte ich mich schwach. Ich stand da mit dem Entlassungsschein in der Hand und begriff plötzlich, daß von nun an alles in meinen Händen lag. Der Bergsteiger, der in der Silvesternacht 1976 am Fuße des schneebedeckten Achttausenders seiner Träume gestanden hatte, dieser Bergsteiger thronte nunmehr hoch oben auf dem Gipfel. Er hatte sein Ziel erreicht, ich hatte mein Ziel erreicht. Jetzt mußte ich meinen Gipfel wieder verlassen, ich mußte hinabsteigen in die Welt, und dabei galt es, wie beim Emporklettern, einen Schritt nach dem anderen zu tun, mutig, aber nicht unbedacht. Es hatte sich also nichts geändert – und doch hatte sich alles verändert, das Ziel nämlich ...

Ich steckte den Entlassungsschein in das Seitenfach meiner Reisetasche und zog den Reißverschluß zu. Dann ging ich ins Bad, um einen letzten Blick in den Spiegel zu werfen. Gut sah ich aus, groß und schlank, mit perfekt frisiertem Haar und kunstvoll hergerichtetem Gesicht. Eigentlich sah man mir meine Vergangenheit nicht an, und doch sah ich nicht aus wie ein zwanzigjähriges Mädchen. Da lag etwas in meinen Augen, was fremd schien: Es war ein Glanz, der vom Tod erzählte und der zugleich nach dem Leben schrie, es war ein kindliches Feuer, das in der friedvollen Dämmerung des Alters glühte. *Es* war *ich*. Mein Innerstes spiegelte sich in meinen Augen und strahlte nach außen, für alle Zeiten.

Ein letztes Mal fuhr ich durch mein Haar, nahm die Bürste, ließ sie im Kosmetikkoffer verschwinden, zog meine Kostümjacke über. Das Zimmer wirkte plötzlich steril wie jedes andere Krankenzimmer. Sechsundzwanzig lange Monate hatte ich in diesen vier Wänden verbracht, hatte gelebt, gelitten, gelernt. Hier waren Menschen gestorben und Träume Wirklichkeit geworden, hier war aus mir eine andere geworden, doch schien all das längst Vergangenheit zu sein, eine Vergangenheit, in der für mich kein Platz mehr war. Ich nahm mein Gepäck und ging zur Tür ... das Leben ging weiter. Was hinter mir lag, war schwer gewesen, aber was vor mir lag, würde auch nicht einfach werden, da brauchte ich mir gar keine Illusionen zu machen. Es würde neue Probleme geben, neue Sorgen, neues Leid. Ich durfte nicht glauben, in diesen zwei Jahren das Dunkel meiner gesamten Existenz ausgelebt zu haben, ich durfte nicht erwarten, fortan nur noch im Licht zu stehen, sozusagen als Entschädigung. Andere Herausforderungen würden auf mich zukommen, andere Ängste, andere Kümmernisse, damit mußte ich rechnen. Denn das Leben ging weiter ... Ich öffnete die Tür und ging festen Schrittes hinaus – ohne mich noch einmal umzusehen.

Von den anderen Patientinnen hatte ich mich schon am Vortag verabschiedet. Sie hatten mir versprechen müssen, mir einen großen »Bahnhof« zu ersparen. Wie ich jetzt feststellen durfte, hielten sie ihr Wort. Niemand war auf dem Gang, ich konnte ungestört auf die Schwingtür zugehen, die Reisetasche in der rechten, den Kosmetikkoffer in der linken Hand, wie damals. Als ich an Zimmer 104 vorbeikam, blieb ich aber doch noch einmal stehen. Die Tür stand einen Spalt weit geöffnet, so daß ich hören konnte, was Schwester Helma gerade zu einer Patientin sagte: »... Die hier nehmen Sie morgens, die nehmen Sie mittags, die nehmen Sie abends. Die nehmen Sie morgens und abends, die hier nur mittags, das ist das Ovulum, die nehmen Sie abends, und die beiden hier, die nehmen Sie jetzt gleich. Alles klar? ...«

»Mmh!«

»Ach ja, Kathrin, damit es da keine Mißverständnisse gibt: Das Ovulum ... diese dicke, weiße Tablette ... das Ovulum bitte nicht schlucken!«

Für einen Moment herrschte Totenstille. »Halten Sie mich eigentlich für dämlich?« erklang dann Kathrins sonores Organ.

Schwester Helma seufzte. »Oh, einmal ist es mir passiert ...«

Es ging also wirklich weiter, auch auf S 1 hörte die Welt nicht auf, sich zu drehen. Ich verließ die Station durch die Schwingtür. Schwester Helma tat dort noch jahrelang ihren Dienst. Ich lief durch das Treppenhaus in die Eingangshalle hinunter. Schwester Gertrud endete als Geliebte eines verheirateten Mannes und als seine Sprechstundenhilfe in einer Landarztpraxis. Ich durchquerte die mit vielen Menschen gefüllte Halle. Doktor Behringer sollte diese Klinik im Sommer 1984 verlassen und in die Forschung gehen. Ein Jahr später sollte Professor Mennert bei delikatem Anlaß an akutem Herzversagen sterben, und meine Freundin Daniela sollte einen Kinderarzt heiraten und Mutter von Zwillingen werden: Eva und Katharina. Nein, die Welt hörte nicht auf, sich zu drehen, und ich, ich grüßte die freundlich lächelnde Nonne an der Pforte und trat in den Park hinaus.

Draußen war es hochsommerlich warm, man mochte kaum glauben, daß es noch vor wenigen Tagen geregnet hatte und von der Sonne nichts zu sehen gewesen war. Jetzt strahlte sie mit mir um die Wette, und ich blieb für einen Moment stehen, um das zu genießen. Der Wind war sanft, die Luft roch nach Glück, das Licht war hell, die Welt war klar ... auf einer der vielen Bänke saß eine hochschwangere Frau. Sie ließ sich und das Baby von der Maisonne streicheln, und ihre Hände lagen auf ihrem Leib, ein Anblick, der unsägliche Zufriedenheit widerspiegelte. Ihr gegenüber im Schatten saß eine alte Frau. Auch sie wirkte zufrieden, auch ihre Hände lagen friedlich im Schoß ... Anfang und Ende ... ein ewiger Kreis ...

Schnellen Schrittes ging ich los, vorüber an der Gastroenterologischen Klinik, vorüber an der Chirurgischen Klinik. Ein paar junge Leute kamen mir entgegen und schauten mich ungläubig an.

Vermutlich war ich in ihren Augen viel zu aufgetakelt, viel zu elegant und viel zu selbstbewußt. Ich lächelte nur, sie hatten ja keine Ahnung, und ich lief weiter, fast ein bißchen hastig, erreichte den Aufgang zum Hauptportal, ging die Treppe hinauf, betrat die Halle. Meine Schritte hallten wider, und ich sah zu den Pförtnern herüber, die wie damals gelangweilt dasaßen und Zeitung lasen. Dann stand ich endlich vor der gläsernen Tür, die ins Freie führte.

Während meiner Spaziergänge hatte ich sie oft von weitem gesehen, diese Tür, aber nur von weitem. Genähert hatte ich mich ihr nie, denn irgend etwas tief in mir hatte mich stets zurückgehalten. Wie gut ich daran getan hatte, dieser inneren Stimme zu folgen, wurde mir erst jetzt klar:

Sehnsucht! Durch das Glas blickte ich auf die Straße hinaus und sah Menschen, die den Bürgersteig entlangschlenderten, die eilig die Straße überquerten, die an der Haltestelle auf den Omnibus warteten. Sehnsucht! Ich sah Autos, die an der Ampel standen, die sich in Bewegung setzten, als sie auf Grün sprang, die losfuhren. Sehnsucht nach dem Leben! Hinter mir lag ein Meer von Frieden und Einsamkeit, von Hoffnung und Hoffnungslosigkeit, vor mir lag der Rest der Welt, und die Sehnsucht nach diesem Rest brachte alles in mir zum Erzittern.

Ich blickte zu den Taxis, die abfahrbereit in einer langen Schlange vor dem Hauptportal standen. Das erste davon würde es sein! Seine Türen waren bei der Wärme weit geöffnet, und hinter dem Steuer saß ein Mann mittleren Alters, der gerade ein Würstchen vertilgt hatte und nun den Pappteller, auf dem der restliche Senf klebte, zielsicher in den Abfalleimer zu seiner Rechten warf. Dieser Mann würde es sein, dachte ich mir. Er würde nach all der Zeit, die ich in meiner kleinen Welt verbracht hatte, der erste Mensch sein, dem ich in der großen Welt begegnete. Er würde mich heimbringen, heim in die Zukunft.

Ich atmete tief durch, stieß die Tür des Hauptportals auf, trat über die Schwelle. Lärm drang an meine Ohren, Stimmengewirr, das Quietschen von Reifen – die reinste Musik ...

»Möge Gott mir die Kraft geben, die Dinge anzunehmen, die ich nicht ändern kann!« Er hatte sie mir gegeben, diese Kraft. Ich hatte es akzeptiert, Krebs zu haben.

... der Geruch von Abgasen stieß mir in die Nase, der schönste Duft, den ich mir in diesem Moment vorstellen konnte. Ich pumpte meine Lungen voll damit, ganz voll, ganz, ganz voll ...

»Möge Gott mir den Mut geben, die Dinge zu ändern, die ich ändern kann!« Auch den hatte Er mir gegeben, denn es war mir gelungen, aus diesem Schicksal namens Krebs das beste zu machen. Damit war mir auch die größte Gnade zuteil geworden, die einem Menschen überhaupt zuteil werden konnte. Gott hatte sie mir geschenkt, sie: »*Die Weisheit, zu unterscheiden*«.

... Und so ging ich, als die schwere Glastür hinter mir zuschlug, meine ersten Schritte in ein neues Leben ...

Nachbemerkung

Ich habe in diesem Buch Erfahrungen verwertet, die ich selbst mit Krankheit und Tod, mit Leben und Sterben gemacht habe; das Gros der Dialoge und Handlungen ist authentisch. Da ich mir jedoch zugunsten der Dramaturgie ein gewisses Maß an dichterischer Freiheit erlaubt habe und da ich darüber hinaus Namen, Details und Krankengeschichten so verändert habe, daß die Identität der einzelnen Personen geschützt bleibt, ist das Ergebnis meiner Arbeit nicht als Tatsachenbericht zu betrachten, sondern als Roman, der keinen Anspruch auf medizinische Genauigkeit erhebt.

Liebes- und Schicksalsroman

Als Band mit der Bestellnummer 11 733 erschien:

Nachdem seine Frau mit einem reichen Amerikaner nach New York durchgebrannt ist, beauftragt Alexander Latimer die junge Grace, der Mutter mit den Kindern zu folgen. Während die Titanic zu ihrer Jungfernfahrt ablegt, bricht ihr fast das Herz.
Wird sie Alexander je wiedersehen?

Die faszinierende Geschichte einer außergewöhnlichen jungen Frau

Als Band mit der Bestellnummer 11 761 erschien:

Immy von Roederer besitzt die Gabe des Zweiten Gesichts. Ihre Erlebnisse und Visionen führen sie in ferne, unwirkliche Welten und sind doch dem täglichen Erleben der Menschen ganz nah. Eine Welt voll Glanz und Unheil, Düsternis und Schönheit offenbart sich ihr und gibt ihr Rätsel auf, deren Lösung der Leser mit Spannung erwartet...

Ein Buch,
das Mut und Hoffnung gibt

Als Band mit der Bestellnummer 11830 erschien:

Die berühmte Autorin schildert hier Begegnungen mit krebskranken Kinder. Dabei macht sie eine für sie selbst überraschende Erfahrung: Auch in größter Bedrängnis ist Humor der beste Helfer.

Mit farbigen Zeichnungen,
die von krebskranken Kindern gemalt wurden.